Zu diesem Buch

»... Ein Mann um die Lebensmitte entdeckt diese Eltern in sich. Sie sitzen in seiner Existenz wie die Spinne im Netz, haben Muster gewoben, die sein Leben untergründig durchwirken. Er wird es gewahr am Zerbrechen seiner Beziehungen. Was zerbricht, ist, nennen wir es so: eine homosexuelle Ehe. ... In Pein windet er sich an dem Angelhaken, der tief im Fleisch sitzt. Da ist einer nicht geflohen vor den Schmerzen dessen, was Liebe heißt. Das Scheitern ist programmiert durch früh eingepflanzte Erwartungen. Angeschlossen noch immer – wie auch sein Partner – an den seelischen Energiekreislauf der Eltern, die ihre Kinder lebenslang brauchen für das eigene Gleichgewicht, bleibt er verstrickt in den Webmustern des Qualerleidens und Quälenmüssens...

Ein schamloses Buch ... schamlos im allereinfachsten Wortsinn: ohne Scham. Ohne Respekt vor jeder Intimschranke, die vor Verletzung und Wahrhaftigkeit schützt. Ein aufrichtigeres Buch wurde selten geschrieben...«
Hans Krieger in DIE ZEIT Nr. 23/1984

Der Autor: 1942 in Wiesbaden geboren, aufgewachsen in der Mark Brandenburg. Schule im Süden von Berlin (DDR), Studium in der BRD: Jura, Psychologie, Soziologie, Musik und Film in Göttingen, Frankfurt, Wiesbaden und München. 1968 juristisches Staatsexamen, 1970 Dissertation über den Rechtsschutz der angewandten Kunst. Seit 1970 Schriftsteller. Veröffentlichungen: 1971 »Sie wolln auch kein Antwort hörn«, Beitrag des Hessischen Rundfunks zum Dürerjahr (Frankfurter Hefte 2. 1972). 1973 »Der Untergang des Mannes« – Selbstkritik als Gesellschaftskritik. Aufdeckung der Mechanismen der latent-homosexuellen Männergesellschaft. (Der Untergang des Mannes, ro 7958). 1974 »Dressur des Bösen« – Darstellung der Familie als Ursprung des Bösen. Entzauberung der Idylle ›Mutter-Kind‹ (Dressur des Bösen, ro 8201). 1975 »Der selbstbefriedigte Mensch« – Verteidigung der Selbstbefriedigung. Angriff auf die Überschätzung der Partnersexualität (Der selbstbefriedigte Mensch, ro 7904). 1976 »Männerbilder«, gemeinsam mit Männergruppe – Reflexionen von Männern über ihre Rolle. 1977 »Manifest für den freien Mann« – Programm für die Veränderung des Mannes (1983 2. Teil: »Manifest 83«) (Manifest für den freien Mann, ro 7763). 1977 »Frau Dr. Johnsohn«. Theaterstück über eine berufstätige Frau zwischen Mutterbindung und Männerherrschaft. 1980 »Das Paradies der Väter«, gemeinsam mit Alexej Mend – Entdeckung neuer Unterdrückungsformen (oraler und analer) und des Zusammenhangs zwischen Sucht, Depression und Krebs. 1982 »Dr. Margarete Johnsohn«. Fernsehspiel nach dem Theaterstück, gemeinsam mit Anne Rose Katz. 1986 »Muttersöhne« (ro 8240).

Volker Elis Pilgrim

Elternaustreibung

Roman

rororo

Rowohlt

Umschlagentwurf: Thomas Henning und Claus Pfitzner
Lektorat: Jürgen Volbeding

25.–27. Tausend April 1991

Veröffentlicht im Rowohlt Taschenbuch Verlag GmbH,
Reinbek bei Hamburg, Oktober 1986
Die Originalausgabe erschien im Claassen Verlag GmbH,
Düsseldorf 1984, unter dem Titel »Die Elternaustreibung«

Gesamtherstellung Clausen & Bosse, Leck
Printed in Germany
1480-ISBN 3 499 18205 X

Daß das Manuskript der »Elternaustreibung« veröffentlicht wurde, verdanke ich dem Wirken von Isabelle Mahns-Techau, Helmut Frielinghaus, Rodrigo Jokisch und Jürgen Volbeding. Ihnen widme ich diese Ausgabe des Buches.

Elternaustreibung, die:

Das Wort ist eine sprachliche Eigenwilligkeit. »Elternaustreibung« erinnert an »Teufelsaustreibung« und »Judenvertreibung«. Es geht mir um den Abschied von der Elternkultur, die seit vielen Jahrtausenden das Leben der Menschen beherrscht. Mutter und Vater gelten mehr als das Kind, die Regierenden mehr als das Volk, Gott gilt mehr als der Mensch, der Mensch mehr als das Tier, der Geist mehr als der Körper. Von Moses über Luther zu Reagan wurde das Prinzip, das sich verbirgt hinter den Geboten »Du sollst deine Eltern ehren« und »Ich bin der Herr dein Gott, du sollst nicht andere Götter haben neben mir«, als Lebensregel propagiert und in der Gesellschaft durchgesetzt. Es wird bis heute im Staat durchgeführt und in den Familien durchgeprügelt. Hinter diesem Prinzip steht eine Tendenz, die am Ende des 20. Jahrhunderts direkt in den Untergang der Menschen hineinführt. Da die Elternkultur das Oben gegen das Unten, das Alte gegen das Junge, das Gestrige gegen das Heutige verteidigt, können die Menschen sich nicht verändern und ihr Leben nicht neu einrichten, keine Gesellschaft in die Zukunft hinein aufbauen.

Von diesem todbringenden Prinzip verabschiedete ich mich in meiner »Elternaustreibung«. Erst danach wurde ich fähig, meinen Nächsten zu lieben wie mich selbst. Ich begann mit einer »Kinder«-Bewegung. Sie wird die letzte sein, die die Menschen aus der Herrschaftsgesellschaft der Männer herausführt. Es gab viele Bewegungen, die versuchten, das Patriarchat abzutragen: Sklaven, Bauern, Bürger, Arbeiter, Frauen und in ihrer Nachfolge die vielen Minderheiten, die mit verschiedenen Mitteln sich zur Wehr setzten. Die »Kinder«-Bewegung wird erstmalig beide Geschlechter und Menschen aller Schichten und Altersstufen umfassen. Und sie wird die Verbindung zwischen dem Persönlichen und dem Gesellschaftlichen herstellen. Menschen von sieben bis siebzig werden ihr angehören, alle die, die sich aus der körperlichen und seelischen Macht ihrer Mütter und Väter befreien wollen, weil sie wissen und fühlen, daß diese Macht die Voraussetzung schafft für alle andere Macht. Die »Kinder«-Befreiung knüpft an ein Naturprinzip an: Aufbruch von den Eltern, Trennung für immer, Wiederfremdwerden. Die Tiere verlassen ihre Eltern nach der Zeit der Aufzucht und kennen sie dann nicht mehr, so daß Eltern und Kinder frei werden, um sich den Erfordernissen des Lebens neu widmen zu können.

Ich erzähle meinen Aufbruch von meinen Eltern in einer Geschichte nach. Es ist eine Liebesgeschichte und eine Haßgeschichte. Sie zeigt die Auflösung einer Beziehung, die Verstrickung zweier Menschen in den Netzen ihrer Eltern. Sie ist eine extreme Geschichte. Sie spielt sich zwischen zwei Männern ab. Die Gesetze des Allgemeinen können in einem Extrem besonders deutlich erkannt werden. Keine Norm, kein Gebot, keine Moral stützt das Extrem und verschleiert das Gesetz. Dadurch kam zutage, daß Partnerprobleme verschleppte Eltern-Kind-Probleme sind. Ich lebte und schrieb in der Angst, daß auch mich und meinen Freund das Schicksal der zwei Königskinder aus dem deutschen Volkslied und der Tod Romeos und Julias treffen könnten, denn um uns scheiterten und starben Menschen, weil sie sich in den alten Normen verstrickten. Aber unsere Geschichte wurde zu einem Märchen. Märchen gehen gut aus. Sagen enden böse. Märchen und Sagen spiegeln Probleme der Zeit und sogenannte ewige Gesetze. Die Sagen stellen dar, wie Menschen von ihnen zerbrochen werden, die Märchen zeigen, wie Menschen die Gesetze unterlaufen und sich aus ihnen befreien. Die alten Märchen endeten in der Vereinigung von Prinz und Prinzessin. Mein Märchen endet in der Trennung der Liebenden. Die Menschen kommen in ihr nicht zusammen, um ein Leben lang zusammenzubleiben, sondern um sich gegenseitig zu helfen, ihre Krankheiten zu heilen und ihre Befreiung voranzutreiben, damit jeder selbständig werden kann. Die Freude der alten Märchen bestand darin, daß die Liebenden und Leidenden am Ende ein Paar für immer werden. Die Freude dieses Märchens ist anders. Die Handelnden werden menschenfähig, das heißt, sie verschließen sich nicht als zwei, sondern finden zu sich selbst und öffnen sich für alle.

Ich schreibe diese Gedanken zu einer Zeit nieder, da unlängst in der Bundesrepublik Deutschland Raketen aufgestellt worden sind, was sich wie eine Mobilmachung zum dritten Weltkrieg auswirken kann. Ich weiß nicht, ob es uns gelingen wird, die gräßlichste Endlösung, zu der die Elternkultur nunmehr strebt, in letzter Minute abzuwenden. Ich sehe mein Buch als einen Beitrag, der an die Wurzel von uns allen gehen soll, auf daß keiner unter uns mehr willig und fähig ist, Raketen und andere Untergangsmachwerke zu ersinnen, herzustellen und zu benutzen. Ich entschärfe die Raketen in mir, die gerichtet waren auf allerlei Mitmenschen, auf die nächste Generation, auf Jüngere und Schwächere.

1986

Ein Mensch verläßt mich, und ich winde mich in Schmerzen. Die zweite bedeutende Liebesbeziehung meines Lebens drängt in ihr Ende.

Zu wem ich gehe, wer auf mich zukommt, wir treffen uns in der Bedrückung, mit unseren Liebsten nicht mehr leben und uns von ihnen nicht trennen zu können.

Ich will darüber etwas aufschreiben, für meine Freundinnen und Freunde, für meine Fremden, die mir nah sind im Wissen um das unvergleichliche Weh am Ende eines beglückenden Zusammenseins.

Ich muß den Gedanken loswerden: So, wie wir Verhältnisse eingehen, führen und beenden, handeln wir nach Gesetzen, die wir nicht kennen. Es sind keine außermenschlichen Gesetze. Liebe und Haß sind nicht Schicksal. In unseren Ehen und Freundschaften spielen wir ein Programm nach, das uns von unserer frühesten Lebenszeit an eingespeichert worden ist. Ich möchte zeigen, welche Macht dieses Programm hat und wie ich versucht habe, es zu entkräften.

Die Gestalt des ursprünglichen Verhältnisses kann ich nicht mehr klar umreißen. Ich finde es nach der Zerstörung durch die Trennung nur noch als Ruine in den Gefühlsresten Wut und Rührung wieder.

Andreas und ich waren füreinander wie geschaffen. In vielem ähnlich, daß wir gut zusammensein konnten, in etlichem verschieden, daß Anziehung uns zueinanderzog. Wir waren erwachsen, über dreißig, selbständig, beruflich ausgebildet, erwerbstätig, im Umgang mit Menschen erfahren. Wir hatten beide eine Weile allein gelebt, und jeder war willig, eine Beziehung einzugehen.

Wir lebten zwei Jahre in Freud und Leid zusammen, wurden im dritten Jahr von einer kleinen Krise, im vierten und fünften Jahr von zwei großen Krisen bedroht, die schließlich in die Trennung mündeten.

Das wäre der Telegrammnachruf.

Das Geschehen interessiert mich noch einmal genauer. Ich hoffe, es beim Schreiben aus meinen Organen allmählich zu entlassen, denn die scheppern seit zwei Jahren wie klapprige Autoteile auf Kopfsteinpflasterstraßen. Ich will das Vergangene nie wieder erleben. Und ich wünsche mir, daß auch alle, die dieses Buch lesen, so etwas nicht noch einmal, zumindest nicht öfter als noch einmal, durchzumachen brauchen.

Erster Teil

1

Andreas und ich waren uns über einen gemeinsamen Freund begegnet. Der Freund und ich wollten einen Bummel durch Lokale der Stadt machen, in der ich wohnte. Er kam nicht allein, wie wir es verabredet hatten, er brachte Andreas mit. Ich war verärgert, denn ich wollte mit dem Freund die Nacht zu zweit verbringen. Bei der Begrüßung hatte ich Andreas kaum angeschaut, flüchtig seine Locken registriert und bemerkt, daß er seltsam lächelte. Für mich war er ein Mann, mit dem ich nichts anzufangen wußte. Seinen Körper empfand ich ausdruckslos.

Ich führte die Männer in ein Männertanzlokal. Andreas zog mich sogleich in die stampfende Menge hinein. Er schwebte beim Tanzen gutmütig auf und ab. Ich lachte vor mich hin. Später saßen wir eine Weile auf einer Bank und redeten zart und konzentriert miteinander. Er griff nach meinen Händen und sagte: »Ich muß erst einmal deine Hände anfassen.« Ungläubig sah ich ihm in die Augen. Zehnmal hatte ich vergeblich versucht, Männer zu berühren. Sie schauten schon schief, wenn ich ihre Hände streicheln wollte. Der elfte nun, dies dünne Kerlchen, faßte mich von sich aus an.

Jeder von uns sagte, was er wollte. Ich hatte bisher mit Frauen oder allein, noch nie mit einem Mann gelebt, wollte das versuchen. Andreas hatte in Wohngemeinschaften oder allein, noch nie mit einem einzelnen Menschen gelebt, wollte das versuchen. Er hatte mit Männern sinnlichen Umgang, zeitweise mit vielen, zeitweise lebte er zurückgezogen. Frauen waren ihm nie nahegekommen. Mir waren Männer ein Rätsel geblieben. Wir verabredeten, uns in unseren Städten zu besuchen, und bekräftigten unsere Absichten in einigen Briefen.

Einen Monat darauf kam ich in Andreas' Stadt. Und Andreas kam in der ersten Nacht unter meine Bettdecke.

Ich besuchte ihn dreimal an Wochenenden. Wir rutschten schnell in unsere kleine Freude. Nicht nur Frau und Mann haben zueinander passende Mitten. Auch Männer können passen. Männer können Verschiedenes begehren, was sie passend macht.

Als ich von Frauen wegging, hatte mich der Abschied vom Schoß bekümmert. Ich wußte nicht, was ich von Männern wollte, da ich mir bei ihnen kein Aufgenommensein vorstellen konnte. Andreas hatte Schoß, gestand mir sein Verlangen und seine Fähigkeiten ein. Ich war nicht mehr zu bremsen. »Den heirate ich«, dachte ich, obwohl ich bisher gegen Heiraten war.

An den Tagen plauderten wir, gingen spazieren oder fuhren mit Andreas' Auto in die Gegend. In den Nächten freuten wir uns an unseren Mitten.

Einmal zeigte Andreas in einem Lokal auf einen Mann am Nebentisch: »Solche Männer sind mein Typ. Ich begehre normale, ein wenig dicke, dumme, dunkeläugige Männer, so ungefähr zehn Jahre älter als ich.«

Ich lachte entspannt auf dieses Geständnis zu und dachte: »Ich bin unnormal, dünn, klug, helläugig und fast genauso alt wie er« – und rätselte anschließend: »Was will er bei solchen Säcken?!«

Im Auto verdüsterte sich Andreas plötzlich: »Jetzt wird es bald aus sein zwischen uns. Wir sind uns nahegekommen. Ich hab' dir von mir erzählt. Wenn ich das machte, ist es danach immer aus gewesen. Die Männer liefen weg, wenn sie was von mir wußten. Oder ich lief weg. Oft am nächsten Morgen schon nach der ersten Nacht fand ich die Männer unbeschreiblich dumm. Die haben mir nie zugehört.«

Ich tröstete ihn. Ich liebte das Gegenteil: erzählen und nochmals erzählen. Hören und nochmals hören. Und ich brannte darauf, von Andreas alles zu erfahren. Er war zufrieden mit meinen Worten. Er glaubte mir den Satz: »Ich liebe dich.«

Wir feierten Verlobung, rollten uns umschlungen nachts auf einem Rasen bis unter eine Bank und saßen am nächsten Tag Hand in Hand an einem See. Wir versprachen einander für immer oder für so lange, wie es gehen würde. Andreas sagte: »Da habe ich keine Furcht: Wenn es nicht mehr geht, trennen wir uns einfach wieder.«

Wir wollten in eine andere Stadt ziehen, damit keiner von uns in seiner Stadt mit seinen Bekannten und Freunden den anderen überschattete.

»Jeder geht aus seiner Stadt heraus ...«

»... und wir fangen in der neuen Stadt ...«

»... mit unserem neuen Leben neu an.«

»Wir bauen uns ein Himmelbett ...«

». . . und kaufen uns einen Flügel . . .«

». . . auf dem wir beide spielen.«

»Und im Alter kehren wir an diesen See, an diese Stelle zurück . . .«

». . . und wohnen hier in einem Haus mit Blick zum See.«

Ja, dann war da noch seine Mutter. Er besuchte sie alle drei Monate. Sie besuchte ihn alle Jahre einmal, immer dann, wenn Andreas in eine neue Wohnung gezogen war, was er meistens alle Jahre einmal tat. Und die beiden telefonierten sonnabends oder sonntags regelmäßig miteinander.

Andreas sagte: »Wir sind so miteinander verbunden, daß ich zur selben Zeit Migräne habe wie meine Mutter. Und meine Mutter hat zur selben Zeit Migräne wie ich, auch wenn wir nicht zusammen sind. Wir stellen es immer erst hinterher fest: ›Hast du neulich von Dienstag auf Mittwoch Kopfschmerzen gehabt?‹ fragt sie mich zum Beispiel. Und ich hatte – da kann ich Gift drauf nehmen. Wir sind wie eins.« Er erzählte mir von seinen Depressionen. »Depressionen sind negative Orgasmen«, sagte er. Andreas hatte keine Räusche, oder nicht richtige oder zu wenig positive, solche durch Lust, durch Reiben und Eindringen und Sichhergeben und Strömen und Ausstoßen und durch Warmsein und Prallwerden und Feuchtmachen.

»Ach was, Depressionen!« sagte ich. »Negative Orgasmen? So etwas gibt es doch nicht. Das werden wir schon hinkriegen. Ich kenne mich da aus. Zwei oder drei Freundinnen haben mit mir ihren ersten Orgasmus gehabt. Ich konzentriere mich auf dich. Ich will dich.«

Andreas aber sprach: »Ich muß zu meinen Geschwistern und zu meiner Mutter zurück. Da liegen meine Probleme verborgen. Nur bei ihnen kann ich sie lösen, und mit ihnen muß ich sie lösen.«

Der Gedanke war mir neu. Ich hatte bisher geglaubt, die Befreiung liege im Fortgehen von der Familie.

Im Schutze unserer Beziehung ging Andreas aus sich heraus. Er bekannte sich in einer Selbsterfahrungsgruppe dazu, daß er Männer begehrt. »Wieso denn?« fragten die anderen, da sie es ihm nicht angesehen hatten.

Wir zogen um, in Etappen. Andreas kam in meine Stadt mit seinen wenigen Habseligkeiten, ein kleines Auto voll Kleider und Bücher. Er besaß noch mehr Sachen, aber die ruhten im Hause seiner Mutter.

Ehe wir meine Wohnung auflösten, tobten wir durch sie im Glück einer Zwischenzeit. Wir waren in unserer Liebe frech. Immer wieder sagten wir: »Daß das geht!« Wir wunderten uns, daß wir von Wonne zu Wonne leben konnten, von Tag zu Nacht zu Tag. Wir wollten uns immer sehen und oft berühren. Ich genoß es, ihn bei mir zu haben, genoß es, zu sagen und zu denken: »Mein!« Und ein Schoß war immer da. Ich hatte Mann mit Schoß, alles, was ich wollte.

Einmal steckte Andreas mich in einen alten, von einem Onkel mir überlassenen Herrenanzug, legte mich auf sich und zeigte mir, wie es die Männer, die er begehrte, mit ihm machten, wie sie angezogen auf ihm lagen, ihm fremd, und wie sie ihn von sich stießen, wenn sie in ihm waren.

Am siebten Tag – wir lagen in der Badewanne – klingelte das Telefon. Ich sprang hinaus zum Apparat. Eine kaum hörbare tiefe Stimme gurgelte sich langsam auf den Zweck ihres Anrufs zu. Ich wußte: Seine Mutter! Ich sprach ihr eilig entgegen, gegen ihre auf mich zuquellende Hilflosigkeit: »Sie wollen sicher Ihren Sohn sprechen!«

Andreas hatte seiner Mutter fleißig erzählt, daß er jetzt zum ersten Mal mit einem Mann zusammenleben werde, daß er überhaupt nur mit Männern . . . und so weiter . . . Das hatte sie schon längst gewußt, ja es ihm wie anbefohlen mit dem von seiner Kindheit an zu ihm oft gesprochenen Satz: »Heiraten brauchst du mal nicht.« Er war ihr Jüngster. Sie hatte mit dem Finger auf die Ehefrauen seiner drei älteren Brüder gezeigt, seit er denken konnte. Heiraten war allgemein nichts, hatte sie in ihn hineinsickern lassen. Sie war allein geblieben nach dem Tod ihres Mannes, der drei Monate nach der Zeugung von Andreas gestorben war.

Andreas blieb allein mit seiner Mutter an der Strippe in der Badewanne, lange Zeit. Als die beiden fertig waren, erkannte ich meinen Andreas nicht wieder. Seine Augen waren stumpf, seine Haut war blaß, sein Mund verkniffen.

»Was hat die mit dir gemacht? Warum hast du ihr denn auch gleich meine Telefonnummer gesagt?«

»Wieso? Sie findet alles gut! Sie hat gemeint, ich soll nur nicht eindeutig sein. ›Sei nicht ganz eindeutig‹, hat sie gesagt, oder ›niemals eindeutig‹. Oder: ›Man sollte niemals eindeutig sein.‹«

Ich hatte ein paar Reisen zu machen. Andreas kam mit und überraschte mich mit einem eigentümlichen Wunsch. Er wollte nicht mit mir in einem Hotel übernachten. Er mochte dort nicht ankommen, nicht neben mir stehen, wenn ich sagte: »Ein Doppelzimmer, bitte!« Aber er wollte einem Portier auch nicht ins Gesicht schauen, wenn ich sagen würde: »Zwei Einzelzimmer, bitte!« Ich konnte es ihm nicht recht machen, denn er meinte: »Jeder hört und sieht dir doch von weitem alles an, und wie glotzen dann die Leute auf mich?!«

Ich versuchte, Hotels zu vermeiden, meldete Andreas und mich, sooft es ging, bei Freunden oder Verwandten an, die in der Nähe der Orte wohnten, in denen ich zu tun hatte.

Es wunderte Andreas, daß er fortgesetzt mit mir lustvoll zusammensein konnte. Bisher hatte er mit jedem Mann in der Regel immer nur einmal gekonnt. Er erklärte es sich mit der Dummheit der Männer. Die Männer, auf die er erpicht war, fand er dumm, und mit dummen Männern ginge es bei ihm wohl nur einmal.

»Im Prinzip sind Männer dumm, die meisten jedenfalls«, behauptete Andreas.

In unserer neuen Stadt begann unser Leben mit Katastrophen. Ich war dafür, daß wir gemeinsam eine Wohnung suchten. Aber Andreas wollte an die Suche nicht heran. Wir versäumten es einen Morgen nach dem andern, den Zeitungsannoncen nachzugehen.

Wir waren bei Freunden in einer Wohngemeinschaft zu Gast. Dorthin kamen eines Tages Männer zuhauf. Ich sah und fühlte, wie sie alle auf Andreas schauten, und er schaute auf sie.

»Du brauchst keine Angst zu haben, ich will mich nicht verunsichern lassen, ich konzentriere mich nur auf dich«, beruhigte er mich hinterher.

Einmal früher, noch während unserer Zeit der Wochenenden in seiner Stadt, hatte er an einem Abend in der Woche, als ich nicht da war, aus einem Lokal einen Mann mit zu sich ins Bett genommen. Und als Andreas schon schlief, war der Mann bei ihm noch einmal . . . noch ein zweites Mal in ihm gewesen. Er hatte es nicht richtig gemerkt oder gar nicht gemerkt und erst erfahren, als der Mann es ihm am Morgen erzählte.

Ich rannte zu einer Agentur, nahm die erste mir angebotene Wohnung, die viel zu teuer, zu schlecht und zu laut war. Ich bat Andreas, zu kommen und sie sich anzuschauen, ob er sie auch wollte. Aber er sagte nur: »Wenn du sie willst, will ich sie auch.«

Ich nahm die Wohnung.

Wir holten meine Möbel aus meiner Stadt und fuhren damit in unsere Stadt in unsere neue Wohnung. Er bewunderte mich, daß ich alles allein machte, ohne Transportunternehmen.

Andreas fand keine Arbeit. Wir hatten bei unserer Verlobung am See an Himmelbett und Flügel gedacht und geglaubt, alles andere würde von selbst gehen, zum Beispiel Arbeits- und Wohnungssuche.

Die neue Wohnung war falsch. Wir gestanden es uns ein, als wir unsere Sachen in den vierten Stock hinaufgeschleppt hatten. Sie lag schlecht und war schlecht geschnitten. Und ich dachte: »Eines Tages werde ich hier noch überfallen!«

Die Wohnung bedrohte uns, und wir bedrohten durch sie uns gegenseitig. Ich ließ den Schlüssel von innen in der Außentür stekken und warf die Tür zu. Wir kamen nicht hinein. Ich wollte von der Wohnung der Nachbarin über den Balkon in unsere steigen. Ich hätte über die Mauern rutschen können. Ich wollte steigen, kühn und aufrecht. Ich schaute in letzter Minute in die Tiefe, dachte: »Gleich ist alles aus! Ich liege zerschmettert unten!«

Andreas betete vor der Tür der Nachbarin, daß ich zurückkäme und nicht kletterte. Ich ließ das Klettern, kam zurück zu unserer verschlossenen Tür und probierte, mit seinem Schlüssel durch das Schlüsselloch den steckenden Schlüssel nach innen zu schubsen. Es gelang. Wir kamen hinein, zitterten, hielten uns wie für immer in den Armen. Andreas flüsterte mir eine Liebeserklärung zu: »Ich wollte so lange laufen, bis ich tot umfalle, wenn du hinuntergestürzt wärest.«

Wir versuchten uns in der Wohnung einzurichten.

Nach ein paar Tagen konnte Andreas plötzlich nicht mehr mit mir. »Jede Nacht geht es sowieso nicht«, sagte er. Mond war. Mond? »Ja, der Mond steht komisch heute nacht«, behauptete er, »dann geht es nicht bei mir. Mit dir hat das gar nichts zu tun.«

Ich fuhr zu Arbeitsreisen weg. Andreas mußte wegen Arbeitssuche in der Stadt bleiben. Er traf einen Mann von den fremden Männern, die vor einiger Zeit in die Wohngemeinschaft zu Besuch gekommen waren. Er traf den, der am meisten von allen geschaut hatte.

»Es war nichts. Wir haben uns nur gerieben. Der kann nicht verstehen, daß ich mit dir kann. In seiner Männergruppe haben sich alle gewundert, daß überhaupt jemand auf dich steht. Die könnten alle nicht mit dir. Na ja, als ich dich zum ersten Mal sah, dachte ich auch: ›Was ist denn das für eine Schreckschraube?!‹«

Andreas hatte sich entschlossen, nicht mit mir zusammenzuwohnen. Er sagte: »Ich kann nicht in einer festen Beziehung leben. Ich merke das. Ich will lieber wieder in eine Wohngemeinschaft gehen.«

Ich dachte: »Ich will ihn. Und es wird sein – die Beziehung mit ihm und die Wohngemeinschaft mit ihm. Ich muß nur einiges aushalten, so etwas wie ›Mond‹ und ›Schreckschraube‹ und seinen sich immer drehenden Willen.«

Ich sagte: »Wenn du meinst, geh in eine Wohngemeinschaft, dann such ich mir eine eigene kleine Wohnung.«

Am nächsten Morgen renne ich um sechs Uhr zur Zeitung und telefoniere alle kleinen und billigen Wohnungen für mein Alleinsein durch. Endlich um elf Uhr sagt jemand: »Kommen Sie vorbei.« Ich lüge dem Hauswirt mein »Verheiratet« vor, damit alles eindeutig ist. Bin ich nicht, weder mit Frau noch mit Mann, möchte ich aber sein, mit Andreas. Ich bekomme die Wohnung. Andreas kommt nach zwei Stunden nach, kommt rauf und sagt: »Die gefällt mir, die nehmen wir«, kommt also doch zu mir, mit mir in das Leben zu zweit.

Wir zogen von der einen Wohnung im vierten Stock in die andere Wohnung im dritten Stock und handelten uns noch wegen des zu schnellen Auszugs rechtliche Konsequenzen ein. »Uns« heißt »mir«, denn *ich* hatte unterschrieben. Einer muß der Mann sein in einer Männerbeziehung.

Als es in der neuen Wohnung an die Kisten und Möbel, ans Streichen und Auspacken und Einrichten ging, haute Andreas wieder ab. Er wollte endgültig nicht mehr mit mir zusammensein. Er hatte Panik bekommen, als er in der Bahn saß und die Leute ihn betrachteten und er dabei denken mußte, er lebte mit mir.

Er fährt los und sucht nach Wohngemeinschaften, findet keine, kommt wieder zurück, macht mit mir mit, richtet ein, streicht die Zimmerwände, will doch mit mir leben. Also doch.

Ich las ihm mein Theaterstück »Frau Dr. Johnsohn« vor. Es handelt von einer Frau, die an hoher Stelle in einem Bonner Ministerium tätig ist und einen viel jüngeren Geliebten hat. Es ist eine Geschichte, die ich aus der Perspektive des Jungen selbst erlebt habe. Andreas identifizierte sich mit dem Jungen, der eine ältere Frau liebt. Er rief begeistert aus: »*Du* bist ja in Wirklichkeit die Frau Doktor!« Kaum hatte ich deren Leiden an Männern, Mutter, Freundin und Geliebtem zu Ende vorgetragen, da besprang er mich und erlebte kurz und bündig seinen ersten drauflosgehenden, anrollenden, hochfliegenden Männerrausch.

Ich mußte abermals reisen, Andreas blieb zurück und ging an die öffentlichen Männerstellen, besonders gern in ein Waldstück an einem See. Wald zog ihn an, regte ihn auf. Er war in seinem Heimatdorf aus seinen hoffnungslosen familiären Verhältnissen oft in den Wald gegangen, hatte sich dort für sich ergötzt, hatte die Quellen gereinigt und den Tieren gelauscht. Erregte Männer im Wald waren für ihn unwiderstehlich. Möglichst viele. Die gab es nun, während ich weg war. Mal zwei gleichzeitig bei ihm, einer vorn, zu dem er sich bückte, einer hinten, für den er sich bückte.

Ich schrie. Nur für mich, in mich hinein, als er es mir erzählte. Ich rettete mich in die wissenschaftliche Eingliederung seines Verhaltens mit der lautlos gestellten Frage: »War es Lust, oder war es Uneindeutigkeit?«, die ich mir beantwortete: »Es war die Lust an der Uneindeutigkeit.« Immer wenn Andreas sich vom Seestrand aufgemacht hatte und wieder an die Stelle ging, so drei-, viermal hintereinander am Tag, kamen ihm die Männer gleich nach, die schon von ihm wußten. Einmal stand er nackt in dem Wald und konnte sich nicht entscheiden zwischen einem jungen Mann in Hose und einem älteren Mann im Anzug. Schließlich ging er zu dem älteren, der ihm an den Brustwarzen zupfte und ihn dann mit nach Hause nahm.

Andreas könnte mehrere Beziehungen nebeneinander haben, sagte er. Er war der Jüngste von fünf Geschwistern. Die drei älteren Brüder hatten ihn begehrt, und er liebte es, begehrt zu werden. Im Internat war er seit seinem elften Lebensjahr. Die Schüler hatten immer alles gemacht, ohne Gefühle, zum Beispiel in den Pausen die Hosenschlitze geöffnet und ihre Stifte durch die Heizungslamellen gesteckt und einer am andern gerieben und dabei mit Unschuldsmienen zum Fenster hinausgeschaut und die Lehrer unten auf dem Hof gegrüßt.

Später als Student war er zu einem Marokkaner-Zeltlager gegangen, hatte sich für die Marokkaner hingestellt, gekniet, gebeugt, gehockt, gelegt, wie sie es wollten, für zwanzig oder fünfzig hintereinander. »Manche kamen wieder! Die machen es ja nur kurz«, beruhigte er mich. Er hatte bei der Angelegenheit keinen Rausch gehabt, ihn sich erst zu Hause in seiner Bude geholt.

Dreimal hatte er das mit den Marokkanern gemacht, sich beim dritten Mal schließlich etwas leer hinterher gefühlt, gab er jetzt zu bedenken. Leer! Es gelang mir nicht, den Widerspruch ins Komische zu ziehen: leer, aus dem Vollen heraus, mitten im Vollen, voll von fünfzig Marokkanern! Ich zitterte, ich zittere immer wieder, wenn ich an diese Stelle komme.

Drei unruhige Brüder zu Hause, viele aufgeregte Jungen im Internat. Die alleinstehende Mutter mit ihrem Satz: »Sei nicht eindeutig!« Nie Vater, dafür Wald. Das ist Andreas.

Was bin ich? Ich habe viel zuviel anderes erlebt. Ich habe keine älteren Brüder, bin selber ältester, bin nicht im Internat gewesen, habe niemals Jungen gefaßt, nur Mädchen. Mädchen werden einzeln berührt, verstohlen, einmal, nicht mehrere hintereinander, nicht inmitten von vielen und nicht immerzu.

Und ich habe Mutter und Vater. Sie waren keine vertrockneten

Witwenmenschen, sondern ein Liebespaar, das sich seine Frühjahrsdringlichkeit zusaftete. Von meinem dritten bis zu meinem achten Lebensjahr machten die es vor mir. Ich weiß nicht, was sie trieb, es vor mir zu treiben. Zuerst in einem Zimmer auf der Flucht. Da hatten sie nur das eine Zimmer. Sie dachten, dem Dreieinhalbjährigen schade es nicht, ohne eigenes Schoßerlebnis daneben-, davor-, dabeizuliegen, auf Sesseln, und die verkrallten Eltern aufeinanderdringen zu sehen. Die Mutter war bisher mein, war mit mir in dieses Zimmer geflohen und hatte dort eine Zeitlang mit mir gelebt. Den Vater hatte ich kaum gekannt. Der war plötzlich aus dem Kriege ohne Gefangenschaft wiedergekommen, setzte mich aus dem Mutterbett und legte sich selbst dahinein. Später im Elternhaus ging es weiter so. Die Mutter und der Vater hatten mein Bett hinter ihr Bett gestellt, nur durch eine dünne Matte und einen schmalen Gang getrennt.

Ich versuchte zu protestieren. Ich pinkelte nicht oder erst dann, wenn ich nicht sollte. Ich schnaubte mir die Nase nicht. Ich konnte bis zu meinem sechsten Lebensjahr nicht schnauben. Ich produzierte einen Leistenbruch, wütete mit entzündeten Rachenmandeln. Das alles nützte nichts. Schlimmer: Wie als Gegenangriff der Eltern gegen meine Krankheiten bekam ich eine Beschneidung verpaßt, einfach so, als ich fünf war. Die Vorhaut wurde für zu eng befunden. Vorsorge ist besser als zu enge Vorhäute, hatte der Vater beschieden und mich beschneiden lassen. Er machte mit meiner Mutter weiter vor meiner Nase, bis ich acht war, achtdreiviertel, bis zur Geburt meines Bruders. Sie hatten ein großes Haus mit vielen Zimmern. Trotzdem mußte ich bei ihnen liegen, mußte meine Eltern sehen und hören. Warum? »Wegen Heizungsproblemen«, haben sie später einmal dazu gesagt.

Nun ist das Sehen und Hören in mich hineingeschmiedet worden. Ich erschrecke, wenn ich hinter Wohnungs- oder Hotelzimmerwänden fremde Paare miteinander beschäftigt höre, wenn ich sie in Filmen plötzlich sehe. Und ich zittere, wenn ich mir Andreas vorstellen muß. Er erzählt mir alles getreu nach. Ich will es nicht wissen. Oder doch? Ich frage nicht, krampfe mich, wenn es aus ihm sprudelt, lähme mich erneut im Liebesausgeschlossensein.

Als ich von einer Reise wiederkam, stand er nackt im Flur, hatte sich am offenen Fenster gesonnt. Ich bemerkte sofort, daß er sich Brust- und Schamhaare wegrasiert hatte. »Ich wollte mal etwas anders machen«, begründete Andreas seinen neuen Bauch. Das Wochenende hatte er mit einem Freund von mir verbracht, der sein Typ war, dunkel, dick und älter. Der hatte ihm zu seiner Freiheit zugeredet. Das hatte auch der fremde angezogene Herr aus dem Wald getan, der ihm nun nicht mehr fremd war und mich unbedingt kennenlernen wollte. Ich brauchte nicht eifersüchtig zu sein, beschwichtigte Andreas mich, es sei mit beiden nichts passiert. Der Freund hätte eine krumme Angelegenheit, damit könne von vornherein nichts funktionieren. Er war nur mit Gerätschaften in ihn eingedrungen. Und der vornehme Waldmann hatte auch ein Theaterstück geschrieben, war Galerist und wollte wirklich gern meinen beiden armen Malerfreunden helfen. Er war sehr gut gebaut, konnte aber mit seinem Gebäude nichts anstellen, nicht ein einziges Mal hatte es geklappt. Komisch. Sie hatten es immer wieder probiert. Er hatte nur schwer auf Andreas draufgelegen. Und dessen Schoß war verkrampft. Es war ihm nicht der zweite Muskel aufgegangen, als Andreas versucht hatte, in ihn einzudringen.

Ich bin in der Hölle. Mit Heiraten ist nichts. Männer kann ich nicht heiraten. Wann sind die Angelegenheiten gerade, wann funktionieren die guten Gebautheiten, wann öffnen sich die zweiten Muskeln? Kann ich das auch: Mehrbeziehungen, Vielkontakte, Uneindeutigkeit, Fremdtreffs? Nein. Oder jetzt nicht. Ich habe das nicht gelernt.

»Das brauchst du nicht zu lernen«, sagte Rüdiger Lautmann, der nach einer öffentlichen »Diskussion gegen die Diskriminierung der Homosexuellen« vor mir saß, glücklich verheiratet mit seinem Mann.

Wäre ich Rüdiger Lautmann! Hätte ich Rüdiger Lautmann! Warum habe ich nicht Rüdiger Lautmann? Warum muß ich Andreas haben, bin ich verliebt in Andreas, verzückt von Andreas? Warum wähle ich Andreas, der alles, was ich will, nicht will, nicht kann und der Treue nicht erwidern will, der so viel anderes kann, das mir nur Schmerzen bereitet? Erwarte ich Treue, wenn ich eine Woche verreist bin? Andreas macht es nicht, wenn ich da bin. Und die Marokkaner spielten sich vor fünf Jahren ab. Ich will Treue.

Andreas aber hatte sich mit jemandem abends in der Sauna verabredet. »Der ist nicht so wie wir. Du hast ihn doch neulich am See gesehen, wie er mit seinem kleinen Sohn gespielt hat. Der ist genau mein Typ, auch wenn er nicht so ist wie wir, gerade deswegen reizt er mich.«

Also soll doch etwas passieren, wenn ich da bin. Die beiden Wochenendmänner haben Andreas zu seiner Freiheit zugeredet. Und ich soll heute in die Sauna nicht mit.

Als Andreas nachts wiederkam, war er gekränkt – sinnlich nicht angegangen, geistig nicht angesprochen worden. Der begehrte Mann war nur mit seiner Gruppe im Gespräch gewesen. Und alle zusammen hatten Andreas abgehängt. »Hättest ruhig mitkommen können«, sagte er hinterher.

Ich wagte zum ersten Mal, mich aufzubäumen: »Ich bin mir zu schade nur zum gemeinsamen Frühstück. Ich will auch alles andere gemeinsam.« Meine Rede machte Andreas böse. Er fand es »geschmacklos«, ihn auf seine Schwierigkeit hinzuweisen, daß er allein nicht essen konnte.

Ich wollte, als wir unsere zukünftige Zeit planten, für Andreas und mich zwei getrennte Wohnungen haben. Ich fürchtete mich vor der Wohnnähe zweier Beziehungsmenschen. Ich hatte die Nähe schon einmal mit einer Frau erlebt und wußte, daß heute etwas im argen liegt mit dem gemeinsamen Wohnen. Aber Andreas konnte nicht allein frühstücken und wollte deshalb lieber mit jemandem zusammenwohnen. Ich dachte, das Zusammenwohnen mit und die Liebe zu einem Mann unterschieden sich vielleicht von dem Zusammenwohnen mit und der Liebe zu einer Frau. Dieser Gedanke war falsch.

Ehe ich resignierte, öffnete sich die Hölle wieder. Im doppelten Sinne: Andreas' Hölle öffnete sich für mich. Und das Fegefeuer der vielen anderen Männer um ihn entließ mich für eine Weile aus seiner Hitze.

Andreas hatte eine Arbeit bekommen und war dadurch friedlich geworden. Er wollte in der ihm noch verbleibenden Zeit vor Arbeitsbeginn mit mir verreisen. Wir fuhren nach Holland an einen Strand, den die Behörden für Nacktheit freigegeben hatten. Dort gab es einen Ort, an dem sich Männer trafen, nackt, in den Büschen am Meer. Ich zitterte. Aber Andreas war ruhig und suchte den Ort nicht auf, wollte nur mit mir zusammensein.

Ich ließ mich schwer vom Glück wieder einholen, handelte zwar mit Andreas für Lust erneut ungestört, pflanzte aber Zäune der Vorsicht vor dem Garten meiner Gefühle auf.

Ich war von den Schrecken still geworden. Meine Ideale und Wunschbilder hatten sich an der Realität eines mir fremden Menschen gestoßen. Ich konnte sie nicht sofort aus meinem Fühlen, Denken und Handeln herausbringen, besonders nicht so schnell, wie sie von Andreas' Verhalten überrumpelt worden waren. Ich versuchte sie tief in mir zu verstecken. Ich ängstigte mich vor dem Tag, da Andreas sein anderes Sein – das Sein, das mit meinen Wünschen nicht übereinstimmte – mir wieder zeigen würde, es wieder ausleben wollte. Das machen Männer irgendwann: Sie leben, wie sie wollen. Ich hatte es schon an mir selbst erfahren. Ich hatte es noch nicht mir gegenüber erfahren. Mir gegenüber kannte ich bisher nur Frauen, die lernen mußten, sich dem Wollen und Sein des Mannes anzugleichen – früher wurden schwerere Worte benutzt, wie »anpassen« und »unterordnen«.

Seine Mutter hatte Geburtstag. Und er sollte und er wollte dazu zu ihr hin. Er schlief zwei Nächte nicht, wälzte den Gedanken, mit mir bei seiner Familie zu erscheinen: »Meiner Mutter und meiner Schwester ist das ja egal, aber meinen Brüdern nicht, die sind richtige Männer. Mit denen kann ich kein Wort sprechen. Und das wird noch viel peinlicher werden, wenn du dabei bist. Sie merken sicher sofort, was für Freunde wir sind!« Andreas tobte, warf sich im Bett hin und her: »Ich will da nicht hinfahren«, schluchzte er, »sie machen mir meine Liebe kaputt.«

Er steigerte sich in seine Angst hinein, er hatte Angst plötzlich auch vor Mutter und Schwester, die ihm eben noch harmlos schienen. Die Brüder könnten nicht verkraften, daß wir Männer seien,

Mutter und Schwester würden nicht ertragen, daß wir uns liebten. »Ich bin zum ersten Mal in meinem Leben glücklich. Wenn ich ihnen mein Glück zeige, wird es verloren sein. Sie haben keine Lebensfreude, sie saugen mir alles aus.«

Seine Mutter betrieb ein Geschäft. Immer Arbeit und nie Lust. Immer Hoffnung und nie Liebe. Immer erschöpft und unruhig, wartend und rackernd, wütend und wimmernd. Sie sagte zu ihrem Sohn oft: »Für mich gibt es auf der ganzen Welt keine Medizin, die mich glücklich machen kann. Du mußt mal das Kräutlein finden, das für mich irgendwo wächst.«

Mit diesem gefährlichen Satz webte sie ihre Lebenssinnlosigkeit zu Andreas' Lebenssinn zusammen. Aus ihrem Unglück heraus schlug und peinigte sie ihre Kinder und sog dabei zugleich deren Verständnis für sich ein, besonders das von Andreas. In den Jahren seines Erwachsenwerdens hatte sie alle ihre Freuden auf seine Besuche geortet. Ihre Seufzer hatte sie zu einem leisen Piepston gedämpft, den sie ausstieß vom ersten bis zum letzten Moment seines Bei-ihr-Seins. Die Morsezeichen ihrer unerlösten Seele stachen Andreas mit der Unerbittlichkeit einer Gehirnwäsche ins Gemüt.

Seine Schwester lebte vom Anfang ihres Lebens an bis jetzt – vierzig Jahre lang – im Hause der Mutter und klagte und klagte, seit Andreas denken konnte. Wenn er nach Hause kam, fiel sie über ihn her und jauchte Wutgeschichten über ihn aus, die er sich anhören mußte, während sie ihm das extra für ihn gemachte Essen vorsetzte.

Die Frauen lockten Andreas mit Sehnsucht, die er trotz aller Schrecken fleißig hatte und die ihn immer wieder an den Wochenenden und in den Ferien zu ihnen hinzwang. Kaum war er dort, stürzten sie sich auf ihn, als wollten sie ihn zerreißen, und trieben ihn nach kurzem Aufenthalt in die Flucht.

Nachdem Andreas mir eine Nacht hindurch sein Leben erzählt hatte, wurde er ruhig und entschloß sich, mit mir seine Mutter zu ihrem Geburtstag zu besuchen.

Eine alte Frau sitzt inmitten einer Schar von Freundinnen, Nachbarinnen, Cousinen an einem Tisch in einem alten Park. Sie ist dünn und helläugig, ein wenig gekrümmt und mit Blicken, die sofort zur Kollekte meiner Rührung bitten. Das also ist Andreas' Mutter: Frau Andreas.

Die Brüder sind vor uns weggewichen, als hätte die Nachricht oder das Gerücht von Andreas' anderen Verhältnissen sie hinter die Türen ihrer Verhältnisse verbannt.

Im Garten sprengt eine junge schöne Frau die Blumen. Das ist seine Schwester, die er als tobenden Sack beschrieben hat, der dick und dicker wird und nicht weiß, ob er oben oder unten platzen soll. Wir mögen uns auf den ersten Blick. Sie zeigt mir Haus und Garten, und ich denke: »So schön möchte ich es auch haben. Warum habe ich es nicht so schön? Warum lebe ich nicht mit dieser lieblichen Person zusammen, die mir keine Schrecken vor Waldmännern einjagen wird wie ihr Bruder Andreas?«

Ich stehe vor Frau Andreas' Bett, vor dem Frau-und-Herrn-Andreas-senior-Ehebett, das Frau Andreas nach dem Tode ihres Mannes stehen ließ, um fortan die Nächte darin mit ihren fünf Kindern zu teilen, eines abwechselnd das andere. Andreas schlief neben seiner Mutter, bis er vierundzwanzig war. Zu dieser Zeit hatte er seine ersten Erlebnisse mit Männern. Er entdeckte nicht nur seinen Spaß am Mann, sondern bald auch an vielen Männern – drei bis fünf die Nacht, möglichst jede Nacht. Und hatte nun keinen Zusammenhang mehr gesehen zwischen einer Nacht mit seiner einen Mutter und vielen Nächten mit vielen Männern und hatte ihr vorgeschlagen: »Ich komme nur nach Hause, wenn ich in einem eigenen Bett in einem eigenen Zimmer schlafen kann.« Frau Andreas hatte das Angebot ihres Sohnes angenommen und von dieser Zeit an ihr Ehebett mit niemandem mehr geteilt.

Andreas und ich fuhren zurück in unsere Stadt. Er fing an zu arbeiten. Es begann unsere hohe Zeit. Er ging jeden Morgen in sein Amt und kam abends wieder. Ich kaufte ein und machte den Haushalt. Er säuberte die Wohnung. Ich schaute mich nach Abendabwechslungen um, er nähte. Die Wäsche machte mal der eine, mal der andere. Fast zwei Jahre lebten wir in zärtlichem Frieden. Er litt, wenn ich wegreisen mußte, saß dann – wie er mir später eingestand –

Abend für Abend betrunken vor dem Fernseher. Ich litt, wenn er mir erzählte, daß der Blick eines Kollegen ihn in Wallung gebracht hatte, baute mir Phantasien auf, wenn er später als erwartet vom Büro nach Hause kam: »Ob er jetzt was macht, mit dem oder dem, oder mit einem, von dem ich nichts weiß, so zwischen Tür und Angel, im Stehen wie in der Sauna, von der er mir erzählt hat, in der die ganze Belegschaft einer nach dem anderen zu ihm gekommen war?«

Es gab keinen Grund, so zu denken. Andreas sah nur noch mich. Er lag mit mir am See nahe bei der öffentlichen Waldstelle, die mir die ersten Schmerzen bereitet hatte, und schaute mich an, lachte all die nackten Männer aus, zeigte auf ihre Aufgedrehtheiten und »Imposanzen«, auf ihr Wackeln und Darstellen ihrer geschlechtlichen Habseligkeiten: »Darauf war ich mal so vernarrt?!«

Er begriff sich selbst nicht mehr. Ihm schrumpften die brisanten Männerteile anderer zu Hautfalten zusammen. Kein fremdes Auge, kein Bein, kein Glied funkte ihm Erregung zu. Er sah meine blauen Augen, meine rosa Haut, die Ader auf meiner Nase, meine lila-rötlich empfindlichen Augenlider. Er lächelte in mein Lächeln.

Wir waren im Märchen. Wir dachten uns Geschichten aus vom Zusammensein eines ungleichen Paares. Er war ein freches Füchslein, das auch einmal aufgeregt bei anderen Füchsen schnüffeln wollte. Ich war eine Schrippe, die nicht von selber laufen konnte. Das Füchslein mußte sie immer in seinem Maul mit sich herumtragen. Es versprach ihr heilig: »Ich werde dich nie auffressen und nie im Stich lassen.« Manchmal legte das Füchslein die Schrippe ins Gras, dann ängstigte sie sich und machte sich Gedanken, was alles jetzt das Füchslein wohl tun würde, zum Beispiel mit anderen Füchsen. Aber das Füchslein kam bald wieder und rollte vergnügt die Schrippe einen langen Abhang hinunter. Da freute sie sich, denn sie dachte: »Jetzt kann ich auch so schnell laufen wie das Füchslein.« Ein andermal warf das Füchslein die Schrippe weit durch die Luft, so daß die Tiere im Walde sich fragten, was das wohl für eine neue Vogelart sein könnte, die da so merkwürdig herangedreht kam.

In einem anderen Märchen war Andreas Reh und ich Hase, oder er war eine Tanne und ich eine Eiche. Am liebsten waren wir zwei Raben, sahen denen mit unseren Nasen und Denkeaugen sogar etwas ähnlich. Über dem Fenster auf dem Balkon unserer Wohnung nistete sich, kaum daß wir eingezogen waren, in einer Mauerlücke ein Rabenpärchen ein. »Raben sind die klügsten Vögel«, meinte Andreas. So sagten das auch die alten Märchen. Die Raben kamen jedes Jahr wieder. Es wurden mehr und mehr. Wir wußten nicht, ob immer dieselben kamen oder ob die Kinder und Enkel das Nest benutzten.

Ja Enkel! So geht das mit Männern: Da gibt es Märchen und Jahrestage: »Heute vor zwei Jahren haben wir uns kennengelernt«, sagte Andreas. Wir gingen tanzen. Wir versanken. »Ich sah nur noch dich, du sahst nur noch mich.« Wir hörten nicht auf, uns zu sehen, bis hin zum schmelzenden Zellenineinander.

»Das war ja ein vollkommener Liebesakt«, kommentierte Andreas anerkennend den Höhepunkt unseres Liebeslebens.

Unsere Zellen verstanden sich gut, immer. Gab es Streit und Trauer, Arbeitsmühe und Trennungsschmerz, so war alles bald verscheucht, wenn erst unsere Körper wieder zusammenkamen. Dann schwieg alle Last fein still. Und wir lauschten, wie unsere Zellen munter miteinander sprudelten. Aber Enkel?

»Ich tanze mit dir in den Himmel hinein«, hatte sich mein Vater von einer Kapelle bestellt und damit das Verlobungsschweben mit meiner Mutter abstützen lassen. Meine Eltern waren auch in den Himmel hineingetanzt und hatten mit ihrem Zellengewisper mich gemacht. Nun schwebte ich mit meinem Andreas. Unsere Zellen konnten auch so bei- und ineinandersein wie die meiner Eltern. Aber sie machten keine Enkel. Und die verlangt das Zeitalter, das mit Wort und Blick und Schrift meines Vaters bald in mein kleines enkelloses Rabennest eindringen wird.

Nach einem jubelnden Versprochensein lagen Andreas und ich gelöst auf dem Bauch auf dem Bett. Jeder hatte die Füße des anderen an den Lippen. Welch eine Freude es macht, die Füße liebkost zu bekommen, lehrte mich Andreas. Wir vermählten uns ohne Schwur. Wir steckten jeder in den Ring des anderen einen

Finger und genossen es, das um ihn pochende Blut zu spüren. Der Herzschlag des einen gelobte dem anderen: »Ich bin bei dir, du bist bei mir. Das fühlen wir jetzt beide, jetzt.«

»Lieber Gott, warum hat mein Vater jetzt seinen siebzigsten Geburtstag, wohin ich muß?! Andreas' Mutter hatte doch eben erst Geburtstag gehabt. Ich sah das Mutter-Sohn-Bett. Was werde ich bei meinen Eltern sehen?«

Ich riß mich aus Andreas' Ring und traf im Kreise meiner Familie ein. Dort erlebte ich ein Schauspiel. Mein Vater hatte alle greifbaren gepaarten Verwandten meines Alters, aus deren Zellen Enkel wachsen konnten, eingeladen. Er verwandelte das Häuflein ausgelassen Plaudernder allmählich in einen germanischen Richtplatz. Der Vater war Ankläger, die Cousinen und Vettern sollten über mich richten. Er las zur Einleitung eine Geburtstagsgeschichte vor, die um 1800 spielte. Ein siebzigjähriger Mann hält darin, von seiner Familie umgeben, an seinem Geburtstag einen Mittagsschlaf. Der Mann hat Enkel. Mein Vater stellte über seinen Vortrag das Motto: »Siebzigster Geburtstag vor zweihundert Jahren, heute und in zweihundert Jahren« und kam zu dem Schluß: Einen siebzigsten Geburtstag in zweihundert Jahren wird es in unserer Familie nicht mehr geben, weil ich keine Enkel brächte.

Ich schwitzte und schwieg: »Andreas, mein Liebster, was machen wir?! Gott, warum hast du Liebe in Zellen versenkt, nicht nur in Seelen und Geister, ja auch in Zellen, aus denen niemals Enkel entstehen können, was das Zeitalter als Vorbedingung an die Definition von Liebe heftet? Warum tust du mir so etwas an, lieber Gott, gegen dein und deiner Leute Gesetz? Ich will doch auch so lieb sein wie alle anderen hier und meinem Papi Enkel schenken.«

»Ich verstehe nicht, warum du nicht heiratest. Du bist mit den schönsten Frauen, die ich kenne, befreundet gewesen. Und es waren doch sinnliche Gemeinschaften, wenn ich recht gesehen habe?« fragte mein Vater sich und mich und begab sich daran, die Reihe aufzuzählen: »Isolde . . .« – hatte er gehaßt –, »Barbara . . .« – fand er zu dumm –, »Margarete . . .« – war ihm zu alt –, »Veronika . . .« – hatte vor mir zu viele Männer gehabt, »ein gebrauchtes Fahrrad«, nannte er sie –, »Karin . . .« – aus Karin ließ sich nichts machen, weil sie in der DDR lebte –, »Sabine . . .« – hielt er für zu jung –, »Sylvia . . .« – fanden ausnahmsweise ich und er gut. Aber Sylvia wollte eine eigene Entwicklung machen, nicht an der Seite von mir, und sie wollte nicht für Vermehrung leben.

Ruhig redete ich endlich: »Ich bin vierunddreißig. Du warst fünfunddreißig, als ich geboren wurde. Du hast zwei Söhne, ich habe noch einen Bruder . . .« – »Auf dem ältesten lastet zuerst das Gebot, sich fortzupflanzen«, schnitt der Vater in mich hinein. Ich kam nicht gegen ihn an. Ich schaute auf meine Hände: »Wie soll ich meinem Vater Andreas' pochenden Ring um meinen Zeigefinger erklären?«

Ich nahm mir nach diesem Richttag vor, Andreas meinen Eltern langsam nahezubringen. Ich dachte: »Ich fange zwanglos an, überrasche sie in einem Ferienort, komme da so zufällig vorbei, und Andreas ist ein Freund, der zufällig mit vorbeigekommen ist.« Dieser Anfang nützte nichts. Eine Freundin, die den Eltern gezeigt wird, ist immer eine Zellenfreundin. Ein Freund ist das nicht.

Andreas saß neben meiner Mutter. Die Kopfformen, das Augenniederschlagen, die Maße des Gesichts, die schmalen Glieder, die kargen Gesten . . . meine Blicke gingen hin und her und verglichen all das mich bestürzende Gleich: Andreas und Frau Volker, Volker und Frau Andreas? Aber ich wollte davon jetzt nichts wissen, sondern mich erst bei meinen Eltern mit meinem Freund darstellen.

Ich brachte ihn zu Weihnachten mit nach Hause. Die Eltern waren gut aufgelegt. Sie machten Fotos von uns und sich, und von den Söhnen und sich, und von den Söhnen und Andreas, und von sich und Andreas, und schließlich von allen zusammen. Mein Vater redete klug mit Andreas. Er wollte ihn wiedersehen und noch ausführlicher mit ihm sprechen, »noch vertiefter« meinte er. Er sagte am nächsten Tag am Telefon zu mir: »Andreas ist der netteste Freund, den du je mitgebracht hast, viel netter als der Rainer von damals.«

Der damalige Rainer war kein Zellenfreund gewesen. »Dachten

meine Eltern denn das? Ich werde aus ihnen nicht klug. Wissen sie nun von Andreas, oder wissen sie es nicht?! Muß ich jetzt seinetwegen vor meinen Eltern eine Erklärung abgeben?!« Die politische Bewegung der anderen Männer sagt: »Ja!« Ich war schon seit langem durch die Blume sprechend auf meine Eltern zugegangen. Es stand in meinen Büchern, daß ich mit Männern etwas vorhatte. Meine Eltern lasen sie nicht oder nur bis zu den Stellen, an denen genauer stand, was ich mit Männern vorhatte. Mein Vater fragte: »Was geschieht in einer Männergruppe? Kann ich da auch hinein?« Ich hatte es im Fernsehen deutlich gesagt. Die Sendungen mußten meine Eltern zufällig verpaßt haben. »Stern« und »Spiegel« hatten unmißverständliche Sätze über mich geschrieben. Die Zeitschriften hielten sich meine Eltern nicht.

Nach einem Jahr Ächzen und Zweifeln schickte ich im dritten Jahr meiner Beziehung zu Andreas einen Brief an meine Eltern. Er bestand aus einem einzigen Satz. Ich brauchte für seine Niederschrift einen Achtstundentag. Der Satz lautete: »Wenn Ihr mich besuchen wollt, sollt Ihr zuvor wissen, daß ich mit Andreas in einer . . .« – Jetzt kommt es darauf an, wie ich es genau formuliere, zur Auswahl stehen zur Verfügung: in einer Männerbeziehung, Liebesbeziehung, sexuellen Beziehung, homosexuellen Beziehung, nahen Beziehung, sehr engen Beziehung, schon lange bestehenden Beziehung, wirklich guten Beziehung, ach, ich entscheide mich für: daß ich mit Andreas in einer – Beziehung lebe.

An der Wirkung dieses Satzes konnte ich nicht mehr zweifeln. Mein Vater hatte nach der Lektüre des Briefes zum Brockhaus gegriffen, unter dem Stichwort »Homosexualität« nachgeschaut und mir den für ihn wichtigsten Satz auszugsweise in seinem Antwortbrief zitiert: »Heilungsaussicht besteht bei Heilungsabsicht.« Den beiden Schlagwörtern hatte er auf vier Seiten dies folgen lassen: Alle Mühen und Kosten würde er nicht scheuen, um mir eine Psychotherapie angedeihen zu lassen. Noch eine? Eine hatte er schon für mich bezahlt. Mein Vater argumentierte, ich sei unglücklich und müsse auf meinen Ruf als Schriftsteller bedacht sein. Zum ersten Mal benutzte er diese Berufsbezeichnung für mich, den er bisher »geistigen Gelegenheitsarbeiter« genannt hatte. Dann kam in seinem Brief noch das Wort »unnatürlich« vor. Das betraf, glaube ich, die Enkel.

Meine Mutter schrieb an mich einen Brief mit getrennter Post. Sie sei der »Meinung von Vater«, stand darin. Diesen Brief widerrief sie nach drei Wochen mit der Begründung: »Die Meinung von Vater beruht auf Vorurteilen. Sie ist nicht meine eigene Meinung.« Drei Meinungen gab es nun. Ich meinte, daß ich Andreas liebte. Mein Vater meinte, ich sei krank, unglücklich und unnatürlich. Meine Mutter meinte das, was mein Vater meinte, nicht. Das war nach neununddreißig Ehejahren ihre erste Meinung, die sich für mich erkennbar von der Meinung meines Vaters unterschied.

Ich fühlte mich gut. Ich stand Auge in Auge mit dem Vater da. Ich schrieb einen Brief an ihn zurück. Nun sei es aus mit seiner »Weichenstellung« für mein Leben. Und seinem Aufruf: »Werde, was du bist!« käme ich nach. Ich sei Schriftsteller und liebte einen Mann, was ich schon immer gewollt hätte. Welch eine Gewalttat gegen Andreas, ihn für den Vater und die Normen aufgeben zu sollen! »Und denkst Du nicht an Andreas?« schleuderte ich ihm entgegen. Ich schleuderte nach kurzer Zeit noch einmal, als er mir tausend Mark schickte: »Ich will kein Geld, sondern will wissen, wie Du zu Andreas stehst.« Ich mutete ihm beim nächsten Geburtstag eine Glückwunschkarte zu, unterschrieben von »Deinem Andreas und Volker«. Der Vater versuchte die Spaltung, schrieb: »Komm doch bald vorbei, wir sprechen uns aus.« Andreas wollte er nicht sehen. Er probierte, mich zu behalten, Andreas als nicht da und meine Beziehung zu ihm als nicht existent zu betrachten. Ich durchschaute das, wies den Vater zurück, der Kontakt brach ab. Nicht ganz, denn die gute Mutter mit ihrer anderen Meinung schrieb weiter ihre Briefe, und ich schrieb ihr froh zurück. Ich dachte: »Endlich habe ich sie für mich. Sie ist für mich, hat wegen ihres Sohnes eine Meinung, die nicht die Meinung des Vaters ist, erzählt von ihm und grüßt von ihm in jedem Brief.«

Ach, wie ging das so schön weiter. Ich hatte alles richtig gemacht: sich darstellen und den Eltern die Wahrheit sagen und zu sich stehen. »Die Eltern verdrängen sonst auf unsere Kosten«, hatte Andreas gesagt. Immer hatte ich schwitzen müssen, wenn der Vater mich nach Frauen fragte und auf Enkel hinauswollte. Und wenn Kollegen und Verwandte sich nach »Volker« erkundigten, konnte er sagen: »Der lebt mit Freundin XY zusammen«, oder: »Der lebt allein«, oder: »Der lebt in einer Wohngruppe mit mehreren Frauen und Männern«. Das war dem Vater nun nicht mehr möglich. Er mußte lügen oder schweigen oder das ihm Ekelhafte den Leuten ins Gesicht sagen.

Andreas und ich dachten, wir seien über so viel Darstellen in beiden Elternhäusern glücklich. Wir waren es seltsamerweise nicht. Es kam eine komplizierte Zeit, ähnlich quälend wie die Zeit, die wir am Anfang in unserer Stadt verbracht hatten, in der Spanne zwischen dem Frau-Andreas-Telefonat über die Problematik der Eindeutigkeit und Andreas' Arbeitsbeginn. Andreas rückte von mir ab mit einer Begründung neuer Art: Für einen Mann sei es unmöglich, seine Mitte dauernd bereitzuhalten. Er wollte das jetzt nicht mehr. Er schimpfte auf mich, daß ich festgelegt sei und immer nur das eine wolle. Sinnlichkeit sollte doch spielerisch und abwechslungsreich sein: »Alle Techniken sind wichtig«, sagte er, »reiben kann ich jeden Tag. Vom Internat her bin ich das so gewöhnt.«

Gegen den Vater motzte ich auf, gegen Andreas nicht. »Ja, natürlich«, sagte ich nach seinen Sätzen gegen das Eindringen und wurde rot, weil ich an die Frauenbewegung dachte. Sie hatte gesagt: Reinstecken ist falsch. Bei Frauen. Listig hatte ich mich zu einem Mann geschlichen und dort zwei Jahre lang meine Ruhe gehabt. Plötzlich sagte der das gleiche wie die Frauenbewegung: Die Öffnungen hätten es in der Männergesellschaft schwer. Das müsse ich doch wissen. Sie gelten nichts. Nur der Stab sei etwas wert.

Also gut. Ich lernte das Miteinanderreiben. Aber Andreas war trotzdem nicht zufrieden mit mir. Er wollte nicht, daß ich mich an ihm hochschaukelte und mich immer auf ihn bezog, und vor allem wollte er nicht, daß ich dauernd auf ihn mit Erwartungen losging, wollte auch nicht, daß ich weiter so entrückt an seinem Halse flüsterte wie beim Ineinandersein. Das Reiben sollte im Vorbeigehen geschehen. Er verglich die geschlechtlichen Freuden mit Mahlzeiten. Nicht immer wolle er Kaviar, Sekt, Spargel, Lachs zu sich nehmen. Oft äßen wir doch nur ein Butterbrot. So müßte ich mir das Reiben vorstellen, wie Stulle im Stehen.

Andreas hatte noch ein besseres Rezept, mich herunterzuschrauben. Er hielt Ausschau nach einem Dritten. »Auflockern der Enge« war seine Devise. Ein Mann kam in unsere Nähe, mit dem wir beide konnten. Andreas begehrte ihn. Und der Dritte war artig und sagte, er begehre uns beide. Andreas drängte ins Bett zu dritt. Ich zitterte. Der Dritte hatte eine zu enge Vorhaut und machte sich deshalb nichts aus Eindringen. Mein Hauptproblem blieb dieses Mal noch vor der Tür. So fand ich das Dreierbett nett. Es war etwas deutlich anderes als das Zweierbett mit Andreas. Ich hatte das Gefühl, daß wir drei nichts mehr mit Mami–Papi, Frau und Mann, zu tun hatten. Andreas sagte: »Ich liebe euch beide.« Das verletzte mich, weil der Dritte zu schnell auf der Stufe meines Geliebtwerdens angekommen war. Andreas konnte das eben: zwei Männer eins, zwei, drei gleich lieben. Es entspannte ihn, daß er durch den Dritten nicht mehr meiner Konzentration ausgeliefert war, die ihn mehr zu bedrücken als zu beglücken schien.

Der Dritte, Andreas und ich hatten drei schwerelose Dreierbetten, so daß ich schon dachte: »Das ist die Lösung!« Aber die Geschichte mit dem Dritten verschiefte sich alsbald. Ich mußte eine Reise machen. Andreas blieb mit ihm eine Weile allein. Die Beziehung zwischen den beiden wurde heikel. Andreas behauptete, der Dritte ähnele seinem ältesten Bruder und er selbst, Andreas, ähnele der Mutter des Dritten. Zwischen ihre Lust aufeinander schob sich von Treffen zu Teffen immer mehr Haß gegeneinander. Plötzlich war für Andreas der Dritte nur noch gräßlich. Ich hingegen begann ihn zu lieben. Daraus ließ sich jedoch nichts machen, denn Andreas kam mit ihm in immer größere Schwierigkeiten. Ich wollte Andreas nicht verlieren, und eine Beziehung zu zwei einander feindlich gesonnenen Menschen konnte ich nicht aufrechterhalten.

So passierte es noch oft: Andreas stach mir nichts, dir nichts einen Mann körperlich an, wollte aber nicht die Konsequenzen tragen, die er ausgelöst hatte. Ich blieb jedesmal auf den Männern menschlich sitzen, mußte lieben und trösten, erklären und entschuldigen.

Andreas brach alsbald noch prinzipieller von mir auf. Es ging ihm nicht mehr nur um einen Dritten. Er wollte an etwas Väterlich-Männliches heran. Und da kam auch gleich ein Vatermann ins Haus, als ich auf einer Reise war, Andreas hatte schon das Bett aufgemacht und alle Kerzen in der Wohnung angezündet. Aber der Herr Vater hatte Andreas' Mitteangelegenheiten nur freundlich in den Mund genommen und ihn mit mehr auf Weihnachten vertröstet. Andreas und ich sollten zu ihm und seiner Frau zu Besuch kommen.

Das Fest des Friedens wurde Krieg für mich: Andreas glimmt das ganze Weihnachten für den Mann da auf, und ich stöhne vor mich hin, zappele, um Erbarmen bittend, hinter Andreas her. Die Frau des Mannes und ich scheinen wie aus einem Gefühl zu handeln, um unsere Männlein wieder unter unsere Fittiche zu bekommen. Und so kommt denn alles so, daß sich kein neues Bett für Andreas und den Ehe- und Vatermann ergibt.

Andreas begann plötzlich in Wut auf Väter auszubrechen. Die wollten doch nur die Söhne der Geliebten sein. Der dicke Weihnachtsmann hätte sich nur hingelegt und gesagt: »Das war mein schönstes Erlebnis.« Und Andreas hatte nichts erlebt! Hinlegen der Vater! Schönstes Erlebnis! Einen so Großen hatte er und sich immer nur gewundert, daß der inmitten von Andreas reingehen kann. »Kann!« schimpfte er. »Aber wollen tat er es nicht! Bloß mein Baby wollte er sein! Lutschen und liegen nur! Könnte dem so passen!«

Und als ob Andreas sich erinnert hätte, daß sein armes, ihm aufgeregt nachgedrehtes Brötchen immer brav wollte, kam er zurück zu mir, lächelte mich an und sagte drei Monate lang zu dem Schönsten, das es für mich gab: »Immerzu!«

Ich war verwirrt über das, was in dem halben Jahr nach dem Brief an meine Eltern geschehen war. Nebelschwadenmilchig zog der Gedanke an mir vorüber: »Das hat doch wohl nichts mit meinem Vater zu tun?!« Während der zwei Jahre Glück wußte er nichts von Andreas und mir. Seit Andreas' Vatermann-Unruhen wußte mein Vater von uns. Als Andreas mit mir herummachte, mich dahin und dorthin schubste, kam ich mir vorbehäutet vor, wie es der

Dritte war. Ich konnte in Andreas nicht eindringen. Er entglitt mir. Der vom Vater diktierten »Heilungsaussicht« kam ich zwar mit »Heilungsabsicht« nicht nach. Aber meine Absichten gegenüber Andreas verschwammen. Oder er muß mich verschwommen wahrgenommen haben. Verschwimmen haßte er. Schwäche haßte er. Sich-unter-ihn-Legen haßte er. Schwanken, Verunsichertsein haßte er.

Während unserer Urlaubsreise im Herbst hatte Andreas plötzlich zu mir gesagt: »Ich finde dich blöd, ich weiß auch nicht, warum.« Das war zum ersten Mal passiert. Die Reisen waren bisher Höhepunkt unseres Zusammenlebens gewesen. Ungestört von beruflichen Sorgen und unbelästigt von familiären Problemen konnten wir ineinander aufgehen und einander durchdringen. Die Reise nach meinem Brief an meine Eltern war unbehaglich. Andreas piekte unaufhörlich mit Wörtern und mit Handlungen in mich hinein. Mein Wille zu ihm hatte sich nicht geändert, mein Fühlen auch nicht, und doch war in dem halben Jahr nach der »Heilungsaussicht« der Teufel zwischen uns gefahren.

Als vor Jahren der Vater von meiner Beziehung zu meiner Freundin Margarete erfuhr, die sehr viel älter war als ich, schaute er mich unanständig an, in einer Weise, wie sich nie ein Mensch mit seiner Mitte benehmen kann. Er gab nicht zu, daß er etwas wußte, er durchbohrte mich nur mit seinem wissenden Blick. Ich geriet in panische Scham. Und nach kurzer Zeit brach ich die Beziehung zu Margarete ab. Mein Vater und ich hatten nie ein Wort darüber gewechselt. Das Gefühl schlich sich bei mir ein, daß sein Blick die Kraft hatte, mich von Margarete wie abzusengen. Unheimlicher Gedanke. Unheimliches Geschehen, das geschah, als ich Anfang Zwanzig war.

Mit Andreas ging alles wieder gut. Der Liebling lag, ohne einen Mucks zu murren, bei seinem fleißig-fröhlichen Landmann. Aber es beunruhigte mich, daß ich noch einmal durch meinen Vater von einem geliebten Menschen hatte abgebracht werden sollen.

2 Andreas hatte Probleme mit seinem Chef, die sich so zuspitzten, daß er seine Stelle kündigte. Er wollte sich nicht gleich woanders bewerben, sondern erst einmal Pause machen. Er hatte fast sieben Jahre gearbeitet, und er hatte Geld gespart. Am liebsten wollte er ein Ruhejahr einlegen. Das konnte er sich leisten. »Gott macht am siebenten Tag seiner Schöpfung nichts. Und den Anthroposophen bekommt es sehr gut, alle sieben Jahre nicht zu arbeiten«, sagte er. »Ein ganzes Jahr Pause!« frohlockte ich. »Dann kannst du ja wieder mit mir reisen, und wir können . . .« – »Wir könnten in das Haus meiner Mutter ziehen, vorübergehend zumindest«, schlug Andreas vor.

Frau Andreas lebte allein in zehn Zimmern, bewohnte im Haus aber nur drei Räume. Ihre Tochter war nach vierzigjähriger Gemeinschaft mit ihrer Mutter vor über einem Jahr ausgezogen. So gab es Platz genug für uns. Wir mußten nur ein wenig die alten Möbel hin und her rücken. Ich hätte Ruhe zum Schreiben und zum Schlafen, könnte im Sommer draußen sitzen. Andreas wollte den Garten bearbeiten und kochen. Ich könnte mit dem Theater in der Stadt seiner Mutter zusammenarbeiten. Wir wollten das Haus von Frau Andreas durch und durch beleben, zur Begegnungsstätte machen, die Zimmer wiederherrichten und viele Menschen zu Besuch einladen. Und ich könnte Lesungen dort veranstalten. Im größten Raum würden wir nun endlich das uns am See versprochene Himmelbett und den erträumten Flügel aufstellen. Aus dem großen, breiten Bett wollten wir durch die vielen Fenster weit in das Land hineinschauen. Ja, ja, ja.

Wir kamen an.

Nicht zu reden davon, daß Frau Andreas uns nur die zwei leeren, kaum über dem Erdboden gelegenen Räume zuwies, die seine Schwester bewohnt hatte. Nicht zu reden davon, daß wir keinen Gegenstand im Haus verrücken durften, daß wir um jeden kämpfen mußten, den wir für uns in den zwei leeren Zimmern brauchten. Ich will reden von dem, was mit uns passierte, als wir zur Mutter von Andreas zogen. Dieser Vorgang löste unsere zweite Krise aus. Es war die erste heftige, die die Beziehung zwischen Andreas und mir an der Wurzel bedrohte.

Nachdem wir kaum ein paar Tage im Hause zugebracht hatten, schlug Andreas vor, daß wir uns für einige Zeit trennen sollten. Ich hätte doch eine größere Arbeit zu schreiben, die könnte ich sicher besser in Angriff nehmen, wenn ich allein sei.

»Ach! Sollte ich nicht bei ihm in Ruhe sitzen und schreiben? Wollte er nicht in Ruhe den Garten machen und das Mittagessen kochen? Aber gut, es war etwas daran: Ich schrieb am meisten, wenn ich einsam war«, fiel mir, Andreas entgegenkommend, rechtzeitig ein. Ich reiste ab.

Andreas lebte mit seiner Mutter allein in ihrem Haus. Ich lebte mit meiner Arbeit allein in der Wohnung in unserer Stadt. Es war Sommer. Andreas besuchte einen alten Freund und machte mit ihm Ausflüge aufs Land. Er erzählte mir stolz am Telefon, daß der Vater des Freundes sich überraschend in ihn verliebt hätte und für den Sohn in Südfrankreich ein Haus kaufen wollte. Andreas sollte mitkommen, den Vater beraten und eine Weile mit dem Sohn dort unten wohnen.

Andreas ging in der Stadt seiner Mutter in eine Männergruppe, die fortgeschritten war und Männerlustübungen machte. Er stellte sich zur Verfügung, denn er konnte diesbezüglich schon alles, wußte, wo es langging, vor allem, wie. Er flammte auf einen Architekten los, einen Lehrer und einen Soziologen. In den Architekten hatte er sich verliebt. Und dann kamen noch Frauen dazu. Der Architekt hatte eine. Und sie sollten es zu dritt probieren. »Wenn ich sehe, wie es geht, und wenn ich nicht allein bin mit einer Frau, die sich doch bloß in mich verkrallt, dann geht es vielleicht auch bei mir«, hoffte er sich auf sein erstes Frauenerlebnis zu.

Er schrieb mir eine flotte Karte: »Mir geht es gut. Meine Mutter bedroht mich wider Erwarten nicht. Ich bin hier sogar geil. Kommst Du mit Deiner Arbeit gut voran? Dir alles Liebe und Gute, mit vielen Küssen, Dein Andreas.«

Nach dem Telefonat über den Frankreich-Plan war etwas Unsicherheit in mich hineingeweht. Der Vater des Freundes hatte sich in Andreas verliebt, nicht Andreas in ihn. Andreas wollte Vatermänner, aber der gute Geschäftsmann würde wahrscheinlich nicht so schnell tätig werden. In den Frankreich-Plan wurde ich nicht mit einbezogen. Wann würde Frankreich sein, wie lange sollte Frankreich dauern?

Als die Männer der Männergruppe kamen, keine fremden, sondern greifbare, wiedersehbare, vorbeikommbare Männer, beziehbar zu meinem mannbaren Andreas, wollte ich gern denken: »Wie schön ist das für Andreas, und wie gut ist das für die Männer, wie wichtig ist das für uns alle, daß Männer Lust miteinander üben, anstatt zu rauchen, Formeln auszuklügeln, Geschäfte und Kriege zu machen.«

Aber ich konnte das nicht denken. Ich stürzte erbärmlich ein, ließ mich im Brennpunkt eines ungeheuren Schmerzes treffen, als Andreas seine nächste heitere Karte schrieb: »Ich bin hier etwas verliebt. Wir haben es schon zweimal versucht. Aber bei dem Architekten ging es nicht, so neu ist für ihn der andere Mann im Bett. Du kannst deshalb unbesorgt sein, der Punkt Deiner Eifersucht blieb bisher unberührt.«

»Was heißt ›bisher‹? Warum ›bisher‹? Und was ist morgen? Was ist gleich? Was ist jetzt? Heute nacht?« Ich schlief nicht mehr richtig ein, wachte sofort auf, wenn der Schlaf mich doch überrascht hatte. Ich dachte nur immer wieder das eine: »Jetzt! Jetzt ist es soweit. Jetzt ist da jemand, jemand da bei meinem Andreas, meinem Andreas drin. Es kann sich nur noch um Minuten handeln, daß das Jetzt wirklich jetzt wird. Oder es ist schon jetzt. Jetzt. Jetzt. Andreas, Andreas! Mami, Mami, Mami! Andreas-Mami.« Meine Adern krempelten sich heraus. Ich lag angeschmiedet in meinem Bett und starrte mit meinen Fischaugen auf Andreas. Aber es ging nicht um ihn. Es ging um mich und um meine Mami. Endlich kam es heraus. Ich schüttete die beiden Wörter aus mir, brüllte: »Andreas, Mami, Andreas-Mami, verlaß mich nicht!« Andreas hörte mich nicht, war nicht da, griff in die vollen! »Geil«, »verliebt«, »Architekt«, »zweimal«, »Punkt«. Und er tat es, ob ich schrie oder nicht, tat es mit jemandem und noch mit jemandem und mit dem und dem und dem, so rum und so rum und noch mal so herum und noch mal und, hast du es nicht gesehen, noch mal und noch einmal. Immerzu. Jede Nacht, Nacht, Nacht. Jede.

Ich stach mich in das Geschehen hinein, das in mich hineinstach.

Andreas lag auf dem Rücken, hatte seine Beine hoch, und ein schwerer großer Mann lag auf ihm drauf und hatte sein großes gründliches Ding mitten in ihm drin. Und Andreas schlug die Arme um den Rücken des Mannes und verdrehte die Augen, warf den Kopf zurück, keuchte. Das hörte nie auf. Mit mir ging es immer so schnell. Warum dauerte das so lange mit dem anderen? Das Bild war immer da. Wenn ich aufwachte, war es wieder da. Die ganze Nacht. Und alle Nächte.

Ich versuchte, mich an den ersten Schmerz, den originalen, zu erinnern. Ich lag in meinem Bett im Schlafzimmer meiner Eltern. Der Raum hatte zwei Türen, ein Fenster, eine gerade Wand und eine Nische. Das Doppelbett von Mutter und Vater stand in der Mitte, ohne eine Zimmerwand zu berühren, denn an der einzigen freien Wand mußte ein großer Schrank untergebracht werden. Um am Kopfende des Bettes nicht ungeschützt zu sein, hatten sie an dieser Seite eine Matte aufgestellt, die sie »spanische Wand« benannten. Hinter der Matte blieb noch ein Gang frei, der zur Nische führte. In dieser Nische stand mein Bett, getrennt vom Bett der Eltern nur durch den schmalen Gang und die spanische Wand. Die Matte war aber weder eine akustische noch eine optische Trennung zwischen meinem Bett und dem Bett meiner Eltern. Sie bestand aus dünnen verknüpften Stäbchen, die so viel Zwischenraum ließen, daß durch sie hindurchgesehen werden konnte, wenn hinter ihr Licht brannte.

Ehepaare lieben es, an die Wände über dem Kopfende ihrer Betten Bilder von Engeln aufzuhängen, die bei ihrem Treiben zuschauen, sie ermuntern und sie beschützen sollen. Ich war ein lebender Bettengel, der immer wieder das gleiche vorgesetzt bekam. Ich wachte von Geräuschen auf. Meine Eltern waren ins Zimmer gekommen und bereiteten sich zum Schlafengehen vor, zogen sich aus und schlichen flüsternd, knisternd zwischen Bett und Kleiderschrank hin und her.

Schließlich stiegen sie in langen weißen Nachthemden behutsam ins Bett. Ich sah, wie sie ihre Köpfe zueinandersteckten und jeder den Kopf des anderen streichelte. Ich sah ihre Gesichter nicht. Ich hörte nichts. Sie bewegten sich nicht. Ich sah nur ihre Haare und des einen Finger in den Haaren des anderen. Und als eine lange Zeit verstrichen war, erhob sich mein Vater, stellte sich auf das Bett und schaute über die spanische Wand direkt in mein Gesicht. Ich sah ihn sich langsam aufrichten. Ich hätte schnell meine Augen schließen können. Aber als ob der Muskel mir versagte, blieben meine Augen offen. Sie weiteten sich sogar, wie um dem Vater zu zeigen: Siehe, dein Sohn ist wach. Unsere Blicke trafen sich. Mein Vater hatte bei diesen Momenten, die sich ungefähr vier Jahre lang – ich weiß nicht, wie oft – wiederholten, einen dreisten Gesichtsausdruck. Spitzbübisch, vielleicht sogar ein bißchen die Zunge heraus zum: »Ätsch, ich tu jetzt was Verbotenes, da kannst du glotzen, soviel du willst, du störst uns nicht.« Wenn er gesehen hatte, daß meine Augen geöffnet waren, nahm er von einem Stuhl seinen Bademantel und hängte ihn über die spanische Wand an der Stelle, an der meine Mutter lag. Das Licht blieb an. Und meine Erinnerung löschte aus. Der Bademantel verhängte mir nicht nur die Augen, sondern auch die Ohren. Ich glaube mir nicht, daß ich nie etwas gesehen, nichts gehört habe. Erst als ich erwachsen war, wachte ich zwei-, dreimal vom Gekeuche meiner Eltern – wahrscheinlich nur von dem meines Vaters – auf. Das war in der Zeit, als wir die DDR verlassen hatten und in der BRD in einem Lager zu viert in einem Raum leben mußten.

Es gab auch in den »Spanische-Wand«-Nächten etwas zu hören. Und sicher bin ich manchmal aufgewacht, wenn meine Eltern schon mitten dabei waren. Aber das Kind vergißt es, ist noch so brav, dem Vater mit aufgerissenen Augen anzuzeigen, daß es wach ist, erfleht sich den Bademantel, damit es nicht wieder sehen muß, und hat doch manchmal gesehen und hat vergessen. Und muß nun nach Jahren Andreas sehen, hundertmal, was ihm nichts nützt.

In dem kleinen Zimmer, in das meine Mutter mit mir geflohen war, kurz nach dem Krieg, und in dem mein Vater plötzlich erschien, gab es keine spanische Wand, keine Nische, kein Doppelbett. Da gab es nur ein kleines Bett, das meine Mutter und ich geteilt hatten, und einen Sessel. Und als mein Vater kam, mußte ich in dem Sessel schlafen. Ich weiß das nicht mehr. Aber ich muß dort geschlafen haben, zusammengekrümmt. Und ich muß die Beine meiner Mutter von unten gesehen haben und meinen ordentlich verliebten Vater in ihre Mitte dringen. Ich erinnere mich nicht daran. Deshalb verfolgt mich Andreas, wie er da so liegt. Und weil er locker Männer lockt und mit jedem kann, wie er sagt, kommt mit jedem Mann mein Vater her, und ich bin an meine Phantasien geschmiedet, in Blitzeinbrüchen zwei sich wälzende Leiber sehen zu müssen, einen fremden und einen vertrauten, geliebten Leib, den Leib meiner Mutter, den ich nie sehe, dafür den Leib von Andreas, der mir bei jeder Phantasie vom eigenen Leib gerissen wird, als sei er zu einem Organ von mir geworden.

Einmal saßen wir bei einem Konzert in einer etwas erhöhten Reihe im Saal, so daß alle Menschen auf den Seitenplätzen uns anschauen konnten, wenn sie die Köpfe zu uns nach hinten wendeten statt nach vorn zum Podium. Ich schaute nach rechts, sah dort einen großen, imposanten, dunkelhaarigen Mann sitzen. Sein Blick traf den von Andreas. In einigen Sekunden war ich in Schweiß gebadet, weil ich Andreas sich mit dem Fremden wälzen sah. Ich drohte zu ersticken, mußte das Jackett ausziehen, die Hemdknöpfe öffnen, mit dem Programmheft mir Luft zuwehen, wollte aufspringen und hinausrennen. Nur mühsam gelang es mir, mich wieder zur Ruhe zu bringen und mich auf das Konzert zu konzentrieren.

Meine Blitze trieben es so weit mit mir, daß ich friedlich an einem Ort allein sitzen konnte und plötzlich einen Mann sah, von dem ich wußte, er würde Andreas gefallen. Der war nicht da, würde den Mann nie kennenlernen. Und doch fuhr Hitze in mich ein. Ich litt wieder Erstickungsnot: »Mit dem da könnte Andreas, würde Andreas, wollte Andreas, wenn der es auch wollte. Und die meisten wollen ja, zumindest mit Andreas. Ich weiß es: Er hat all die Zeiten unseres Friedens hindurch auf das Wälzen gelauert. Ich habe es bemerkt. Da ein Blick, hier ein Zucken, dort ein Luftholen. Und oft ein Ton, ein leise angesungener, lautes Loslegen vorbereitender, summender Ton, den Andreas ausstößt, wenn er auf einen Mann trifft, der ihm gefällt. Er hat nur eine Pause gemacht. Das Wälzen mit anderen, mit fremden Männern wird er immer im Sinn behalten.«

Plötzlich war es aus ihm herausgekommen: »Es befriedigt mich nicht richtig mit dir.«

Was? Ich tat alles, was er wollte, war immer erregt, konnte lange oder kurz, wie er es gern hatte. Mein kleiner Guter war normal groß und normal prall. Ich war auch mit Reiben zufrieden. Und ich spürte seinen Stab gern in mir. Ich machte alles mit.

»Ich begehre den Abgrenzungsakt«, sagte Andreas, »du aber machst es vereinigend, vereinnehmend.«

Ich war blöde vor Schreck: »Ist es nicht für die Frauen mit mir am schönsten, weil ich es verschmelzend tue?« dachte ich.

»Du bist kindlich. Deine Sexualität ist kindlich«, beschied mich Andreas.

Da hatte ich meine spanische Wand. Ich bin dahinter liegengeblieben, will an Mamis Bauch, will wieder mit ihr vereint sein, wie im Fluchtzimmer, bevor der große fremde Mann kam, der sich »Vater« nannte und sein dickes Ding zwischen seinen unverschämten Backen in die Mamimitte stieß, direkt vor meinen Augen. Und wie machen es die anderen Männer mit Andreas? Abgrenzen, wegstoßen? Nicht heranziehen und hineinkriechen, nicht verschwimmen im feuchten Offenen, nicht sich versenken in Schoß und Bauch? Alle Zeitgenossen wollen das doch, was sie »Zärtlichkeit« nennen und was nur Andreas nicht will.

Nichts half mir, auch kein Frauenlustgeflüster, das ich mir zur Erinnerung noch einmal in mein Ohr holte, um mich zu vergewissern, wie es dort geklungen hatte. Andreas flüsterte nicht, und es kam auch kein Flüstern bei ihm an. Mit Ehrfurcht hatte ich bei ihm gelegen und mit Dankbarkeit, daß ich da liegen und reinkommen durfte. Das behagte ihm nicht. Ich »nahm« ihn nicht, wie man so sagt. Nie verführte ich ihn, bezwang ihn nicht, schwächte ihn nicht, vergewaltigte ihn nicht. Ich wartete und freute mich und war nie ungeduldig, nie mißgelaunt, nur ein bißchen traurig, wenn er nicht wollte, und ich war ergeben froh, wenn ich wieder durfte.

Ich war eine Schrippe, die von dem Ersatzbettsessel nur einen kurzen Moment zurückgeholt wurde in das Fluchtzimmerbett an den Bauch der Mami. Der fremde Mann war nur eben mal hinausgegangen. Er konnte jederzeit wieder hereinkommen, und dann hatte die Mami etwas sehr viel Wichtigeres mit ihm zu tun, als meine Dankbarkeit an ihrem Bauch zu spüren. Wieder mußte ich in den Sessel zurück, blieb da bis heute. Ich sprang nicht auf und rannte nicht weg, kam nie hinter der spanischen Wand hervor, sagte nie den einzigen Satz, der mir meine Ehre wiedergegeben hätte: »Eltern, was macht ihr da eigentlich?« Ich schlief brav ein, pinkelte dafür nachts wieder ins Bett und verweigerte am Tage das Schneuzen. Aber wo hätte ich von dem Sessel hin aufbrechen sollen? Es gab keine andere Mami neben ihr. Und als ich mit Mädchen unter Tische krabbelte, in Buden verschwand und in meine Nische stieg, kam die Mutter geschwind hinterher und sagte: »Kommt da vor, sofort!« Und als ich später mich mit einem Mädchen verband, nur zur Zellenfreude, stöberte der Vater die lustigen Geheimnisse in meinem Tagebuch auf, untersagte auf der Stelle die Berührungen zwischen mir und dem Mädchen und rief: »Gibt es noch andere?« Ja, eine, aber von der hatte ich nichts eingetragen, weil sie schon erwachsen war und die Folgen solcher Entdeckungen fürchtete und mich deshalb nach jedem Mal vereidigt hatte: »Nichts ins Tagebuch schreiben!«

Mein Vater fand meine Zusammenkünfte mit dem Mädchen so übel – es war ein Nachbarskind aus zu einfachen Verhältnissen –, daß er mich zur Strafe zwang, freiwillig der Nationalen Volksarmee beizutreten, der sich mein Klassenkollektiv eben erst geschlossen verweigert hatte.

Mit dem Mädchen wollte ich Abgrenzung üben. Ich war verwegen, frech und nicht im mindesten dankbar, nur frech, und rein wollte ich und morgen wieder, und wo ich ging und stand, grapschte ich nach ihr. Wann immer wir uns treffen konnten, versuchten wir es, an allen Orten und in allen Stellungen. Der Vater pfiff mich zurück. Andreas hat keine Ahnung, mit welchen Mitteln rabiate Väter die Lenden ihrer Söhne kindisch halten und wie die sich duckenden Mütter so tun, als merkten sie von all dem nichts.

Als der Vater mir die Entdeckungen in meinem Tagebuch bei einem Waldspaziergang mitteilte, krümmte ich mich, sackte etwas vornüber, stotterte meine Antworten zu seinen Verhören und schwieg zu seinen Befehlen. Die Art, wie mein Vater meine Seele im Griff hatte, läßt mich noch heute erschauern. Ich war siebzehn

Jahre alt. Ich hätte stehenbleiben, ihn ansehen und sagen können: »Was fällt dir ein, in meine Geheimnisse zu dringen und dir daraus noch das Recht zu Befehlen zu nehmen?! Bei der Armee kannst du dich selber melden! Jetzt ist es aus zwischen uns! Du bist für mich gestorben!« Dann hätte ich in mein Zimmer laufen, meine Sachen packen und zu Nachbarn ziehen können. Es gab welche, die mich aufgenommen hätten. Heute gehen viele Siebzehnjährige von zu Hause fort. Ich war damals noch nicht soweit. Ich erstarrte wieder in einer Situation, war hilflos wie hinter der spanischen Wand. Ich torkelte neben meinem Vater her, nickte zu allem, was er sagte. Bald hatte sich seine Wut in Sorge verwandelt, und er fuhr mir mit der Hand tief in den Nacken hinein, um zu prüfen, ob ich schwitzte. Als ich in unser Haus zurückkam, ging ich zu meinem Tagebuch, nahm es an mich, lief in den Keller und verbrannte es im Heizungsofen. Ich wollte nie wieder sehen, was mein Vater gelesen hatte. Ich schrieb zehn Jahre lang kein Tagebuch mehr und versuchte erst nach zwanzig Jahren wieder, mich von meinem Vater abzugrenzen. Mein nächstes lustvolles Erlebnis mit einem Mädchen hatte ich erst drei Jahre nach diesem Vorfall. Viel Lust war dabei nicht herausgekommen. Für Mädchen hatte mich mein Vater eine Weile abgewürgt. Erst fünf Jahre danach gelang mir meine nächste Beziehung zu einer Frau, zu Margarete, die mehr als doppelt so alt war wie ich und die unverdient meine Wut gegen meinen Vater abbekommen hatte, indem ich von ihr Abgrenzung übte statt von ihm.

Andreas wußte von meiner spanischen Wand, meinem Sessel im Fluchtzimmer, wußte von meinem Tagebuch und hatte während unserer Friedenszeit zwei Jahre lang alles versucht, um mir bei der Heilung meiner Wunden zu helfen. Er schwor mir Treue, und er war auch treu. Er wollte meine gute Mami und mein guter Papi werden. Morgens weckte er mich auf und sagte: »Wach auf, mein Liebster, schau mal, da ist deine schöne Mami!« Er tätschelte mein schlafverquollenes Gesicht. »Die schöne Mami geht jetzt zur Arbeit und bringt Geld, damit ihr Baby was zu essen bekommt.« Und abends streckte er mir begehrlich seinen Himmelsbottich entgegen, stöhnte erregt, seufzte verzehrend, verlor gleichzeitig mit mir das

Bewußtsein. Er hatte mich mit seinem Körper belehnt. Ich sollte immer mein Land an ihm haben. Es durfte mir auf Lebenszeit gehören. Auch unsere Märchen erzählten wir uns frecher: Da liebten sich nun ein Spritzkuchen und ein Splittertörtchen und gingen jeden Sonntag aus ins Café. Das Splittertörtchen hatte es gern, nur wenigstens einmal Ausschau zu halten nach einer Cremeschnitte. Es war jedesmal enttäuscht, wenn es versucht hatte, ihr näherzukommen. Es sagte schnippisch: »War doch bloß wieder nur eine Quarktasche!« Und ging vergnügt mit seinem Spritzkuchen nach Hause.

Andreas streichelte mich in den zwei Jahren unserer hohen Zeit immer wieder mit Sätzen, die ich hören wollte: »Du bist der Beste, du hast den Besten, du machst es am besten.« Ich wußte, er kannte sich unter Männern aus. Wenn er so etwas sagte, mußte es stimmen. Er wunderte sich während unseres Glücklichseins, wie mit ihm unter fremden Männern nichts mehr zu machen war. Es ging nicht, wenn er es versuchte. Und wenn doch mal etwas ging, fand er es lasch, stand es für ihn in keinem Vergleich zu dem, was er mit mir erlebte, zu dem, was die Menschen »Liebe« nennen. Er korrigierte meine Mutter. *Ich* war nun der einzige. Es gab zwei Jahre keinen Papi neben mir. Andreas versuchte auch, meinen Vater zu korrigieren. Der Vater hatte ein Interesse gehabt, mich erotisch klein zu halten, schien das Gegenteil von dem zu tun, was er wirklich tat, als er mich mit fünf Jahren beschneiden ließ. Er kümmerte sich um meine kleine leibliche Vorhaut – und warf mir über meine sinnliche Entwicklung und mein begehrendes Verhalten eine große seelische Vorhaut. Ich fühlte mich wie in eine Gummihülle gepreßt. Ich kam erotisch zu Menschen nicht durch, kam aus einer klebrigen, mich fesselnden Schicht, die wie eine fremde Haut um mich lag, nicht heraus. Ich wollte aufblühen, sinnlich strahlen, auf Mädchen und Jungen wirken, blieb aber in einer undurchstoßbaren Putten-Aura stecken.

Andreas bemühte sich um mein körperliches Selbstbewußtsein. Er wollte mein Aussehen und mein Verhalten eindeutig männlich machen. Er schnitt mir die Kinderlocken ab, wollte, daß ich mir einen Bart stehen ließ. Der kam auch kräftig heraus. Männer schauten mich plötzlich an, nahmen mich als Mann wahr. Vorher hatten sie etwas ungläubig auf mich geblinzelt. Andreas zwängte mich in enge Hosen und stülpte mir herausfordernde Jacken über: »Du mußt ein Typ werden, mein Typ! Typ ist bei uns Männern die Hauptsache. Du mußt dich festlegen, einen klaren Ausdruck bekommen.« Er versuchte, mir meine Angst vor den öffentlichen Kontaktstellen zu nehmen. Er ging mit mir in den Wald, in die Lokale und Saunen und zu den Männerklos. Er selbst war bei seinen Führungen zurückhaltend. Er wollte, daß ich locker würde. Und ich wurde locker, hatte dieses und jenes Erlebnis, auch öfter eines allein in einer anderen Stadt. Ich erzählte ihm von meinen kleinen Erfolgen. Ich war verblüfft, daß ich allmählich auf Männer wirkte. Auch ohne seine Hilfe kam ich unter ihnen zurecht. Ich war glücklich, meinen Andreas zu haben, an den ich denken konnte, und ich war zufrieden, niemanden suchen und brauchen zu müssen. Ich wunderte mich, daß er nicht eifersüchtig war, mich manchmal sogar losschickte, damit ich allein etwas probierte.

Zwei Jahre lang hatte er Pflaster um Pflaster auf meine Wunden gelegt. Als er die Pflaster abnahm, riß die alte Verletzung wieder auf. Seine Glut und seine Treue hatten nichts genützt.

Es gibt ein medizinisches Prinzip: Heilen durch Schaden. Vielleicht wollte Andreas das im Hause seiner Mutter an mir ausprobieren.

Nach meinen Schreckensnächten, die mich in mein viertes Lebensjahr zurückgeworfen hatten, gestand ich Andreas meine Qualen ein: »Ich bin nach deinen Postkarten in gefährliche Zustände gekommen. Ich halte es nicht mehr aus, von dir getrennt zu sein und dabei zu wissen, daß du etwas mit anderen Männern probierst.«

Ich hoffte, daß meine Eifersucht sich mäßigte, wenn ich Andreas in der Nähe erlebte, seine Männer kennenlernte und einbezogen würde. Er war freundlich und ließ mich kommen. Er plante das Einbeziehen ein, wollte keinen Mann mehr allein treffen. Der Architekt kam, um uns zu besuchen. Er war ängstlich, und ich ängstigte mich vor einem Bett zu dritt. Ich war verwirrt – ich sollte mit Andreas, mit dem mich eine Geschichte verband, und mit einem fremden Mann, nach dem ich kein Verlangen hatte, gleichzeitig in Lust geraten. Ich lehnte das ab und beschimpfte Andreas, wie er so etwas Merkwürdiges von mir verlangen konnte. Andreas schimpfte zurück, fand den Architekten und mich feige: »Immer nur reden! Der Körper muß dazu.« Andreas wollte Begegnungen auch körperlichen Ausdruck verleihen. Also gut. Das nächste Mal nahmen wir unsere drei Körper dazu. Ich begann, dem Architekten die Füße zu massieren, weil er Nierenschmerzen hatte. Die gingen durch die Reflexzonenmassage weg. Andreas wurde am Gürtel des Architekten tätig, was mit Erfolg verlief. Auch der Architekt war zu einem Bett zu dritt bereit.

Andreas hatte für seine Mehrpersonenunternehmungen in einem Dachzimmer zwei Betten aneinandergerückt. Wir gingen dahinauf, dahinein. Andreas glühte und war gezückt. Der Architekt und ich konnten doch nicht von unseren Beklemmungen ablassen. Ich bemerkte, wie Andreas verliebt auf den Architekten losging und mich gütig nebentätschelte. Der Architekt wurde mit der Zeit weniger und weniger an der Stelle, wo er hätte mehr und mehr werden sollen. Wir küßten mal hier und mal da, zwischen dem und dem und von dem zu dem, bis der Architekt sagte: »Ja, dann gehe ich wohl mal wieder.« Ich brachte ihn hinunter. Er entschuldigte sich noch: »Ich liebe Knaben, Andreas ist knabenhaft, aber er ist zu klug für mich.«

Traurig ging ich wieder hinauf und dachte, daß es die Klugheit war, die mich für Andreas neu und immer neu in Flammen setzte. Aber er hatte für meine Flammen nichts mehr übrig, und seine Flamme für mich war erloschen. Ich grübelte darüber nach, was ich tun konnte, um sie wieder zu entzünden. Aus Märchen, alten Stücken und Sagen hatte ich gelernt, daß in Liebesdingen oftmals Listen angewendet werden mußten. Vielleicht war ich bisher zu träge gewesen. Andreas und ich hatten noch nicht kennengelernt, wie es sein würde, wenn ich Verlangen auf einen Dritten hätte. Vielleicht stand diese Erfahrung nun für Andreas einmal an. Ich ging Abend für Abend in die Stadt von Frau Andreas. Ich kam mir vor wie das Kind im Märchen, das von der bösen Mutter im Winter in den Schnee geschickt wird, um Beeren nach Hause zu bringen.

Ich fand und fand nichts, und es halfen mir auch keine Tierchen, einen Mann herbeizuschaffen, in den ich schnell ein bißchen verliebt sein konnte.

Eines Abends halfen mir die »Brühwarms«, die zu einer Veranstaltung in die Stadt von Frau Andreas gekommen waren. Nach der Vorstellung streunte ich zwischen den noch dagebliebenen Männern herum, redete mit einem »Brühwarm«-Mitglied. Wir saßen auf einem Tisch. Ein junger Mann kam und setzte sich dazu. Kurze Zeit darauf verschwand der Schauspieler, als ob er seine Schuldigkeit getan hätte. Der fremde Mann und ich hielten uns mit unseren Augen fest und blieben mit den Blicken auf unseren Gesichtern, schlugen kaum die Augenlider herunter, plauderten dabei und plauderten weiter, bis ich schließlich sagte: »Gehen wir zu dir, oder willst du zu mir?« Er kam zu mir. Es war ein weiter Weg zu dem Frau-Andreas-Haus. Wir mußten erst mit der Bahn fahren und dann zu Fuß gehen. Wir gingen durch einen Wald, faßten uns an, was schön war. Aber ich dachte an Andreas. Ich ging mit dem Jungen in das Dachzimmer mit den zwei aneinandergerückten Betten. Andreas und seine Mutter schliefen in anderen Räumen des Hauses, weit von diesem entfernt. Sie störten uns nicht. Ich war aufgeregt und verliebt. Der Junge holte einen samtweichen Leib aus seinen Kleidern hervor und drückte ihn ohne Zieren an meine eifersuchtsbrüchigen Glieder heran. Wir entrückten in Berührungsandacht. Er schien mir aus Zeiten geschickt worden zu sein, die noch keine Fixierungen kannten. Er war nicht Mann und nicht Frau, gebrauchte die Stellen seines Körpers, die dem Menschen zur Freude für sich und andere gegeben wurden, als wären sie nicht mit gesellschaftlichen Funktionen und Verdrängungen kaltgemacht worden. Sein Trieb hatte sich nicht auf ein eindeutiges Verlangen festgelegt, das sich in einem Zwangsbegehren umsetzen mußte, wie es bei Andreas und mir geschehen war. Er zog mich in seine Freiheit des Fassens und Fühlens hinein, in sein Nehmen und Geben, Wollen und Lassen. Er machte mir reichhaltig Lust, Stunden, und verausgabte sich in einem entfesselten Rausch. Ich erlebte zum ersten Mal mit einem Mann das Glück, lang und intensiv Wonne zu fühlen und auf einen erquickend schönen Leib zu schauen. Ich dachte an Andreas, dessen Gesicht noch nie so wunderwund auseinandergerissen war wie das des Fremden.

Am nächsten Morgen aßen wir zu dritt das Frühstück. Andreas war verwirrt, daß ich einen Liebhaber hatte. Er redete wutentbrannt gegen die Zweierbeziehung: »Die treibt die Leute nur zum zwanghaften Bauen und die Männer in den Krieg, auf alle Fälle weg von ihren verhaßten Frauen.« – »Stimmt«, sagte ich. Aber stimmte es für uns, für Andreas und für mich? Wir verbrachten mit dem Jungen den ganzen Tag im Bett. Nun waren da Männer zusammen, die sich gern hatten. Andreas mochte den Jungen auch. Der war mit uns unermüdlich. Wir probierten alles aus. Als die Reihe an ihn in Andreas kam, schnitt es mir ins Herz. Ich schaute genau hin: »Das sind nicht deine Mutter und dein Vater. Das sind Andreas und ein lieblicher Junge, den du gerade gehabt hast und der dich gehabt hat und der dich gestern und heute beglückt hat.« Andreas streichelte, als die Reihe an ihn und den Jungen kam, meine Hand, und er hatte keine besondere Lust bei dem Geschehen, wie ich bemerkte – hinterher sagte er zu mir: »Überhaupt keine.« Das half mir nichts. Ich sah hin und litt. »Verdammte frühe Verletzung! Läßt die sich denn nie heilen?!«

Der Borneman hatte über mich geschrieben: ». . . er nimmt die Lasten unseres Geschlechts auf seine Schultern und exerziert uns am eigenen Leibe vor, wo wir gefehlt haben.« Ich rolle mit meinen Leiden und Lüsten die Ungeheuerlichkeiten männlicher Triebcharakteristik auf, die die Männergesellschaft zu einem Apparat von Normen und Haltungen ausgebaut hat, der nur über eines hinwegtäuschen soll: Am Anfang des Mannes war Verletzung! Worauf ich hinstarrte – auf einen in der Mitte des Geliebten sich hin und her bewegenden Stöpsel, der an einem anderen Körper als dem meinen festgewachsen war –, das hatte unzähligen Menschen das Leben gekostet. Frauen waren aus diesem Grunde zu Millionen gequält und getötet worden. Die Öffnung der Frau gehörte unter den Verschluß des einzigen Ehemannstabes, real wie moralisch. Warum? Weil die Mutter des Mannes vor der Nase des Mannes für den Vater des Mannes sich geöffnet hatte. Anders als mit dem Verschluß der Öffnung konnte die Verletzung des Mannes aus seiner Zeit als Sohn unter Mami–Papi nicht bepflastert werden. Geheilt ist diese Wunde bis heute nicht, nur verbunden mit Paarmoral. Ich kann täglich in den Zeitungen lesen, wie Männer sich selbst und manchmal sich und ihre Frauen und ihre Kinder in den Tod befördern, weil sie den Vorgang der ausschließlichen Gattenöffnung der Frau nicht durchsetzen konnten: »Niedergeschossen aus Eifersucht!«

Ich wurde aus meiner Verzweiflung über die Andreas-Dritten-Fleische zum Telefon gerufen. Ein Arbeitsgespräch. Es dauerte eine halbe Stunde. Ich stand nackt am Telefon, redete trocken von Sache zu Sache und weinte dabei von Schmerz zu Schmerz, ohne daß der Mensch am anderen Ende der Leitung etwas davon merkte. Ich weinte, weil ich wußte, daß oben im Zweibettendachzimmer von neuem der Junge sich auf Andreas' Mitte zubewegte.

Ich setzte eine verbreitete Theorie außer Kraft: Eifersucht beziehe sich in Wirklichkeit auf den Dritten. Männer seien nicht auf ihre Frauen eifersüchtig, sondern auf den Nebenbuhler der Frauen, weil sie selbst mit dem Mann schlafen wollten. Der Junge hatte mich die vergangene Nacht in den Himmel liebkost und mir vor ein paar Minuten noch einmal gutgetan, im Beisein von Andreas. Aber das Beisein des Jungen bei Andreas konnte ich nicht ertragen.

Wovon ich mir Frieden erhofft hatte, das war nun geschehen: ein Kreis weiterreichender Wonne hatte sich geschlossen, von Freund zu Freund zu Freund, ohne Konkurrenz und Rivalität. Ich sprengte ihn. Mein Schmerz sprengte ihn, ein Schmerz wegen einer Hautberührung an unmißverständlicher Stelle in eindeutiger Position. Er kam immer wieder, sowie ich mir das Bild vorstellte, ein Bild, das mich niemals verletzen würde, wenn ihm nicht ein anderes unterläge, das mich peinigte und dessen ich mich nicht erinnern konnte, sosehr ich mich darum bemühte.

Das dritte Drittenbett hatte die Situation zwischen Andreas und mir abermals nicht verändert, seine Flamme für mich nicht wieder angezündet. Ich wollte nicht aufgeben, versuchte noch eine vierte Drittensituation. Vielleicht war Andreas von dem Zusammensein mit dem Jungen nicht begeistert, weil der Junge nicht sein Typ war. Den ersten und den zweiten Dritten hatte Andreas begehrt, den dritten Dritten hatte ich begehrt. Ich mußte jemanden finden, mit dem wir nicht nur beide konnten, sondern den wir beide begehrten. Das Leben bietet alles an. So ein Mann kam. Andreas begann mit ihm zu stöhnen, im Stehen, schon beim Kleiderausziehen, nachdem diesmal ich zum Dreierbett gedrängt hatte. Aber als wir zu dritt beieinander waren, klappte Andreas zu. Er wußte es nun eindeutig, es ging nicht. Er konnte Fremdheit mit dem Fremden und zugleich Zusammensein mit mir nicht vereinen. Mit dem Dritten allein hätte er gut gekonnt, mit mir allein auch – behauptete er –, aber mit uns beiden ginge es nicht. Ich glaubte ihm nicht, denn mit dem Architekten konnte er zusammensein und mich dabeihaben. Ich fühlte, daß er mit mir nicht mehr konnte, daß ich ihm alles kaputtmachte. »Das ist so«, gestand er ein. Er wußte, ich war gegen seine Lustentfaltung außerhalb von mir. Wenn er mich vor sich hatte, fühlte er mich als Gegner, mit dem er nicht konnte.

Ich wollte nicht wieder zurück in unsere Stadt und mir Andreas mit den fremden Männern vorstellen müssen. Ich mußte tapfer sein und ihn machen lassen, was und mit wem er wollte, und ich selber mußte allein machen, was ich konnte. Ich mußte nun ohne das Fundament einer Übereinkunft mit Andreas alles lernen und üben und machen, was er konnte und machte. Es war Krieg für mich, der Dunkelheit fremder, sinnlich aufgebrachter Männer ausgesetzt zu sein. Ich schüttelte mich in Angst vor jedem Losgang. Aber Andreas hatte recht. Immer wenn ich einen Mann an die Haut bekommen hatte, fühlte ich mich wie bei einem Sieg nach einem schweren Kampf. Und ich war von Andreas abgelenkt, dachte zwar an ihn, steigerte mich jedoch nicht in dieses grauenvolle »Jetzt« hinein.

Es gab die Straßen mit dem Pinkelhäuschen, es gab die Lokale, es gab den Wald, und es gab die Saunen. Andreas konnte überall. Ich konnte so richtig nirgendwo. Auf der Straße war ich verloren. Ein angezogener Mann bedeutete mir nichts, auch nicht mit noch so kraftaufgepumpten Monturen. Um im Dunkeln jemanden zu erfassen, hielt ich mir die Hand vor die Stirn und blinzelte, den Kopf vorgerückt, um Erkennung bemüht, in das fremde Gesicht hinein. Solche Gesten machten niemandem Eindruck. Mit den Häuschen konnte ich nichts anfangen. Ich war zu lange an Frauen ausgebildet worden und dadurch auf Düfte geprägt. In den Lokalen kam ich nicht zurecht, weil ich es gewohnt war, mit »Darf-ich-bitten«-Manieren auf meine begehrten Objekte loszugehen, mit Anstand mich zu nähern. Das war bei Männern falsch. Auch war mir rätselhaft, daß, sobald ich zu reden anfing, die Männer ihre Sachen einpackten. Mit ihnen muß geschwiegen werden. Das konnte Andreas einmalig. Innerhalb von Sekunden war er mit einem fremden Mann eines Sinnes, einig, sofort oder später zu verschwinden. Beim Hin- und Herschauen zwischen einem Mann und mir dachte auch ich immer wieder: »Da ist was zu machen.« Aber meine Rede löschte alle Möglichkeiten aus.

Blieben mir also nur noch Wald und Saunen. Saunen gab es nicht in jeder Stadt, und sie kosteten Geld, aber Wald oder Park oder Büsche gab es überall. Ich ging an eine Stelle, die die Männer als den Ort ihrer Zusammenkünfte auserkoren hatten, ohne sich je darüber abzusprechen oder einen Anschlag am Gemeindebrett anzubringen. Diese Orte gab es eben, und es war immer zu erfahren, wo es sie gab. Kaum war ich da, kam mir ein Schöner entgegen und schaute mich an. Ich erschrak und ging herzklopfend weiter, befahl mich zurück: »Los, du bist nicht mehr hinter der spanischen Wand und nicht mehr unter Heilungsaussichten und Armeebefehlen des Vaters, geh den Weg wieder zurück zu dem Schönen!« Der mußte dreimal an mir vorbeikommen und mich anschauen, bis ich ihm in die Büsche nachfolgte. Weil ich so schwerfällig war, hatte er auch einen anderen Mann angeschaut. Wir gingen dem Schönen zu zweit nach und standen alsbald zu dritt voreinander. Die beiden Männer hatten sofort ihre Gegebenheiten in Bereitschaft. Ich nicht. Ich bin auf Bett fixiert, auf Nacktheit und auf das Sichkennen. Da stand ich nun mit zwei angeregten Fremden im Wald und war nur entsetzt, daß sich meine Möglichkeiten in das hinterste Sankt-Nimmerleins-Eckchen verkrochen hatten. »Immer standhalten«, hörte ich meinen Vater. Warte, es wird schon kommen! Ach, Stand! Ich stand mit den zwei Männern, schönen jungen Männern, im Wald, in einem schönen Wald, und faßte und faßte die Männer überall an. Und wenn sie bei mir anfaßten, faßten sie bloß in meine erbärmliche Unfaßbarkeit hinein. »Gott, was kann mich nur an Bett erinnern?! Lieber Gott, gib Bett und japanische Wand, nein, spanische, aber darauf kommt es jetzt nun auch nicht mehr an, gib mir meine Faßbarkeit wieder, gleich!«

Es kamen mehr und noch mehr Männer an uns drei heran. Es machte ihnen Freude, uns anzuschauen. Einer kam auf mich zu und zog seine Hose vor mir aus und bückte sich. »Das ist es, Gott sei Dank! Endlich erinnert mich etwas an Bett!« Das Brötchen war es und die dargebotene empfangende Geneigtheit des Mannes. Mutter-Vater-Backen hatten Trieb in mich gefunkt. So ging das, ja, ging los. Wollen und Wiederwollen über Rund und Boden. Ich ließ die angezogenen stehenden Gezückten-Schwerter-Männer endlich stehen und kam bei dem ausgezogenen Fremden – trotz vieler weiterer Fremder dabei, daneben und darum – zum Rausch.

Das Erlebnis hatte mich gestärkt. Ich war so frech, da zu verharren in dem Getümmel von mir Angst Machendem und trotzdem meinen Mann zu stehen. Die aufdringliche Lust meiner Eltern hatte mich in Scham und Angst erstarren lassen. Im Wald belebte ich mich wieder, brach durch zur Lust.

Meiner Festlegung auf Nacktheit und auf Bett kam die Sauna entgegen. Da waren alle schon nackt, und es gab Liegen, und es wurde meist alles im Liegen gemacht, in Kabinen. Die Kabinenwand zur nächsten Kabine brachte mich in die Nähe meiner spanischen Wand. Hinter ihr hörte ich von der Lust anderer Männer. Ich war nach jeder Sauna selbstbewußter. Am Anfang versuchte ich noch, Liebe zu skizzieren, Ausschau zu halten nach jemandem, der mir gefiel. Ich wollte Andreas etwas entgegensetzen. Das ging meist schief. Die Begegnungen in den Saunen waren Lockerungsübungen für mich. Ich holte Frechheit nach. Ich stellte mich körperlich dar, kam aus mir heraus, verließ das Kinderbett vorm Mami-Papi-Paravent. Und ich lernte, Achtung zu bekommen vor dem, was mir fremd und angstmachend erschien. Ich begriff die sinnliche Ausdrucksform des Einerlei–Vielerlei, die sich von der Form des Zweierlei unterschied. Einmal schaute ich zwei Männern zu, streichelte sie an ihren Füßen, lächelte, war nicht eifersüchtig. Als sie genug hatten, nahm mich der eine und zog mich auf den anderen. Während ich bei dem anderen tätig war, streichelte mir der eine meinen Hals. »Ginge es so mit Andreas! Könnte ich das: zuschauen oder zudenken, wenn er mit einem anderen Mann zusammen ist! Und ich bin danach mit Andreas zusammen.« Aber das ging nicht. Ich versuchte mir oft beim Zusammensein mit ihm vorzustellen, er werde anschließend noch mit einem anderen Mann zusammensein. Ich war entspannt, befriedigt, glücklich. »Gut«, dachte ich, »jetzt kann er noch etwas anderes machen, jetzt gleich, ich bin gestillt.« Ich konnte das ohne Schmerzen denken. Dieser gelöste Zustand, in dem ich Andreas freigab, hielt jedoch nur wenige Minuten an. Als er einmal nach einem glücklichen Glühen eine Viertelstunde später sagte, jetzt könnte er mit jemandem noch mal – nicht um ein Mit-mir-noch-mal, sondern um das Mit-einem-anderen-noch-mal ging es ihm –, fuhren wieder Scham und Angst in mich ein, und ich wurde rot und trieb Schweiß.

Ich näherte mich den sinnlichen Umgangsweisen von Andreas, soweit ich konnte. Und doch blieb eine Grenze, die wir beide nicht zu überspringen vermochten und die durch den Aufenthalt bei seiner Mutter zu einer Mauer anzuwachsen schien. Jeden Tag fühlte ich sie höher werden. Er konnte meine Eifersucht nicht verstehen. Ich konnte nicht begreifen, daß seit dem Zusammenleben mit seiner Mutter jeder Mann, der ihm über den Weg lief, ihn anregte. Andreas lernte Eifersucht nicht. Ich lernte Affekte auf andere Männer neben ihm nicht.

Die Schranke zwischen uns war ein verschieden ausgebildeter Trieb. Am Beispiel »Wald« wurde mir das am deutlichsten. Andreas hatte im Hause seiner Mutter Sinnlichkeit nicht erlebt, in keinem Zimmer, in keinem Bett. Die Mutter hatte keinen Freund oder Verehrer, der nur über Glutaugen oder einen mitgebrachten Blumenstrauß ihm hätte andeuten können, daß da etwas lief. Andreas behauptete sogar, das Witwenbett hätte seiner Mutter und seinen Geschwistern auch die Hände am Geschlecht vereitelt. Nie hatte er etwas stöhnen oder wackeln gehört, nie seine Brüder beim Sichfassen ertappt. Nie war er von ihnen verführt worden. Sie hatten ihn nur gehänselt, gekitzelt, gerissen und gezwickt, waren oft über ihn hergefallen und hatten ihn dann weggestellt, wenn sie mit ihren

Freunden auf Saus und Braus gehen wollten. Er wurde von ihnen zum Püppchen erklärt, das mit Mutter und Schwester zu Hause sitzen und sticken sollte. Und das tat Andreas ausgiebig. Im Hause gab es für ihn keinen Tropfen Erregung. Der Ort der Sinnlichkeit war für ihn der Wald. In ihm fand er ein sinnliches Fluidum. Das Knacken der Ästchen, das Plätschern des Baches, das Knistern des Unterholzes, die huschenden Tiere und zwitschernden Vögel, überall dicke, dünne, kleine große Bäume und morgentautropfende Blätter, quatschend bebender Boden, Rascheln und Wispern. Und wenn in dieser schlüpfrigen Höhle noch Mann auftauchte, fremder, schreitender, funkeläugiger Mann, dann erlebte Andreas Mutter und Vater, ächzendes, einlassendes, durchdringendes Zueinanderstreben. Er war aber nicht ausgeschlossen wie ich, sondern er war mitten darin. Er war selber Wald, war Teil der Höhle, aufnahmebereit für jeden schreitenden Mann. Er hatte als Junge bis zu seinem vierundzwanzigsten Lebensjahr keine Erlebnisse mit Mann – die Internatsreibereien ausgenommen, aber die waren für ihn Kinderspiele und nicht Mann. Andreas hatte immer Sehnsucht nach Mann gehabt, kannte keinen, machte sich verzückte Vorstellungen vom Mann. Wald und Mann wurden für ihn zu einer begehrten Zweiheit.

Ich leibhaftiger Mann hatte mit Andreas' Trieb auf Wald und Mann nichts zu tun. Wenn ich im Wald neben ihm herging, war ich nicht Mann, nicht der phantasierte, fremde Mann, auf den sein Trieb im Zusammenhang mit Wald gerichtet war. Als wir einmal im Wald Mittentauschen versuchten, ging das halb gut. Ich hatte das Gefühl, Andreas wurde eher durch mich gestört als durch den Wald. Er empfing den Wald und nicht mich. Ich war Zutat, der Wald war Partner.

Für mich bedeutete die Mischung Mann und Wald etwas anderes. Ich brauchte nicht in den Wald zu fliehen, um Sinnlichkeit wahrzunehmen. Meine Eltern waren auch am Tage miteinander beschäftigt. Mein Vater tätschelte meine Mutter und schäkerte sie fleißig an. Er lebte nach dem Rezept: einmal morgens, einmal abends die Frau kräftig umarmt, daß ihr schon vor der Nacht ein bißchen Hören und Sehen verging. Einmal stoben sie auseinander, als ich ins Zimmer kam. Und ihr Guten-Tag-Sagen, wenn der Vater von der Arbeit kam und ich dabeistand, war immer so, als sagten ihre Blicke: »Ach, dumm, wir können jetzt nicht loslegen, das Kind schaut zu, aber später legen wir, liegen wir!« Nie gab mein Vater meiner Mutter einen Gewohnheitsstubs auf den Mund, sie gingen von mir weg in ein Zimmer und blieben eine Weile darin.

Der Wald war für mich das Gegenteil von heimelig und höhlig. Wald – das bedeutete, vergewaltigende Russen und verängstigte Frauen, die, wenn ich mit ihnen spazierenging, auf der Hut sein mußten vorm »bösen Mann«. Ich hatte viele Frauen – meine Mutter, meine Großmutter, Tanten und Nachbarinnen –, mit denen ich lange Wege durch Wälder ging. Ich faßte eine Hand der Frau fest an und betete. In meiner anderen Hand hielt ich meinen Bär, weil ich dachte: »Er wird helfen, mit ihm werde ich ›bösen Mann‹ erschrecken, daß er meinen lieben Frauen nichts tut.« Für mich ist es noch heute unmöglich, mir Mann und Wald pikant zu machen.

Es verwirrte mich, als Andreas einmal sagte: »Ekstase kann ich nur mit Fremden erleben.« Er wollte es mit dem Wort erklären: »Ek-stasis« – außer sich geraten. »Ich kann nur aus mir herausgehen, wenn ich nicht bei mir bin, wenn ich nicht bei mir zu sein brauche. Es geht nicht, wenn du da bist. Dann muß ich ja bei mir sein, um zu dir zu kommen.« Ich hatte nie das Gefühl, daß er bei mir war, ich dachte immer: »Er bleibt bei sich.« Es war mein sehnlichster Wunsch, ihn herauszulocken, ihn ekstatisch zu mir zu bringen. Es ging nicht. Er hielt sich zurück. Mich wunderte, daß er es, bis auf wenige Ausnahmen, nie noch einmal wollte, daß er sofort danach aufsprang, sich reinigen mußte, als ob er es ungeschehen machen wollte. Dann lag er zwar eine Weile mit mir nett da, aber dieses nette Daliegen hatte keine Verbindung zu dem vorherigen Glühen. Und er wärmte sich nicht noch einmal dazu an. In seinen Saunen machte er es immer so oft und so lange, wenn auch ohne Rausch. Mit mir mußte er ihn möglichst bald haben, wie um alles schnell hinter sich zu bringen. Langwährendes Ineinander mit mir wollte er nicht erleben.

Ich war verzweifelt, weil ich hinter jedem Akt mit einem Fremden seine Ekstase vermutete, die Andreas mit mir nicht teilen konnte. Ich war abermals von etwas ausgeschlossen, von dem ich wieder nicht wußte, was es war. Was trieb Andreas mit den Fremden in den Eintagsnächten so ausgiebig? Warum durften ihn die Männer am Morgen nicht an sein Außersichsein erinnern, warum wurden sie von ihm für dumm erklärt und ins Vergessen abgeschoben? Er erinnerte sich an keinen seiner fremden Partner. Mir waren viele Männer nach meinen Zufallsbegegnungen im Gedächtnis geblieben.

Ein Saunaerlebnis brachte mich Andreas' Geheimnis näher. Ich schleppte mich traurig wieder einmal in den Stall, wollte nicht lange herumsuchen, sondern, wie ohne hinzusehen, die erste Möglichkeit ergreifen, die sich mir bot. Ich saß vor einem Videofilm mit Männerbettszenen. Mein Handtuch klappte hoch. Der mir gegenübersitzende Mann sah es. Wir nickten uns zu und schlurften in eine Kabine. Routiniert wie im Verpackungslager eines Kaufhauses, in dem ich als Student eine Zeitlang gearbeitet hatte, griff, schob, drehte ich mir die Teile des Mannes zurecht und verschloß alsbald seine letzte Öffnung. Der Mann geriet außer sich, zog und stieß mit seiner Stimme überwältigt dem nach, was ich mit ihm tat. Ich hatte diese Riesenstöhngeräusche manchmal aus benachbarten Kabinen gehört. Nun verursachte ich sie einem anderen. Ich kam zu Ende. Der Mann streichelte mich, liebkoste meinen Körper, zündete mich wieder an, ruhig und sicher. Dieses Anzünden mit einer selbstentäußernden Innigkeit rührte mich. Ich konnte, wollte noch einmal. Als ich mir den Menschen erneut vornahm, war ich wieder routiniert. Ich dachte auch nicht an Andreas, sondern setzte meinen Körper nur stumpf ein, wie zum Gartenumgraben. Mit mir war nichts los. Aber mich fesselte das Benehmen des Mannes wie ein zum ersten Mal wahrgenommenes Naturschauspiel. Er bebte mit einer solchen Wucht und schrie am Ende seine Person durch die Kabinenwände hinaus, daß ich an Entseelung glaubte. Er sagte, nachdem er, sich nur langsam beruhigend, dagelegen hatte: »Ich wäre ja fast wahnsinnig geworden!« Er fragte mich, ob ich mit ihm noch etwas trinken ginge. Wir saßen an der Bar, und er redete Zeugs von einer Opernaufführung und einer Theateraufführung. Ich dachte: »Wie kann das sein, daß sich die Mitte so entfesselt und die Köpfe hinterher ratlos voreinander sind?« Ich dachte weiter: »Wie komme ich bloß weg, wie sage ich: ›Also dann!‹ Und was sage ich, wenn es um Adressen geht und um das Wer und Wo und Wann?« Ich hörte nicht mehr, was der Fremde plapperte, sondern wartete nur auf das Stichwort für mein »Also dann!« Da trat plötzlich aus seinen beiden Augen Wasser, er weinte direkt in seine Rede hinein, nicht nur zwei Tröpfchen zwischen Schweiß und Badewasser, sondern Ströme schossen ihm heraus. Er wischte sie nicht ab, verzog keine Miene, lächelte eher dazu, als ob er erraten hätte, daß ich weg und ihn nie wiedersehen wollte.

Ich war auf dem Gipfel meines Trainings in Rührungslosigkeit angekommen. Ich bin sicher, daß meine unzweifelbare Affektlosigkeit, mein echtes Fremdsein, den Mann aus sich herausgebracht hatte. »Das wird Andreas dort erleben, das wird er suchen, und ich kann es ihm nie bereiten, weil ich für ihn nie fremd und rührungslos sein kann und es nie sein werde.«

Andreas und ich sind von Triebextremen charakterisiert, die einander unversöhnlich gegenüberstehen.

Ich bin nicht aus freien Stücken auf einen Menschen festgelegt und erleide als Kehrseite dieses Verhaltens die Eifersucht, die mir alles Glück der Du-Begegnung verbrennt. Andreas verlangt es nicht aus freien Stücken nach fremden Männern, und er muß als Kehrseite dazu die Unfähigkeit erleiden, einen Menschen zu lieben, muß alle wieder wegstoßen, auch mich, der nur so zäh bei ihm aushält.

Ich wuchs auf in dem Dreieck Mutter–Vater–Sohn. Ich stand im Bann des erleuchteten elterlichen Ehebettes. Mein Trieb schmolz sich auf meine Mutter ein und richtete sich gegen meinen Vater. Ich muß mich an einer Mutterperson verkrallen, wenn ich mich sinnlich äußern will. Alles andere macht mir keinen Spaß. Nicht ein einziger Akt bei meinen Fremdübungen kam an das heran, was ich mit Andreas erlebt hatte. Für mich waren die Fremdkapitel Gymnastik, nachgeholte Jungenkabbelei. Ich hatte nie das Gefühl, ich bin im Fremdkörperhaus unter meinesgleichen. Da war immer etwas, das die anderen verband und mich ausschloß.

Ich verhalte mich nach dem Modell des allgemeinen Mannes, mit dem die Gesellschaft über das Konfliktfeld Vater–Mutter–Sohn meinen Trieb festgelegt hat: Besitz eines Menschen, in der Regel einer Frau, als Ersatz für die Mutter, die der Vater besessen hat und an die der Sohn nicht herankommt. Bestimmungsrecht des Mannes über die Mitte der eigenen Frau.

Nicht nur meine Eltern lebten mir solch ein Paar vor. Ich schaute auf eine Schar von lebenslänglich haltenden Zweierbeziehungen. Vier Großeltern, diverse Tanten und Onkel, Großtanten und Großonkel schritten zu zweit vor meinem erwachenden Bewußtsein daher, lagen in Doppelbetten, fünfzig Jahre und mehr. Und von ihnen führte eine lange Kette Zweisamkeit in den Urwald der Ur- und Ururgroßeltern hinein. Ich nehme Andreas als Frau wahr. Ich will der einzige Mann sein, der sich in seiner Mitte Ausdruck verschaffen darf, fünfzig Jahre hindurch. Geht der Besitz weg, werde ich an den Raub meiner Mutter durch meinen Vater erinnert, was ekelhaft ist. Das Paargebaren meiner Eltern und Großeltern hat sich in allen meinen Triebfasern eingenistet.

Andreas wuchs auf im Zwei-Personen-Schema Mutter–Sohn. Er stand im Bann des keuschen Frau-Andreas-Bettes. Er hatte zwar noch Geschwister, aber seine Mutter bedeutete ihm früh: Du bist mein ein und alles. So zwei wie wir zwei . . . nur wir zwei! Der Mann von Frau Andreas hatte die älteren Kinder auf seiner Seite gehabt. Der letzte Sohn sollte der ihre sein. Er wurde es, und sie wurde ihm nie entrissen. Sie hatte außer Geschäftskontakten keine Beziehung zu einem erwachsenen Menschen. Es gab auch sonst kein Paar in Andreas' Nähe. Alle Großeltern waren schon tot. Verwandte traten nicht auf. Die Brüder heirateten erst, als Andreas selbst schon erwachsen war. Und er schaute auf eine Tradition der Witwenexistenz seiner Mütter. Nicht nur seine Mutter verlor ihren Mann in jungen Jahren. Auch die Mutter seines Vaters und die Mutter seines väterlichen Großvaters lebten nach kurzen Ehejahren allein, was bedeutete, sie lebten in Wirklichkeit mit ihren Söhnen zusammen.

Andreas wuchs nicht nur unter seiner Mutter auf, sondern er wuchs auch in sie hinein. Er wurde wie zu einem Teil ihres Fleisches. Wollte er sich später sinnlich äußern, konnte er es nur mit Teilen seines Körpers, nicht mit seiner Person, und er konnte es nur mit Teilen eines fremden Körpers, nicht mit einer anderen Person.

Rosa von Praunheim sagt: »Wir sind so verklemmt.« Ich verstand das zuerst nicht, weil ich alle anderen Männer so enthemmt wahrgenommen hatte. Ich spielte mit dem Wort »verklemmt« und kam zu dem ihm verwandten »eingeklemmt«. Eine beliebte Kontaktform für die anderen Männer ist es, in den Häuschen von einer Zelle zur nächsten durch ein Loch den Stab zu stecken und einen Fremden an ihm tätig werden zu lassen oder mit ihm sich in einem Fremden zu betätigen. Diese Praxis bietet die beste Möglichkeit, mit Fremdheit in Verbindung zu kommen, weil der berührte Mann auch nicht mehr als ganzer Körper wahrgenommen zu werden braucht, sondern nur noch als Teil. Das Geschlecht ist das einzige, das frei ist zum Kontakt. Der Sohn ist eingeklemmt in seine Mutter. Nur an sein Geschlecht durfte sie nicht heran. Mit allem, was zu seiner Person gehört, hat sie sich verschmolzen.

Ein Maler, von dem Andreas ein Porträt anfertigen ließ, hat das Eingewachsensein des Sohnes in seine Mutter visionär erkannt. Er malte den Jackenkragen um Andreas' Hals wie eine große Scheide, aus der der Kopf hervorschaut mit einem Blick, der sagt: »Es ist furchtbar, daß ich hier nicht weiter herauskomme. Es tut mit leid, aber weiter komme ich nicht.«

Andreas verhält sich nach dem Modell des anderen Mannes, mit dem die Gesellschaft über die Bindung Mutter–Sohn seinen Trieb festgelegt hat. Er besitzt die Mutter, die Mutter besitzt ihn. Liebesverbindungen mit erwachsenen Menschen sind unmöglich oder gehen schnell kaputt. Frei ist nur seine Mitte, und die für alle. Jeden, der an seine Person heranwill, muß er wegstoßen. Für ihn ist Lust aus Wiederkehr, Nähe, Dauer, Kennen und Tiefe ein Rätsel. Er sehnt sich nach ihr, sehnt sich nach Paar, praktiziert aber Lust unberührt vom ganzen Menschen, einmalig, nebenbei, zum Vergessen bestimmt, außer seiner Person.

Die Fremdkörperlust ist kein Ersatz für die Lust an Bezogenheit. Andreas zieht es nicht deshalb zu vielen hin, weil er nicht den einen hat. Und er will sich mit seiner Lust auf viele auch nicht von dem einen, der ihm zu nah wird, abgrenzen. Sie treibt ihn, ob er einen Partner hat oder nicht, ob er sich schlecht fühlt oder gut. Die Lust auf körperlichen Kontakt mit einem fremden Mann ist sein Trieb, der Kontakt mit einem ihm bekannten ist Ersatz.

Die Männerkultur lobt das abgeschlossene Paar und täuscht darüber hinweg, daß sich hinter der Triebcharakteristik, nur mit einem Menschen zu wollen und zu können, eine Krankheit verbirgt. Die Männersubkultur lobt die freie Mitte und täuscht darüber hinweg, daß sich hinter der Triebcharakteristik, nur mit fremden Menschen zu wollen und zu können, eine Krankheit verbirgt.

Andreas und ich hatten in den zwei Jahren unseres ungestörten Zusammenlebens versucht, unsere unterschiedlichen Triebprogramme einander anzunähern. Sie waren vorübergehend auch ein Grund unserer Anziehung gewesen. Andreas ließ sich auf mich ein. Ich bannte meine Eifersucht und wollte lieber unter ihr leiden, als mit ihr Macht über den Freund auszuüben. Nachdem wir zu seiner Mutter gezogen waren, brach unser mühsam gehaltenes Gleichgewicht zusammen. Andreas konnte seine Lust auf Fremde nicht mehr in Schach halten, und mich wollte meine Eifersucht schier verbrennen.

Die Situation im Frau-Andreas-Haus spitzte sich nicht durch die Dramatik unserer unterschiedlichen Triebprogramme zu. Unsere voneinander verschiedenen Triebprägungen waren mir seit Anfang unserer Beziehung klar. Ich wußte, daß sie sich in Krisen zeigen würden. Andreas verhielt sich bei seiner Mutter außerhalb der Durchsetzung seiner Triebinteressen mir gegenüber so heikel, daß er mich dazu brachte, die Beziehung zu ihm auflösen zu wollen. Sein Verhalten barg ein Gift, das eine Langzeitwirkung hatte und mich von Tag zu Tag mehr schwächte.

Alle Impulse, die ich in dem Haus entwickeln wollte, schnitt er mir ab. Er machte keine Versuche, die noch in unserer Stadt phantasierten Pläne zu verwirklichen. Die unbenutzten Zimmer wurden nicht angetastet, die Möbel nicht verrückt. Wollte ich heizen, fuhr er mir so fein dazwischen, daß ich nicht erkennen konnte, ob seine

Rede Ratschlag oder Abschlag war. Ich gab das Heizen auf. Wollte ich kochen, machte ich in seinen Augen alles falsch. Kündigte er einen Freund zum Spaziergang an, sagte er plötzlich, als wir losgehen wollten: »Ich sehe dir an, du willst gar nicht mitgehen.« Und er ging mit dem Freund allein. Ich dachte: »Er will mit ihm allein gehen und mich mit diesem Trick ausschließen.« Ich hielt mich krampfend zurück. Wenn Menschen zu Besuch kamen, empfing er sie zusammen mit seiner Mutter, machte Haus- und Gartenführungen und tat so, als sei ich ein halbfremder Gast. Er peinigte mich mit kaum bemerkbarem Übergehen und Zurücksetzen, so daß ich nicht aufbrausen konnte, obwohl ich mich verletzt fühlte.

Sein Verhalten mir gegenüber unterlag einem Rhythmus. Am Wochenende war er am unfreundlichsten, in der Wochenmitte am freundlichsten. Schon während unserer guten Zeit in unserer Stadt hatte es mich verwundert, daß er am schwierigsten an den Wochenenden war. Seit er denken konnte, war das Wochenende Mutter-Sohn-Zeit. Die Mutter kam Sonnabend nachmittags aus ihrem Geschäft nach Hause, ließ sich in einen Sessel fallen und starrte vor sich hin. Nachdem sie zu Ende gestarrt hatte, blickte sie auf und sagte zu Andreas: »Was machen wir nun?« Andreas lenkte seine Mutter ab, unterhielt sie, machte mit ihr Ausflüge. Daran änderte sich auch nichts, als er mit elf Jahren in ein Internat kam. Er fuhr regelmäßig sonnabends, sonntags zu ihr. Später schimpfte er: »Sie konnte nichts mit sich anfangen. Ich mußte sie immer unterhalten. Sie hängt, wenn sie allein ist.« Er meinte »hängt« im Sinne von »durchhängen«. »Mit großen Erwartungen bin ich jedes Wochenende nach Hause gefahren, und dann standen wir montags früh vor meinem Zug und wußten nichts zu sagen.« Nebel verhängte beider Gefühl. Was blieb, war: »Wieder nichts!«

Es schien mir, als beschwerten ihn diese enttäuschenden Erwartungswochenenden noch jetzt. Sonntags abends war er besonders mißgestimmt, und montags früh fluchte er: »Die Wochenenden sind für mich die ärgsten Tage, ich habe immer das Gefühl, meine Mutter will was von mir, und ich weiß nicht, was.« Als wir noch gemeinsam in unserer Stadt lebten, holte sich Frau Andreas das, wovon ihr Sohn nicht wußte, was es war, am Wochenende regelmäßig mit dem Telefon. Seit er bei seiner Mutter wohnte, hielt er an jedem Wochenende ein Konfekt für sie bereit, mal ein Extrafrühstück, mal einen Besuch bei Verwandten, mal einen Ausflug in die Gegend. Ich verschwand während dieser Zeit aus seinem Fühlen und Denken.

Neben dem Wochenrhythmus – mittwochs hoch, gut, freundlich; sonntags tief, schlecht, feindlich – verwirrte mich sein Gummizugverhalten: ran, weg, ran, weg. Wenn ich sagte: »Ich merke, daß du mit mir nicht mehr kannst oder willst. Ich möchte mich langsam darauf einrichten und mich zurückziehen«, entgegnete er: »I bewahre! Wieso denn?! Auf keinen Fall! Nein, nein, nein!« Mit Festigkeitswörtern wie »Liebe«, »Nähe«, »du« und »immer« drängte er sich an mich heran. Beschimpfte ich ihn, weil er mich gedemütigt hatte, entschuldigte er sich, sah seinen Fehler ein und schwor: »Nur du!« Aber nach kurzer Zeit war wieder etwas, das mich rasend machte. Verheerend war für mich sein unstetes Verhalten. Er wechselte sein Lebensprogramm alle paar Tage, bis mir schwindlig wurde. Bald wollte er einen väterlichen Mann haben, weil er keinen Vater gehabt hatte, bald wollte er einen brüderlichen, weil ein solcher seinem Typ nahekam. Er wollte einen Mann, der seinem ältesten Bruder ähnelte, von dem er sehnsüchtig geliebt zu werden verlangte, der ihn als kleinen Jungen sitzengelassen hatte. Er wollte mit drei Männern in einer Liebes- und Wohngemeinschaft leben, damit er endlich von seinen drei Brüdern geheilt würde. Er wollte mit einem Mann und mit einer Frau zusammenleben, denn die ersetzten ihm die Eltern, die er nicht gehabt hatte, machten ihn fähig für eine Zweierbeziehung. Er wollte Frauen kennenlernen, denn für ihn sei es katastrophal, nicht das zu machen, was alle Welt machte und woraus er entstanden war. Er wollte bei einer in Liebesdingen selbständigen Frau leben, mit der er etwas üben konnte, ohne daß er ihr Partner zu sein brauchte. Und manchmal wollte er allein leben, da er zu viele ungelöste Probleme hatte und es mit allen Menschen am Ende doch immer wieder nicht klappte.

Ich hatte den Eindruck, daß er mich abschaffen wollte, mit Gewalt aus seinen Gefühlen heraussetzen. Und ich sollte ihm dabei auch noch helfen. Er mußte, um wieder frei zu sein, die Person, die bei ihm war, auslöschen. Er sagte es deutlich: »Ich will meine Freiheit.« Für wen? Für sich? Nein, für seine Mutter. Er räumte nicht in ihrem Hause auf, sondern mit mir, bis er mich biographisch aus sich ausgeräumt hatte. Er sagte nicht: »Los, hau ab, weg von mir!«, sondern wollte mich in sich selbst austilgen, mich ungeschehen machen. Er wollte sich von mir reinigen, schien zu hoffen, daß sein Hoch-tief-Rhythmus, sein Ja-nein-Gummizug und seine wechselnden Lebensprogramme mich in ihm abtragen würden.

Das schlimmste für mich war, mich in dem Spannungsfeld Mutter–Sohn zu erfahren, was mich um ein Haar den Verstand gekostet hätte. Hörbar schimpfte Andreas mit seiner Mutter, sichtbar kämpfte er gegen sie. Insgeheim waren seine Angriffe Techniken der Aufrechterhaltung ihrer Gemeinschaft, waren es Mordprogramme gegen mich. Ich stand fassungslos vor dem, worüber wir Jahre zuvor gelacht hatten: Mutter und Sohn waren ein Fleisch. Andreas wütete auf sie ein, bis sie erregt sagte: »Du nimmst mir noch das Leben, wenn du so weitermachst! Wann kommst du Tee trinken?« Und Andreas trank nach seinem Toben Tee. Seine Schimpfereien waren nur Zuckungen seines verkrunkelten Leibes, der sich durch mich am Leibe seiner Mutter verheddert hatte und mit ihrer Hilfe wieder in gleichen Schritt und Tritt gebracht werden mußte. Frau Andreas fragte ihren Sohn: »Halten denn die Ehen unter Männern auch lebenslänglich?« Und fuhr dann fort: »Den Volker kann ich nicht leiden. Der ist so arrogant und hat einen schlechten Einfluß auf dich. Ich würde lieber mit dir allein sein. Das ist doch viel ruhiger.«

Teilweise hatten Mutter und Sohn es ruhig, immer wenn ich auf Reisen war oder zur vorübergehenden Trennung in unsere Stadt geschickt wurde. Frau Andreas wechselte sich dann mit den fremden Männern bei Andreas ab, nahm ein um den anderen Tag verschoben das Frühstück mit ihm ein. Heute saß sie bei ihm und plauderte. Morgen winkte sie von ihrem Küchenfenster auf die Terrasse hinunter zu ihrem Sohn und seinem neuen Herrn: »Schönes Wetter, nicht?! Also dann! Ich fahr' jetzt. Bis heut abend, auf Wiedersehen!«

Wenn Andreas mit seiner Mutter zusammensaß, entfachte sich sein Gesicht zu einem Flämmchen, das auf dem öligen Brei ihrer in eins wabernden Seelen hin und her züngelte. Und Frau Andreas neigte ihren Kopf vor zu Andreas, hielt ihn die ganze Zeit in dieser Richtung ihm entgegen, auch wenn noch mehrere Menschen im Raum waren. Dabei gab sie ununterbrochen ein wohliges Geräusch von sich, das dem Grunzen der Schweine beim Fressen ähnelte. Andreas redete mit lieblich leiser Stimme auf sie ein, auch wenn er ihr angreifend zusetzte. Er prangerte ihr Unvermögen auf allen Gebieten des Lebens an, rechnete mit ihr ab, warf ihr vor, was sie ihm und seinen Geschwistern in der Kindheit zugemutet hatte, und beklagte, daß sie ihren Mann ins Grab gebracht und das Leben ihrer Kinder verpfuscht hätte. Die Beschimpfungen ihres Sohnes schienen sie nicht zu kränken. Sie nickte zu seinen Worten oder verneinte dieses und jenes.

Nach jedem Gespräch behauptete Andreas, seine Mutter hätte ihn verstanden und seine Kritik aufgenommen. Seit Jahren hatte er mit wohlformulierter Rede seine Gedanken und Erkenntnisse in sie hineingeschoben. Philosophie, Psychologie, Soziologie, Politik, Anthroposophie, Pädagogik, Astrologie, Ökonomie . . .: Alles war in ihr verschwunden, schlimmer, war durch sie hindurchgegangen. Ich konnte schon am nächsten Tag die Gespräche des Vortages nicht mehr in Frau Andreas' Sätzen wiederfinden. Und der Sohn bekam nie Erregung oder Anregung von der Mutter zurück.

Einmal wollte ich prüfen, ob Frau Andreas wirklich etwas verstand oder nur schluckte, ob irgendeines der Worte ihres Sohnes für sie von Belang war oder ob es ihr nur um den Affekt ging, mit dem er sie erglühenden Gesichtes fütterte, daß sie so ein behagliches Dauergeräusch von sich geben konnte. Wir sprachen über Männerbeziehungen. »Dagegen hab' ich gar nichts«, sagte sie, »Andreas kann immer einen Freund mitbringen. Ich lasse Sie ja doch in meinem Hause wohnen, auch wenn vielleicht die Nachbarn . . . Unterdrückung! Die sehe ich nicht mehr. Vielleicht gibt es sie noch bei Ihnen, aber hier, wo ich wohne, findet niemand etwas dabei. Da kenne ich mich aus.« Wir verwiesen sie auf die »Stern«-Bekenntnisse von Männern, Männer zu lieben und zu begehren, wir sprachen darüber, welche Schwierigkeiten sich bei ihnen dadurch überall ergäben, bei der Arbeitssuche, bei der Wohnungssuche. »Ach, woher!« sagte Frau Andreas. Ich fragte sie, ob sie in ihrem Geschäftshaus eine ihrer Arzt- und Rechtsanwaltspraxen an zwei Männer vermieten würde, die in einer Beziehung lebten, was sie ihr mitgeteilt hätten. »Nein!« sagte sie. »Man kann nie wissen, das hält meist nicht lange, und dann gibt es Zank und Streit, einer will raus, der andere bleiben, oder beide raus, nachher zahlen die die Miete nicht. Nein!« – »Aber Sie können doch mit jedem Mann einen gesonderten Vertrag aufsetzen, für die Praxis allein aufzukommen, falls der Partner ausfällt. Und bei Mann-Frau-Paaren, die zusammenarbeiten, kann es auch Scherereien geben.« – »Nein, das ist alles viel gesicherter. Außerdem gibt es da kein Gerede der Leut'!«

Ich war platt, sagte doch Frau Andreas ihrem Sohn, der da mit seinem Freunde vor ihr saß, ins Gesicht, vermieten würde sie an zwei Männer, wenn sie miteinander lebten, nicht. Unsicherheit, Scherereien, Gerede! Und unversehens kam auch der Halbsatz ». . . weil zwei Männer unschöpferisch sind« zwischen Frau Andreas' Lippen hindurch. Er erinnerte mich an meines Vaters Wort »unnatürlich« und sollte wohl auch auf Enkel abzielen.

Ich stand auf und ging zu Bett, sagte noch: »Kommst du nicht mit, Andreas?« Aber Andreas blieb und blieb lange, blieb Stunden mit seiner Mutter zusammen. Er wußte, ich konnte nicht allein einschlafen, wenn ich mit jemandem das Zimmer teilte. Außer in den Nächten meiner Zwangsabenteuer schliefen wir in einem Raum. Die Gedankenlosigkeit und Gemeinheit seiner Mutter, ihre böswillige Haltung uns gegenüber belohnte Andreas von Herzen. Er erkannte nicht, daß sie sich entlarvt hatte. Sie mußte im Moment vergessen haben, daß wir solche Männer waren, an die sie nicht vermieten würde. Ihre feindliche Gesinnung gegenüber unserem Tun kam heraus; sie verbarg sie vor ihm, weil sie sein Dasein für sich benutzen wollte und sogar mich in Kauf nahm, wenn sie nur seine ihr kostbare Anwesenheit genießen konnte. Andreas entzog sich nicht, im Gegenteil, er beschenkte seine Mutter. Er schob abermals Brösel der Zuwendung in sie hinein und verschob wieder seine negativen Affekte von ihr zu mir. Ich mußte zuerst mehrere Stunden leiden und an den kommenden Tagen weiter büßen.

Was tat er mit seiner Mutter ungestört die vielen Stunden der Nacht? Er erzählte ihr sein Leben, gab ihr seine Jünglingsschrecken preis, zahlte mit Einklang für Gemeinheit. »Meine Mutter wußte gar nicht, wie lange ich schon anders war. Ich habe ihr zum ersten Mal von meiner ersten Liebe erzählt«, versuchte er mich hinterher zu beruhigen. Als Andreas sechzehn Jahre alt war, hatte er sich in einen Mitschüler verliebt, drei Jahre unglücklich gehofft, ohne zu wissen, was er fühlte und worauf er hoffte. Es gab nur quälende Erlebnisse, flüchtige Berührungen, irritierende Sätze, ungestalte Sehnsüchte. In seinem Studienort war Andreas drei Jahre lang herumgeirrt, bekam den Freund nicht aus seinem Gedächtnis, setzte das einzige Mädchen, das sich auf seinem Schoß verloren hatte, sofort wieder herunter. Er barst unter den Besuchen seiner Mutter, die oftmals zu ihm drängte, weil sie auch in den Semestern mit ihm verbunden sein wollte. In den Ferien wohnte er sowieso bei ihr. Sie verlangte, daß er im Jahr zwei-, dreimal das Studentenzimmer aufgab, denn dann konnte er für die Zeit, die er bei ihr war, die Miete sparen. Er fand durch die Hetze von Zimmer zu Mutterhaus zu Zimmer keine Heimat in sich selbst, er fand keine Heimat bei einem Menschen. Im Hause der Mutter konnte er geistig nicht arbeiten, kam trotzdem, sooft es ihm möglich war, und hackte dann aus Verzweiflung täglich Holz. Davon redete Andreas mit seiner Mutter nicht, nur von seinen Liebesleiden, bis sie sagte: »Ja so was, das ist'n Ding!«, und wieder verschont blieb, zu wissen, daß sie selbst sie ihm verursacht hatte.

Ich brauste auf, als er nach der Muttersitzung endlich ins Bett kam. Seine Kopfschmerzen am nächsten Tag machten mich wieder weich. Wenn er zu stark gegen sich gehandelt hatte, peinigten ihn Kopfschmerzen. »Er kann nichts dafür«, dachte ich. Ich suchte die Stellen an seinen Füßen, die den Kopfbereich reflexzonenhaft repräsentieren. Alle Organe unseres Körpers sind an unseren Füßen mit einem Punkt vertreten. Manchmal gelang es mir, die Kopfschmerzen von Andreas durch Fußmassage zu vertreiben. Wenn aber das Problem, das sie verursacht hatte, ihm ungelöst oder gar unerkannt im Nacken saß, saßen auch seine Kopfschmerzen fest. Nach dem Sondereinsatz bei seiner Mutter hatte er drei Tage lang Kopfschmerzen.

Ich schwankte hin und her zwischen Erbarmen mit ihm und Verzweiflung mit mir. Ich verstand alles, wollte Geduld haben, alles versuchen, alles aushalten, machte jede Wendung seines Begehrens mit, begann, Frau Andreas zu verstehen, zu begreifen, warum sie so in das Leben ihres Sohnes kroch. Ich war für die Trennung zwischen Andreas und mir, wenn sie sein mußte. Ich zerfloß langsam. Überall Auflösung, nirgendwo eine Lösung. Ich versuchte zu arbeiten. Auch das ging nicht. Ich konnte im Haus von Frau Andreas, eingekeilt zwischen Andreas und Frau Andreas, nicht schreiben. Mein Geist war in der Melasse ihrer Vermischung festgeklebt. Ich versuchte es Tag für Tag. Die Gedanken zogen sich nur mühsam hoch, keiner konnte zum nächsten springen. Ich zwang mich, befahl mir Fleiß und Ausdauer, bis ich zu zittern anfing und der Magen sich mir hochwölbte. Ich konnte nicht mehr schlafen. Ich war hier nichts. Ich hatte nichts. Und nun kam das Letzte und Schlimmste: Ich konnte nichts.

Eines Tages wollten wir ein Möbelstück aus einem der unbenutzten Räume herausholen. Andreas kniff in letzter Minute: »Meine Mutter merkt das doch! Und es ist mir so anstrengend, in der Vergangenheit zu wühlen. Mit jedem Betreten der alten Zimmer kommt mir alles von früher wieder hoch.« Ich explodierte! »Jaja, alle Schränke haben zuzubleiben, alle Türen sind verschlossen. Wie deine Mutter mit den Dingen umgeht, so geht sie auch mit dir und mit deinen Geschwistern um.« – »Das Haus habe ich gehalten«, sagte Frau Andreas oftmals stolz, »hätte ich es nicht gehalten, hätten es meine Kinder längst verschleudert.« Frau Andreas hält und hält und hält, hält zu, hält auf, hält fest, hält inne, hält ab, hält stand. Nichts darf sich bewegen, nichts darf sich verändern, nichts darf zu Nutzen und in Beziehung zueinander kommen. Alles hielt sie, alle hielt sie. Und alle ihre Kinder hielten aus. Jedes hielt sie fest in der Position, in der sie es brauchte. Der Älteste war ihr Geschäftsmann. Die Tochter war ihre Köchin und Gärtnerin. Der zweite Sohn war ihr Gesprächspartner. Alle paar Wochen kam er zu Besuch in ihre Stadt, in der er sich extra für sie eine Nebenarbeitsstelle eingerichtet hatte. Der dritte Sohn war ihr Handwerker und Hausmeister, wohnte für sie greifbar in einem Haus, direkt neben dem ihren. Der vierte Sohn, Andreas, war ihr Spielgefährte. Ihn hatte sie auf Lust gebucht, für Festspiele und Bäderreisen eingeplant. Als er einmal mit ihr einen Verwandten besuchte, der Nervenarzt war, benutzte Andreas die Gelegenheit und klagte dem Onkel von seinen Depressionen. Der Doktor stellte zwei Fragen: »Hast du schon mal eine Freundin gehabt? Reist du immer mit deiner Mutter?«

Frau Andreas hielt Andreas, und Andreas hielt an seiner Mutter fest, enthielt sich immer mehr von mir. Mich hielt er hin im schwebenden Liebesabsterben. Sich hielt er hin in schwelendem Liebeswerben um sie, um sie, seine Mutter, die Frau Andreas.

Ich wurde wahnsinnig. Dieser Satz steht im allgemeinen da, wenn gemeint ist, daß jemand nicht wahnsinnig geworden ist. Er flunkert die Wahnsinnsmöglichkeit heran. Ich wurde wirklich einen Moment wahnsinnig. Es passierte etwas, das ich nicht anders in Worte fassen kann als mit dem Satz: »Mir fuhr der Geist beinah heraus.« Eines Nachts – ich war mit Frau Andreas allein in ihrem Haus – schlief ich gegen zehn Uhr ein und wachte ruckhaft nach einer Stunde wieder auf. Ich schrie mich aus dem Schlaf mit dem Wort: »Halt!« und schloß meine Hände über meinem Kopf zusammen. Es war mir, als wollte mich mein Verstand verlassen, der Geist mir aus dem Kopfe dringen. In letzter Minute konnte ich ihn noch festhalten. Ich stieg aus dem Bett und ging benommen im Zimmer auf und ab, durch den Flur und in anderen Zimmern herum. Nach zwei Stunden beruhigte ich mich etwas. In diesem gefährlichen Augenblick schien ein Stück aus meiner Seele herausgebrochen zu sein. Mein bis dahin heller Geist hatte einen Schatten. Das Volk redet deutlich: »Der hat einen Schatten«, sagt es von einem, der verwirrt ist. Mich überfielen Zustände. Ich kannte bisher nur Fröhlichkeit und Traurigkeit, Schmerz und Leichtmut. Nun hatte sich dumpfes Zeug in meinem Kopf angesammelt. Ich fühlte es als Druck, Schwindel, Nebel, Reißen, Absacken, Aussetzen. »Depressionen«, sagt das Zeitalter dazu. Plötzlich kommen sie, wenn ich allein bin, meist, wenn ich spazierengehe.

Was für ein Wahnsinn hatte mich getroffen? Es war der Wahnsinn der Frau und der Wahnsinn des Kindes. In der Beziehung zu Andreas war ich hilfloses Kind. Und mein Leben im Haus von Frau Andreas war das einer hilflosen Frau. Ich hatte dort erlebt, was Frauen seit Generationen erfahren. Sie verlieben sich in einen Mann, heiraten glücklich, ziehen arglos in seinen Lebensbereich – seinen Ort, sein Haus, seine Familie – und werden allmählich schwach und lustlos, sind so merkwürdig gedämpft und werden plötzlich krank oder wahnsinnig.

Meine Mutter hatte hoffnungsvoll in die Familie meines Vaters geheiratet und war in ein neurotisches Geflecht von Menschen geraten, die sich noch heikler ineinander verwickelt hatten, als es die Menschen ihrer eigenen Familie waren. Sie wurde in den ersten zehn Jahren meines Lebens von schweren Krankheiten niedergerissen, die sie zum Teil beinahe ans Lebensende geführt hatten. Ich wand mich in Angst um sie, verlor sie durch ihre Krankenhausaufenthalte immer wieder. Sie brachte mir bei, sie als etwas Schwaches und leicht Verlierbares anzusehen, dem gegenüber ich hilfsbereit und einfühlsam sein mußte. Einmal versuchte sie, aus dem Rahmen ihres Mannes auszubrechen. Wohin? Nicht in ihr eigenes Leben, sondern zurück zu ihren Eltern. Sie nahm mich mit »als einzigen Trost«.

Ihre Eltern wiesen erst mich ab und dann sie selbst. Ich kam auf zusammengeschobene Sessel – wieder Sessel! – und danach in die Obhut von fremden Leuten. Sosehr meine Mutter auch weiterhin mit rätselhaften Krankheiten Appelle aussandte, sie wurde von ihren Eltern in ein Krankenhaus abgeschoben und anschließend zu ihrem Mann zurückgeschickt. Ich wurde in ein Heim gesteckt.

So war das also, in Sohnesbedingungen hineinzuheiraten, den geliebten Mann als einen tänzelnden, instinktlosen Waschlappen erleben zu müssen, kraft- und gefühlsberaubt von einem Wesen, das sich »seine Mutter« nannte: »Wie Mutter sagt«, sagte mein Vater, hatte andauernd das Wort »Mutter« auf der Zunge: »Meine Mutter! Das wird meine Mutter sein! So ist meine Mutter. Das wollte

Mutter immer. Da kommt Mutter schon. Hier, bitte schön, Mutter. Danke, Mutter. Nun wollen wir mal zu Mutter gehen. Aber Mutter, ich bitte dich! Mutter möchte gern, daß du ihr . . . Könntest du eben zu Mutter raufgehen? Wir sollten für Mutter noch . . . Bitte, tu es Mutter zuliebe! Mutter geht es heute nicht so gut. Das geht nicht, Mutter hat es doch nicht so gern!«

Ja, Mutter.
Frühstück, Fremder, Frühstück, Fremder,
Vater, Brüder, Typ.
Mutti. Mutti. Mutti.
Schwarzer Mann und femder Mann.
Wald, und auf den Straßen Hosen runter.
Immer immer immerzu.
Halte halte, was das Zeug nicht hält.
Sei nicht ein und auch nicht deutig.
Halte halte nicht.
Nicht nicht nicht nicht nicht nicht nichts.
Halte einen Volker nie.
Halte halte mich.
Ich dich ich zu-
Rück.

Der Wahnsinn der Frau legt sich heute. Frauen müssen nicht mehr einheiraten. Sie können die Männer zu sich holen oder sich mit ihnen ohne Familienballast auf halbem Wege treffen. Oder sie können sich Männer in Abstand halten.

Aber das Kind muß noch immer wahnsinnig werden. Ich hatte die Entstehung von Wahnsinn erlebt, hatte am eigenen Leibe gespürt, was Kindern widerfährt und was Wissenschaftler mühsam zu rekonstruieren beginnen. Ein Liebender hat weiche aufgeschlossene Zellen, ist so empfänglich und hilflos wie ein Säugling. Alles geht in ihn hinein. Und er nimmt wie das Baby an, daß er geliebt wird von dem, der ihm nah ist, für den er sich weich gemacht hat. Das Baby muß, um überleben zu können, annehmen, daß die Person es will, die mit ihm umgeht und für es handelt. Wenn die Mutter es nicht will, es aber pflegt und nährt, wird es wahnsinnig. Die Spaltung des Geistes unterscheidet sich von der Quälung des

Körpers. Die Kindesmißhandlung erfolgt aus einer einheitlichen Haltung des Erwachsenen. Die Mutter will das Kind nicht und zeigt ihm das. Die zum Wahnsinn führende Kindesspaltung geschieht, wenn eine Mutter ihr Handeln und ihr Fühlen, ihr Denken und ihr Sagen nicht in Einklang bringen kann. So verhielt sich Andreas. Er redete »Ja« zu mir, handelte »Nein«. Er bemerkte das nicht, wie auch die Mütter nicht wissen, daß sie in den meisten Wirklichkeiten ihr Kind ablehnen. Andreas lebte neben mir, Mutter-Kind-eng mit mir. Er war lebensgeschichtlich an mir angeschlossen. Mitten in die Einheit hinein leitete er verneinende Ströme auf mich ab. Ich geriet im Hause von Frau Andreas in ein Negationsfeld.

Seine Mutter war erklärtermaßen gegen mich. Ich störte das Mutter-Sohn-Einvernehmen. (Es war ihr nicht bewußt, daß nur meine Existenz Andreas so unbeschwert und lang anhaltend wie seit seiner frühen Kindheit nicht mehr bei ihr sein ließ.) Andreas wehrte ihre Ablehnungsäußerungen über mich niemals ab, wies sie nicht zurück, sondern ließ sie in sich hinein und gab sie alsbald weiter an mich. Sie wirkten dadurch so, als ob er selbst die Ablehnung gegen mich gefühlt hätte.

Andreas tat so, als haßte er seine Mutter. Seine Schilderungen von Tatsachen, die belegten, wie er und seine Geschwister von ihr gequält worden sind, rissen nicht ab. Aber er brachte den Haß ihr gegenüber nicht zum Ausdruck. Er behauptete sogar, er müsse seine Mutter heilen, damit sie sich verändere. Nur durch seine liebende Hinwendung zu ihr sei das möglich. Er entschuldigte sie, sagte, sie sei alt und schwach. Er lebte, wenn er dort war, von ihrem Geld, wohnte mietfrei, nahm ihre Lebensmittel an, die sie emsig herbeischaffte. Er genoß Haus und Garten. Sie unterstützte seine Lustabenteuer. Und geduldig stellte sie sich für seine Abrechnungsgespräche zur Verfügung. Sie gab ihm für Monate Lebenssinn und für die Zukunft eine Perspektive: Er konnte immer bei ihr wohnen. Er arbeitete nicht und wollte möglicherweise nie wieder arbeiten. Er streunte begeistert durch die Gegend, holte seine Kindheit herauf. Er gestand ein, daß er das Zusammenleben mit seiner Mutter brauchte. »Ich muß lernen, mich von ihr abzugrenzen«, sagte er. Der Haß, den er wirklich hatte, fand unter diesen Umständen keinen Grund, um sich gegen seine Mutter zu richten und bei ihr entladen zu werden. Da er ihm aber Ausdruck verleihen wollte, verschob er ihn auf mich. Er konnte mit seiner Mutter gut allein leben – er hatte das in den Wochen meiner Abwesenheit ausprobiert. Ich störte ihn in allem, was er jetzt tat. Mein Vorhandensein erinnerte ihn nur an seine Versprechen von gestern, die ihm heute lästig waren.

Durch das enge Zusammenleben mit seiner Mutter schloß Andreas sich in ihren Verhaltenskreislauf ein. Seine Identifikation mit ihr verstärkte sich. Er wurde ihr unangenehm ähnlich. Er verhielt sich mir gegenüber, wie sie sich ihren Kindern gegenüber verhielt, ließ sein Mit-sich-nicht-Zurandekommen an mir aus. Während seiner Auseinandersetzung mit ihr verlor ich Partnerrechte und -funktionen. Ich mußte zuhören, hinnehmen und zu allem »Ja« sagen. Er wollte mich als Puffer zwischen sich und seiner Mutter einsetzen, sah mich als Rücklage an, falls er mit ihr doch nicht auf die Dauer zurechtkam.

Frau Andreas war von ihren Eltern gequält worden. Die Nachbarschaft und die Verwandten führten schlimme Geschichten im Munde, sobald das Gespräch auf Frau Andreas' Jugend kam. Sie selbst aber fand ihre Eltern in Ordnung. Sie konnte Ungeheuerliches berichten, zu dem sie nur lächelte. Ihre Erzählungen schloß sie mit kernigen Redewendungen ab: »Unkraut vergeht nicht.« Oder: »So habe ich meine dicke Haut bekommen.« Wenn Andreas auf sie losging und wenigstens einen Tropfen Haß auf ihre Eltern aus ihr herauspressen wollte, zog sie sich zurück: »So schlimm war das nun auch wieder nicht, die Zeiten waren damals so.« Das Äußerste, was sie zu sagen wagte, war: »Meine Eltern hätten sich nicht heiraten sollen. Sie haben nicht gut zusammengepaßt.« Frau Andreas hatte keinen Haß nach oben. Ihre Kinder erzählten Bände von ihrem Haß nach unten. Und der Haß zur Seite verfolgte sie ihr Leben lang. Ihr Mann war früh und unter mysteriösen Umständen gestorben, er soll in seinen letzten Lebensjahren zermürbt gewesen sein. Frau Andreas hatte nie einen anderen Partner. Kein Mensch war in ihrer Nähe, außer ihren Kindern und ihren Ange stellten. Die Verwandten machten einen Bogen um sie. In den für seine Mutter geöffneten Andreas floß ihr unbewältigter, unterdrückt in ihr lauernder Haß auf ihre Eltern. Da sie ihm auch noch vorgemacht hatte, wie der Haß, den sie nach oben hat, zur Seite oder nach unten verschoben wird, brauchte Andreas einen Menschen, an dem er Haß auslassen konnte. An seiner Seite und zu seinen Füßen war nun ich.

Ich wäre nicht in Wahnsinn geraten, wenn die Art, wie Andreas mich in die Zange nahm, mich nicht an eine Erfahrung in meiner Kindheit erinnert hätte. Ich hätte nach seinen ersten Merkwürdigkeiten sagen können: »Vielen Dank, es war sehr schön. Jetzt kannst du mich gern haben. Wenn du hier deine Sachen durch bist, kannst du ja noch mal bei mir anklopfen. Du weißt meine Adresse.« Ich konnte so etwas nicht sagen. Ich war angeschmiedet an die Situation der Folterung. Ich wartete auf den nächsten Stich, die nächste Unverschämtheit, Verletzung, Demütigung. Immer näher heran wollte ich an das, woraus dann Wahnsinn wurde. Ich wollte endlich begreifen, was das für ein Geschehen war, daß da jemand mich angeblich liebte, mir aber Pein zufügte.

Von klein auf war ich in der Zange meiner Eltern. Sie hatten alles für ihr Kind getan, was erforderlich ist, um das Prädikat »gute Eltern« verliehen zu bekommen, das ihnen die Umwelt auch nicht selten verlieh. Freunde und Verwandte sagten oft: »Ich hätte mir Eltern wie die deinen gewünscht.« Ich hatte eine sogenannte sorglose Kindheit, wurde umsorgt von sorgenden Eltern. Aber was machten diese Prachtstücke »gute Eltern« mitten in ihrer Sorge mit mir? Sie peinigten mich auf eine für mich unfaßbare Weise. Unter der Oberfläche dessen, was angeblich gut für das Kind war, verzog sich ihr Handeln um Millimeter, so daß ich es als Stich empfand. Nichts könnte belegen, wie eine arglose oder gutgemeinte Handlung der Eltern beim Kind als Schmerz ankommt. Die bewußte Zufügung von Schmerz ist für mich keine Katastrophe. Ich bin fast zufrieden, wenn ich einen Menschen dabei ertappe, wie er gegen mich etwas ausheckt oder gegen mich handelt.

Ich wurde im Hause von Frau Andreas darauf gestoßen, welcher

Art der Zwang ist, der meine Eltern treibt, so seltsam mit mir umzugehen, daß das, was sie Gutes für mich tun, sich für mich in Pein verwandelt. Meine Eltern haben mit ihren Müttern schwere Probleme gehabt, die ihnen nie auch nur im geringsten bewußt geworden sind.

Die Mutter meines Vaters war Bildhauerin und im Begriff, Deutschland zu verlassen, um eine Entwicklung zur selbständigen Künstlerin durchzumachen, als sie sich in meinen Großvater verliebte und dem Druck der alten Frauenrolle – Ehe, Hausfrauendasein und Mutterschaft – erlag. Sie sagte oft einen mir unbehaglichen Satz: »Und da habe ich abgeschworen.« Sie war ihr Leben lang melancholisch, obwohl ihr exakt geführtes Rollendasein ihr nur gesellschaftliche Prämien eintrug: lebenslängliche Ehe, zwei Kinder, drei Enkel. Besonders erschütternd war es für mich, zu verfolgen, wie sie sich an ihr Abschwören nicht halten konnte, wie sie versuchte, weiter zu arbeiten, neben Mann und Kindern, und wie ihr alle Arbeiten in den Kitsch abrutschten und sie zeitlebens gekränkt war, daß »niemand« ihre »Kunst achtete«. Auch mißlang ihr mit dem Kitsch jeder finanzielle Erfolg, den er nicht ausgeschlossen hätte. Sie machte kaufmännisch alles falsch, kam an Betrüger und Stümper, die ihre Arbeiten schlecht vervielfältigten und ungünstig verkauften.

Bei soviel Selbstentwurzelung konnte meine Großmutter meinem Vater, ihrem ersten Kind, keine gute neutrale, keine gelassen fröhliche Mutter sein. Die Fotos zeigen es. Bei der jungen Frau ist der Ansatz zur Größe geronnen in Schwermut. Mein Vater war ein kränkliches, schwieriges Kind und soll dem Tode oft nahe gewesen sein. »Wenn ich nicht all meine Liebe und Kraft auf das Kind gelenkt hätte, wäre es nicht durchgekommen«, pflegte sie zu sagen. »Denkste! Das Kind mußte mit dem Mittel der Krankheit all seine Kraft aufbringen, um dich, Großmutter, zur Konzentration auf sich zu lenken.«

Ich hätte nicht ihr Kind sein wollen. Sie hatte eine eklige Art, alle Menschen in ihrer Umgebung auf ihren Willen hinzuzwingen mit zur Schau gestellter Willenlosigkeit. »Ich gehe gleich zum Briefkasten!« hieß: »Schreib jetzt endlich den dir schon lange aufgetragenen Brief!« Ihr bestes Mittel, uns für sich beizuklopfen, war zu sagen: »Wenn du das nicht tust, bin ich traurig.«

So wie ihre Plastiken ihr Auf-der-Mitte-Stehenbleiben zwischen selbständiger Künstlerin und ausgelieferter Hausfrau wiedergeben, wird sie auch eine unentschlossene, resignierte Kitschmutter gewesen sein, die meinem Vater ein Netz von Drangsalierungen überwarf.

Die Mutter meiner Mutter litt auch an Unentschlossenheit, war schon in ihrer Jugend eingekeilt in eine Situation, die ihr keine eigene Entwicklung ermöglichte. Sie wurde bedroht von einer künstlerisch bedeutenden Mutter und einer künstlerisch ausgeprägt begabten jüngeren Schwester. Ihre Verzweiflung lag in dem Gegenteil von der Verzweiflung meiner Großmutter väterlicherseits. Sie wollte nichts Bestimmtes vom Leben. Auf ihren Mädchenbildern schaut sie immer etwas gekränkt drein, skeptisch, wurschtig, spöttisch. Sie war nicht so willensstark wie ihre Mutter und nicht so willensfrech wie ihre Schwester. Ihre Eltern lebten in der Vorahnung von Emanzipation. Ihr Vater war Verleger, ihre Mutter, meine Urgroßmutter, war Pianistin, war mit den Musikern der Zeit öffentlich aufgetreten. Ihre Schwester wurde bildende Künstlerin, heiratete einen wagemutigen Mann und wanderte mit ihm aus. Meine Großmutter hatte zum Herauskommen aus der Rolle weder genug Kraft noch eine ausgeprägte Begabung. Trotz emanzipationsförderndem Milieu fiel auch sie zurück in die alte Rolle der Hausfrau und Mutter. Bei ihr war es noch schlimmer als bei meiner Großmutter väterlicherseits, die sich von der Liebe zu einem Mann in die gewohnte Bahn locken ließ. Meine Großmutter mütterlicherseits wollte nicht heiraten, wollte den Mann, der um sie warb, nicht haben. Und dann nahm sie ihn doch. So vom Halbja und Halbnein gekennzeichnet wird auch ihr Verhältnis zu meiner Mutter, ihrem ersten Kind, gewesen sein, das ein Jahr nach ihrer Eheschließung geboren wurde. Sie wollte es eigentlich nicht, mußte es nun aber annehmen, da es gekommen war. Meine Mutter sieht auf manchen Kinderbildern armselig und verlassen aus: aufgequollenes Gesicht, trauriger Blick, die Händchen suchend, vergeblich nach etwas greifend. Später wurde sie eine unnahbare Schönheit mit uneindringbarem Schleierblick.

Meine Mutter und mein Vater waren Früchte der Unentschlossenheit, empfangen und geboren in den Brennpunkten der Bewußt- und Selbstlosigkeit ihrer Mütter. Später als Erwachsene wollten sie alles anders machen, machten anfangs auch alles anders. Sie entschlossen sich deutlich füreinander und schworen dabei von keiner Selbstverwirklichung ab. Ihre Liebe zueinander hatte alle Blumen um sich, die starke Lieben blühen lassen. Die Erzählungen über sie, ihre eigenen Äußerungen und alte Bilder zeugen von Glut und Ewigkeitsschwüren. Ihre zwei ersten Jahre miteinander verliefen wie die zwei Jahre zwischen Andreas und mir: dicht beieinander, ganz füreinander da, verschmolzen, entrückt. Das Kind, das meinen Eltern aus ihrem Himmel kam, war ich. Und es war weiter Wonne. Alle Menschen um sie herum und sie selbst erwarteten dringend das Erstgeborene und schauten in mein Nest mit Lust. Und ich wuchs, und ich lief, und ich lachte, und ich war gesund, hatte Engelslöckchen und hatte auch sonst alles dran, hatte Zuwendung von beiden Eltern und Liebe von allen Verwandten. Auch die Fremden schauten wie geblendet auf mich und sagten: »Dies Kind ist ja schöner als meines!«

Verdammte Gene! Irgendwann bekam ich Augen, Nase, Mund und Kinn, als hätten meine beiden Großmütter mich miteinander gezeugt. Auch meine Eigenschaften wurden den Müttern meiner Eltern immer ähnlicher. Und da saß ich mit einem Male im Gespensterschloß der Übertragung. Meine Eltern wurden schief zu mir. »Sehen Sie, wie Ihre Mutter Sie gar nicht richtig ansieht. Die läßt Sie beinahe fallen«, bemerkte mein Analytiker, als er die Mutter-Kind-Bilder betrachtete.

Seit ich mich erinnern kann, zog sich meine Mutter von mir zurück. Sie hat kein Verhältnis zu mir. Sie habe eines, meint sie, aber sie drückt es mir gegenüber nicht aus. Sie drückt überhaupt nichts aus. Sie liebt mich wohl hinter Schleiern. Sie will nicht an mich herankommen – wahrscheinlich aus Angst, daß etwas aus ihr gegen mich hervorbricht, eine Wut, die mit mir nichts zu tun hat, die ich nur auf mich ziehe, weil ich der Person ähnele, der die Wut gilt. Und so blickt meine Mutter stumm in meinem ganzen Leben herum.

Mein Vater enthielt sich nicht von mir. Ich habe ihn von klein auf als Quälgeist erfahren. Nach außen hin, für die Mitmenschen, war er die Liebenswürdigkeit und Geschmeidigkeit in Person: »Der Klügere gibt nach«, »Wann ich wütend werde, bestimme ich«, »Mehr sein als Schein« ... Über mich tobte er her. Und er war nie abgeschmackt – das war mein Elend. Er war nicht der polternde Rabiatvater, wie er in Romanen, Stücken und Filmen seine Söhne krümmt. Er war gutmütig, sorgend, verantwortungsvoll. Und plötzlich riß die Erde seiner Liebe zu mir auf, und eine Stichflamme übler Kränkung griff nach mir. Ehe ich den Mund aufmachen konnte, um wegen der Verbrennung zu schreien, lächelte er mich wieder an, schaute herzig drein wie ein ertappter Junge, der seine Untat gleich wiedergutmachen will. Es war, als sei er selbst irritiert, was für ein Teufel da eben aus ihm gegen mich gefahren war. Und ehe ich's mich versah und den Teufel fassen konnte, war die Klappe in der Kiste seiner Vatersorge wieder zu.

Mit seiner Schwester, meiner Tante, die wie er ein Opfer meiner Großmutter war, ging es mir ebenso. Die Tante lebte während meiner Kindheit im selben Haus wie wir und war für mich eine zweite Mutter. Meine Großmutter schmiedete sich so an ihrer Tochter fest, daß die Frauen von den neunundfünfzig Jahren gleichzeitigen Lebens sechsundfünfzig Jahre in enger häuslicher Gemeinschaft verbrachten. Ich weiß noch, wie die Tante einmal erbost auf ihre Mutter zeigte und sagte: »Wir beide feiern bald goldene Hochzeit!« Sie schafften es fast bis zur eisernen. Die Tante hielt alles aus, obwohl ihre Mutter in sie »immer nur Schwarz sah« und in ihren Bruder, meinen Vater, »immer nur Gold«. Die Mutter machte ihrer Tochter alles mies, programmierte sie auf Mißlingen: »Ich sah es kommen! Ich habe es gleich gesagt! Das habe ich sofort geahnt! Ich habe es ja immer schon gewußt!« unkte sie in sie hinein. Daraufhin mißrieten der Tante drei Jahre eigene Ehe. Und die Großmutter hatte ihr Kind wieder bei sich, um sich die nächsten dreißig Jahre appetitlos über das wohlschmeckende, liebevoll zurechtgemachte Essen ihrer Tochter zu beugen und jedesmal, wenn ihr aufgetan wurde, ihren Teller widerstrebend hinzuhalten mit den Worten: »Nicht so viel, Liebchen, bitte nur die Hälfte!«

Mein Leben lang liebte die Tante mich und liebte die und liebte die mich . . . angeblich. Und plötzlich wurde ich von ihr gerissen und auch mal geschlagen. Als ich klein war, verfolgte sie mich despotisch, später nörgelte sie immer an mir herum. Sie redete gern übel über mich und stellte mir mit bösen Phantasien nach, dichtete mir Erbärmlichkeiten an. Sie hatte Angst vor mir und behauptete, in mir stecke der Teufel, den sie bannen, zähmen und unterdrücken müßte. Dann wieder kuschelte sie sich in mich hinein, drückte, herzte und beschenkte mich, weinte sich an mich heran, schrieb Rührungs- und Liebesbriefe. Und jedesmal beim Sehen gab sie mir einen Stich.

Anders als mit mir ging sie mit ihrer Tochter um. Sie heiratete einen Mann, der in seiner Art aus dem Rahmen meiner Familie schlug und der sich mit seinem Gesicht und seiner Gestalt in ihrer Tochter durchsetzte. Wir sind alle bis zum Gehtnichtmehr blondhaarig, blauäugig und hellhäutig. Die Tochter der Tante wurde dunkelhaarig, braunäugig und hatte eine Haut wie ein Hawaiimädchen, das niemand als Zugehörige der Familie wahrnehmen konnte. Die Großmutter sah meiner Cousine so ähnlich wie ein Kürbis einem Maikäfer. Nie fühlte sich die Tante beim Anblick ihrer Tochter an ihre eigene Mutter erinnert. So konnte sie mit ihr in einem ununterbrochenen Mutter-Kind-Frieden leben. Sie band sie weder zu eng an sich, noch stieß sie sie von sich weg. Sie ließ sie zur rechten Zeit aus dem Haus und geleitete sie in das Glück einer eigenen langjährigen Beziehung, in der die Cousine noch heute lebt. Die Tante war ihrem Kinde Helferin und Freundin, immer Schutz und nie Drangsal. Sie machte alles so, wie es in den schönen Ratschlagbüchern für die gute Familie steht.

Meine Eltern haben zu meinem Bruder ein Verhältnis, das sich von ihrem Verhältnis zu mir wesentlich unterscheidet. Ihren Haß auf ihre Mütter hatten sie nur auf mich umgeleitet. Mein Bruder ist neun Jahre jünger als ich. Bis zu seiner Geburt hatten sie sich mit ihren zu mir verschobenen Gefühlen gegen ihre Mütter schon eingerichtet. Außerdem ist mein Bruder meinen Großmüttern nicht ähnlich, wie ich es bin. Dadurch löste er eine Übertragung von ihnen auf sich nicht aus, wie ich es tue. Meine Eltern gehen mit meinem Bruder klarer um, faßbarer, direkter. Es ist kein problemloses, aber ein eindeutiges Verhältnis, das nicht von einander widerstreitenden Für-gegen-Motiven und Ja-nein-Handlungen getrübt wird. Ich habe das Gefühl, meine Eltern verehren mich – für was? – und erniedrigen mich, zucken zwischen beiden Stimmungen uneinsichtig für mich hin und her.

Im Hause von Frau Andreas gelang es mir endlich, das Elternverhalten zu durchschauen. Andreas ließ mich fallen wie meine Mutter, schaute mich nicht an, verhielt sich mir gegenüber rührungslos, gedankenlos, ausdruckslos wie sie. Und er peinigte mich, riß mich mit widerspruchsvollen Gefühlsausbrüchen hin und her wie mein Vater und meine Tante.

Ich hatte mich von klein auf an die über mich herfallenden Verletzungen so gewöhnt, daß ich gegen jede Verletzung immun zu sein schien. Wenn ein Mensch etwas Kränkendes gegen mich sagte, etwas, das mir nicht paßte, oder nur von meinen Ansichten abwich, hörte ich nicht hin. Alles nicht mit mir Übereinstimmende verstand ich nicht. Es war, als hätte ich mir an den Ohren kleine Rolläden angebracht, die ich auf Signal, wenn eine Verletzung kam, herunterziehen und, wenn sie vorbei war, wieder hochlassen konnte. Diese Rolläden waren so etwas wie ein Erste-Hilfe-Programm gegen den Wahnsinn. Mit ihnen konnte ich die Schmerzen abwehren, die meine sich mir täglich nachweisenden Liebsten mir zufügen wollten. Aber es ging nicht nur um Stiche durch Worte, sondern auch um Stiche durch Taten, denen ich mich nicht entziehen konnte. Die verletzenden Taten lagerten in meinem Inneren wie Ölschichten. Andreas hatte mit seinem Verhalten Bohrungen unternommen, so daß alles aus mir herausspritzte.

3 Mein Maß, auszuhalten und hinzunehmen, war voll. Ich bestand auf der Trennung von Andreas und wollte für immer von ihm weg. Da ich eine Reise machen mußte, packte ich meine Koffer und kündigte mein Dasein im Hause seiner Mutter auf. Er erschrak und wollte mit mir reisen.

In Abwesenheit von Frau Andreas zogen sich unsere Verschiefungen wieder gerade. Er schlug vor, die Beziehung zwischen uns aufrechtzuerhalten, aber in zwei Wohnungen zu leben: »Du bist mir zu nah gekommen. Ich kann keine Anziehung mehr zu dir verspüren. Anziehung braucht Entfernung.« Der Vorschlag sah so aus, als ob er uns in eine neue Phase unserer Gemeinschaft bringen könnte. Der Anfang dieser Phase gelang uns auf der Reise. Wir begegneten einem Mann, der sich als ein Paartherapeut entpuppte und uns half, unsere Verhärtungen aufzulockern. Wir schrien in seiner Gegenwart uns wieder aufeinander ein und küßten uns am Morgen danach mit allem Drum und Dran lang, lang, nach langer Zeit wieder mutterungestört, reichten uns die Leiber über die Schranke des Zwei-Wohnungen-Gedankens, entspannt wie zu den ersten Einander-Versprechens-Zeiten.

Nach der Reise zog auch Andreas aus dem Hause seiner Mutter aus und zog in unsere Wohnung in unserer Stadt wieder ein. Der Abstand von seiner Mutter machte ihn klar und mir gegenüber eindeutig. Und der Gedanke, in getrennten Wohnungen zu leben, führte Andreas von neuem leiblich an mich heran. Der Gedanke brauchte dadurch vorerst nicht in die Tat umgesetzt zu werden. Wir lebten noch einmal in Freud und Leid ein Stück Gemeinsamkeit in unserer gemeinsamen Wohnung.

Es trat Ruhe ein. Andreas sah, wie seine Mutter ihn von mir weggerissen hatte. Er war gelöst, tat nichts, endlich, zum ersten Mal in seinem Leben wirklich nichts, auch keine Seelenarbeit, keine Vergangenheitsarbeit und keine Mutterarbeit. Er kam sich vor wie ein Entchen, das bisher immer nur hatte strampeln und paddeln müssen. Nun hatte es endlich ein Stück Land gefunden und konnte ausruhen. Ausruhen von Arbeit, Männern und Mutter. Andreas lebte vergnügt in den Tag hinein und las. Wir plauderten, machten gemeinsame Unternehmungen und liebten uns.

Die fremden Männer schienen eine Weile verscheucht zu sein. Aber sie kamen bald auf Umwegen wieder zum Vorschein. Andreas las Romane über Männerbeziehungen und soziologisch-psychologische Texte über das Männerbegehren, in denen sogenannte Fallberichte vorkamen. Er war danach entspannt und geneigt, mit mir etwas zu veranstalten. Jedoch mehr und mehr mußte er sich für Neigung zu mir und Spannung mit mir anregen lassen. Seine Mittel waren Situationen. Als ich ihn kennenlernte, schlugen ihn nur Situationen sinnlich in Bann, nie Personen. Wenn die Situation vorbei war und die in ihr begehrte Person ihm noch einmal begegnete, war seine Begierde auf sie verflogen. Deswegen hatte er seine Mißstimmungen am nächsten Morgen oder beim zweiten Sehen. Eine Situation ist kurz, und sie läßt sich nicht wiederholen. Wer an Situationen interessiert ist, kann die in ihnen erlebten Personen nur einmal begehren.

Andreas war seit der bei seiner Mutter verbrachten Zeit in seine Situationengeilheit zurückgefallen. Ich bemerkte es nicht gleich, war glücklich, daß wir uns hatten, machte mir keine Gedanken, warum es heute leicht ging, ein andermal schwerer und ein weiteres Mal gar nicht. Ich wollte ihn nicht bedrängen, ihm keine Regel abverlangen nach der Art von Luthers »In der Woche zween«, wollte mich auf das einlassen, was kam. Schließlich entdeckte ich einen Zusammenhang zwischen den immer weniger werdenden Malen seiner Gelöstheit und anderen Ereignissen. Wir waren in einem Männerlokal, in dem hundert Blicke auf ihn losgeschossen kamen, nur auf ihn, den ich hatte und der mich zu wollen schien. Sein Blut schoß in sein Gesicht zur herausfordernden Flamme, die ich ihm alsbald löschen durfte. An einem anderen Abend hatten wir lebhaft mit neuen Menschen gesprochen, vor allem mit fremden Männern, und Andreas schlug danach aus seinen Lenden Funken.

Er entwickelte eine Vorliebe, das Fremde hereinzuholen, indem er in Pornofilme und Peepshows ging. Er regte sich dort an den erregten Männern an, kam zu mir gelaufen und wollte die Erregung mit mir zusammen abklingen lassen. Das ging ein paarmal, bis ihm auch diese Brücke zwischen mir und den Fremden zerbrach. Er ging allein in die Shows und Filme, blieb dort, geriet schnell in Lust und Rausch, und mit mir ging es immer schwerer und ging es alsbald nicht mehr.

Ich dachte: »Wenn er Situationen liebt, sollte ich vielleicht uns beide in eine neue Situation hineinbringen. Den Ort zu wechseln hatte schon oft geholfen, Andreas' Unruhe in Ruhe mit mir zu verwandeln.« Eine Freundin kam mir zu Hilfe und bat mich, im Ferienmonat August ihre Wohnung in Paris zu hüten. In Paris waren Andreas und ich vor dem Muttersommer eine Weile selig gewesen. Drei Tage und drei Nächte waren so ordinär glücklich verlaufen, daß ich sie beinahe vergessen hätte. Mondsicheleingewölbt hatten unsere Körper das Angebot eines engen französischen Doppelbettes ausgenutzt, umschlungen einzuschlafen und aufzuwachen und dazwischen noch allerlei überzeugende Unterbrechungen geschehen zu lassen.

Also versuchten wir noch einmal Paris. Paris, behauptete Frau Andreas, sei genauso wie ihr Wohnort. Was? Ja, dort hätte sie die gleichen Stimmungen und Gefühle gehabt wie bei sich zu Hause. Wir sollten ihr schnell unsere Adresse schreiben, gleich, wenn wir angekommen sind. Andreas sagte sie ihr, bevor er sie ihr noch einmal auf einer Karte schrieb, schon vorher vorsorglich telefonisch durch. Ich ahnte nichts Gutes. Paris war jetzt auch die Stadt von Frau Andreas, die in Gedanken mit uns reiste, so sagte sie es: »In Gedanken bin ich bei euch, würde am liebsten mitkommen, ja.«

Paris wurde diesmal für uns eine unangenehme Zeit lustlos gereizten Nebeneinanderhers. Andreas versuchte, seine Unlust zu verbergen, und wollte mir im Bett zu Diensten sein. Beim zweiten Mal merkte ich es und brach unsere begonnene Einläßlichkeit direkt im Geschehen ab. In Paris verstummten nicht nur unsere Mitten, auch unsere Köpfe wurden still. Wir redeten kaum noch miteinander. Spazierengehen – das war immer ein Rausch unserer Gedanken, die sich aneinander entzündeten und die wir uns heiß hin und her reichten. Jetzt stocherten wir griesgrämig in der Sprache herum, gingen nicht mehr richtig Seit an Seit, stierten in die Luft und auf den Boden.

Eines Sonntags schien Andreas bei einem Spaziergang überhaupt nicht mehr neben mir gehen zu wollen. Er schritt voran, blieb zurück und beschäftigte sich nur mit dem Boden. Er bückte sich immer wieder, hob etwas auf. »Sucht er Pilze?« dachte ich. Wir waren in einem Park, in dem Pariser Frauen und Männer sich gern ein schnelles Treffen genehmigten. Andreas sammelte die vertrockneten Zeugen, die folgenlosen Folgen dieser Taten. Nach einer Stunde Suchens kam er mit listigem Blick auf mich zu: »Schau mal, was ich gefunden habe!« Und ich schaue auf seine mir geöffnet dargebotene Hand und sehe eine unzählige Zahl von Männerschutzhüllen. »Zwanzig«, sagte Andreas, »in Rom gab es in einem Wäldchen einen Baum, da haben die Männer ihre Gummis aufgehängt. Die hingen herunter wie Weihnachtsbaumschmuck, waren meist noch voll, das trocknet da drin ja nicht so schnell.«

Andreas ist auf der Suche nach dem, was mich verfolgt. Er möchte Anteil haben an Mutter-Vater, will in die Nähe von der Frau-Mann-Lust kommen. Andreas möchte Bettengel sein. Wir gingen stumm nach Hause, Andreas die Männerschutzhüllen fest in seiner Hand, die er in der Wohnung im Klosett hinunterspülte, langsam, einzeln: »Noch nie habe ich so viele an einem Ort verstreut gesehen«, kommentierte er seine Ungewöhnlichkeit. »Männerschutz!« dachte ich, »kann auch heißen, daß er sich vor mir in Sicherheit bringen, sich vor dem Mann Volker schützen will.«

Eines Morgens kam Andreas meiner Ahnung näher. Er sagte einen lauernden Satz zwischen Rasieren und Schuhzubinden. In einem Moment, der für Nichtdenken oder Unsinnreden eingerichtet ist, platzte er in mein Dösen hinein: »Wir müssen uns mal überlegen, was nun in Zukunft aus unserer Beziehung wird.« Das klang nach Ende. Unsere Beziehung hat keine Zukunft mehr, wollte Andreas sagen.

In unserer Stadt hatten wir uns vorgenommen, nach dem Wohnungshüten in Paris für zwei Wochen an ein französisches Meer zu fahren. Wir rissen uns aus dem Sumpf von Nichtwollen–Nichtkönnen hoch und lösten uns das Versprechen Meer trotz trennungsdrohender Zukunft schnell noch ein.

Ich erkannte meinen Andreas nicht wieder. Er genierte sich nicht mehr vor Hotels und nicht mehr in Hotels. Er wollte mit mir jeden Abend essen gehen in das Restaurant des Hotels, wo nur gewöhnliche Paare saßen und aßen. Ob sie uns scheel nachschauten oder nicht, war ihm egal. Früher war in Hotelbetten mit Andreas nie etwas anzufangen gewesen. Er ängstigte sich. Die knarrenden Betten könnten gehört werden. Also tat ich die Matratzen auf den Boden. Andreas sagte immer noch »Nein!«, denn ihn störten nun noch unsere eigenen Geräusche, die jemanden im Hotel hätten stören können. Wenn ich ihn schließlich herumbekommen hatte, ging alles so eingeschränkt vor sich, wie ungefähr mit gegenseitig zugehaltenem Mund und zugehaltener Nase. Jetzt am französischen Meer war es anders. Kaum war die Tür unseres Zimmers zu, ging es los, ging er auf mich los und morgen nacht wieder. Gab es hier fremde dunkle Männer? Nein. Waren wir an einem Nacktstrand mit Gebüsch gewesen? Nein. Gab es sonst noch Ereignisse, Lektüre, Shows oder Filme? Nichts. Keine Situationen. Es gab Meer und Sonne. Und es gab Andreas und mich. Ich war braun, kam dadurch seinen begehrten dunklen Männern etwas näher. Aber mein Haar wurde noch heller. Das Braun meiner Haut allein konnte es nicht sein, das Andreas erneut hervorgelockt hatte. Seit langer Zeit war er wieder von allein auf mich zugegangen und war zugleich mit mir zufrieden geworden, erlöste sich im Rausch mit mir. Das war das mich neu Überraschende. Wie oft war mein Freund nur im Krampf, hatte mehr einen Herzinfarkt als einen Erguß. Und plötzlich war er tags und nachts gelöst. Ich lag verwirrt in einer Sandgrube, sah ihm nach, wie er glücklich zum Meer lief. Die Hose, die er anhatte, war noch aus den Tagen seiner Tännchenschlankheit. Nun spannte sie sich schon unter ersten kleinen Fettröllchen, was ich erregend fand. »Gibt es denn nie mehr in unserer Zeit erotisches Altwerden, gemeinsames?! Ich will keinen anderen Menschen, neue Erlebnisse nur am Rande, so als ein Über-den-Zaun-Gucken, manchmal.«

»In der Tiefe meines Lebens will ich dich, Andreas, du Springinsfeld, deine Komik, deinen trippelnden Gang, der dein Verlangen und deine Fähigkeit verheißungsvoll mir verrät, deine O-Beine mit deinen Lilienprinzbäckchen, deine gefährlichen Zähne, deine ununterbrochen sprudelnden Einfälle, deine widersprüchlichen Pläne, die du doch nicht ausführst. Alles das hebt mich schwere deutsche Kartoffel aus meinem Boden. Ich will mich gern von dir herausheben und durch unser Leben rollen lassen, wenn du nur wieder mein Liebesfüchslein sein könntest, wenigstens manchmal. Ich sage auch nichts mehr gegen deine Abenteuer mit anderen Füchsen. Und wie du schimpfen kannst und schrill übertrieben Menschen beschreiben – alle, alle haßt du, die ich alle liebe. Wir sind wie Sonne und Mond. Du machst kalt, was ich anglühe. Aber deine Kälte dämpft mich befriedigend. Ich bin das Brikett in deinem Ofen, bin dein Volker Wärmflasche unter deiner zart geblümten, von dir schon oft gestopften Steppdecke Andreas.«

Wir wollten noch eine Woche an einen anderen Strand. Andreas aber drängte plötzlich zum Aufbruch. Er behauptete zurückzumüssen in unsere Stadt, um sich wieder eine Arbeit zu suchen. Ich wollte noch eine Weile in Paris bleiben, aber jetzt erst mit Andreas die zweite Woche am Meer verleben, wie wir es geplant hatten. Leise zog sich eine Stimme durch meine Gedanken: »Laß ihn nicht allein zurück, fahr mit!« Und noch leiser: »Sonst ist alles aus!« Ich polterte gegen mich an: »Ach, Quatsch, wir sind erwachsene Leute und müssen Trennungen aushalten können. Wie viele haben wir schon durchgemacht! Was sollte diesmal Besonderes sein!«

Andreas war von Eile getrieben. Er fuhr nach Deutschland in unsere Stadt. Ich blieb in Paris. Kaum war er weg, wurde ich frech gegen ihn in Gedanken: »Noch einmal werde ich mir so eine Zeit wie die im Hause seiner Mutter nicht bieten lassen. Ich bin eine Person und keine Situation, und ich will auch nicht mehr mit Situationen angeflammt werden.« Es wurde mir klar, was ich wollte: Es ist keine Frage, daß wir nicht in ununterbrochen sinnlicher Erregung – in nur auf einen Menschen gerichteter Begierde – mit jemandem zusammenleben können. Ich hatte einige Begegnungen mit anderen Männern, die in ihren kurzen Momenten an das leibliche Zusammensein mit ihm herankamen. Ich wollte aushalten lernen, daß auch Andreas Erlebnisse ohne mich hat. Ich hatte das Ihngewähren-Lassen nicht zu knapp geübt. Ich werde es noch besser können, wenn erst das Kräfteverhältnis zwischen uns wieder stimmt, wenn wir uns gleich stark anziehen. Er soll nicht Bilder, Ereignisse, Phantasien brauchen, um auf meinen Körper reagieren zu können. Fand ich einen anderen Mann schön, vergaß ich ihn, wenn ich mit Andreas zusammen war – dann dachte ich nicht mehr an andere. Seine Schulterblätter und seine Fingernägel, seine Nüstern und sein Haaransatz, seine Augenstellung und seine Mundöffnung hatten es mir angetan, und das blieb so. In der letzten Zeit hatte ich nicht mehr das Gefühl gehabt, daß eine Körperregion von mir Andreas Eindruck machte, außer am französischen Meer, als er plötzlich meine Schönheit pries, am Strand vor mir herlief und mich immer wieder betrachtete und sagte, ob ich denn wüßte, wie gut ich aussähe und was ich alles hätte – und auch das noch und das noch, viel mehr als nur Schulterblätter, Nägel, Nüstern und meinen Haaransatz.

Menschen, die in einer Liebesbeziehung zusammenleben wollen, müssen füreinander sinnliche Empfänglichkeit haben. Wenn einer sie für den anderen nicht mehr hat, wird das Zusammenleben zur Strapaze.

Ich konnte meine frechen Gedanken bald in die Tat umsetzen. Das Rätsel, warum Andreas so eilig vom französischen Meer aufgebrochen war, löste sich in dem Augenblick, als er in unserer Wohnung angekommen war. Seine Schwester rief an und teilte ihm mit, daß seine Mutter schwer erkrankt darniederliege, wenn nicht gar im Sterben. Die Schwester hatte täglich versucht, Andreas zu erreichen.

»Wann ist die Mutter zusammengebrochen? Jetzt will ich es genau wissen. Vor einer Woche? Als wir unerreichbar waren? Ja, als die Verbindung zwischen Frau Andreas und Andreas abgerissen war, denn dort, wo seine Mutter hindachte, nach Paris, da war er nicht mehr.« Er war ohne ihr Wissen an einem fernen Ort gewesen. Und er hatte essen, sich freuen, lieben und Arbeitspläne machen können. Im fremden Land war er in sich gegangen. Endlich hatte er in den Gedanken eingewilligt, daß der Mensch auch etwas *tun* muß und nicht nur aus Sein besteht, wie er es behauptete, um sich den Kampf um eine befriedigende Arbeit zu ersparen.

Eine Woche hatte diese Helle um Andreas gedauert. Dann hatte die sterbende Mutter ihre Gedankenkuriere ausgesendet: »Wo bist du, Sohn? Komm, ich will dich sehen!« Ihr Wünschen war nicht unerfüllt geblieben. »Funktioniert denn das Prinzip ›ein Fleisch‹ auch ohne Wissen des einen Teils, wo sich der andere Teil befindet? In Notfällen ja. Leise muß Andreas die Zuckungen seiner Mutter wahrgenommen haben.« Es genügte für ihn, um abermals von Freund und eigenem Wege abzukommen.

Andreas eilte in die Stadt seiner Mutter und meldete sich nicht bei mir. Kein Anruf, kein Brief. Er hatte Trauerkleider mitgenommen. Während der Bahnfahrt drängte ein unverschämtes Glücksgefühl in ihm hoch. Er fuhr in die Möglichkeit hinein, daß er seine Trauerkleider zu Recht eingepackt hatte. Und diese Möglichkeit verbreitete Freude in seinem Körper.

Frau Andreas hatte einen Blutsturz gehabt, war hingefallen in ihrem Haus und hatte eine Nacht lang bewußtlos dagelegen. Die Tochter, die auch noch mit ihrer Mutter verbunden war, hatte in ihrer ersten eigenen Wohnung ebenfalls eine Stimme gehört. Sie kam ohne besonderen Grund in das Haus von Frau Andreas, nur um nach dem Rechten zu sehen, fand die Mutter am Boden und begann, sie zu pflegen. Alle Kinder kamen. Aber Frau Andreas rief Andreas, den Jüngsten, Tag um Tag, bis er ihr Rufen auf sonderbare Weise vernommen hatte.

Solange ich Andreas kenne, klagt er über seine Beziehung zu seinen Brüdern. Er hatte kein Verhältnis zu ihnen. Er konnte mit ihnen nicht sprechen. Begegneten sie einander, war ihm, als müßte er ersticken. Ich hatte es ein paarmal miterlebt. Ihre Gegenwart verschlug sogar mir Unbeteiligtem die Leichtigkeit, etwas Zwangloses hinzuplaudern. Und Andreas winkelte seine Augen traurig auf, wie er es machte, wenn er auf Männersuche in den Wald oder auf die Straße ging. Er schaute auf seine Brüder mit der gleichen Mischung von Trauer und Verlangen, mit der er auf seine Typen schaut, sobald er sie vor sich sieht. Auch Rosa von Praunheim steht so vor seinem Typ in seinem Film »Armee der Liebenden«: betreten. Ich denke, daß den Männern brausende Lust aus Nase, Mund und Augen schießen müßte, wenn sie aufeinanderprallen, aber es beschattet sie Melancholie. Ich habe das auch in den Saunen erlebt. Nicht Begehren, sondern aufbegehrende Enttäuschung reißt sie aneinander hoch: »Es geht ja doch nicht, wir werden uns nicht finden, wir geilen umsonst, es gibt keinen Einklang, keine Versöhnung und kein Bleiben, auch nicht wenigstens einen Austausch.«

Alle Brüder kamen in das Frau-Andreas-Haus an das Frau-Andreas-Bett. Sie erlebten das Wunder, daß sie miteinander reden konnten, nachdem sie ihre Pflichten bei der Mutter abgeleistet hatten. Sie hörten einander zu und sprachen über ihre Probleme. Es war wie im Märchen. Nein, Andreas' Leben *ist* ein Märchen. Die böse Fee, die verkleidet die böse Mutter ist, hatte die Kinder verwunschen. Sie lebten alle ihr Kellerdasein, Gnome unter der Erde ihrer Möglichkeiten.

Das erste Kind, ein Junge, machte der Mutter den Geschäftskram und war im Lager tätig, das heißt, es verbrachte den Tag im Keller. Immer wenn ich in das Geschäft kam, kam der Älteste von unten. Frau Andreas aber stand an der Kasse im Licht, schaute auf ihre vielen Sachen oder zum Fenster hinaus in die belebte Straße hinein oder schaute ihren Lehrmädchen und Verkäuferinnen nach oder den Kundinnen ins Gesicht. Der Älteste wollte eine Fotolehre machen, um Fotograf oder Kameramann zu werden. Das hatte er vom Leben für sich gewollt.

Das zweite Kind, ein Mädchen, lebte vierzig Jahre lang im Souterrain des Privathauses. Zehn Jahre war es mit einem Mann in einer Geschwisterehe verheiratet gewesen, in der es nie einen sinnlichen Austausch gegeben hatte, auch nicht in den fünf Jahren Verlobung davor. Wenn die Tochter verzweifelt zur Mutter kam und fragte, ob denn das so richtig sei, und sie wolle doch Kinder, sagte Frau Andreas: »Sei froh, daß du den Kram erst gar nicht kennenzulernen brauchst. Ich mußte fünf Kinder bekommen und war achtmal schwanger, das hat mir gereicht.« Und die Tochter blieb die Hälfte ihres Frauenlebens in dem Keller ihrer Möglichkeiten, machte der Mutter das Haus sauber, kochte, heizte, öffnete die Gartentür zur Straße, einmal morgens, einmal abends, wenn die Chefin und Herrin aus- und einzufahren begehrte.

Das dritte Kind, ein Junge, verlegte Rohre für Atomkraftwerke. Als es siebzehn war, bekam seine Freundin ein Baby. Der Sohn wollte sie heiraten. Aber Frau Andreas hielt den Daumen auf sein

Geschlecht, sagte »Nein« zu der Verbindung mit dem Mädchen und schickte den Jüngling in eine andere Stadt in die Lehre. Dort war er zu den Rohren gekommen, bei denen er für immer blieb. Er wollte Musik studieren, für die er begabt gewesen war, ehe Frau Andreas ihn aus sich selbst gerissen hatte.

Das vierte Kind, ein Junge, war Tiefbauingenieur geworden. Dieser Sohn kletterte auf Berge, seit er laufen konnte. Alle Wochenenden mußte er halsbrecherisch auf einen hohen Berg hinaufsteigen. Er wollte heraus, heraus, niemand wußte, warum und von was heraus. Seine Frau und seine Kinder versetzte er jedesmal in Todesängste, oder er zerrte sie mit, aus Tiefen in Höhen. Sein Freund, auch ein Muttersohn – Juniorchef in der Firma der Mutter –, war vor ein paar Monaten bei einer solchen Tour tödlich abgestürzt.

Das fünfte Kind, Andreas, wühlte sich durch die Subkultur, stieg in die entgegengesetzte Richtung wie sein ihm nächster Bruder, mußte alle Wochenenden nach unten, nach unten in etwas Dunkles, Fremdes, das er nicht heraufbekam in seine Person. Über tausendmal gelang es ihm nicht, aus einem Typen einen Freund zu erlösen, mit dem er hätte leben können. Sowie er mehrmals hintereinander in das Dunkel stieg, kam er mit Krankheiten herauf und sagte: »Da siehst du es, ich will das eigentlich gar nicht!« Trotzdem schleppte er immer wieder von den Orten des schnellen Stelldicheins Männer an, vor denen er am nächsten Morgen ratlos stand, weil sie redeten, daß ihm wirr im Kopfe wurde, und weil sie sich verhielten, daß er sie in die Unterwelt zurückschicken mußte.

Andreas lud mich manchmal ein, ihn bei den zweiten Begegnungen mit den Männern zu begleiten, die ihm seine Umtriebigkeit zugetrieben hatte. Er bat mich, ich sollte prüfen, ob die Männer wirklich daneben seien oder ob er nur etwas Negatives bei ihnen auslöste. Ich war nicht besonders geeignet, eine solche Prüfung objektiv genug vorzunehmen, bemerkte jedoch, daß zwischen Andreas und dem »Neuen« keine Anziehung hin und her ging. Es war nichts los zwischen ihnen. Ich sah zwei Menschen vor mir, die ein Aufwallen von Brunst kurz aneinandergeschmiedet hatte und die danach wie zwei faule Äpfel vom Baum ihrer Möglichkeiten abgefallen waren.

Ich konnte die Begegnungen mit den Typen von Andreas nur in Schmerzen überstehen, dachte: »Wenn sich etwas Neues anbahnen sollte, muß ich weg.« Von Anbahnen konnte keine Rede sein. Da war nur Asche oder Säure, die einer dem anderen hinkippte. Die gestern aufeinander Brünstigen stichelten sich heute. Einige Männer waren widerlich zu Andreas. Manchmal sagte auch er gegen sie Sätze, die mich zusammenzucken ließen. Einmal saß ich mit ihm und einem seiner Begehrten in einer Kneipe an einem Tisch. Nach einer Weile stand ich auf, ging hinaus und kam früher zurück, als Andreas und der Mann erwartet hatten. Ich dachte, beide in ein Gespräch verwickelt oder stumm sich in die Augen sehend anzutreffen. Aber sie hingen abgewendet voneinander in ihren Stühlen und stierten vor sich hin.

An diesen Verhaltensweisen der anderen Männer ist etwas faul. Daß ihre Begierde sich entzündet, wenn unterschwellig Haß und Ablehnung zwischen ihnen herrscht, ist die Wurzel der Grausamkeit männerbegehrender Männer: Widerwille lauert hinter ihrer Wollust.

Es gibt genug dunkle mollige Männer, die Andreas begehrt, Männer in den Vierzigern, jetzt, da er in den Dreißigern ist, Männer, die nicht dumm sind, die ihm ein Nest geben könnten und die ihn sinnlich reizen, mit denen er plaudern und Mitten tauschen kann. Was hetzt er da zwischen dem unbegehrten Mutterdoppelt Frau Andreas-Volker hin und her, kommt von beiden blonden Feen nicht los?!

Frau Andreas war befriedigt, daß ihr Sohn gekommen war. Sie winkte alle anderen Kinder von sich weg. Denn nur mit ihrem Jüngsten allein wollte sie besprechen, soweit sie noch sprechen konnte, was mit ihr zu geschehen habe. Die Ärzte rieten dieses und jenes. Frau Andreas vertraute auf Andreas. Er sollte ihr Arzt, Seelsorger, Berater, vor allem, er sollte Richter über ihre Ärzte sein. Auch war sie sicher, daß er die Kräutlein gegen ihre Mißlichkeiten finden würde, zum Beispiel gegen ihre Migräne, der kein Arzt abhelfen konnte, oder jetzt gegen ihre geschwürverwachsene Kehle.

Andreas selbst war das Kräutlein gegen ihre Leiden. Er war ihr Jungbrunnen. Kaum war er in das Haus gekommen, wuchsen ihr die Kräfte wieder zu. Je mehr Frau Andreas genas, um so mehr brach die Beziehung der Brüder wieder auseinander, verstummten sie und verschwanden alsbald in ihren Kellerexistenzen. Und die Schwester war noch einmal Aschenputtel, hauste während der Pflegezeit abermals im Souterrain ihrer Mutter. Andreas haßte und verachtete sie wie früher. Wenn sie ihn um einen Spaziergang mit ihm bat, beschied er sie schroff, sie solle ihre Probleme selber lösen. Offen war er für die Probleme seiner Mutter. Alsbald saß er wieder mit ihr beim Tee und machte die Tür zum Flur fest zu, damit keines von den Geschwistern die beiden störte, las ihr seine erste kleine Novelle vor, die er in Paris aufs Papier gebracht hatte. So ließ er seine Mutter an seiner unglücklichen Liebesgeschichte mit dem Gymnasiasten zum zweiten Mal teilnehmen, an der Geschichte, die er ihr schon erzählt hatte, kurz nachdem Frau Andreas felsenfest davon überzeugt gewesen war, daß sie niemals eine ihrer Etagen an zwei Männer vermieten würde.

Andreas reiste ab, als die Genesung seiner Mutter von allein weiterlief, schrieb einen Brief an mich und teilte mir darin den Selbstmord eines Freundes mit. Ich schüttelte mich. Mein erster eindeutiger Zorn gegen ihn kam in mir auf: »Warum hat er Gefühle und Instinkt für seine Mutter, richtet sie so wieder auf, daß alle Kinder – seine Geschwister und er selbst – in ihre Unterwelten zurücksinken, aber warum hat er keine Gefühle und keinen Instinkt für einen Freund, der in Not war und dem er hätte helfen können?« Der Freund hatte ihn vor unserer Reise noch besucht und war mit ihm spazierengegangen, hatte ihm seinen Kummer anvertraut. Andreas genoß die Anhänglichkeit des Jungen, versprach ihm, daß er uns in unserer Stadt einmal besuchen könne. Der Freund rief an, Andreas murmelte, daß es jetzt nicht ginge, wir führen nach Paris, vielleicht könne er uns dort sehen. Er lud ihn aber nicht ein, sondern vergaß ihn wieder. In Situationen, in denen es von allen Seiten auf einen Menschen einschlägt, hilft ein Wegfahren, ein Woanderssein, ein Raus aus den beengenden Bedingungen. Andreas ermöglichte dem Freund aber keinen solchen Aderlaß aus seinen Gepreßtheiten. Das Pflanzenschutzmittel war dann schneller als das Gegengift, dessen Name das letzte war, das der Sterbende seiner Mutter noch zurief.

Andreas fuhr nach einer Woche zum zweiten Male zu seiner Mutter, um sie erneut zu stützen, diesmal zu beraten bei der Entscheidung für die richtige Operation. Verschiedene Klinikärzte in mehreren Städten und der Hausarzt und der Heilpraktiker und ein ausländischer Spezialist berieten schon, aber Frau Andreas wollte das Kräutlein »Andreas« unter ihre Nase gehalten bekommen. Ihr Lieblingssohn tat nichts weiter, als daß er »Ja« sagte zu der Empfehlung, die der Direktor der ersten Klinik der Stadt bereits ausgesprochen hatte. Nun ging es noch darum, Frau Andreas für die Operation vorzustärken. Die Schwester kümmerte sich wieder um den Körper der Mutter, fütterte und päppelte sie, wischte, wärmte, wusch, handelte sich ein selbstmörderisches Tief ein, aus dem sie sich monatelang nicht erholen konnte. Andreas tätschelte die Seele der »armen« Frau – »die Arme«, wie alle Kinder von ihr sprachen –, beriet, beredete, belas die Mutter. Er ging in ein gefährliches Tief, in das er mich mit hineinriß, in dem wir beide lange steckten und das unsere Beziehung in ihre dritte und schwerste Krise warf.

Er kam zurück in unsere Stadt, ging sofort in die Sauna, ließ sich von einem Mann treten und am Hals so beißen, daß er wochenlang einen blauen Fleck behielt. »Ich bin schon auf meine Kosten gekommen«, untermalte er sein Erlebnis hinterher. Wenn er mir solche Sachen erzählte, hielt ich mein Gesicht still, aber es wollte auseinanderbersten und in tausend Splitter zerreißen. Als nächstes war Andreas auf den Strich gegangen, was er am liebsten tat, dorthin, wo gezahlt wurde, wo er kein Geld nahm, wo er aber für einen Jungen gehalten wurde. Und da war auch gleich ein älterer dicker Brudermann zur Stelle, der ihn mit nach Hause nehmen wollte. Andreas zierte sich, der Ältere warb weiter, Andreas ging schließlich mit ihm und sagte später zu mir: »Endlich habe ich einen nichtdummen Bruder gefunden. Der Mann diesmal ist klug.« Der Neue war auch gut, er zeigte ihm die Teile der Stadt, die Andreas und ich noch nicht entdeckt hatten. Es soll mit dem Neuen anders als sonst verlaufen sein. Er war mit ihm in schicke Lokale gegangen. Und er hatte sein Selbstbewußtsein wiedergefunden: »Es stimmt, was Dannecker sagt, wir brauchen die Subkultur, denn ich bekomme ja sonst nirgendwo in der Gesellschaft Bestätigung.« Das

Loch in seinem Ich schmierte das Lokal ihm wieder zu. Wenn er zur Tür hineinkam, schossen die Blicke sofort auf ihn. »Ich hätte alle Männer ins Bett kriegen können!« Dieses und noch vieles mehr sagte er, als ich aus Paris in unsere Stadt zurückgekommen war.

Ich bäumte mich auf. Mir wurde mulmig, wenn ich an den Geist von Andreas dachte: »Lokal und Selbstbewußtsein! Es gibt tausend Männer, die kein Selbstbewußtsein in Lokalen bekommen, weil sie zufällig nicht so lokalpassend aussehen wie du! Wenn alle Maße stimmen, wenn du ein Gesicht von der Stange hast, wenn du Norm und Maske bist oder dich dazu hintrimmen kannst, dann vielleicht! Zeig dich da mal als depressives Andreas-Waldschratele mit dicken Socken und langen Unterhosen, oder geh mal in zehn Jahren hin! Bestätigung gibt dir das Lokal nur, wenn deine Stirn gerade und flach ist, deine Augen zurückliegen, deine Nase eben und klein, dein Mund voll ist (mit Schnurrbart darum, bitte), dein Kinn scharf – und nicht zu vergessen –, dein Blick kalt, deine Figur drahtig ist, dein Alter sich in den begehrten Fünfundzwanzig ewig hält (wie du es mit ihm machst), deine Stimmung frech ist, du mit dem Munde faul bist und den Kampf des Wartens und Lockens früh gelernt hast . . . Dann, dann, dann. Aber wehe, du hast eine Eigenwilligkeit in deinem Gesicht oder du kannst deine Wirkung nicht mehr unter vierzig drücken und dein Leib will zur Ruhe kommen mit etwas Speck! Da frage mal in einem Lokal nach, ob es dir Bestätigung ausschenkt, gratis! Nee, da mußt du schlicht zahlen für alles, was du willst, und Bestätigung kriegst du doch nie!«

Er beschwichtigte mich, der Neue wolle nur reiben und sei klein gebaut – und im übrigen liebe Andreas doch nur mich. Ich wußte nicht, ob ich für diese besänftigenden Nachrichten dankbar sein sollte. Ich atmete auf, aber morgen oder übermorgen würde ja doch der große Bruder kommen, der eindringen wollte und groß gebaut war.

Wir sahen »Die Konsequenz«. Andreas litt, lehnte seinen Kopf an meine Schulter und sagte: »Wir wollen alles nur gut machen und zusammenhalten, nicht die Dinge noch mehr komplizieren – sie sind schwierig genug.« Und er beglückte mich mit einem seiner Barmherzigkeitsbetten. Schwer zu sagen, was das ist. Bei den alten Griechen hatte es so etwas wie sinnliche Bedienung gegeben. Und in Asien scheinen die Männer das zu bekommen, die heute eine Erosreise dorthin machen.

Wenn ich schon am Anfang unserer Beziehung traurig und ärgerlich war, wenn ich schmollte und mich mit meinen Gedanken und Affekten von Andreas zurückzog, wollte er mich wieder um sich fühlen, meine Glut spüren. Dann verführte er mich eins, zwei, drei ins Bett und zog alle Register meines Körpers. Ich war benommen wie der ausgedörrte Garten nach einem Platzregen. Dankbar gab ich mich Andreas' Künsten hin und war gerührt, wie er unter dem Einsatz seiner Kräfte mich alsbald umnachten ließ. Er war in solchen Momenten der freche Masseur, der einen Kunden auf Vordermann trimmte. Selbst beteiligte er sich nicht lustvoll oder nur nebenbei. »Die Konsequenz« beeindruckte uns als eine gelungene Werbung für die anderen Männer bei der noch immer unduldsamen Gesellschaft. Über unsere Probleme miteinander sagte der Film nichts, nichts über unsere Innenschwierigkeiten, über die Probleme mit uns selbst, mit unserem Verhalten, über die Besonderheit unserer Freuden und Leiden, die Dramatik unserer Beziehungen.

Eine Konsequenz bahnte sich für mich an. Ich konnte das Zusammensein mit Andreas nicht mehr aushalten. Unser »oral-genitales Tauschgeschäft«, wie Alexej Mend unsere Beziehung diagnostizierte, war aufgeflogen. Ich hatte Andreas Gefühlssicherheit gegeben, Zuwendung, Wärme, Konzentration, Interesse. Andreas hatte mir geschlechtliche Sicherheit gegeben, Lust, Verliebtheit, Befriedigung. Wir waren beide dort eifersüchtig, wo unsere Schwächen lagen. Ich war nur auf seine geschlechtliche Selbständigkeit, er nur auf meine gesellschaftliche Selbständigkeit eifersüchtig. Daß ich mit den Menschen ungehemmt redete und mit vielen befreundet war, machte ihn wild. Wie ich mit Frauen und Männern zusammenarbeitete, kränkte ihn. Ich versprach ihm, auch mit ihm zusammenzuarbeiten. Wir hatten Film- und Theaterpläne. Er produzierte oft mich verblüffende Einfälle. Und er malte. Wir wollten zusammen Stücke schreiben und sie inszenieren.

In unseren guten Zeiten hatten wir einander unsere verletzbaren Stellen gestreichelt. Ich hatte meinen gesellschaftlichen Kontakt auf ein Mindestmaß gedrosselt, hatte nahezu alles mit ihm gemeinsam gemacht, Menschen nicht mehr mit mir allein umgehen lassen. Seinen Schwierigkeiten, unter fremden Leuten zu reden, versuchte ich entgegenzuwirken, indem ich so lange Eingangsallgemeinheiten plauderte, bis jede Person warm geworden und Andreas aufgetaut war. Sowie er einstieg, hielt ich mich zurück und übte mich in Schweigen. Ich pflasterte seine Sprachwunden, er verband meine Geschlechtswunden.

Wir waren nun in anderen Zeiten. Andreas wollte wieder selbständig sein. Ich konnte aber nicht mit ihm ein Nest haben und ihn andauernd ausscheren erleben. Wenn es nur ausscheren gewesen wäre! Er hatte leiblich mit mir nichts mehr zu schaffen.

Wir einigten uns, daß Andreas aus der gemeinsamen Wohnung auszog, in die er nur mit ein paar Büchern und Kleidern, die er leicht woanders mit hinnehmen konnte, eingezogen war. Er machte mit seinem Gedanken der zwei Wohnungen endlich Ernst und zog aus unserer gemeinsamen Wohnung wirklich aus, blieb jedoch in unserer Stadt und zog in die Wohnung eines gemeinsamen Freundes ein.

Der Kommentar zum Ende unserer Wohngemeinschaft klingt kühl. Unsere Konsequenz war nichts anderes als eine Trennung. So hatte ich es von Dutzenden von Männerbeziehungen gehört: Wenn es im Bett nicht mehr klappt, trennen sich Männer voneinander. Andreas hatte darüber schon am Anfang gesprochen: »Wenn es nicht mehr geht, trennen wir uns einfach wieder.«

»Einfach« geht das nicht. Und sollte das immer so laufen? Das war mein erstes Zusammenleben mit einem Mann. Sollten die Beziehungen immer wieder auseinandergehen? Die Beziehungen zu den Frauen waren auch auseinandergegangen. Warum gehen Menschen auseinander? Warum krümmt sich mindestens einer vor Schmerzen dabei? Warum geht das nicht zum Beispiel so: Wir haben unsere Schwierigkeiten erkannt, wir mögen uns gern, wir wollen uns helfen, über die Krisen hinwegzukommen, wir bleiben zusammen? Andreas warf mir vor: »Du läßt mich nicht in Ruhe meine

Versuche mit Männern machen.« Er wollte auch auf diesem Gebiet Verständnis und Mütterlichkeit von mir, sagte: »Du respektierst mich nicht, wie ich bin. Du verfolgst mich und beutest mich geschlechtlich aus. Ich soll dir alle deine Bedürfnisse nach Lust erfüllen und dir noch ein sexuelles Selbstbewußtsein geben. Das kann eine Person einer anderen nicht geben. Du mußt erotisch unabhängig von mir werden.« Ich warf ihm vor: »Du kannst dich nicht auf mich konzentrieren. Du bemühst dich nicht um eine sinnvolle Arbeit. Du willst dein Minderwertigkeitsgefühl auf sachlichem Gebiet, deine mangelnde Bestätigung und deine fehlende Durchsetzung unter Männern mit sexuellen Abenteuern in der Subkultur wettmachen. Weil du dich mit Männern nicht auseinandersetzen kannst, mußt du sie verführen.«

Mich interessierte eine Konsequenz für uns: Wie können wir anderen Männer anders leben? Was können wir machen, damit wir uns nicht so peinigen, wie es Andreas und ich im Begriff waren zu tun, wie es bei allen allgemeinen Paaren passiert. Meine Konsequenz ist, etwas in Erfahrung bringen zu wollen über das Warum der Peinigung. Über die Möglichkeit ihrer Überwindung, über die Gestaltung von Liebe, über die Genießbarkeit vom Tun des einen für den anderen. Wir brauchen Werkzeuge, um uns besser einzurichten, als die eingerichtet sind, die mit Fingern auf uns zeigen. Das gäbe uns Bestätigung. Und ich will, daß die Mann-Frau-Paare von den Männerbeziehungen etwas lernen können, denn wir sind nackt, ohne die Hülle der gesellschaftlichen Norm und ohne eine Abstützung durch Kinder. Was es über Liebesverhältnisse in Erfahrung zu bringen gibt, wird bei uns schonungslos deutlich.

Mich hatte während unseres Zusammenlebens beschäftigt: »Warum hilft Andreas mir nicht aus meiner Eifersuchtsnot heraus?« Wenn ich ein befriedigendes leibliches Erlebnis mit einem anderen Mann hatte, machte ich in Gedanken die Eifersuchtsprobe. Ich dachte bei oder nach dem Zusammensein mit dem Mann an Andreas und stellte mir die mich eifersüchtig machende Situation zwischen ihm und einem Fremden vor. Kein Schmerz krampfte mich. »Laß ihn nur«, dachte ich, »soll er es gut haben, wie ich es jetzt gut habe.« Aber wenn ich trocken war oder wenn mir etwas mißlang, war es heikel für mich, an ihn zu denken. Dachte ich an ihn und spielte mir die Phantasie einen entfesselten Andreas zu, hatte es mich mit Nadeln erwischt.

In den Jahren unserer Wohngemeinschaft hatte ich hier und da versucht, mich in andere Männer zu verlieben, vorsichtig. Ich wollte mit jemandem eine Nebenbeziehung eingehen, damit Andreas von meinem Begierdedruck befreit und ich nicht so eifersüchtig war, wenn er etwas anderes machte. Diese Tendenz bei mir hatte er nie unterstützt. Wenn die Möglichkeit bestand, daß sich etwas zwischen mir und einem anderen Mann ergab, leitete Andreas eine intensive Phase zwischen uns ein, nörgelte, daß er mit meinem möglichen Dritten nichts vorhätte und daß er mich ganz wollte und nur Freude empfände, Freude an seinem einen Punkt, und nur für mich . . . Also dann, also gut. Ich versank und wollte die kleine Nebenepisode nicht weiter ausbauen. Kaum war ich wieder eine Strecke auf Andreas konzentriert, fing er von neuem an, mich abzustoßen.

Hatte er etwas mit einem Dritten vor, tat er es nie so, daß ich in der Situation seines Mann-Anflammens mit eigenen Erlebnissen abgestützt gewesen wäre. Er flammte die Männer seiner Triebinteressen an, sobald er sie zu Gesicht bekommen hatte, berücksichtigte meine Interessen nicht. Er flammte sie vor meiner Nase an. Und er sprang auch auf Freunde und Bekannte von mir, so daß dadurch die Beziehung zwischen ihnen und mir heikel wurde. »Na ja, es war nur einmal, wir sind doch Ehrenmänner, und unter Freunden sollten wir Eifersucht und Konkurrenzdenken abbauen«, besänftigte ich mich. Ich wahrte mein Gesicht, weil ich schon so nette Bücher über neues Mannsverhalten geschrieben hatte. Aber mein verletztes Kind in mir lief von diesen Männern weg, die meist kaum beteiligt gewesen waren, da Andreas sie verführt hatte.

In jedem Fremdlustakt von Andreas stak ein Keim Feindschaft gegen mich, der mich unglücklich machte. Ich bat ihn, doch einmal aus einer seiner Nebenlüste eine Geschichte zu machen. Ich wollte an meiner Eifersucht arbeiten, wollte in mir meine Angst vor Männern überwinden und meinen Haß auf sie beenden, wollte Freundschaft unter Liebhabern desselben Geliebten walten lassen, mich an den Dritten gewöhnen und das Miteinander des Leibes zwischen mehreren Personen üben. Ich wollte weg vom Besitzen kommen. Aber Andreas verwarf auch meine Freunde nach den Akten, so daß ich Mühe hatte, die menschlichen Beziehungen zu ihnen aufrechtzuerhalten. In seiner Fremdlust saß ein Stachel, den er gegen mich verwandte und der ihn selbst unglücklich machte. Mit der Fremdlust begann ich seit meiner allmählichen Emanzipation von meiner Jüngferlichkeit immer besser umzugehen. Andreas' unterschwellige Feindschaft zermürbte mich jedoch. Ich bekam schon am Anfang unserer Beziehung zu spüren, daß Feindschaft wider mich und alle Welt aus ihm hervorbrach, wenn er bei seiner Mutter gewesen war. Sein Zurückkehren zum Zwecke ihrer Kraftschöpfung hatte ihm seine Menschenfeindlichkeit so aufgetrieben, daß ihm kein Quentchen Personenlust mehr übriggeblieben war.

Frank Riploh beschimpft in seinem Film »Taxi zum Klo« seinen jüngferlichen Freund: »Sei nicht eifersüchtig, komm dazu, mach mit, mach selber was!« Der Freund hatte schreckbebend von einem Nebenzimmer aus in der gemeinsamen Wohnung einen Akt Riplohs mit einem Fremden wahrgenommen. Auf einem Fest startet Riploh mitten aus einer Laune heraus mit einem anderen Fremden ein Geturtel und hängt den Freund unsanft ab. Ich spüre in den vom Zaume gebrochenen Fremdkontakten nicht die Durchsetzung einer unstillbaren Lust, sondern eine geheime Verletzung des Freundes. Jeder Mensch hat auf einem Gebiet Schwierigkeiten, und der eine hat sie in der Schwerfälligkeit seiner Lendenbedingungen. Da könnte der sinnlich Leichtfüßige dem etwas lahmen Freunde helfen, könnte ihn in seinen Möglichkeiten fördern, ihn darauf hinweisen, wo sich etwas ergibt für ihn, das ihn zufrieden macht und aus seiner Erstarrung heraushebt, so daß der Flottere losziehen kann.

Aber so macht ihr es nicht, meine lieben Promisken! Es läuft vor der Nase des Treuen und unvorhergesehen und mit genauen Erzählungen hinterher und mit Angabe dabei: »Sieh mal, wie mich alle begehren, wenn ich in ein Lokal komme! Ich brauch' dich eigentlich gar nicht. Sei doch auch ein bißchen flott, du Trine, knall dir eine enge Hose drüber, dann sollst du mal sehen, was aus dir herauszuholen ist!«

Warum heiraten sich meist eine Hure und eine Jungfer? Es könnten doch zwei Huren zusammensein und sich lieben und beide munter nebenher herummachen. Eifersucht gäbe es dann nicht. Warum nehme ich Jungfer denn keine andere Jungfer? Es gibt so viele nette Männer, die sich konzentrieren und treu sein können.

Die Hure will quälen, die Jungfer will sich quälen lassen. Zwei Mütterleiden stoßen aufeinander und machen aller Freude unter Männern den Garaus. Ich habe ein Zuwenig an Mutter, mir ist die Mutter immer weggelaufen. Sie hatte Nacht für Nacht vor meiner Nase etwas mit einem anderen Mann, mit demselben, Gott behüte, aber für mich war es immer derselbe andere Mann und nie ich. Seit mein Vater auftauchte, hat meine Mutter nie mehr mit mir in einem Bett gelegen, auch nicht auf Reisen. Andreas hat ein Zuviel an Mutter. Frau Andreas läge noch jetzt mit ihrem Sohn im Ehebett, wenn er es nicht verlassen hätte. Er hoffte, mit jedem Fremdkontakt der Mutter eins auszuwischen, was ihm jedoch nicht gelang, denn sie wollte ja die ihn unselig machenden Abseitsakte, so wischte er mir eins aus, in Stellvertretung seiner Mutter. Das, was ihr ursprünglich galt, verletzte sie nicht, sondern befriedigte sie, denn es festigte sie in ihrer Nähe beim Sohn. Es traf den mutterähnlichen Partner.

Die Jungfer wiederholt in der Beziehung zur Hure ihre Beziehung zur immer weglaufenden Mutter. Wenn die Hure sich plötzlich in Treue einließe, würde die Jungfer sie verlassen und eine neue Hure suchen. Und die Hure ist gezwungen, vor der in der Jungfer heraufbeschworenen Mutter davonzulaufen. Aber sie bekommt mit ihren Fremdkörperakten doch nie wirkliche Selbständigkeit, weder gegenüber der originalen Mutter noch gegenüber der vom Freund kopierten.

Andreas und ich verhielten uns überraschend neu, als er zum ersten Mal in seinem Leben einer Frau näherkam. Er erzählte es mir hinterher aufgeregt. Aus einem Nachmittagskaffee hatte sich sein erstes Frauenbett entwickelt. Er war verzückt von dem Spielerischen und der Ruhe, von der Vielfalt des Erlebens mit einer Frau. Nichts war hektisch oder zwanghaft, wie er seine Begebenheiten mit Männern darstellte. Vom Frauenumgang hatte er jahrelang gesprochen und oft voll Kummer gesagt: »Ich geh' am Leben vorbei, wenn ich Frauen nicht kenne.«

Seinen Weg zu Frauen war er langsam vorangeschritten. Zunächst begann er damit, daß er Frauen wahrnahm, wie sie aussahen. Bis zu seiner Verbindung mit mir war »Frau« für ihn ein Brei. Durch das Paar Schwester–Mutter erlitt Andreas Frauen als eine unübersichtliche Quell- und Zapfmasse, die sich über sein armes Ich ergossen hatte und an ihm klebte. Nach ein bis zwei Jahren unseres Zusammenlebens, besonders nachdem seine Schwester aus dem Hause seiner Mutter ausgezogen war, teilte sich die Muttermasse in Mutter und Schwester, zwei selbständige Frauen mit eigenen Bedingungen, Wünschen und Verhaltensweisen. Er begann Solidarität mit der Schwester zu entwickeln, sie als Leidensgefährtin zu begreifen. Er konnte sich nun auch von anderen Frauen einen Eindruck machen, sie anschauen und sich merken, wie sie aussahen. Der nächste Schritt war, daß er Zuneigung und Abneigung feststellen konnte. Und wiederum nach einiger Zeit verspürte er überraschend Anziehung zwischen sich und einer Frau. Ich hatte oft erlebt, daß in Gegenwart von Frauen eine Wallung in ihm hochkam, die aber rätselhaft bald wieder abflaute. Er betrank sich, kotzte hinterher, schimpfte auf Frauen, beteuerte, daß er sie hasse. Das stimmte nicht. Er könnte Frauen lieben, aber er darf es nicht. Er hat sich nicht nur mit seiner Mutter und seiner Schwester identifiziert und seinen Trieb auf seine Brüder – Männer – gerichtet, er steht auch unter einem geheimen Verbot, Frauen zu lieben. Einmal waren Andreas und ich arglos zu einer Freundin von mir zu Besuch gegangen, die noch eine Freundin bei sich hatte. Andreas kannte beide Frauen nicht. Es entwickelte sich eine gute Stimmung. Er war betörend im Gespräch. Ich bemerkte, wie er auf die Frauen flog. Plötzlich brach er seinen Affekt ab, zog sich aus der Diskussion heraus, verlor die Farbe, saß stumpfsinnig da, schaute mich verzweifelt an und drängte zum Aufbruch. Er fluchte draußen über die »idiotischen Frauen«, die weder idiotisch waren noch ihm etwas angetan hatten. Er sank im Bad unserer Wohnung zusammen, weinte zum ersten Mal, weinte wie verrückt und erbrach sich, bebte, schüttelte sich, aber sein Teufel kam noch nicht aus ihm heraus. Wenn Andreas von Frauen angezogen war, winkelten sich seine Augen nie melancholisch auf, wie sie es taten, wenn er von Männern beeindruckt war. Er schaute auf Frauen sprühend, war gelöst, amüsiert und froh. Eines Sonntags war er allein um einen See gegangen und hatte mir danach erzählt, wie unglücklich er gewesen war: »Paare noch und noch sind mir entgegengekommen, immerzu Menschen, die sich angefaßt oder untergehakt hatten. Alle waren beschwingt beieinander. Nur ich trottete allein.« Er wollte verzagen, weil er nicht im Paar gebettet sein konnte. Er klagte, was ihm da alles vorenthalten sei. Er bedauerte, die Frau-Mann-Seligkeit nicht zu haben, in ihr nicht ruhen zu können.

Es hatte mich für ihn geschmerzt, daß er so litt, daß er zwischen Frauenmöglichkeiten und Männernotwendigkeiten ohne Ruhe hin und her straucheln mußte. Es hatte mich für mich geschmerzt, daß er mir abhanden gekommen war und nicht mehr mit mir Paar sein wollte. Es gab Zeiten, in denen er mit mir selig versunken um denselben See gegangen war. Aber er trauerte um dieses verflossene Miteinandergehen nicht. Er hatte es vergessen.

Es saß ein Verschluß auf seinem Durchdringen, Herauskommen und Freiwerden.

Lange bevor Andreas und ich in das Haus seiner Mutter eingezogen waren, hatte ich sie einmal besucht und mit ihr ein paar Tage allein verbracht, um ihr beim Entrümpeln einer ihrer vielen unbenutzten Räume zu helfen. Wie Frau Andreas bei der Zimmerfreilegung mit mir umging, ist noch kein Mensch mit mir umgegangen. Wollte ich etwas konzentriert hintereinander tun, unterbrach sie mich alsbald und nötigte mich zu etwas anderem. Wollte ich ihr helfen, wies sie mich zurück. Wollte ich selbständig arbeiten, bremste sie mich. Was ich tat, machte sie wieder rückgängig. Und in ihrem eigenen Tun war kein Sinn, sie schwappte im Hin und Her von Tat zu Tat. Etwas gekrümmt wie ein Pilzweiblein im Walde hetzte sie, von Eile getrieben, obwohl niemand sie jagte und wir viel Zeit hatten. Sie pustete die Luft in kurzen Stößen heraus und blies dabei die Backen auf. Ich hatte nicht das Gefühl, daß sie aufräumte, wie aufräumen gemeint ist, im Sinne von Licht an die alten Sachen bringen. Sie raste maulwurfsunterirdisch einen Slalom um alles Abgestellte. Dabei hielt sie in ihrer Hand einen viertelfeuchten Lappen, ließ ihn nie los, auch nicht, um ihn einmal von den Millionen Staubteilchen, die sich in ihm angesammelt hatten, zu befreien. Sie wischte mit ihm über die Pakete, die ich ihr angehoben hatte, machte den trockenen Staub zu breiigem Staub, öffnete hastig die Schnüre, schaute kurz verlegen in den Inhalt und trug das Paket wieder in den Raum zurück.

Ihre Tochter sagte gehässig von ihr: »Wenn sie ihr Auto parken will, kann sie sich nie entscheiden, ob sie rechts oder links halten soll, und bleibt deshalb am liebsten in der Mitte der Straße stehen.«

So erlebte ich auch Andreas – geheimnisvoll gebremst oder wirr handelnd, geschubst vom Hü und Hott, Rauf und Runter, Hin und Her, Vor und Zurück. Er konnte nicht pendeln, schwingen und kurven, sondern mußte immer wieder etwas abbrechen. Er konnte nicht fruchtbar sich ausruhen und zurückziehen, nicht haltmachen, sondern mußte wegsacken. Sein Leben war unübersichtlich verschnürt. Er räumte nicht auf mit den Erfahrungen und Erinnerungen, daß er aus ihnen lernend sich veränderte. Er schaute nur manchmal kurz in seine Vergangenheit hinein, klagte und trat den Staub der alten Leiden breit, verschloß sich wieder und stellte sich ab in der Dunkelkammer des Undurchdrungenen.

Ich jubelte über Andreas' Frauenerlebnis. Endlich war es durch, war er mit etwas durch, war er herangekommen an das, »was die ganze Menschheit tut«, wie er sagte, war er nicht mehr ausgeschlossen. Es war noch keine Liebe, aber es war lustige, kindliche, von Verboten freigelegte Leiblichkeit mit Frau. Er wiederholte das Erlebnis und machte es ein drittes Mal. Ich war nicht eifersüchtig. Ich tastete mich genau ab. Keine Stiche, keine Irrsinnsanfälle. Die »Mami« schlief mit einer anderen Mami. Dieser Vorgang schmerzte mich nicht. So etwas gab es in meiner Kindheit nicht. Darauf rastete meine Seele jetzt nicht gepeinigt wiederholungszwanghaft ein. Die Mami war vom Papi weggenommen worden. Das Zusammensein der Andreas-Mami mit einer Frau spielte mir nicht den Raub der Mutter und meine Ausgeschlossenheit nach.

Die Erlebnisse Andreas mit einer Frau respektierte ich als selbständige Erfahrungen meines Freundes. Ich kannte die erste Frau von Andreas, es wäre auch etwas zu dritt möglich gewesen. Ich wollte es nicht, brauchte es nicht zu meiner Bestätigung. Nur leise kam das Gefühl auf: »Schade, wenn er jetzt zu Frauen geht, habe ich ihn wohl verloren.« Aber dieses »Schade« – die Bangigkeit, ob er nach dem Frauenerlebnis mit mir noch können werde – war ein Nachdenken über die Realität, war ein Gefühl leichter Trauer. Es war kein Hochgehen und aufs äußerste Gepeinigtsein, wie es in mir tobte, wenn er von Männern wiederkam, wenn er von eben geschehenen oder länger zurückliegenden Abenteuern mit ihnen erzählte.

Andreas behauptete, er hätte den Schritt zur Frau nur gewagt, weil er von mir getrennt war und weil seine Mutter am Tage seines ersten Frauenkontaktes operiert wurde. Die räumliche Trennung von mir hätte ihm Abgrenzung ermöglicht. Die Trennung von der mutterähnlichen Person gibt der Seele Struktur – Ich-Aufbau –, wie die Trennung von der Mutter sie hätte ermöglichen sollen. Da seine Mutter ihm das Menschenrecht der Abgrenzung – der seelischen Selbständigkeit – nicht gewährt hatte, mußte ich es ihm nachreichen. Er sagte: »Ich werde nach der Trennung von dir in die Pubertät kommen!« Das schien zu stimmen, denn nach seinem Auszug aus unserer Wohnung hatte er wie ein vierzehnjähriger Junge plötzlich Pickel, die eine Weile sein Gesicht verzierten.

An dem Tag, an dem Frau Andreas operiert wurde, an dem sie das Bewußtsein verloren hatte, schlief ihr Sohn das erste Mal mit einer Frau. Er war aufgeregt, als er diesen Zusammenhang sich klargemacht hatte, spottete über sie: »Seit meiner Geburt ist zum ersten Mal wieder eine fremde menschliche Hand an ihrem Körper gewesen. In meine Mutter ist nach fünfunddreißig Jahren wieder einmal eingedrungen worden, wenn auch mit Werkzeugen und wenn sie es auch nur bewußtlos erlebt hat.«

Was hatte das Bewußtsein der Mutter damit zu tun, daß der Sohn zum Kontakt mit Frauen unfähig war? Frau Andreas hatte alle Frauen schlechtgemacht, die Tochter traktiert, die Schwiegertöchter verachtet. Wollte sie wirklich keine Frau bei Andreas? (»Heiraten brauchst du mal nicht!« . . . sollst du nicht, darfst du nicht?)

Er erzählte: »Bis zu meinem elften Lebensjahr bin ich mit Mädchen auf Abenteuer gegangen, habe sie geliebt und bin von ihnen begehrt worden. Ich war ein Hahn im Korbe, machte mit Mädchen fleißig meine Doktorspiele.« Plötzlich war das Drama mit dem zweitältesten Bruder passiert, der siebzehnjährig ein Kind gezeugt hatte und sein Mädchen nicht heiraten durfte, von der Mutter aus dem Haus geworfen wurde. Der Bruder hatte abwechselnd im Haus von Frau Andreas und bei einer Nachbarsfamilie gelebt. Als herauskam, daß seine Freundin schwanger war, schnitt die Mutter dem Bruder alle seine Lebensbezüge ab. Er mußte in eine fremde Stadt, aus Nachbarsfamilie, Mutterhaus und Schule heraus, er sollte seine Freundin nicht wiedersehen und weit weg von ihr eine Lehre machen. Später starb die Freundin, nachdem sie einen anderen Mann geheiratet hatte. Für den elfjährigen Andreas bedeutete, Mädchen zu lieben, in schwere Gefahren zu geraten: Kinderkriegen, Verlust der Heimat und der Menschen, Abbruch der Geschichte, Gefährden der Entwicklung, Verstoßenwerden ins Nichts. Er behauptete, er habe damals aus Angst vor diesen Folgen sich von allen Mädchen abgewendet. Später kam noch manches hinzu, was bewirkte, daß Andreas von Mädchen und Frauen weggeführt wurde. Er lernte die Jungenlust im Internat, er hatte keinen Vater, wurde von seinen Brüdern zum Mädchen gestempelt, er schloß sich an Mutter und Schwester an. Aber das Wichtigste: Seine Mutter selbst wollte für Andreas das ewige Mädchen sein. Auf vielen Fotos sind Frau Andreas und ihr Sohn ein Paar, kein erwachsenes Paar, sondern ein Frühlingsmägdlein mit seinem Jüngling.

Frau Andreas hat etwas Merkwürdiges mit ihren Kindern gemacht. Sie gab ihnen als einzige Namen die Vornamen von Personen, die in ihrem Leben eine Rolle gespielt haben. Ihren ältesten Sohn nannte sie nach ihrem Vater. Ihrer Tochter gab sie den Namen ihrer Schwester. Ihr zweiter Sohn sollte wie ihr Schwager heißen. Ihren dritten Sohn taufte sie nach einem Vetter, den sie als Mädchen begehrt, aber nicht bekommen hatte. Ihrem vierten Sohn, Andreas, gab sie den Namen ihres vor der Geburt des Kindes gestorbenen Mannes. Andreas konnte in langen Geschichten nachweisen, wie seine Mutter im Umgang mit ihren Kindern die Probleme austrug, die sie mit den Namensvorbildern nicht bewältigt hatte. Er sollte nach dem Tode ihres Mannes ihr neuer Mann werden, ihr Ehemann nach ihren Wünschen, er sollte ihr alles geben, was ihr ursprünglicher Partner ihr vorenthalten hatte, schlimmer, er sollte ihn selbst ersetzen, sollte eintreten in die Lücke, die der Ehemann ihr durch seinen Entzug aus ihrem Spannungsfeld geschlagen hatte.

Frau Andreas hatte an dem Säugling und dem kleinen Kind Andreas kein Interesse gehabt. Sie überließ ihn der Willkür von Pflegerinnen und von seinen älteren Geschwistern. In den ersten Lebensjahren lag und saß er apathisch in seinem Bettchen. Er hatte nie zur Zeit gelernt, was alle gleichaltrigen Nachbarskinder konnten. Er konnte nicht schreien, nicht laufen, nicht sprechen. Ein Interesse an ihm entstand bei seiner Mutter erst, als er größer wurde und alles, was Kinder können sollen, von anderen Menschen beigebracht bekommen hatte. Schließlich, als er über zehn war, stürzte sie an den Wochenenden auf ihren Jüngsten los, zog sich mit ihm zurück, trank mit ihm an einem lauschigen Plätzchen Tee. Und alsbald plauderten die beiden in den vom Sohn erlernten fremden Sprachen. In die Oper vom unglücklichen Liebespaar »Tristan und Isolde« gingen sie zusammen dreimal.

Frau Andreas hatte Schwierigkeiten mit dem Frausein. Sie war keine Frau, sondern ein Weiblein. Sie gab auch zu, daß sie keine Kinder haben wollte und das Lieben nicht berückend fände. Eine wehe Geschichte aus der Zeit ihres Lebensanfangs wirft ein Licht auf ihre Probleme bei der Entwicklung zur Frau. Die Ehe ihrer Eltern kam zustande aus sogenannten Vernunftsgründen. Ihr Vater war arm und wollte das Geld und den Betrieb ihrer Mutter übernehmen, und er wollte Söhne von ihr haben. Ihre Mutter war ein damals so gescholtenes »spätes Mädchen«, eine Frau von Anfang Dreißig, die von ihren Eltern in die Ehe geschubst wurde. Sie bekam zunächst zwei Kinder, eines starb sofort, das andere kurz nach der Geburt. Beide waren Jungen. Das nach einiger Zeit geborene dritte Kind blieb am Leben. Es war Frau Andreas. Der Vater tobte. Er wollte kein Mädchen. Er verhielt sich seiner Tochter gegenüber so, als laste er ihr den Tod ihrer männlichen Geschwister an. Und er warf ihr ihre Existenz als Mädchen vor. Immer wieder bekam sie zu hören: »Du hättest ein Junge werden sollen!« Aus Mädchen und Frauen machte der Vater sich nichts. Er ging, solange er lebte, mit Gemeinheiten gegen seine Tochter vor. Ihre Mutter schützte sie nicht, war froh, daß die Drangsalierungen ihres Mannes gegen sie selbst für die Zeit aufhörten, in der er an der Tochter zugange war. Und wie zum Trotz bekam sie nach ein paar Jahren noch ein Mädchen, das ebenfalls am Leben blieb. Auch die zweite Tochter hatte nichts unter dem Vater zu lachen, aber der Hauptzorn des Wüterichs prasselte auf Frau Andreas, die Älteste, die bis zu seinem Tode für das mißlungene Sohnesgebären der Mutter büßen mußte. Das kleine Kind schaut auf seinen ersten Fotos herzzerreißend hilflos in die Welt, hat einen Blick, den Frau Andreas ihr Leben lang nicht mehr verlieren wird und der nur eine Frage ist: »Was habe ich verbrochen?« Von früh an war das Mädchen schwach. Ein Arzt stellte beim älter gewordenen Kind einen Herzfehler fest, ging ins Nebenzimmer und sprach zur Mutter, daß es Frau Andreas durch die angelehnte Tür noch hören konnte: »Die Pubertät überlebt sie nicht!« Nun saß die Tochter zwischen zwei Botschaften fest. Der Vater hatte ihr entgegengewunschen: »Sei nicht, es sei denn, du wirst ein Mann!« (»Warum bist du, da du ein Mädchen bist?!«) Diese Botschaft konnte Frau Andreas nur erfüllen, wenn sie am Leben bleibend ihren Vater so wenig an Weibliches erinnerte wie möglich, wenn sie so männlich wurde, wie sie konnte. Die Botschaft des Arztes hieß: »Wenn du leben bleiben willst, darfst du nicht in die Pubertät kommen!« Dieser Botschaft entsprechend hielt das arme Kind jahrzehntelang durch, stoppte sich über sechzig Jahre hinweg seelisch vor seiner Entwicklung zur Frau. Frau Andreas hatte noch mit über siebzig die Ausstrahlung eines zwölf-, dreizehnjährigen geschlechtslosen Kindes. Ihr Haus wimmelte von Zeugnissen verbannter, weggestellter, niedergehaltener Weiblichkeit, Handtaschen, Handschuhe, Hüte, Schleifchen, Parfümflaschen, Verzierungen, Schmuck aller Art, alles, was die Gesellschaft mit den Wahrzeichen erwachsenen Frauenlebens verbindet, so verunstaltet sie auch sein mögen, wies Frau Andreas von sich, verstaute es in den leerstehenden Zimmern ihres Hauses. Jedes Kleid, das sie sich kaufte, trug sie einmal und legte es dann für immer ab. Überall im Haus ruhten nur einmal getragene Kleidungsstücke, die spinnwebengespensternd in und an den unübersehbar zahlreichen Schränken und Kommoden hingen. Was zog Frau Andreas an? Eine unscheinbar sackartige Kostümangelegenheit, die sie nicht aus dem Neutrum herauskommen ließ.

Frau Andreas gab die Drangsalierungen, die ihr bei der Entwicklung zur Frau widerfahren waren, an ihre Tochter weiter. Als die Schwester von Andreas in die Jahre kam, in denen sie zur Frau reifen wollte, schlug ihre Mutter auf sie ein, stauchte sie zusammen, hielt sie zurück, hielt sie nieder, wo sie nur konnte, schubste sie ins Ausland, holte sie wieder zu sich, stopfte sie als Verkäuferin in ihr Geschäft, pfiff sie alsbald in ihr Haus zurück und benutzte sie dort als Mamsell. Sie kniff ihr mit Hilfe ihrer gegen sie gerichteten seelischen Energie die Frauenentwicklung ab. Sie selbst kam aus dem Käfig der seelischen Jungfrauenschaft nie heraus, sollte ihre Tochter am besten in körperlicher Mädchenhaftigkeit ein für alle Male zurückgehalten werden. Die Schwester lebte nicht nur zehn Jahre in einer uneingelösten Ehe, sondern die Ärzte bescheinigten darüber hinaus auch ihrem Bauch »Infantilismus« – Zurückgebliebenheit in kindlichem Zustand. Sie behaupteten zwanzig Jahre lang, die Schwester könne keine Kinder bekommen, weil bei ihr alles zu klein geblieben sei. Nachdem sie mit über vierzig aus dem Hause der Mutter ausgezogen war, sich dem Einfluß von Frau Andreas entzogen und eine eigene Wohnung genommen hatte, war es das erste, was geschah, daß sie von ihrem zweiten Mann, mit dem sie seit sechs Jahren verheiratet war, ein Kind empfing, das sie austrug und gesund zur Welt brachte.

Ich wollte einen Aufsatz über siamesische Zwillinge schreiben. Der Anblick von zwei körperlich miteinander verwachsenen Schwestern hatte mich inspiriert. Der Grundgedanke war Goethes »Zwei Seelen wohnen ach in meiner Brust«. Ich selbst fühle mich nicht als einheitlich, sondern oft wie zwei Menschen, die miteinander verwachsen sind. Aus einem Archiv hatte ich mir zur Anschauung Fotos von verschiedenen Paaren besorgt. Eines Tages zeigte ich sie

Andreas, der überraschend hysterisch wurde und schrie: »Weg, weg mit diesen Fotos, ich kann die nicht sehen!« Ich machte mir einen Spaß und verfolgte ihn, wollte sie ihm direkt unter die Augen halten, bis er deutlicher wurde und mich bat: »Hör auf, mir wird ganz schlecht. So bin ich ja mit meiner Mutter verwachsen.«

Der Satz fuhr wie ein Blitz zwischen uns und leuchtete grell auf viele Szenen unserer Beziehung. Das Bild der siamesischen Zwillinge war noch ärger als unser »Bett der heiligen Anna Selbdritt«. Bisher hatten wir gedacht, die Mutter von Andreas schwebte bei jedem unserer Akte über uns an der Zimmerdecke. Wir hatten oft Späße gemacht und gesagt: »Wir schlafen miteinander als heilige Anna Selbdritt!« Wir umarmten uns nicht als zwei, sondern es war immer jemand dabei, so wie auf einigen Gemälden und Altären nicht nur Maria und Jesus allein sind, sondern eine Muhme, die Anna heißt, noch dabei ist. Schon als Kind hatte ich mich gewundert, was das rätselhafte »Selbdritt« bedeuten soll. Diese beigruppierte Oma oder Tante Anna wirkte auf mich etwas glibberig, schaute nie klar in eine Richtung oder zu jemandem hin, wie das Maria und Jesus tun. Sie störte mich, lenkte die Mutter nur von ihrem Sohn ab. So hatte mich bisher Frau Andreas gestört. Nun aber war es noch schlimmer. Andreas und seine Mutter waren siamesische Zwillinge! Derart nah hatte ich sie mir bei all meiner weitschweifigen Phantasie nicht vorgestellt. »Das also heißt ›*ein* Fleisch‹, ›*ein* Gedanke‹, ›*eine* Migräne zur selben Zeit‹! Das also ist die Nabelschnur, über die der Sohn die Mutter mit sich führt, über die die Mutter den Sohn bei sich behält! Ach, Nabelschnur und Selbdritt, Schweben im Raum wie Großmutter Anna, im Geiste immer dabei oder über eine lange Strippe verbunden – das alles ließe sich noch ertragen! Aber zwei Schwestern in eins, Mutter und Sohn verwachsen zu einem Körper?! Nein! Das kann doch wohl nicht wahr sein!«

»Also deshalb, mein Andreas, mußte ich mich in dich wie mit einer Brechstange hineinbrechen. Alles ging dir wieder zu. War ich draußen, gingst du zu. Nicht nur deine Mitte, auch dein Geist und dein Herz machten zu. War ich weg, war es für dich, als wäre ich nie bei dir gewesen. Und war ich bei dir, fühlte ich dich unzählige Male verschlossen. Immer wieder fragte ich: ›Was ist mit dir? Was ist jetzt schon wieder los? Was hat dich gekränkt? Was habe ich falsch gemacht? Sag bitte, was du willst!‹ Du antwortetest auf solche Fragen nicht oder nur verschwommen. Du entrücktest mir, sacktest ab, zerfielst. Alles wurde dir zuviel, Arbeit und Menschen und Denken und Sprechen und Lieben. Alles Schöne wurde dir unschön. Ja, wenn du so angeschmiedet bist, dann verstehe ich dich. Mit deiner Mutter hast du einen Leib, einen Blutkreislauf. Ihr habt zwar jeder noch eure Organe für euch, aber ihr seid zusammengewachsen. Und keine einzige Freude zwischen dir und mir hat dich von ihr aboperieren können. Oft rätselte ich: Warum springst du nach der Umarmung so schnell auf, warum willst du alles überhaupt so schnell, warum willst du nie versinken? Jetzt weiß ich es. Es konnte sich kein neuer Kreislauf bilden zwischen dir und mir, zwischen dir und einem anderen Menschen. Du warst im Kreislauf deiner Mutter eingebunden. Da konntest du dich nicht noch einem Geliebten anschließen. Deshalb hat dich jeder Tag mit mir allein angestrengt, hat dich jede Auflockerung mit fremden Menschen entlastet. Deshalb deine Lust auf Dritte, denn mit dem Dritten war es dann ja immer ein Vierer! Den Dritten brauchtest du nicht für dich, sondern für mich! Ich sollte mit dem Dritten, damit du bei deiner Mutter bleiben konntest.«

Nach ein paar Tagen sagte Andreas: »Und weißt du, wo meine Mutter und ich zusammengewachsen sind? Mein Glied steckt in ihrer Scheide. Deshalb bin ich auch nur an der anderen Stelle frei, bin ja nur für Männer frei, nicht für Frauen!«

Gnade! Der Gedanke schüttelte mich. Andreas blieb ernst bei diesem Bild für die seelische Verstrickung zwischen ihm und seiner Mutter. Er schmückte es noch aus. Er könnte doch so schwer vorangehen. Ja, wenn er zu Fuß ging, tappte er etwas unsicher. Und in seinem Leben ging er meistens zurück. Wenn Mutter und Sohn so verwachsen sind, Bauch an Bauch, Geschlecht in Geschlecht, dann muß einer der beiden rückwärts gehen. Die Mütter sind stärker. Sie gehen geradeaus in das Leben ihrer Söhne hinein, die zurückgehen müssen bis in den Tod.

Mich hatte wild gemacht, wenn Andreas das Zurückgehen verherrlichte. Stehenbleiben war für ihn gut, aber Zurückweichen war das beste. »Bloß nicht anstrengen!« sagte er immer. Wenn er etwas tat, überanstrengte er sich sofort. Und mit allem hörte er wieder auf.

Es war mir unbegreiflich gewesen, warum Andreas sich selten rauschhaft entspannen, warum er sich nicht hingeben und fallen lassen konnte. Meist kämpfte er sich an den Rausch heran wie ein Langläufer an das Ziel und kam oft doch nicht an, brach ab und lag traurig da, versuchte es noch einmal, rieb, zitterte, preßte seine Oberschenkel zusammen. Ich hatte das Gefühl, er entlädt sich nicht aus den Lenden, sondern aus den Oberschenkeln heraus. Mit ihnen strampelte er auf dem Rücken liegend, preßte sie zusammen, als müßte er seine Lust aus einer anderen körperlichen Gegend herauszwingen, dürfte sie nicht an der Stelle bekommen, die dafür eingerichtet ist, die wie betonüberzogen nur mit Krämpfen reagierte. Seine Mitte war für ungehemmt entspannte Räusche nur frei, wenn Andreas sich situativ betätigte, mit Körperteilen Unbekannter oder vor Pornofilmen.

Bei seinem ersten Frauenerlebnis verlief alles scheinbar ohne Komplikationen. Er war glücklich über den Frauenkörper, ekelte sich nicht, wollte am liebsten nur küssen und lutschen, war über die Blättchen erfreut und wurde immer wieder erregt, wenn er sie mit seinen Lippen berührte. Aber wenn er eindrang, ging seine Erregung weg. Und an einen Rausch war bei allen Malen nicht zu denken. Die Frau versuchte, was sie konnte. Andreas kam nicht aus sich heraus.

In der Zeit, die Andreas mit mir im Hause seiner Mutter verbracht hatte, ergab sich einmal eine große Schreiszene zwischen ihr und ihrem Sohn, in deren Verlauf er mit seinen Worten ein Bild benutzt hatte, das in die Nähe der Vorstellung von den geschlechtlich verwachsenen Zwillingen gekommen war. Er schimpfte auf seine Mutter los: »Du alte Stinkfotze, du hältst mich in dir gefangen, wie ein Ding in deinen massenhaft unaufgeräumten Schubladen. Du bist selbst so eine Schublade, du!«

Das Unheimliche an den siamesischen Zwillingen ist ihre Verbundenheit. Zwei selbständige, ähnliche und doch verschiedene Wesen sind aneinandergeschlossen, können sich nicht trennen, können kein Ich bilden, haben auf allen ihren Wegen, mit allen ihren Wünschen und bei allen ihren Taten ein Doppel an sich festgewachsen. Auf seelische Vorgänge übertragen, empfinde ich diesen Umstand nicht minder ekelhaft. Die Seele von Andreas sitzt an der Seele seiner Mutter fest. Alle seine Wege, Wünsche und Taten verfolgt sein Schatten »Mutter«. Die Existenz von Andreas ist angeschlossen an die Existenz von Frau Andreas. Ein Lebenskreislauf verbindet die beiden, sie stehen in ein und demselben seelischen Energiefeld.

Ich habe das Gefühl, daß es allgemein eine Energieverbindung zwischen Eltern und Kindern gibt. Deshalb bewegen sich die Kinder später als Erwachsene wie ferngesteuerte Fahrzeuge auf nur scheinbar eigenen Lebensbahnen. Der Psychoanalytiker Helm Stierlin spricht von »Botschaften und Delegationen«, die zwischen Eltern und Kindern wirken. Die Kinder sind Botschafter und Delegierte ihrer Eltern. Die Begriffe »Botschaft« und »Delegation« erfassen das psychologische Geschehen der Eltern-Kind-Verstrikkung in seinem äußeren Erscheinungsbild. Die Kinder tun, was die Eltern wollen, auch wenn sie längst ihrem körperlichen Einfluß entwachsen sind, auch wenn sie kaum noch einen geregelten Kontakt mit ihnen pflegen. Warum tun sie das? Warum lassen sie sich noch als Erwachsene zu Botschaftern und Delegierten anderer Personen machen? Warum sind sie Willfährige fremder Wünsche? Was ist das Transportmittel, auf dem Kinder wirklich nach dem Willen der Eltern fahren? Durch welchen Vorgang bleiben die Kinder den Biographien ihrer Eltern verhaftet, zumindest, solange die Eltern leben? Eltern drücken ihre Botschaften selten deutlich aus. Kaum ein Mensch sagt heute zu seinen Kindern noch genau, was er von ihnen will. Eltern selbst wissen so gut wie nie mehr, welche Botschaft sie ihren Kindern geben.

Frau Andreas gab ihrer Tochter die Botschaft: »Werde nur nicht vor meinen Augen Frau, denn das wirft mich so ungeheuer in Schmerzen, da ich selbst nicht Frau werden durfte« (Vaterbotschaft) »und auch nicht werden konnte« (Arztbotschaft, die die Va terbotschaft verstärkte und etwas abwandelte). Die Tochter tat bis in ihren Körper hinein, was die Mutter wollte. Ihre Organe blieben unterentwickelt. In ihrer Biographie folgte sie der Mutter sowieso aufs deutlichste: »Sei bloß nicht mit einem Mann vergnügt, denn dann werde ich an meinen Schmerz erinnert, daß ich mit keinem Mann vergnügt sein durfte, konnte, und daß der Ehemann vor Kummer an mir gestorben ist.« Und also heiratete die Tochter, ohne eheliches Vergnügen zu erleben.

Das Transportmittel dieser Geschehnisse interessiert mich. Was ist das für eine Emotionselektrizität, mit der Eltern ihre Kinder an sich angeschlossen haben? Was sind das für Gedankenwellen oder Gefühlsströme, die zwischen Eltern und Kindern transportiert werden, über viele Kilometer körperlicher Trennung hinweg? Wie kommt Muttersein, Mutterwollen und Muttertun beim Kinde an, stempelt sich so bei ihm ein, daß das Kind wird, will und tut, was der Mutter recht ist? Ich bin sicher, die Menschen werden eines Tages entdecken, was das ist, was ich verschwommen »gemeinsamen Energiekreislauf« nenne und was ich mit Andreas' Bild von den siamesischen Zwillingen einzigartig getroffen finde. Daß es diese merkwürdige Angeschlossenheit des Lebens eines Kindes an das Leben seiner Eltern gibt, daran besteht für mich kein Zweifel mehr. Es gibt sogar einen gemeinsamen Willenskreislauf zwischen der Existenz einer Mutter oder eines Vaters und der Existenz ihres Kindes. Das einheitliche seelische Energiefeld wirkt sich schwächer aus, wenn das Kind vom Einflußbereich der Eltern weit weg ist, wird aber auch bei Hunderten oder Tausenden von Kilometern räumlicher Entfernung nicht aufgehoben.

Die Energieverbindung muß aufgelöst werden, wenn die Botschaften der Eltern für die Entfaltung des Kindes verhängnisvoll sind. Hieße die Botschaft: »Lebe du, Kind, glücklich und in Frieden nach den Bedingungen deiner freien Wahl, versuche, auf deine Art mit Menschen und mit Dingen froh zu werden«, müßte ein Kind sich aus dem Energiekreislauf seiner Eltern nicht herauskämpfen. Ist die Botschaft eingeschränkt – zum Beispiel: »Werde glücklich durch Heiraten!«, »Ergreife diesen oder jenen Beruf!«, »Übernimm mein Geschäft!«, »Heirate diese Frau oder jenen

Mann!«, »Bleibe hier wohnen, oder studiere dort!« –, kommt es für das Kind darauf an, ob die Botschaft zu seinem Leben paßt. Wenn dem so ist, bedeutet der gemeinsame Energiekreislauf Harmonie zwischen Eltern- und Kinderleben. Paßt aber die Botschaft zum Charakter, zu den Neigungen, Fähigkeiten und Bedürfnissen des Kindes nicht, wird es ins Unglück gestürzt. Entweder es taumelt in Situationen hinein, die es nicht will, oder mit Personen herum, mit denen es nichts anfangen kann. Oder es lebt so, wie es will, wird jedoch nicht zufrieden, fühlt sich trotz Durchsetzung der eigenen Wünsche und Vorstellungen oft schwach und mißmutig. Es lebt immer noch im Energiekreislauf mit den Eltern, muß ununterbrochen ihren Botschaften trotzen, die sie ihm weiterhin zufunken. Die nicht verwirklichten Botschaften der Eltern abzuwehren strengt es so sehr an, daß es mit der Verwirklichung der eigenen Wünsche nicht glücklich wird, weil es für sie nicht genug Energie frei hat.

In unserer Zeit werden die Botschaften von Eltern an ihre Kinder immer unsinniger und lebensfeindlicher. Je unglücklicher ein Mensch ist, je weiter entfernt von der Verwirklichung seiner selbst, um so unheilvollere Botschaften sendet er. Unsere Mütter sind mit ihrer »Selbstlosigkeit«, die die Vätergesellschaft an ihnen noch immer preiskrönt und beim Tode der Katia Mann bejubelt, an einem Endpunkt angekommen, von dem aus es nicht mehr weitergeht. Die Frauen *sind* selbstlos, ohne Selbst(verwirklichung). Jede Frau ist zu etwas nicht gekommen, ist zurückgetreten (worden), hat »abgeschworen«, wie meine Großmutter, mußte entsagen. Frau Andreas wollte nie Kinder, nie heiraten, wollte Rechtsanwältin werden, wurde aber erst im Geschäft ihres Vaters benutzt und später in dem ihres Mannes verbraucht. Die Botschaft von Frau Andreas an ihre Tochter: »Werde keine Frau!« ist so unsinnig wie die Botschaft ihres Vaters: »Sei ein Junge!« für sie verheerend war. Was das Senden lebensfeindlicher Botschaften betrifft, stehen die Väter den Müttern nicht nach. Die Botschaft von Frau Andreas an ihren Sohn: »Sei mein jünglinghafter Ehemann!« war für ihn wie eine Todesdrohung. Er träumte eines Nachts die Sätze: »Sohnesbindung ist Mord, Mutterbindung ist tödlich«, sah diese Schrift auf einem

Kreuz, fand sich darauf festgenagelt, während es ihm mit der Stimme der Mutter zurief: »Kommst du zu mir, kommst du zu mir, kommst du zu mir?!« Er wehrte sich wild: »Nein, nein, nein!«

In der Vorstellung von der Zukunft spielen Roboter eine Rolle, Computermenschen, denen ein Programm eingespeichert worden ist, nach dem sie agieren. Der Roboter macht fast alles, wie ein Mensch, er hat nur keine Seele, kein eigenes Ich. Die Situation ist da, jedoch auf andere Weise entstanden, als es sich die Zukunftsspekulierer träumen ließen. Nicht kalte Staatslenker dirigieren den Menschen weg von seinem Selbst. Der Raub der Seele geschieht im warmen Nest seiner Herkunft. Nicht Entfernung zwischen Eltern und Kindern entseelt jede neue Generation, sondern zu heiße, ichschmelzende Nähe. Die Kindermenschen werden immer mehr zu Robotern, gespeist vom elterlichen Programm, das ihnen über den gemeinsamen Energiekreislauf unlöschbar eingebrannt worden ist. Das Programm lautet:

Identifikation – die Kinder müssen werden, wie die Eltern sind.

Botschaft – die Kinder sollen tun, was die Eltern wollen.

Wiederholungszwang – die Menschen machen mit der Welt – und lassen die Welt mit sich machen –, was ihre Eltern mit ihnen gemacht haben.

Musterkopie – das Leben der Kinder kopiert das Original des Lebens der Eltern. Das Kind ist wie magnetisch darauf ausgerichtet, dem Elternleben nachzustreben, die groben lebensgeschichtlichen Muster von Vater und Mutter zu kopieren. (Verliert die Mutter mit vierzig Jahren ihren Mann durch einen Unfall, läßt sich die Tochter mit vierzig scheiden. Hat der Vater drei Ehen geführt, trennt sich der Sohn zweimal von seinen Lebensgefährtinnen, um bei der dritten zu bleiben . . .)

Ich konnte noch so viele Gründe finden, die mir das plötzliche Ende meiner Wohngemeinschaft mit Andreas erklärten, es blieb ein Rest, der nicht in Verstehbarem aufging. Besonders im letzten, im fünften Jahr unseres Zusammenseins war mit Andreas Merkwürdiges vorgegangen. Am Anfang unserer Beziehung, nach unseren drei ersten Wochenenden in seiner Stadt, hatten wir angenommen, wir hätten uns gefunden, wir könnten eine unübersehbar lange Zeit miteinander verbringen. Unser sich gegenseitig entfachender Geist entflammte und versöhnte uns immer wieder. Es gab Kurven des Wohl- und Unwohlbefindens. Nur Lust kann eine Verbindung nicht hergeben. Menschen müssen auch die Verbrennungen ihres Beieinanders erleben, müssen zünden, aufflammen und erlöschen und diese Prozesse aushalten. In das Auf und Ab hatte ich – wenn auch ächzend – eingewilligt, hatte mich auf den Wechsel zwischen Nähe und Ferne eingestellt. Im fünften Jahr brach jeder Rhythmus zusammen. Dieses Jahr mündete in eine immerwährende Ferne. Es gab die Überraschungswoche am französischen Meer und auch in deutschen Orten noch einige gemeinsame Überraschungen auf Reisen. Die Übereinstimmungen ereigneten sich immer dort, wohin die Mutter nicht denken konnte, immer dann, wenn sie keine Ahnung hatte, wo wir waren. Aber so gelöst wie die Nähemomente in den Jahren zuvor waren auch diese Ausnahmen nicht.

Ich wurde im fünften Jahr unserer Beziehung achtunddreißig Jahre alt. Und ich wußte, daß mein achtunddreißigstes Lebensjahr für mich gefährlich werden würde. Noch nie war Andreas in seinen Abneigungen gegen mich so weit gegangen, daß er mich gleichsam ausspucken wollte, mich nicht mehr hören, riechen und sehen konnte. Sein Vater war mit achtunddreißig gestorben. Wie seine Mutter einen achtunddreißigjährigen Mann verloren hatte, wollte auch Andreas nun Witwe eines achtunddreißigjährigen Mannes werden, um den Rest seines Lebens wie seine Mutter allein zu bleiben. Er schrieb in einem Brief an mich: »Ich sitze in Trauer und Ohnmacht da, weil ich Dich nicht mehr lieben kann.« Er hatte sich selbst in die Trauer und in die Ohnmacht hineinmanövriert.

Der Vater von Andreas war schon über die Norm hinaus mutterangeschlossen gewesen. Als seine Mutter starb, war er außer sich geraten und hatte gerufen: »Mutti, Mutti, warum hast du mir das angetan?!« Nach dem Tode seiner Mutter war sein Lebensgeist erloschen. Frau Andreas hatte das Geschäft ihrer Schwiegermutter in eigene Regie genommen, hatte die Schwiegermutter ausgebootet, oder die war freiwillig zurückgetreten. Andreas' Vater und dessen Mutter hatten sich von Frau Andreas an die Wand gedrückt gefühlt. Nach dem Tod der Mutter wurde der Sohn melancholisch, redete düster und kam bei einem Verkehrsunfall ums Leben. Es wird gemunkelt, daß er vielleicht nicht unabsichtlich mit seinem Fahrrad unter ein Auto gekommen sei. Andreas hat nie erlebt, daß von seinem Vater gesprochen wurde. Seine Mutter tat es nicht und unterdrückte Fragen nach ihrem Mann. Er war weg. Wie er gewesen und warum er so früh gestorben war, hatte Andreas nie erfahren. Er hatte nie ein Bild von ihm gezeigt bekommen. Erst als er mit mir zusammenlebte, fing er an, die Mutter nach dem Vater auszufragen.

Es war unheimlich, was in meinem achtunddreißigsten Lebensjahr mit mir geschah. Andreas riß an allen meinen Lebensbezügen. Dadurch kamen Falschheiten in meinen Beziehungen zu Menschen heraus. Er hob mein Verhältnis zu meinen Eltern aus den Angeln, was gut war. Aber er wirkte auch gegen andere Menschen, ging gegen meine Nebenmutter und meine Tante vor, allgemein gegen meine Verwandten, Freundinnen und Freunde. Er verleidete mir unsere Stadt, drängte mich ins Ausland, machte mir die Deutschen so madig, daß mir ein Leben unter ihnen nicht mehr möglich schien. Er sägte um mich her alles ab, wuchs aber nicht in die leeren Stellen hinein. Er wurde nicht zu meinem Ruhepunkt, schlimmer, er hetzte mich mit dem Hü und Hott seines eigenen Lebens hin und her. Er unterbrach mich mit Einlenkungen immer wieder in meinem Rückzug von ihm. Dadurch verhinderte er, daß ich einen neuen Freund fand. Er machte, wie es heißt, mich verrückt. Ich dachte, daß ich eine unheilbare Krankheit hätte, ich wehrte mit Mühe Selbstmordgedanken ab. Ich schickte mich in den Gedanken, kaputtzugehen, fühlte mich elend wie nie zuvor. Ich hielt mich an einigen Freunden fest, die mich zur Trennung von Andreas mahnten, worauf ich nur böse wurde, weil ich durchhalten, nicht aufgeben, »Krisen gestalten« wollte, wie Paartherapeuten es mir geraten hatten. Und doch fühlte ich es Andreas an: Er mußte von mir weg. Ich bat ihn um Klarheit. Er gab statt dessen Sätze von sich, die mich hoffen ließen und nur tiefer hineinstießen in das Wirrwarr der Verstrickungen.

Da er erst fünfunddreißig war, würde er mit achtunddreißig das gleiche noch einmal erleben wollen, denn seine Mutter war genauso alt wie sein Vater. Andreas würde achtunddreißigjährige Witwe sein und versuchen wollen, seinen nächsten Freund zu zermürben, würde danach trachten, ihn von sich wegzutreiben. Das wird so geschehen, wenn er sich nicht dem Energiekreislauf seiner Mutter entwunden hat, was dringend für sein Überleben nötig ist, denn sonst könnte er achtunddreißigjährig, sollte er bis dahin keinen neuen Freund haben, die zerstörerische Wirkung seiner Mutter, die er kopiert, gegen sich selbst richten. Da er der Nachgatte seiner Mutter war, müßte er wie sein Vater mit achtunddreißig sterben, einen Tod erleiden, der halb ein Selbstmord, halb ein Unfall sein würde.

Meine Aufregung über das Bild: Mutter und Sohn als siamesische Zwillinge, wollte sich nicht legen. Es erklärte mir die Absonderlichkeiten in Andreas' Verhalten. Endlich konnte ich auch fassen, warum er in seinem Leben so rüttelte. Er tat es bei allen Dingen, von der für ihn schwer erreichbaren Ekstase bis zur beruflichen Durchsetzung. Überall spürte ich bei ihm Bremsen. Eine Tante hatte seine Mutter einmal eine »Genußbremse« genannt. Wenn Frau Andreas, ihr Mann und Bekannte etwas unternehmen wollten, tendierte sie zum Dagegen, zur Auflösung des Zusammenseins, zum Zurück. Frau Andreas hatte vom Anfang ihrer verzweifelten Bedingungen an das Brett des Verwirklichungsverbots vor ihrer Existenz. Andreas kopierte dieses Brett und kam und kam nicht in seine Pubertät hinein – trotz seiner Beteuerungen und der Pickel in seinem Gesicht –, genau wie seine Mutter mit über siebzig kurz davor stand und immer noch das kleine Kind ihrer fünf Kinder war.

»Ach Andreas, wenn du doch endlich herauskämest aus deinem verzweifelten Dazwischen. Du weinst, wenn du Paare siehst. Zum Paar – wenn du diese Lebensform willst – müssen die Menschen eine Eindeutigkeit haben. Wenn du wenigstens glücklich wärest bei deinen Schweifungen und deinem Fremdgehen. Nicht erst die gesellschaftliche Verneinung dieser Verhaltensweisen macht dich unglücklich. Du bist schon beim Tun selbst neben dir. Du hast geschimpft, daß kein Mann ein Öffnungsbewußtsein haben dürfe. Das Öffnen ginge nur vorübergehend, heimlich, ausgegrenzt aus der Person. Gut. Ich war genauso bereit, daß du über deinen Stab – und was für einen du hast! – aus dir herauskamst. Aber an dieser Stelle war deine Verschlossenheit noch ärger. Es geht nicht darum, dich in die Rolle Frau oder in die Rolle Mann hineinzuzwängen, sonder es geht darum, daß du aus dir herauskommst. Und Frau- und Mannsein sind die Formen des Aus-sich-Herauskommens. Ich will, daß du aufblühst in allen deinen Möglichkeiten.«

Der Vergleich zwischen seelisch verketteten Müttern und Söhnen und körperlich verwachsenen Zwillingen wurde für mich wie zu einem Zauberstab. Wünschelrutenhaft schlug er aus, sowie ich ihn in die Nähe von Eltern-Kind-Problemen hielt.

Die seelische Verwachsung hat tatsächlich einen körperlichen Ausdruck. Ich kann auf Familienfotos erkennen, welches Kind an welchen Elternteil angeschlossen ist. Sylvia Plath zum Beispiel war mit ihrer Mutter verwachsen, Rita Hayworth mit ihrem Vater, Klaus Mann war ein Zweig am Baum seines Vaters, Elvis Presley bildete ein Gewächs mit seiner Mutter.

Freunde, die Bindungsprobleme haben, besuche ich in ihren Familien. Nur ein paar Minuten körperlicher Nähe genügen, um festzustellen, ob der Sohn mehr an die Mutter oder mehr an den Vater angewachsen ist. Beim zwanglosen Sitzen am Kaffeetisch, beim Plaudern im Stehen oder beim Spazierengehen, beim Guten-Tag-Sagen und beim Sich-Verabschieden verschwimmen plötzlich die Grenzen zwischen den zwei getrennten erwachsenen Leibern, und sie werden zu einem. Sie bewegen sich gleich, wogen nach einem gemeinsamen Rhythmus hin und her, lachen zur selben Zeit, verfinstern sich und hellen ihre Mienen auf, wie aus einem einheitlichen Gehirn gesteuert. Auch ihre Gesten gehen gleich in gleich wie zwei Ähren, die der Wind in derselben Richtung hin und her wiegt.

Andreas hatte nur einen Elternteil, mit dem er verwachsen sein konnte. Die Deutlichkeit ließ deswegen nichts zu wünschen übrig. Einer seiner Kurzweilfreunde, der ihn im Hause seiner Mutter zur Nacht besucht hatte, machte am Morgen von Frau Andreas und ihrem Sohn ein Foto am Frühstückstisch. Beide saßen rechts und links neben einem runden Tisch, der die Mitte des Bildes einnahm. Sie waren von der Seite her gesehen fotografiert worden. Sie sitzen schweigend einander zugeneigt und schauen sich an. Ihre Oberleiber sind in die Lehnen der Stühle zurückgebogen, aber ihre Unterleiber fließen zusammen, daß es mich schauern läßt. Sie münden in eins zur Sohn-Mutter-Lust immerwährender Verbundenheit. Von den Füßen bis zum Bauch ein Stamm, der die Oberleiber zu zwei Kronen teilt. So ähnlich unterleibsineinandergleitend sitzen Neptun und eine nackte Göttin auf Cellinis goldenem Salzfaß für Frankreichs König Franz I. Und ich erinnere mich an das noch etwas eindeutiger so sitzende Liebespaar in Bergmans »Schweigen«, die Oberleiber weit voneinander weggebogen, aber unterleibsverwachsen, von der Hauptdarstellerin während einer Kinoveranstaltung beobachtet.

Andreas konnte mit den siamesischen Zwillingen auch manchmal scherzen. In der Pause einer Oper oder eines Konzerts, wenn die Menschen nach der langen Klangentrückung etwas taumeln und sich noch keine Mühe geben, ihre Verwachsungen in diszipliniertem Seit'-an-Seit'-Marsch zu verbergen, schwanken sie zu eng verbunden nebeneinander her. Ich bin noch halb in Abwesenheit, sinne der eben genossenen Musik ein wenig nach, da zischt Andreas mir ins Ohr: »Schau mal, ›Muso‹!« Ich denke, jemand bietet uns Mousse au chocolat an, und drehe meinen Kopf freudig herum: »Was, wo?« Andreas deutet wie ein frecher kleiner Junge mit dem Zeigefinger auf eine auf uns zutorkelnde Zweiheit, die er sofort als das erkannt hat, was sie ist: Mutter und Sohn. Verlegen winkle ich meine Augen zu dem entgegenkommenden Paar und muß erkennen – wahrlich, »*ein* Fleisch«, für das Andreas das neue Wort »Muso« geprägt hat.

Deutlicher als »Musos« können »Mutos« als Zwillinge beobachtet werden. Oft kann ich den Blick nicht mehr abwenden von zwei Frauen, die untergehakt oder sonstwie Arm in Arm, die Oberkörper schräg gegeneinander gestützt, auf einem Bürgersteig auf mich zuschreiten. Jahrzehnte Mutter-Tochter-Ehe haben eine Sechzigjährige und eine Achtzigjährige so sehr eins werden lassen, wie es

Frau-Mann-Ehepaaren niemals gelingt. Als eine Doppelstrunkmorchel eiert das Zweiergebilde handtaschenschlenkernd langsam Schritt für Schritt seine mühsame Bahn durch die an ihm vorbeihetzenden Fußgänger hindurch.

4 Bin ich mit meinen Eltern siamesisch verzwillingt? Das Bild paßt nicht mehr genau. Wir müßten Drillinge sein.

Wenn ein Kind unter seinen Eltern aufwächst, ist sein Energiekreislauf entweder mit beiden Teilen verbunden, oder er hat sich je nach den Wünschen und Bedürfnissen von Vater oder Mutter nur an ein Elternteil angeschlossen.

Ich kann einen Freund, der verrückt geworden ist, nicht vergessen. Er sollte nach dem Willen seines Vaters Geistlicher werden, aus den Wünschen seiner Mutter heraus Lebemann. Sein eigener Willenskreislauf brach zwischen diesen einander widersprechenden Botschaften zusammen. Um weiterexistieren zu können, mußte er sein sich auflösendes Ich von den Grenzen der Anstaltsmauern abstützen lassen.

Die Wünsche der Eltern verstricken das Kind bei den Versuchen seiner sachlichen und seiner erotischen Verwirklichung. Die Menschen benutzten in den Märchen ein Wort für diesen Vorgang, ohne seine Ursachen aufzudecken: »verwunschen«. Um das Unerträgliche des Tatbestandes abzumildern, verwünschen böse Feen und Stiefmütter die armen Kinder oder wollen Hexen und Wölfe sie auffressen. Kindern »zu Leibe« wünschen und nach ihrem Selbst trachten – das tun aber Mutter und Vater. Kinder abtreiben, töten, quälen, knebeln, ängstigen, schlagen, unterdrücken, in die Irre führen – das tun Mutter und Vater. Die Elternkultur, die seit Jahrtausenden herrscht, macht das so, will das so, muß das so machen, um sich aufrechtzuerhalten. Jede Kindergeneration ist bisher »verwunschen« und »aufgefressen« worden. »Verwunschen« heißt: nicht bei sich zu sein, nicht so zu sein, wie das Kind ist, nicht das geworden zu sein, was in ihm angelegt war, was aus ihm hätte verwirklicht werden wollen, heißt: sich nicht bewegen und entwikkeln zu können, sondern starr zu sein. Da müssen die Kinder als Schwäne leben, muß der Prinz Frosch sein, muß Dornröschen hundert Jahre schlafen, muß Schneewittchen scheintot in seinem Sarg liegen.

Ich bin Frosch, ich bin es sachlich und erotisch. In meiner Arbeit bin ich verwunschen allein durch die Wünsche meines Vaters. Meine Mutter hatte auf diesem Gebiet keine Vorstellungen, die sie an mich herantrug. Dafür hatte der Vater ein festes Programm, das er mir wie einen Fremdkörper über die Haut wünschte und auch wörtlich mir immer wieder ins Gehirn zu waschen versuchte. Er war bestrebt, mich in eine Beamtenlaufbahn zu dirigieren – verständlich von seinem Leben her: Krisen, Kriege, Fluchten lenkten seinen Weg. Sicherheit hatte er nur im Staat gesehen, der derjenige war, der ihm die genannten Unsicherheiten zugemutet hat. Der Vater wollte meine Lust zum Künstler, zum Schauspieler, Sänger, Regisseur oder Schriftsteller, die er an mir von klein auf beobachten konnte, nicht in meinem Lebenslauf verwirklicht sehen. Er sagte: »Lern was Richtiges!« »Werde bloß kein Weltverbesserer!« »Du mußt erst eine Rente haben, dann kannst du Kunst machen!« Kunst sollte ich, wie er und viele Onkel es machten, auf den Feierabend, an das Wochenende und in die Ferien verlegen oder sie nach der Pensionierung ausüben. Ich wollte aber sofort Kunst machen, und den ganzen Tag lang. Als ich gegen seine Wünsche doch Schriftsteller wurde, traute er seinen Augen nicht, hoffte von Buch zu Buch, daß ich diesen Weg wieder aufgab, fragte bei meinen Besuchen genau nach meinen geldlichen Mitteln, schrieb noch nach dem vierten Buch einen Brief an mich, in dem er mich mahnte, mein Dasein als »geistiger Gelegenheitsarbeiter« aufzugeben zugunsten von etwas Dauerhaftem, Richtigem, Festangestelltem, Pensionssicherem. Der Schriftsteller kann so krisenfest sein wie der Architekt und der Rechtsanwalt, wie die Berufe mehr bürgerlichen Zuschnitts, die ich in einer Kompromißhaltung gegenüber meinem Vater eine Zeitlang zu ergreifen vorhatte. In der Kunst wird heute enorm Geld verdient, was schon immer möglich war. Mein Vater sah nicht die positive, sondern nur die negative Seite auf diesem Gebiet. Er maulte mir jedesmal, wenn wir uns sahen, meine ungesicherte finanzielle Lage vor, weinte angeblich bei einer Fernsehsendung über »alte arme Schriftsteller«, weil er an mich gedacht hätte, ich, der jetzt schon arm sei und bald alt werden würde. Er peinigte mich oft mit der Frage: »Was machst du im Jahre 2007?« Ich wußte beim ersten Mal nicht, was er meinte. 2007 werde ich fünfundsechzig sein und, wenn ich so weitermache, keine Pension bekommen. Ich entgegnete: »Da bin ich vielleicht längst Millionär!« Solche Antworten nützten nichts. Er griff weiter nach mir mit seiner angeblichen Angst um meine Sicherheit und um meinen Erfolg, die in Wirklichkeit nur die Verschleierung seiner Botschaft war: »Sei erfolglos, wenn du es wagst, Künstler zu werden!«

Mein Vater wurde bedroht von der Kunstgewerblermelancholie seiner Mutter, die in ihrer gesellschaftlich nicht durchdringenden Arbeitsverzweiflung ihre Botschaften auf ihn prasseln ließ: »Werde du erfolgreicher Künstler!« »Räche Gottes und der Männerwelt Erbarmungslosigkeit mit mir!«

Meine Großmutter gab mir ihre Wünsche gegenüber meinem Vater auch einmal zu. Sie wünschte sich nun, da ihr Sohn kein Künstler geworden war, von mir, daß ich es würde. Sie sagte: »Es gibt ein Prinzip der ausgleichenden Gerechtigkeit. Was ich nicht geschafft habe, was eigentlich dein Vater tun sollte, das wirst du schaffen!« Psychoanalytisch steht ihr Tun fest: Delegation des Nichtverwirklichten auf das Kind. Für mich war der Wunsch der Großmutter ungefährlich, nicht mehr als eine Empfehlung, die ich nicht ungern hörte und sogar zu erfüllen trachtete. Für meinen Vater war ihr Wunsch eine Botschaft, die ihn lähmte. Wünsche von Eltern gegenüber ihren Kindern haben immer den Verwünschungseffekt. Wünsche von anderen Personen, die die Kinder beim Aufwachsen begleiten, entfernter mit ihnen verwandt oder befreundet sind, haben meist nur die Wirkung eines Ratschlags oder einer Ermutigung. Aber nicht nur die Nähe meiner Großmutter zu meinem Vater lähmte ihn gegenüber ihrem Wunsch. Die Mutter machte ihrem Sohn auch das Gegenteil eines erfolgreichen Künstlers vor, so daß er keine Entwicklungsbahn geebnet bekam, auf der er hätte den Mutterwünschen entsprechen können. Sie war keine Künstlerin. Sie war es nicht im Umgang mit Menschen und nicht für sich selbst. Sie war eine im Bürgerleben Gefangene. Und sie produzierte mit ihrer Bildhauerei Kitsch, auf dem sie auch noch sitzen blieb. Die Schatten des Unkünstlerischen und der Erfolglosigkeit müssen meinen Vater in seiner Jugend bedroht haben. Er stemmte sich in seinem Werdegang gegen alles, was nach Kunst und Erfolg roch, obwohl er mit Bündeln von Talenten durch sein Leben ging, die es ihm schwermachten, nicht auf wirkungsvolle Art künstlerisch tätig und sichtbar erfolgreich zu werden. »Künstler sein« hieß für ihn Herummachen, Hängen, Verzweifeln, Scheitern, Kein-Geld-Haben, Keine-Anerkennung-Bekommen. Verständlicherweise hatte er Angst, es finge mit mir von neuem an, was mit seiner Mutter eben zu Ende gegangen war. Außerdem rächte er sich an mir für seine Leiden an ihr.

Die Befürchtungen meines Vaters entbehrten jeder Grundlage. Ich hatte mit meinem ersten Buch »Der Untergang des Mannes« sofort Erfolg. Ich konnte meinen Namen zu einem Begriff machen, denn ich hatte auf Anhieb eine Marktlücke gefunden – die Emanzipation des Mannes –, die ich einige Jahre in Deutschland allein versorgte. Ich schrieb ein Buch nach dem anderen. Die Bücher wurden bisher in einer Gesamtauflage von zweihunderttausend Exemplaren gekauft. Ich bekam jeden Monat Angebote zum Aufsatzschreiben und Vortraghalten. Das ist eine Basis, von der aus es so leicht keine Verarmung mehr gibt. Mein Vater sammelte längst Zeitungsausschnitte über mich und begleitete mit Erregung meinen Weg in die Öffentlichkeit. Trotzdem ließ sein Bangen nicht nach.

Die Klopfzeichen seiner Sorge kamen bei mir an als merkwürdige Formen von Behinderung. Unter dem Deckmantel eines sichtbaren Erfolges kam ich nicht dort an, wohin ich wollte, lebte *ich* in Unruhe und Angst, hetzte in eine Existenzweise hinein, die ich nicht beabsichtigt hatte. Ich wollte ein Schriftsteller sein, der Romane, Theaterstücke und Essays schreibt. Zu Anfang wollte ich meinem ersten Buch in der Öffentlichkeit mit Lesungen, Vorträgen und Fernsehauftritten behilflich sein, denn der Schritt von der Anonymität in die Bekanntheit ist schwer. Aus diesen Hilfestellungen erwuchs dann meine eigentliche Karriere. Ich ließ mich in die Laufbahn eines Redners drängen. Meine erste Fernsehsendung hatte einen solchen Erfolg, daß ich danach in vierzig Sendungen mitwirkte. Die Menschen waren fasziniert von meinem Gesicht und meiner Gestik, von meiner Spontaneität und meiner Frechheit. Da war ja ein Mann, der »süß« war, der »für die Emanzipation des Mannes strickte«, »ein Maskottchen der Frauenbewegung«, »die deutsche Kate Millett«, »eine männliche Esther Vilar«, wie es über mich hieß. Das ganze Land kannte mich schließlich. Überall wurde auf mich gezeigt: »Da ist er!« Sowie ich in die Gegend ging oder fuhr, wurde ich angesprochen: »Sie habe ich doch gerade gesehen!« Oft lag das »Gerade« schon eine Weile zurück. Die Menschen wußten nicht mehr, wie ich heiße und was ich machte und in welcher Sendung sie mich gesehen hatten. Aber sie hatten sich mein Gesicht gemerkt und warteten darauf, daß »dieser lustige Typ« wieder auf der Mattscheibe zu sehen war.

Ich war ein Unikum geworden, ein Emanzipationskobold, ein »Intellektclown«, wie die Presse mich nannte, ein Rattenfänger von Hameln, dem die Menschen von Stadt zu Stadt in die Säle zurannten. Daß ich Bücher schrieb, war eine Nebensache. Ich hatte einen Millionenerfolg auf einem Gebiet und in einem Medium, das mein Vater nicht mit Verboten belegt hatte. Fernsehen existierte in meiner Jugend nicht. Dafür konnte er mir keine verneinenden Botschaften geben, wie er sie über Bühne, Film und Buch auf mich losgelassen hatte. Ihm machten nun sogar meine Auftritte sichtliches Vergnügen. Ich mußte sie meinen Eltern rechtzeitig ankündigen. Der Vater graste die Fernsehzeitungen nach Voranzeigen ab, damit er keine Sendung verpaßte, und sammelte Kritiken und Besprechungen. Seinen bekannten Sohn in das Wohnzimmer geflimmert zu bekommen, war etwas anderes als der von ihm verteufelte »Künstler«. Es wäre ihm noch lieber gewesen, wenn ich Moderator oder Tagesschausprecher geworden wäre. Und es war eine Zeitlang nicht ausgeschlossen, daß ich selber Talkmaster im Fernsehen würde.

Ich hatte einen Riesenbekanntheitsgrad für meine Person erreicht, nicht aber für meine Arbeit. Was ich wollte – eine Auseinandersetzung der Menschen mit meinen Gedanken, die Bewegung meiner Zeit mit meinen Büchern –, geschah nicht oder nur am Rande, als Nebenwirkung meiner Auftritte. Ich wurde als Quatsche vermarktet. War irgendwo eine heikle Diskussionsrunde auf dem Gebiet der Emanzipation im engeren oder weiteren Sinne geplant, wurde ich dazugeholt, denn ich bürgte für Spannung und Redespaß. Mit meiner Laufbahn als Redner war ich in die Dilettantenbahn gerutscht, die mir mein Vater als ungewollter Künstler vorgemacht hatte. Ich war ja weder Schauspieler noch Professor oder Politiker, wie die hauptamtlich Redenden, sondern war Privatagitator, nebenamtlicher Redner, machte meinen Vater nach, der ein brillanter Tischredner und Geschichtenerzähler war und in seinem Arbeitsbereich immer ein interessanter Vortragender gewesen sein soll.

Ich war nicht Schriftsteller geworden, sondern Wortsteller. Ich bin in keinem deutschen Konversations- oder Autorenlexikon verzeichnet, wahrscheinlich bin ich der einzige, dem das trotz eines so hohen Bekanntheitsgrads wie dem meinen passiert ist. Das alles macht nicht die böse Öffentlichkeit, sondern das mache ich, der ich immer noch mit dem Energiekreislauf meines Vaters verbunden bin. Ich trat nie in den Verband der Schriftsteller ein, weil ich das Bewußtsein, einer zu sein, nicht haben darf. So können die Deutschen mich nicht klassifizieren, was für Lexika notwendig ist.

Beim Tun, beim Schreiben und beim Veröffentlichen des Geschriebenen, verfolgte mich eine merkwürdige Hetze. Meine ersten vier Bücher raste ich herunter. Nach der Fertigstellung sollten sie sofort herauskommen. Ich dachte, ich müßte so schnell schreiben, weil ich vielleicht vor Beendigung der Arbeit sterben könnte. Zu dieser Angst gab es keinen Anlaß. Ich begann mit Ende Zwanzig zu schreiben und war immer gesund. Auch konnte ich nie das vorerotische Hin und Her zwischen Autor und Verleger oder Lektor aushalten. Wenn ein Lektor nur eine Augenbraue fragend oder zweifelnd erhob, entriß ich ihm das Manuskript wieder und bot es woanders an. Ein Verlag mußte sofort bedingungslos zusagen, sonst wollte ich das Buch bei ihm nicht drucken lassen. Zur Allmählichkeit des Sichannäherns und zum Wachsen eines Buches – zum Ruhenlassen, Überdenken, Verändern – war ich nicht fähig. So blieb ich als Autor unbeheimatet. Viermal rissen die Verbindungen zu Verlagen wieder ab. Es nützte nichts, daß ich meinem Vater jede neue geplante Veröffentlichung verheimlichte und sie ihm erst mitteilte, wenn sie auf dem Markt war. Die Unruhe, die sein »Du sollst nicht!« in mir gestiftet hatte, verließ mich nicht. Und so hatten meine Landsleute kein Bewußtsein von mir.

Noch verrückter war die Situation, in die ich mit meinem ersten Theaterstück geriet. Die Botschaft des Vaters hieß nicht nur: »Sei kein freier Schriftsteller!«, sondern lautete im Kern: »Sei kein Künstler!« Mit dem Theaterstück fiel alles aus dem Rahmen des Gewohnten. Ich arbeitete an dem Stoff schon jahrelang. Zuerst sollte daraus ein Roman werden, den ich zur Hälfte aufs Papier gesetzt hatte, als ein Verleger sagte: »Will ich nicht!« Anstatt wie mit meinen bisherigen Büchern nach einer Ablehnung zu einem anderen Verleger zu gehen, war ich so geknickt, daß ich nicht weiterschrieb. Schließlich entwarf ich den Stoff als Theaterstück, zu dem ein neuer Verleger sagte: »Will ich!« Nun hatte dieses Jawort eine überraschende Wirkung auf mich. Nicht wie sonst raste ich fiebrig auf das Ende des Textes zu – hielt mich immer an alle Abgabetermine –, nein, ich zögerte, hemmte mich, bekam sogar nachts Schweißausbrüche, Angstanfälle und Verfolgungszustände. Ein Theaterstück mag noch so schlecht sein, es gehört als Gattung in den Bereich der Kunst, auch wenn es von A bis Z eine Klamotte ist. Und »Kunst« war mir verboten worden. Jahrelang arbeitete ich an dem Stück, unterbrach mich immer wieder für andere Projekte, verwarf Fassung um Fassung. Jahrelang suchte ich nach einem Verleger. Mit dem ersten war ich längst uneinig geworden. Jahrelang suchte ich nach Bühnen, die es aufführten. Dann führte es eine schließlich auf, und es hagelte achtzehn Verrisse.

Wenn ich das Stück aus meinem heutigen Abstand zu ihm betrachte, so sehe ich es als eine Anfängerarbeit, die das Publikum in normale Theaterspannung und sogar in thematische Aufregung versetzt hat, die aber nicht so schlecht ist, daß sie diesen Wust von Zögern, Schwierigkeiten und Verhinderungen verdient hätte. Sobald ich mit demselben Stoff das verbotene Gebiet »Kunst« verließ, klappte wieder alles, wie ich es gewohnt war. Aus dem Stück ein Drehbuch zu schreiben ging gut, und die Arbeit fiel mir leicht. Das Fernsehspiel – abermals Fernsehen! – wurde ein Erfolg: hohe Einschaltquote, vielmalige Besprechungen, grundsätzliches Lob.

Und was schrieb ich für Bücher in den zehn Jahren meines Trotzens gegen den Vater? War es Wissenschaft? Nein. Waren es Sacharbeiten? Nein. War es Kunst? Nein. Ich sammelte Fakten. Ich entwickelte gedanklich Neues. Ich baute künstlerisch auf. Ich schrieb schöne Sätze. Ich wollte es so machen, wie Peter Hacks es gesagt hat: Die Wissenschaft ist ein Handwerkszeug im Schrank der Kunst. Ich wollte künstlerisch arbeiten, wagte aber nicht, nur zu erzählen. Statt Erzählungen schrieb ich Erklärungen. Wenn ich Glück habe, werden diese Arbeiten eines Tages als ein neuer Stil gefeiert, denn im Erklären verbirgt sich das Wort »klären«. Es kommt von »klarmachen«. Aber wenn ich Pech habe, werden diese Arbeiten als Zeugnisse von Undurchdrungenheit vergessen sein, hervorgebracht von jemandem, der im Dazwischen steckengeblieben ist. Dazwischen ist der Dilettant. Er ist nicht Wissenschaftler, nicht Künstler, ist nichts eindeutig. »Sei nicht eindeutig!« Diese Botschaft, die Andreas bei seiner personellen Verwirklichung behinderte, hemmte mich bei meiner sachlichen. Mein Vater war Dilettant und wollte mit aller Macht, die er über mich hatte, daß ich ihm in diese Existenz hineinfolgte.

Ein anderes Problem quälte mich seit meiner Kindheit. Ich war komisch, nicht freiwillig – wie es wahrscheinlich kein Komiker ist. Ich war nicht nur komisch im Sinne von witzig, ich war sonderbar. Ich hatte nicht alle Tassen im Schrank – bei mir hieß das: in der Hose. Ich hatte keine sinnliche Ausstrahlung. Ich bemerkte das sofort, wenn ich Menschen begegnete. Ich versuchte, den Mangel mit Komik zu überdecken. Ich reizte die Menschen ununterbrochen zum Lachen, weil ich fühlte, daß ich sie sonst nicht reizen konnte. Als ich klein war, riefen Jungen mir »Zwitter!« nach. Mädchen kicherten »Eule!« und zeigten auf mich. Seit meiner Pubertät hatte mich irritiert, daß andere Jungen sinnliche Reize meterweit aussenden konnten. Solche Jungen wurden von den Mädchen begehrt. Als ich bei dem attraktivsten Mädchen der Klasse anklopfte, sagte das: »Nee, du, bei mir ist mit dir nichts drin. Halte dich mal an die da!« Ich war entsetzt, denn »die da« hatte auch keine erotische Wirkung.

Von Mädchen wurde ich nicht begehrt und von Jungen bedrohlich gehänselt. Ich tat ihnen nichts. Das war es. Sie ärgerten sich über meine Absonderlichkeit. Sie rotteten sich manchmal zusammen und stürzten sich auf mich, um mich zu verprügeln.

Ich war hübsch und kräftig gebaut. Alte Bilder zeigen es. Eine Nachbarin tippte beim Fleischer auf meine Beine und sagte:

»Mensch, Volker, du wirst ja doch noch ein Mann!« Ich war stark. Als ein Junge und ein Mädchen mich einmal so lange hänselten, bis mir die Geduld riß, fuhr ich über beide her, griff und wütete in sie hinein, schlug auf sie los, bis das Mädchen am Boden lag. Dann nahm ich den Jungen, drehte ihn um mich in der Luft herum und schleuderte ihn in die Gegend.

Ich stand vor dem Spiegel, jahrelang, und dachte: »Was ist mit mir los? Ich bin doch niedlich!« Die Fotos zeigen ein angenehmes, meist schönes Gesicht. Mein Körper war athletisch, hatte Flächen, Linien, Wölbungen und Schwellungen wie die Körper anderer Jungen. Warum flog kein Mädchen auf mich? Ich flog dauernd, aber lange Zeit vergeblich. Nur eine erwachsene Frau ließ mich an sich heran, sie galt im Dorf auch als komisch. Das Mädchen, mit dem ich mich siebzehnjährig zusammentat, ließ alle ran. Bei ihr war es keine Kunst. Sonst war alles umsonst, umsonst, bis ich über zwanzig war, und auch dann bekam ich meist nur ältere Freundinnen. Meine drei Beziehungsfrauen waren älter als ich. Eine sich verweigernde jüngere Freundin sagte später frech: »Auf mich hattest du nur Wirkung, wenn du Klavier spieltest!« Ich hatte Wirkung mit der Krücke Klavierspiel. Ich war ein Krüppel besonderer Art. Mir fehlte der Sende-, Reiz- und Balzapparat. Daß dieser Mangel einem Amputiertsein gleichkommt, sollte ich erst unter Männern begreifen. Frauen sind mit dem Geringsten zufrieden, und sie sind gnädig gegenüber Krücken. Ich hatte viele Krücken. Ich hatte das Wort als Krücke, die schreibende Hand. Meine Rede war Honiggesang. Ich hatte die konzentrierte Zuwendung, die therapeutische Erklärung, den flammenden Brief, die werbende Tat. Frauen finden Hände gut, Gespräche interessant, Perspektiven beeindruckend. Also erreichte ich endlich »Jas«. Als ich Schriftsteller wurde, war mein Beruf eine tadellose Krücke, die so gut saß, daß meine Amputation kaum mehr deutlich wurde. Die Frauen kamen von allein. Aber ich hatte das Gefühl, daß sie nicht von meiner erotischen Wirkung, sondern von meiner Tätigkeit angezogen waren. Es war interessant, mit mir zusammenzusein, nicht ich war umwerfend.

Männer haben keinen Sinn für erotische Krücken. Mein erster Mann, um den ich mich energisch bemühte, sagte kalt: »Du siehst aus wie ein Fisch. Werde erst mal so wie die Pariser Stricher!« Andreas begann mit »Schreckschraube«, die er auf mich zu gedacht hatte, als er mir zum ersten Mal begegnet war. »Was ist das alles: Eule, Zwitter, Fisch und jetzt Schreckschraube?« Ich hatte Arme, Beine, Nase, Stirn und Augen eines Mannes, aber die kamen weder bei Frauen noch bei Männern so an. Halb tot vor Neid und Scham war ich, wenn ich einen Mann erlebte, dem das gelang. Was? Arme, Beine, Nase, Mund und Augen vom Mann als männlich wirken zu lassen. Es geht nicht um die Rollenwirkung »Mann«. Ich kenne Männer, die Weibliches und Männliches in Gesicht und Gestalt haben und die trotzdem mit ihrer Ausstrahlung alle Menschen bebend an sich reißen.

Sinnliche Ausstrahlung war in meiner Familie verboten. Kein Mitglied hatte sie. Sie wurde an Menschen verlacht, bei Männern als »humorlos«, bei Frauen als »dumm« beschimpft. Das Madigmachen erotischer Reize an anderen war ein Manöver, das von der eigenen sinnlichen Erbarmungswürdigkeit ablenken sollte. Meine mich erziehenden Hauptpersonen wurstelten in einem Durcheinander von Frau-Mann-Wirkungen vor sich hin, das ich nur noch als Geschlechtssalat wahrnehmen konnte. Meine väterliche Großmutter war ein Neutrum, mein Vater eine Frau, meine Mutter ein Knabe, meine Tante und Zweitmutter, die Schwester des Vaters, war ein Mann. Infolge dieses Klaffens zwischen körperlichem Zustand und geschlechtlicher Wirkung bei meinen Altvorderen komponierte ich mich zum Zwitter. Aber warum hatte ich nicht die betörende Ausstrahlung eines Zwitters, die Männer wie Frauen hinreißt? Ich hatte sie manchmal, aber nur für Augenblicke, nach Musikhören, nach Räuschen mit geliebten Menschen – da ist sie umsonst, niemand braucht sie dann noch, vorher ist sie notwendig, um Menschen für gemeinsame Räusche herumzukriegen. Und ich hatte sie auch, wenn ich öffentlich redete. Manchmal konnte ich mich in aufgezeichneten Fernsehsendungen selbst sehen und war verblüfft von meinen Reizen. Der Mensch da hinter der Mattscheibe beeindruckte mich wie alle Leute im Land körperlich. Warum machte der Apparat etwas möglich, was jede Direktheit unter Menschen zusammenbrechen ließ?

Ich wurde bei meiner sinnlichen Entwicklung von meinen Eltern aufgerieben. Es begann damit, daß meine Mutter sich eine Tochter wünschte, als sie mit mir schwanger war. Nicht erklärtermaßen. Sie bestritt es sogar, hinterher einmal darauf angesprochen. Aber nachdem ich meine Mutter vierzig Jahre lang betrachtet und ihr Muttersein an mir erlebt hatte, kann ich sagen, daß sie mit Männern und Männlichem nichts im Sinn hatte. Einen Sohn konnte sie sich gar nicht wünschen. Sie wußte nicht, was ein Mann ist. Es gab auch keinen in ihrem Leben. Mein Vater als Frau ist nicht einmal eine Ausnahme. Es gab selbstverständlich keine Männer in ihrer Jugend. Die Familie sagte schnippisch, wenn sie die Frage beantwortete, ob meine Mutter je eine Berührung mit einem Vorgänger meines Vaters gehabt habe: »Es gab vor der Ehe mal einen Brief!« Ohne die Vaterfrau hätte meine Mutter nie geheiratet. Wäre mein Vater im Krieg gefallen, hätte sie wie Frau Andreas fortan allein gelebt. Aber Frauen rankten sich ihr um den Weg. Es gab Jugendfreundinnen, jahrzehntelang gepflegt. Es gab Lebensmitte-Freundinnen, und es gab Altersfreundinnen. Das Allerverwirrendste: Sie selbst war keine richtige Frau, sondern ein schwer faßbarer Junge, ein »gealterter Stricher«, wie Andreas sie spöttisch bezeichnete. Sie war von dem, was sich offiziell zwischen ihr und meinem Vater abgespielt hatte, wahrscheinlich so unberührt geblieben, wie es ein Stricher von den Tätigkeiten seiner Freier ist. Die Anziehung zwischen meinem Vater und meiner Mutter erfolgte auf unsichtbarem Wege umgekehrt, als sie es hätte auf sichtbarem sein sollen. Die Mann-Mutter begehrte den Frau-Vater. Was sich an den Mitten der Menschen abspielt, ist nicht das Wesentliche für eine Anziehung. Anziehung spielt sich ab zwischen verschiedenen Seelen. Es zieht sich die Verschiedenheit von Menschen an. Das Wort »homosexuell« (= das Gleiche liebend) ist ein Schabernak sonderwissenschaftsgleichen. Das eigene Geschlecht, das gleiche Geschlecht, liebt kein Mensch. Es liebt immer eine männliche Möglichkeit eine weibliche, und eine weibliche Möglichkeit begehrt eine männliche.

Die Verbindung meiner Eltern war entzückend, berückend, bedrückend, verrückend. Sie waren ein lebenslang haltendes Paar – vielleicht das letzte, das es geben wird –, zwar nicht Mann–Frau so herum, wie sie mir den Anschein gegeben hatten, aber dafür andersherum. Bis ins Alter hinein waren beide aufeinander erpicht gewesen. Das soll mal jemand nachmachen! Ihr erstaunliches Halten und Wollen lag daran, daß das heimliche Stiftlein meiner Mutter mit dem heimlichen Schlitzlein meines Vaters »Verwechsel dich« spielte und von dem Wunder »Verkehrt« niemand etwas wußte. Aber meine lieben schwebenden, schwankenden, uneindeutigen, unbestimmbaren Zwischenmenschen »Eltern« wollten trotz ihres seelischen Kauderwelschs, das zu keiner Norm der Gesellschaft paßte, etwas Bestimmtes, Eindeutiges, Genormtes von mir.

Meine Mutter wollte mich als Mädchen. Sie konnte mit mir als Junge nichts anfangen. Ich war ein Junge, war schon früh – nach meinem zweiten Lebensjahr – aufkeimend frech. Ich spielte mit anderen Jungen Fußball, ich kletterte auf Autofriedhöfen herum und ging auf böse Truthähne los. Ich kannte das Gefühl »Angst« nicht, hatte es nicht in Wäldern, nicht in der Nacht, nicht vor Tieren und nicht vor Erwachsenen. Ich verdrosch meinen Vater, als er es wagte, mir meine Mutter vor meinen Augen wegzunehmen. Wenn er mit mir und meinen Freunden »Oller Opa« spielte, sich greisenhaft gebrechlich stellte, benutzte ich die Gelegenheit und schlug mit einem Stock so heftig auf ihn ein, daß er das Spiel mehrmals abbrechen mußte und schließlich nicht wiederholen konnte. So wollte meine Mutter mich nicht, sie zog sich zurück, und ich mußte nachziehen und zart, einfühlsam und lieblich werden. Nach meinem vierten Lebensjahr brach ich meine Jungenentwicklung ab. Und alsbald trug ich die Kleider der Mutter, trat mit ihnen auch öffentlich auf, zu Faschingszeiten und in selbst erdachten Theaterstücken. Das machte ich gern und von selbst. Meine Mutter hat mich nie dazu angehalten oder nur davon gesprochen, daß ihr das Spaß bereitete. Die Botschaften sprechen immer ganz leise.

Ich wuchs zum jungen Mädchen heran, wanderte mit anderen Mädchen durch die Gegend. Die Jungen im Dorf schrien mir die nächste schlimme Bezeichnung nach: »Weiberhengst!« Ich war etwas anderes, eine »falsche Sängerin«. Ich schrieb in meinem elften Lebensjahr ein Stück, das ich »Die falsche Sängerin« nannte. Ich trat als Frau auf, spielte eine Sängerin, die Geliebte eines Fürsten, dargestellt von einer Mitschülerin! Das Verlobungsabendkleid meiner Mutter am Leibe und die abgeschnittenen langen Haare meiner Cousine auf dem Kopf – von meiner Großmutter zu einer Perücke als Haar-Hut-Kombination gebastelt –, trällerte und spielte ich eine Stunde lang, tobte mein unwirkliches Frauendasein vor den verblüfften Mitschülern und Lehrern aus. Am Schluß riß ich mir die Haubenperücke vom Kopf. Es kam heraus, daß ich ein tapferer Junge war, der den Fürsten entlarven, aushorchen und entthronen wollte. Er mußte nach dem Skandal abdanken.

Ich schrieb noch mein erstes Buch, »Der Untergang des Mannes«, als Mädchen. Kein Mann konnte verstehen, daß es von einem Mann geschrieben worden war. »Der Untergang des Mannes«! – jetzt kommt es mir erst richtig zum Bewußtsein. Der untergegangene Mann war ich, der kleine Junge Volker, der in der Mutterbotschaft, »Sei mein Mädchen«, untergegangen war.

Ich war für die Mutter nicht nur Mädchen, ich war für sie auch noch reizloses Mädchen. Das Trachten meiner Kindheit entsproß dem Keim: der Mutter zuliebe. Meine Mutter hatte als Frau die erotische Ausstrahlung eines Blattes Papier. Das Dorf, in dem wir lebten, konnte sich nicht vorstellen, daß sie mich empfangen und geboren hatte, so unerotisch wirkte sie. Ich wollte sie nicht kränken mit sinnlicher Wirkung meinerseits. Nicht kränken und nicht reizen. Wer weiß, wie stark ihr Drang nach Frau gewesen war! Ein sinnlich schwellendes Mädchen hätte sie gestört, aufgestört in ihrem Unwissen von sich selbst. Sie brauchte Ruhe für ihre vielen Krankheiten, mit denen sie sich aus ihren Konflikten mit meinem Vater zurückzog. So wurde ich für meine Mutter Betschwester.

Kaum hatte ich mich verweiblicht, konnte meine Mutter ihre unausgelebte Wut über ihre eigene Mutter an mir abreagieren. Nicht nur körperlich wurde ich ihrer Mutter ähnlich, ich muß ihr auch mit meinem weiblichen Verhalten nahegekommen sein. Der Lohn für meinen Jungenabbruch war nicht Liebe, sondern Rache. Das, was die Eltern vom Kinde wollen und von ihm bekommen, bestrafen sie an ihm auch noch. Meine Mutter kam ihrer Mutter, wie ich fühlte, von Jahr zu Jahr näher und näher. Mich schob sie dafür ab von Entfernung zu Entfernung, zuerst in die körperliche, dann in die seelische und zuletzt in die geistige Unbegreiflichkeit hinein.

Das Training meiner Seele, den Wünschen meiner Mutter entgegenzukommen, hatte verheerende Folgen für meine Beziehung zu Andreas. Da ich ihn als Mutter wahrnahm, wurde ich immer weiblicher und reizloser, je mehr ich um ihn warb. Ich wurde Tante. Andreas begehrte aber Männer. Meine Vertantung stieß ihn ab. Wie ursprünglich zu meiner Mutter, so war ich nachträglich zu Andreas: verständnisvoll, gut, zurückhaltend, bescheiden, weich, zart, demütig, unaufdringlich, unattraktiv. Rückte er von mir weg, rückte ich ihm nach mit Aufhellungsreden und Pflege- und Heilungsbemühungen. Je unbarmherziger er mir seinen Trieb auf andere Männer vorexerzierte, um so barmherziger wurde ich, um so tiefer rutschte ich in die dienende Funktion, in die Selbstlosigkeit hinein. Und je weiblicher ich wurde, um so ähnlicher wurde ich seiner Mutter, um so mehr konnte er seinen Haß auf sie umlenken auf mich.

Als Ergebnis seiner Entziehung stand fest: Das Mädchen Andreas wollte das Mädchen Volker nicht mehr haben. Wenn ich es schaffte, den Knaben Volker unter der Mädchenhülle hervorzulokken, so wie ich am Schluß meines Stückes den Frauenhut der falschen Sängerin abwarf, dann würde das Mädchen Andreas vielleicht nicht mehr zu fremden Knaben laufen. Aber wie das machen? Solange ich in einem Energiekreislauf mit meinen Eltern verbunden bin, ist es mir unmöglich, die Entwicklung zum Mann mit der Vorstufe des Knaben zu durchlaufen.

Ich wurde reizlose Jungfer, nicht nur um den Botschaften meiner Mutter nachzuleben, sondern auch beim Entgegenwachsen auf meinen Vater zu. Mein Vater wollte mich als Jungen. Das nützte mir aber nichts. Auch von seiner Seite kamen nur Irritationen, die mich in meiner Entwicklung zum Mann behinderten. Zum Mann entwickelt sich ein Junge nicht im beziehungsleeren Raum. Er richtet sich in der Regel nach den Männern aus, die um ihn sind. Um mich war nur mein Vater. Und mein Vater war kein Mann, sondern eine Dame in Herrenmontur. Ich identifizierte mich mit ihm nach Kräften, die mir nach dem Mutter-zu-Willen-Leben noch übrigblieben, und wurde zu einer kleinen Schwuchtel. Mit wem konnte ich mich denn identifizieren? Mit einem mutteridentifizierten Muttersohn, was hieß, mit einer Frau. Wie der Vater werden bedeutete für mich, wie meine Großmutter zu werden. Durch seinen Umgang mit mir unterstützte er das, was die Jungen im Dorf als Oma-Zimperlichkeit verlachten und was auch ihm Anlaß war, auf mir herumzuhacken. Er war außer sich darüber, daß ich mich ins Mädchen verwandelte. Er wollte mich als draufgängerischen Jungen haben. Boxen sollte ich und Fußball spielen. Er hätte mich gern Autos reparieren sehen und in Keilereien verwickelt angetroffen. Meine Zurückhaltung und die Fischigkeit meiner Ausstrahlung machten ihn böse. Der Vater war eine einigermaßen erotisch wirkende Person, für die ich nicht wie für die Mutter meine Reize hätte abstellen müssen. Im Gegenteil, er lauerte auf meine Sinnlichkeit, die noch mühsam hervorbrach. Ich spürte, daß er mich begehrte. Er schien manchmal von mir berauscht zu sein. Wenn er mich umarmte, hielt er die Luft an. Er tätschelte mich an den Händen und im Gesicht. Plötzlich unterbrach er ein Gespräch, weil er sich gedrängt fühlte, mich zu berühren. Er tat das auch noch, als ich erwachsen geworden war. In meiner Jugend bemächtigte er sich meiner oft, um mich zu schütteln, faßte mir tief in den Rücken hinunter in meine Spielhose hinein. Ich versuchte, vor der Geilheit meines Vaters zu fliehen. Wohin? Ich konnte auf die Dauer seinem Einflußbereich nicht entkommen. So mußte ich an mir selbst eine sinnliche Abschrekkung entwickeln, vergleichbar einem Totstellreflex, um mich der Zudringlichkeit des Vaters zu erwehren. Ähnlich wie die deutschen Frauen nach 1945 sich aus Angst vor den russischen Soldaten alt und reizlos machten, versuchte ich, vor meinem Vater alles zu verstecken, was ich hatte. Ich umhüllte meine aufkeimenden männlichen Formen in hängenden Blusen und sackhaften Hosen. Und ich stoppte meine sinnliche Ausstrahlung durch eine unsichtbare Haut, die ich mir überzog. Mit dieser Haut wuchs ich in die Schreckschraube hinein. Die deutschen Frauen konnten sich nach der Verstellung wieder abschminken und umkleiden. Mir saß der Abwehrreflex fest. Er hat sich meiner Ausstrahlung beigemischt. Einmal gegen meinen Vater eingerichtet, wirkt er gegen alle Männer. Meine Reizlosigkeit fällt erst von mir ab, wenn ich vor vielen fremden Menschen rede. Sowie ein einzelner Mann auf mich zukommt und nach meinen Fernreizen fassen will, zieht sich meine Unnahbarkeitshaut vor ihm hoch. Von nahem wirkt wieder mein Totstellreflex. Senden kann ich nur in die Weite, in einer Fernsehsendung.

Der erotische Reizapparat hat sich bei Menschen nicht nur als ein Lock-, sondern auch als ein Bindemittel herausgebildet. Wer ihn nicht in der anziehenden Weise wirken lassen kann, stößt Partner ab. Viele Schauspieler, vor allem Filmschauspieler, am meisten unter ihnen diejenigen, die mit ihrer erotischen Ausstrahlung arbeiten, leiden unter einem ähnlichen Problem, wie ich es an mir mit dem Abwehrreflex festgestellt habe. Von weitem auf der Bühne oder über die Verfremdung der Technik haben sie sirenenhafte Ausstrahlung, die alle Menschen auf sie zutreibt. Von nahem stoßen sie sie ab. Romy Schneider und Marlene Dietrich zum Beispiel wurden auf der Straße nicht erkannt. Marlene wirkte nur in einem besonderen Scheinwerferlicht. Romy wollte sich nie sehen, so wenig liebte sie sich selbst. Unzählige Stars scheitern, wenn sie versuchen zu lieben. Sie reizen von fern, können an einem einzelnen Menschen aber nicht haften. Sie müssen sich auf Alleinsein einrichten oder auf sich wiederholende Partnerprobleme. Viele bringen sich um.

Was blieb mir möglich? Was konnte ich werden zwischen den sich widersprechenden Elternprogrammen, für die Mutter Betschwester, für den Vater Lustjunge? Manchmal dachte ich, ich müßte zerreißen wie der Freund, der sich aus den Pfarrerwünschen des Vaters und den Lebemannbotschaften der Mutter nicht in eins bekommen konnte. Wenn ich mein Leben nicht in Anstalten zubringen wollte, mußte ich aus den Extremen etwas mischen. So komponierte ich aus Lustjunge und Betschwester einen Bettengel, nicht den, der sein Leben fast ausschließlich *in* den Betten von Frauen und Männern verbringt, sondern einen, der *über* den Betten hängt, der Frauen und Männer segnet und aufmunternd beschaut. Wie sieht solch ein Überbettengel aus? Süßgesichtig, lockenumkränzt, lächelnd, schwellgliedrig, saftbackig. Es fehlt sein Stäbchen. So kann er Junge sein oder Mädchen.

In einem Traum sah ich einmal meinen Stab sonderbar zugepackt. Auf seiner ganzen Länge waren Pappringe über ihn gestülpt, von der Wurzel bis zur Spitze war er wie ein Spieß mit Schaschlikscheiben vollgesteckt. Solche flachen Pappscheiben hatte ich manchmal tagsüber für die Anfertigung von Wollbommeln benutzt. Meine Großmutter hatte mir die Bommelherstellung beigebracht. Zwei runde Pappscheiben, in ihrer Mitte ein rundes Loch, werden aufeinandergehalten und danach Wollfäden um sie gewikkelt. Sind die Scheiben mit Fäden dick voll, wird die Wolle am äußersten Rand durchgeschnitten, werden die Fäden mit einem unzerreißbaren Stück Garn zusammengebunden und die Scheiben entfernt. Die Bommeln werden so groß, wie die Scheiben breit sind. Und ihre Dicke richtet sich danach, wie oft die Pappe umwikkelt wird.

Anstatt Stäbchen zu spitzen mit Jungen, betrieb ich Bommelbinden mit Müttern. Später nun sitzen nicht nur zwei, sondern viele Pappscheiben auf meinem erwachsenen Stab, der im Traum auf eine Muschel zugerichtet war, sie aber nur berührte, nicht in sie eindringen konnte. Ich war über diesen Traum beunruhigt, klagte, daß ich so behindert niemals eindringen könnte. Der Analytiker sagte frohgemut: »Was wollen Sie denn?! Sie berühren die Frau ja noch!« Berühren! Um Reinstecken geht es beim Mann, um sonst gar nichts! »Es kommt auf das Bewußtsein an«, sagte Andreas gefährlich kalt auf mein Problem zusteuernd. Und Bewußtsein hatte ich nur an der Spitze und an der Wurzel. Die Länge meines Ein und Alles war mit Mutter-Vater-Pappen zugemacht – taub die schönen Zentimeter Hervortretung, den Eltern geweiht.

Die Frauen waren mit dem Berühren, mit meinem Stabspitzenbewußtsein, zufrieden. Sie begannen, mich allmählich zu verfolgen, weil sie heute nicht mehr dieses Ein- und Ausgestoße, die Volles-Rohr-Bandbreite »Mann«, ertragen wollen. Für Männer, besonders für die, die sich nach dem Stab ausrichten, ist das anders. Bei allem Mann-bei-Mann, auch wenn es nicht ins Bett führt, gilt nur der Stab, kommt es darauf an, wie jeder einzelne Mann ihn mit seinem Körper, seinem Verhalten und seinem Werdegang sichtbar macht. Andreas bedankte sich denn auch schließlich für meine Bemühungen. Durch seine Gegenwart kamen alle meine Verlegenheiten unter den Mutterröcken zum Vorschein: »beschnitten«, »vorbehäutet«, »amputiert«. Und nun das Schlimmste: Des Mannes Ort der Orte war bei mir eine pappig vollgekleisterte Attrappe, die, wenn der Traum recht hatte, nicht einsatzbereit war.

Am Anfang meiner Verbindung mit Andreas war mir ein kleiner Befreiungsversuch mehr widerfahren als bewußt gelungen. Es geschah in unserer Zwischenzeit – während der wir in meiner alten Wohnung lebten – nach den drei Wochenenden in seiner Stadt und vor dem Umzug in unsere gemeinsame Stadt. Wir wandelten ohne Problemschatten verliebt in einem Park. Plaudernd, schauend, vermischungsheiter atmeten wir oft tief durch, schritten eine Brücke über einen Bach entlang, als ich in meinem frohen Gemüt belästigt wurde von einem Haßanflug gegen Andreas. Das schlechte Gefühl sprang über mein Herz, fing an zu brennen, wurde immer schmerzhafter. Ich begann zu schwanken, wollte es niederkämpfen. Es ging nicht weg. Ich dachte verwirrt.: »Wieso Haß jetzt? Was hat mein Lieber mir getan? Da stimmt was nicht! Das Gefühl ist falsch. Andreas, ich hasse nicht dich, ich hasse meinen Vater!« Der Schwindel legte sich nach dieser Gedankenkorrektur. Wir hatten das andere Ufer des Baches erreicht, da kam der Drang in mir hoch, meine Armbanduhr in das fließende Wasser zu werfen. Ein neuer Kampf riß mich hin und her: »Soweit kommt es noch, Werte zu vernichten! Das lasse ich nicht zu! Die Seele kann sich anderweitig schlichten.« Aber der Drang, mir die Uhr vom Arm zu reißen, hörte nicht auf. Deutlich fühlte ich: Du bekommst den Haß auf Andreas erst los, wenn du die Uhr wegwirfst. »Warte mal«, sagte ich zu ihm, lief ein paar Schritte zur Brücke zurück, streifte mir das dehnbare Metallband vom Arm und warf die Uhr im hohen Bogen in das Wasser. Sofort verließ mich das Haßgefühl gegen Andreas, auch das gegen meinen Vater verschwand. Gereinigt, geläutert und erfrischt wie nach einem langen tiefen Schlaf ging ich neben Andreas und hatte nie wieder eine so unberechtigte Stichflamme Haß gegen ihn in mir bemerkt.

Die Armbanduhr hatte mein Vater mir geschenkt. Er hatte das auf eine merkwürdige Art getan, hatte sie nicht auf den Geburtstagstisch gelegt, sondern plötzlich meinen linken Arm ergriffen und mir die Uhr mit einer bestimmenden Eindrücklichkeit übergestreift. Es war ein paar Jahre, bevor ich Andreas kennengelernt hatte, zu einer Zeit, da ich von Stab und Ring noch nicht viel wußte. Und doch hatte mich diese Geste überrascht. Dunkel hatte ich sie als erotisch wahrgenommen. Verlobte streifen einander Ringe über. Der Ring des Vaters um den Stab des Sohnes – symbolisiert im Armband um mein Gelenk. Bis Andreas mir eine neue Uhr zum Geburtstag schenkte – sein erstes und für lange Zeit einziges Geschenk –, war mein Arm für ungefähr ein Jahr lang frei. Der Vater bemerkte das sofort, fragte immer wieder nach der Uhr, und ich erfand jedesmal einen anderen Grund für ihr Fehlen. Als ich die neue Uhr von Andreas trug, war der Vater zufrieden, denn er erinnerte sich nicht mehr an das Modell, das er mir geschenkt hatte. Durch den Wegwurf der Armbanduhr wollte ich mich symbolisch vom Ring des Vaters befreien. Wahrscheinlich war mir nicht mehr gelungen, als eine der vielen Pappscheiben vom Stab abzubekommen.

Mit den Eltern verbunden, bin ich fortgesetzt verdammt, Bettengel zu sein, mein Dasein ohne Stab zu verbringen oder ihn mit einer Pappverschalung eingeschlossen zu haben, was im Effekt das gleiche bedeutet. Zu dieser Charakteristik passend verhalte ich mich auch. Ich achte nicht darauf, selbst mit Menschen Lust zu haben, sondern helfe ihnen dabei, Lust mit anderen zu bekommen. Wenn ich meine Bücher genau anschaue, so sind vier der fünf aus der Position des Bettengels geschrieben. Sie sind aus der Absicht verfaßt worden, den Deutschen das Lieben zu verschönern. Anstatt meine eigenen Liebesprobleme zu lösen, kümmerte ich mich um die anderer Leute. Dieser Umweg heilte mich weder – wie Umgehungen nie heilen –, noch war er in der Sache erfolgreich. Lust ist in Deutschland kein Thema. Mit ihr, das heißt, mich um sie kümmernd, kann ich nie in das Bewußtsein der Deutschen eindringen. Und als Bettengel kann ich sowieso nicht eindringen. Flattern und wedeln konnte ich – fast so schön reden, wie ein Kastrat singt. Bei meinen Vorträgen beobachtete ich die Menschen. Zurückgelehnt waren sie, die Augen manchmal geschlossen, entrückt meiner Stimme hingegeben, aber nicht auf der vordersten Stuhlkante sitzend, geistig aufgerissen von meinen Gedanken.

Mein Vater hielt aus Anlaß seiner silbernen Hochzeit mit meiner Mutter eine Rede auf sich, seine Frau und seine Ehe. Das Motto war: »Glücklich, aber unzufrieden.« Ich konnte den Zusammenhang von Glück und Unzufriedenheit nicht verstehen. Er beunruhigte mich, und ich habe sein Verhängnis erst jetzt erkannt. Für mich war es unbegreiflich, wie jemand glücklich und doch unzufrieden sein konnte, denn wenn ich glücklich war, war ich zufrieden. Und Zufriedenheit war mein Glück. Ich tastete mich auf den Widerspruch zu, indem ich versuchte, Glück als etwas Allgemeines zu unterscheiden von Zufriedenheit als etwas Besonderem. Glück war die Erfüllung der Norm, Zufriedenheit die persönliche Verwirklichung. Der Norm nach hatte mein Vater glücklich zu sein. Er stand in einem angesehenen Beruf, der ihm Sicherheit gab. Er führte eine treue Ehe, unangefochten lebenslänglich. Er hatte zwei gesunde Söhne gezeugt. Das alles muß ein normaler Mann machen. Es soll sein Glück sein. Ob er damit zufrieden wird, ist eine andere Frage. Mein Vater war damit nicht zufrieden. Er liebte seinen Beruf nicht. Und sein intimes Leben entsprach nicht (ganz) seinen Triebbedingungen. Ich habe ein Empfinden von Solidarität mit dem Mann, der in beiden Bereichen, die einem Menschen den Seelenfrieden geben können, nicht zufrieden war. Ich mühe mich in meinem eigenen Leben für andere und für mich selbst, daß dieser Unfrieden, der die Menschen jagt und mürbe macht, sich nicht mehr von Generation zu Generation fortsetzt. Mein Vater war, solange ich ihn kenne, von einer seltsamen Unruhe ergriffen. Er wurde erst ruhiger, als er in die Pension kam, die ihn aus seiner ihm Unbehagen bereitenden Arbeitslage herausholte. Der zweite Grund seines Unfriedens wurde durch das Rentendasein nicht behoben. Als der Vater einmal nicht aufhören wollte, mich mit der Forderung nach Enkeln zu drangsalieren, fuhr ich ihn wütend an: »Du willst nur neue Spielpuppen haben. Die kannst du dir selbst erzeugen, von der Straße holen oder adoptieren!« Er schaute einen Augenblick lang so listig, wie er über die spanische Wand geschaut hatte, wenn er prüfen wollte, ob er der Mutter mit oder ohne Bademantel überm Paravent beiwohnen konnte. Mit dem Wort »Spielpuppe« hatte ich ihn geschont. Es ging ihm bei den Enkeln um neue Lustknaben, aus deren Position seine Söhne langsam herauswuchsen.

Ich habe Mitgefühl mit einem Mann, der sich hauptsächlich mit seiner Mutter identifiziert hat, es tun mußte, weil sie die starke, führende Persönlichkeit in der Ehe seiner Eltern war. Sie bestimmte nahezu alles, was in der Familie geschah. Sie war nicht nur Bildhauerin, sondern auch Architektin. Sie baute für die eigene Familie zwei Häuser und entwarf und konstruierte für Verwandte und Bekannte immer mal wieder ein Eigenheim. Der Vater des Vaters war schemenhaft, weder in Tat noch in Geist herausdringend. Er wird beschrieben nach Verhaltensmustern, die für Frauen angelegt werden: schön, liebenswürdig, zu allen Menschen gleich freundlich. Die Identifikation meines Vaters mit seiner Mutter verlief aber nicht so ausschließlich und funktionierte nicht so exakt, daß sie ihn in seiner Triebausrichtung leiblich an männliche Menschen herangeführt hätte. Der Vater litt unter einem Normdruck, der seine Familie seit Generationen beherrschte. Außerdem hatte ihm sein Vater die zielgehemmte Leiblichkeit mit Sohn vorgemacht. Schon der Großvater wird den Vater begehrt haben. Es gibt da Vater-Sohn-Fotos mit heikel nah-innigem Leib-an-Leib-Beieinander. Mein Vater sah als Kind und junger Mann entwaffnend süß aus, ungebremst lustknabenhaft lockend. Aber für Vollzug auf diesem Gebiet war sein Leben nicht steil, nicht eindeutig genug. Wie Frau Andreas ihr Auto in der Mitte der Straße parken möchte, so pendelte sich mein Vater im sinnlichen Dazwischen ein. Es gelang ihm, sich mit seiner knabenhaften Frau und zwei von ihr ihm geborenen Lustjungen trotz seiner männergetönten Triebbedingungen über Wasser zu halten. Für uns drei, meine Mutter, meinen Bruder und mich, war sein dramatischer Balanceakt sinnlicher Unzufriedenheit ein Kampf um leibliche und seelische Gesundheit. Meine Mutter versuchte mehrmals, mit lebensgefährlichen Krankheiten von der Szene abzutreten. Sprachlos verfolgte ich oft, wie blitzhaft mein Vater ihr gegenüber aggressiv werden konnte. Ich bezweifle, daß er mit ihr in echter Triebzufriedenheit gelebt hat, da er immer wieder unerwartet auf sie niederzeterte. Wenn sie im Auto neben ihm saß und einen Stadtplan nicht richtig und nicht schnell genug öffnete oder die Straße nicht fand oder wenn sie ihn etwas Unangenehmes fragte oder in der Wohnung etwas machte, was ihm nicht behagte, trampelte er mit den Füßen, zischte durch die Zähne und fluchte, teilte Befehle wie Schläge aus. Nur die Zugehörigkeit zur Oberschicht hinderte ihn daran, während seiner Wutausbrüche auf meine Mutter einzuschlagen.

Für mich war es immer wieder überraschend, abwechselnd seine Glut und seine Wut auf mich gerichtet zu erleben. Er zog mich an sich heran, sog mich in sich ein, koste entflammt meinen Körper, traktierte ihn ein anderes Mal, ziepte mich an den Haaren bei der empfindlichen Stelle über dem Ohr, schubste und boxte mich, peinigte mich seelisch mit Befehlen und kleinen Gehässigkeiten. Alle meine Mädchen schlug er mir aus. Schon als ich fünf Jahre alt war und mit ihm sonntags morgens noch im Bett lag, ihm erzählte, daß Karola Franz mich heiraten wollte, sagte er: »Nimm die nicht! Die wird mal dick und häßlich, das sehe ich ihr an ihren Sommersprossen jetzt schon an!« Nach seiner Entdeckung meines ersten Kontakts zu einem Mädchen, von dem er durch die Lektüre meines Tagebuchs erfahren hatte, fuhr er auf mich hernieder wie Väter auf ihre Söhne zu Schillers Zeiten. Gegen ein anderes Mädchen, dessen samtener Leib mit Apfelgesicht und schwellenden Formen mir einen Rausch entlocken konnte, kaum daß es sich auf meinen Schoß gesetzt hatte, lästerte er fortgesetzt. »Die ist zu dumm für dich!« war seine Summe gegen meine Begierde. Meine Hawaiimädchen-Cousine, die in meiner Nähe aufwuchs und mit der mich eine körperlich innige Beziehung verband, mochte er nicht. Unser Toben, Rangeln, Wurgeln, Kitzeln und Heftigwerden machte ihn gereizt und eifersüchtig. Wenn er uns überraschte, trieb er uns auseinander.

Die Unzufriedenheit des Vaters warf mich in einen Teufelskreis. Zu der Herausbildung der von ihm geforderten Jungenhaftigkeit gehörte ein freier Stab. War ich dabei, mit Mädchen ihn ein bißchen einzuüben, pfiff er mich zurück, sterilisierte mich aufs neue. Ohne Stabbewußtsein kann kein Junge männlich strahlen. Auf meinen

Stab war mein Vater von früh an eifersüchtig. Entweder ich sollte keinen haben, oder er wollte ihn für sich. Durch die Vorhautoperation in meinem fünften Lebensjahr, die ich wie eine Kastration empfand, war ich für Jungen erledigt. Kurz danach begann die Zeit des Stiftezeigens. Freunde und Fremde lachten sich schief, als sie meine trichterlose Nudel zum Vorschein kommen sahen. »Verstecken, bloß verstecken, alles Rudelwasserlassen vermeiden«, so zitterte ich mich über die Hordenjahre hinweg.

Dem Vater war beides nicht recht: Meine Jungenhaftigkeit beunruhigte seinen Trieb. Er mußte sie niederhalten. Meine Mädchenhaftigkeit beleidigte seinen Drang nach Männlichem. Er wollte sie hochgehen lassen. Blieb mir immer wieder nur der harmlos anregende Bettengel, der selber nichts kann, nicht fliegen – seine Flügel sind viel zu klein –, nicht stäbeln und nicht (weg)laufen. Garnieren darf er, das Leben der Eltern schmücken. Das Kind als Oblate von Vater und Mutter – das ist seine letzte Funktion auf dem langen Weg seiner Knechtschaft.

Als meine Freundin Isolde auftauchte, begann es mir zu dämmern, wie sehr ich erotisch in meinem Vater verfangen war. Sie war die schönste von allen meinen Frauen. Es gab keinen Mann, den ich nicht mit ihr überraschen konnte. Sie hatte in Gesicht und Gestalt allen zärtlichen Ausdruck, um vereinende Brücken zu schlagen zum nächsten Menschen. Sie war ungeniert, streichelte mich manchmal vor den Augen meines Vaters. Er wurde rot. Das hatte ich noch nie gesehen, den Vater erleuchtet von der Eifersuchtsflamme! »Frau, Frau! Endlich bringe ich Frau! Vom Bettengel bekommt er vielleicht wider Erwarten Enkel!« Darum ging es ihm in Wirklichkeit nicht. »Hase und Igel« spielen wollte er mit seinem Sohn, ihn jagen mit irrsinnigmachenden Programmen und ihn zusammenbrechen lassen unter der Gewalt seiner Unzufriedenheit. Auch die schönste Frau meines Lebens konnte er nicht leiden. Als ich ihn beobachtete, wie er sich in den ersten Augenblicken der Begegnung mit ihr verhielt, dachte ich: »Er liebt ja gar keine Frau, nicht eine einzige!« Isolde hatte ein mannbebenlassendes Kleid angezogen und einen Hut dazu gewagt. Sie war langsam auf meinen Vater zugegangen. »Ihre Marlene-Dietrich-Beine müssen ihn umhauen, und ihre Brüste und ...« Ich hatte Herzklopfen wie am ersten Tag mit ihr. »Er hat doch Zeit, sie zu betrachten! Aber was macht er? Er sieht nicht hin!« Und als er sie anschaute, bemerkte er nichts, erschroffte sich vor ihr mit einer Kette von Beleidigungen. Ihm fuhr sofort Haß gegen sie heraus, den ich ihm noch jahrelang anfühlte, obwohl er ihn später geschickt hinter ranzigen Höflichkeitsfloskeln verbarg, und der ihm erst abschwoll, als Isolde und ich uns trennten.

»Also gut, Mädchen und Frauen nicht. Also liebe ich Männer!« Ich bin dem Vater dankbar, daß er mir die Begierde auf den männlichen Menschen beigebracht hat, denn mit dieser Fähigkeit mache ich Politik. Mit der Wiedergewinnung der sinnlichen Leiblichkeit unter Männern will ich das Patriarchat abschaffen, diese miese Männer-Hose-Jacke-Sauerschweiß-Tod-Kumpanei. Mein Vater ließ es aber nicht damit genug sein, mir die Lust unter männlichen Menschen beizubringen, er richtete zugleich ein schweres Verbot der Männerliebe in mir auf. Alles brandmarkte er, was auch nur in ihre Nähe kam: »Der ist falsch veranlagt!« »Vorsicht, der ist homosexuell!« »Der ist ein Hundertfünfundsiebziger!« »Paß auf dich auf, der will was von dir!« »Werde nur ja kein Bühnentänzer!«

Bühnentänzer? Ungefragt hatte mein Vater immer mal wieder die Geschichte vom »Bühnentänzer« erzählt. Als er Soldat gewesen war und eines Tages Mann bei Mann in Reih und Glied gestanden hatte, sollten er und alle Aufgestellten schnell vortreten und ihren Beruf herausschreien. Kurzlautig hämmerte er die Antworten der Männer nach: »Lehrer! Monteur! Schneider! Ingenieur! Schuster! Koch ...« Plötzlich war da einer vorgetreten ... »Ach, was sage ich, getreten!« winkte mein Vater ab. »Geschwebt ist er und sagt ..., was heißt ›sagt!‹, säuselt: ›Büüüühnentänzer!‹« Geschauert hatte es meinen Vater, und das noch viele Male danach. Er drehte und schwenkte beim Wort »Bühnentänzer« seinen Körper hin und her, verschiefte seinen Kopf und skizzierte mit seinen Armen und seinen Händen eine Anzahl von Gesten, als ob der Tänzer mit der Nennung seines Berufes zugleich einen Gebärdenkatalog einer Ballettstunde geliefert hätte.

»Geh nicht so weibisch!« paukte der Vater mir immer wieder

ein. Scharf sagte er vor der Einsegnung mehrmals: »Achte darauf, halt dich gerade! Arme nach unten! Und vor allem, geh nicht wieder so weibisch!« Ich weiß nicht mehr, wie ich von meinem Stuhl zum Altar der Kirche gekommen bin, rutschend, schleichend, mich drehend und voranschiebend. Noch am Ende der Einsegnung zitterte ich vor Angst um das Gehen, war erschöpft von der Anstrengung beim Gehen. Es waren nur vier Sekunden, daß die Blicke der Gemeindemitglieder auf mein Gehen gewendet sein konnten. Und doch zermarterte ich mein Hirn: »Was heißt das nur, ›weibisch‹? Vielleicht das gleiche wie ›Bühnentänzer‹? Aber ich mach' das doch nicht freiwillig, das Weibischgehen! Wie gehe ich richtig?«

Mit dieser Frage schließe ich das Mitleid mit meinem Vater ab. Er hat mich durch das widersprüchliche Doppelt seines Verhaltens und seiner Befehle beinahe in die Anstalten gebracht. Ich wechsele über zur Solidarität mit den Opfern solcher elterlichen Verhaltensweisen. Plötzlich kommen die Folgen ans Licht: Ein Mann reißt auseinander, muß hinter Mauern. Immer heißt es dann: »Er war bisher unauffällig!« »Er war nur freundlich!« »Er war so hilfsbereit!« Ich konnte ausweichen zu meinen zwei Nebenmüttern, meinen Nachbarinnen, zu denen ich mich eine um die andere Nacht gestohlen habe, nur um mit Hilfe ihrer Eindeutigkeit meine Seele wieder zusammenzubinden, die mir mein Vater am Tage mit seiner Zweideutigkeit zu zerreißen drohte. Die Söhne landen nicht nur in den Anstalten. Sie laufen auch plötzlich Amok, töten nach jahrelanger Unauffälligkeit aus heiterem Himmel ihre Frau, ihre Kinder und sich selbst. Sie tun das meist in einem Alter, in dem ich jetzt bin, Ende Dreißig, Anfang Vierzig. Das ist die Zeit, in der das innere Reißen zur Oberfläche durchbricht.

Mein Vater wollte, daß ich so unzufrieden würde wie er, daß auch ich an meinen sachlichen und persönlichen Interessen vorbeilebte. Außerdem sollte ich für ihn griffbereit sein, ich, eines seiner begehrten männlichen Triebobjekte. Ich sollte wie er mit einer knabenhaften Person zusammenleben, verpackt in den Körper einer standesamtlich geheirateten Frau, sollte drei Häuserblocks von ihm entfernt wohnen und zwei Jungen zeugen, an denen er fortsetzen konnte, was mit mir vielleicht aufhörte, wenn ich fünfzig werden würde.

Wenn ein Schuhmacher ein zufriedener Schuhmacher ist, wird sein Sohn in der Regel wieder Schuhmacher. Ist der Schuhmacher ein unzufriedener Schuhmacher und wäre er gern ein Schneider, wird der Sohn wahrscheinlich Schneider oder ein noch unzufriedenerer Schuhmacher, als sein Vater gewesen ist. Wir können uns nur mit dem identifizieren, was die Eltern wirklich sind und wollen, nicht mit dem, was sie zu sein vorgeben oder zu sein scheinen. Mein Vater war ein heimlicher Künstler und ein verborgener Männerliebhaber. Ich hatte die Wahl, ein noch unzufriedenerer Beamter und ein noch widersprüchlicherer Ehemann als er zu werden oder aber Künstler und Männerliebhaber. Seine Unzufriedenheit in den Bereichen der Arbeit und des Triebes war so bedrohlich anzusehen, daß seinen Weg nachzugehen für mich Krankheit und Tod bedeutet hätte. Und so bin ich das geworden, was ich an meinem Vater lebendig, aber unterdrückt wahrnahm. Im seelischen Konstruktionsschema Vater-Mutter-Sohn wird der Mann, wie der Vater war oder wie er hätte werden können. Ich lebe, wie mein Vater schon hätte leben wollen. Ich begehre eine Mami in Gestalt eines Knaben (knabenhaften Mannes), mit dem Unterschied, daß meine neue Mami – Andreas – einen echten Stab hat und keinen Eierstock. Ich könnte neben der Mami gut noch zwei Lustjungen haben, die ich mir von ihr nicht gebären lassen kann, sondern die ich selber suchen müßte. Ich rase vor Verzweiflung und Wut, weil die Mami Andreas von mir geht – Scheidung hat mir der Vater in seinem Lebensmuster nicht vorgemacht, und also verkrafte ich sie nicht. Ich will meinen Andreas behalten, wie der Vater die Mami behält.

Ich möchte zufrieden werden. Ich bin es nicht, weder sachlich noch persönlich. Solange ich an den Energiekreislauf meiner Eltern angeschlossen bin, lebe ich die Unzufriedenheit meines Vaters nach. Ich bin nun Schneider geworden, wie mein Schustervater einer hätte werden wollen. Aber die Verwirklichung dieses Daseins strengt mich zu sehr an. Ich fühle mich immer noch behindert. Ich habe meine Energie zur Gestaltung meiner Möglichkeiten nicht frei für mich. Und ich werde vom Wiederholungszwang verfolgt. Die

Ablehnung, die ich im Jungenkollektiv erlebt habe, spiele ich als erwachsener Mann unter Männern nach. Von keinem Männerkollektiv bin ich akzeptiert. Das Thema »Mann«, das ich bearbeite, ist ein Frauenthema. Es ist Bommel statt Fußball. Weder harte noch weiche Männer wollen etwas von ihm wissen. Wie ich für die Emanzipation des Mannes gestrickt hätte, wäre charmant gewesen, notierte ein Journalist, ich sollte jedoch lieber bleiben lassen, für sie zu schreiben. Beide Männerlager nehmen mir meine Stababtakelung übel. Wo Männer sich gruppieren, ob in der Welt patriarchalischer Kultur oder in der Gegenwelt der Subkultur, huldigen sie dem Stab. Aus der Not meiner Nichtinbegriffenheit im Jungenkollektiv habe ich eine Tugend gemacht, baue an einer Welt, die den Stabkult überwindet. Meine Kraft hat bisher nicht gereicht, die vielen Männer herumzureißen, die an ihrer Errichtungsgesellschaft längst mürbe geworden sind. Ich habe mich meinem Ziel um keinen Schritt angenähert. Ich versuchte, aus der Schwäche meiner Stabbewußtlosigkeit ein neues Männerbewußtsein entstehen zu lassen. Ich wollte das gesamte Patriarchat als Attrappe entlarven und hoffte, daß es sich wie ein Pappring von den Seelen der Männer abstreifen ließe. Der Wiederholungszwang fesselt mich in meiner Außenseiterposition, die für die Befreiung vom Patriarchat schädlich ist und die der gegenwärtigen Wirklichkeit kaum noch entspricht. Überall takeln sich Männer derzeit ab. Es gilt, neue Kollektive zu bilden, die alten Abgrenzungen »hetero« und »homo« aufzuheben. Mein Verharren auf der Bettengelwolke ist nicht mehr angebracht. Runter mit den Pappringen und mitten hinein in die Männer!

Noch irritierender für mich ist meine Schwäche beim Lieben und Michbeziehen. Ich war über den Verlust meiner drei Freundinnen untröstlich, und ich war ratlos, warum es mich zu Männern trieb. Ich war von Frauen hingerissen, war mit ihnen selig zusammen, hatte mit Isolde längere Zeit gelebt. Ich wunderte mich nur, warum es noch die Männer gab, die in mir rumorten, die mich aufregten. Seit ich Andreas kannte, war ich auch von Männern hingerissen, wollte nun bei ihnen bleiben, wollte bei *ihm* bleiben. Frauen kamen mir nicht mehr dazwischen, so wie sich Männer dazwischengeschoben hatten, als ich mit Frauen zusammen war. Neben der körperlichen Seite befriedigt mich die gesellschaftliche Seite der Beziehung unter Männern. Die Mann-Mann-Liebe blüht auf. Die Mann-Frau-Liebe verwelkt, hat weder Poesie noch Politik. Es gibt keine große Liebesgeschichte mehr zwischen Frau und Mann. Die Bücher wiederholen sich oder machen Kitsch. Und von einer Sprengkraft der Mann-Frau-Liebe gegen das Patriarchat kann erst gar keine Rede sein. Ich habe ein Gebiet zum Arbeiten und zum Lieben gefunden, kann beides schöpferisch verbinden. Aber nichts geht. Für Bettengel interessieren sich Männer nicht. Weder zum Denken noch zum Handeln, noch zum Lieben wollen sie mit Kastraten zu tun haben. Ich will das ja auch nicht. Alle meine Frauen, Andreas und meine begehrten Männer hatten sinnliche Ausstrahlung im Übermaß. Ich dachte, sie könnten mir davon etwas abgeben. Mit Frauen ging die Verteilung Reizfülle/Reizlosigkeit auf die Dauer gut, denn die Frau soll den Mann reizen, und er soll auf sie springen. Die Regelung, wer Lustobjekt und wer Lustsubjekt sein soll, ist zwischen Frau und Mann klar. Bei Männern muß jeder Objekt sein. Ich werde nie befriedigend mit ihnen leben können, wenn ich nicht auch Objekt sein kann. Sie wollen sinnliche Ausstrahlung bei Frauen wie bei Männern, sonst lenken sie ihren Trieb auf Menschen nicht. Ich begehre Andreas, weil er strahlen kann. Auch er will so begehren. Er ist aber nur von meinen Taten, meiner Rede und von meinem Dasein beeindruckt, nicht von meiner körperlichen Ausstrahlung. Zum Lieben ist nicht nur Wollen wichtig, sondern auch Gewolltwerden. Wer mit Männern etwas vorhat, muß sie reizen. Männer lassen sich nicht anders antreiben. Zum Rumkriegen – für das Verlassen des Patriarchats – wie zum Ins-Bett-Kriegen – noch mehr für das Im-Bett-Bleiben – muß ich ein Typ sein.

Also raus aus dem Spannungsfeld von Mutter und Vater! Also Operation der siamesischen Drillinge!

Vorerst rutschte ich in das Gegenteil hinein. Durch den Brief an meine Eltern, auch wenn er nur einen Satz enthielt, wurde meine Beziehung zu ihnen aufgeladen. Die berechtigte Selbstdarstellung – »Hier stehe ich mit meinem Andreas!« – wirkte wie die Zufuhr von Treibstoff, gefüllt in den gemeinsamen Energiekreislauf. Nach dem Brief wurde ich lächerlich schwach gegenüber Andreas, war gleichsam von neuem kastriert. Rückblickend verstehe ich mein Verhalten in dieser Zeit nicht mehr. Ich machte falsch, was es falsch zu machen gab. Ich willigte in Andreas' Arbeitslosigkeit ein, obwohl ich wußte, wie flatterhaft er im ersten halben Jahr gewesen war, als er nicht gearbeitet hatte. Er sagte selbst, er brauche eine geregelte Arbeit, einen sachlichen Rhythmus, um ruhen und lieben zu können. Ich ahnte, daß er den Konflikt mit dem Chef, den er nicht aushalten, nicht durchstehen wollte, auf anderen Wegen vom Leben wieder vorgesetzt bekommen würde. Nun würde er wieder versuchen, die Männer-Berufs-Konflikte auf die erotische Ebene zu verschieben, zu meinen Lasten. So geschah es. Das allerärgste: zur Mutter ziehen! Ich wußte von mir und anderen Menschen, daß es sich um so schlechter liebt, je näher wir den Eltern sind. Das Wohnen bei ihnen ist der schlechteste Boden für unser Blühen. Alle Freunde warnten mich. Kaum im Hause seiner Mutter angekommen, ließ ich mich von Andreas zurückschicken. Aber ich blieb nicht in unserer Stadt, sondern kam alle zwei Wochen eifersüchtig angereist und machte ihm Szenen. Ich hätte mit ihm anders umgehen, ihn aus dem Fenster unserer Beziehung werfen müssen: Los, los, raus aus dem Haus der Männerliebe! Wer zur Mutter will, hat darin nichts zu suchen!

Seit dem Brief an meine Eltern hatte sich das Bezugsnetz zwischen meinem Vater und mir wieder enger geschlossen. Ich wurde dadurch erneut aufgerissen für seine Botschaften. Über zwei Jahre lang hatte ich mir Glück und Zufriedenheit mit Andreas erkämpft. Die Eltern wußten nichts von unserer Beziehung. Ihr Wissen machte die Bahn für Botschaften frei. Die Tante traf es deutlich: »Deine Beziehung zu Andreas bringt deinen Vater noch um!« Isolde bemerkte höhnisch: »Wäre doch ein angenehmer Tod beizeiten für den Siebzigjährigen.« Da mein Vater nicht daran dachte, so sentimental wie seine Schwester zu sein, lag er wach und gesund und kräftig nachts in seinem Bett und funkte: »Andreas weg, Volker her, Andreas–Volker: Ende! Brockhaus, Brockhaus, gib mir meinen Volker wieder!« Und ich war für seine Botschaften empfänglich. Ich war bereitwilliger Empfänger der Sendungen meines

Vaters. Hoffentlich wird die Art dieser Eltern-Kind-Wellen bald entdeckt, damit wir Schutzplättchen gegen sie entwickeln können.

Überraschend war für mich, was nach meinem Brief an den Vater mit meinem Bruder geschah. Ich hatte mir nie erklären können, warum mein Vater nur von mir Enkel wollte. War ich sein Spezi, der ihm besonders knackige Bürschlein produzieren würde? Er behauptete, der Älteste müßte sich zuerst fortpflanzen. Mein Vater sah, was für ein Lufthund ich war, wie ich von einer Stadt in die andere zog, mich von einer Menschengruppe zur nächsten bewegte, von Frau zu Frau wanderte, schließlich von Frauen zu Männern überwechselte. Er hätte schon vor meinem Erklärungsbrief ahnen müssen, um was es mir bei Männern ging. Warum ausgerechnet Enkel von mir? Mein Bruder war doch auch noch da. Und der war ruhig und in vielem anders als ich. Beim großen Fortpflanzungs-Gerichtshof am siebzigsten Geburtstag des Vaters hatten alle Verwandten ihn von mir ablenken wollen und hoffnungsvoll auf meinen Bruder gezeigt. Nein, von ihm wollte er keine Enkel. Als ich dem Vater von meiner Beziehung zum Freund geschrieben hatte, wünschte und befahl er zwar: »Weg, Andreas!«, wußte aber selbstverständlich, was für ein langwieriger Prozeß das sein würde, bis Andreas wirklich von meiner Seite abgeräumt war. Drei Jahre hat es gedauert, von seinem Befehl in seinem Antwortbrief und seinen Botschaften bis zu dem gewünschten Ergebnis. Konnte mein Vater jedoch sicher sein, ob nicht bald ein neuer Andreas einträfe? Wenn das mit den Männern bei mir so weiterginge, würde er keine strammen Enkel mehr erleben. In diesem Augenblick muß ihm zum ersten Mal sein zweiter Sohn eingefallen sein. »Also gut«, wird er gedacht haben, »wenn der erste ausfällt, dann muß der zweite herangezogen werden. So ist das ja auch bei Geschäftsvererbungen. Ist der erste tot oder will er nicht übernehmen, kommt der zweite dran.« Und der Vater wird abermals dagelegen und gesendet haben: »Mein Jüngster, bring du nun Enkel, und zwar schnell!«

Mein Bruder war als zweiter Sohn ein Notgroschenkind. Er lebte bis zu den plötzlich auf ihn gerichteten Botschaften des Vaters fast unbehelligt von elterlichen Wünschen. Er war von klein auf weder sachlich noch erotisch auffällig. Ich schaute neidisch zu ihm: Wuchs da so ein Ableger von mir heran – mir wie aus dem Gesicht geschnitten, behaupteten Fremde –, der nicht eine meiner Verschrobenheiten an sich hatte. Ich kam mir oft vor wie ein Laubfrosch, den meine bösen Bubeneltern mit Luft aufgepumpt hatten. Ich wußte manchmal nicht, ob ich heute oder morgen platzen sollte. Aufgeregt raste ich durch mein Leben. »Seht ihr, er hat den Teufel im Leib«, sagte die Tante, wenn ich zur Dämmerstunde meinen »Dollerjahn« bekam. Die jüngeren Geschwister werden von den Eltern meist nicht mehr so vollgepumpt mit Wünschen und Vorstellungen und so gejagt mit Botschaften wie die älteren. Sie wachsen ungestörter auf, sind dafür nicht weniger gebunden, schlimmer, sie haben keine Ahnung von der Macht der Botschaften, können gegen sie wegen ihrer langen Schonzeit keine Immunität und keine Ausweichstrategie entwickeln. Fallen die älteren Geschwister aus der Familie heraus, entziehen sie sich dem elterlichen Verfügungsbereich, prasselt alle Macht der Botschaften auf die jüngeren. Stirbt der Älteste, verschwindet er in einer Anstalt oder heiratet er ins Ausland, erinnern sich die Eltern an ihre Vorratskammer, den Jüngsten, und greifen mit voller Macht in sein Leben hinein.

Mein Bruder wohnte entfernt von meinen Eltern an einem anderen Ort. Er war ahnungslos davon, was zwischen meinem Vater und mir vorging. Er lebte seit sieben Jahren mit einer Freundin zusammen und stand am Ende seiner Ausbildung. Die beiden wollten nicht heiraten und auch keine Kinder haben. Ihr Zusammenleben widersprach zwar den Vorstellungen meines Vaters von Eheführen und Nachkommenschaft-in-die-Welt-Setzen, aber sie lebten jahrelang ohne besondere Konflikte mit den Eltern, kleine Nörgeleien von seiten meines Vaters nicht mitgerechnet.

Mein Brief kam beim Vater im Sommer an. Ich weiß nicht, wann er den Seelenfunkkontakt mit meinem Bruder aufgenommen, wann er die Botschaft: »Enkel her!« von mir zu ihm umgelenkt hat. Schon im frühen Herbst bekam ich einen Brief vom Bruder, worin er schrieb, daß er neu verliebt sei. Für die bisherige Freundin sei alles unerwartet gekommen und schwer zu verkraften, aber sie finde sich damit ab. Er zog aus der Wohnung, die er mit ihr geteilt hatte, aus und in die des zehn Jahre jüngeren Mädchens ein. Er brach alsbald den Kontakt zur ersten Freundin ab und verlobte sich mit der zweiten. Er setzte ordentlich eine Anzeige in die Zeitung, er feierte ein Fest mit beiden Familien und ließ sich von den beglückten Eltern unter Verwandten und Bekannten herumreichen. Vor mir schirmte er sich plötzlich ab. Von der Verlobung erfuhr ich durch Umwege, die neue Frau lernte ich erst nach zwei Jahren kennen. In seinem Brief, den er nach ihrem Kennenlernen an mich geschrieben hatte, stand ein seltsamer Satz: »Mich verwirrt, wie mein Glück in das Konzept meines Vaters paßt. Das ist mein einziger Stachel.« Die Hochzeit wurde von beiden Eltern der frisch Verlobten auf bald festgesetzt. »Bald« fand aber erst nach Jahren statt. Mein Bruder war von dem, was mit ihm geschah, offenbar überrascht, so daß er sich eine Weile dem Vater widersetzte. Nicht bewußt und nicht dramatisch, wie ich das zu tun pflegte, sondern unbewußt und vor allem unnachweislich. Er stockte mit seiner Ausbildung, mit dem Heiraten und mit dem Kinderkriegen. Er fiel zunächst durch sein Examen. Die Hochzeit war von allen Beteiligten an den Abschluß seiner Ausbildung gekoppelt worden. Mit einem Titel annonciert es sich so gut: ». . . geben wir die Hochzeit unserer Tochter mit dem geprüften und betitelten Herrn ›Sowieso‹ bekannt . . .« Mein Bruder machte lange Zeit keine Prüfung mehr, zögerte dadurch das Heiraten vier Jahre lang hinaus. Die Enkel schob er noch länger vor sich her. Längst war aus den Eltern der Verlobten eine neue Familie geworden, aber aus den Verlobten immer noch kein Ehepaar. Mein Vater wird Nacht um Nacht dagelegen und weiter gefunkt haben: »Wird's bald! Wird's bald!« Der Bruder streikte körperlich, legte sich ein unauffällig harmloses Geschwürchen zu, das ihn ohne sein und aller Ärzte Bemerken vom Zeugenkönnen Jahre hindurch freigestellt hatte.

Mein Vater störte ihn mit seiner Botschaftsdringlichkeit, denn im Falle meines Bruders konnte der Sohn des Schuhmachers wieder Schuhmacher werden. Eher als von meinem Vater hatte sich mein Bruder in seiner Kindheit von mir beunruhigen lassen: Mein Gegen-die-Norm-Laufen hatte ihn irritiert. Er brauchte es für sein

Leben nicht. Auch habe ich ihn manchmal gequält, wie das die Älteren mit den Jüngeren tun, um die Qualen, die sie durch die Eltern erleiden, an die Nächstkleineren weiterzugeben. Was die Zufriedenheit betrifft, so ist es nicht entscheidend, ob ein Mensch im Einklang mit den allgemeinen Vorstellungen oder gegen sie zufrieden wird. Ich merke meinem Bruder an, daß er im Einklang mit der Norm zufrieden werden möchte und könnte, daß ihn das fanatische Treiben meines Vaters nur in Trotz bringt. Entgegen seinem Können, seinem Willen und seinem Verlangen könnte er vom Vater gezwungen werden, der Norm zuwider zu leben. Mein Bruder möchte in Ruhe Schuhmacher werden. Ihm hat sich der Vater vielleicht als zufriedener Schuhmacher dargestellt. Er ist vierundvierzig Jahre älter als mein Bruder, fünfunddreißig Jahre älter als ich. Ich habe die meisten Unzufriedenheiten von ihm abbekommen. Er hat zum Jüngsten ein Verhältnis, das entspannter ist als sein Verhältnis zu mir. Die Eltern stellten vor meinem Bruder eine Beziehung dar, die anders war als die, die sie in meiner frühen Kindheit miteinander gehabt hatten. Großmutter, Tante und Cousine waren aus dem Hause ausgezogen. Die Eltern bewohnten es mit uns allein. Der Druck, der von der eigenen Mutter auf den Vater ausgegangen war, hatte sich dadurch erheblich gemildert. Meinem Bruder haben die Eltern nie eine spanische Wand zugemutet. Er war nicht wie ich für sie ein Prellbock der Abreaktion. Er lebte nie mit meiner Mutter allein, hatte den Vater von früh an dabei. Auch war sie während seiner Kindheit nicht mehr schwer krank, war dadurch nie von ihm für lange Zeit getrennt. Es gab keinen Krieg und kein Fluchtzimmer. Und der Vater vergriff sich mit Traktierungen oder mit Lustschüttelungen nicht so an seinem Körper wie an meinem. Eine Vorhautoperation fand nicht statt.

Mein Bruder konnte mit meinen Eltern besser umgehen, als ich das konnte. Von der Mutter ließ er sich Zurückhaltung nicht gefallen. Wenn sie nicht machte, was er wollte, fuhr er auf sie los, trat sie gegen das Schienbein, wie er es einmal in einem Kaufmannsladen getan hatte, weil er schneller an die Süßigkeiten heranwollte, als die Mutter sie von dem Platz aus bekommen konnte, den sie in der Käuferschlange eingenommen hatte. Gegen die Brunst seines

Vaters wurde er schon von klein auf zickig. Mit Lustjunge war bei ihm nicht viel zu machen. Besonders in den Jahren der Pubertät wurde er wie zu einer Giftspraydose, die er abdrückte, wenn der Vater ihm mit Worten und Berührungen zu nahe rücken wollte. Einen Totstellreflex übte er nicht ein. Er kam auf zwei bessere Mittel: Er ließ seine Haare in alle vier Himmelsrichtungen wachsen, so daß nur mit Mühe festgestellt werden konnte, wo bei seinem Kopf vorn und hinten war. Und sowie er einen Bart bekommen hatte, ließ er ihn stehen, bis sein Gesicht nicht nur von oben, sondern auch von unten zugedeckt war und nur noch die Nasenspitze herausschaute. Der Vater war außer sich. Mehrmals bat er mich, meinen Einfluß auf den Bruder geltend zu machen und ihn zu einem Haarschnitt zu bewegen. Ich erlebte den Vater oft toben, sich vor Abscheu schütteln und hilflos Friseurbefehle erteilen, die unvollziehbar blieben. Zum Verwahrlosungshaar passend hielt und bewegte sich mein Bruder jahrelang so lasch wie ein Greis, daß kaum noch eine Jungenform von seinem Körper zum Ausdruck kam.

Er identifizierte sich sachlich und persönlich mehr mit dem Vater, als ich das getan habe, vor allem mit dem, was mein Vater ihm sichtbar vorgemacht hat. Mein Bruder wählte einen Beruf, der wie der des Vaters dem Erfordernis der Krisensicherheit vom bürgerlichen Maßstab her gerecht wird. Er ist angestellt, er kann aufsteigen, er erwartet eine Pension. Und er richtete sich mit dem Modell der Knabenfrau direkt nach meinem Vater aus, er heiratete eine solche. Er hat den Männerweg nie beschritten.

Mein Bruder zögerte so lange, weil er nicht wußte, wie weit er aus sich selbst heraus wünschte, liebte und handelte. Er wartete, bis er sich des überwiegend eigenen Anteils bei der Gestaltung seines Zusammenlebens mit seiner neuen Frau sicher war. Die Schwester unseres Vaters, Nebenmutter und Nebenvater in einer Person, sagte wieder einmal einen verräterischen Satz. Nachdem ich sie gefragt hatte, warum alle Mitglieder der Familie auf die Heirat drängten, wo doch die Braut des Bruders mit ihren kaum zwanzig Jahren erst am Anfang ihres Lebens und ihrer Entschlüsse stünde, antwortete die Tante: »Warum soll dein Bruder deinem Vater nicht auch mal eine Freude machen?!« Das ist der Punkt. Mein Bruder machte mit dem Mädchen, mit Verloben, Heiraten und Kinderkriegen – seine Frau bekam einen gesunden Knaben – meinem »Vater eine Freude«. Das heißt, er lebte (auch) den Botschaften des Vaters und nicht (nur) seinen eigenen Freuden und Plänen gemäß. Wenn der Bruder mit den Sendungen des Vaters zufrieden wird, sind sie bedeutungslos. Wenn er es nicht wird, werden seine Versuche, nach den väterlichen Wünschen zu leben, ihn schwächen und unzufrieden machen. Ich will, daß auch mein Bruder glücklich und zufrieden wird, wobei es einerlei ist, ob seine Wege denen des Vaters ähneln oder andere sind.

Es kommt darauf an, daß wir uns aus dem Zwang zur Unzufriedenheit befreien, daß wir aus dem Unzufriedenheitskreislauf heraustreten, über den wir in das Leben unserer Eltern verschlungen sind.

Meine Großmutter war erfüllt von der »preußischen Verzichtstugend«. Daß vom Abschwören, Verzichten und Unzufriedensein nichts Gutes ausgeht, haben mein Vater und sie mir vorgelebt: Dauerschwermut der Großmutter und nicht stillbare Umtriebigkeit des Vaters. Beide gaben ihre Qualen nach unten an die nächste Generation weiter. Aus dem Verzichten der Großmutter wurde die Unzufriedenheit des Vaters, die in meine Ich-Zerstückelung münden sollte. Unzufriedener als mein Vater konnte kein Kind mehr werden. Deshalb sah die Geschichte ernst für mich aus. Es gab nur zwei Möglichkeiten: mein Ende oder das Ende der Unzufriedenheit. Die Welt hat den Ernst der Unzufriedenheit längst erfahren müssen. Meine Eltern und viele ihrer Altersgenossen haben es mit dem Hohelied der Entsagung zu weit getrieben. Ihre Generation hat aus Unzufriedenheit Europa in Brand gesteckt. Die Selbstentfernung hat meinen Vater so in Unruhe geworfen, daß er mit dreißig Jahren in die Armee Adolf Hitlers eingetreten und als Berufsoffizier ihm mit Taten, Gedanken und Gefühlen gefolgt ist. Mit Gefühlen und Gedanken noch lange danach, wenn er alljährlich sagte: »Heute ist Adolfs Geburtstag!« Das vertrauliche »Adolf« hatte etwas Zärtliches an sich. Solche und andere Redewendungen – »Damals hat Hermann gesagt . . .« – zeigten mir, wie unabgegrenzt der

Vater gegenüber den Machthabern seiner Jungmännerjahre geblieben ist. Sie spukten während der Zeit meines Aufwachsens in seinem Kopfe herum. Abgegrenzt hat er sich gegenüber *anderen* Menschen. Jeden jüdischen Künstler, Politiker oder Wissenschaftler, dessen er habhaft werden konnte, hatte er auch nach 1945 mit der Bezeichnung »Jude« tituliert. Er hatte keinen jüdischen Namen vorbeiziehen lassen können, ohne nicht anschließend zu sagen: »Das ist ein Jude.« Oder: »Der ist Jude.« Oder: »Auch jüdisch.« Er tat es nicht weiter gehässig, er tat es regelmäßig. Das »Jude« war sein Amen in der Kirche. Es verfolgte mich lange. Als ich erwachsen war und jüdische Freunde hatte, wirkte das Aufmarkieren in mir nach, dieses Abstempeln, das eine Vorform der Entrechtung, des Erfassens, Aussonderns, Verschleppens und Tötens ist. Ich bekam das Aufprägen nicht aus meinem Kopf heraus. Es bemächtigte sich meiner immer wieder und drängte mich, in das Gesicht eines jüdischen Menschen »Jude« hineinzudenken. Ich hätte das gern nie in meinem Leben denken müssen.

Nachdem ich mir den Namen »Elis« zugelegt hatte, fragte meine Mutter hartnäckig: »Nicht wahr? ›Elis‹ ist nicht etwa jüdisch? Ist doch griechisch, griechisch?« Als ich noch selber an Enkel glaubte und zu meinem Vater einmal treuherzig meinte, ich wollte einen Sohn gern nach einem Vorfahren nennen, der »Elert« hieß, redete er emsig dagegen: »Mach das nicht! Dann wird er als Kind nur zärtlich ›Eli‹ genannt, und das ist jüdisch!« Ich erzählte Isolde am Anfang unserer Beziehung diese Geschichte. Sie hatte zu »Volker« keinen Zugang gehabt, konnte diesen Namen nicht zu mir sagen. Sie nannte mich demonstrativ von nun an für immer »Eli«, so daß ich »Elias«, in der verkürzten Form »Elis«, als zweiten Vornamen behalten wollte. Es war ein unentwegtes Tauziehen zwischen Isolde und meinem Vater, wenn die beiden miteinander telefonierten. Vater: »Ich möchte Volker sprechen!« Isolde: »Eli ist nicht da!« Vater: »Wann kommt Volker zurück?« Isolde: »Eli hat nichts Bestimmtes gesagt!« Der Vater wütend: »Wer ist eigentlich ›Eli‹?« Isolde: »Dein Sohn!« Er hatte schon viele Male gehört, daß sie und ihre Freunde und Bekannten mich so anredeten, wollte sich daran aber nicht gewöhnen. Er geriet außer sich wie vor der Haarwucherung meines Bruders. Als »Eli« war ich seinem Zugriff entrissen. Sein Bann über mich schien gebrochen zu sein.

Der Name »Volker« war mir nie geheuer gewesen. Er schoß im Dritten Reich zu einem neuen Nationalnamen aus dem Boden, vielen meiner Altersgenossen gegeben. Seinen Sohn »Volker« zu nennen, war wie die Hakenkreuzfahne herauszuhängen, hieß, die Zugehörigkeit der Eltern zum Völkischen zu demonstrieren. Unter meinen Groß- und Urvätern, Onkeln, älteren Bekannten und Nachbarn gab es keinen einzigen Mann, der »Volker« hieß. So habe ich auch mit meinem Namen eine Botschaft in mein Leben eingezogen bekommen. Ich wurde dem deutschen Volk zur Verfügung gestellt – für ein männliches Kind hieß das damals, auf Mordpfade geschickt zu werden.

Der Vater sagte: »Auschwitz war nicht richtig.« Nein, nein, das versteht sich für einen kultivierten Mann von selbst. Aber Abholen und Wegtransportieren, Entfernen aus den unzufriedenen deutschen Augen, Fortjagen aus der Nachbarsnähe, Umsiedeln, Ins-Exil-Zwingen, In-Gefängnisse-Sperren, In-Lagern-Konzentrieren oder Nach-Madagaskar-Abschieben – daran war nichts auszusetzen.

Ich hatte zu Anfang meiner Erschütterung über das Dritte Reich nur an die Millionen Toten und Verletzten, an die abgerissenen und beschädigten Lebensläufe gedacht, die die Generation meiner Eltern verursachte. Seit ich eine Weile im Ausland gewesen bin, habe ich eine Ahnung von den Schmerzen des Exils bekommen. Von der Heimat, den befreundeten Menschen, den gewohnten Dingen, der noch lebendigen Geschichte, der vertrauten Sprache weggerissen und irgendwohin geworfen zu werden – die beruflich-finanziellen Probleme nicht mitgerechnet – ist eine mir deutlich gewordene Qual. Menschen sind auch Pflanzen. Wenn sie aus ihren Bedingungen gewaltsam herausgeholt werden, sind sie »entwurzelt«. Dadurch wird ihnen ein empfindliches Leid angetan. Zur Vertreibung haben meine Eltern genickt, sage ich es vorsichtiger: zur Wegdrückung, noch harmloser: zur Verschiebung.

Frau Andreas hatte sofort ein frei gewordenes Geschäftshaus enteigneter jüdischer Konkurrenten gekauft, für »drei Mark!«, weil sie mußte, wie sie behauptete. »Auch das noch mußtet ihr, leergejagte Häuser preiswert kaufen! Was mußtet ihr nicht alles! Mußtet? Nein, ihr wolltet! Ich weiß es von eurem Verhalten danach, von eurem Verhalten heute!« Frau Andreas gehörte zu den Bevölkerungskreisen, die sich »Holocaust«, »den alten Käs'«, nicht anschauen wollten. Während der Sendezeit begehrte sie aber, mit ihrem jüngsten Sohn zu telefonieren, um nicht abzulassen, ihn mit ihrer Unzufriedenheit zu jagen.

Ich fragte meine Mutter gegen Ende der fünfziger Jahre: »Warum bist du nicht auch mit der Nachbarin befreundet, die mir so am Herzen liegt?« Sie antwortete: »Die ist doch Jüdin!« Mein Vater war ungefähr zur selben Zeit plötzlich aufgeregt. Er hatte erfahren, daß möglicherweise die Großmutter einer angeheirateten Cousine jüdisch war. Sicher war nur: Es war »nicht hundertprozentig sicher«, daß sie es nicht war. Wieder einmal außer sich sagte er: »Nicht auszudenken, wenn die Familie nun verjüdelt wäre!«

Wer unzufrieden ist, muß ausgrenzen. Er steht unter einem Druck, den er ablassen muß, wohin auch immer. Er muß andere Menschen hassen und wegekeln. Jetzt grenzt die Familie meinen Freund aus. Vor vierzig Jahren hätte sie mich mit meiner Jüdin nicht eingeladen. Heute lädt sie mich mit meinem Mann nicht ein. Als die Tante zum großen Feiern ihres siebzigsten Geburtstages kam, lud sie selbstverständlich die neue Freundin meines Bruders ein, die sie vor kurzem erst kennengelernt hatte, Andreas lud sie nicht ein, den sie kannte und, wie sie behauptete, liebgewonnen hätte, mit dem ich seit vier Jahren zusammen war. Das faschistische Potential der Unzufriedenheit ist in den Seelen meiner Erzieher unentschärft liegengeblieben. Die Objekte, auf die es sich richtet, ändern sich. »Die Juden« sind es weniger, so hoffe ich. (»Die Türken« kommen auf uns zu.) »Die Homosexuellen« werden es mehr. Sie gab es auch früher schon zur Entladung. Weil »die Juden« heute fast verschwunden sind, treten »die Homosexuellen« in den Vordergrund. Ich bin mir nicht sicher, ob mein Vater, wären wir noch im Dritten Reich gewesen, nicht nur gegen Andreas gewünscht, sondern ihn möglicherweise der Gestapo überantwortet hätte, alles nur zu meinem Besten! Ich muß das denken nach seiner Vier-Seiten-Antwort auf meinen Bekenntnissatz. Da stand etwas von »Konsequenzen«, falls ich seinen Anordnungen nicht folgen würde. Außer familiären Konsequenzen – »verstoßen« und »enterbt« – gibt es heute keine anderen. Aber hätten wir noch Hundertfünfundsiebziger-Zeiten gehabt – wie von 1945 bis 1969 –, hätte der Vater vielleicht eine Anzeige erstattet. Der Druck in ihm war wirklich stark.

»Das faschistische Potential der Unzufriedenheit ist in den Seelen meiner Erzieher unentschärft liegengeblieben.« Dieser Satz führt meine Eltern-Kind-Probleme aus dem seelischen Konfliktfeld heraus und trägt sie in eine politische Ebene hinein. Ich bin nicht nur in die Wünsche der Eltern verstrickt, sondern darüber hinaus in ihre historischen Taten eingeklemmt. Meine Eltern sind Mörder, nicht solche, die Blut fließen lassen, aber solche, die sich in unmittelbarer Nähe zu denen aufhalten, die stechen, schießen, hängen und massakrieren. Das deutsche Strafgesetz hat für das Töten in allen Positionen der Indirektheit klare Begriffe geschaffen: Anstiftung, Mittäterschaft, Beihilfe, Tötung durch Unterlassen, unterlassene Hilfeleistung, fahrlässige Tötung. Es setzt diese Arten der Tötung einer willentlichen Handanlegung am Leben eines Menschen gleich oder behandelt sie ähnlich.

Meine Eltern gehören zu den Mördern durch Beihilfe und durch Unterlassung. Ihre Beihilfe sah sonderbar aus. Sie haben die Fratze des unmenschlichsten Patriarchats, das die Männergeschichte je hervorgebracht hat, hübsch gemacht, seine Gefährlichkeit dadurch schwerer erkennbar werden lassen. Sie traten als Angehörige der besten und feinsten Kreise neben den Machthabern öffentlich auf. Sie tanzten auf ihren Festen, gingen zu ihren Geburtstagen, saßen in ihren Theaterlogen. Auch als die Machthaber in die Endphase ihres großen Schlachtens kamen, haben meine Eltern den Kontakt zu ihnen nicht abgebrochen. Hinterher machten sie eine Verwandte schlecht, die ein halbes Jahr im Gefängnis gesessen hatte und nach 1945 eine Rente als Opfer des Faschismus bekam. Sie gönnten sie ihr nicht, weil die Verwandte »keine echte Widerstandskämpferin« gewesen sei, sondern »nur bei einem Damenkränzchen den Führer madig gemacht« hätte. In Wirklichkeit gehörte sie zu einem Kreis von Frauen, von denen einige hingerichtet worden waren.

Von den Eltern selbst kam kein Widerspruch, von Widerstand nicht zu reden, im Gegenteil, sie haben die Machthaber gestützt durch zwei Unterlassungen. Sie haben sich um die Opfer keine Gedanken gemacht. Und sie haben ihnen keine Hilfe geleistet, obwohl sie es hätten tun können. Es war ihnen gleichgültig, was mit Juden, Kommunisten, Zigeunern, Widerstandskämpfern, Homosexuellen . . . geschah, die verschwanden. Als mit einem der Gewaltherren eng Verbundene hatten sie einen »langen Arm nach oben«, wie es das Dorf über sie sagte, und dadurch eine bevorzugte Stellung, aus der sie eines der Millionen Opfer hätten retten können. Sie brauchten keine Razzien zu befürchten. Und bei einer möglichen Aufdeckung des Verstecks wäre es wahrscheinlich, ja sicher gewesen, daß der zuoberst stehende Herr seinen Arm wie in vielen anderen Dingen über sie ausgestreckt hätte.

Das von der Großmutter erbaute Haus meiner Erzieher hatte eine Vielzahl von Nischen und Kämmerchen, in denen ein halbes Dutzend Anne Franks hätten Platz nehmen können. Meine geliebte Nachbarin hat in einem Seitenraum ihres Hauses ihre jüdische Stiefmutter versteckt, was meine Eltern so durcheinanderbrachte, daß sie sie selbst hinterher zur Jüdin erklärten. Andere Nachbarn im Dorf zogen ein jüdisches Kind heimlich auf, das seine Eltern vor ihrem Abtransport bei ihnen hinterlassen hatten. Als dieses Kind erwachsen geworden und bei Freunden zu Besuch war, die auch mich eingeladen hatten, verließ es die Wohnung vor meinem Eintreffen, als es hörte, daß ich kommen würde. Die Gastgeber hatten den Mann zum Bleiben überreden wollen: »Der Volker kann doch nichts für das, was seine Eltern gemacht haben!« Der Mann soll entgegnet haben: »Ich will den Nazisohn nicht sehen!« Das geschah um 1980 herum. Ich war erschrocken. Ich fühlte: »Der Mann hat recht.« Ich hätte ihn gern gesehen. Ich wollte etwas Törichtes machen. Ich wollte ihn beschwichtigen, mich ihm zeigen, damit er sehen möge, wie nett und antifaschistisch ich doch sei. Das wäre eine kitschige, ohnmächtige Geste der Wiedergutmachung gewesen. Es bedarf für eine Versöhnung mit den Opfern anderer Handlungen. Ich hatte mir vorgenommen: »Eines Tages antworte ich diesem Mann, den ich nicht kenne, mit einem Schritt, der ihm deutlich macht, daß ich nicht mehr der Nazisohn bin.« Ich ahnte damals: Mit meinen Eltern verbunden, bleibe ich Mördersohn, trotz all meiner schönen Gedanken gegen die Männergesellschaft.

Schon von klein auf hatte mich ein Gedanke der Bibel beunruhigt: Das Böse vergilt Gott bis ins dritte Glied (das Gute demgegenüber bis ins tausendste Glied). Es bedeutet: Die Kinder und Enkel müssen für das büßen, was die Eltern und Großeltern getan haben. Ob die Kinder und Enkel selbst Böses tun, ist unerheblich. Das Böse der Eltern wirkt sich noch bei ihnen böse aus. Ich dachte als Kind, »bis ins dritte Glied« reiche die Rache Gottes. Seit meiner Kenntnis von der Verstrickung zwischen Eltern und Kindern weiß ich, daß dieses Phänomen »bis ins dritte Glied« nichts mit Rache, auch nichts mit dem geschehenen Bösen zu tun hat. Es setzen sich die Unbewältigtheit und das Verhaltensmuster fort. Nicht nur die Täter »vererben« ihr Tun, auch die Opfer geben ihre Leiden weiter. Untersuchungen bei Kindern von KZ-Gefangenen haben das Prinzip der Fortwirkung des Unbewältigten zutage gebracht. Zur entsprechend gleichen Zeit, im gleichen Alter, in dem die Eltern ins KZ kamen, im gleichen Lebensabschnitt, in dem sie leiden mußten, stieß den Kindern etwas zu, wurden sie krank, hatten Unfälle, gerieten in schwere Krisen, verfielen in Depressionen oder nahmen sich das Leben. Die Kinder der Täter hätten vielleicht im alten Sinn der Sippenhaft Rache verdient. Die Kinder der Opfer müßten vom Leben gestreichelt werden, wenn es beim Prinzip »bis ins dritte Glied« um Rache oder Bestrafung, allgemein um Gerechtigkeit, ginge. Es geht nicht um Vergeltung, sondern um die Wirkung gegenüber psychisch Abhängigen. Auf jedes Kind wirkt das Unbewältigte seiner Eltern, um was es sich auch immer dabei handelt.

Das Kind kann von eigenem schuldlosen Leiden, kann aus seinen Verstrickungen in die Elternbiographie nur erlöst werden, wenn die Eltern ihre Taten oder Leiden bewältigen. In meinem Falle geht es um die Bewältigung der Morde meiner Eltern.

Als Lernender und Ausübender von Recht war ich in Strafprozessen auf der Seite der Mörder, weil ich wußte, daß kein Mensch freiwillig andere umbringt. Er wird dazu getrieben. Er tut es aus unbewältigten Problemen seiner Kindheit heraus. Ich will diese Position auch bei Massenmördern und ihren Beihelfern einnehmen. Aber ich kann es nur, wenn ein Mörder vier Dinge tut: wenn er die Tat zugibt, wenn er beteuert, daß er sie schlecht fand, wenn er gelobt, sie nie wieder zu tun, und wenn er Ursachenforschung an sich selbst zuläßt, damit aufgedeckt wird, warum er sie getan hat, ob er gefährdet ist, sie zu wiederholen, und wie er geheilt werden kann, auf daß er sie nicht wiederholt. Meine Eltern haben keinen der vier Punkte erfüllt, die für eine positive Beschäftigung mit Mördern die Bedingung sind.

Es kommt bei ihrer Form der Beihilfe darauf an, die genaue Charakteristik ihrer Mittäterschaft aufzuarbeiten. »Auschwitz war nicht richtig« ist kein Satz zur Bewältigung *ihrer* Taten, denn Auschwitz haben meine Eltern nicht gemacht. Ebenso ist ihr Satz »Wir haben nichts gewußt« keine Bewältigung. Er wirkt sogar ihrer Absicht entgegen. Er entlastet sie nicht, sondern er überführt sie. Er ist kein Beweis gegen eine Mittäterschaft, sondern er enthält deren Eingeständnis. An so bevorzugter Stelle, wie meine Eltern gestanden hatten, wäre es ihnen möglich gewesen, etwas zu wissen. Aus ihren Bemerkungen und Verhaltensweisen nach 1945 entnehme ich, daß sie nichts wissen wollten. Unter diesen Bedingungen wird das Nichtwissen selbst zur Schuld. Sich keine Gedanken darüber zu machen, was mit Millionen von Verschwundenen geschieht, ist eine Voraussetzung der Beihilfe zum Massenmord an den Abtransportierten. Sich nicht mit den Opfern in Verbindung zu setzen – mit keinem einzigen –, um von dem Ausmaß ihrer Angst auf das Unmaß des ihnen Drohenden schließen zu können, ist eine Voraussetzung der Beihilfe zum Mord.

Meine Eltern haben ihre Taten nie zugegeben, haben nicht gesagt, daß ihr Auftreten bei den Machthabern, ihr familiär-freundschaftlicher Kontakt mit ihnen die Blöße der Mörder bedeckt hätte. Sie haben nicht eingesehen, daß ihr Ausgrenzen »Jude« eine Vorbereitung zur Entrechtung bis hin zur Entleibung der ausgegrenzten Menschen war. Sie haben sich nie Vorwürfe gemacht, daß sie keinen Juden, Zigeuner, Kommunisten, Widerstandskämpfer, Homosexuellen . . . versteckt hatten. Manchmal habe ich nach Ursachen ihrer Mittäterschaft bei ihnen gefahndet. Das hat nichts genützt. Die Eltern haben sich meinem Ansinnen immer widersetzt.

Ein Mörder, der die vier Punkte nicht erfüllt, bleibt ein Mörder, bleibt gefährlich. Er wird seine Taten wiederholen. Wenn meine Eltern Mörder geblieben sind, bin ich weiter Mördersohn. Ihre politischen Taten, so unpolitisch die Eltern sich selbst empfanden, wirken in mir fort, wie ihre Konflikte mit ihren eigenen Eltern sich auf mich übertragen. Auf politischer Ebene läuft das gleiche ab wie auf seelischer. Ich muß den Konflikt meiner Eltern mit ihren Eltern auslöffeln. Und ich muß für ihre Schuld büßen: »Nazisohn.« Nichts kann ich wiedergutmachen, genausowenig wie ich ihre Konflikte mit ihren Müttern und Vätern lösen kann. Meine Generation, die mit ihren Mördereltern verbunden ist, reibt sich auf. Ich habe versucht, meine Eltern zu ändern, habe mit ihnen gerungen. Ich bat meinen Vater, nicht mehr das Wort »Jude« auszusprechen. Ich war zwanzig, als ich begann, mich gegen seinen Antisemitismus zu wehren. Er sah, wie ich immer mehr jüdische Freunde, Lehrer und Professoren hatte. Er scherte sich darum nicht. Er machte aus meinem Ernst einen Geck und flüsterte mir das Wort »Jude« ins Ohr, wenn es laut bei ihm fällig gewesen wäre. Die Eltern bemerkten, wie ich in KZ-Gedenkstätten, Dritte-Reich-Ausstellungen und NS-Prozesse ging. Sie gingen nie mit und folgten meinen Einladungen mitzukommen auch nicht, wurden mit den Aufprägungen »Jude«, die ich unentwegt hören mußte, erneut schuldig. Es kam wohl einmal eine angeheiratete Tante zu Besuch, die mir später als jüdisch ausgegeben wurde. »Wer zur Familie gehört, gehört bedingungslos dazu«, begründete mir mein Vater diesen Kontakt. Andreas hatte keine Möglichkeit, »zur Familie« zu gehören, und also stürzten sich meine Eltern auf die nächste Ausgrenzungsmöglichkeit.

Wir können unsere Eltern nicht umerziehen, können ihre Probleme nicht lösen. Wir hoffen umsonst, schadlos mit ihnen verbunden zu bleiben. Höhnisch sagte mein Vater eines Tages: »Einen

Mann über sechzig veränderst du nicht mehr!« Er hat diesen Satz präzise formuliert, hat nicht gesagt: »Ich kann mich mit meinen mehr als sechzig Jahren nicht mehr verändern.« Er hat gemerkt, daß ich ihn verändern wollte. Dem hat er sich widersetzt, denn er selbst wollte sich nicht verändern. Das Erbe eines sich nicht verändernden Vaters anzutreten ist, wie in eine Querschnittslähmung einzuwilligen. Das Erbe eines Mörders aber ist wie die Annahme eines unverdienten Todesurteils. Die Gesetze des Erbens finden nicht nur bei den Sachen Anwendung: Der Erbe muß alles übernehmen, den Besitz und die Schulden. Die sogenannte Vergeltung »bis ins dritte Glied« läßt dieses Gesetz auch in seelischer Hinsicht wirken. Die Kinder erben die Probleme ihrer Eltern.

Es gibt nur eine Rettung für das Kind: nicht mehr »drittes Glied« zu sein, die Erbschaft zu verweigern. Der Mördersohn ist kein Mördersohn mehr, wenn er nicht mehr Sohn des Mörders ist. »Wie das machen – nicht mehr Sohn des Vaters zu sein?« Nur wegzugehen genügt nicht. Die Erbschaft auszuschlagen ist im seelischen Gebiet nicht möglich, denn Kinder haben in den Jahrzehnten ihres Lebens unter den Eltern längst geerbt. Sie sind geworden wie sie, haben gemacht, was sie wollten, wiederholen die Eltern-Kind-Konflikte und leben das elterliche Muster nach. Vater und Mutter sind in mir. »Mördersohn« meint das Furchtbare, daß ich Komplize bin, daß ich Anteil an dem Mord der Eltern habe allein durch ihr In-mir-Sein. »Wie bekomme ich die Eltern aus mir heraus? Was ist Elternaustreibung?« Der Haß reicht dafür nicht. Er beleuchtet nur die Eltern in mir, setzt die Fremdkörper in meiner Seele in ein grelles Licht. Aber er bringt sie nicht heraus. Er katapultiert mich nicht aus dem gemeinsamen Energiekreislauf. Er trennt nicht die siamesischen Zwillinge voneinander.

Es geschah etwas, das mir half, das Transportmittel für die Austreibung zu finden. Mein Vater gab mir eine Begründung auf meine Frage, warum er seine Freundin, die er vor meiner Mutter gehabt hat, nicht geheiratet hätte: »Sie hatte drei Sechzehntel jüdisches Blut!« Die Frau war, als wir darüber sprachen, längst tot. Vielleicht ist sie aus Kummer über die Ablehnung meines Vaters gestorben.

Die feinen Kreise tun ihre Taten so fein, daß es kaum zu bemerken ist. Und doch fühlte ich hinter dem Satz »Sie hatte drei Sechzehntel jüdisches Blut!« die gleiche Mischung aus Kälte, Dummheit und Fanatismus, mit der die Befehle zum Transport, zur Aussonderung und zur Tötung gegeben worden sein müssen. Ich saß in Schrecken da. Der Satz enthielt etwas Mathematik, an die ich mich zu klammern versuchte. »Was sind ›drei Sechzehntel‹?« Ich rechnete den Stammbaum herunter. Drei Ururgroßeltern waren demnach also jüdisch, eineinhalb Urgroßeltern waren es, ein Großelternteil war es zu einem Dreiviertel. Und ein Elternteil? Wie teile ich das weiter? Ich kann es nicht mehr genau ausrechnen. Es ist wohl weniger als die Hälfte. Die Mutter oder der Vater der Freundin waren so etwas wie ein Drittel jüdisch. Und die Freundin selbst? Welchen Bruchteil hatte sie? Ihren Anteil am Jüdischen kann ich nicht mehr ausmachen. Was ist das nur, was bedeutet das, drei Sechzehntel? »Dann gibt es zerrissene Kinder, wenn die Eltern aus verschiedenen Rassen sind«, reichte mein Vater, unangefochten in sich selbst, eine Begründung nach. Zerrissen! Was bin denn ich anderes als zerrissen, 0,000-Jude bis ins unendliche Glied!

Es reißt mich ein. Ich zerreiße. Es riß etwas beim Hören dieses Satzes, und es reißt mich ein, wenn ich ihn aufschreibe. Ich muß diesen Vater loswerden. Der Mensch ist nicht mein Vater. Er ist ein Mörder, und wenn er es nur zu einem Dreisechzehntel ist, er ist mein Mörder! Gestern war er es, und heute ist er es wieder. Gegen Mörder muß ich etwas tun. Ich muß mich schützen. Und ich muß alle möglichen Opfer schützen. Leider gehört zum Schutz gegen Mörder auch Gewalt, denn Mord ist Gewalt. Wenn jemand auf mich, der ich nichts getan habe, immerzu einsticht und wenn ich alles versucht habe, damit er unterläßt, auf mich einzustechen, er es aber weiter tut, muß ich, wenn ich am Leben bleiben will, zurückstechen. So weit bin ich mit meinem Vater. Nur so bekomme ich ihn aus meiner Seele, nur so rette ich mein Leben. Nicht für die Vergangenheit des Mörders hat das »Auge um Auge, Zahn um Zahn« seine Berechtigung, sondern für seine Gegenwart. Ich will das Prinzip nicht zur Vergeltung wieder hochholen, sondern es zu meiner Notwehr einsetzen.

Bei der Gewalt gegen Eltern aus Notwehr kommt es darauf an, daß die Wehr genau »Auge um Auge« verläuft. Wenn sie über das Ziel hinausschießt, wird das Kind nicht frei, sondern bleibt untrennbar an die Eltern gekettet. Orest tötet seine Mutter, weil sie ihren Mann, seinen Vater, umgebracht hat. Durch den Tod des Vaters ist ihm zwar die Entwicklung seiner männlichen Identität unmöglich geworden, aber diese Tat ist kein vollzogener oder geplanter Mord des Sohnes, sondern nur ein Attentat auf seine Männlichkeit. Die Wehr von Orest hätte sein müssen: Kampf gegen die Weiblichkeit seiner Mutter, Verbannung ihres Liebhabers, Kastration der Mutter, ihre Einkerkerung und der Zwang zu ihrer Enthaltsamkeit. Ebenso schoß das Mittel des Ödipus, der seinen Vater umbringt, über das Ziel der Wehr hinaus. Der Vater hatte Ödipus als Kind ausgesetzt. Der Sohn hätte den Vater entthronen und als Greis in etwa gleiche Bedingungen setzen müssen, in die er als Baby gebracht worden war. Der »Vatermörder« von Arnolt Bronnen tötet einen Vater, der den Sohn gequält hat.

Ich möchte zur Entschuldigung dieser Söhne sagen, daß die Qualen des Körpers und der Seele des Kindes, die die Eltern ihm antun, sich für den Sohn so gefährlich wie eine sich immer wiederholende Morddrohung ausnehmen. Aber das Leben ist gnadenlos. Es wertet die peinvollsten körperlichen und seelischen Qualen nicht so schwer wie den leiblichen Tod. Und es macht sich nichts aus Vergeltung. Es bricht den Stab über den Elternmördern. Wenn ein Kind sich durch Tötung seiner Eltern von seinen Qualen befreien will, verfängt es sich in den Netzen der Eltern schlimmer, als es je in ihnen gefangen war. Die Befreiung von ihnen gelingt nur bei Einhaltung des »Auge um Auge«. Haben die Eltern mich gequält, quäle ich sie, haben sie mich verfolgt, verfolge ich sie, haben sie mich gedemütigt, demütige ich sie, haben sie mich verlassen, verlasse ich sie . . .

Auch wenn die Erwiderung des Verhaltens – das »Auge um Auge« – erst Jahre nach den elterlichen Taten erfolgt, ist sie keine Rache, sondern immer noch eine Notwehr gegen eine unmittelbare Bedrohung. Alle Akte des Kindes gegen seine Eltern geschehen aus Notwehr. Die Handlungen der Eltern gegen das Kind, in seinem jüngsten Alter an ihm verübt, sind, von der Seite der Eltern aus gesehen, oft nur einmal getan und dann für sie vorbei und vergessen. Im Kinde sitzen sie nicht nur tief und unvergessen fest, sondern sie wiederholen sich auch in seiner Seele. Durch jedes Zusammentreffen mit den Eltern werden sie erneuert, geschehen sie bis ins erwachsene Alter des Kindes wieder und wieder. Und nicht nur die Eltern lassen die vergangenen Taten gegen das Kind auferstehen. Es tut sie sich selbst wieder und wieder an oder läßt sie sich von der Welt antun. Die frühen Verletzungen treiben in ihm ihr Unwesen wie böse Geister, die überfallplötzlich dem Kinde erscheinen können. Orest bringt seine Mutter um, weil sie noch gestern seinen Vater getötet hat. Ödipus jagt seinem Vater das Leben ab, weil er den Sohn eben erst ausgesetzt hat. Der Wiederholungszwang wirkt so lange, bis die Eltern aus der Seele des Kindes ausgetrieben sind.

Was war das »Auge« der Eltern gegen mich? Sie haben mir Not bereitet und mich in Scham versetzt. Sie haben mir eine Geschichte zugemutet, die mich als ihr Sohn vor aller Welt unmöglich macht. Ihre schuldhafte Bewußtlosigkeit hat sie zur Beihilfe bei den größten Verbrechen aller bisherigen Zeiten verleitet. Mit ihrer nach 1945 fortgesetzten Gedankenlosigkeit haben sie sich einer Bewältigung ihrer Teilnahme am Dritten Reich entzogen und dadurch ihr Tun an mich weitergegeben.

Von ihren Wünschen und Vorstellungen verformt, habe ich mich, solange ich denken kann, vor Menschen geschämt. Ich konnte es nicht aushalten, wenn ich von Fremden angeschaut wurde. Ich kann die Male nicht zählen, in denen mir der Schweiß ausgebrochen ist, nur weil ich Blicke auf mich gerichtet fühlte. Wie ein Monster, das von allen Menschen angegafft wird, sich nur im Sprung nach vorn wehren kann und im Zirkus oder auf Jahrmärkten auftritt, so habe ich versucht, aus dem Starren auf mich einen Beruf zu machen. Ich wollte mir die Scham mit der Darstellung aller meiner Geheimnisse wegtherapieren, wollte mein Verborgenes aufdecken, dadurch all mein Schamauslösendes aufheben. Das Verfahren hat nichts genützt. Die Scham blieb in mir und wird bleiben, solange meine Eltern in mir sind.

Also bereite ich den Eltern Not und versetze sie in Scham. Beides wird durch die Veröffentlichung dieses Buches geschehen. Mit ihm hebe ich das vierte Gebot für mich auf. »Du sollst deinen Vater und deine Mutter ehren«? – tue ich nicht mehr. Ich liebe und ehre nur die Menschen, die gut zu mir sind. Meine Eltern waren böse zu mir. Um mich von ihnen zu befreien, bin ich böse zu ihnen. Ihre Nachbarn, Freunde, Bekannten und Verwandten können über sie lesen, werden dann zwar in Solidarität mit ihnen den Kopf schütteln über ihren »wahnsinnig gewordenen Sohn«, aber es wird etwas an den Eltern hängenbleiben, denn der Apfel kann nur neben den Stamm fallen.

Wenn sie an den Aufregungen, die ihnen die Lektüre bereiten wird, sterben sollten – der Vater an einem Herzinfarkt oder Schlaganfall, die Mutter an einem Unfall oder einer schweren Krankheit –, würden sie an den Folgen der Not, die ihr Sohn ihnen bereitet hat, sterben, wie er ebenso an den Folgen ihres Verhaltens hätte sterben können und noch immer sterben kann. Sie würden aber, deutlicher gesehen, an ihren unbereuten und ungesühnten Taten, an ihrem Beharren auf Unveränderbarkeit zu Fall kommen. Ich stelle mit diesem Buch ihre Taten und ihren Starrsinn vor sie hin. Ohne ihr In-mir-Sein, ohne die Weitergabe ihres faschistischen Potentials an mich wäre es undenkbar. Meine Unerbittlichkeit und meine kompromißlose Parteilichkeit für das Kind Volker, wie für alle Kinder, sind aus dem Material ihres Fanatismus und ihres Starrsinnns hervorgegangen. Der Faschismus der Eltern, vom Sohn unfreiwillig übernommen, wird nun gegen sie gerichtet. Ich tue das alles mit einem letzten Hoffnungsschimmer, die Eltern dadurch doch noch zu verändern. Ich tue es mit der Gewißheit, ihr Verhalten in mir damit aufzuheben. Alle anderen Mittel – Beschwörungen, Bitten, Aufklärungen, die unzähligen Gespräche im privaten Kreis – haben nichts genützt, haben weder die Eltern verändert noch mich von ihnen befreit.

Das Allerschlimmste, das sie mir angetan haben, tue ich ihnen nicht an: die drohende Spaltung meiner Seele, die begonnene Manövrierung in die Geisteskrankheit. Ich wüßte nicht, was ich ihnen Entsprechendes antun könnte, was die Macht jetzt hätte, sie als

»alte Leute« in die Nähe der Nervenheilanstalten zu bringen. Ich will das auch nicht. Bei der Erwiderung ist es nicht nötig, alle bösen Verhaltensweisen der Eltern ihnen selbst anzutun. Für den Austreibungseffekt genügt die Umkehr *einer* Handlung. Es geht darum, der Kinderseele Genugtuung zu verschaffen und sie vom Bann des elterlichen Verhaltens zu befreien. Es geht nicht darum, die Eltern zu schädigen, sie mit Vergeltung zu jagen.

Nicht in dem verborgensten Winkel meines Herzens beabsichtige ich den Tod oder körperliche Leiden meiner Eltern. Es gehört zu meinem »Auge um Auge« nur, daß sie wenigstens für eine Weile einen Bruchteil der Gefühle haben, die ich erleiden mußte. Ich will, daß sie in ihre kommenden fünf bis fünfzehn Jahren, die sie noch leben können, wollen und sollen, nur eine Ahnung mitnehmen von der Scham, die sie mir in mein Leben eingezogen haben. Was sind fünf bis fünfzehn Jahre – und wie lange sie sich davon wirklich schämen werden, ist ungewiß – gegen die Hälfte eines Lebensalters, die ich in Scham verbracht habe! Und meine Scham reicht in meine früheste Kindheit hinein. Dieses Gefühl aus mir herauszubekommen wird auch nach der Elternaustreibung schwer sein, da alle frühen Verletzungen in der Seele beinahe so fest sitzen wie das biologische Material in der Zelle.

Wenn ich den Eltern Not bereite und sie in Scham versetze, wird etwas Revolutionäres in ihrem Verhältnis zu mir geschehen. Sie werden Wut auf mich bekommen. Die Wut wird mich aus ihrem Energiekreislauf herausbefördern. Sie ist der entscheidende Schnitt bei der Operation der siamesischen Zwillinge. Mit ihrer Wut wird endlich das sichtbar werden, was die Eltern lange Zeit verborgen tun, was sie schon gegen das kleine Kind getan haben: die Austreibung ihrer Mütter, nicht vollzogen an ihren Müttern, sondern an mir. Meine Eltern werden eindeutig. Sie dürfen, ja müssen mich hassen. Ich lasse ihnen keine versöhnlerischen Lücken. Sie müssen gegen mich fühlen. Dadurch bin ich erlöst. Ihre versteckten Gefühle gegen mich kommen heraus. Ich hatte sie bisher nicht verdient. Mit diesem Buch verdiene ich ihren Haß. Ich nehme dem Vater die Schuldgefühle, die er nach jeder Aggression gegen mich gehabt hat. Und die Mutter locke ich aus ihrer Ausdruckslosigkeit heraus, mache ihr die Fortsetzung ihrer Zurückhaltetechnik unmöglich. Endlich gebe ich beiden einen Anlaß, mich ungehemmt zu hassen. Sie werden öffentliche Unterstützung von ihren Altersgenossen bekommen, die ihnen auf Wogen der Entrüstung über meinen Sturm gegen die Elternkultur Sympathieschäume zuschwemmen werden.

»Mit Eurem Haß auf mich erlöse ich Euch von Eurem faschistischen Potential. Hättet Ihr in Eurer Jugend Eure Eltern Euch austreiben können – wäre das historisch möglich gewesen –, hättet Ihr nicht Juden hassen und gegen Polen, Franzosen, Tschechen, Ungarn, Belgier, Holländer, Russen, Briten ... Krieg führen müssen. Wie bei Frau Andreas, so ist auch bei Euch der nicht ausgelebte, nicht ausgefühlte Haß nach oben gegen Eure Eltern von Euch verschoben worden. Ihr habt ihn zur Seite gegen Minderheiten und andere Völker und nach unten gegen Eure Kinder verteilt. Die Verschiebung des Hasses ist wirkungslos für Eure Befreiung gewesen. So schmerzlich es für Euch auch ist, Euer Kind nach allen Seiten hin deutlich erkennbar ablehnen zu müssen, Ihr lehnt nicht Euer Kind ab, sondern Eure Eltern. Ich bin nicht mehr Euer Sohn. Ich bin Eure bösen Mütter und Väter. Indem ich Euch der Allgemeinheit preisgebe, nehme ich mir die Macht heraus, die Eure Eltern über Euch gehabt haben. Ich lasse Eure Haßverschiebung rückgängig werden und ermögliche Euch dadurch eine späte Austreibung Eurer eigenen Eltern. Ich setze das Oben außer Kraft, das Ihr in meiner Seele eingenommen habt und das, verkörpert in Stellvertreterfiguren, mich mein bisheriges Leben verfolgt hat. Rücksichtslos wie der Vater bemächtige ich mich Euer, unbarmherzig wie die Mutter entziehe ich mich Euch. Was Ihr mir angetan habt, tue ich Euch an und nicht der Welt.«

Zweiter Teil

1 »Elternaustreibung oder Partnertrennung« – unter diesem Titel wollte ich ein Paarbuch schreiben. Eine neue Therapie der Zweierbeziehung schien in Sicht zu sein. Abschied von den Eltern – und die Liebenden können beieinander bleiben. Die Wende zum Guten ereignete sich dreimal zwischen Andreas und mir.

Andreas hatte Versöhnungsfühler nach mir ausgestreckt. Er wohnte bei einem Freund in Freundschaft ohne Liebe. Das tat ihm gut. Er empfand sich mir gegenüber erwachsen geworden. Als ich von einer wochenlangen Arbeitsreise in unsere Stadt zurückgekommen war, rief er mich sofort an: »Schön, daß du wieder da bist!« Er gab zu, daß er schon oft versucht hatte, mich zu erreichen. Wir verabredeten uns auf morgen in der Wohnung des Freundes.

An der Tür, die Andreas nach meinem Klingeln öffnet, fliegen wir aufeinander. Seine Gestalt, seine Gesten, sein Gesicht dringen in mich ein, nein blitzen in mir auf. Es ist, als trüge ich ein Negativ seines Bildes in mir, das zum belichteten Positiv wird, wenn ich ihn leiblich vor mir habe. In mir wird es positiv, in mir wird es hell. Er wird ich, wenn ich ihn sehe.

Er gestand mir ein, wie nah auch ich ihm war. Er war verwirrt, er wollte Entfernung, Lockerheit üben, so mit mir umgehen wie mit dem Freund, bei dem er wohnte, wie er mit entfernteren Freunden umging. Ich sollte einer von vielen, einer in der Runde von Männern sein, die um ihn waren, sollte nicht der Sondermensch »Liebster« bleiben, sein ein und alles.

Wir gingen essen. Er redete von Männern, die mit ihm leben wollten. Er wollte vorerst keine neue Beziehung. Vielleicht lieber mal bei einer »flotten Frau« leben, ja so etwas wollte er ... Ich hörte nicht mehr hin, wenn er erzählte, was er alles wollte. Ich war gepeinigt von seiner Gestalt, die in mich eindrang, von seinem Bild, das sich in mir lebendig bewegte. Sehnsucht nach seinem Leib stach mich. Aus der Betroffenheit von ihm wollte ich übergehen zu austauschendem Treffen unserer Körper. Aus der Einheit wollte ich Vereinigung machen. Das ging nicht mehr. Also mußte ich seine Verbildlichung in mir abkratzen, durfte ihn nicht mehr ansehen, übte, ihm nicht in die Augen zu schauen.

Da saßen wir voreinander und waren eins, auch wenn uns etwas auseinandergerissen hatte. Die Teile berauschten sich. Einmal hatten sie zu einem Ganzen gehört. Es paßte noch alles gut zusammen. Aber wir hatten den Leim nicht, um unser auseinandergesprungenes Schälchen »Beziehung« wieder heil zu kleben.

Nach dem Essen trotteten wir auf die Wohnung des Freundes zu, der sich verdrückt hatte, um uns die Chance zu geben, allein zu sein. Andreas lud mich ein, mit hinaufzukommen. Er sagte: »Jetzt, seit ich getrennt von dir bin, kann ich wieder mit dir, nun ist alles wieder möglich.« Er fragte mich, ob ich denn wollte – er wollte. Ich wollte lieber nicht zu ihm mit hinaufgehen, aber ich war krank vor Wollen und Nichtdürfen, vor Nicht-wollen-Dürfen, und ließ mich in ein »Jaja« hineinziehen. »Also doch Sartre-Beauvoir«, dachte ich, »das klassische Liebespaar, das zusammengeblieben war in getrennten Wohnungen.« Ich jubelte. Als wir nackt waren, bemerkte ich jedoch, daß seine Bedürfnisse nach mir wieder nicht aus seiner Mitte heraus kamen. Nur ein Bruchteil einer Sekunde schoß mir der Gedanke durch den Kopf: »Es hat sich nichts verändert. Er will meinen Mund, meine Brust, aber nicht mein Geschlecht!« Ich war benommen, war mehr ohnmächtig als meiner Sinne mächtig. So lange Zeit ohne meinen Andreas und überhaupt nichts und mit niemandem sonst. Ich überschlug mich vor Erschütterung, Andreas kämpfte nur mühsam und ohne Erfolg. Mit seinem zurückgehaltenen Rausch hatte er abermals deutlich gegen mich gestimmt.

Ich ging trübe weg.

Am nächsten Morgen rief er an und klagte über die Nähe, die er mir gegenüber nicht mehr fühlen wollte. Er sagte: »Von meiner Mutter habe ich mich abgegrenzt, von dir bin ich es immer noch nicht!« Abgegrenzt von seiner Mutter! Er hatte ihr sofort seine neue Adresse und seine Telefonnummer gegeben. So war es wieder losgegangen mit dem Äthergewisper und Sonntagsgeflüster. Andreas betrieb Partneraustreibung anstatt Elternaustreibung. Mit der Mutter alles klar! Über Bord muß der Liebhaber! Immer wieder passiert das in Beziehungen: Trennungen vom Partner, noch mal und noch mal, und die Mutter, von der eigentlich sich getrennt werden müßte, bleibt und bleibt. Die Beziehungen gehen in der Regel nach zwei bis fünf Jahren auseinander. Nicht mehr »das verflixte siebente Jahr«, sondern das verfluchte zweite, dritte, vierte oder fünfte Jahr bedroht uns heute. Zwischen zweitem und fünftem Lebensjahr finden die ersten Lösungsversuche der Kinder von ihren Müttern statt. Was den Menschen in ihrer frühesten Zeit nur unvollkommen möglich war, müssen sie nachholen. Und sie tun es unangekündigt einbruchhaft mitten im Frieden scheinbar erwachsener Übereinkünfte: »Ich brauche meine Freiheit!«

Ich machte einen Rettungsversuch. Ich sagte: »Deine Mutter oder ich! Entweder du trennst dich von ihr, was heißt: kein Brief, kein Telefonat, kein Wiedersehen – sie stirbt hier und jetzt und wird auch gleich beerdigt! –, oder du hast mich verloren.«

Andreas sträubte sich, auf mein »Deine Mutter oder ich!« einzugehen. Mein Körper war ihm nicht wichtig. Ich mußte schärfer werden: »Ich will dich nie mehr wiedersehen, wenn du dich nicht von deiner Mutter trennst!« Er wehrte sich: »Das ist faschistisch! Und ich weiß nicht, ob mich das verändert.« – »Ich weiß es aber. Ich erlebe es doch, seit ich mich von meinem Vater getrennt habe.«

Nach dem Vier-Seiten-Brief meines Vaters war es zwischen ihm und mir für eineinhalb Jahre feindlich geworden. Ich hatte an die Fortsetzung unseres Kontakts eine Bedingung geknüpft: Ich wollte, daß er sich für seinen Brief entschuldigte und seine Haltung gegenüber der Beziehung von Andreas und mir änderte. Er entschuldigte sich nicht, er änderte sich nicht. Ich brach die Verbindung ab: keine Briefe, keine Telefongespräche, keine Besuche.

Ich hatte mir die Wirkung meiner Trennung vom Vater nicht so plump vorgestellt, wie sie war. Als ich seine Sorgen um meine finanziellen Angelegenheiten los war, hatte ich selbst keine Sorgen mehr um meine finanziellen Angelegenheiten. Ich beendete mein Dasein als Redner, konzentrierte mich auf das Schreiben, bekam Angebote von Verlagen, Fernsehanstalten und Zeitschriften, war ökonomisch gesichert wie nie zuvor. Die Eltern sind wie ein Topf, der über ein Stück Gras gestülpt worden ist. Gelb wird es darunter. Abgetrennt von der Sonne kann kein Halm mehr richtig wachsen. Ist der Topf weg, grünt es von neuem los, wie bei den Gräsern nebenan.

Andreas sah das alles bei mir, behauptete aber, mit der Mutterbindung verhielte es sich anders. Es sei viel schwerer, ja unmöglich, sich von der Mutter zu trennen. »Nachher lade ich bloß Schuld auf mich und werde doch nicht gesund!« »Gesund« hieß, endlich zu sich zu kommen, keine Depressionen Nacht um Nacht zu haben, Passivität und Willensschwäche nicht mehr erleiden zu müssen, Partner und Lebensbedingungen zu finden, die ihn zufrieden machen würden.

Andreas drehte sich im Kreise. Von den fünf Schritten der Elternaustreibung tat er ausgiebig vier, die ersten und die letzten beiden, vermied aber den zentralen dritten.

Er haßte seine Mutter. Der Haß ist der erste Schritt, geht noch nicht auf die Eltern zu oder von ihnen weg. In seinem Inneren macht das Kind die Eltern als Fremdkörper seiner Seele ausfindig. Sind sie wirklich die Anheizer, Aufpumper, Auseinanderreißer, die Energieräuber, Willensbedroher, Killer des Selbst? Kaum war Andreas in der Sicherheit unserer Beziehung geborgen, begann er, auf seine Mutter zu fluchen, daß sogar ich dachte: »Erbarm dich, Gott, das ist zu viel!«

Er lehrte mich den zweiten Schritt, die Umkehr des Eltern-Kind-Verhältnisses, das »Auge um Auge«: »Ganz nah ran mußt du gehen, der Mutter an die Kehle!« sagte er. »Du mußt sie dir entschleiern, alles mußt du über sie wissen. Ich kann mich nicht von ihr lösen, wenn sie mir ein Geheimnis bleibt. Ich muß ein Absprungbrett im Sumpf ›Mutter‹ finden. Und dann mußt du ihr heimzahlen, was sie dir angetan hat.« Ich hatte das eingesehen. Fünf Jahre war ich sein Gehilfe gewesen. Vor jedem Urlaub und nach jedem Urlaub trafen wir bei der Mutter ein, fuhren auch an verlängerten Wochenenden zwischen seinen Urlauben und an Feiertagen zu ihr hin. Er verbrachte Monate seiner arbeitslosen Zeit bei ihr. Dafür verbot er ihr hinterher, ihn anzurufen, rief sie aber selber an, leider nicht dann, wenn *er* es wollte, sondern wenn er meinte, es tun zu sollen. Wenigstens bestimmte er den Zeitpunkt der Anrufe. Er behauptete: »Wenn ich sie überrasche, kann sie nicht so von mir zapfen. Sie ist nicht auf mich eingestellt, hat vielleicht nicht viel Zeit, dann kann ich schnell wieder Schluß machen, hab' aber meine Pflicht getan.« Er ließ seine Mutter hängen, meldete sich einige Wochen lang nicht. Ich mußte ihn am Telefon verleugnen, wenn sie einen Sorgeanruf tätigte. Er machte es mit ihr, wie sie ihn als kleines Kind im Stich gelassen hatte. So drehte er allerlei Spieße um. Auch hatte er aus der Mutter herausgepreßt, was er von ihr wissen wollte, ihre letzten Geheimnisse ihr entlockt und ihr obendrein zum Dank dafür »Stinkfotze« an den Kopf geknallt.

Ich hatte in den fünf Jahren geduldig darauf gewartet, daß seine Mutter eines Tages aus ihm führe. Es geschah nicht. Mir kam der Verdacht, daß Andreas, statt sich von ihr zu trennen, enger an sie heranwuchs, daß er sie fester in sich einschloß. In seinem Leben hatte sich nichts verändert. Seine Zustände waren geblieben. Unsere Beziehung hatte sich nach und nach verschlechtert. So kam ich auf den dritten Schritt der Elternaustreibung, der nur mit einem einzigen Wort zu kennzeichnen ist: trennen. Er bedeutet, von den Eltern für immer Abschied zu nehmen, sie nie mehr wiederzusehen. Ohne diesen Schritt sind die beiden ersten umsonst und kann der vierte Schritt nicht gelingen. Andreas hob seine Mutter mit vielen Brutalitäten aus sich heraus, bestätigte ihr fast bei jedem Treffen: »Ich hasse dich!« – »Schön!« nickte die Mutter und sprang wieder in ihn hinein. »Deine Mutter muß an den Nordpol oder besser auf den Mond, auch wenn er in einem Nachbarort unserer Stadt liegt. Funkstille ist das Wichtigste. Sie darf nicht wissen, wo du wohnst, keine Adresse und keine Telefonnummer von dir haben. Immer wenn sich deine Seele nach der Trennungsoperation erholen will, gibst du deiner Mutter Gelegenheit, heimlich wieder an dich anzuwachsen.« Frau Andreas wußte, daß der Botschaftskontakt mit ihrem Sohn über die Leitung des Bescheidwissens aufrechtzuerhalten ist. In jede seiner Wohnungen war sie zu Besuch gekommen. Sie hatte Andreas nicht weiter gestört, nur ein Täßchen Tee mit ihm eingenommen oder eine Nacht auf einem Notbett bei ihm zugebracht. Trotz meiner jahrelangen Wehr hatte sie es schließlich doch geschafft, auch in unsere Wohnung einzudringen. »Andreas! Dein Haß auf deine Mutter ist ihr gleichgültig. Die Umkehr eures Verhältnisses verändert nichts, wenn immer und immer wieder das

Verhältnis zwischen euch bestehen bleibt. Solange sie an und in dir ist, bekommst du ihre Programmeinspeicherungen nicht aus dir heraus.«

Andreas glaubte mir nicht. Er konzentrierte seine restliche Kraft, die ihm nach den Schritten eins und zwei noch geblieben war, auf den Schritt vier der Elternaustreibung. Erst wenn die Trennung von den Eltern vollzogen ist, kann die Seele geheilt werden. Dann erst kann die Identifiktion mit den Eltern gelockert, können ihre Botschaften gelöscht, kann der Wiederholungszwang außer Kraft gesetzt und das Verhaltensmuster wirkungslos gemacht werden. Das Leben von Andreas war zu einer Dauerpsychotherapie geworden. Unsere Beziehung war eine nicht enden wollende Therapie. Meine Erfahrungen aus meiner Psychoanalyse hatte ich Andreas zugänglich gemacht. Wie der Holländer sein Land Meter für Meter der See abgerungen hat, so bauten wir Tag und Nacht an dem Ich von Andreas, rangen es Stück für Stück der Mutter ab. Ich war bei dieser Arbeit zu einem Sisyphus geworden. Nach jedem Telefonat, erst recht nach jedem Besuch, war das Land »Andreas« mir wieder vom Muttermeer entrissen worden. Und er ließ nicht nur mich Sisyphus spielen. Er probierte die Haupttherapieangebote durch, die es heute auf dem Psychomarkt gibt. Er saß in Einzelanalyse. Er ging zu Gruppenkursen. Er betrieb Bioenergetik. Er übte den Urschrei. Er machte Sozial- und Sexualtherapien durch. Er tanzte Psychodrama. Er war bei der Transaktionsanalyse dabei. Er wurde allmählich zu einem wandelnden Lexikon der unübersichtlich gewordenen Heilverfahren seelischer Störungen. Einige Techniken wiederholte er sogar. Er saß mehreren Analytikern vor. Einmal sollte es eine Frau sein, damit er besser von seiner Mutter abgelöst würde, ein anderes Mal schwor er auf einen Mann, der ihm den fehlenden Vater aufbauen sollte. Aus den Mühlen aller Seelenwölfe kam immer wieder unverändert mein armer Andreas heraus. Nach jedem Durchgang durfte ich raten, wer wohl da noch feste in ihm saß.

Er keuchte nicht nur jahrelang umsonst mit dem vierten Schritt auf der Stelle, er bemogelte mich – und damit auch sich selbst – beim fünften. Eine Wiederbegegnung mit den Eltern ist möglich, wenn Eltern und Kinder zu selbständigen Personen geworden sind. Wenn das Kind sich aus der Existenz der Eltern herausgelöst, einen eigenen Energiekreislauf gebildet, eine befriedigende Arbeit gefunden, ein selbständiges Triebleben eingerichtet, seine Wünsche und Ziele in einem unabhängigen Lebensplan verwirklicht hat, mit dem es den Einbußen und Behinderungen der patriarchalischen Gesellschaft höchstmöglich zu trotzen vermag, dann, dann, dann, ja dann . . . Die Zeit für Schritt vier verbraucht Jahre. Andreas begegnete seiner Mutter jedoch immer schon nach ein paar Tagen wieder. »Sie ist jetzt ganz anders, sie nimmt mich völlig neu wahr«, verteidigte er sich. »Gut, aber du bist nicht anders, du nimmst dich nicht neu wahr.«

Andreas baute seine Burg um sich und seine Mutter mit einem neuen Mauerring gegen mich zu. Er sagte: »Ich kann ohne sie nicht leben.« Ich wollte verzweifeln: »Es ist umgekehrt, du kannst nicht leben, weil du mit ihr verbunden bist. Um mich geht es nicht. Ich hebe den Satz ›Deine Mutter oder ich!‹ wieder auf. Er muß energischer heißen: ›Deine Mutter oder du!‹« Ich machte ihm eine Liste auf. Während der Jahre unseres Zusammenlebens hatte ich nicht nur nichts vergessen, ich hatte auch alles Wichtige aufgeschrieben, denn das, was zwischen ihm und seiner Mutter geschah, schob er immer so schnell in die Verdrängung, daß er noch sein eigenes Wort von letzter Woche heute sich selbst im Munde verdrehte. So kam es, daß er die Lebensbedrohung, unter der er durch die Verbindung mit seiner Mutter stand, in eine Lebenserhaltung verkehrte. Ich fühlte: »Er geht jetzt ein, wenn er sich nicht trennt.« Das Sein, das Von-ihm-Wollen, das Mit-ihm-Tun und das Ihm-Vorleben seiner Mutter wirkte als eine Kette von Lebensbedrohungen direkt aus seinem Inneren heraus gegen ihn.

»Also, die Liste, Andreas! Sie wird wohl ein Abschiedsgeschenk werden, wie ich ahne, und kein Werkzeug zum Rumkriegen, wenn auch noch ein schwaches Gefühl es so hoffen möchte. Weil ich sie im nachhinein unseres Zusammenlebens aufschreibe, weil ich dir nur noch meine Chronistentätigkeit zur Verfügung stelle – du hast mir alles erzählt und vorgelebt, ich erfinde nichts hinzu –, könntest du sie dir zu Herzen nehmen. Ach, zu Herzen, zur Tat doch!«

Andreas mußte das Verhalten der Mutter nachahmen.

Massiv prägte sie sich in ihm ein. Es gab keinen anderen Erwachsenen, mit dessen Wirkung er ihr Bild in seiner Seele hätte verwischen können.

Er tat nichts gern. Was er machte, zehrte an seinen Kräften. Er fand das Leben zu anstrengend. So seine Mutter. Sie klagte immer, obwohl es nichts zu klagen gab. Das Geschäft ging gut, und der älteste Sohn trug die Verantwortung partnerschaftlich mit. Andreas klagte auch, obwohl seine Begabungen und seine Bedingungen ihn auf die Sonnenseite des Lebens gestellt zu haben schienen. Er aber war weder mit seinem Beruf zufrieden, noch wollte er einen anderen erlernen. Er jammerte bei allem, was er tat. Was er auch zu tun begann, wurde nach kurzer Zeit bejammernswert. So brach er überall ab, hetzte herum, wechselte Städte und Arbeitsstellen, pausierte. Das Tun gab ihm keine Zufriedenheit, aber auch das Sein nicht. Tat er nichts, drohte er zu zerfallen. Er konnte nicht selbstgenügsam freudig in den Tag hineinleben. So seine Mutter. Nie machte sie Urlaub, es sei denn mit Andreas. Am Wochenende hing sie, wartete sehnsüchtig auf Ablenkung. Wie Andreas. Allein zu reisen und allein an Wochenenden zu sein war für ihn unmöglich. Er hamsterte Ablenkungen. Alles, was von außen kam, nahm er auf und warf es wieder weg, wenn es seine Funktion, ihn von seinem Hängen vorübergehend zu befreien, erfüllt hatte.

Grotesk war das Unverhältnis, das Frau Andreas zu Dingen hatte. Sie ließ aus allen Gegenständen Müll werden. Die Dinge mußten bei ihr lagern und schließlich verrotten. Andreas rief einmal verzweifelt aus: »Meine Mutter sitzt auf allen Gegenständen des Hauses drauf, verschließt jeden Schrank und jede Kommode, sogar die meisten Zimmer hält sie krampfhaft zu. Wir Kinder dürfen nicht wissen, was hinter den Zimmerwänden, Schranktüren und Kommodendeckeln verborgen ist. Ich freue mich nur auf eines: »Sowie meine Mutter gestorben ist, renne ich ins Haus und gehe an alle Gefäße, öffne alle Türen, damit endlich alles wieder atmen kann.« Aber Frau Andreas lebt – mit Andreas' liebender

Kraftzufuhr wird sie es wahrscheinlich bis zu hundertunddrei schaffen – und modert unbarmherzig ihr Haus zu einem Dornröschenschloß. Noch das Buch auf ihrem Nachttisch wurde liegengelassener Abfall, benutzt vor zwanzig Jahren, als sie in ihm gelesen hatte, um es dann neben ihrem Bette abzulegen.

Vor Angst, ebenso wie seine Mutter aus Dingen Müll machen zu müssen, weigerte sich Andreas, etwas zu besitzen. Er konnte nichts Eigenes haben, keine noch so unbedeutenden persönlichen Dinge. Er wollte die Dinge anderer Menschen mitbenutzen, weil er selbst kein Verhältnis zu ihnen herstellen konnte. Er hatte nichts, von dem ich sagen könnte, es zeugte von ihm, es gehörte zu ihm, es stellte ihn dar. Dadurch war er kahl und war bedürftig, daß andere Menschen ihm die Dinge zu Füßen und zu Händen legten. So seine Mutter, die auch nichts Eigenes besaß. Sie wohnte im Hause ihrer toten Schwiegereltern. Sie hatte von ihnen alles übernommen, um es erstarren und verwesen zu lassen.

Das eigenartige Verhalten seiner Mutter, Gegenstände nicht zu nutzen, sondern verkommen zu lassen, brach an anderer Stelle in Andreas' Leben durch. Anstatt aus Dingen machte er aus Personen Müll. Er lernte Menschen kennen, war von ihnen begeistert, ging mit ihnen ins Bett, wenn es Männer waren, und legte sie ab. Wie seine Mutter sich Kleider kaufte, einmal anzog und zur Anlage von Spinnweben weghängte, so holte sich Andreas Männer, schlief sie einmal an und stellte sie wieder weg. Sein Sinnenleben war ein unübersehbarer Haufen angerissener, abgestellter Männer. Überall hingen ihm begonnene, abgebrochene Beziehungen herum, die ihm hochspukten, wenn er erinnernd in seine Vergangenheit drang, wenn er die Türen und Deckel seiner Verdrängungskisten aufmachte.

Er konnte auch außerhalb seiner geschlechtlichen Interessen mit Menschen nicht umgehen. Er hatte den Nähekoller. Er stürzte auf Leute zu. Ausnahmslos waren sie für den ersten Augenblick »toll«, doch binnen kürzester Zeit fand er bei ihnen ein Haar in der Suppe. Immer wieder kamen sie ihm zu nah. Er war es selbst, der keinen Abstand halten konnte. Frau Andreas hatte ihm nie den Kontakt zu Erwachsenen vorgemacht. Zu Hause gab es nur das doppelte Mutter-Kind-Verhältnis. Die Geschwister und Andreas waren die

Kinder von Frau Andreas. Und die Mutter war das Kind aller Geschwister. Je älter Andreas wurde, um so kindlicher schob sich seine Mutter unter ihn. Beziehung hieß für ihn nur Mutter-Kind-Nachleben. Unser Zusammensein war selig, solange wir Mutter-Kind-Verhaltensweisen nachspielten. Andreas war in mich verliebt, turtelte mit mir, gab mir Kosenamen, die den Worten »Mami« und »Mutti« ähnelten. Als wir in ein Stadium kamen, wo unser Verhältnis die Verbindung von Erwachsenen hätte werden müssen, konnte Andreas sich nicht verhalten. Er konnte mich nicht bei einem meiner Vornamen nennen und mir auch keinen anderen Namen eines Mannes geben. Er konnte mich als Erwachsenen nicht anreden. Es war ihm unmöglich, zu sagen, was er wollte, was er von mir wollte. Er war unfähig, Forderungen zu stellen. Am Anfang blüht jede Liebe im Kindhaften. Sie will aber eines Tages in die Erwachsenheit reifen; für alles Sichbeziehen von Menschen muß sie das, auch für die Beibehaltung und Vertiefung von Lust. Da ich schauspielern kann, habe ich einige Jahre hindurch für Andreas die Kindlichkeit weitergespielt und ihn damit halten können. Er war empört, wenn ein »Neuer« Erwachsenheit von ihm verlangte. Dann ließ er ihn sofort fallen. Sein Zwang zur Kindlichkeit machte Andreas selbst zu Sisyphus, trieb ihn immer wieder auf die Suche nach den Anfangsmomenten einer Liebe.

Andreas mußte der Mutter Schutz und Kraft geben.

Das Bild, das sie sich von ihm gemacht hatte, mußte er unangetastet für sie bewahren, durfte es nicht trüben mit Vorstellungen, die er von sich selber hatte. Bei der Verwirklichung seines eigenen Lebens wurde er gestört von der Bedeutung, die er für die Mutter einnahm.

Andreas' heftigste Not war seine Liebesunfähigkeit. Bei der Einspeicherung des Programmes »Heiraten brauchst du mal nicht!« hatte seine Mutter nur an Frauen gedacht. Als er nach vielen Jahren mit einem männlichen Partner vor sie trat, ließ sie ihn wissen: »Überhaupt keinen anderen Partner neben mir!«, denn sie bemerkte, wie sein Mann für sie bedrohlicher wurde, als es je eine Frau hätte sein können. Ihre drei verheirateten Söhne hatte sie fest in der Hand. Ihr jüngster begann mit Hilfe seines Freundes, sich ihrem Einfluß zu entziehen. Da schaltete sie die Botschaften um, speicherte in Andreas ein neues Programm: »Sei nicht eindeutig!« »Beziehungen unter Männern müssen nicht lebenslänglich halten!« »Den Volker mag ich nicht!«

Andreas sollte für seine Mutter Gatte und Vater sein. Durch den Namen »Andreas« – wie der tote Vater hieß – bedrohte sie ihren Sohn mit dem Tod. Andreas war zwar der kleine Andreas, der neue, aber er war auch ein Toter. Er stand vor dem eigenen Grabstein, wenn er zum Grabe seines Vaters ging. Die Namensgebung war wie eine Abtreibung, gestreckt auf Lebenszeit.

Frau Andreas behauptete, ihr Sohn sei »ganz genau« wie ihr Vater. Weder Verhalten noch Aussehen dieses Mannes wiederholten sich in Andreas. Und wenn sie von ihrem Vater erzählte, kam nur Scheußliches zum Vorschein. Andreas war jedoch bis zu der Zeit unserer Beziehung, als er mit seiner Mutter zu ringen begann, nie scheußlich zu ihr gewesen, sondern ein Muster an lieblichem Sohnesverhalten. Wäre er mit mir doch immer so umgegangen wie mit seiner Mutter früher! Wenn Frau Andreas behauptete, Andreas sei wie ihr Vater, dann bezog sie sich nicht auf Tatsachen, sondern brachte ihre Wünsche zum Ausdruck. Ihr Sohn sollte alles verwirklichen, was Menschen sich von einem guten Vater vorstellen. Er sollte beschützen, begleiten, beraten. Das tat Andreas. Bei jedem Hosenknopf, den die Mutter annähen wollte, fragte sie den Sohn, wo genau er hin sollte. Andreas war, als ich ihn kennenlernte, nicht nur ein Knabe, sondern auch ein Vatchen. Die Lokalsirene, die alle Männer auf sich zuschwirren lassen konnte, verwandelte sich oft am Tage in einen Trippelgreis mit langen Mänteln, der vom ersten besten Windstoß ins Schwanken geriet. Er war nicht wie ihr Vater, sondern er war eine Vaterkorrektur, ein harmloser Vater, an dem Frau Andreas sich für alles rächen konnte, was ihr originaler ihr angetan hatte. Andreas' Leben war ein Schlachtplatz der Rache seiner Mutter. Seine Geschwister waren in ihrem Dasein eingependelt. Sie blieben zwar unentfaltet, aber sie hatten sich wenigstens ein Rinnsal eigenen Lebens bahnen können. Andreas strauchelte, pendelte, hetzte. Er hatte nicht einen Tropfen Eigenes. Sowie er begann, sich ein Weglein zu suchen, funkte die Mutter ihn zurück.

Mehrmals hatte ich das beobachten können und zugleich erleiden müssen, denn einen seiner kleinen Wege, die Andreas bauen wollte, hatte er gemeinsam mit mir begonnen. Als seine Schwester aus dem Haus der Mutter ausgezogen war, mußte ein anderes Kind Leben in den Moderpalast bringen. Alle Brüder hatten Häuser und saßen mit ihren Familien darin fest. Nur Andreas war frei. Wir hatten uns kaum von den Brockhaus-Botschaften meines Vaters erholt, als Frau Andreas mit Alarm uns zu sich rief. Ich war überrascht, daß mein Freund plötzlich eine Krise mit seinem Chef unter keinen Umständen meistern wollte. Immer wieder hatte es Spannungen zwischen ihm und einem Kollegen oder Vorgesetzten gegeben. Alles hatte er gut überstanden. Nun gleich das Handtuch werfen und noch ein ganzes Jahr Pause dazu, das er verlängerte auf fast zwei?! Was hätten wir da alles miteinander und mit anderen Menschen tun können. Andreas machte für sein Leben gern Pläne. Er wollte aufs Land, er wollte in Gruppen leben, ins Ausland gehen ... Warum denn dann zur Mutter ziehen für unbegrenzte Zeit? Er fädelte seine Entscheidungen zu diesem Ziel hin so geschickt ein, daß es für mich beinahe wie Heimtücke aussah. Arbeitskrise – da war ich erschrocken. Pausejahr – da hatte ich Hoffnungen. Erst als ich einverstanden war mit der Kündigung und der langen Arbeitsruhe, kam wie vom Himmel der Vorschlag, zu seiner Mutter zu gehen. Ich konnte mich schwer seinem Drang entziehen, nicht auch gleich noch unsere Wohnung in unserer Stadt aufzugeben und mit allen Möbeln bei seiner Mutter einzutreffen. Ein Rest von Intuition hatte mich davor bewahrt. Während der Telefonate, bei denen ich Andreas verleugnet hatte, sprach sie oft davon, daß wir doch die Miete in ihrem Haus sparen könnten. Die Miete sparen, hervorragend – das war ein Entgegenkommen! Was ich statt der Miete zu zahlen hatte, sollte ich erst später erfahren. Die Mutter gab ihr Ansinnen der Tochter einmal unumwunden zu: »Mit Andreas allein ist es viel schöner!« Und ihr Andreas schickte seinen Freund erst aus dem Haus und dann aus der Beziehung.

Als wir uns mit Müh und Not aus ihren Fängen noch einmal herausgewunden hatten, ins Ausland geflohen waren, in Paris ihr Im-Geiste-Mitschweben überstanden und am französischen Meer endlich wieder zueinandergefunden hatten, kam der schwerste Schlag, die Krankheit der Mutter. Andreas wurde von ihr als Heiler abberufen. Danach haben wir uns nie wieder erholt. Der Mutter Leben zu geben hieß gleichzeitig, dem Freunde Tod zu wünschen.

Leben der Mutter geben, Tod dem Freunde wünschen – wie gut hat das geklappt. Ein Mann, der vor mir Andreas liebte, hat sich umgebracht. Als Andreas' Lebenskamerad bin auch ich schon tot: ». . . sollst so werden wie alle Menschen um mich.« Ich existiere nur noch als Chronist. Meine ehemals frischen Schmerzen trockneten in der Erkenntnis ein, daß die Mutteraustreibung besonders schwer, vielleicht unmöglich ist. Die Mütter sind als unterdrückte Frauen so in ihrem Energiekreislauf und in ihrem Triebhaushalt gestört, daß sie ihre Kinder als Balance für ihre aus den Fugen geratene Existenz brauchen. Das Kind reißt nicht ein Loch in die Mutter, wie Castaneda sagt, sondern die Mutter reißt ein Loch in das Kind. Der Begriff »Selbstlosigkeit« bemäntelt das Loch im Leben der Mütter, das sie mit dem Leben ihrer Kinder stopfen wollen. Frau Andreas hatte viele Löcher von ihren Eltern eingerissen bekommen. Ihre fünf Kinder taten alles, was die Mutter von ihnen wollte, und kamen doch nie nach, ihr ihre Löcher zu stopfen. Andreas stopfte am meisten. Dafür war in seiner eigenen Existenz ein großes Loch. Sein Leben war eine Öffnung zu seiner Mutter hin, um sie nähren zu können mit allem, was er war, was er hatte und was er selbst bekam.

Ein muttergebundener Mensch ist wie ein Faß ohne Boden. Was an Lebendigem in ihn hineinwirkt, fließt durch ihn durch und verschwindet bei seiner Mutter. Da alle Mütter selber schon Faß ohne Boden sind, geht die Lebensenergie von den Kindern über ihre Mütter in die Gräber ihrer Großmütter. So weit ist es gekommen: Die unterdrückten Frauen geben als Mütter das Leben nicht mehr, sondern sie nehmen es. Unter dem Vorgang des körperlichen Gebärens, der den Anschein des Nach-vorn-Lebens erweckt, geht das seelische Leben nach hinten.

Die Aboperation von der Mutter würde mit diesem Energierücklauf Schluß machen. Der Sohn trennt sich von dem Faß ohne Boden, verschließt sein eigenes Lebensfaß, bekommt dadurch endlich einen Boden, wie das Volk sagt: »Boden unter den Füßen«, wenn es Zu-sich-Kommen, Zur-Ruhe-Kommen meint.

Andreas mußte seine Erfahrungen von den Handlungsweisen der Mutter vergiften lassen.

Er war auf die ersten Taten, die seine Mutter gegen ihn unternommen hatte, festgelegt. Er erlebte die Welt als ein Gegen-ihn-Sein. Er sehnte sich danach, daß die Mutter den negativen Beginn seines Lebens korrigierte.

Frau Andreas hatte versucht, ihr Kind abzutreiben. Es war Krieg, ihr Mann war tot, sie hatte schon vier Kinder und war das achte Mal schwanger. Die Frau trifft nichts, aber Andreas war getroffen worden. Er hatte seine Abtreibung eines Nachts geträumt. Er ist in einem dunklen Schlauch, und mit Nadeln und heißen und kalten Wasserstrahlen wird gegen ihn vorgegangen. Er schreit um Hilfe, bis Engel kommen und ihn erlösen. Nadelstiche und Wassertraktierungen sind Abtreibungstechniken. Seine Mutter gab ihm gegenüber eines Tages die Abtreibungsversuche zu. Sie glaubte, daß seine Depressionen von daher kämen.

Andreas war in einer langen und schweren Geburt zur Welt gekommen. Er soll im Geburtskanal steckengeblieben sein. Frau Andreas war Witwe und fast vierzig Jahre alt. Die Ärzte machten hinter ihrem Rücken üble Bemerkungen, daß sich »die lustige alte Witwe da wohl ein Besatzungskind« zugezogen hätte. Sie hörte es, und es kränkte sie so sehr, daß die Wehen aussetzten und sie sich verkrampfte und nun zu keiner entspannten Geburt mehr fähig war. Frau Andreas trifft nichts, aber Andreas war wieder getroffen worden. Er wollte und sollte hinaus, wurde stundenlang zurückgehalten, eingeklemmt und und schließlich mit Eisen herausgerissen. Seine ersten wichtigen Lebensmomente – Schwangerschaft und Geburt – waren Todesmomente. Er bekam nicht das Leben geschenkt, wie es heißt, sondern er kämpfte gegen den Tod, mit dem ihn seine Mutter bedroht hatte.

Sein Lebensanfang außerhalb des Mutterleibs war ebenso mörderisch wie der im Mutterleib. Frau Andreas hatte ihn in seinen ersten Lebensjahren in eine Kette von Unzumutbarkeiten verwikkelt. Sie gab ihn als Baby in die Obhut von Pflegerinnen, die sie alle paar Monate auswechselte, die lieblos mit ihm umgegangen sind. Er wurde bei der Stillung seiner ersten Bedürfnisse gequält. Er konnte nicht lernen, sich zu beziehen. Sein einziger Trost war seine um zehn Jahre ältere Schwester, die ihm Frau Andreas als Ersatzmutter zugeteilt hatte. Aber die Schwester war selbst noch ein Kind und hatte keine Macht gegen die scheußlichen Pflegerinnen. Als er sich ein wenig an sie gewöhnt hatte, verbannte die Mutter die Tochter aus der Nähe des Zweijährigen, steckte sie auf Nimmerwiedersehen in ein Internat. Verzweifelt riß der Kleine alle paar Tage aus und lief noch wochenlang zum Bahnhof. Er wollte schauen, ob vielleicht ein Zug seine Schwester-Mutter ihm zurückbringen würde.

Seine Mutter ging mit Andreas nicht so um, wie es für ein Kind gut ist. Sie machte das Gegenteil: Sie setzte ihn am Anfang seines Lebens aus und kettete ihn während seines Erwachsenwerdens an sich. Er konnte auf diese Weise nicht selbständig werden. Er war in seiner frühen Kindheit so mutterlos, daß er sich sein Leben lang nach Mütterlichkeit sehnen wird und nicht abläßt, zu hoffen, daß er das Entbehrte noch von seiner eigenen Mutter nachgereicht bekommt. Die Mütter können nichts Besseres tun, um ihre Kinder an sich zu binden und bei sich zu behalten, als daß sie sie in der ersten Zeit von sich stoßen und ihnen schmerzliche Entbehrungen zumuten. Die ungestillte Sehnsucht nach Mütterlichkeit wird die Kinder lebenslänglich in die Arme ihrer Mütter zurücktreiben.

Was mich bei ihm am meisten erschütterte: Andreas konnte nicht frei fühlen. Er fühlte zu spät – er merkte nicht, was mit ihm los war und was zwischen ihm und Menschen vor sich ging –, er fühlte falsch, oder er fühlte nichts. Die beiden zuletzt genannten Situationen bedrohten Andreas oft. Wenn er sich hätte schlecht fühlen müssen, fühlte er sich normal oder gut. Ärger, Wut und Verzweiflung empfand er nicht deutlich. Statt dessen schwelten in ihm Depressionen. Oft gelang es uns, sie zu verscheuchen, indem wir am Abend seinen Tageslauf oder mehrere vergangene Tage rekonstruierten und ich bei den Ereignissen, die er mir erzählte, ihm sagte, welche Gefühle ich gehabt hätte, wenn das alles mir passiert wäre. Ich begab mich sogar bei Auseinandersetzungen, die zwischen uns fällig gewesen wären, aber nicht ausgetragen wurden, in seine Lage und nahm seine Position gegen mich ein. Wenn er dann alles nachgefühlt hatte, gingen seine Depressionen weg.

Einmal war der drückende Nebel über seiner Seele besonders schwer aufzuhellen gewesen. Bei der Arbeitsstelle war nichts passiert. Ich hatte ihm gegenüber nichts falsch gemacht. Was konnte es dann sein? Ich wagte, hinter den Vorhang seiner derzeit laufenden Gruppentherapie zu schauen. Ihn hatte am ersten Abend die Situation bei der Vorstellung aller Teilnehmer gekränkt. Achtmal hatte er Mann-Frau-Verhältnisse vorgesetzt bekommen: »Ich bin fünfundvierzig, verheiratet, zwei Kinder, von Beruf ...« »Ich bin geschieden, ein Kind ...« »Ich bin verlobt ...« »Ich bin zum zweiten Mal verheiratet, habe ein Kind aus erster Ehe ...« »Ich lebe mit meiner Freundin zusammen ...« Als Andreas an die Reihe kam, hatte er sich in die Unbezogenheit hineingeflüchtet. Ein Mann allein – das war genauso wie »verheiratet« oder »zwei Kinder«. Nach mehreren Sitzungen hatte er sich schließlich ein Herz genommen und zugegeben, daß er mit einem Mann zusammenlebte. Er wollte sich gegen »diese gedankenlose Heterowelt« zur Wehr setzen, sich endlich nicht mehr gefallen lassen, wie alle Teilnehmer andauernd selbstverständlich ihre Norm herausposaunten, er aber Schwierigkeiten hätte, nur über die einfachsten Fakten aus seinem Leben zu berichten. Da sagte die Therapeutin, es sei doch allgemein notwendig, zur Heterosexualität zu reifen. Das Leben führe überall die Existenzen als Männchen und Weibchen zueinander. Mir schoß ein Wutstrahl aus dem Mund: »Blöde Ziege! Was heißt denn ›zur Heterosexualität reifen‹? Die soll erst mal unter ihren eigenen Rock schauen, ehe sie dir Vorschriften für deine Hose macht, dieses ewige Fräulein mit seinen komischen Wohngenossinnen. Wann und wo ist die denn heterosexuell? Nicht *einen* Mann hat sie vorzuweisen, noch nicht mal zum Lesbischen ist die durchgedrungen, diese Latenztante! Und was auch immer sich das Leben als Höhepunkt vorstellen mag, in dem Augenblick deines Geständnisses hätte die Therapeutin dich loben und streicheln müssen wie die gute Mutter ihr Kind für das erste Aa, das es in die Windeln macht. Da sagt sie ja auch nicht: ›Du mußt aber eines Tages aufs

Klo gehen, mein Baby!‹ Na, und wahrscheinlich war es auch ganz anders, die Schachtel begehrt dich und ist verärgert, daß so ein schöner Prinz sich nicht hergibt für ihr Sehnsuchtsschmachten.«

Andreas schaute mich erstaunt an, lächelte und ließ seine Depressionen abziehen. Er hätte in der Gruppensituation fühlen müssen: »Du verfluchte Therapeutin! Was fällt dir ein, solche Frechheiten mir zu sagen. Ich zahle hier, damit du *für* mich bist!«

Er hätte als Kind gegenüber seiner Mutter etwas fühlen müssen, das er nicht fühlen konnte: »Meine Mutter hat mir nach dem Leben getrachtet. Meine Mutter hat mich nicht zur Welt kommen lassen wollen. Meine Mutter hat mich nach der Geburt ausgesetzt.« Um am Leben zu bleiben, mußte er seine Gefühle verfälschen. Er war auch der Therapeutin gegenüber wieder in die Verdrehung seiner Gefühle gerutscht. Noch als ich sie angriff, versuchte er, sie zu verteidigen, denn es sei »ja vieles an der Homosexualität krank«. So hatte er auch eingesehen, warum seine Mutter ihn abtreiben wollte, daß sie ihn nur schwer gebären konnte und daß es für sie notwendig war, ihn auszusetzen. Volle Segel Mitleid mit der Mutter, leere Hände Gefühl für sich selbst. Wer keine Gefühle hat, ist kein Mensch, heißt es. Gemeint ist, keine Gefühle für Mitmenschen zu haben. Bevor jemand keine Gefühle für andere hat, hat er keine für sich selbst. Andreas sprach von sich als von einem Ungeborenen oder einem künstlichen Menschen, einem Homunkulus, der allein nicht lebensfähig ist. Eines Nachts träumte er, er sei eine Darmgeburt gewesen. Aus dem Schoß seiner Mutter konnte er sich nicht herleiten. Denn sein Ausgangspunkt von dort war der Tod.

Das Bild des Homunkulus erschreckte mich nicht. Ich wollte gern der Nährboden für Andreas sein, der neue Mutterkuchen. Er schäkerte einmal mit mir: »Ich sitze bei dir im Känguruhbauch.« Ich wehrte mich nur dagegen, daß mein Kind immer wieder von der bösen Fee vergiftet wurde.

Andreas mußte in seinem Leben Krisen, Arbeits- und Partnerprobleme der Mutter übernehmen.

Er kopierte die großen Linien in der Biographie seiner Mutter, als hätte sie sie ihm vererbt. Ihn bedrohte ein Tief am Ende der ersten Lebenshälfte und die Aussicht auf eine immerwährende Resignation bis ans Ende seiner Tage.

Nachdem ich die Macht des Musters entdeckt hatte – Kinder kopieren Fakten und Tendenzen aus dem Leben ihrer Eltern –, wollte ich darüber Genaueres erfahren. Ich beschäftigte mich mit Andreas' Familie, schaute mir die Lebensgrundzüge seiner Mutter, seiner Großmutter und seiner Geschwister an. Das Muster in Andreas' Familie begann, soweit ich es erfassen konnte, bei der Großmutter, der Mutter seiner Mutter. Sie heiratete mit dreiunddreißig Jahren unglücklich. Mit vierunddreißig und mit sechsunddreißig gebar sie Kinder, die früh starben. Als sie siebenunddreißig war, bekam sie ihr drittes Kind, Andreas' Mutter. Frau Andreas wurde in ein Lebenstief ihrer Mutter hineingeboren: Zwangsheirat, sterbende Kinder, unglückliche Ehe, der auf ihr lastende Druck, männliche Nachkommen zu gebären.

Frau Andreas lebte das Muster ihrer Mutter nach. Ab Mitte Dreißig begann sie ebenfalls, in ein Tief hineinzurutschen. Aus einer Frau, die ihr Leben auf Geduld und Anspruchslosigkeit gebaut hatte, wurde plötzlich eine entfesselte Wilde. Überall um sie und durch sie Mißlingen, Abbruch, Untergang. Sie zerstritt sich mit ihrer Schwiegermutter, die starb. Sie erlitt einen Fruchtabgang, eine Totgeburt und den Tod ihres Mannes. Sie versuchte die Abtreibung von Andreas, hatte eine schwierige Geburt, beinahe wieder eine Totgeburt. Sie warf zwei Hausangestellte hinaus, an die ihre Kinder sich gebunden hatten wie an Eltern. Sie steckte die Tochter in ein Internat, sie wechselte brutal die Pflegerinnen von Andreas alle paar Wochen aus.

Das Leben der Großmutter hellte sich auf, als sie über vierzig war. Sie bekam mit einundvierzig ihre zweite Tochter, die sie sich als Goldmarie heranzog, weil sie nicht aus ihrer Pechsträhne hervorgegangen war.

Andreas ist geboren worden, als seine Mutter mit achtunddreißig mitten in ihrem Lebenstief war. Nach der Großmutter und der Mutter veranstaltete er als »drittes Glied« von Mitte Dreißig an Untergang um sich her. Ich lernte ihn kennen, als er dreißig war. Er hatte seine Eigenheiten, Leiden und Kümmernisse, aber er war ein besonders verträglicher Mensch. Ich erlebte ihn so, meine Freunde beglückwünschten mich zu seiner Friedfertigkeit. Seine alten Bekannten sprachen von seinem »umgänglichen Wesen«. Alle Welt war entzückt von seinem Charme und von seiner Zartheit. Erst als er sich der Mitte Dreißig näherte, wurde ich an ihm irre. Er legte mir zu meinem achtunddreißigsten Geburtstag eine Karte hin, auf der das Sterbezimmer einer Königin abgebildet war. Zum Geburtstag bekam ich ein Sterbezimmer?! In der Liebe und in der Kunst hilft die Genauigkeit. Ich nahm die Karte als Warnsignal. Die nun folgende Zeit brachte tatsächlich das Sterben unserer Beziehung in vielen Etappen. Ich fühlte es erst fein und dann immer stärker, wie sein Verhalten sich gegen mich richtete. Soweit ich ihn nach unserer Trennung noch beobachten konnte, ging er auch mit anderen Männern übel um. Er steuerte auf ein Lebenstief zu, das für die Menschen in seiner Umgebung gefährlich werden konnte.

Auch seine Geschwister schlidderten um die Mitte Dreißig in erhebliche Krisen. Sie rüttelten an ihren Partnern. Ihre Beziehungen drohten zu zerreißen. Die Partner wurden vorübergehend verlassen, für immer aufgegeben oder erkrankten plötzlich schwer und wurden erst nach Ablauf dieser Tiefzeit wieder gesund.

Der Zwang zum Muster, zum Nachspielen der Lebensläufe der Eltern, besonders ihrer dramatischen Krisen, wirkt sich verschieden aus, wenn es mehrere Kinder gibt. Das Muster setzt sich um so stärker durch, je näher ein Kind seinen Eltern steht. Wir leben hauptsächlich die Erfahrungen des Elternteils nach, an den wir (mehr) gebunden sind. Andreas und seine Schwester waren mit ihrer Mutter am engsten verbunden. Ihr Leben orientierte sich am eindeutigsten an dem Krisenmuster ihrer Mutter. Die Schwester trennte sich Mitte Dreißig von ihrem ersten Mann, heiratete sofort einen zweiten, wütete aber weiter um sich und gegen sich selbst und kam erst zur Ruhe, als sie mit vierzig aus dem Haus ihrer Mutter ausgezogen war und mit dreiundvierzig ihr Kind bekam.

Das Muster eines Elternteils wird vom Muster des anderen ergänzt, abgewandelt oder außer Kraft gesetzt. Das Muster der Mutter wirkt stärker als das des Vaters, weil die Mutter dem Kind meistens näher ist als der Vater. Wenn es keinen Vater gibt, ist die

Macht des Muttermusters nahezu absolut. Alle Geschwister von Andreas hatten, wenn auch nur kurz, den Vater noch erlebt, der das Muster der Mutter, an dem er selbst zugrunde gegangen war, bei ihnen abgeschwächt hatte. Andreas hatte kein Vatermuster mehr erfahren. Er war am dichtesten an die Mutter angeschlossen.

Das Muttermuster wirkt im Prinzip stärker auf die Töchter und die seelisch mehr weiblich charakterisierten Kinder als auf die Söhne und die seelisch mehr männlich ausgerichteten Kinder. Das Muster von Frau Andreas setzte sich bei ihren männlichen Kindern – den drei älteren Söhnen – nur schwach durch, bei ihren weiblichen Kindern – Andreas und seiner Schwester – stark.

Die meisten Muster sind nicht so gefährlich wie das in Andreas' Familie, können für die Kinder aber lästig werden oder sich erst bei ihnen gefährlich auswirken. Ich lebe auch nach Mustern. Sie hindern mich an der Überwindung alter Verhaltensweisen, aber sie bedrohen mich nicht mit tödlichen Auseinandersetzungen zwischen anderen Menschen und mir. Mein Vater hat drei Freundinnen gehabt und dreiunddreißigjährig meine Mutter geheiratet, um mit ihr lebenslänglich zusammenzubleiben. Ich habe drei Beziehungsfreundinnen gehabt und dann im dreiunddreißigsten Lebensjahr wie mein Vater eine Knabenpersönlichkeit geheiratet. Das Muster meines Vaters fing an, mir unangenehm zu werden, als Andreas von mir wegstrebte, denn eine Trennung vom Knabenpartner war darin nicht vorgesehen. Ich krümmte mich. Ich hielt an Andreas fest. Aus Liebe? Wegen des Musters! Hätte mein Vater zwei oder drei Ehen geführt, hätte ich Andreas ziehen lassen können und mich auf den Weg zu einem zweiten Ehepartner gemacht.

Das Muster meines Vaters wurde durch das Muster meiner Mutter noch verstärkt. Bei meiner Mutter hieß es: ein Mann das ganze Leben lang. Andreas war mein erster Mann und sollte nach dem der Mutter nachgespielten Muster mein einziger bleiben. Sein Fortgang zwingt mich zur Sprengung der elterlichen Muster, denn ihnen *nicht* nachleben zu können stürzt mich in Qualen. Fest verheiratet mit Andreas, befand ich mich in einem Wohlsein ohnegleichen. Auch er fühlte sich in seinem Muster wohl. Nur war es für ihn umgekehrt. Sich von mir zu trennen war köstlich für ihn, weit besser, als mit mir froh zusammenzuleben. Am besten war es für ihn, als es ihm gelang, mich an den Rand von Wahnsinn und Tod zu bringen. Er behauptete, die Jahre des Hin und Hers, der Spannungen und langsamen Trennung wären für ihn die schönsten mit mir gewesen. Als ich mich nicht mehr für die Durchsetzung seines Musters bereithalten, mich nicht mehr quälen lassen wollte, wurde es für ihn peinvoll. Er mußte nun neue Männer suchen, die er zermürben, die er anziehen und wegstoßen konnte, oder sein Lebenstief würde sich gegen ihn selbst auswirken.

Da das Muster nicht vererbt, sondern vorgelebt wird, können wir es außer Kraft setzen, wenn wir uns von denen trennen, die es uns in unser Verhalten hineingezwungen haben. Durch die Aufhebung des Kontakts zu ihnen wird das Muster neutralisiert, denn der Kontakt ist das einzige Mittel, um es in uns zu verfestigen.

Bisher hatte allein *ich* Andreas' Muster auszubaden gehabt – er *wollte* einen achtunddreißigjährigen Mann verlieren. Er selbst stand als Mitte-Dreißig-Jähriger erst am Anfang seines Tiefs. Was wird aus ihm werden, wenn er siebenunddreißig, achtunddreißig ist, wenn er in die Zeit kommt, in der im entsprechenden Alter seine Mutter ihren Mann für immer verloren hatte und von da an den Rest ihres Lebens jammernd und hängend allein geblieben war?! Andreas glitt allmählich in diese Vorgänge und Zustände hinein. Nach unserer Trennung verschwamm er in die drei Aussichtslosigkeiten, die seine Mutter ihm vorgemacht hatte: kein Lebenspartner, unbefriedigende Arbeit, Wohngemeinschaft mit Kinderseelen. Er ging mit Männern nur noch zur Aushilfe um, zur Befriedigung seiner Triebbedürfnisse. Er begann, wieder zu arbeiten, versteckte seine Fähigkeiten aber in einem Ausweichjob, der ihn nicht forderte und sachlich nicht befriedigte. Und er lebte in der nicht verantwortlichen Position eines beigruppierten Genossen in einer Wohngemeinschaft, die er jeden Tag hätte verlassen können. Ein kluger, schöner Mann erstarrte vor der Blüte seiner Jahre, machte sein Leben zu, ehe es sich hätte entfalten können.

Andreas stöhnte. Er wollte auswandern. Er konnte sich nicht vorstellen, daß er es schaffte, zu seiner Mutter zu sagen: »Ich komme nie mehr zu dir. Laß mich für immer in Ruhe!« Er glaubte nicht, daß er die Trennung durchhalten würde, sollte er jemals zu seiner Mutter so etwas sagen. Er wollte lieber verschwinden, um sich ihren Zugriffen ein für alle Male zu entziehen.

»Das nützt nichts! Du nimmst dein Programm ins Ausland mit. Es wirkt in dir auch in Südamerika. Ich kenne Söhne, die weit entfernt von ihren Familien leben und am anderen Ende der Welt immer noch die Migräne ihrer Mütter nachstellen, Tausende Kilometer getrennt von ihnen trotzdem zyklisch hängen und von Partnertötungswünschen gejagt werden, als lebten sie im Hause ihrer Eltern. Auswandern! Du bist mir ein Mutterlandsverteidiger! Erinnere dich an die siamesischen Zwillinge! Die verwachsene Bindung an deine Mutter mußt du so lange mit dir herumtragen, bis du sie von dir abgetrennt hast. Und die Trennung ist ein Ein-Schnitt. Sie wirkt nur, wenn du sie der Mutter erklärst. Die Trennung muß im Bewußtsein beider – Eltern und Kinder – geschehen. Eine Narkose würde des Ergebnis vereiteln.«

Ich denke an die Wanderjahre, die es bis ins vorige Jahrhundert gab. Da brachen junge Männer auf und waren für lange Zeit weg, wirklich weg. Die Mutterseele konnte sich wieder schließen, das Sohnesseelchen durfte sich zur Selbständigkeit runden. Briefe schrieben die Jungen nicht. Zu Besuch kamen sie nicht. Telefon – das verfluchte – gab es nicht. (Sein Erfinder konnte sich nicht vorstellen, welche Katastrophe das Telefon für die Befreiung des Kindes bedeutet.) Der Abschied vor dem Gang in die Ferne war wie für immer. Dem Sohn konnte etwas zustoßen. Die Mutter konnte sterben. Und etliche Frauen waren tot, als ihre Söhne wiederkamen. Manche Jungen blieben in der Fremde, wenn es ihnen woanders besser gefiel als zu Hause. Das Leben will vorankommen und nicht nach hinten fallen. An einer Eltern-Kind-Beziehung, die länger dauert als die Versorgung der Jungen und die Einübung ihres Verhaltens, hat es kein Interesse.

Andreas flehte mich an: »Du verlangst zu viel. Das tötet sie! Sie bringt sich dann vielleicht um!« Ich wurde böse: »Na und?! Wo bleibt denn dein ›Wurst-wider-Wurst‹ mit der Mutter?! Du mutest ihr etwas zu, was sie töten könnte. Aber dreimal hat sie dir etwas zugemutet, das dich beinah getötet hat. Wenn sie an deiner Trennung von ihr stürbe, wäre das in der Ordnung des Lebens. Sie ist Mitte Siebzig, hat ihr Leben gelebt. Du bist Mitte Dreißig und hast mehrmals vergeblich versucht, mit deinem Leben zu beginnen. Verbunden mit deiner Mutter, sehe ich keine Aussicht, daß du je ein eigenes Leben führen wirst. Du hast keine Verantwortung für deine Mutter, sondern eine Verantwortung für dich selbst und für deine Mitmenschen. Du lebst eine verkehrte Welt: Du betreust deine Mutter seit über zwanzig Jahren mit einer Aufmerksamkeit, als hätte sie so lange in den Windeln gelegen. Dabei bist du selbst am Rande des Todes, und dein Freund ist am Rande des Wahnsinns. Ein Liebhaber und ein Freund von dir haben sich umgebracht. Und die Zahl der Männer, die du verletzt, die du mit geweckten Erwartungen getäuscht hast, kann ich nicht mehr übersehen.«

Andreas seufzte: »Die arme alte Frau!« – »Soll sie doch nicht so alt werden! Die Eskimos gehen in den Schnee, wenn sie sich nicht mehr gut fühlen.« Um Alter und Armut ging es in Wirklichkeit jedoch nicht. Andreas hatte seine Mutter schon versorgt, als sie noch längst nicht alt war. Und arm war sie nie gewesen. Weder im finanziellen noch im menschlichen Sinne. Sie war Eigentümerin von Häusern und Grundstücken, geachtete Kaufmannsfrau. Sie wohnte in einem Dorf, in dem sie jeden kannte. Sie hatte in naher und ferner Umgebung eine Verwandtschaft, die sie für Freuden und Leiden zu sich rufen konnte, ihre Kinder und Enkel noch nicht mitgerechnet. Aber Andreas halluzinierte diesen sozial und pekuniär im Fetten sitzenden Kloß »Mutter« als arm und einsam. Ihre Wünsche ihm gegenüber machten sie arm und einsam. Ihre Kontakthemmungen ließen sie ihm als subventionsbedürftig erscheinen. Über ihren seelischen Mangel sollte er mit seinem Leben hinwegtäuschen.

Die Operation wird nicht nur für ihn, sondern auch für seine Mutter positive Wirkungen haben. Durch die Trennung werden die Kinder von der Mutter und wird die Mutter von ihrer »Armut« und ihrer »Einsamkeit« befreit. Unfreiheiten sind wechselwirkend. Wenn das Bild der siamesischen Zwillinge zur Verdeutlichung der seelischen Verquickung von Eltern und Kindern stimmt, sind auch die Eltern nicht bei sich. Sie werden erlöst sein, wenn die Kinder sich von ihnen getrennt haben.

Über Umwege hatte ich erfahren, daß es meinem Vater nach meiner Trennung von ihm vorzüglich gegangen war. Er widmete sich noch ausgiebiger als früher seinen verschiedenen Talenten. Er entwickelte mit ihnen eine Meisterschaft, die ihn beinahe über die Grenze des Dilettantismus hinausgeführt hätte. Er erfreute sich bester Gesundheit. Eine Bekannte sagte zwar: »Er leidet unter der Trennung von dir!«, aber er konnte aus seinem Verhaftetsein in der Familienideologie nicht gut das Gegenteil nach außen hin behaupten. Hätte er wirklich gelitten, so wäre dieses Leid eine Reinigung gewesen, die die an ihm sichtbar gewordene körperliche Frische und seine geistige Belebung hervorgebracht hat. Und in Situationen, die hätten peinlich werden können, war er um eine Erklärung nicht verlegen. Als der Pfarrer auf der Hochzeit meines Bruders fragte, wo denn der älteste Sohn sei, von dem hier und da gesprochen worden sein muß, bekam er von einem Onkel die Auskunft, die selbstverständlich in Übereinstimmung mit meinem Vater abgegeben worden war – der Gute war zu lange im privatdiplomatischem Dienst: »Der ist wegen Homosexualität von der Familie ausgeschlossen worden.« Sag ich's doch! Freiheit auf beiden Seiten! Gegen das Austreiben durch das Kind setzen die Eltern das Ausstoßen oder Ausschließen. So schlug auch die Tante »die Tür ihres Herzens« vor mir zu. Das ist doch alles erfreulich.

»Auch deine Mutter wird nicht sterben, Andreas! Sie wird mit ihren Bedürfnissen unter erwachsene Menschen gehen und sie dort erfüllt bekommen. Endlich wird geschehen, was du und deine vier älteren Geschwister unter dem Einsatz eures Lebens seit über vierzig Jahren vergeblich versucht habt.«

Das Bitterste an der Verstrickung zwischen Eltern und Kindern ist die Aussichtslosigkeit, das Loch in der Elternexistenz mit dem Zur-Verfügung-Leben der Kinderexistenz verschließen zu können. Kinder hoffen es umsonst, Mütter wünschen es umsonst, bis die Mutter als neunzigjähriges Loch noch immer ungeschlossen schließlich doch sterben muß. Im Prinzip hat heute jede Mutter mindestens ein Kind, mit dem sie das Loch in ihrem Leben stopfen will, aber das Kind füllt nie genug ein. Bei Frau Andreas habe ich gesehen, daß fünf Kinder nicht ausreichten – sogar zehn wären nicht genug –, der Mutter aus der Selbstlosigkeit herauszuhelfen. Diese Wunde können nur andere erwachsene Menschen heilen lassen, denn nur im Kontakt zu ihnen kann die Mutter wieder sie selbst werden.

»Laß es doch einmal darauf ankommen, Andreas! Was sind Jahrzehnte Verbundenheit mit der Mutter gegen einige Jahre Wanderschaft! Deine Mutter pfeift vielleicht auf dich. Sie bekommt endlich eine Wut und kann ihren Haß auf ihre Eltern an dir ausleben, laut und deutlich und nicht nur unterschwellig wie bisher.«

Andreas war listig. Er benutzte plötzlich das Bild der siamesischen Zwillinge, um mir die Unmöglichkeit einer Trennung von seiner Mutter zu verdeutlichen: »Du willst die Trennung für immer. Ich soll die Mutter für tot erklären. Wenn ich aber mit ihr verwachsen bin und sie in mir töte, muß ich mitsterben.«

Das Sterben ist bei den leiblichen siamesischen Zwillingen ein grausamer Vorgang. Der eine stirbt, und der andere muß mitsterben, wird vom faulen Blut des gestorbenen vergiftet.

Andreas ängstigte sich: Wenn er die Mutter für tot erklärt, stirbt nicht nur sie in ihm, sondern geht etwas von ihm mit kaputt. Er wollte daher lieber auf ihren natürlichen Tod warten. Er behauptete: »Sie wird zusehends schwächer. Es kann nicht mehr lange dauern!« Er hoffte, daß sich alles von selbst ergeben würde. Er verstand die Bedeutung der Elternaustreibung nicht. Mit symbolischen Handlungen soll die Seele von gegenwärtigen Leiden befreit und vor zukünftigen Gefahren verschont werden.

Er war von meiner Liste nicht beeindruckt. Um seine Gegenwart zu verändern, wollte er keinen Finger krümmen. Er war so auf du und du mit seinen Tiefs, daß er sich eine Verschlimmerung seiner Zustände nicht vorstellen konnte. Die drei Blockaden seines Ichs – Identifikation, Botschaft, Wiederholungszwang – kannte er von Kindheit an. Die Kopie der Mutterkrisen bedrohte ihn nicht außerordentlich. Allein fühlte er sich sein Leben lang. Seine Brüder waren nicht für ihn gewesen. Er hatte keine Freunde im Internat gehabt. Der begehrte Gymnasiast hatte ihn zu viel gequält, als daß er wirklich sein Freund genannt werden konnte. Aus seinen Kurzkontakten konnte er sich keinen Partner erschließen. Am Anfang unserer Beziehung hatte er mehrmals gesagt: »Ich kann es nicht glauben. Glück darf nicht sein. Wir wollen nicht zu schnell glücklich werden. Glück kann einen umbringen.« Nach der Trennung von mir wandelte er wieder auf seinen ihm vertrauten Spuren des leidenden Alleinseins.

Ich mußte Andreas mit etwas Zukünftigem alarmieren. Der jederzeit mögliche physische Tod seiner Mutter beunruhigte mich. Denn erst danach drohte Andreas die Gefahr, die er bei der Für-tot-Erklärung befürchtete. Vor dem Mitsterbenmüssen des einen Zwillings beim Tod des anderen wollte ich Andreas bewahren. Es gibt seltsame Sterbefälle von Söhnen, kurz oder bald nach dem Tod ihrer Mütter. Die mit der Mutter siamesisch verzwillingte Seele des Sohnes kann nach dem Tod der Mutter nicht mehr allein leben, sie wird von einer geheimnisvollen Kraft ins Grab nachgezogen, ist wie von dem faulen Geist der gestorbenen, mit dem Sohn verwachsenen Mutter vergiftet. Der Vater von Andreas war so umgekommen. Der Vater eines Freundes von mir verunglückte tödlich am Tag der Beerdigung seiner Mutter. Viele Söhne mickern, kränkeln, siechen nach dem Tod ihrer Mütter. Der Sohn Richard Wagners starb ein halbes Jahr nach dem Tod seiner über neunzigjährigen Mutter Cosima. Siegfried hatte die Mutterbindung erfunden. Er war zehn, als sein siebzigjähriger Vater starb, und verbrachte fortan sein Leben mehr an der Seite seiner Mutter als an der eines anderen Menschen.

Auch Väter können mit ihren Kindern verwachsen sein. Mozart hatte eine so enge Bindung an seinen Vater, daß er dessen Tod nur kurze Zeit überlebte. Er starb mit vierunddreißig Jahren.

Die Verwachsung kann sich auch gegen die Eltern auswirken. Nach einem frühen Tod oder einem Selbstmord ihrer Kinder folgen Mütter und Väter ihnen oftmals schnell ins Grab. Hofmannsthal war so gestorben. Ist der gemeinsame Energiekreislauf zu eng geschlossen, dann können manchmal auch Eltern nach dem Tod ihrer Kinder nicht mehr weiterleben.

Ich wollte nicht Andreas' Nachrutschen ins Grab der Mutter. Bei den vielen Männerliebespaaren in der Geschichte mußte immer einer sterben. Ich hatte oft Angst um ihn. Er redete manchmal Untergangskram – mitten in unseren heiteren Himmel hinein. Und dann lag eine tote Taube am nächsten Tag im Hausflur, die ich sehen mußte, als ich zum Briefkasten ging. Mir genügte das Sarggeschäft, das mich auf dem Wege zum Lebensmittelhändler in Unruhe versetzte. Ich ballte die Faust und fletschte die Zähne gegen das verlockend nett drapierte Spitzenkissen, das mir aus einem im Schaufenster des Ladens aufgebauten Sarg entgegenwinkte.

Was war da los bei diesen Paaren Gilgamesch und Enkidu, David und Jonathan, Herakles und Hylas, Achilleus und Patroklos, Kastor und Pollux . . .? Ich mache mir nichts aus dem Tod des einen für den anderen. Die Männergeschichtsschreibung verklärt diese Freundestode und behauptet, der eine habe dem anderen Kraft gegeben, ihm seine Identität gestärkt. Es scheint so, als hätte der Tod des einen Mannes dem anderen Mann sogar eine Genugtuung verschafft. Ich finde kein ähnliches Gefühl in mir. Mich ekelt, wie der persische Rumi den Kummer um den Tod seines Freundes in Weltliteratur hineinächzt. Ich habe so schnell in die Trennung von Andreas eingewilligt, damit ich ihm nicht die Identität raubte, sollte ich dahin unbewußt tendiert haben. »Ich kann nicht dein Mädchen sein!« hatte einmal ein vergeblich Begehrter zu mir gesagt. »Vielleicht ist es das? Ein Mann geht drauf, weil er sich entmannt hat. Bei den tragischen Mann-Frau-Paaren sterben beide Liebenden: Tristan und Isolde, Romeo und Julia. Ist das die bessere Liebe, wenn beide sterben? Ich will, daß keiner stirbt. Ich will wissen, warum da immer einer gestorben ist. Ich will es vermeiden.« Die Trennung zwischen Andreas und mir hatte nichts genützt. Andreas ging es schlecht mit mir und schlecht ohne mich.

»Endlich habe ich es gefunden: Mutter! Die Mutter wird mir meinen Freund noch sterben lassen. Und wenn er ihr nicht nachstirbt, geschieht bei ihrem Tode etwas anderes Furchtbares.«

Als ich klein war, hatte mich der Satz eines Mannes erstaunt: »Nachdem meine Schwiegermutter gestorben war, wurde meine Frau wie sie!« Hat sich ein Kind vor dem Tod seiner Eltern von ihnen nicht abgegrenzt, fährt ihr Geist in es ein. »Als meine Mutter gestorben war, ist sie in mich eingegangen«, hatte einmal jemand zu mir gesagt, um damit etwas Schönes zum Ausdruck zu bringen: Die Mutter geht nicht wie üblich heim ins Jenseits zu Gott, sondern landet im Kind. Das ist gräßlich. Frau Andreas kehrt ein in Andreas. Kämpft er jetzt noch gegen sie, fühlt er sich als von ihr verschieden, so fällt er in eins mit ihr, wenn sie stirbt. Andreas wird Frau Andreas. Dann liebe ich ihn nicht mehr. Er hat nichts außer diesem Gefühl. Er liebt mich zwar zur Zeit nicht wieder, aber er braucht das Gefühl von mir noch wie die Luft zum Atmen: »Du bist der einzige Mensch, mit dem ich je zusammenleben konnte.« Er weiß von meiner Liebe, wo auch immer ich bin. Ich habe ihm mein Gefühl nie genommen. Ich hatte es versucht. Es ging nicht weg. Ich liebe Andreas. Seine Mutter liebe ich nicht.

Der leibliche Tod der Mutter würde Andreas also zwei Unmöglichkeiten bringen! Entweder sie zieht ihn nach, oder sie fährt in ihn ein. Verplombt wird er dann sein, zugeschlossene Moderschachtel »Mutter«, Andreas Stinkfo . . . Nein!

Das Beispiel eines guten Freundes hatte mich unruhig gemacht. Ein aufgeklärter, in vielem revolutionärer Mann, mit dem ich zehn Jahre hindurch ideenverschwistert war, beschäftigte sich ein paar Monate nach dem Tod seines antisemitischen Vaters mit neonazistischen Büchern. Er fuhr mir während eines Gesprächs über den Mund, als ich die sechs Millionen umgebrachter Juden erwähnte: »Ach, immer diese Zahlen, wer weiß denn, ob es wirklich so viele waren. Was man uns alles in die Schuhe schiebt! Die jüdisch-amerikanische Kapitalistenclique hat da vieles retuschiert. Zum Beispiel die Toten, die die Engländer nach ihrem Sieg in einem Konzentrationslager gefunden haben, sollen an einer Epidemie gestorben und nicht vergast worden sein. Sechs Millionen! Woher wollen die denn die Zahlen haben. Das kommt doch sehr genau auf die Zahlen an. Und schau mal, was alles in Israel passiert. Das ist nichts anderes als faschistisch!« Vor Jahren, als ich verärgert aus einem amerikanischen Film herauskam und sagte: »Diese jüdischen Flachheiten!«, hatte der Freund mich noch ausgeschimpft: »Und wenn noch so viele Mitarbeiter des Films jüdisch sind, darfst du so etwas einfach nicht sagen. Es gibt Flachheiten, aber keine jüdischen Flachheiten! Mein Vater redet immer rassistisch, und das kann ich nicht aushalten.« Diese tapfere Gesinnung war zusammengebrochen unter den sich im Sohn breitmachenden Teilen des Vaters. Nicht aushalten! Und nun mußte er den Vater für immer in sich behalten.

Durch den Tod schrauben sich Mutter und Vater in ihren Kindern fester, als sie sich bei der Vererbung in ihnen durchgesetzt haben. Vor dieser »vollendeten Tatsache« kann sich das Kind schützen, wenn es die Möglichkeiten der Seele wahrzunehmen lernt. Die Seele ist ein Wunder: Der Mensch kann ungeahnt viel mit ihr machen. Aber er muß handeln. Tut er das nicht, wird das Seelische, das das Bewegliche ist, so fest wie das Körperliche. Die Beispiele, die ich aus der Welt der Körper benutzt habe, um seelische Vorgänge und Umstände zu erklären, sind hilflos, Veränderungen einzuleiten, werden die Bilder körperlich genau genommen. Siamesische Zwillinge können in vielen Fällen nicht operiert werden. Sie sind zu kompliziert verwachsen oder teilen sich wichtige Organe. Eine Trennung würde den Tod beider oder eines zur Folge haben.

Ein anderes Bild, das ich oft benutzt habe, ist ebenfalls untauglich, wenn es in seiner körperlichen Konsequenz belassen wird. Ich verglich Andreas mit einer Birke auf einer Mauer. Die Mauer ist seine Mutter. Er kann, solange er auf der Mauer wächst, nicht groß und kräftig wie normale Birken werden. Er hat keinen eigenen Boden und keine anderen Birken neben sich, um die Freude des Wachsens und Miteinanderwiegens zu erleben. Körperlich genaugenommen ist das Bild nicht fähig, die Trennung von Mutter und Sohn zu Ende zu denken. Die Mauer müßte gesprengt oder Stein um Stein abgetragen werden. Die Wurzeln der Birke sind in die Steine und in den Mörtel hineingewachsen. Eine noch so vorsichtige Herauslösung würde die Wurzeln vom Stämmchen abreißen. Und die Birke hat sich vielleicht auf die Entbehrungen im Mauerwerk eingerichtet, so daß sie in einem üppigen Erdreich nicht gedeihen könnte.

Im Seelischen geht das aber: siamesische Zwillinge zu trennen und die Birke von der Mauer zu holen. Die Seele hat jedoch ihre Zeiten, in denen gehandelt werden muß. Wenn die versäumt werden, wird auch für sie alles so fest, wie es für den Körper schon immer ist. Der Tod der Mutter ist ein Vorgang, der das Seelische ins Körperliche zwingt, der es so festlegt, daß Veränderungen nun nicht mehr oder nur unter größten Schwierigkeiten möglich sind. Die Für-tot-Erklärung ist kein Tod. Sie ist die im Seelischen mögliche Operation der Zwillinge, die Herauslösung der Birke aus der Mauer.

Andreas war ungläubig. Ich mußte ihm alles vormachen, vorkosten, vorleiden, und auch wenn ich das getan hatte, konnte er noch nicht von mir auf sich selbst schließen, wollte er mir nicht nachhandeln. Daß er der Mutter ins Grab folgen könnte, beeindruckte ihn nicht sehr. Den Menschen den Tod in Aussicht zu stellen hilft wenig, sie von gefährlichen Wegen abzubringen. »Dann bin ich eben tot!« sagen sie. Andreas wünschte sich schon zu oft, tot zu sein. Der Tod war für ihn eine Erlösung aus der ihm unlösbar erscheinenden Verfilzung mit seiner Mutter.

Ich bekam endlich einen Fuß in seine Widerstandstür, als ich ihm die andere Möglichkeit ausmalte: »Deine Mutter fährt nach ihrem Tod in dich ein, nimmt für immer in dir Platz, ergreift vollkommen von dir Besitz, legt dich bis an das Ende deines Lebens auf sich fest. Das ist schlimmer als der Tod. Mit der Mutter in dir stirbst du täglich neu, sterben all deine kleinen Befreiungsfühler. Und du bist noch jung. Du hast viel Zeit vor dir. Fünfzig Jahre. Aber nicht fünfzig Jahre Andreas stehen dir bevor, sondern fünfzig Jahre verkochen in der Muttersuppe – das ist das Fegefeuer des zwanzigsten Jahrhunderts!«

Die Für-tot-Erklärung ist gegenüber dem wirklichen Tod vergleichbar mit der Impfung gegenüber der Krankheit. Die Impfung ist eine kleine Krankheit, tippt alles nur an, was die Krankheit im Körper ausführlich hervorruft, und fordert dadurch seine Abwehrkräfte heraus. Die Für-tot-Erklärung skizziert die Vorgänge, die beim Tod der Mutter passieren, tötet oder ent-icht das Kind aber nicht, sondern macht es gegen den Tod und den Verlust der Individualität immun.

Ich erlebte es deutlich nach der Trennung von meinem Vater. Mir ging es eine Weile schlechter als zuvor. Ich war zwar von der

Mauer befreit, aber das war vorübergehend nicht angenehm. Die Mauer hatte mich getragen. Zwischen den mich beunruhigenden Gefühlen der Begierde und der Rache hatte der Vater mir auch Liebe entgegengebracht. Beweise seiner Wertschätzung meines Körpers und seiner Mühe um meine geistige Entwicklung drangen aus meinem Gedächtnis hervor. Ach Mauer! Ich lag im Körbchen der Vaterliebe. Darin eingebettet war ich in Sicherheit vor viel Unbill des Lebens. Ich fand nicht schnell genug einen Boden. Meine Wurzeln hingen in der Luft. Und mit dem Erdreich der eigenen Identität konnte ich eine Zeitlang nichts anfangen. Wie der Mozart vom Vatertod umgehauen worden war, so war ich nach der Vater-für-tot-Erklärung kraftberaubt. Vaterverlassen fühlte sich an wie weltverlassen. Ehe ich das Prinzip der Impfung erkannt hatte, verschwieg ich meinen Zustand, denn es gab Momente, da befürchtete ich, die Elternaustreibung bringe den Kindern nicht das Leben, sondern den Tod. Dann wäre alle Mühe umsonst. Ich könnte den Tod meines Ichs auf mich zukommen lassen, der mir nach dem Tod meiner Eltern sicher wäre.

Eine Überraschung war für mich, wie das In-mich-Fahren des Vaters nach meiner Trennung von ihm ablief. Beim natürlichen Tod der Eltern hatte ich die Folgen an anderen Kindern beobachtet. Die gegen die Eltern jahrzehntelang aufgebauten Abwehrkräfte – nicht zu werden wie sie, nicht zu tun, was sie wollen – brechen bei ihrem Tod zusammen. Unheimlich war mir das Ans-Sterbebett-gerufen-Werden. Da hieß es oft, Vater und Sohn hätten sich in letzter Minute versöhnt – so geschehen zwischen dem preußischen Soldatenkönig und seinem Sohn, Friedrich dem »Großen«. In den letzten Augenblicken der Eltern brechen die Kinder zusammen, geben sie den Sterbenden ihre Identität mit ins Grab. Ich hatte jahrelang vor diesem Moment Angst. Ich wollte nicht ans Sterbebett meines Vaters, wollte mich dann nicht vergessen müssen, wollte nicht schwach werden, vielleicht nur zum Schein – dem Vater zuliebe – ihm meine Folgsamkeit versprechen. Denn das Versprechen wird zur Plombe, die der Tod besiegelt.

Nach der Für-tot-Erklärung spukten Sein und Wünsche des Vaters ungefähr zwei Jahre in mir herum. Ich traute den mir fremden

Gefühlen nicht. Aber sie machten sich schamlos in mir breit: Ich wollte plötzlich eine Ehefrau haben. Ich wollte eine Familie gründen. Ich konnte den Anblick von kleinen Kindern nicht ertragen. Die Wünsche nach eigenen Kindern wucherten wildwüchsig in mir. Es kam noch dreister: Ich wollte Beamter werden. Ich wollte eine Aussicht auf Pension haben. Ich wollte in Haus und Garten sitzen. »Scheiß-Schriftstellerei! In den Staatsdienst will ich!« Die Norm schrie in mir nach ihrem Recht.

Zugleich brach der Lustjunge hervor. Ich spielte eine Mischung nach Schlagzeilengeschmack durch: »Verheirateter Beamter geht auf den Strich!« Ich ließ mir meine Locken wieder wachsen, kaufte mir eine herausfordernde Jacke und freute mich, daß sie Nacht um Nacht von anderen »Beamten« ausgezogen wurde. Ich stellte mich für Mitte Zwanzig hin, und niemand zweifelte es an. Ein Mann von Ende Dreißig, der ich war, kann noch seine Jahrzehnte herunterdrücken. Was ich aber mit über fünfzig gemacht hätte – mein Vater kann noch gut fünfzehn Jahre leben –, weiß ich nicht. Da sähe es sowohl mit der Beamtenwerdung als auch mit dem Lustjungen schwarz aus.

Nachdem mein Vater noch einmal, ja zum ersten Mal in mir so wirkungsvoll geworden war, klang er ab, kamen mein Wille und mein Sein allmählich durch! »Lustjunge – nein, das wird mir mit über vierzig zu anstrengend.« Und, wie der Name sagt, ist die Lust nicht genug beim Jungen, sondern fast nur bei dem, der das Verlangen nach ihm hat. Auf diese nicht echte Gegenseitigkeit hatte ich keine Lust mehr. Außerdem verabschiedete ich die Vorstellung vom Beamten. Der Schriftsteller ist ein Seiltänzer. »Aber du kannst ja tanzen«, hatte mich ein Freund beruhigt. Sicherheit?! Die Beamten können auch abstürzen. Und der Schriftsteller hat auch seine Sicherheit. Ich trennte mich von einer noch mitgeschleppten Vergangenheit und bannte eine mir drohende Zukunft. Zwischen ihnen beiden wuchs vorsichtig meine eigene Gegenwart heran.

Was beim Tod der Eltern als ihr Hereinfahren in das Kind erscheint, ist in Wirklichkeit ein Vorgang, der sich im Kind selbst abspielt. Das Sein und die Wünsche der Eltern haben das Kind sein Leben lang verfolgt, sind über die vielen Jahre seiner Bindung an die Eltern in es eingegangen. Ein Widerstand hat sich in ihm gegen die Wünsche der Eltern gebildet, eine Identität aufgebaut, die sich vom Sein der Eltern abheben will. Nach ihrem Tod bricht das schwache Eigene zusammen, und das mächtige, verinnerlichte Fremde beherrscht alles andere. Wegen der ausschließlichen, fast allein prägenden Eltern-Kind-Beziehung kann das Kind die elterlichen Einflüsse nicht mit den Einwirkungen anderer Menschen und den eigenen Anlagen zu einem neuen Ganzen mischen, das ein wirklich Selbständiges ist.

Die Eltern sind der Teufel – lange sich ankündigender und – lange zurückgehaltener Satz. Die Wörter »besessen« und »besetzt« gleichen einander. Der Teufel wurde von den Menschen als das Fremde, Störende, Nicht-Eigene, aus ihnen Hochspukende, in ihnen Festsitzende oder sie plötzlich Überkommende verstanden. Dieses Fremde kann niemand anders sein als Mutter und Vater, die im Kind »sitzen«, es »besetzt« halten. Der Teufelsglaube entstand mit zunehmender Verengung der Eltern-Kind-Beziehung, im Verlaufe der Verabsolutierung der Familie. Im Altertum gab es keinen Teufel, gab es noch keine Kraft in den Menschen, die gegen sie war. Es gab solche Aufzuchtbedingungen nicht, wie sie Mittelalter und Neuzeit hervorgebracht haben, keinen Terror der Erziehung, keine Schwarze Pädagogik, keine Entwürdigung und Entkräftung des Kindes, des leiblichen und seelischen Sklaven des Christentums.

Die mittelalterliche Technik der Teufelsaustreibung kam an die Elternaustreibung nah heran. Das Fremde wurde aus einem Besessenen herausgeholt, heute müßte es heißen, die wie fremd wirkenden psychischen Anteile der Eltern wurden gelöscht. Die Für-tot-Erklärung will und kann ebendieses. Als erstes soll durch sie das Ausmaß der fremden Teile im Kind sichtbar gemacht werden. Erst nach der Trennung wird die Besetzung in ihrer ganzen Wirkung deutlich. Der wichtige dritte Schritt der Elternaustreibung verbindet den zweiten und den vierten miteinander. Die Umkehrung des Verhältnisses zwischen Eltern und Kindern stoppt jede weitere Programmspeicherung, baut einen Damm gegen die Eltern, daß sie nicht erneut Platz in Inneren des Kindes nehmen. Die schon innewohnenden Anteile der Eltern könnnnen jedoch erst nach der Trennung herausgesetzt werden.

Am siebzigsten Geburtstag meines Vaters fiel mir bei der Begrüßung mit ihm auf, daß er mir nicht mehr wie in mir vorkam, sondern so, als sei er aus mir herausgesetzt worden und einen Millimeter entfernt von mir. Ich dachte damals: »Wunderbar! Ein Millimeter! Nun muß er einen Zentimeter von mir weg, danach einen Meter, dann in die Ecke der Stube, ins nächste Zimmer, ins andere Dorf, bis schließlich weit fort, irgendwohin.« Aber sein Aus-mir-Sein bestand nur für einen kurzen Moment. Ich konnte damals den Vater noch nicht von mir weg in die Unendlichkeit schieben. Er sprang nach diesem Treffen wieder in mich hinein, er verlebendigte sich wieder in mir.

Eine Wiederbegegnung mit den Eltern in der Phase der Trennung macht den Prozeß der Austreibung zunichte. Mich bedrohte schon die Möglichkeit eines Wiedersehens. Mühsam hatte ich in eigenem Boden zu wachsen begonnen, »Lustjunge« und »Beamter« aus(mir heraus)gelebt, da rief mich ein Vetter an, der mein Verhalten meinen Eltern gegenüber nicht verstehen konnte: »Sieh mal, deine Muter und dein Vater sind alte Leutchen. Du nimmst sie viel zu ernst. Du bist denen doch haushoch überlegen. Die grämen sich nun täglich. Sei nicht so stur. Wer weiß, später machst du dir nur Vorwürfe, wenn ihnen mal etwas zustößt, und dann ist es zu spät. Es bedeutet für dich doch eine Kleinigkeit, sie hin und wieder zu einem Schwätzchen zu sehen. Dich kostet das letztlich nichts, aber ihr Leben ist wieder in Ordnung.«

Ich zitterte. Der Vetter klang vernünftig. Aber mein Leben war in Unordnung. In der Nacht nach dem Anruf hatte ich seit Jahren zum ersten Mal wieder einen Verfolgungstraum. Früher litt ich unter diesen Alpträumen, solange ich denken konnte. Es passierte immer das gleiche. Ich inszenierte einen Krimi. Ich war ein Opfer oder ein Verbrecher, rannte vor einem Verfolger weg. Das Rennen hörte nie auf. Der Verfolger war mir dicht, ja unmittelbar auf den Fersen. In der letzten Sekunde, bevor er mich fassen konnte, wachte ich auf, schreiend. Andreas mußte mich manchmal wecken, weil er von meinem Wimmern und Stöhnen aufgewacht war. Nur die Mahnung des Vetters hatte die alte Verfolgungstour wieder losgehen lassen. Wie gefährlich die eigenen Eltern sind, kann niemand außer dem Kind selbst beurteilen. Der amerikanische Präsident ist der mächtigste Mann der Welt. Aber seiner Mutter gegenüber ist er schwach, solange er mit ihr verbunden bleibt.

Jeder Kontakt mit den Eltern setzt sie wieder in uns ein. Schon die Aussicht einer Begegnung stört das Ich-Freiwachsen. Eines Tages hielt ich einen Vortrag an einem Ort, der in der Nähe der Wohnung meiner Eltern lag. Die Schwiegereltern meines Bruders lebten dort. Es war möglich, daß sie in den Vortrag gingen. Familie wehte mich an. Vielleicht würden sogar meine Eltern erscheinen: »Huhu! Da sind wir! Wollten dich doch endlich einmal öffentlich reden hören. Was meinst du eigentlich mit ›austreiben‹?« Es war niemand gekommen, und doch war ich schlecht, gereizt, hysterisch, aggressiv und autoritär. So hatte ich mich noch nie in einer Veranstaltung benommen. Die Menschen bemerkten es, wehrten sich, griffen mich an. Ich sprach schließlich über meine Ängste und lockerte mich dadurch gegen Ende des Abends.

Ein Mann in einer Gruppe um den Antipsychiater Laing hat einmal gesagt: »Meine Mutter heizt mir das ein!« Wenn ich an die Stellen dieses Buches komme, die sich intensiv mit meinen Eltern beschäftigen, wird mir schlecht. Jedes Manuskript muß für einen Druck noch einmal durchgeschaut werden. Die Berührung mit diesen Abschnitten reißt mich ein, heizt mich an. In meinem Kopf geht alles durcheinander, als würde er versengt. Besonders übel ist es mir ergangen bei der Stelle, die den Freund betraf, der zwischen Pfarrer und Lebemann gescheitert ist, wie ich hätte zwischen Lustjunge und Betschwester zerrissen werden können. Nach diesem Absatz mußte ich die Arbeit eine Weile unterbrechen. Die erste Niederschrift wirkte auf mich wie eine Befreiung. Ich hatte dabei keine Zustände. Aber beim Verändern und sprachlichen Verbessern des Textes will mich manchmal noch Wahnsinn überfallen. Die reaktionären, negativen Träume, die ich während dieser Zeit habe, sind nicht zu zählen. Es ist wie bei einer Allergie. Jede Begegnung mit den reizauslösenden Stoffen macht den Menschen wieder krank.

Der arme Luther hatte die Allmacht der katholischen Kirche angeknackst, den Papst aus seinem absolutistischen Sessel herausgehoben. Aber den Teufel konnte er (noch) nicht aus sich heraussetzen. Bis an sein Lebensende wurde er von Depressionen verfolgt. Das Fremde saß in ihm fest, überflutete ihn oft zu reaktionären Ausbrüchen, die zu seinen Befreiungsgedanken nicht paßten. Zur Strafe dafür, daß er behauptete, der Herr gelte mehr als der Knecht, der Vater mehr als der Sohn, Gott mehr als der Mensch, der Lehrer mehr als der Schüler, der Fürst mehr als der Bauer . . ., erschien ihm das verinnerlichte Herrschende oft »leibhaftig«. In unseren Zeiten werden solche Vorgänge wie »Erscheinen« und »Stimmenhören« von den psychiatrischen Anstalten erfaßt. Noch immer wird aber das Fremde, Wahnsinnigmachende, nicht dort geortet, wo es herkommt. Es wird zwar nicht mehr als »Teufel« bezeichnet, dafür als »endogene Psychose«, das heißt als ein »Ich-weiß-nicht-woher-es-kommt-Irrsinn«.

Wenn mich schon die Wiederbegegnung mit der »Elternaustreibung« an den Stellen, die meine Eltern betreffen, wahnsinnig macht, wie muß dann erst der persönliche Kontakt besessen machen. Kein Mensch hat einen Eindruck des Ausmaßes unser aller Fremdbesetzung.

»Lieber Andreas, ich habe endlich eine Summe von allem, was ich für dich bisher gedacht habe. Wenn deine Mutter stirbt, wird dein Leben eine Hölle. Aber wenn du sie für tot erklärst, wird der Teufel in dir umzingelt, wird das in dir wirkende System Mißlingen – dein Scheitern beim Arbeiten und beim Lieben – sichtbar und faßbar gemacht. Du kannst dann das Fremde aus dir herauswerfen. Während dieser Mühen wirst du ein Jahr straucheln, vielleicht auch zwei, dann wirst du zu dir kommen, wirst handeln, für dich tun, geben und nehmen können. Du wirst glücklich und zufrieden sein, um nun erst den Kampf mit den Schwierigkeiten des Lebens aufzunehmen.«

Sprüche vom Geld

»Wer kein Geld hat …

... und ist nicht schön, sind das nicht großer Mangel zween?« heißt es in einem altdeutschen Sprichwort.
Nun ist es mit der Schönheit allerdings so eine Sache: Schönheit ist relativ. Gegen mangelndes Geld aber kann man Abhilfe schaffen. Zumindest, wenn man es richtig anfängt.

2 Andreas willigte ein. Er wollte versuchen, sich von seiner Mutter zu trennen. Er bestätigte mir, daß während unserer Beziehung an seinem Verhältnis zu ihr sich nichts geändert hatte. Zyklisch war er mit ihr zusammengetroffen. Länger als drei Monate hatten sich die beiden nie aus den Augen verloren. Und länger als eine Woche waren sie nicht ohne Telefonkontakt gewesen. Andreas war »ein Fleisch« mit seiner Mutter geblieben, auch während des Zusammenlebens mit mir. Unter der zur Schau gestellten Haßdramatik hatten sie sich aneinander festgehalten. Das Trennende ereignete sich nicht zwischen der Mutter und dem Sohn, sondern zwischen ihr und dem Freund des Sohnes. Frau Andreas und ich kreuzten miteinander Gedanken gegenseitiger Ablehnung. Sie hatte Wut nur auf mich gehabt. Alles Kränkende, das der Sohn ihr angetan hatte, leitete sie auf mich zurück.

Andreas versuchte zum ersten Mal in seinem Leben das zu tun, was die Bibel mit dem Satz »Und er verließ Vater und Mutter . . .« umschreibt. Er merkte, daß das nicht ohne weiteres ging. Früher war bei den Menschen die Trennung von den Eltern schon allein dadurch möglich, daß das Kind von zu Hause aufbrach. Eltern und Kinder waren noch nicht miteinander verwachsen. Die Schrumpfung der Familie auf den Kern Vater–Mutter–Kind hat nicht nur Veränderungen in der Gesellschaft, sondern auch Veränderungen in der Seele des Menschen bewirkt. Die Anzahl der Personen, die beim Aufwachsen des Kindes zugegen sind, schmolz in der Regel auf eine, auf die leibliche Mutter, zusammen. Aus Mutter–Kind – einer ein- bis dreijährigen Versorgungsnotwendigkeit – wurde eine Lebensgemeinschaft, die bei Andreas bis in sein viertes Jahrzehnt ungelockert anhielt und die bis zum Tode seiner Mutter bestehen bleiben sollte. Bei einer derartigen Verengung und Verewigung der Mutter-Kind-Beziehung ist der alte psychoanalytische Begriff »Ablösung« untauglich geworden. Frau Andreas hatte mit ihrem Sohn einen Zusammenhang gebildet, aus dem er durch eine »Ablösung« nicht mehr herauskommen konnte. Die Seele der Mutter saß wie ein Eiweiß um sein Dotterselbst herum. Was auch immer er in seinem Leben tat, die Mutter glibberte ihm allüberallhin nach.

Deshalb also trennen als schneiden, abscheiden, operieren. Andreas verstand es endlich. Er litt einige Tage so, als sei er in einem Todeskampf. Aber ein Teil von ihm war von diesem Kampf unversehrt geblieben und konnte den übrigen Teil seiner Person, der sich unter Folterqualen wand, wie aus der Vogelperspektive beobachten. Ich erschrak. Meinen Freund hatte ich in solchem Aufruhr noch nicht erlebt. Die Theorie ist immer klar, aber die Praxis kann entfesseln, daß es einem angst wird, ob die Gesetze wirklich zum Schutz des Lebens und nicht zu seiner Zerstörung entdeckt worden sind. Andreas kämpfte sich durch ein paar Tage Todesängste um sich selbst und Schuldvorwürfe gegenüber seiner Mutter hindurch und war danach auf eine neue Weise froh gestimmt. Er bemerkte, wie sich ein Kreislauf um ihn bildete. Alle Energien flossen aus ihm, zirkulierten um ihn und kamen wieder zu ihm zurück. Das dauernde Zur-Mutter-Fühlen, An-sie-denken-Sollen, Von-ihr-hören-Müssen, Zu-ihr-Hinwollen und Nicht-zu-ihr-Hinwollen war weg. Er brauchte morgens keinen Kaffee mehr. Das war für mich eine kleine Sensation, denn er trank morgens Tassen und Tassen Kaffee, um aufzuwachen, hochzukommen, sich anzukurbeln. Er hatte auch keine Lust mehr auf Alkohol, und er hörte auf zu rauchen. Vorher war es so gewesen, als müßte mit diesen Mitteln etwas wieder hereingeholt werden, das über Nacht oder am vorherigen Tag auf geheimen Wegen verschwunden wäre. Auch seine Zuckungen zu fremden Männern ließen nach. Wenn er jemanden reizvoll fand, konnte er seinen Wünschen Ausdruck geben. Aber es hetzte und zog ihn nicht mehr aus seinen Zimmern heraus auf die Straße, nur um sich fremde Männer einzuverleiben wie Kaffee, Alkohol und Zigaretten. Mir war oft seine Raserei auf Fremde nicht als Ausdruck von Lust, sondern als eine Sucht erschienen. Sucht hat etwas mit Entkräftung durch die Mutter zu tun. Die Entkräftung hat zwei Gründe: frühe Entbehrung der Mutter (zu ferne Mutter) und spätere Auszehrung durch die Mutter (zu nahe Mutter). Beides hatte Andreas erleiden müssen.

Die Vorstellung, daß muttergebundene Menschen wie ein Faß ohne Boden sind, durch das alle Energien zur Mutter fließen, ist mir zum ersten Mal bei einem Saunaerlebnis gekommen. Ich begriff, daß das Zusammensein der Männer dort wenig mit einem Austausch von Geschlechtslust zu tun hat, sondern zum Zwecke des Einsaugens leiblicher Energien geschieht. Einmal nestelte ein Mann vorbereitend an mir herum. Ich legte mich auf ihn. Plötzlich hatte ich das Gefühl, mein ganzer Körper sei eine Mutterbrust, an der der Mann saugte. Bei anderen Malen erlebte ich, daß die Männer mich selbstentrückt küßten – es geschah aber nicht aus Lippenlust, nicht im Vereinigungsrausch, sondern sie machten den Mund auf, wie um etwas hereinzuholen. Auch ihre Mitte öffnete sich in dem Bedürfnis, etwas hereinzubekommen. Doppeltes Saugen. Ich ging leer aus, wurde leer, schlimmer, mir war, als ob das von mir Abgesogene nicht bei den Männern blieb, sie nicht erfüllte und befriedigte, sondern weiter irgendwohin wegsackte. Jedem dieser Männer saß zu Hause oder drei Häuser weiter – oder hing drei Städte weiter am nächsten Abend an der Strippe – ein Muttilein, das sie mit meinen Energien fütterten.

Andreas war tapfer gewesen. Er hatte sich von seiner Mutter getrennt, obwohl Weihnachten vor der Tür stand. Weihnachten ist das Symbol der verkehrten Eltern-Kind-Beziehung geworden. Es ist ursprünglich ein Fest des Kindes, wird heute aber als Fest der Eltern gefeiert. Weihnachten ist Zahltag für die Kinderseele. Sollte ein Mensch das ganze Jahr über versucht haben, sich dem Energieverzehr durch seine Eltern zu entwinden, muß er zu Weihnachten etwas leisten. Besonders die Alleinstehenden reisen in Scharen zu ihren Müttern hin, um ihnen das Zurückgehaltene nachzureichen. Wie jedesmal, so erhoffte sich auch in diesem Jahr Frau Andreas das Zusammensein mit ihrem Jüngsten. Keine Freundin, keine Verwandte, keine Nachbarin konnte seine Stelle an ihrer Seite verdrängen. Auch seine älteren Geschwister waren ihr nicht recht. Aus ihrem Sinn für Praktisches heraus war sie sogar dafür, daß die Familien ihrer Söhne die Zeit für gemeinsame Winterurlaube nutzten. Sie blieb daheim und harrte ihres Andreas. Er war für sie wie vom Erdboden verschwunden, schrieb nicht, rief nicht an, antwortete nicht auf ihre Karte, war nie da, wenn sie anrief. Auf dem Telefonbeantworter des Wohnungsfreundes erschien dreimal die Stimme von Frau Andreas. Beim dritten Mal wurde sie dringlicher: »Ich wollte nur wissen, wann mein Sohn nach Hause kommt, damit ich etwas vorbereiten kann.« – »Vorbereiten!« brauste Andreas auf. »Sie bereitet weder vor, wenn ich komme, noch zu, wenn ich da bin! *Ein* Hörnchen kauft sie, wie immer, und einen Joghurt dazu! Ihre vertrockneten Reste kann sie diesmal allein verzehren!« Er schrieb ihr: »Ich komme nicht, ich muß mich auf mich konzentrieren.«

So kam Weihnachten als Weihnachten endlich einmal für ihn selbst. Und Andreas kam zu sich und wendete sich anderen zu. Er beschäftigte sich ausführlich damit, was er mir und Freunden schenken könnte. Schenken war ihm bisher ein Graus. Die Geburtstage und das Weihnachtsfest waren für uns jahrelang besonders unangenehme Zeiten. Ich schenkte gern Dinge, liebte auch, beschenkt zu werden, war begeistert von dem Spannungsmoment kurz vor der Geburtstagsbeschenkung und der Weihnachtsbescherung. »Das ist Kapitalistenkram«, behauptete Andreas früher, »außerdem willst du mich mit den Geschenken nur binden. Und die Verpflichtung, zurückschenken zu müssen, ist mir ekelhaft.« Er hatte sich immer gequält, sich etwas auszudenken. Ich sah, wie er nicht schenken konnte. Weihnachten war bei uns wie der erste Nachkriegstag: nichts da haben und nichts tun können. Andreas hatte auch das Feiern verboten, mir sogar das Konzentrieren auf ein Sondersüppchen untersagt. Zu seinen Geburtstagen überlistete ich ihn anfangs mit Nützlichem, häuslich Brauchbarem, als sei das nicht für ihn, sondern für uns beide, eigentlich nur für mich. Später versuchte ich, mir etwas auszudenken, das ich *tun* konnte, demonstrativ an seinem Geburtstag. Ich wollte ihn mit einer Handlung beschenken, die ihn glücklich machen sollte. Aber da gab es nicht viele Möglichkeiten. Ein einziges Mal gelang es mir, ihn auf diese Art zu erfreuen. Schon der zweite Versuch war eine Pleite. Ich wollte ihm schenken, daß ich nicht mehr eifersüchtig sein würde. Dazu sagte er: »Das Geschenk kann ich nicht annehmen, dahinter steckt eine Lebensarbeit.« Er hatte recht. Kaum kam ein neuer Brudermann zur Tür herein, schoß mir wieder Eifersucht herauf. Während meiner Geburtstage war ich öfter verreist. In einem Jahr hatte ich selbst etwas arrangiert, im voraus Theaterkarten gekauft und einen Lokaltisch bestellt, um Andreas aller Verpflichtungen zu entheben. Aber das hatte nichts geholfen. Er war gereizt wie immer an Geburts- und Festtagen. Er fühlte sich unter Druck gesetzt, auch wenn ich auf Geschenke verzichtet hatte. Die ganze Welt beschenkt sich, nur er weigerte sich zu schenken. Meinen Kummer darüber konnte ich nicht so ohne weiteres vergessen. Das spürte er.

Mich machte ärgerlich, wie seine Phantasie zu arbeiten begann, wenn der Geburtstag seiner Mutter herannahte. Da war er nicht mehr zu halten, trippelte los und kaufte und kaufte – ja, was denn nur? –, ein dunkelrotgoldenes Armbändchen das eine Mal, einen Ring das andere Mal, nein, zwei Ringe, falls ihr der eine nicht gefiel. Ach – »Ich kann nicht schenken«! Seiner Mutter schenkte er seine Zartheit aus dem Leibe. Aus Israel schickte er ihr eine Geburtstagskarte mit einem hebräischen Heiratsvertrag darauf, aus Moskau ein Altarbild mit züngelnden, weit geöffneten Blütenkelchen. Auch bastelte und klebte er ihr Blumen, die als Tüllen und Stäbchen sich zueinanderstreckten, schrieb Wonnesprüche darauf und schloß immer mit dem Satz: »In Dankbarkeit und Liebe, Dein Andreas«!

Andreas war in diesem Jahr ein anderer Andreas. Er rief mich an und lud mich ein, mit ihm und dem Wohnungsfreund Weihnachten zu feiern: »Nichts Besonderes, nur ein bißchen etwas Schönes essen und sich miteinander wohl fühlen.« Er erzählte mir stolz von seinen Ausflügen in die Geschäfte und Märkte, von seiner Freude, nach Geschenken Ausschau zu halten. Die Einfälle überschlugen sich in ihm. Es fiel ihm leicht, sich vorzustellen, wie er mit Dingen ein kleines Symbol setzen konnte, das sein Gefühl und sein Verständnis für einen Menschen zum Ausdruck brachte.

Ich kam am vierundzwanzigsten zu Andreas. Der Wohnungsfreund öffnete mir. Andreas saß in der Badewanne. Ich schaute durch die angelehnte Tür. Andreas winkte mich herein, winkte mich zu sich heran, streckte mir seinen nassen Kopf entgegen: »Stell dir vor, alle schlechten Gefühle sind zu meiner Mutter gegangen! Nun kann ich dir wieder die guten geben!« Ich beugte mich zu ihm. Er drückte seinen Kopf leicht an meinen. Sein Mund hatte nicht nur Wörter für mich. Böser Andreas, mich mit deinen warmen nassen Lippen in Versuchung zu bringen! Ich bekam seinen Badewannenmund gereicht, so lang wie lange nicht.

Unsere alte Badewanne war über alle Liebeszweifel erhaben gewesen. Sie hatte die Mutter-Vater-Schmerzen stillgelegt. Wasser hat Wahrheit. Wir besaßen ein Bad, das noch den Namen »Stube« verdiente. Es war eine Kammer mit einem Ofen darin, für den wir von unseren Spaziergängen oft Holzstückchen mitbrachten. Es war der einzige Raum, den Andreas allein gestrichen hatte. Die Arbeit war sein Einzugssiegel gewesen. Er hatte mich damit überrascht, als ich von einer Reise zurückgekommen war. »Das Bad in Schwarz?« staunte ich. Ja, und mit Leuchtern an den Wänden und zwei großen Spiegeln und einem Blumenstrauß auf der Empore vor dem kleinen Fenster. Das Bad war der Schrein unserer Wohnung. Die Menschen, die zu Besuch kamen, seufzten einmal auf, wenn sie durch die geöffnete Tür in den Festwinkel hineinschauten. »Darf man denn den Abstoffort zum Heiligtum verwandeln?« schienen sie zu fragen und unschlüssig eine Weile davorzustehen. Andreas liebte es, einzuheizen, wenn er von der Arbeit kam. »Hast du Lust auf ein Bad?« lockte er mich von meinem Schreibkram weg. Er badete meist voraus. Nachdem er eine Weile in der Wanne geplätschert hatte, kam ich dazu. Sein Haar war naß, lag glatt am Kopfe. Er hatte es zurückgestrichen. Die Schönheit seines Gesichts steigerte sich dadurch ins Kultische. Ich war immer erregt, wenn ich ihn in der Wanne sah, wenn ich ihn berührte, aber die Erregung verschwisterte sich mit Andacht. Ich kniete eine Weile neben ihm und schaute ihn an. Ich streichelte ihn, massierte ihn, wusch ihm den Rücken. Seine Glieder waren mein. Im Bad glaubte ich es. Ich brauchte dort keine Vereinigung, keine Rauschentlockung. Nackt auf ihm zu liegen, bis das Wasser über die Wanne schwappte – das war es, was mich beruhigte, die Gewißheit der Nähe im Naß.

»Willst du auch noch rein?« fragte mich Andreas, wie um sein Erinnerungsschenken an diesem Heiligen Abend vollendet zu machen. »Ach nein, ich hab' schon!« War gelogen. Doch ihn anzusehen, wenn auch in einem fremdumrandeten Wasser, und ihn so zu küssen – das war für einen neuen Anfang genug.

Es lag Freude im Raum. Der Wohnungsgenosse, Andreas und

ich saßen um einen Küchentisch und schauten uns an. »Ein bißchen etwas Schönes essen und sich miteinander wohl fühlen« – so fand es statt. Ich sah auf Andreas' Hände. »›Kein Verhältnis zu den Dingen‹ stimmt ja nicht. Seine Finger bewegen sich in Anmut. Wenn er etwas tut, so tut er es zart, als ob er mit den Dingen musiziert.«

Nach dem Essen legte er seine Gaben auf den Tisch. Ich war ein wenig benommen. Andreas' erstes Geschenk für mich! Die Armbanduhr hatte er mir vor Jahren widerwillig gekauft, und nur weil eine Kollegin zu ihm gesagt hatte: »Du kannst deinen Freund nicht so verletzen! Du kränkst ihn doch, wenn du ihm nichts schenkst!« »Was hat er sich jetzt wohl ausgedacht? Hoffentlich bin ich nicht enttäuscht. Auf alle Fälle nur drauflos gefreut, was auch immer aus dem Seidenpapier hervorkommen mag!« Ich freute mich wirklich. Er schenkte mir einen breiten gewebten warmen Schal, den ich mir um die Schultern legen konnte. Er wußte, daß ich mich beim Schreiben erhitzte und verkühlte, die Pullover und Jacken aus- und anziehen mußte, je nachdem, ob mich etwas hochtrieb oder erkalten ließ. Sein Schal auf dem Rücken wärmte und ließ zugleich kühl. Andreas schenkte mir außerdem noch Manschettenknöpfe. Ich besaß nur ein Paar, das ich wieder und wieder verlegte oder auf Reisen oft versehentlich nicht mitnahm. Er hatte zur Genüge hören müssen: »Wo sind bloß meine Manschettenknöpfe?!« Und: »Jetzt habe ich meine Manschettenknöpfe vergessen!« Seine neuen waren als Kettchen mit zwei Perlmutterknöpfen gearbeitet. Die kleinen Ketten und der Schal – das sind ja Bänder, fast offene Ringe! Aber einen Ring schenkt er mir nicht! dachte ich. Ich bekam eine rätselhafte Karte mit einer dicken persischen Frau darauf, die eine Blume in der Hand hielt. Er schrieb auf die Karte: »Viel Glück für unsere getrennte und gemeinsame Zukunft.« Könnte er doch so eine ruhige dicke Person für mich werden! Er ist mir ja zu dünn, gar nicht mein Typ. Ich hatte ihm oft gesagt: »Für mich kannst du noch etwas zulegen.« Er wollte es: »Dünne Menschen sind unruhiger als dicke«, hatte er festgestellt. Sein Vater war dick. Seine drei ältesten Geschwister, zwei Brüder und die Schwester, hatten einen gerundeten Leib. Nur er, seine Mutter und sein nächstälterer Bruder haspelten mager durch die Welt.

Ich schenkte Andreas ein Album mit seinen Kinderfotos. Meine Eltern hatten für mich solch ein Album angelegt und darin mein Wachsen bis in meine Pubertät hinein festgehalten. Für Andreas gab es kein Album. Seine Mutter hatte schon viermal sehen können, wie Kinder wuchsen. Die Bücher waren von ihrem Mann für die Kleinen zusammengestellt worden. Andreas kam unerwünscht, kam im Krieg, kam nach dem Vatertod. Niemand hatte ihn als Baby fotografiert. Das erste Bild, das von ihm existierte, zeigte ihn als Drei- oder Vierjährigen. Die Mutter wußte nicht, wie alt ihr Kind darauf war und wer das Foto gemacht hatte. Ich wollte Andreas eine Geschichte legen. Jahrelang waren wir zu Tanten und Verwandten gezogen und hatten uns Einzelheiten aus seiner Kindheit erzählen lassen. Ich hatte mich überall nach Fotos erkundigt. Es waren schließlich so viele zusammengekommen, daß auch Andreas sich wachsen sehen konnte.

Die Zeit stand gut an diesem vierundzwanzigsten: das Album fertig geklebt in den Tagen von Andreas' Mutteraustreibung. Unsere Rhythmen paßten noch zueinander. Die böse Mutter verabschiedet, die gute Mutter konnte ihr Nest endlich ungestört bauen. Wir neigten unsere Köpfe über die Bilder und schauten uns in Ruhe die Geschichte des kleinen, nun befreiten Andreas an.

Der Abend schritt voran, und ich bekam meine »Jetzt-muß-ich-gehen«-Augen. Der Wohnungsfreund bestand darauf, daß Andreas und ich uns ein gemeinsames Weihnachtsbett leisteten. Ich erschrak. Ich schaute Andreas an. Er nickte wohlwollend. Ich fragte ihn, ob er es wirklich wollte. Jaja, vollkommen ja: »Heiligabend allein – das geht doch nicht!« In meiner Kindheit hatte ich mir vorgestellt, wie schrecklich es sein müßte, wenn ein Mensch am Heiligabend nicht unter seinen Liebsten sein konnte. Mir wurde das Wort »Familie« rührungswürdig, nur für diesen einen Tag im Jahr. Ich bedauerte das Schicksal der Busfahrer, Strafgefangenen, Penner, Soldaten, Polizisten und aller Ausgeklammerten. »Ich bin nun heute an dem kritischen Tag bei meinem Liebsten. Aber jetzt ist es dreiundzwanzig Uhr. Ich müßte – die letzte Bahn! – in meine kalte weihnachtslose Wohnung. Sollte ich den heiligabendverlassenen Bahnfahrer noch erleben müssen, selber so ein verlorener Weihnachtsgeselle sein?

Nein, da ist ein ›gemeinsames Weihnachtsbett‹ besser, ist ja ersehnt, ist das erhoffte Hauptgeschenk, das noch immer nicht unter den Baum gelegt war. Nun kommt es zu guter Letzt doch noch hervor, muß nur erst ausgepackt werden.«

Ich atmete auf. Ich atmete tief durch. Ich ging mit Andreas ins Bett. »Jetzt nichts wollen, nur geloben und danken, in mich hineinjubeln und ein bißchen schwören an der Haut des Geliebten: ›Für immer, du hast mich, ich will dich!‹ Mehr nicht. Nicht loslegen, es nicht auf Räusche bei ihm und bei mir anlegen. Seine ›Jas‹ genießen. Still sein die stille Nacht lang. Hand in Hand, Atem in Atem, Fußzehen in Fußzehen einschlafen. Lauschen, wie er schläft. Er atmet tief. So wäre die Ewigkeit schön. Laß sie!«

Am Morgen platzte der Himmel. Als ich aufwachte, lag Andreas nicht mehr neben mir. Ich stieg aus dem Bett und erlebte einen veränderten Andreas. Er begann zu schimpfen: »Ich habe kein Auge zugemacht, und jetzt habe ich Kopfschmerzen wie seit langem nicht. Noch nie habe ich Kopfschmerzen gehabt, seit ich aus unserer Wohnung ausgezogen bin, außer einmal ...« Da hatte der Freund auf Andreas eingeredet und ihn beschworen, sich nicht aus der Beziehung mit mir zu verdrücken. Er hatte ihm eine neue große Wohnung aufschwatzen wollen, als ob mit einer neuen Wohnung eine alte Beziehung wieder aufzufrischen wäre. Ja, es denkt sich so etwas leicht und plant sich auch so gut: Alles ist neu, viele Zimmer, groß, prächtig, mit Flügel und Himmelbett. Wenn Andreas von der Arbeit kommt, sind alle Kerzen angezündet, und das Abendessen ist bereitet, der Tisch gedeckt. Das hat seine Frau gemacht, sein herzensgutes Weiblein Volker, das ihm jetzt mit Mozart vom Flügel her entgegenbebt. Andreas wäscht sich die Hände. Dann schreitet er durch die Wohnung. Sein Blick kreist über die wohlgefühlspendenden Teppiche, Gemälde, Statuetten, antiken Möbeln und kommt beim Himmelbett zum Stehen. Nicht zu *dem* Stehen, demjenigen, welchen. Das jetzt noch nicht. Nein, die Süße des Wartens nur vollends ausgekostet. Die Vorhänge des Bettes sind leicht aufgerüscht, die große, breite Doppeldecke ist halb zurückgeschlagen. Nach dem Abendbrot mit Plaudereien über die Tagesschwierigkeiten bei Andreas' Arbeit, nach einem Stündchen Gemütlichkeit mit des einen der

Freunde Blick auf ein Nähzeug, mit des anderen Blick auf ein Fernsehprogramm, vielleicht noch nach einem Telefongespräch mit einem netten Menschen außerhalb der Stadt, nach einem Kapitel in einem guten Buch, vom einen Freund dem anderen vorgelesen, nach den erhobenen Köpfen der beiden und ihrem »Es-ist-so-weit«-Nikken, ja, erst nach all dem wird die Zudecke des Himmelbetts ganz zurückgezogen, um die zwei Lieblinge aufzunehmen für ihre Leib- und Seelenohnmacht, gleichzeitig. »Käse!« sagten die Kopfschmerzen von Andreas. Und Andreas sagte: »Es geht nicht; ich kann nicht, ich will nicht. Ich trenne mich gerade von meiner Mutter und liege hier mit meiner Mutter im Bett! Mit dir ist es für mich wie Inzest! Ich bin blockiert! Verstehst du das denn nicht?!«

Der Wohnungsfreund kam mir zu Hilfe: »Jetzt schrei! Mach eine Szene! Laß deinen Haß raus! Du kannst das nicht auf dir sitzen lassen!« Ich schrie nicht, sondern wartete auf den Nachmittag des ersten Weihnachtsfeiertages, an dem wir Gäste hatten. Wir! Das passierte mir oft. Nicht wir, sondern Andreas und der Wohnungsfreund hatten Gäste eingeladen, darunter auch mich. Andreas wollte sich wieder hinlegen und hoffte, ohne meine Gegenwart schlafen zu können. Ich ging allein spazieren. Als ich zurückkam, hatte er geschlafen und war nett zu mir. Er flüsterte zwischen Liebkosungen: »Wart noch!«, drückte sein schlafgerötetes Gesicht an meinen Hals und brach meine Wünsche wieder auf. Aber erst Kaffee trinken. Eine Freundin, ein Freund, der Wohnungsfreund und mein Freund Andreas saßen mit mir beim Kaffee, den ich nie trinke. Das Gespräch lief über Probleme alternativen Lebens, zum Beispiel über das Wohnen nicht mehr zu zweit. Andreas wollte es jetzt probieren. Der Freund hatte schon Erfahrungen damit gemacht. Die Freundin war für alles offen. Der Wohnungsfreund war zur Tat bereit, mit Andreas und mir in eine Wohngemeinschaft zu ziehen. Ich wußte, das hieß »Andreas verdünnen«, Abschied nehmen müssen vom Himmelbettgedanken. Beim Abendessenmachen dachte ich entspannter darüber: »Warum nicht? Zusammen Essen machen, friedlich miteinander reden und immer lachen – das ist doch gut!«

»Jetzt gehen wir noch tanzen!« beschlossen die vier. Dafür hätte ich mich lieber bedanken sollen. Denn meine abgebrochene Blüte

Andreas-Liebe schmerzte mich bis in die kleinsten Verästelungen meiner Seele. Andreas' tanzentfachten Leib sehen zu müssen tat mir weh, auch wenn er nicht tanzen konnte und der Freund begeistert zu mir sagte: »Du hast ja einen wunderbaren Ausdruck, wenn du tanzt, zwanzig Jahre jünger wirst du beim Tanzen, komisch, und Andreas wird zum Greis, er wedelt bloß mit den Armen und stakst mit den Beinen auf und ab.« Die Rede nützte nichts. »Ich will die staksenden Beine und wedelnden Arme haben, jetzt, spätestens noch heute nacht. Aber wie tanzt er denn mit dem Wohnungsfreund? Da steckt ja doch etwas dahinter. Habe ich mir schon immer gedacht! Das sieht mir zwischen den beiden viel zu nah aus!« Andreas war gerecht, verteilte auch an mich Nähe, saß wie an unserem ersten Tag handfassend eine Weile mit mir da.

Der Abend ging mit vielen Zwischenschmerzen in die Nacht. Und ehe die Nacht zum Morgen kam, kam meine Erlösung nicht – nein, so heilen kranke Geschichten nicht –, kam der Wunsch der fröhlichen vier, nach Hause zu gehen: die Freundin zu ihrer weihnachtsversorgten Mutter, der Freund in seine besuchte Wohngemeinschaft, Andreas und sein Kumpan, mit dem er zu gut tanzen konnte, in ihre gemeinsame Wohnung und ich – wohin ging denn ich »nach Hause«? – in meine, »unsere«, Wohnung, in die Wohnung, die so abgerissen war wie ich. Ich hatte gehofft, wieder bei mir zu sein, nachdem Andreas ausgezogen war. Trughoffnung! Wie ich meine Seele um ihn geschlungen, so hatten alle meine Dinge ein Band um ihn gelegt. Kein Gegenstand war mehr mein. Andreas hatte mit mir zusammen für jeden einen Platz ausgesucht, hatte die Möbel benutzt, die Bilder angeschaut wie ich, sie waren zu seinen geworden, er war der Ihre gewesen. Nach seinem Weggang waren die Bänder der Dinge um Andreas gerissen. Sie und ich, wir blieben abgeschnitten zurück. Ich kam in die Wohnung und ließ mich in eine Ecke fallen, in der ich noch nie gesessen hatte. »So schnell werde ich meine abgehackten Adern und aufgeplatzten Häute nicht vernäht bekommen, wie ich meine Kraft verliere. Ekelhaft, der Lebenssaft rinnt mir heraus – das ist nicht zu sehen, aber ich muß es unaushaltbar deutlich fühlen.« Nur die Träume sahen die Gefühle genau. Vor ein paar Tagen stand ich im Traum in einem Fleischerladen. Die Fleischersfrau schnitt das Gehirn eines Tieres in zwei Teile, schräg, daß es gute Schnitzelscheiben wurden. »Das ist das Gehirn von Andreas und von mir, das jetzt zerschnitten wird.« Ich dachte, durch die räumliche Trennung seien wir nur ein bißchen gedehnt, würden aber zusammenbleiben, in Gedanken ein Leib. Andreas aber sagte: »Du bist meine Mutter!« »Ich bin seine Mutter, meine schlimmste Feindin!«

Ich suchte mir Adressen von Nervenheilanstalten heraus, in die ich mich heimlich einliefern konnte. Die Anthroposophen lassen ihre Patienten malen, musizieren, gärtnern und Theater spielen. »Dorthin könnte ich – da fällt es nicht so auf, wenn ich weg bin. Das sieht aus wie ›teilnehmende Beobachtung‹ oder wie ein Kuraufenthalt. Andere Künstler machen so etwas in Krisenzeiten. Ein berühmter Regisseur – habe ich gehört – ging wegen seiner Nieren in ein Sanatorium. ›Nieren‹ heißt ›Nerven‹. Das wissen nur die wenigsten.«

»Heilanstalt? Was gibt es außerdem? Beim Psychotherapeuten war ich schon. Aber ich war noch nie weg, war noch nie aus Deutschland verschwunden. Nicht eine zeitlich festgelegte Urlaubsreise meine ich, so mit Abschiedswinken nach allen Seiten, nein, richtig weg, wie für immer.« Der Schriftsteller hat viele Beschwernisse, die er mit sich tragen muß, aber einen Vorteil hat er: Er muß für seine Arbeit nicht an einem Ort sein. Wenn er so weit ist, daß er Aufträge zum Schreiben bekommt, daß Verlage sich für ihn interessieren, kann er mit der Fertigstellung seiner Arbeit hingehen, wohin er will. Diese Chance hatte ich noch nie genutzt. Schon seit Jahren wollte ich einmal nach London reisen. Ich wagte es nicht. Ich traute mich nicht. Ich kannte dort niemanden. Und ich hemmte mich mit dem Gedanken: kein Geld! »Aber die Anthroposophenanstalt ist viel teurer als ein normales Hotel in London. Bin ich eine Hausfrau mit fünf Kindern, die nicht von der Stelle kann? Der kleine Volker traut sich nicht allein in die große Welt hinein. Da wird Andreas staunen! Ich hinterlasse ihm keine Adresse, ich weiß ja sowieso noch nicht, wohin. Und auch später teile ich ihm meine Anschrift nicht mit. Wird er sich nach mir sehnen? Ach, darauf kommt es jetzt nicht mehr an. Ich hau' ab. Ich mache es wie die amerikanischen Männer, wenn sie mit ihren Frauen nicht mehr zurechtkommen. Sie verschwinden von der Bildfläche. Zwischen Andreas und mir ist es zu Ende. Ich will es nur nicht wahrhaben. Der letzte Versuch, ein neues gemeinsames Leben anzufangen, ist gescheitert. Das Sartre-Beauvoir-Spiel ging auch nicht. Nie hat es dich danach verlangt, Andreas, mich regelmäßig zu treffen, geschweige denn, mich nah bei dir zu haben. Neutralisierungsübungen hast du gemacht. Du und ich und Freunde zum Plaudern – reihum die Hand geben! Wie ich immer verrückt wurde, wenn du mir die Hand gabst! Mal einen Teenachmittag mit Leuten, mal ein Konzert, mal einen Sonntagvormittagsausflug wolltest du, und weiter nichts. ›Biographisch und geistig‹ bist du an mir noch interessiert, hast du mal gesagt. ›Lustvoll und leiblich nicht‹, hatte ich durch diese Abstandsfloskeln hindurchgedacht.«

Ich packte meine Notizen und Papiere ein und nahm am nächsten Tag einen Zug nach Holland, von wo aus ich mit dem Schiff nach Großbritannien gelangen würde. Auf dem Dampfer brachen meine Dämme. Wasser zu Wasser. »Wasser hat Wahrheit«, höhnte es mir aus frischer Erinnerung herauf. Vor zwei Tagen noch die Badewannenverheißung: »Willst du auch noch rein?« Und heute für immer allein! Da stimmte etwas nicht. Schöne Bescherung, die Elternaustreibung! Die Sintflut der Frau-Andreas-Austreibung hatte mich mitgerissen, weggeschwemmt von Andreas. Der Hohn der Freunde würde nicht auf sich warten lassen. Rosa von Praunheim hatte mich ausgelacht: »Du wirst sehen, du entdeckst ein Gesetz nach dem anderen, du erklärst, warum dein Freund weggegangen ist, du wendest ein Rezept nach dem anderen an, um ihn wiederzubekommen. Und am Schluß nützt dir alles nichts. Dein Freund ist weg, mit oder ohne Gesetze. Weg – das ist das einzige, was bleibt!« Jaja, so war es. Andreas war schon lange von mir weg. Er saß in der Sicherheit der Trennung von mir und schaute kaltblütig auf meine Anstrengungen, ihn wiederzubekommen. Ich hätte mich zu Tode analysieren können, Andreas würde mich doch nicht von neuem lieben. »Ich bin endgültig aus seiner Seele verbannt. Er sitzt aber noch immer in meiner. Wie bekomme ich ihn heraus? Dafür werde ich nun Gesetze suchen!« Die eigenen Gewässer schütteten über mein Gesicht über das Geländer des Schiffes hinunter in die See. »Los, laß die Wahrheit zu! Ich sitze in den Klauen eines Raubtiers. Andreas raubt mir die Gefühle. All mein Denken, Schreiben, Analysieren, Beschwören verschwinden in ihm. Er schluckt nur und schickt mich dann doch in die Kälte des Alleinseins. An einem Weihnachtsfeiertag muß ich in der Fremde herumirren!«

In London ging ich am zweiten Abend in den Film »Don Giovanni«, gedreht nach der Oper von Mozart. Der Stoff behandelt das Leben eines Lüstlings, der jede Frau umlegen muß. Es geht um eine Art Fremdlüsternheit, vergleichbar mit den Umtrieben von Andreas, jeden Mann zu wollen. Ich sah, wie das funktionierte, wie der Giovanni sich zurechtmachte, wenn eine neue Fremde vor ihm herlief. Seine Augen fingen zu sieden an, ein Blick, den ich von Andreas kannte, nicht auf mich gerichtet, sondern sekundenblitzhaft hervorgerufen von einem in seine Nähe geratenen fremden Mann. Andreas stieß dazu noch seinen lockenden Ton aus. Von Giovanni sagten die Menschen: »Er hat ein Herz aus Stein.« Er hatte keine Herzerotik, nur eine Hauterotik. Giovanni war auch ein Muttersohn, der nicht lieben konnte. Am Schluß wurde er von den Flammen eines Vatermannes verschlungen. Er selbst hatte das Ende heraufbeschworen, um zur Ruhe zu kommen, auch wenn seine Ruhe der Tod sein mußte. »Ist Andreas nun gerettet? Wird sein Herz endlich aus Fleisch sein, und wird es dann für mich schlagen? Stimmt das mit der Mutterbindung der Männer, mit ihrem warmen Herzen für die Mutter und ihrem Herzen aus Stein für alle anderen Menschen?«

Andreas quälte mich nun nicht mehr als Person, sondern der Andreas, der sich in mich eingenistet hatte, folterte mich mit seiner unlöschbaren Gegenwart in mir, hetzte mich herum. »Komm, komm raus, Haß! Haß auf Andreas!« Er wollte nicht kommen. Ich wollte ihn nicht herauslassen. Ich konnte nur Haß auf die Liebe fühlen: »Ich möchte nie wieder lieben, nie mehr so aufreißen und nicht zugehen können, so von einem Menschen belegt werden, wie es mir eben widerfahren ist.«

Ich ging schwankend durch die Gegend, vom Schwindel befallen wie ein Alter. Schon seit einiger Zeit. Und in den letzten Jahren hatte ich bemerkt, wie meine linke Gesichtshälfte alterte, nur sie, ohne die rechte, die unverändert blieb. Falten über der Augenbraue, das linke Auge leidvoll aufgerissen, unter ihm begann die Haut zu sacken, dahinter ein schwarzer Rand, und eine deutlich gezogene Falte von der Nase zum Mund. Es hatte mich schon während meines Zusammenlebens mit Andreas gewundert, daß sich nur in diese meine linke Seite die Zeit eingrub und die rechte Seite wie unberührt blieb.

Ein Freund hatte mit mir eine Tai-Tschi-Übung gemacht. Er sagte: »Ich kann die Aura eines Menschen wahrnehmen, wenn ich ihm eine Weile gegenüberstehe, die Augen schließe und sie dann plötzlich öffne.« Ich wollte wissen, ob er sie auch bei mir sah und wie weit sie ging. Er hatte sie nur um meine rechte Hälfte gesehen. Links war ich beschädigt. Links konnte sich keine Aura entwikkeln. Auf der linken Seite soll unser Gefühl liegen. Das war kaputt. Ich torkelte durch die Straßen, kippte nach links, weil ich dort aufgerissen war.

»Ich will mit Menschen leben und zusammenarbeiten, aber an meine gesamte Existenz will ich nie wieder jemanden heranlassen. Eine Ader für die Liebe öffnen – das reicht.« Diese »totale Liebe«, mit der die bürgerlichen Männer vor zweihundert Jahren angefangen haben, ist ein Unding. Früher, in ländlichen Zeiten, haben die Menschen miteinander gelebt und gearbeitet und hatten ab und zu ihre Vergnügen, auch manchmal ihre Leidenschaften. Liebe ist ein Teil vom Leben. Das Leben als Teil der Liebe zu sehen ist Unsinn. Alle Menschen wissen, was aus ihrer »großen Liebe« nach ein paar Jahren Drei-bis-vier-Zimmer-Satellitenstadt-Wohnung geworden ist. Ich warne jeden vor der Liebe. In der mutterlosen Zeit ist sie eine Gefahr auf den Tod. Ich bin mutlos. Liebe ist Scheiße, ist wie in Verwesung übergehen, ist ein Auflösungsprozeß zwischen zwei Menschen. Und einer ist immer schneller, die Gefühle des anderen zu fressen.

Andreas war überall in mir. In meinen Falten und Windungen, Ecken und Gefäßen hatte er sich eingenistet und fraß dort schlimmer, als meine Eltern je von mir gegessen hatten. »Die Geschichte tut so weh!« Die Zeit mit Andreas war in meine Zellen eingegraben. In allen meinen Regionen saß Erinnerung an ihn. »Was soll ich mit ihr machen? Wie sie aus mir herausbekommen, wie sie in mir faulen lassen, wohin sie wegwerfen? Das geht ja alles nicht! Nur wenn ich mich umbringe, ist auch die Geschichte mit ihm weg. Jetzt ist es soweit! Darauf hat jeder gewartet: ›Junger Autor nahm sich das Leben in einem Londoner Hotel!‹ Zu langweilig! Das gab es schon einmal. Oscar Wilde starb an den Folgen einer mißlungenen Liebe in einem Pariser Hotel. London, Paris – Städte wie gemacht zum Hinfliehen und zum Heimlich-dort-Verrecken. Nein, Tod kommt nicht in Frage. Hier zu sterben ist Kitsch. Die Zeiten sind anders. Vor hundert Jahren war so etwas eine gute Tragödie. Die Poesie liegt heut im Lebenbleiben.«

Selbstmord ist in der Regel ein auf sich selbst umgeleiteter, einem anderen Menschen geltender Mord. »Wen will ich umbringen? Andreas! Will ich den lebenden Andreas töten? Nein. Ich will das in mir sitzende Liebesobjekt aus mir herausholen. Erkenntnisse helfen doch, wenn auch nicht anderen, so meistens einem selbst.« Mit diesem Gedanken streckte ich dem Praunheim-Röschen die Zunge heraus, wechselte das Hotel, das mir die Sackgassengefühle heraufbeschworen hatte, und nahm mir Andreas nach der altbewährten Empfehlung vor: Wie du mir, so ich dir! Ich war aus Andreas heraus, mußte er auch aus mir heraus. Sein Interesse an mir »geistig und biographisch« hieß, er wollte mich betrachten, von mir hören und über mich lesen. »›Betrachtend, hörend und lesend‹ gehe ich mit dem Präsidenten von Amerika um. So entfernt soll auch Andreas für mich werden. Wie mache ich das? Ich muß meine Erinnerungen an ihn in mir aufräumen. Ich werde alles zusammenkehren und Päckchen machen, sie auf eine Stelle stapeln und schließlich in einer hinteren Kammer in meinem Gedächtnis verstauen. Nicht mehr im ganzen Haus meiner Existenz verteilt darf er liegenbleiben. Ich beginne noch heute. Jeden Tag sammele ich ein, packe ich zusammen, werfe auch vieles weg, das ich in meinem Gedächtnis nicht mehr haben will. So werde ich langsam klar und frei werden. Meine linke Seite wird sich wieder schließen, und ich werde geraden Schrittes von Andreas davongehen können.«

Was machte ich da? Ich trieb mir Andreas aus. Ich saß in einem Londoner Hotel. Ich saß in einem Englisch-Sprachkurs. Ich saß in einer Londoner Familie. Ich saß in einem Londoner Apartment. Ich versuchte, in meiner Irrenanstalt »London« meine Leiden an Andreas zu kurieren. Ich ging spazieren, ging in Filme, Ausstellungen und Theater. Ich beklagte mein Alleinsein. Ich dachte an Andreas. Ich hatte Wut auf ihn und Trauer um ihn. Hörte das eine Gefühl auf, fing das andere an. Ich drehte mich im Kreise. Und immer zog ein Schatten sich mir nach. »Wie heißt er? Andreas? Nein. Vater? Nein. Frau Andreas? Nein. Meine Hartnäckigkeit läßt nichts zu wünschen übrig. Von wem war in diesen vielen, vielen Zeilen hier noch kaum die Rede? Von Frau . . .? Ja, Volker! Mir wird heiß und kalt. Den Span sehe ich im Auge des Freundes, den Balken in meinem eigenen nicht.« Eine gelungene Vateraustreibung hatte ich hinter mir, aber die Mutter saß noch immer fast unbehelligt in meiner Seele. Was machten sie und ich? Wir korrespondierten miteinander. Sie war restlos zur guten Mutter geworden nach der Kundgabe ihrer Meinung zu dem Thema »Die Beziehung zwischen Volker und Andreas«. Und gute Mütter können sitzen bleiben, hatte ich gedacht.

Jetzt wird es um ein Haar verlogen. Vor ein paar Seiten steht: »Andreas betrieb Partneraustreibung anstatt Elternaustreibung. Mit der Mutter alles klar! Über Bord muß der Liebhaber!« Zu Abendlandsklugheit pumpe ich mich auf und haue meinem Freund die Mutter um die Ohren, fasse aber meine eigene nicht an. Mutter! Ich sitze fest. Ich starre auf das Papier einen ganzen lieben Tag lang. Mir fällt dazu nichts ein. So kann es nicht bleiben! Schon früher war mir zu meiner Mutter nie etwas eingefallen. Ich hatte von meinem Vater, meiner Tante, meinen Großeltern und Wahlmüttern erzählen können. Dann war immer die Frage gekommen: »Ja, und wie ist eigentlich deine richtige Mutter? Von der sprichst du gar nicht!« Schweigen. Und jetzt wieder, hier auf dem Papier, geht es nicht weiter. Warum hilft mir denn Andreas nicht?! Ich habe ihm doch auch geholfen, die eigene Mutter zu durchschauen, einen Absprung im Sumpf der Mutter zu finden. Es ist zu spät. Andreas hat keine Adresse von mir, der ich verborgen bin in meinem Hinter-den-sieben-Bergen-London.

Er wollte mir helfen. Ich nahm ihn nicht ernst. Er sagte: »Du bist meine Mutter!«, hatte es schon vor dem mißlungenen Weihnachtsbett oft gesagt. Dahinter steckte alles, vor dem ich zu fliehen versuchte. Für Andreas war seine Mutter ekelhaft, weil sie ihm nachfaßte, ihn einsog und sich zu ihm entgrenzte. Das habe auch ich getan. All mein Gutsein – mein Einfühlen, Mich-in-ihn-Hineinversetzen und Ihm-zur-Hand-Leben – kam bei Andreas als Mutterpampe an. Jede Wendung seines Lebens habe ich mitgemacht. Nur gut zu sein – das ist entgrenzend. Ich hielt Andreas keine Schroffheit, keine Abwendung entgegen. Die Konturen des Böseseins hatte ich nicht. Alles ließ ich mit mir machen. »Abgrenzungsakt! Ich verstehe! Zu spät!« Den Abgrenzungsakt konnte ich ihm nicht bieten, weil ich mich nicht abgrenzen konnte, weil meine Gefühle ihm überallhin nachschwammen. »Das habe ich nun davon, seine gute Mutter sein zu wollen!«

Paris war die Stadt von Frau Andreas. London könnte die Stadt von Frau Volker werden. »Das ist tausendmal schwerer. Frau Andreas . . . über Frau Andreas weiß ich jetzt alles, fast nichts über Frau Volker . . . Ich könnte das Buch schon nach dem ersten Teil enden lassen, mit diesem weltpolitisch hochgedrehten Schluß. Jetzt kommt doch nur noch Gewimmere aus mir heraus.«

»Oh, Andreas! Ich verstehe dich, die eigene Mutter – da sitzt der Stachel! Ich war in meiner Beziehung zu dir nicht nur wie das Kind Volker zu seiner Mutter, sondern auch wie meine Mutter zu meinem Vater. Ich irrte in zwei Notpositionen um dich herum: verängstigter, allein gelassener, zurückgewiesener, eifersüchtig gemachter Volker gegenüber der Mutter, und drangsalierte, bestimmte, definierte, ausgelieferte Mutter gegenüber dem Vater. Ein doppeltes Unterworfensein saß mir in den Knien und ließ mich unaufhörlich vor dir niederfallen. Was bisher gewesen war und sich ›Elternaustreibung‹ nannte, war bei mir Vateraustreibung. Während du mit deiner Mutter tobtest, bin ich nicht einen Schritt von meiner Mutter weggegangen.«

»Ich muß von vorn anfangen. Haß ist der erste Schritt. Haß auf die eigene Mutter. Aber wie das machen? Wie die Mutter hassen? Es geht nicht. Ich bekomme den Anlauf nicht für den Sprung in den Mutterhaß, obwohl ich bersten müßte vor Haß, denn die Unterwerfung unter den Mann hat mir die Mutter beigebracht. Und an meinem Unterworfensein, an meiner Fähigkeit, mich Männern auszuliefern, ist meine Beziehung zu Andreas unheilbar entzweigegangen. Dieses Ergebnis hat mir meine liebe Mami eingebrockt, ›meine liebe Mami‹!« Immer hat sie sich mir gegenüber als »lieb« dargestellt. Den Vater habe ich von klein auf als böse wahrnehmen und ihn von früh an Stück für Stück abhassen können. An die Mutter bin ich nie herangekommen. Ihre Handlungen waren so verborgen hinter dem »Meine-liebe-Mami«-Schild, daß ich nicht bemerken konnte, wann sie gut und wann sie böse für mich waren. »Ich habe Angst, an die Mutter zu rühren. Vielleicht platze ich vor Haß.« Andreas hatte gesagt: »An die Probleme mit der Mutter ist viel schwerer heranzukommen als an die mit dem Vater.« Aber ich habe keine andere Wahl. Ich bin mitten in die Mutterproblematik hineingeworfen worden. Trennung, Verlassenwerden, Leiden an der Liebe – mit all dem liege ich bei der Mutter auf Grund.

»Es fängt damit an, Mutter, daß du dir eine Tochter gewünscht hast, als du mit mir schwanger warst. Was fällt dir ein, dir die Macht herauszunehmen, das Geschlecht deines Kindes bestimmen zu wollen. Das Kind in deinem Bauch wollte ein Junge werden. Es hat sich durchgesetzt. Als du bemerktest, daß es auch seelisch ein Junge wurde, zogst du dich zurück, das heißt, du verweigertest ihm deine Lust. Du hattest keine sinnliche Beziehung zu mir, mit der eine Mutter die Sinnlichkeit ihres Kindes hervorlockt, auf daß es in die Blüte seiner erotischen Ausstrahlung hineintreiben kann. Ich bin darüber so außer mir, daß ich dich schütteln, drehen und am liebsten durch die Luft werfen möchte, wie den Schulfreund, der nicht aufhörte, mich zu piesacken. Meine reizlose Puppe ›Ottoli‹ habe ich oft geschüttelt, geschlagen, an die Wand geworfen und eines Tages beerdigt. Das alles konnte ich mit dir nicht machen. Ich mußte in Bravheit erstarren und mich hinschleppen als wirkungslose Wachtel, über die die Altersgenossen kicherten. Wenn du Frauen begehrst, dann heirate nicht, und gebär keinen Sohn, dann sitze lieber bei deinen Fräuleinfreundinnen, mit denen du so erregt sitzen und reden und reisen kannst, sitze mit denen bis an dein Lebensende zusammen!«

Das Verheerende war für mich nicht so sehr der Mangel einer Anziehungskraft, sondern mein Festgelegtsein auf Menschen, die mich – wie meine Mutter – nicht begehrten. Begehrt zu werden ist ein Menschenrecht. Und dieses Recht hatte meine Mutter mir verwehrt. In unheilvollem Fortsetzungsdrang stieß ich immer wieder auf Männer, die mich »lieb und nett« fanden, die aber meine Gefühle nicht erwidern konnten. Und die Männer, die etwas von mir wollten, wies ich sofort zurück oder nahm sie nicht wahr. Zehnmal habe ich mich am Felsen »Nein« wund gerieben. Die Männer sagten beinahe wie auswendig gelernt das gleiche: »Es geht nicht, danke schön, du bist sehr liebenswürdig, aber ich kann nicht mit dir.« Der Felsen meines Lebens war meine Mutter. Ich würde zerschellen an der Unmöglichkeit sinnlicher Übereinkunft. Andreas war zurückgefallen in seine Ausgangsposition: »Du bist nicht mein Typ. Ich bin nicht scharf auf dich.« Fünf Jahre lang hatte ich um seinen Trieb gerungen. Umsonst. Ich hätte es schon bei den zehn vergeblich Umworbenen sehen können. Wie Andreas so bevorzugten auch sie erotisch Frauen oder Männer, die im Gesicht, in der Gestalt, im Verhalten und in der Ausstrahlung extrem verschieden von mir waren. Andreas hatte sich abgemüht, seinen Trieb auf mich zu richten. Er hatte Schuldgefühle und Selbstzweifel gehabt: Ein Mensch steht vor seiner Lebenstür, begehrt und begehrt ihn, und Andreas kann ihn nicht gleichermaßen wiederbegehren. Ich dachte früher, die zehn Männer hätten mir etwas zuleide getan. Nein, ich habe sie gequält, verfolgt, unsicher und unruhig gemacht.

Die Festlegung auf die Nichtgegenseitigkeit ist ein Leiden. Das Volkslied »Ein Jüngling liebt ein Mädchen, das einen anderen Jüngling liebt . . .« macht sich über den Sachverhalt der Nichterwiderung ein wenig lustig. Er wird auch heute oft von denen, die sich über die Liebe eine Meinung bilden, verharmlost oder als erotisches Gesetz hingestellt. Die Gefühlsgleichzeitigkeit ist kein Problem der Lust, sondern entscheidet über Wohl und Wehe von Menschen, manchmal sogar auf Tod oder Leben. Mein erster Freund, um den ich geworben hatte, ließ sich nicht erweichen. Wir verstanden uns gut. Aber Verstehen und Begehren sind zweierlei. Der Freund sagte oft: »Wenn ich dich begehren könnte, dann hätten wir das

Paradies auf Erden!« Anstatt in meine Arme stürzte er sich in eine gefährliche Krankheit hinein. Hodenkrebs. Die Symbolik schlug mich. Er starb mit vierundzwanzig. Ich murmelte: »Sein Tod liegt auch in meinen Wurzeln.« Ich hatte gedacht, von meinem Vater führte ein Weg zu diesem Ende. Meine Hemmung dem Freund gegenüber erlebte ich damals noch als Folge des väterlichen Verbots, Männer zu begehren. Aber ich hatte die Vaternormen beiseite geschoben, Frauen verlassen und zum ersten Mal gewagt, einen Mann zu lieben. Die Wurzeluntersuchung stößt mich nun auf meine Mutter, zeigt mir, wie ich mich schon bei der ersten Liebe zu einem Mann in der Nichtgegenseitigkeit verbissen habe. Zwei Jahre hatte ich um den Freund vergeblich geworben, ein halbes Jahr sein Siechtum begleitet, zweieinhalb Jahre um ihn getrauert, also fünf Jahre mit ihm und in Gedanken an ihn verbracht. Die Zeit hätten wir besser verleben können. Hätte ich mich nicht auf die Liebesunerlöstheit eingeschworen, wäre dieser Tod so nicht passiert. Ich wollte zeitweilig das Maß des Mißlingens überlaufen lassen und mit dem Freund sterben oder nach seinem Tod nie mehr einen Mann lieben! Solchen Untergangskram hat die europäische Kultur reichlich in ihrem Mythen- und Sagenrepertoire. Ohne mein Festgelegtsein auf Unerwiderung hätte ich mich bei einem Mann, der mich nicht begehrt, nicht lange aufgehalten. Oder ich hätte ihn herumbekommen. Und es gab viele Augenblicke, in denen der Freund sein Herz an mich verlieren wollte. Mehrmals hatte ich ihn abgeblockt. In den Momenten, die das Mögliche eröffneten, war ich abweisend, verhielt ich mich so ungeschickt, daß eine Übereinkunft zwischen uns mißlang. »Echte Liebe mißlingt nicht!« hatte er immer wieder gesagt, um mich in meinem Eingerichtetsein aufs Scheitern aufzustören. Aber für Erfüllung war ich nicht ausgebildet worden. Durch mein Herumhampeln im Tragischen war der Freund ebenso unglücklich auf mich konzentriert wie ich auf ihn. Er hätte für seine Entwicklung dringend benötigt, daß ein Mann ihn herumbekam. Der Platz, den er dafür brauchte – seine Seele –, war durch mich belegt. Der Freund war an mich fixiert, kam immer wieder auf mich zurück, um das Unerwiderungsspiel von vorn zu beginnen.

Meine Mutter lenkte nicht nur keinen Trieb auf mich, es kam überhaupt kein Gefühl von ihr bei mir an. Eine Verwandte hatte mich eines Tages mit einem Satz über sie erschreckt: »Deine Mutter ist gefühllos und machtgierig!« Ich wies die Tante damals zurecht, meine gute, zarte, schöne Mutter sei nicht gefühllos und machtgierig. Jetzt, nachdem ich schon gewagt habe, sie in Verbindung mit dem Tod meines ersten Freundes zu bringen, kann ich es auch wagen, dieses Urteil mir näher anzuschauen.

Die Erinnerungen mehren sich in mir, daß die Mutter mich in der Kindheit stehenließ, nicht mitnahm, allein ließ, weggab. Als ich fünf Jahre alt war, passierte mir etwas auf einer Reise: Meine Mutter und ich fuhren in einer Gruppe von mehreren Frauen und Kindern. Bei einer Übernachtung unterwegs wurden Kinder und Mütter getrennt in zwei übereinanderliegenden Stockwerken untergebracht. Die Frauen schliefen im Erdgeschoß, die Kinder darüber. Wir lagen in Doppelstockbetten, ich wurde auf eine obere Liege plaziert. Nachts stürzte ich im Schlaf hinunter auf den Boden, war bewußtlos und wurde von einer Schar von Frauen wachgerüttelt, die, von dem Knall aufgeschreckt, in unser Zimmer geeilt kamen. Ich erinnere mich an fremde Frauen, die heftig auf mich einredeten, mich anfaßten und aufhoben. Von meiner Mutter kam kein Laut und auch kein Kuß. Sie nahm mich nicht in ihre Arme, hob mich nicht auf, trug mich nicht im Raum umher. Sie stand dabei und war verlegen. Mein Sturz und die Reaktion der anderen Frauen waren ihr peinlich. Als feststand, daß mir nichts Ernstliches geschehen war, sagte sie nur: »Nun mußt du in einem unteren Bett weiterschlafen. Hoffentlich schläfst du bald wieder ein.« Ihre Worte waren tröstlich gemeint. So verhielt sich meine Mutter immer. Sie war Trösterin meines Alleinseins, das sie hinter einer Vielzahl von Schleiern begleitete, durch die ich sie nicht fassen konnte. Ich weine erst jetzt darüber, daß sie mich nach dem Sturz nicht mit hinunter zu sich in ihr Bett genommen oder mich in dem neuen Bett in den Schlaf gestreichelt hat. Ich war fünf, und in diesem Alter faßte sie mich nicht mehr an. In ihrer Körpernähe war ich nur bis dreieinhalb. Mit dieser Frist hat sie mich in einen unverrückbaren Liebeszeitraum gesperrt. Alle meine Beziehungen sind nach ungefähr dreieinhalb Jahren beendet gewesen, zuerst war es mit den Frauen so, dann spielte sich mit Andreas das gleiche ab. Geschmiedet bin ich an den Austreibungsakt der Mutter, den sie an ihrem Kind Volker verübt hat. Ehe die Freundinnen mich verlassen konnten, habe ich sie weggeschickt, bin ich von ihnen weggelaufen. Andreas begann mit seiner Trennung von mir unheimlich genau dreieinhalb Jahre nach unserem Kennenlernen.

»Und warum hast du es fünf Jahre lang mit dem Vater vor meiner Nase getrieben? Der Vater quälte mich und dich. Das gab er mit seinem Verhalten zu. Du, gute Mutter, quältest mich doch nicht minder! Du ließest dich quälen von Mann und Eltern und quältest dein Kind. Mich auf zusammengeschobene Sessel zu legen! Nicht nur einmal hast du das getan, sogar bei deinen Eltern! War da auch kein Platz in deinem Bett? Du hattest eine einmalige Gelegenheit! Der Ehemann war weit weg.«

Es ist schwer für mich, hinter die Mutter zu kommen, ihre Boshaftigkeit zu fassen. Ich komme nur bis »gedankenlos«, »gefühllos«, »verständnislos«. Und gefühllos sei sie ja nicht, sondern nur gefühlsausdruckslos. Die Gefühle seien da, kämen aber bei mir nicht an. Daß ich sie nicht wahrnehmen könne, sei meine Schuld. Ich hätte womöglich nicht die richtigen Antennen für sie. Wahnsinnstreibend! Das Kind mit seinen Gefühlen, die fühlen, daß die Mutter keine Gefühle für es hat, noch für dumm zu erklären! Nie umarmte sie mich flutend. Ich kannte von vielen Tanten her das wellenhaft mich überkommende Entzücken, wenn sie mich in die Arme nahmen. Die Mutter streifte Wange an Wange sich an mir vorbei und wußte mit ihren Händen nie, wohin – vielleicht sie ein bißchen auf die Schultern legen oder auf den Unterarm des Sohnes oder in letzter Sekunde lieber nicht? Lieber Volker, liebe Mami, lieber nicht. Keine Hand meiner Mutter fühle ich noch auf meinem Kopf, meinem Haar, meinen Wangen, meiner Taille – ach, und auf meinem Knabenbottich, um ihn heranzudrücken an den ihren? Nie! Einmal, beim Tanzen mit ihr, da wurde ihr wohl schwindlig, und sie bekam ihre Zurückhaltetour nicht mehr hin, und mitten im Drücken und Drehen blitzte mir die Dreieinhalb-Jahres-Nähe meiner ersten Zeit wieder auf. »Ja, wenn ich dich scheuche und drehe, dann kommt etwas aus dir heraus. Jetzt habe ich dich! Jetzt habe ich einen Spalt gefunden, durch den ich in dich hinein kann.« Mir stürzen die Tränen aus den Augen – nach mehr als dreißig Jahren trauere ich um meinen Bär, den die Mutter mir genommen hat.

Ich besaß als kleiner Junge einen Bär. »Bär-Bär« nannte ich ihn. Die Fotos zeigen mich selig mit ihm. Sie gab ihn plötzlich weg. Warum? Sie wollte ihn der Tochter ihrer Schwester vermachen. Es waren schlechte Zeiten. Solch einen schönen Bär wie den meinen konnte sie nicht ohne weiteres kaufen. Und sie dachte, ich brauchte ihn nicht mehr, weil ich mit ihm eine Weile nicht gespielt hatte. Was wurde später aus ihm? Das wußte sie nicht. Er war kaputtgegangen und dann weggeworfen worden. So verlaufen die Kinderschmerzen im Sande. Mit den Augen des Erwachsenen betrachtet, sieht die Geschichte lächerlich aus. Ein Bär verschwand – und weiter nichts. Aber dem Kinde wurde eine Wunde gerissen, die nicht heilte, sondern mitwuchs. Bär-Bär war ich, war ein Teil von mir. Ich besaß noch andere Tiere und Puppen, die meine Mutter hätte nehmen können. Ob ich mit ihm spielte oder nicht, er gehörte zu mir. Ich war mit ihm gegangen und gereist. Mit ihm hatte ich gebetet, er hatte in meinem Glauben die Mutter vor bösen Männern beschützt. Sein Fell schimmerte grausilbrig, etwas dunkler als meine silbernen Locken war es. Ich sehe ihn heute als das Wahrzeichen meines Stäbchens, das die Mutter mit seiner Weggabe mir abzuschneiden trachtete. Nicht nur mein Vater hat mich zu kastrieren versucht, sondern auch meine Mutter. Sie hatte mich nicht gefragt, ob sie ihn weggeben dürfte. Erst als ich ihn wieder einmal hervorholen wollte und ihn nicht fand, sagte sie mir, daß sie ihn weggegeben hätte. Ich weinte nicht, trauerte nicht, wütete nicht, verstand, was sie sagte: »Du bist doch jetzt schon groß und brauchst den Bär nicht mehr.« Das ist das Gefährliche. Die Kinder verstehen auch noch die Taten der Eltern, die gegen sie gerichtet sind. Ich torkelte auf dem Glatteis des Verstehens über meine Gefühle hinweg. Ich weine jetzt, während ich die Geschichte niederschreibe. Ich weiß, dahinter verbirgt sich die Wut meiner Mutter über mich, daß ich kein Mädchen geworden bin. Ihrer jüngeren Schwester gelang es, ein Mädchen zu bekommen. Da wollte meine Mutter es mir zeigen.

Bär-Bär, das Symbol für meine Männlichkeit, mußte sie mir rauben. Statt zu schreien, reichte ich ihr meine männliche Ausstrahlung nach. Soll meine liebe Mami ihren Willen haben, ich bin auch ein Mädchen, Rock über Stäbchen, das sieht sowieso niemand. Ich zahlte mit Einklang für Gemeinheit. Wo gab es das schon einmal? Ach, Andreas, wie plump sich die Mütter gleichen!

Im Kindergarten stachen die Jungen in meine Mädchenhülle, die ich der Mutter zuliebe um mich hatte wachsen lassen, sofort hinein. Auch die Betreuerinnen ziepten mich mit kleinen Scheußlich keiten. Nach dem Kindergarten kam ein Kinderheim, und später folgten unangenehme Zeiten in Ferienlagern, in denen ich meine Sommer verbringen mußte. Die ersten Jahre in der Schule waren Seiltänze für mich. Jungen wollen Eindeutigkeiten. Auf alles, was dazwischen ist, hauen sie.

»Warum eigentlich Kindergarten, Mutter, neun Stunden lang? Warum danach alsbald Kinderheim für Monate, ohne daß ich ein Ende sehen konnte? Und warum Ausgehfrau vormittags und nachmittags, als du mit mir bei deinen Eltern warst? Da hängtest du mich ab wie nie zuvor!« Ich war artig, daß es Gott erbarm', spielte mit Messerbänken, Kastanien und Kochtopfdeckeln. Und doch, der Marschplan meiner Mutter für mein Leben hieß auf Jahre hinaus immer »Weg«!

Merkwürdig waren ihre Beschenkungen. »Siehst du, Andreas, nicht von ungefähr mußte ich mich verletzen an deiner Unfähigkeit zu schenken.« Auch meine Mutter konnte nicht richtig schenken. Was im Leben war, kommt wieder, bis wir uns davon getrennt haben. Nie schenkte sie mir etwas, das mich betraf. So wie sie sich an mir vorbeifühlte, beschenkte sie mich haarscharf daneben. Ihre Routinepakete! Alles verpackt in ausgesuchtem Seidenpapier und umwickelt mit besonderen Schleifchen, damit ich nicht merkte, daß sie sich für die Dinge nicht bemüht hatte. Ich mußte mir immer etwas ausdenken und es ihr sagen oder schreiben – »Was wünschst du dir?« nervte sie mich vor den Festtagen –, damit mich die Gedankenlosigkeit meiner Mutter nicht zu sehr traf. Blindheit für ihr Kind, aber in Seidenpapier, zwanzig Jahre lang, mindestens. »Warum denn das Seidenpapier so delikat ausgewählt um vakuumverpackte gesalzene Erdnüsse herum, die ich nicht sonderlich gern esse, oder auch um ranzige Walnüsse vom Supermarkt?« Und die Ritter-Sport-Schokolade! Was für eine Verhöhnung, mir jedesmal fünf bis zehn Packungen Ritter-Sport-Schokolade zu Weihnachten und zum Geburtstag zu schicken! Warum Ritter Sport? Die bekam sie im Abonnement billiger bei einem Kaffee- und Teegroßhandel. »Schokolade esse ich gar nicht so gern«, hatte ich oft gesagt, »aber Marzipan und Honig.« Alle meine Geliebten entdeckten, daß ich Honig über die Maßen gern hatte. Nie ging die Mutter in einen Schnuckelladen, um etwas Feines zu kaufen, ein Trüffellein, ein Törtchen, ein Marzipanle für ihren Süßen. Sie hatte keinen Süßen. Bitter schaute ihr Sohn jedes Jahr mehrmals auf die Ritter-Sport-Schokolade, die er gleich auf der Nächstenlieberutschbahn in die DDR absausen ließ. Ritter Sport! Mir dämmert es. Was für Wörter! »Ritter« und »Sport«. Da hing in der Verpackung ein Fetzen von Männlichkeit, die mir die Mutter vor ein paar Jahrzehnten geraubt hatte. Ein Ritter sollte ich für ihre Seele sein, ich, ihr »einziger Trost« gegen den bösen Vater und die verständnislosen Eltern. Ritter der Gefühle, der den Panzer ihrer Fräuleingefühllosigkeit durchdringen sollte. Und Sport – das hat etwas mit Jungen, mit Männern zu tun. Die Werbung für diese Schokolade wurde mit Jünglingen veranstaltet. Sport! Hahaha! Den machte ich nicht, war nie Junge bei Jungen. Meinen Körper konnte ich biegen und wenden, sobald er sich allein trainieren ließ. Aber den Gruppensport hatte die Mutter mir verhindert. Als Hülse Mädchen, die um einen Kern Junge flatterte, konnte kein echter Junge etwas mit mir anfangen. Einmal hatte mich einer angequatscht: »Du hast ja tolle Fußballerbeine, willst du nicht zu uns in unsere Mannschaft kommen?!« Ich zitterte. Es war zu spät. Meine Füße waren so ungeschickt, daß ein Ball, den ich zum Nordpol zielte, am Äquator ankam. Auch mit dem Werfen war es nicht besser. Die Klassenkameraden fielen reihenweise in Ohnmacht vor Lachen, wenn sie zuschauten, wie ich warf. Ich strengte mich an wie ein Gewichtsheber, und doch drehte sich der leichte Ball, von mir nach vorn geworfen, nur ein paar Meter seitlich in ein Gebüsch.

Die Briefe meiner Mutter waren ein besonderes Kapitel. Plapper, plapper. »Hat die Frau denn nicht einen Funken Geist?« Sie war Studentin gewesen, ihr Vater war Gelehrter, und mir schwafelte sie Schulaufsatz um Schulaufsatz in den Briefkasten: »Was habe ich am Wochenende gemacht?« oder: »Ein Nachmittagsausflug in den Herbstwald.« Die Briefe kamen so oft, und immer wieder stand in ihnen nur: ». . . gingen wir linksherum, gingen wir rechtsherum.« Oder sie erzählte mir meine Briefe an sie wieder: »Wie schön, daß Du umgezogen bist. Die Fahrt nach Hause muß anstrengend gewesen sein.« Jahrzehntelang habe ich eine Meisterschaft darin entwickelt, die Mutter nicht zu kränken mit Inhalt meinerseits, habe fleißig geübt, sie an Oberflächlichkeiten noch zu überbieten. Ich konnte Satz um Satz ins Nichts schreiben, in das Nichts, das sich »Mutter« nannte. Sie schrieb nicht einen Satz an mich, der mich betraf, der bei mir ankam. Den ersten Satz in einem Brief meiner Mutter, der mich bewegte, hatte sie verfaßt, als ich sechsunddreißig war. Sie schrieb, die Meinung des Vaters zum Zusammenleben von Andreas und mir beruhe auf Vorurteilen. Sie denke anders, und in ihrem Verhältnis zu mir solle sich nichts ändern. Diesen Nachsatz empfand ich als Zumutung, denn es hätte sich etwas ändern müssen, in welche Richtung auch immer. Sie hatte behauptet, sie sei durch die Nachricht von meiner Beziehung zu Andreas »wie vom Schlage getroffen«. Was hieß das? Wir müssen unseren Müttern gegenüber genau sein. Einen Millimeter danebengefühlt, die Mütter geschont, und der Haß geht gegen unsere Liebespartner oder gegen uns selbst. »Vom Schlage getroffen« heißt »keine Ahnung gehabt« und »so etwas mir! Das muß der Herrgott ausgerechnet mir antun!«

»Keine Ahnung«! – ich hatte mit Andreas oft Reisen zu Verwandten und Bekannten meiner Eltern gemacht. Alle wußten und sahen, hatten gesehen oder geahnt, daß ich mit meinem Leben etwas im Schilde führte, was mich einen anderen Weg als »Vater-Mutter-Kind« einschlagen ließ. Vergeblich hatte ich jahrelang versucht, mich den Eltern mit meinen Männern und Männerideen Schritt für Schritt vorsichtig nahezubringen. »Und das mir!« – »Ja, gerade dir, Mutter! Alte Volksmeinung und alte Wissenschaft sagen, Männer lieben Männer, wenn ihre Mütter scheußlich waren und der Weg zu Frauen ihnen dadurch versperrt sei. Ich neige zu dieser Meinung nicht, aber wenn ich an meine grausame Eifersucht denke, die du mir so unbarmherzig in die Nerven gebrannt hast, ist wohl etwas daran.« Am Anfang meiner Liebe zu Männern dachte ich, ich sei auf sie nicht eifersüchtig, die Eifersucht beziehe sich auf die Frau, auf *ihren* Punkt. Aber als Andreas in meine Nähe kam, versengte ich fast vor Eifersucht auf ihn. Möglich, daß ich mich von meinen Frauen getrennt habe aus Furcht, solch eine Eifersucht, wie ich sie bei Andreas empfand, bringe mich um oder treibe mich dazu, die Frauen umzubringen. Ich lese täglich in den Zeitungen, daß Männer eines von beiden oder beides tun. Andreas gegenüber hatte ich noch den Schutz des Mannes. Ich konnte mich retten in den Gedanken: »Er ist ein Mann. Er kann sich nicht hingeben, kann mich nicht heiraten, muß selbständig sein, will auch unabhängig von mir etwas ausprobieren, ist nicht als Frau zu begreifen.« Bei Frauen hätte ich solchen mich beruhigenden und die Partnerin schützenden Gedanken nicht haben können. Ich hätte vielleicht im Kurzschluß getötet. Auch gegen Andreas hatte ich einmal die Stichflamme eines Mordgelüsts. In der Zeit seiner allmählichen Loslösung von mir kamen wir während eines Spazierganges in eine felsige Gegend mit einem Weg an einem Abgrund. Wir standen eine Weile still und erfreuten uns des weiten Blicks, da bemächtigte sich meiner der Drang, Andreas hinunterzustürzen. Ich hätte ihn nur etwas schubsen müssen, und er wäre abgerutscht. Spaziergängerpech! Mein Stoß hätte hinter dem Unfall nie rekonstruiert werden können. Der Drang, Andreas hinunterzuwerfen, kam so unangekündigt und war so stark, daß ich den Abhang sofort verlassen mußte. Beim Zurückweichen mischte sich in die Aufwallung gegen Andreas noch der Gedanke: »In sein Fallen hätt' ich mich nachgestürzt.«

Die Mutter war also durch die Mitteilung von der Beziehung zwischen Andreas und mir »wie vom Schlage getroffen«. »Vom Schlage getroffen«! – stärkster Gefühlsausbruch, den sie sich brieflich und tatsächlich mir gegenüber je geleistet hatte. Geschah er wirklich, oder schrieb sie wieder nur eine Floskel hin, nun eine kräftige, diesem Thema gebührende, wie sie wohl dachte? Nach der für sie angeblich so erschütternden Nachricht von ihrem Sohn rührte sie sich abermals nicht. Sie rief nicht an, sie kam nicht sofort zu mir, sie kam jahrelang nicht. Die Kinder sind meinen Eltern behauptetermaßen das Liebste. Immer nur Familie, die Familie, das ein und alles, und die Familie über alles: »So vier wie wir vier, das sind wir!« Vater, Mutter, Sohn und Sohn. Ja, so! So eine Familie, in der die Mutter, von so einem Schlag getroffen, nicht einmal zu ihrem Sohn hinreist? Genauso! Fast drei Jahre diplomatisierte sie sich herum, tat in Wirklichkeit nur wieder, was der Vater wollte. Er wollte den Sohn allein bei sich in der Wohnung haben, um ihm die alten Botschaften neu, heiß und nah, hineinzubrennen.

Gibt es meine Mutter als selbständige Person ohne meinen Vater? Das mußte ich wissen. Ich begann, in Briefen sie anzugreifen, ihr nahezulegen, sie möge mich besuchen, das erste Mal in ihrem Leben sich aufzumachen zu ihrem Kinde. »›Maria aber machte sich auf . . .‹ Mutter! Bist Du tatsächlich gefühllos? Warum hast Du diesen einmaligen Augenblick des Vom-Schlage-getroffen-Seins verpaßt? Wie alt bist Du? Kannst Du immer noch nicht allein eine Fahrkarte oder einen Flugschein kaufen?« Wenn mir früher in fremden Städten Operationen bevorstanden, sagte ich, das rücksichtsvolle Kind, zur Mutter: »Du brauchst nicht extra zu kommen.« Um mir die Enttäuschung zu ersparen, falls sie nicht kam, tat ich das. Sie kam wirklich nicht, nie! Von meinen Körper- und Seelenproblemen hielt sie Abstand. Nun ließ ich mir das nicht mehr gefallen. Ich schrieb: »Komm Du zu mir, jetzt, das will ich! Sei Du und nicht der Schatten eines anderen Menschen, der sich ›Ehemann‹ nennt.« Sie kam wieder nicht und schämte sich auch nicht, mir noch ein Argument für ihr Nichtkommen nachzureichen, um mir zum hundertsten Male ihre Gefühllosigkeit zu verschleiern. Sie könne mit Vater auf der Reise zu ihrem Ferienort »nicht die Autobahn« über Andreas' und meine Stadt nehmen, weil »auf dieser Strecke Baustellen« seien. Sie habe eine »Warnung im Radio gehört«, das sie sicher angeschaltet hatte, um etwas Warnendes zu hören. Und auch noch »alarmiert« worden sei sie von den Bekannten Fliederbuschens, die »gerade eben gerade da vorbeigefahren«

seien und die sie »deswegen noch extra angerufen« hätte. Vater und sie müßten deshalb – und nur und nur und nochmals –, »nur deshalb« die Strecke über die andere Stadt nehmen, die »leider nicht« die unsere, nicht die unsere sei, so leider, leider nicht! Ich hatte nicht an Vorbeikommen, sondern an Zu-mir-Kommen gedacht. Ihr Mann aber wird gesagt haben: »Ich will ihn mit dem Freund nicht sehen!« Und sie wollte, was er wollte. »Nicht immer sind wir einer Meinung«, beschwichtigte sie mich. Ich glaube, sie sind es meistens, in einer so guten Ehe wie der meiner Eltern sehr meistens. Es ging so weit, daß der Vater der Mutter in die Wahlkabine nachkam und auf den Kreis tippte, in dem sie seiner Meinung nach ihr Kreuz machen sollte. Die Selbstlosigkeit der Mütter ist für die Kinder eine harte Plage. »Verfluchte Mutter, nenn dich mir gegenüber nicht mehr so, wenn du ohne den Vater zu mir gar kein Verhältnis hast!« Zog er weg, zog sie mit. Wollte er, daß sie den Beruf aufgab, gab sie ihn auf. Wollte er die kleine Wohnung, nahm sie die kleine Wohnung, auch wenn die Söhne wie in einen Kaninchenstall gepreßt dem Vater ausgeliefert waren.

Ausgeliefert waren? Die Mutter selber lieferte mich dem Vater aus. Ja, sie war gut und milde, ertrug den tobenden Gatten, zankte nicht zurück, trumpfte nie auf. Aber sie lieferte mich an sein Messer, damit seine Quälereien sich zwischen ihr und mir verteilten. Das Schlimmste: Sie hat mir das Unterdrücktwerden durch den Mann beigebracht, hat mich hinnehmen, einstecken, zurückgehen und ausweichen gelehrt. Am Anfang ihrer Ehe hatte sie es nicht gekonnt, da bäumte sich ihr Körper jahrelang mit gefährlichen Krankheiten auf, die mich jedesmal an den Rand der Verzweiflung brachten, denn eine kranke und sterbende Mutter war noch schlimmer als eine gefühllose Mutter. Ich preßte mein Leben zu ihr hin und betete, daß sie wieder gesund wird und zu mir zurückkommt, mich nicht mit diesem ungeheuerlichen Vater allein läßt. Als ich ihr später einmal Vorhaltungen machte, daß sie ihre Probleme mit ihrem Mann, mit ihren Eltern und Schwiegereltern damals auf mich, den Schwächsten, abgewälzt und über Krankheiten ausgetragen habe, bediente sie mich mit erneuter Zurückweisung: »Die Krankheiten kamen von schlechter Ernährung.« Schlechte Ernährung? Und die Krankheit nach 1970 bei bester Ernährung in der Bundesrepublik Deutschland, als die Mutter wieder einmal ihre Fähigkeit des Ausweichens in ihren Körper zur Schau gestellt hatte? Sie mußte ins Krankenhaus. Es stand schlimm. Ich krümmte mich vor Angst, wurde selbst krank, beschwor sie, endlich ihren Mann anzugreifen, anstatt ihren Körper zu traktieren, zumindest zum Analytiker zu gehen, zu dem, der schon ihre beiden Söhne in Pflege genommen hatte. Abermals redete die Mutter: »Nein!« Der Sohn studierte Psychologie, wälzte das Wissen vom Aneinanderleiden der Menschen, schrieb Bücher darüber. Die Mutter blieb bei ihrem »Nein«, schmückte es noch aus: »Stimmt nicht, du spinnst!« und schob eine Empörung nach: »Wie kommst du dazu, jetzt mit den alten Sachen wieder anzufangen, mir Vorwürfe wegen längst Vergangenem zu machen. Ob das stimmt, was du über deine Kindheit sagst, ist ja nicht nachzuweisen.« Zorn, jetzt Zorn! Nachweisen! Ein Ausdruck von Vätern und Gerichten! »Nachweisen! Mit diesem Wort, meine Dame, hast du dich als Mutter mir aus der Seele katapultiert! Die Gefühle deines Kindes müßten dir Nachweis genug sein!«

Die Tante hatte recht. Meine Mutter war gefühllos und machtgierig. Ihre Macht mir gegenüber drückte sich in ihrer Gefühllosigkeit aus. Weil sie immer undurchdringlich war, konnte ich sie nie fassen. Nachweisen! Das ist ein Wort, das ihr gefährlich werden soll! Ich konnte ihr nie etwas nachweisen, ihr Gegen-mich-Sein nicht beweisen, verfing mich wieder und wieder in den Schleiern ihrer untadeligen Rührungslosigkeit. So kam ich nie heran an sie mit dem Gefühl des Hasses. Der Haß auf sie war doch aber da. Ich wußte nur nicht, wie ich ihn auf die Mutter kanalisieren sollte, denn mir war seine Existenz nicht klar. Was machte der Haß in mir? Er mischte sich wie ein Giftgas in meine Freundlichkeit hinein, durchsetzte mein Gutsein, Helfen und Verstehen. Andreas haßte seine Mutter und mich aus vollen Kräften. Das konnte von jedermann gesehen werden. Ich rutschte ihm immer nur milde nach. Eines Tages wäre er tot gewesen, getötet von meiner Liebe. Ahnungslos und vermeintlich vom Schicksal getroffen, hätte ich auf seinen Leichnam geschaut. Eine unheilbare Krankheit mit langem Siechtum oder plötzlich ein Unfall. Und das durch mich? Ich sollte meinen guten, lieben, süßen Andreas zutiefst hassen? Ja. Wenn mein Haß nicht zur Mutter, an die Stelle seiner Verursachung, gegangen wäre, hätte er Tag um Nacht Andreas zersetzt. Leise strömend wäre das Gas entwichen aus den in mir schlummernden Abstoffen der Qual an meiner Mutter.

Ich fühle, daß meine begehrten Männer etwas Angst vor mir hatten und nicht nur wegen meiner mangelnden sinnlichen Attraktivität mit mir nicht zusammensein wollten, sondern auch aus Furcht vor meinen Negationsgasen. Ich wollte die Männer immer heiraten. »Ich will dich heiraten« heißt heute: »Ich will dich töten.« »Ich will dich mit meiner Liebe und meinem hinter ihr lauernden Haß umbringen.« Wir sind gut gesicherte Haßlager, die geöffnet werden, sowie ein Mensch in unsere erotische Nähe kommt. Entweder der Haß explodiert plötzlich, ausgelöst durch eine Unvorsichtigkeit des Partners, oder er schwelt wie bei mir, von beiden unbemerkt, in die Beziehung hinein. Andreas ahnte es, versuchte, meinen Haß heraufzuholen, stach in mich hinein, hetzte und beleidigte mich, er kam nicht durch die Wand meiner zur Schau gestellten Gutmütigkeit hindurch. Erst jetzt, während ich dieses Kapitel schreibe, bricht mein Haß gegen meine Mutter hervor. Solange er nicht an den Ort ging, wo er hingehörte, verteilte er sich in allen Lebensbereichen. Mein ungefühlter, unausgelebter Haß gegen meine Mutter machte sich auch in meinen Büchern breit. Gute Erkenntnisse, schöne Formulierungen – und doch sprang aus meinen Texten dem Leser oft Gehässigkeit entgegen. Als Person war ich herzig, in der Sache schockierend. Mehrmals wurde ich darauf angesprochen: »Wir haben Sie uns ganz anders vorgestellt. Sie sind ja reizend! Warum schreiben Sie nur so böse Bücher?!« Ich schrieb sie, weil ich nie böse sein durfte, nie an der Stelle, an der mein Bösewerden notwendig gewesen wäre. Der verquer herauskommende Haß nützte niemandem etwas und veränderte nichts. Schon vor zehn Jahren schrieb ich ein Buch gegen die Mutter (»Dressur des Bösen«), behauptete, das Böse käme von ihr. Erst jetzt, durch die Arbeiten anderer Autoren ausgelöst, wurde »die Mutter« ein Zeitthema. Ich konnte damals nur provozieren, aber die Leser nicht massenhaft rühren. Eine Frau schrieb mir zu diesem Buch: »Wer auf zuviel Mutterliebe schimpft, hat zu wenig bekommen!«

Auf die eigene Mutter loszugehen, wagte ich noch nicht. Dafür hatte ich manchmal unheimliche Anwandlungen. Ich stellte mir vor, ein Brotmesser in den Rücken der Mutter zu stoßen. In der Küche, als sie sich vor mir bückte, wollte ich es plötzlich einmal tun. »Weg, weg, Gedanke! Meine Mutter ist doch gut!« Er kam in der Kirche wieder. Ich saß harmlos hinter meiner Mutter in der Weihnachtsandacht. Wir hatten keine Plätze mehr nebeneinander gefunden, so voll war es schon gewesen, als wir gekommen waren. Ich sang, und sie sang, und alle sangen, und die Kerzen brannten, da wollte ich plötzlich wieder auf die Mutter einstechen. Warum wollte ich das tun? Ich hatte diesmal kein Messer bei mir, kein Brotmesser wie in der Küche. Mutter-Messerstechen aus Lust? Oben eindringen anstatt unten? Nein! Aus Wut, von der ich nichts wußte, die sich abgespalten hatte und die über die Messerphantasie aus mir herausdrängen mußte. Ich hatte mich jedesmal wieder in den Griff bekommen, die losrennende Wut eingeholt und sie tief in mir vergraben, bis Andreas sie herausbohrte. Ein Freund von mir wurde am Heiligen Abend in eine Anstalt eingeliefert, weil er seiner Mutter ein Brotmesser in den Bauch gerammt hatte, unerwartet für alle, in der Küche, im Stehen, von vorn in den Bauch, am Heiligen Abend! Er rief mich aus der Klinik später an und erzählte es mir. Ich erschrak. So wenig trennt die Phantasie von der Wirklichkeit. Die Mutter des Freundes hatte Schmerzen, ohne zu wissen, warum, und der Sohn mußte vielleicht für immer hinter Mauern bleiben. »Dank dir, Andreas, daß du mich gestochen hast, hast mir den Druck genommen, hast mir die Phantasie gelöscht, hast mich nicht in der Endstation Anstalt auflaufen lassen.«

Als mein Zorn auf meine Mutter stieß, als ich bebte vor Verzweiflung an dem, was sie mir zugemutet und was ich bisher nicht anzugreifen, schlimmer, nicht zu fühlen gewagt hatte, ging eine Veränderung mit mir vor, die ich zunächst nicht an mir, sondern in meiner Umwelt bemerkte. Ich wunderte mich, daß die meisten Männer auf der Straße mich anschauten. Wenn ich versunken die Augen niedergeschlagen hatte und unvermittelt aufsah, fing ich Blicke ein, die sich schon eine Weile auf mich geheftet haben mußten. Ich konnte unterscheiden, ob es begehrliche oder nur stierende Blicke waren. Mir war neu, daß Männer ihre Augen auf meinem Körper auf und ab wandern und auf meiner Hose verharren ließen. Immer wieder prüfte ich, ob die Hose zu war. Ja. Und es war auch nichts Besonderes zu sehen. Früher hatte ich mich oft männlich herweisend zurechtgemacht, hatte den Hosenschlitz so nach links oder rechts geschoben, daß möglichst viel vom Verpackten zu sehen war. Blicke der Männer hatte ich damit kaum angezogen, nur ein flüchtiges Hinschauen von Frauen. So wie mich nun Männer musterten, hatte ich selber sie früher angestarrt, war ihren Körper rauf- und runtergegangen und in der Mitte stehengeblieben. Das Blicktasten unter Männern ist wie das Schnuppern der Hunde überallhin. Ich war bisher aus diesem Schauen und Für-gut-befunden-Werden herausgefallen. Offenbar hatte ich nun meine sinnliche Ausstrahlung, die die Blicke der Männer schon von weitem auf mich lenkte. Die Mutter war aus mir heraus. Nichts mehr verhängte ich ihr zuliebe. Ich strahlte. Ich selbst spürte es. Wenn ich an Spiegeln vorbeiging, nackt im Badezimmer neben der Kachelwand stand, stieß mich etwas an, kam mir meine Haut entgegen, als wäre ich früher nur Fläche gewesen, nun war ich Körper.

»Wenn wir unsere Mütter nicht hassen, werden wir wie sie«, hatte Nancy Friday in ihrem Buch »Wie meine Mutter« geschrieben. Meine Mutter hatte die sinnliche Wirkung einer Ziege und das erotische Selbstbewußtsein einer Eule. Mein Vater wunderte sich einmal, daß seine Frau nie, weder in der Bahn noch sonst auf einem ihrer Wege, von einem Mann angesprochen oder angemacht worden war. Meine Mutter – das war die Unfähigkeit, auf Männer zu wirken, und die Fähigkeit, sich ihnen zu unterwerfen. Beides machte mich untauglich für eine Beziehung mit ihnen. Wäre ich wie meine Mutter geblieben, wäre ich vielleicht an den Auseinandersetzungen mit dem nächsten Mann kaputtgegangen.

Alice Miller schreibt in ihrem Buch »Das Drama des begabten Kindes«, wir ersetzten unseren Müttern einen Teil ihres Selbst.

Was einer Mutter fehlt, muß das Kind ihr geben. Jeder Mutter fehlt etwas anderes. Meiner fehlte die sinnliche Ausstrahlung, die ich ihr ersetzen mußte. Ich weiß nicht, wie dieser Vorgang des Ersetzens geschieht. Ich kann mich an ihn nur mit meinen Modellen vom aneinandergeschlossenen Energiekreislauf zwischen Eltern und Kindern, vom Menschen als Faß ohne Boden und vom mit der Mutter verwachsenen siamesischen Zwilling herantasten. Ich hatte das, was ich meiner Mutter gab, nicht für mich. Sie brauchte für meinen Vater nicht die sinnliche Ausstrahlung einer Frau, sondern die eines Jungen. Da der Vater auf Jungen stand, aber wegen seiner Normgerechtigkeit und seines Unwissens über sich eine Frau heiraten wollte, benötigte er einen Knaben in der Nähe, der ihr die Knabenausstrahlung aufpolierte. »Deshalb also sein listiger Blick über die spanische Wand.« Alles, was Eltern brauchen, geben ihre Kinder ihnen. Und die Kinder wissen nicht, was ihnen genommen wird. Sie ahnen nur, daß ihnen etwas fehlt, wenn sie in ihrem Leben schwach sind, wenn ihnen ein Schritt nach dem anderen mißlingt.

Mein männlicher Körper war das Salz für die Liebesspeisen meiner Eltern. Im Kriege ließ sich mein Vater vom Militär, von dem er schwärmte, anflammen. Als der Krieg zu Ende war, mußte er etwas Friedlich-Männliches zur Erregung haben. »Jetzt wird mir klar, warum er seine Söhne dringend in seiner Nähe haben wollte.« Er hatte mich jahrelang im elterlichen Schlafzimmer hinter der spanischen Wand. Er genoß die Enge des Flüchtlingswohnheims und nahm eine winzige Zweieinhalb-Zimmer-Wohnung, preßte sich, seine Frau und seine Söhne dahinein. Sparsamkeit? Trieb! Zum Funktionieren der Ehe mußte der Vater die Mutter begehren. Hätte sie die Ausstrahlung einer Frau gehabt, hätte er sie nicht genommen. Rudimentär hatte sie die Wirkung eines Knaben, die ihr jemand noch aufbessern mußte, damit der Vater richtig auf sie losging. So brauchte sie ihren Sohn für ihre unvollkommene männliche Reizapparatur. Meine Attraktivität wurde zu ihrer Krücke. Der Rest Volker, der für mich übrigblieb, vegetierte als Schrulle dahin.

Bis jetzt war ich immer noch das Aufputschmittel meiner Eltern, hing als Putte über ihrem Bett. Die spanische Wand gab es längst nicht mehr, das Bett davor auch nicht. Das Haus meiner Kindheit hatten meine Eltern vor Jahren schon verlassen. Seelisch funktionierte aber alles noch so, als würde der Leidensursprung täglich frisch gehandelt, als stünden die Requisiten zum erneuten Peinigen griffbereit noch da. Die Austreibung des Vaters erlöste mich vom Bettengel nicht. Erst als ich der Mutter die Krücke Knabenreiz entriß, spürte ich eine Veränderung in mir. Das der Mutter Geliehene wurde wieder zu einem Teil von mir. Während ich das mir Geraubte meinem Leib zurückgab, fühlte ich mich wie dreieinhalb. Ein Flügel war mir damals abhanden gekommen, ich konnte seit dieser Zeit nicht mehr fliegen. Für meinen Mangel brauchte nun ich Krücken von anderen, hängte mich immer an überattraktive Menschen. Das half mir nichts. Ich mußte so lange hetzen, bis ich spürte, daß mein Flügel wieder fest mit mir verwachsen war. Nun werde ich fliegen. Ich habe sinnliche Ausstrahlung und brauche mich Männern nicht mehr zu unterwerfen. Beides war miteinander verbunden. Ich hatte mich ihnen ausgeliefert, weil sie mich leiblich geringschätzten. Ich werde nicht mehr solche begehren, die mich nicht wiederbegehren. Da ich meinen Flügel zurückhabe, kann das nie wieder geschehen, denn Menschen mit zwei Flügeln werden begehrt.

Eine unbändige Freude überstürzte mich. Die Mutter einmal durchgehaßt, und schon war ich zum Mann geworden! Ich stampfte über Londons Straßen wie der erste Held des Landes. Den Prinzen schauten alle Männer an, oftmals wollte einer in seine Nähe kommen. Manchmal drehte ich mich um und prüfte, ob nicht an meinen Fersen meine Froschhaut hängengeblieben war. Nein. Die Männer sahen sich auch um und trafen auf meinen noch wackligen Knabenblick, jemanden ins Einvernehmen hereinzulocken. Im vielmaligen Leibgelingen vergaß ich beinahe meinen Andreas. »Aber die vielen will ich ja nicht, will den einen, habe mich nur so verändern müssen, daß auch er mich will. Jetzt müßte er das doch tun! Soll ich ihm nicht meine Adresse endlich mitteilen und ihn einladen, ein Auge auf die neue Volker-Pracht zu werfen? Ich sollte!«

3 Andreas rief mich sofort an, als er eine Nachricht von mir erhalten hatte. Einer seiner ersten Sätze war: »Wir sollten es noch einmal versuchen.« Er kündigte mir einen Brief an, den er schon geschrieben hatte. Es kam ein Liebesbrief – Lohn für mein Entziehen. »Ich bin anders geworden«, schrieb er, »ich will Dich freiwillig lieben, nicht lieben müssen. Wir fangen erwachsen neu an. Dazu muß aller Seelenmüll aus uns geworfen werden.« Also doch Liebe! Liebe braucht Krisen, braucht Aufräumen, Entfernen, Verändern. Ich ergieße mich am Telefon und kopfüber gebeugt über den Brief. Und aus Andreas gießt es auch, aber schmerzlich. Seit er meinen Abschiedszettel in seinem Kasten gefunden hatte, lief ihm die Nase. Sie wollte sich nicht beruhigen, wochenlang. Andreas hatte sich zu Ärzten begeben, weil das Triefen ihm über einen Schnupfen viel zu weit hinausgegangen war. Die Ärzte fanden nichts. Es war kein Schnupfen. Die Nase hörte nicht auf zu weinen. So schmerzte Andreas mein Verschwinden. Vielleicht war er auch über sich selbst gekränkt, hatte gemerkt, wie gebunden er an mich war. Doch Schluß mit der Vergangenheit! Wir wollten einander zurückhaben. Unsere verschiedenen Gewässer waren durchgebrochen. Da gab es kein Halten. »Alles, was ich in der Zwischenzeit versucht habe, war ohne Kraft, ohne Perspektive«, erläuterte Andreas sein Leben ohne mich. Hätte ich ihm diesen Satz verübeln müssen? Er hatte von mir weggewollt und es nicht geschafft, kein neuer Mann gab ihm Kraft und Perspektive! Das Kränkungsdenken paßt jetzt nicht. Weg mit den Beleidigungsschwaden! Nur deutlich zugefühlt aufs neue ein und alles! Andreas, mein Liebster! Gereinigt können wir endlich von vorn anfangen. Ich warf in den Wiederbeginn meine gelernte Unabhängigkeit hinein. Ich schrieb an Andreas einen Liebesbrief. Aber, wie es aus mir zuckte, so handelte ich nicht. Den nächsten Zug zu ihm, gebot die Brunst energisch. Es wäre falsch gewesen, ihm nach der Nase zu tanzen: Will er mich nicht, hau' ich ab, will er mich wieder, komm' ich zurück. Als sein Anruf kam, hatte ich für drei Monate eine kleine Wohnung mieten wollen. Ich unterschrieb widerstrebend. »Andreas kann mich besuchen. Wenn er mich wirklich will, wird er das tun.« Ich lud ihn ein, bald zu kommen. Ich war noch dreister. Für unsere

Zukunft stellte ich eine Bedingung. An den Säften ist im Nu zu drehen. Ihr Fluß macht keine Beziehung. Eine solche »erwachsen« und »neu« anzufangen – darum ging es jetzt. Ich schrieb ihm: »Wenn Du wieder mit mir leben willst, mußt dieses Mal Du die Wohnung suchen und den Mietvertrag unterschreiben. Dann weißt Du, ob Du wirklich mit mir zusammensein willst. Nimm eine Wohnung nach Deinem Geschmack, groß und hell und teuer. Ich komme, wenn Du sie gefunden hast.«

Auf meinen Brief kam lange Zeit keine Antwort. Ich hatte nach Erhalt von Andreas' Brief umgehend geschrieben. Ich wartete einen Tag, einen zweiten und noch einen, wartete eine Woche, eine zweite. Endlich in der dritten Woche – ein Brief von Andreas! In seinem Büro hatte er für ein paar Stunden nichts zu tun gehabt und deshalb an mich geschrieben. Er fand den Gedanken der großen neuen Wohnung mit mir nett. Nett? Im Büro! Zwischen Tür und Angel, zwischen Akten, Kollegen, Sekretärinnen und dem Chef, nach drei Wochen antwortete er so auf meine neue Glut! Und wo war seine hinverschmolzen?

Unglückseligerweise mußte ich zu einem Termin in eine deutsche Stadt. Zwei Tage – ein Arbeitsgespräch. So etwas gibt es bei arbeitenden Leuten. Das hatte nichts mit Andreas zu tun. Aber er lebte in einer anderen deutschen Stadt. Deutschland ist klein, alle Orte sind nah beieinander und schnell zu erreichen. »Andreas um die Ecke! Das ist mir zu abwegig, ihn nicht zu sehen, wenn ich in der Nähe bin.« Es war falsch. Ich kam zu ihm. Und nicht: Er kam zu mir, wie es jetzt hätte sein müssen. So hatte meine Sehnsucht die Zügel meiner Unabhängigkeit gesprengt. »Andreas nach diesem Drei-Wochen-Zögern so im Flau-in-Flau wiederzubegegnen, das wird nichts. Nur wer die Sehnsucht kennt, weiß, wie ›entkopft‹ ich handle!« Ich kündigte mich ihm an. Und kurz vor meinem Eintreffen in unserer Stadt rief ich ihn an, schwer unterdrückend meinen Jubel, daß ich da bin, nah bin. »Ach, du kommst schon dieses Wochenende?« räusperte er sich schläfrig in das Telefon. Er hatte das Datum meines Besuchs vergessen.

Ich schlief die Nacht vor unserem Wiedersehen nicht. Andreas wollte mich vom Bahnhof abholen. Ich hatte Angst, Angst vor meinen Erwartungen, Angst vor seinen Versagungen. Ich erinnerte mich an die vielen Male Bahnhof früher. Andreas setzte sich, wenn es nicht der Hochsommerzeit spottete, eine wollene Pudelmütze auf, ließ sie als Kegel mit Bommel so in die Höhe stehen, daß sie alle Menschen überragte und ich ihn sofort, wenn ich aus dem Zug gestiegen war, finden konnte. Ich sah ihn immer gleich und freute mich. Er freute sich, kam auf mich zugelaufen. Wenn wir voreinander standen, raunte er mir sein »Da bist du ja, mein Liebster!« ins Ohr. Wir wußten nie so recht, was wir mit unserer Freude machen sollten, stubsten verlegen die Gesichter aneinander. Es wurde kein Freundes-Wangenstreifen-Kuß, kein Liebespaar-Mundkuß. Unsere Häute glommen füreinander auf, röteten sich ins Versprechen herannahender Glut. »Wie nun morgen ihn begrüßen nach allem, was gewesen ist, nach diesem Wasserguß Vergessen? Habe ich denn noch Glut? Wut habe ich! Was will ich von ihm? Es wird doch keine ›Mein-Liebster‹-Situation mehr. So viele fremde Männer machten mich zum König. Bei ihm muß ich wieder Bettler spielen. Diese Hoffnungslust ins Vergebliche will ich nicht mehr fühlen.«

Als ich Andreas wiedersah, waren einige meiner Zellen leer von ihm. Sein Bild leuchtete nicht mehr in mir auf. Das »Guten-Tag«-Sagen war »Guten-Tag«-Sagen, geschah ein wenig zu schnell. Ich ließ mich nicht in seine Wohnung locken, um nicht etwas mit mir versuchen zu lassen. Wir fuhren zur ehemals »unseren« Wohnung. Er umarmte mich und sagte: »Unsere Körper müssen sich wiederfinden.« Er lobte meine Augen: »Sie sind ja ohne Schatten, hast keine Hängelider. London hat dir gutgetan. Du mußt noch zu dir kommen.« Wir gingen essen. Er beobachtete mich über den Tisch im Restaurant. »Du bist distanziert«, staunte er, »gut zurückgenommen. Sonst bist du beim Wiedersehen immer über mich hergefallen, vom Hundertsten ins Tausendste gekommen. Furchtbar war das.« Er redete von der neuen gemeinsamen Wohnung, als wollte er mit einem Untermieter dort einziehen: »Ich will endlich meinen eigenen Schrank. Die Wohnung muß ganz groß sein, mindestens vier Zimmer. Und jeder muß selbständig seine Verabredungen haben, braucht auch nicht alles dem anderen zu sagen, weder vorher noch nachher.«

Früher konnten wir nicht eng genug miteinander leben, konnte es nicht klein genug sein. Wir hatten in eineinhalb Zimmern zusammengelebt und immer in einem Raum gehaust. Wenn es besonders kalt war, in dem halben. Für jeden ein Zimmer – das war nichts für Andreas. Er wollte bei mir sein, kroch mir überallhin nach. Saß ich im großen Zimmer, saß er da auch. Zog ich mich ins kleine zum Schreiben zurück, kam er mir nach. Er störte mich nicht. Er war still. Er wollte nur dort sein, wo ich war. Auch nachts. Getrennt schlafen, wie ich es mir gedacht hatte, daraus war lange Zeit nichts geworden. Nur mit Mühe bekamen wir zwei Betten in das halbe Zimmer hinein. Aber mir war das alles von Herzen recht. Sein Einstieg in mich war angenehm, sein Sitzen in mir war wonnevoll. Nur das Aussteigen tat weh. Ach, und »eigener Kleiderschrank«! Unsere bescheidenen Kleider hingen und lagen zusammen in einem winzigen Regal, vermischten sich dort wie abends und nachts unsere Leiber. Am Tage konnte einer sich manchmal nicht von der Aura und von dem Geruch des anderen trennen, zog Sachen an, die nicht die eigenen waren, schritt im Kleid des Freundes durch die Welt. Unsere Unterwäsche war erst gar nicht getrennt angelegt worden, mußte sich täglich an eine andere Haut gewöhnen. »Und jetzt eine neue Wohnung mit zwei eigenen Zimmern für jeden? Zwei eigene Zimmer? Da ist er von mir weg, als wär' er am anderen Ende der Welt! Was will er von mir? Ich bin doch nicht zu neuen Trennungsübungen hergekommen! Eine neue Einstiegsordnung wollte ich lernen!«

Andreas präsentierte mir eine Überraschung. Er beabsichtigte, zur Konfirmation seiner Nichte in die Stadt seiner Mutter zu reisen. Er hatte sich für dieses Wochenende auch schon einen Flug reservieren lassen. »Schon jetzt für Palmarum?« erschrak ich. »Na ja, weil so viele Menschen an den kommenden Wochenenden fliegen«, verteidigte er sich. Muttertrennung! Ist die Katze aus dem Haus, tanzen die Mäuse auf dem Tisch. Zwei Wochen nach Weihnachten hatte seine Mutter ihn am Telefon erwischt. Die beiden hatten Auferstehung gefeiert. Das Ende der Mutter-Sohn-Beziehung war zur Pause umgebogen worden. »Ich will, daß wir uns eine Weile nicht sehen und nicht hören«, hatte Andreas seiner Mutter diktiert. Jedoch nicht aus eigenem Willen wäre ihm solch ein Ansinnen gekommen, hatte er sie beschwichtigt. »›Der Analytiker hat gesagt, ich brauchte das‹, hab' ich gesagt.« »Der Analytiker hat das doch gar nicht gesagt, Analytiker sagen so etwas nicht! Hast du denn überhaupt noch einen?« – »Nein. Aber als ich das gesagt habe, war meine Mutter beruhigt. Analytiker – das hat sie eingesehen.« – »Du sollst doch ›nein‹ zu deiner Mutter sagen und nicht ein Analytiker, hinter dem du dich versteckst!« – »Aber sie kann nicht mehr an mich heran. Ich will ja auch nichts mehr von ihr. Es muß bloß alles langsam gehen. Ich hole erst mal meine Sachen von ihr ab.« Sachen abholen und ein verlängertes Wochenende mit der Mutter zusammensein und wieder bei ihr schlafen! Und ich träume noch vom neuen Bett mit ihm! Konfirmation! Um die Nichte hatte er sich bisher nie gekümmert. Und Konfirmationen verfluchte er als Verwandtenbrei, der die armen Kinder erstickte.

»Du schaust wie eine Hexe!« sagte er plötzlich. Tief in mir sammelte sich etwas an, wollte heraus, kam aber nicht. »Jetzt hier im Lokal schreien oder aufspringen und weglaufen, ihn sitzenlassen, das wäre das richtige! Soll ich nicht aussehen wie eine Hexe, wenn er rückfällig wird?! Ich hass' mir meine Mutter aus dem Leibe, und er plant das nächste Wochenende bei seiner Mutter! Und anstatt Mutterende: Mutterpause! Das letzte Mal! Wer das glaubt!« Ich schrie nicht, blieb sitzen und versuchte, nicht hexig zu schauen. Und was machte Andreas? Er bekam einen Schnupfenanfall, nieste und quoll gegen mich an. Er behauptete: »Der Wein macht meine Nase so verrückt!« – »Ach, der Wein! Du hast Wein bisher immer ohne Schnupfenanfall getrunken.« Er versuchte eine neue Erklärung: »Ich habe Heuschnupfen!« – »Im Winter gibt es keinen Heuschnupfen.« Ich weiß schon. Andreas ist verschnupft über meine Gegenwart. Er kann mich nicht mehr riechen. Da sitze ich ihm gegenüber und schaue ihm in seine kalten Augen und auf seine triefende Nase und hoffe auf einen Neuanfang! Wir brachen auf. Ich begleitete ihn zur Bushaltestelle. Als er im Wagen saß, preßte er sein Gesicht an die Scheibe und winkte mir zu, winkte noch im Wegfahren, und ich winkte im Stehenbleiben. In diesem Augenblick schien so etwas wie Liebe zwischen uns aufgekommen zu sein. In meinem Bett war ich schlaflos mit dem Gedanken: »Es geht nicht.«

Am nächsten Tag sagte Andreas: »Ich habe Durchfall.« Und Achim Bartz sagte: »Man muß an der Sexualität arbeiten.« Und Rosa von Praunheim sagte: »Es ist zu früh zur Versöhnung.« Und Alexej Mend sagte: »Eine Patientin von mir hatte Durchfall, als sie meine Reden nicht mehr hören konnte.«

Andreas und ich gingen mit einem ausländischen Freund, der zu Besuch gekommen war und den ich in unserer Stadt herumführen mußte, in eine Sauna. Als wir an der Bar standen, bemerkte Andreas: »Ihr seht euch ja so ähnlich!« Wenn er feststellte, ich sähe jemandem ähnlich, hätte er auch sagen können: »Du stinkst mich an!« In Paris hatte er plötzlich in der Metro zu mir und einer Freundin laut gesagt: »Ihr seht euch furchtbar ähnlich. Wenn ich eure deutschen großen Köpfe anschaue, wird mir ganz schlecht!« Nun sah ich wieder jemandem ähnlich. Jetzt noch anzunehmen, in der Sauna ginge es vielleicht zu dritt, war etwas weltfremd. Bei mir ging es, bei Andreas und dem Freund nicht. Der war verwirrt von unseren Ungereimtheiten. Nach der Sauna machten wir noch einen Teebesuch. Während alle anderen munter plauderten, beugte sich Andreas in seinem Sessel weit vor, steckte seinen Kopf beinahe zwischen seinen Knien hindurch, um mich nicht ansehen zu müssen, wenn ich redete. Und als er aufblickte, waren seine Augen fahl.

»Er hat doch was zu laufen!« Eben hatte jemand angerufen, als wir in seiner Wohnung waren. Er saß auf dem Klo. Ich hob ab. »Kann ich Andreas sprechen . . .?« Der murmelte verlegen in den Hörer und legte ihn, rot geworden, auf. Er machte dabei zu mir eine wegwischende Geste: »Nichts Besonderes!« Also wieder dasselbe! Ein neues Nichts-Besonderes! Ein neuer fremder Herr Nichts-Besonderes. Deshalb drei Wochen die Antwort verzögert, den Brief in der Arbeitspause geschrieben, das Datum meines Besuchs vergessen, Heuschnupfen und Durchfall gegen mich bekommen! Doch was will ich, wenn seine Mutter sich wieder Einlaß in ihn verschafft hat!

Unser erwachsener Neuanfang lag im Dreck. Neuanfang! Schluß war am dritten Abend, Schluß zwischen Andreas und Volker. Andreas teilte es mir sachlich mit. Er hatte in den Tagen meiner Anwesenheit in unserer Stadt nicht schlafen können und sich so schlecht gefühlt wie lange nicht. Eine Freundin und ein Bekannter hätten gesagt, Männer könnten nicht immer zusammenbleiben. Das meinte Andreas auch, »wegen der Autonomie«, fügte er hinzu. Ich nickte. Was machte ich? Ich nickte. Ich überging das, was er sagte, und tat so, als spräche er davon, die nächste Reise mit mir nicht mit dem Auto, sondern mit der Bahn zu planen. Dieser Teil unseres Gesprächs – sein Reden vom Schluß und mein Nicken dazu – dauerte zwei Minuten. Danach schnitt Andreas das Thema seiner Wohnungsprobleme an. Er klagte, wie schlimm zu ihm der Inhaber der Wohnung sei. Wir überlegten, was Andreas tun könne, um ein besseres Verhältnis zu ihm zu bekommen. Ich hatte Verständnis für seine Probleme. Dann schaute ich auf die Uhr und dachte: »Nicht zu lange den Armen strapazieren, er muß morgen früh ins Büro.« Andreas brachte mich zur Haustür und sagte mit angedeuteter Bruderkußumarmung: »Leb wohl!« Ich fuhr am Morgen darauf nach London zurück.

Ist das Ende von Beziehungen solch ein Klacks? Zwei Minuten Abschlußerklärung des einen Freundes, zwei Minuten Nicken des anderen? Keiner von uns beiden hatte sich aufgelöst. Ich reiste aus Deutschland ab, schiffte mich in Holland ein, fuhr über den Kanal in meinen Drei-Monats-Mietvertrag nach England und konnte nicht weinen. War Nicken das Richtige gewesen? Wollte ich wirklich nicken oder lieber toben, schreien, prügeln, totschlagen? Wieder war ich zurückgefallen, hatte noch einmal für die Mami das Volkerlein gespielt, das alles verstehen konnte und alles mitmachte. Die Mami schrieb einen Liebesbrief. Die Mami antwortete nicht. Die Mami vergaß den Termin meiner Ankunft. Die Mami bekam Heuschnupfen. Die Mami hatte Durchfall. Die Mami schaute mit toten Augen. Die Mami krümmte sich im Sessel von mir weg. Die Mami hatte Wohnungsprobleme. Die Mami gab eine Abschlußerklärung ab. Plötzlich schmolz der Rost meiner Bravheit zum glühenden Stahl meiner wirklichen Gefühle. »Wenn ich die Unverschämtheiten, die mir der Geliebte zumutet, im selben Augenblick bemerken würde, in dem er sie mir antut, und nicht Stunden danach! Andreas ist in den paar Tagen wieder in alle meine Gefäße eingedrungen! Die Aufräumungsarbeiten müssen von vorn anfangen. Sie sollen jetzt gründlich gemacht werden und endgültig!«

»Denke nur nicht, Andreas, daß ich dich noch mit Blütenstaub und Landregen vergleichen werde, die sich auf meinen Boden senken. Wie Jauche, fühle ich, bist du in mich eingesickert. Leider spüre ich das zu spät, um dir deine faulen Gefühle und verwesenden Handlungen ins Gesicht zurückzuschütten. Ich weiß, was du dachtest, als du dich krümmtest. Du kannst mich nicht mehr aushalten, mein Gesicht nicht mehr sehen, die zu hohe Stirn, die zu großen Augen mit den zu hellen Wimpern, die zu lange Nase, den zu kleinen Mund, das zu fliehende Kinn (dem mit keinem Bart zu helfen war), den zu großen Kopf, den nach vorn gereckten schiefen Hals – was noch ist dir unerträglich an mir? –, die alles raffende Rede, den dabei fischig nach Luft schnappenden Mund mit den Einkerbungen zur Nase hin und den hervorquellenden Augen. Ich weiß es. Aber denke nicht, daß mir von dir etwas bleibt! Dein krummer Rücken, dein dünner Hals, deine eingefallenen Hüften, dein flacher Hintern, deine gesäbelten Beine, deine krächzende Stimme, dein zu kleiner Kopf – das vergesse ich alles. Das letzte, das ich von dir im Gedächtnis behalten werde, ist deine Nase, gekrümmt zum Schnabel, der auf allem herumhackt, was lebendig ist, und sind deine gefährlichen Zähne, vor denen ich mich noch rechtzeitig in Sicherheit bringen konnte. Nachts war oft Blut daran. Wenn du niemanden hattest, an dem du dich festbeißen konntest, mußtest du dich bei dir selbst bedienen. Deine Zähne verraten dich, da helfen dir deine verführerischen Lippen auch nicht. Mal mußt du sie wegziehen und die Zähne sehen lassen. Zeig sie, und die Menschen werden dich fliehen wie ich, der jetzt von dir aufbricht für immer. Alle Taschen, in denen du gesessen hast, nähe ich zu, alle Türen meiner Kammern, in denen du aus und ein gegangen bist, schlage ich zu. Geh in deine Geisterwelt der Parks, Bars und Saunen, stell und leg dich als Witwe überallhin, und warte weiter auf deinen Prinzen, der dich befriedigt bei deinem Verlangen, auszuweichen. Geh, und betreibe fort und fort deine einsatzlose Lust. Nichts einsetzen zu müssen, nichts zu geben – darauf kommt es dir an. Deine

Seele hast du zurückgehalten, deinen Körper immer wieder zurückgenommen, du Faß ohne Boden, unersättlich darauf aus, Männerfleisch oben und unten reinzukriegen und auszusaugen und hinterher alle Liebhaber für dumm zu verkaufen. Nach solch einem Betrug muß jeder Mann dumm werden. Fahr nur bald zu deiner Mutter, daß ihr nicht zu lange euren Zyklus aussetzt und dann womöglich euren gleichgeschalteten Lebensrhythmus verliert. Es hat keinen Zweck gehabt, dich von ihr befreien zu wollen. Was habe ich ›Moses durchs Meer‹ gespielt! Alles war umsonst. Redete ich, beschwor und bekniete ich dich, dann wich das Meer deiner Mutter zurück. Nur solange ich da war. Kaum war ich weg, floß deine Mutter wieder an dich heran, um dich herum. Moses durchs Meer? Volker im Sumpf, in der Kloake Andreas! In zwanzig Jahren werde ich vielleicht noch einmal an dich denken. Dann ist deine Mutter über neunzig, und du bist über fünfzig und kannst nicht mehr ›Gassi gehen‹, haust als einsamer Kauz in einer Bude und mußt dir deine fehlenden Energien mit Hilfe einer Salatgurke hereinholen. Und in deinem mühevollen Stöhnen scheppert noch immer das frigide Krächzen deiner Mutter mit. Für die Zeit nach ihrem Tode, die ich dir dringend wünsche, gebe ich dir einen Fluch mit auf den Weg. Das machen verlassene Liebende so. Entweder sie bringen sich um, oder sie verfluchen die Geliebten. Die Frauen, die ich verlassen habe, fluchten mir das Verlassenwerden auf den Leib, das nun durch dich verwirklicht worden ist. Ich verfluche dich zum Nicht-begehrt-Werden. Du sollst eines Tages die Schmach erfahren, daß du Verlangen nach jemandem verspürst und von ihm in die Nähe einer Beziehung gelockt, aber nicht wiederbegehrt wirst. Deine Schönheit soll zusammenbrechen. Wie meine Augen mir aus den Höhlen quollen, meine Haare sich weißten, meine Haut ins Grau schimmelte, Falten sich mir ins Gesicht schnitten, so sollst auch du zerfallen und vor Pein, nicht begehrt zu werden, dir selbst entgleiten. Begehrtwerden macht schön. Nicht-begehrt-Werden verunstaltet. So wird deine Nase dir aus dem Gesicht stechen, deine Lippen werden erschlaffen, deine Zähne dir aus dem Munde ragen. Der Fluch wird sich erst wieder lösen, wenn du erkennst, daß du mich gequält hast, mich zu locken und gleichzeitig abzustoßen.«

Jetzt kommt das Loch. Das Loch der Buchgeschichte deckt sich mit dem Loch der Lebensgeschichte. Nachdem ich meinen Geliebten weggehaßt hatte, war nichts mehr da, mit dem ich mich hätte beschäftigen können. Ich konnte nichts mehr tun, nicht handeln, nicht trauern und nicht hoffen. Ich kann Haß nicht leiden. Er fühlt sich rauschhaft, und er liest sich spannend, aber er macht ein Ende. Haß gegen die Eltern, ja, denn zwischen ihnen und mir soll es zu Ende sein. Aber Haß gegen die Geliebten bedeutet zugleich das Ende der Liebesgeschichte. Ich bin in dieses Loch mehr gefallen, als daß ich es geplant hätte. Bisher jagten die Aktionen und Einfälle einander, denn es ging Jahre und Seiten darum, die Beziehung zu retten. Schon der zweite Satz des Buches hat drei Fassungen. Zuerst schrieb ich! »Die ... Beziehung ... ist zu Ende.« Ich sträubte mich und wählte: »... geht zu Ende.« Auch das war mir zu festgelegt. Ich entschied mich für: »... drängt in ihr Ende« und hoffte, daß das Ins-Ende-Drängen eines Tages wieder aufhören würde. Ich lebte und schrieb, um mich ihm entgegenzustemmen. Mit dem Ausbruch des Hasses habe ich mich geschlagen gegeben.

Ich dachte an die Frauen, mit denen ich gelebt hatte, und zog Verbindungen zwischen allen meinen erlittenen Enden. Ich ging in mich, fiel an Frauen nicht zurück, lenkte mich mit Männern nicht ab und tat ein Drittes nicht, obwohl vieles dafür sprach, es zu tun. Ich seufzte nicht: »Tragödie«, »Schicksal«! Wenn Männer mit der Natur oder dem menschlichen Leben nicht weiterkamen, suchten sie nach Gesetzen, die ihnen halfen, ihre Probleme zu meistern. Um die Liebe kümmerten sie sich wenig und haben folglich für ihre Meisterung auch keine Gesetze gefunden, haben ihr Scheitern dem lieben Gott in die Schuhe geschoben. Als ich nach dem Haßausbruch für neue Gefühle und zu neuen Taten unfähig war, sah ich allen meinen Beziehungen auf den Grund und fand zwei Gesetze, die ihr Ende herbeigezwungen haben.

Erstes Gesetz: Partnerschaften drängen so lange in ihr Ende, bis die Elternaustreibung stattgefunden hat. Auch das Verhältnis, mit dessen Hilfe der Abschied von den Eltern vorbereitet und vollzogen wird, steuert auf seinen Bruch zu.

Zum Thema »Elternaustreibung oder Partnertrennung« konnte ich nichts schreiben, denn das »Oder« ereignete sich nicht. Andreas hatte sich dreimal Mühe gegeben, mit mir anzuknüpfen. Und ich wollte mit ihm wieder zusammenleben. Bei seinen Versöhnungsversuchen war mir aufgefallen, daß er mehr als Abwehr gegen mich empfand. Ich glaube, daß ihm Ekel hochkam, dessen Ausmaß er vor mir zu verbergen trachtete. Während des ersten Versuchs ekelte ihn mein Verlangen, während des zweiten mein nackter Körper, während des dritten meine Gegenwart in seiner Nähe. Immer weniger genügte, um ihm unangenehme Gefühle gegen mich hochkommen zu lassen. Jedesmal wenn er mir seine ihm selbst befremdlichen Reaktionen erklärte, sprach er von seiner Mutter, die er auf mich übertrüge.

Die Entwicklung zwischen ihm und mir war umgekehrt abgelaufen, als sie im Märchen vom Froschkönig dargestellt ist. Die Prinzessin ekelt sich am Anfang vor dem Frosch, der später zu ihrem Prinzen wird. Ich war am Anfang Prinz und wurde für Andreas allmählich zum Frosch. Als er mich kennenlernte, hatte er mich begehrt. »Wollen wir tanzen?« »Ich muß erst einmal deine Hände anfassen.« »Komm doch an einem der nächsten Wochenenden zu mir!« »Ich will nur sehen, wie du dich nackt anfühlst!« Mehrere Jahre hindurch trockneten unsere Flüsse nicht aus. »Schreckschraube« hatte er damals zärtlich gemeint, weil ich in einem abgetakelten Frauenmantel und mit einem ungünstigen Haarschnitt ihm zum ersten Mal vor die Augen gekommen war. Langsam nahm er mich jedoch immer mehr als seine Mutter wahr und entfesselte mir gegenüber Gefühle, die er ihr nicht entgegenzubringen gewagt hatte, die er nur in Träumen und Ulkgeschichten anzudeuten sich getraute. Wenn ich die Träume und grotesken Episoden ernst nahm, dann würde ich bald nichts mehr zu lachen haben, denn dann mußte ich nicht nur Frosch werden, sondern Ratte und Latrine. In unseren glücklichen Tagen hatte er die Abende mit mir lustvoll und die Nächte oftmals in Träumen mit seiner Mutter abscheuerfüllt zugebracht. In einem Schauertraum geht Andreas zum Briefkasten und zieht einen Brief von seiner Mutter aus dem Schlitz. Als er ihn öffnet, entspringt dem Umschlag eine Ratte, die auf seinem Körper hin und her läuft, bis er sie mit heftigen Ekelwallungen von sich abschüttelt.

Noch über Jahre hinweg sprach er von dem Rattentraum. Auch versiegte sein Bedürfnis nie, mir zu schildern, was alles bei seiner Mutter in dem Bereich der Verdauungsendprodukte geschah. In einem jahrzehntelang zwischen Frau Andreas und ihren Kindern wiedergekäuten Witz hatte ein Irrer sein Nachthemd verkehrt angezogen. Woran war das zu sehen? »Ist sein Kragen nach hinten geöffnet?« »Nein«, lautete der Schluß, »das Hemd ist vorn beschissen!« Frau Andreas' Klosett zu benutzen war für Gäste ein Abenteuer, denn die Spülung tröpfelte das Wasser heraus, anstatt es strömen zu lassen, so daß die Ergebnisse der Entleerung mit Bürsten und Händen und Füßen heruntergebracht werden mußten. Frau Andreas pflegte zu den emsig um Freilegung und Reinigung bemühten Eingeschlossenen durch die Tür zu rufen: »Laß nur, ich mach' es nachher schon weg. Ich weiß, die Spülung! Aber die Handwerker sind heutzutage so unzuverlässig.«

Andreas und ich haben gemeinsam uns vor seiner Mutter geekelt und über sie gelacht, und doch rückte er mich immer mehr in die Widerwärtigkeit hinein, die ihn durch sie bedrohte. Der Zwang, dem Partner das Bild der Eltern aufzuprägen, ist so stark, daß nicht mehr wahrgenommen wird, wie er wirklich ist. Schlimmer, seine Veränderungen werden nicht registriert, oder sie sind bedeutungslos. Daß ich mich in London »gehäutet« hatte, interessierte Andreas nicht, ja, es ärgerte ihn ein wenig. »Keine Hängelider« war kein befriedigendes Kompliment, und »Du bist distanziert« hatte er etwas schnippisch gesagt. Er war so bestrebt, mich zu verfroschen, daß ihn meine Verwandlung durcheinanderbrachte.

Auch ich steuerte mit den Geliebten auf die Situationen zu, die das Klima zwischen meinen Eltern und mir bestimmt hatten. Am Anfang meines Zusammenlebens mit Andreas war es mir nicht in den Sinn gekommen, zu rätseln, ob er mich ganz, halb oder nicht begehrte. Wir erquickten einander, und das allein zählte. Aber nach einiger Zeit begann ich, mir einzubilden, daß er mich wie meine Mutter nie begehrt hätte. Die lange Strecke seiner Begierde vergaß ich, und jeden Augenaufschlag, den er zu einem anderen Mann hin machte, nahm ich als Beweis für seine Ablehnung mir gegenüber. Auf meine Freundin Isolde übertrug ich das Verhalten meines Vaters. Sie erschrak, als ich eines Tages zu ihr sagte: »Du bist mein Vater!« Ich fühlte mich von ihr so gepeinigt, daß ich das Wort »wie« – »Du bist *wie* mein Vater« – nicht benutzte, sondern sie mit meinem Vater identifizierte. Ich bildete mir ein, sie verfolgte mich, wie er es getan hatte, sie wäre gegen meine Arbeit gewesen und hätte mich in meiner Entwicklung als Schriftsteller behindert. Ich ängstigte mich sogar davor, daß sie mich umbringen wollte. Isolde und mein Vater hatten in Wirklichkeit einander nicht gemocht. Und trotzdem nahm ich die Freundin als meinen Vater wahr. Die Ablehnung zwischen ihr und dem Vater war ein Anzeichen dafür, daß beide in meiner Seele den selben Platz besetzten, den sie sich mit ihrer Gegnerschaft streitig machen wollten. Ähnlich war die Situation zwischen Frau Andreas und mir.

Die Verfroschung bedeutet das Ende der Liebe. Die Liebe war auf Erlösung aufgebaut. Der verzauberte, verunstaltete Mensch wird befreit, kommt als er selbst zum Vorschein und kann dann als Prinz – als sein wahres Selbst – für immer geliebt werden. Heute geschieht das Gegenteil. Wer liebt, wird verunstaltet. Aus dem artigen Volker wird plötzlich eine eklige Ratte, aus dem zärtlichen Andreas wird eine kalte Nonne, aus der leidenschaftlichen Isolde wird ein brutaler Machthaber.

Das Ende der Liebe hat drei Gründe. Alle Liebesbeziehungen sind Übertragungsbeziehungen. Die Übertragung ist von außerordentlicher Wichtigkeit für das Leben in Beziehungen. Das Wort ist schwer verständlich, weil der ihm unterliegende Vorgang zu den meistverdrängten Geschehnissen gehört. Was also ist »Übertragung«? Ich lese den Begriff »Übertrag« monatlich auf Blatt zwei meines Kontoauszugs. Die Summe vom ersten Blatt wird auf das zweite »übertragen«. Der Begriff meint in seelischen Zusammenhängen das gleiche. Wenn ich beim Michbeziehen übertrage, dann trage ich etwas von einer Person zur anderen. Das bedeutet, ich nehme nicht das wahr, was sich mir wirklich zeigt, sondern etwas, das ich aus meiner festgelegten Erinnerung heraus auf die Wirklichkeit drauffühle. Diese Erinnerung ist Beziehungserinnerung, sind gespeicherte Vater-Mutter-Kind-Verhältnisse. Alle Kinder spielen einmal Mama und Papa. Das tut unsere Seele auch, nicht nur einmal, sondern so lange, wie Vater und Mutter sich dem Kinde gegenüber verhalten. Die Kinder hören mit dem Mutti-Vati-Spielen wieder auf. Die Seele kann das nicht. Das dem Kind Vorgehandelte setzt sich in seinem Inneren fest. Was sich der Seele eingeprägt hat, prägt sie später der Wirklichkeit auf. Auf Menschen, die Vater oder Mutter ähneln, werden die erinnerten Elternfiguren draufgefühlt. Die Übertragung an sich vereitelt die Liebe nicht. Sie macht sie erst möglich. Wir lieben immer auf Erinnerungen aufbauend. Aus etwas anderem als aus unserer geschichteten Erfahrung können wir nicht lieben. Der Wolfsjunge Victor von Aveyron, ein nach der Geburt ausgesetztes Kind, das im Wald unter Tieren aufwuchs, ungefähr in seinem elften Lebensjahr gefunden und in die Zivilisation gebracht wurde, konnte Liebesbeziehungen nicht eingehen. Er hatte keine Kindheitserinnerungen an Menschen, auf der er seine Liebe zu ihnen hätte gründen können. Zu einer Tierliebesbeziehung, einer Leidenschaft mit einem Tier, wäre er vielleicht fähig gewesen, weil er an Tiere Erinnerungen hatte. Seine Erzieher wagten nicht, ihn so etwas probieren zu lassen.

Für die Liebe gefährlich wird erst eine totale Übertragung. Totale Übertragung ist nur möglich, weil die Eltern-Kind-Beziehung total geworden ist. Der zweite Grund für das Scheitern der Liebe liegt in der Enge der Kleinfamilie. Die Enge ist eine doppelte. Das Milieu ist eng geworden. Es gibt nur noch Mutter und Vater – meist sogar nur die Mutter –, die sich in der Seele des Kindes einprägen. Onkel und Tanten, Großeltern, Verwandte, Bekannte, Nachbarn und ältere Geschwister sind weggefallen. Und die Beziehung zwischen Eltern und Kind ist eng geworden. Mutter und Vater leiten, bestimmen, dirigieren das Leben des Kindes. Die Liebesgeschichten des Erwachsenen spielen die Enge nach. Die Annäherungsversuche der Menschen richten sich immer darauf, symbiotisch miteinander verbunden zu werden. Die Enge ist auf die Dauer ichgefährdend und treibt die Liebenden wieder auseinander. Wenn dann noch die totale Übertragung von den Elternfiguren auf den Geliebten nicht seiner Wirklichkeit entspricht, platzt die Verbindung.

»Ich bin von meinem Mann so enttäuscht worden« meint, der Gemahl war dem großartigen Vater doch nicht gleich. Übertragung und Enge können sich in Ausnahmen liebesunschädlich erweisen, wenn es Menschen gelingt, Geliebte nach einem positiven elterlichen Vorbild zu finden, die »so sorgend wie Mutti« oder »so beschützend wie Vati« sind.

Der dritte und zwingende Grund für den Untergang der Liebe ist die Verletzung, die Kindern beim Aufwachsen angetan wird und die sie als Erwachsene mit Hilfe der Verfroschung des ursprünglich begehrten Menschen bewältigen möchten. Das Eltern-Kind-Verhältnis ist seit Tausenden von Jahren ein Verletzungsverhältnis. Dem Kleinen wird weh getan. In der jüdisch-christlichen Tradition, in der wir leben, gibt es keine Gebote wie »Du sollst deine Kinder lieben und ehren« und »Liebe dein Kind wie dich selbst«. Was Frau Andreas und meine Eltern gemacht haben, war verletzend für Andreas und mich. Beim Nachspielen der Verletzung bricht die Liebe entzwei. Die Liebenden tun so, als ob ihre von den Eltern geschlagenen Wunden ihnen von den Geliebten beigebracht werden. Sie fordern sie zu Verhaltensweisen heraus, die ihnen Verletzungen zufügen, die den Verletzungen in der Kinderzeit entsprechen. Sie verwünschen die Partner in die Verzerrungen hinein, mit denen ihre Eltern aufgetreten sind und sie gepeinigt haben. Verletzungen in der Kindheit an sich wären der Liebe nicht hinderlich. Eine einmalige Verletzung durch einen Fremden vergißt das Kind wieder. Und die sich wiederholenden Verletzungen durch Erzieher braucht es in seiner Seele nicht zu speichern, wenn es unter mehreren erwachsenen Menschen – mehr als nur Mutter und Vater – aufgewachsen ist. Dann kann es die Erinnerung an die Schläge eines Erwachsenen mit der Erinnerung an die Zärtlichkeiten eines anderen wieder löschen. Das Kind wird seit vielen Generationen geschunden. Dieser Fakt hatte der Liebe keinen Abbruch getan. Die Praxis der peinigenden Erziehung wirkt sich erst dann zu einer Katastrophe für die Liebe aus, wenn das Aufzuchtmilieu eng und die Übertragung total ist.

Die Menschen Isolde und Volker, Volker und Andreas waren füreinander bestimmt. »Wir passen vollkommen zusammen, wir haben uns füreinander gefunden« – so stand es über unseren Gemeinschaften. Freunde und Fremde konnten wir in Erstaunen versetzen über unsere ineinander versunkenen Wesen. Besuchte ich Isolde nach unserer Trennung, hielten wir uns während der Begrüßung minutenlang in den Armen, standen aneinandergelehnt da, gaben uns dem Rauschen hin, das durch uns durchging. Ich konnte sie nicht ansehen, ohne daß mich etwas zu ihr hinzog. Wir waren einander vertraut. Nicht nur aus alten Tagen, sondern so, als ob wir pilzgeflechtig verwachsen wären und über der Erde an verschiedenen biographischen Bäumen hochgeschossen seien. Ich dachte, ich könnte später noch einmal mit ihr zusammenleben. Wann dieses Später sein würde, das wußte ich nicht. Wie wir uns anschauten und in unseren Blicken uns vereint fühlten, uns unserer Trennung nur vergewissern mußten und ein wenig traurig die Augen aufeinander hefteten und uns wieder voneinander wegrissen – das war grausam. Andreas sagte: »Wenn wir Isolde besuchen, denke ich jedesmal: ›Ich bin bei einem Paar zu Gast!‹«

Auch die Andreas-Volker-Nähe wollte sich trotz der schmerzlichen Trennungsprozedur nie auflösen. In unserer letzten Stunde sprachen wir so ineinandergreifend, tanzten unsere Sätze auf Wellen des Wohlwollens, daß ich nur eines glaubte: »Das darf doch nicht wahr sein!« Nach dem zweiten mißglückten Versöhnungsversuch saßen wir mit Freunden bei Kaffee und Kuchen entspannt zusammen. Ich war begeistert, wie Andreas redete. Ich schaute auf ihn, und er sprach zu mir. Keiner hörte ihm so zu und erwiderte seine Meinungen so wie ich. Unsere Gedanken waren die letzten Teile von uns, die sich liebkosten.

Die durch eine Trennung nicht aufhebbare Nähe erlebte ich mit Frauen dreimal. Wenn ich die Freundinnen wiedersah, kam es mir so vor, als brauchte ich nur meine Kleider in den alten gemeinsamen Schrank zu hängen, und unsere Beziehung setzte sich fort, wie wenn ich von einer etwas lang geratenen Reise zurückgekommen wäre. Die Beziehungen lebten noch, aber die Liebenden waren durch den Verunstaltungseffekt voneinander abgeschnitten. Erst nach der Austreibung unserer Eltern werden wir fähig sein, die Geliebten nicht mehr zu verhexen und zu verteufeln. Durch die Trennung können die Wunden heilen. Dann verblassen die Erinnerungen und werden allmählich gelöscht. »Die Zeit heilt Wunden.« Unsere Elternkultur verbietet aber, daß wir zwischen Mutter–Vater und Kind eine heilende Zeit legen. Durch den ununterbrochenen Umgang – auch wenn er sich nur in einer Postkarte zu Weihnachten vollzieht – bleiben die Wunden offen, können die Verletzungen nicht vergessen werden. Wir brauchen Partner um Partner, die uns noch einmal strapazieren sollen, damit wir uns endlich wehren können, was wir unseren guten Eltern gegenüber nicht tun durften.

Für die Qualen, die die Familie zufügt und die, solange wir in ihrem Bann stehen, nie beendet werden, haben schon die Griechen eindrucksvolle Leidensbilder geschaffen: Tantalus, der im Sumpf gefangen ist und dem immerzu auf den Kopf gehauen wird, damit er nicht herauskommt. Sisyphus, dem ein Faß, das er auf einen Berg schleppen muß, andauernd hinunterrollt, sowie er es nach oben gebracht hat. Prometheus, dem, an einen Felsen geschmiedet, immer wieder von einem Vogel die Leber weggefressen wird, die ihm, weil er unsterblich ist, ewig nachwächst.

Zweites Gesetz: Unsere Geliebten sind für uns immer Übertragungspartner, nur manchmal Triebpartner.

Zwischen Andreas und meinen Freundinnen gibt es einen grundsätzlichen Unterschied. Ich verließ alle Frauen, und ich hafte an Andreas. Meine Freundinnen ähneln meinem Vater, Andreas ähnelt meiner Mutter. Meinen Vater begehre ich nicht, mein Triebobjekt ist meine Mutter.

In unserer Kindheit lernen wir die Fähigkeit, zu begehren. Im System der Familie – in dem Dreieck Vater, Mutter, Kind – bekommen wir beigebracht, was wir begehren. Wir müssen das Geschlecht begehren, das wir nicht haben. Der Junge lernt, das weibliche Geschlecht, das Mädchen lernt, das männliche Geschlecht zu begehren. Das Verlangen des Kindes wird an seinen ersten Kontaktpersonen eingeschliffen, beim Jungen auf die Mutter, beim Mädchen auf den Vater. Die Mutter wird zum Triebobjekt des Jungen, der Vater zum Triebobjekt des Mädchens. Das Begehren des Erwachsenen bahnt sich auf der Suche nach Ähnlichem, nach Kopien des ursprünglichen Triebobjektes, seinen Weg. Die Befriedigung ist mit dem Modell versagt, darf nur mit Ersatzobjekten geschehen. Der Sohn wählt eine Frau nach mütterlichem Vorbild, die Tochter wählt einen Mann nach väterlichem Vorbild.

So klar aufgebaut soll die Norm sein. Ob sie es noch ist, ja, ob der Trieb nach diesem Schema gegliedert je eindeutig ausgebildet und befriedigend ausgelebt worden ist, wage ich zu bezweifeln. Viele Söhne haben sich durch ihre Nähe zu ihrer Mutter mit ihr identifiziert und ihr Begehren auf den Vater gerichtet. Bei mir war der Vater nah, und mein Trieb hat sich auf meine ferne Mutter festgelegt. Gestalt, Verhalten, Gesicht, Art und Sprache meiner Mutter wurden mir ein Vorbild, nach dem ich meine Geliebten aussuchte, nach dem ich unwillkürlich auf Menschen flog. Im klassischen Schema eingerichtet, äußert sich mein Trieb jedoch nicht. Ich begehre die Kopie meiner Mutter in Männern. Dazu kam es, weil meine Mutter etwas Männlich-Knabenhaftes ausstrahlte, weil sie in ihrer Seele mehr Mann war als Frau. Und ihre seelischen Bedingungen faszinierten mich bei der Ausrichtung meines Triebes mehr als ihre Zugehörigkeit zum weiblichen Geschlecht.

Mein Vater hatte etwas Mütterlich-Frauenhaftes an sich. Er war üppig, spendend, ging aus sich heraus. Mein Trieb richtete sich nicht auf ihn oder nicht sehr stark auf ihn. Der Vater hatte aber eine große Bedeutung in meinem Leben. Er war in meiner Kindheit viel mehr als meine Mutter Bezugsperson für mich. Um die Probleme, die sich aus der Beziehung zwischen ihm und mir ergeben hatten, wieder aufrollen und meistern zu können, brauchte ich Menschen, die ihm ähnelten. Ohne es damals zu wissen, wählte ich dreimal »mütterliche« Frauen. Meine Hauptfreundinnen waren selbst schon Mütter, und sie waren Vatertöchter, das heißt Frauen, die sich besonders mit ihren Vätern identifiziert hatten. Mein Unbewußtes lenkte mich auf solche mütterliche Vaterfrauen. Isolde war Studentin. Ich verliebte mich in sie, ehe ich wußte, daß sie älter war als ich und ein Kind hatte. Meine Freundinnen waren meine Vater-Übertragungspartner, nicht meine Triebpartner. Ich hatte mich jedesmal gewundert, daß nach anfänglich heftigem Verliebtsein und einer kurzen Zeit glücklicher Gegenseitigkeit mein auf die Freundinnen gerichteter Trieb ermattete und schließlich verschwand. Der Trieb der Frauen auf mich erlosch nicht, nur der meine auf sie.

Andreas war nicht zwischen Vater und Mutter aufgewachsen, sondern zwischen Mutter, Schwester, Kinderpflegerinnen und Brüdern. Sein Trieb hatte sich auf seine Brüder gerichtet. Die Betreuerinnen kannte ich nicht, wohl aber Mutter und Schwester. Ihnen ähnelte ich deutlich in Verhalten, Art und Sprache. Andreas hatte mich gesucht und gebraucht zur Bewältigung seiner Probleme mit diesen Frauen. Endlich verstand ich seinen frühen Satz: »Mein Typ bist du nicht!« Der bedeutet im Sinn des zweiten Gesetzes: Mein Triebobjekt bist du nicht. Sein Trieb ermattete mir gegenüber, so wie es mir bei meinen Freundinnen passiert war. Um mich zu halten, mußte er mir seinen Trieb vorgaukeln. Als er es riskierten konnte, ohne mich zu leben, leitete er die Trennung ein.

Das Verlangen, das uns bewegt, einen Menschen heranzulocken, der nicht unserem ursprünglichen Triebobjekt ähnelt, ist etwas Äußerliches. Wir spiegeln Trieb vor, um an das Übertragungsobjekt heranzukommen. Wir verführen es. Andreas hatte um mich geworben, wie ich mich um die Freundinnen bemüht hatte. Das zur Schau gestellte Verlangen ging uns nicht an die Wurzel unserer Existenz. Es war nur ein Verpackungstrieb. Sein schnelles Schwinden beweist es. Ich liebte die Frauen und konnte nicht verstehen, warum mein Trieb so bald verging. Andreas schrieb einmal, er habe »andere erotische Prägungen«, seine Liebe zu mir sei »anders« als die meine zu ihm und er bedaure, daß er meine Liebe »nicht erwidern« könne, wie ich es wolle und brauche.

Wir gehen mit unseren Geliebten verschieden um, je nachdem, ob sie Triebobjekt sind oder nicht. Ich war in meinem Verhalten zwischen den Beziehungen zu meinen Freundinnen und der Beziehung zu Andreas nicht wiederzuerkennen. Freunde mußten immer wieder auf mich einreden, ich sollte mir von Andreas nicht alles gefallen lassen. Sie malten mir von ihm ein schwarzes Bild. In meinem Verhältnis zu den Frauen hatte ich Anfang, Art und Ende des Zusammenseins in der Hand gehabt. Dadurch, daß die Frauen nicht auf meinen echten Trieb gestoßen waren, hatte ich Macht über sie. Es war ein Ungleichgewicht zwischen uns. Ich hatte sie in Fesseln, sie mich nicht. Ich war ihr Triebobjekt, wie ich als Knabe, Jüngling, Mann das Objekt der Triebe meines Vaters war. Und ich ähnelte den von ihnen begehrten Vätern der Freundinnen. Andreas' Triebobjekt war ich nicht, wie ich auch nicht das Objekt der Triebe meiner Mutter war. Und ich ähnelte seiner von ihm nicht begehrten Mutter. Ich lebte nicht nur die Beziehung zum Vater mit meinen Freundinnen nach, ich verhielt mich ihnen gegenüber auch so, wie mein Vater mit seiner Frau und seinen Söhnen umgegangen war: bestimmend.

Die Trennung von einem Menschen, der kein Triebobjekt ist, fällt nicht schwer. *Ich* trennte mich von den Freundinnen, und ich trennte mich leicht. Ich hatte nur Spiegelschmerzen, Mitleidswehen, ausgelöst durch die Strapazen der Frauen bei meiner Trennung von ihnen. Ich faßte das Ende ins Auge, als plante ich einen Umzug, und ich legte den Zeitpunkt des Auseinandergehens fest. Ich nahm kleine Veränderungen und sachliche Belastungen zum Anlaß, den Abschied zu erklären: Examensvorbereitung, Psychoanalyse, Berufswechsel. Ich ließ es auch nicht an Kälte mangeln. Ich beendete die Beziehung zu meiner zweiten Freundin, obwohl mich mit ihr die aufregendsten Liebesakte verbanden, die ich bis dahin erlebt hatte. Ich schien mich nach der Besuchsgepflogenheit zu verhalten: »Wenn's am schönsten ist, soll man gehen!« Als Andreas aus unserer Wohnung auszog, sagte er: »Ich bin froh, dem Wahnsinn ›Zweierbeziehung‹ noch einmal heil entkommen zu sein!«

Isolde begehrte in Wiederholung des Verhältnisses zu ihrem Vater immer wieder Männer, die gebunden waren. Sie ließ sich als Zweitfrau demütigen und war auch noch für mein Problem »Mutter«, das sich hinter meinem Verlangen nach Männern verbarg, das zu schwache kleine Mädchen, das abermals einen Geliebten, »den Vater«, an »die Mutter« verlor. Sie war nicht wiederzuerkennen in ihrem Verhalten gegenüber dem Mann, mit dem sie nach mir zusammenlebte. Dieser Freund bedeutete für Isolde die gehaßte Mutter. Er war nur ihr Übertragungspartner, nicht ihr Triebobjekt. Nie hat sie mir gezeigt oder mich fühlen lassen, daß sie ihn liebte. Und ich habe auch niemals eine Stimmung zwischen den beiden wahrgenommen, die mich an unser Zusammensein erinnert hätte. Als diese

Beziehung in die Krise kam, sprach sich der Freund oft bei mir aus. Ich konnte kaum glauben, was er mir von Isolde erzählte. Seine Tagebücher waren voll mit unschönen Taten meiner für mich nur wunderbaren Isolde. Sie hatte ihn dirigiert, ausgenutzt, überfordert und – als Dank für seine Auslieferung an sie – verlassen. Für mich war sie die gute, liebende, verständnisvolle, *mir* ausgelieferte Frau. Sie spielte mit mir nicht nur ihr Verhältnis zu ihrem Vater nach, sondern sie verhielt sich mir gegenüber auch, wie ihr sie begehrender, verwöhnender Vater zu ihr gewesen war. Und mit dem Freund nach mir spielte sie nicht nur ihr Verhältnis zu ihrer gehaßten Mutter nach, sondern sie verhielt sich dem Freund gegenüber auch, wie ihre sie verfolgende, quälende und bestimmende Mutter zu ihr gewesen war. Der Freund wiederum ließ sich alles von Isolde gefallen, denn sie paßte in das Bild seiner Mutter, die ihn als Jungen durch Tod verlassen hatte mit dem gutgemeinten Satz: »Du wirst es einmal schwer haben.« Brav beugte er sich dieser Botschaft und ließ sein Leben schwer werden, zu schwer. In meiner Erinnerung an ihn, wie er in der Beziehung zu Isolde war, sehe ich ihn vor mir als einen pyramidensteinschleppenden Sklaven.

Die Festlegung des Begehrens ist für die meisten Liebesgemeinschaften verhängnisvoll. Wenn nur einer des anderen Triebobjekt ist, wird eine Beziehung bald unangenehm. Ihr droht – vom einen gewollt, vom anderen geahnt – schon am Anfang das Ende. Das in die Länge gezogene Zusammensein umwittert Ekel. Meine Zeiten mit Isolde und Andreas waren nur gut, als Gegenseitigkeit des Verlangens uns belebte. Verwirrung und Kummer stiftete sein Wegtritt bei mir, und fleischeinschneidend wirkte auf mich seine Abschwächung bei Andreas.

Die Tendenz, den Geliebten zu verwünschen, bereitete mir Folterqualen, als sie sich bei mir gegenüber Andreas durchsetzte. Die Verfroschung des Partners, der kein Triebobjekt ist, leitet das Ende der Beziehung ein. Aber vom Triebobjekt will sich niemand trennen. Menschen haften aneinander, weil sie sich gegenseitig begehren, und sie quälen einander zugleich, weil sie die Verletzungen der familiären Urbeziehungen wiederholen. Der Partner selbst gibt immer einen Anlaß, daß er vom anderen als unangenehm gefühlt werden kann, wie Andreas' Erkühlung meine Leiden an meiner Mutter heraufbeschwor. Verunstaltungseffekt und Triebpartnerschaft machen Beziehungen zu lebenslänglichen Peinigungsgemeinschaften.

Wenn nur einer der beiden Triebobjekt des anderen ist, gelingt wenigstens demjenigen die Trennung, der den anderen nur als Übertragungspartner gewählt hat. Da die Trennung vom Triebobjekt wahrscheinlich bis zur endgültigen Trennung von Mutter und Vater nicht oder nur mit heftigen Schmerzen möglich ist, bleibt immer einer von beiden gebunden. Isolde war an einen Mann nach ihrer Beziehung zu ihm über ein Jahrzehnt hinweg fixiert, so lange, bis ich sie von ihm erlöste. Sie konnte sich von mir wieder nicht trennen, obwohl sie mit einem neuen Mann zusammenlebte, der aber nicht ihr Triebobjekt war. Sie benutzte den Freund Jahre hindurch dazu, mit ihm über mich zu sprechen. Er mußte Abend für Abend an ihrer Bettkante sitzen, weil sie um ihren verschwundenen Liebsten trauern und sich in den Schlaf reden wollte. Mein Gegenüber nach Andreas ist das Papier, das nicht aufhören darf, meinen Jammer um meinen verlorenen Geliebten über sich ergehen zu lassen.

Zur Entstehung des Triebobjekts gehört, daß das Begehren sich nicht nur auf Personen richtet, sondern sich auch an Situationen schmiedet. Mein Triebobjekt sind Männer, die das eigentümliche Verhalten meiner Mutter mir gegenüber wiederholen, mich nicht zu begehren. Auf mein Triebobjekt »abzufahren« bedeutet, von Männern etwas zu wollen, die körperlich mit mir nicht viel anfangen können. Auch Andreas' Triebobjekt war von Situationen umstellt, die nachgespielt sein Unglück verfestigten. Sein Trieb hatte sich nicht nur auf seine Brüder gerichtet, sondern war vom Internat geprägt worden, war auf Fremdheit, Distanz und die Unübersichtlichkeit vieler Männer festgelegt. Und daß er seine Typen für dumm erklärte, entsprach dem Verhältnis zwischen ihm und seinen Brüdern. Sie hatten ihn in seiner Kindheit und Jugend für dumm erklärt, auch wenn er der einzige war, der das Abitur bestand. Er war blöd für sie. Und sie waren kaltschnäuzig zu ihm. Ablehnung und Begehren haben sich auch bei ihm fest aneinandergeschlossen. Ein Teil von seinem Trieb war es, abgelehnt – für dumm erklärt –

zu werden und abzulehnen – für dumm zu erklären. Andreas' Beziehung zu mir war von Klugheit gesegnet. Gespräche begleiteten alle unsere Wege. Wir verbeugten uns voreinander in gegenseitiger geistiger Wertschätzung. Aber das intellektuelle Klima hatte eine schlechte Wirkung auf seinen Trieb. Meine Freundinnen schließlich begehrten nicht nur mich, sondern die Situation, an einen Geliebten wie an den Vater nicht heranzukommen, weil er etwas anderes will: die Mutter oder die Männer.

Romeo und Julia quälen sich noch immer. Ins Bett und in eine Beziehung kann heute jeder Mensch zu jedem. Kein Vater und keine Mutter hält die Liebenden noch fest, bis sie an ihrer Unerreichbarkeit sterben. Aber nach einigen Jahren des Zusammenlebens stehen sie, die füreinander bestimmt und miteinander verschmolzen waren, getrennt vor Mauern, die höher sind als die zwischen Julia und Romeo. Ihre Eltern sind vor ihnen aufgetaucht, nicht mehr leibhaftig, sondern verkörpert in den angeblich frei gewählten, ihnen ähnlichen Geliebten. Die Schmerzen und Verzweiflungen der Kindheit kommen hoch. Der Freund kann noch so sehr der geliebte Mensch sein, er vertritt plötzlich die Eltern. Habe ich als Kind gelitten und vergeblich gehofft, mich verfolgen und ablehnen lassen und mich nie wehren können und hat sich der Unrat hassender und einschränkender Handlungen der Eltern in mir angestaut und zieht der Geliebte die Stöpsel des Verdrängens und Beschönigens durch sein Verhalten heraus, dann quillt alles hervor, reißt ihn und mich so weit voneinander weg, daß es nie mehr ein Wiederfinden geben wird.

Ich habe die Dinge und Andreas im Griff. Das konnten Männer schon immer gut: Menschen bewegen und Geschehnissen auf den Grund gehen. Was fehlt, ist, sich selbst zu bewegen und auf den Grund zu gehen. Die Stelle im Buch: »Bin ich mit meinen Eltern siamesisch verzwillingt?« geht an mich heran. Viele andere tun es auch. Keine dringt in die letzten Geheimnisse meiner selbst hinein. Allmählich mache ich mich auf den Schluß gefaßt und hätte beinah vergessen, die Kernfragen des Buches an *mich* zu richten: Was heißt »Mutter« bei mir? Wie bin ich an sie gebunden? Wo bin ich mit ihr verwachsen? Wann erkläre ich ihr die Trennung? Weil meine Mutter ein verschwommenes Sehnsuchtskapitel für mich ist, hätte ich die ins Schwarze treffende Wichtigkeit dieser Fragen für meine eigenen Angelegenheiten fast übersehen. Ich benahm mich wie viele Menschen, die die Probleme der hier behandelten Art grundsätzlich gut verstehen, aber die Gespräche darüber mit dem Refrain abschließen: »Bei mir ist das alles ganz anders!« Ich sagte einmal zu Andreas: »Ich habe nicht *ein* Problem mit meiner Mutter, vergleichbar denen, die du mit deiner hast. Ich könnte meine Mutter in unserer Wohnung dabeihaben – sie würde mich nicht stören. Sie stellt mir nicht nach, verlangt nichts von mir, hängt sich nicht an mich. Sie ist enorm unkompliziert.«

Nicht Andreas' Mutterprobleme zu haben täuschte mich darüber hinweg, daß ich durchaus Mutterkonflikte habe. Welche? Ich stocke. Die Sprache gibt kein Öl mehr her. Der Abstieg in meinen Grund ist mühsam. Atemnot. Dunkelheit. Eingeschlossenenangst. Langsam tappte ich die Strickleiter der vier Fragen nach unten. Als ich nicht weiterkam, las ich das bisher Geschriebene noch einmal durch. Ich war gespannt darauf, welche Gefühle ich beim Wiederlesen des Textes haben würde. Werde ich Anfechtungen bekommen, wenn ich sehe, wie ich dem Vater einen Hang nach Männern andrehen, die Eltern faschistischer Gesinnung überführen und ihr Geschlechtsleben lächerlich machen möchte? Nein. Die Krise kam während der Stelle, die von den Geschenken und Briefen der Mutter handelt. Ich wollte das nicht öffentlich machen, mehr noch, ich wollte das ganze Buch nicht mehr herausbringen, denn die arme Mutter – das geht nicht, das kann ich nicht, das war auch gar nicht so, doch nicht so. Wir waren in Wirklichkeit nah, ich habe mich über ihre Geschenke immer gefreut, und ihre Briefe waren lieb gemeint. Sie hat all das, was ich ihr ankreidete, nicht aus böser Absicht getan. Am Tage nach diesen Gefühlen wollte ich sterben. Kein Selbstmordvorsatz überkam mich, ich schloß nur die Augen und wünschte mir den Tod: »Ich wäre so froh, wenn ich morgen nicht mehr aufwachte.« Vergleichbar mit den vielen Zumutungen, die das Buch gegen meine Eltern, gegen Andreas und seine Mutter, ja gegen mich selbst enthält, sind die Seiten Mutterhaß rührend und ungefährlich. Mein stärkster Vorwurf gegen die Eltern war, mich beinah in den Wahnsinn getrieben zu haben. Viermal kommt er vor. Bei den Fragen nach meiner Mutter weicht die Hysterie von mir. Trockenes Weinen wie das samenlose Rauschen der Knaben schüttelt mich in die Todgefühle hinein. Mutter – das heißt Auslöschung meines Selbst. Jetzt bin ich auf den Grund meines Lebens gefallen. Ich habe die Neigung, mich aufzulösen. Sie wird in zwei Situationen deutlich: Ich liebe vergeblich, ich möchte meine Mutter angreifen. Auch wenn das Lieben noch nicht in die Vergeblichkeit vorgedrungen ist, beginne ich mit der Selbstauflösung. Das Verlieben, das Michantragen, das Zusammenleben mit einem Mann und am meisten die Trennung von ihm steuern auf die Verausgabung meines Lebens zu.

Ich rang mit Andreas um den Abschied von seiner Mutter, weil ich befürchtete, sie ziehe ihn ins Grab nach oder lösche durch ihren Tod seine seelische Eigenständigkeit aus. Was droht denn mir? Vor der Mutter zu sterben! Ich greife ins Leere, die Tür schließt sich, ich erhasche den Rocksaum. Ich erhasche ihn eben nicht, ziehe dem Rest Schatten meine Hoffnung nach. Das war Mutter. Romy Schneider und Rainer Werner Fassbinder sind vor ihren Müttern gestorben – ausgeplünderte Kinderseelen. Romy hinterließ Schulden in Millionenhöhe. Alles in ihrem Leben ging »um Liebe«! Immerzu drehte sie »Liebesfilme«. Und Fassbinder zeigte von Produktion zu Produktion hetzend, wie gejagt, fast ausschließlich Liebesversuche und das Liebesscheitern: »Liebe ist kälter als der Tod.« »Ich will doch nur, daß ihr mich liebt . . .« Als Klaus Mann nach seinem letzten Selbstmordversuch gefunden wurde, lag ein Zettel auf seiner Brust. Darauf standen die Namen seiner Mutter und seiner Schwester Erika. Er hatte seine Todesursache aufgeschrieben. Nichts über seine seelische Verfassung kann aus seinem letzten Zeugnis, einem Larifaribrief an die beiden, entnommen werden. Schönes Wetter heute, mir geht es gut – einen Tag bevor er sich umbrachte, ja, das war es, was ihn umgebracht hat, Verwachsung und Lüge. Fritz Zorn – sein Buch »Mars« wurde mein Vorbild für die »Elternaustreibung« – hatte alles versucht. Er sah die Zusammenhänge, er begriff seine Eltern als Urheber seines Sterbens, er kämpfte gegen sie. Jedoch das letzte Notwendige, das ihm das Leben gerettet hätte, tat er nicht. Er trennte sich nicht von ihnen. Er machte das Gegenteil. Er versetzte sich in sie hinein. Oft schrieb er: »Meine armen Eltern!« Er verstand sie, er sah ein, warum sie ihn hinrichteten. Wieder bin ich an dem verteufelten »Sitzen«. Fritz Zorn hat sich in seine Mutter hineinver*setzt*, hat ihre Position eingenommen, gegen sich selbst. So will auch ich es machen, versetze mich in meine Mutter, entziehe mich von mir, entselbste mich. Dieses Hineinversetzen in die Eltern gegen das eigene Selbst kann nur stattfinden, weil die Eltern schon im Kinde sitzen. Das Kind versetzt sich in Wirklichkeit nicht in die Person Mutter. Nein, es stirbt daran, daß es sich in die verinnerlichte Mutter – in den in ihm sitzenden Teil Mutter – hineinversetzt, die das Selbst des Kindes entkräftet und tötet. Auch die ferne Mutter sitzt in mir. Das Fernsein, das Mich-nicht-lieben-Können, das Mich-nicht-anfassen-Wollen sitzt in mir. Wenn ich lieben möchte, entzieht sich nicht der andere Mensch, sondern der in mir eingerichtete, für Nähe zuständige Mensch Mutter, der mein ihm nachfassendes Selbst wieder und wieder durch Verschwinden aufzulösen trachtet. Fritz Zorns Mutter war eine Entfernungsmutter wie die meine. Er warf ihr vor, sich allen Berührungen und Konflikten entzogen zu haben. Sich in sie hineinzuversetzen bedeutete für ihn, sich immer mehr von sich selbst zu entfernen.

Daß auch die ferne Mutter im Kind einsitzt, hatte ich bisher nicht denken können. Dieses Im-Kinde-Sitzen der Mutter war mir zum ersten Mal deutlich geworden, als ich Andreas' Schwester näher kennengelernt hatte. Ich mußte denken: »Sie kann kein Kind bekommen, weil ihr Uterus belegt ist.« Bei anderen Frauen kam mir der Gedanke: »Sie können nicht empfangen, weil sie noch mit ihren Eltern schwanger gehen.« Als Andreas' Schwester Tat um Tat die Mutter heraussetzte – Verlassen des Hauses, Aufkündigen ihrer Personaltätigkeiten, Ergreifen eines Berufs, Mieten einer Wohnung –, wurde sie frei für ein eigenes Kind. Frauen bekommen lang ersehnte Kinder plötzlich, nachdem ihre Eltern gestorben sind. Wiederholte Abtreibungen können ein Zeichen von Besetztheit sein. Frauen haben keinen Platz für einen neuen Menschen und werfen bis zu einem halben dutzendmal ihre Embryos wieder heraus.

Das Muttereinsitzen ist beim Mann nicht so gut bildlich zu machen wie bei der Frau, weil er keinen Uterus hat. Zu denken, daß es auch bei ihm stattfindet, zwang mein eigenes Leben mich. Bisher war ich stolz darauf, an dem Kulturfrevel der Kindesaustreibung nicht beteiligt zu sein. Ich habe keine Kinder und konnte deswegen meine Elternaustreibung nicht auf »unter« mir lebende Menschen verschieben. Ich habe jedoch abgetrieben. Nicht nur das Wort, auch der Sachverhalt »abtreiben« liegt nahe dem »austreiben«. Ich habe mich für die Abtreibung eines Kindes von mir entschieden. Es ist über ein Jahrzehnt her. Die Freundin und ich waren in sozialen Mühen. Sie stand mitten im Examen. Ich wechselte den Beruf. Wir hatten nur die gesellschaftlichen Argumente im Kopf, die Entwicklung der Frau, ihr Selbstbestimmungsrecht über ihren Körper, unsere sachliche Verwirklichung und persönliche Emanzipation. An den neuen Menschen hatten wir nicht gedacht. Nur ein mattes Gefühl war einmal in mir aufgeflackert: »Ich will das Kind, denn ›mein Blut‹ darf ich nicht umbringen!« Uns saßen beide Familien im Nakken. Die Eltern drängten auf Heiraten, machten Kinderpläne, legten Babywäsche zurecht, mein Vater pochte auf Enkel, verlangte gesicherten Lebenswandel. Ich war in Panik. Mühsam hatte ich mir mit meiner Freundin abseits von ihm einen kleinen Freiraum geschaufelt – von Vateraustreibung war damals noch keine Rede –, und nun sollte mir mit dem Kind entgegenkommen, was ich eben hinter mir gelassen hatte. Mit der Geburt meines Kindes würde die Zange »Eltern«, die ich vorsichtig geöffnet hatte, wieder zugehen.

So verständlich Abtreibung ist und sosehr ich gegen eine Bestrafung bin, ich selbst würde ihr im Falle meiner Vaterschaft nicht mehr zustimmen. Ich habe mir Embryos im dritten und vierten Monat angeschaut. Das sind Lebewesen und keine Gedärme der Frau. Das Ungeborene hat mich verfolgt und erst wieder freigelassen, als ich mich mit ihm zu beschäftigen begann und um es trauerte.

Hugo von Hofmannsthal beschreibt Liebesbeziehungen als Lebewesen, die bei einer Trennung sterben. Ich fühle es so. Demnach habe ich dreimal Beziehungen zu Frauen sterben lassen. Und meine Beziehung zu Andreas? Hat nur er allein sie umgebracht? Steinschlag der Erkenntnis: Ich habe sie mitgetötet. Hätte ich bei den drei Versöhnungsversuchen nicht mehr hilflose Mami und kleinen Volker gespielt, hätte ich warten und bedingungslos handeln können, säßen Andreas und ich heute in einer neuen Wohnung, deren Adresse seine Mutter *und* meine Mutter nicht wüßten. Andreas war zur Muttertrennung bereit gewesen. Etwas mehr Gleichmut, Ausdauer, Erwachsenheit, Zielstrebigkeit, weniger Erwartungshaltung, keine Bereitschaft, mich verletzen zu lassen – und das »oder« zwischen Elternaustreibung und Partnertrennung wäre eingetroffen. Die Versöhnungsversuche waren eine letzte Chance – ich habe nicht gewußt, daß sie nicht bei Andreas, sondern bei mir gelegen hat.

Vom Anfang bis zum Ende unserer Beziehung kannte ich nur ein Ziel: Andreas von seiner Mutter zu befreien. Daß es mir nicht gelungen ist, ihn von ihr abzukoppeln, verdanke ich meiner Mutter. Ihr Sein in mir erschöpfte meine Kraft und meine Ausdauer, den Befreiungsprozeß wie eine Schwangerschaft bis zur Geburt voranzutreiben. Ich mußte vorher abtreiben. Ich warf Andreas aus unserer Lebensgemeinschaft heraus. Es gibt eine alte Paarregel: in Krisen die gemeinsame Wohnung nicht aufgeben. Die getrennten Wohnungen zerstören die Atmosphäre leiblicher Einheit, so daß ein erneutes Zusammenleben unmöglich wird. Ich verlangte von Andreas die Mutteraustreibung. Eine Mutteraustreibung kann nicht gefordert, sie muß geschenkt werden. Ich war ihm in Wirklichkeit kein Vorbild. Vielleicht werde ich es im allerletzten Augenblick noch sein. Ich will Andreas die Trennung von meiner Mutter schenken. Er ist es mir wert, das zu tun. Was unser Zusammenleben nicht erbracht hat, machte unsere Trennung deutlich: Auch ich bin muttergebunden. Ich bin es auf eine Weise, die mit der Krankheit Krebs zu vergleichen ist. Die Bindung selbst schmerzt wie der Krebs nicht. Ich bemerkte sie deshalb nicht. Erst ihre Wirkung fühlte ich als zerstörerisch für mein Leben.

Wo bin ich mit meiner Mutter verwachsen? Wenn auch wir siamesische Zwillinge sind, muß ich den Ort unserer Verkettung suchen. Seelische Bindungen zwischen Eltern und Kindern drücken sich nicht nur im sogenannten Einsitzen aus, sondern auch in Verwachsungen. Wo Andreas und seine Mutter verbunden sind, fanden wir schnell. Wie es bei mir ist, wußte ich lange Zeit nicht. Erst ein Gefühlsaufblitzen erhellte meine Ahnung zur Erkenntnis. Ich ging auf einem Bahnhof zwischen zwei haltenden Zügen entlang, hob meinen Kopf dösend in die Luft, blinzelte an den sich verabschiedenden Menschen vorbei, fing einen Blick einer Frau auf, die sich zu ihrem Sohn aus dem Fenster beugte. Plötzlich war mir, als hätte ich ein Haar im Mund, so wie es beim Suppeschlürfen passieren kann, wenn an den Lippen ein Härchen hängenbleibt, das während des Kochens in den Topf gefallen ist. Ein Gedanke bemächtigte sich meiner: »Das Haar ist meine Mutter, sie hängt mir an den Lippen, so wie die Augen der Frau im Zug am Gesicht des Mitte dreißigjährigen Sohnes kleben.« Also am Munde verband die Mutter sich mit mir. Ihr Geschlecht war zu sehr in Anspruch genommen. Dort konnte sie mich nicht binden, wie das Frau Andreas mit ihrem Jüngsten vermocht hatte.

Wo wir gebunden sind, da sind wir Huren. Ich gehe nicht mit jedem ins Bett wie Andreas, ich rede mit jedem. Mühelos kann ich in ein paar Minuten mit einem Fremden eine Mundnähe herstellen. Die Menschen sagen, daß ich der einzige sei, dem sie sich intim anvertraut hätten – ich sprach mit allen selbstverständlich bald über *das eine*, das Andreas mit ihnen tut –, sie sind für mich Tausende, von denen ich Intimes erzählt bekomme. Der Unterschied zwischen Andreas und mir: Seine Hurerei erfährt Entrüstung, meine genießt Achtung, aus ihr werden die angesehenen Berufe der verbalen Promiskuität gemacht, die Pfarrer, Schriftsteller, Sozialarbeiter, Lehrer, Psychologen, Analytiker . . . Andreas' Mutterbindung unterscheidet sich nicht nur von meiner, sie ähnelt ihr auch. Eine Unannehmlichkeit der Bindungen: Sie verschleiern ihren wahren Charakter. Andreas behauptete am Anfang unserer Beziehung, er hätte eine zu ferne Mutter, bis das Gegenteil herauskam. So bin auch ich mir nicht mehr sicher, ob ich nur unter Mutterferne und nicht auch unter Mutternähe gelitten habe. Nach Andreas' Auszug kam ich einem Nähe-Indiz auf die Spur. Nicht nur unsere Körper hatten sich wieder voneinander getrennt, auch unsere Unterwäsche war aufgeteilt worden. Mir waren wenige Hemden und Hosen geblieben. Während unseres Zusammenlebens hatten wir das Eingebrachte aufgetragen. Es war allmählich geschrumpft. Diesen Bereich hatte vor Andreas meine Mutter für mich betreut. Sie hatte mir die Wäsche gekauft und bis in mein viertes Jahrzehnt hinein auch noch zugeschickt. Nun mußte ich mich selbst nach neuen Hosen und Hemden umsehen. Ich wollte mich auch auf den neuesten Stand heben. Für Männer ist es wichtig, was der andere Mann anhat, in der letzten Minute, bevor er nichts mehr anhat. Ich ging los und steuerte auf das erste Herrenbekleidungsgeschäft zu, das mir in den Blick gekommen war. Es gab dort nur etwas Buntes, das aussah wie dreiste Schnupftücher. Ich betrat den nächsten Laden. Zwei Körbchen mit Sonderposten standen an der Kasse – Größen, die mir nicht paßten, und Farben, die ich nicht mochte. Ich begann zu grübeln: »Es gibt doch eine Kette von Firmen auf diesem Sektor, ›homme‹, ›eminence‹, ›Jockey‹, ›Cardin‹ . . .« – Markenzeichen hatte ich von meiner Mutter nie bekommen, sie aber neben den Männern liegen sehen, die ich fürs Liegen kennengelernt hatte. – »Wer hat dieses Zeug bloß?!« Im dritten Männersachenladen wurde ich abermals unverrichteterdinge hinausgeschickt. Ich nahm mir ein Herz, fragte, rot werdend, eine Verkäuferin, wo es eine Massenauswahl an T-Shirts und Slips gäbe – die Begriffe hatte ich schon gelernt. »Die gibt's doch bei ›Herrenausstattung‹«, sagte sie, »am besten, Sie versuchen es im nächsten Kaufhaus.« Dort ging ich hin und stand endlich vor einer Fülle von Angeboten, den männlichen Körper mit bescheidenen oder herausfordernden ersten Textilien zu bedecken.

Ein Mann, der sich bis Ende Dreißig noch nie seine Unterwäsche gekauft hat, der das Wort des Geschäfts, in dem er sie erhalten kann, nicht kennt, dieser Mann hat ein Näheproblem mit seiner Mutter.

Bei der Trennung von den Eltern – bei dem schweren dritten, dem schwersten Schritt, der Für-tot-Erklärung – ist es hilfreich, sich nicht nur vorzustellen, was geschieht, wenn wir sie nicht vollziehen, sondern den Lohn festzumachen, den wir bekommen, wenn wir es tun. Andreas! – mein erster Gedanke! Nein, Andreas ist als Lohn nicht mehr sicher. Die Fixierung auf das Triebobjekt wird sich vielleicht lösen. Andreas wird nicht mehr Partner wie die Mutter *nicht* begehren. Ich werde nicht mehr Parnter wie die Mutter mit meiner Begierde verfolgen. Zuerst wird in meinem Triebgebaren die Situation gelöscht werden, auf Männer zu fliegen, die mich ablehnen. Dann wird mein Zwang sich auflösen, auf Männer zu fliegen, die der Mutter ähnlich aussehen, danach der Zwang, auf *Männer* zu fliegen, und am Schluß der Zwang, überhaupt zu fliegen. Das Verlieben als Verkrallen wird sich aufheben. Ich werde mit Menschen gut zusammensein können. Schön wär's! Lange wird es dauern, bis es soweit ist. Der Versuch lohnt sich, denn bleiben, wie ich bin, will ich nicht.

Also wann? – letzte der vier Fragen. Heute noch!

Ich schrieb an meine Mutter: »Ich habe keine Mutter mehr!«

Durch den Abschied von ihr begriff ich erst, daß ich von meinen Eltern nun getrennt bin. Der Abschied vom Vater war unvollkommen. Die Verbindung zu ihm war nicht abgerissen, weil die Briefe zwischen meiner Mutter und mir noch Informationen hin und her schoben. »Jetzt fühle ich, daß die Eltern weg sind und ich wie beim natürlichen Sterben von Tag zu Tag von ihnen fortleben werde!« Dieses Bewußtsein schuf Platz für Trauer. Das Gräßliche, mit dem sie mein Leben abgemartert hatten, nahm ihr Scheiden von meinem Leib. Mein Sinn erholte sich und faßte heiter nach ihren schwindenden Gestalten, deren letzte Umrisse mich freundlich stimmten.

Das Wesen des Vaters war vom Spielerischen liebenswürdig grundiert. Mit ihm war das Zusammensein wie Karneval. Wenn er plauderte, schmolz ich dahin. Er war ein wandelndes Geschichtenbuch, erzählte ununterbrochen Vorkommnisse aus dem Leben, aus der Literatur und aus der Historie. Alles war komisch. Auch dem Schrecklichsten brach er die Spitze, so daß etwas Amüsantes übrigblieb. Wir kamen aus dem Lachen nicht heraus. Er scheute sich nicht, Fratzen zu schneiden und herumzuspringen. Er war »der

Meister des Hauses«, so nannte er sich gern. Er konnte fast alles reparieren, was kaputtgegangen war. Es machte mir Spaß, mit ihm zu werken. Er hatte Zärtlichkeit für die Dinge. Draußen, in Wald und Garten, war er ein Junge, der andächtig vor der Natur stand, Tiere und Pflanzen liebte und mich zur Rücksicht gegenüber allem Lebendigen anhielt. Auch Menschen mochte er, ging vorsichtig mit ihnen um. Seine Achtung für sie begann beim Nennen ihres Namens, den er nie verballhornte. »Der Name ist wie Haut«, sagte er, »schon die falsche Schreibweise oder ungenaue Aussprache verletzt seinen Träger.«

Die Mutter ist von Außenstehenden oft verkannt worden, wenn sie für nicht so interessant wie der Vater gehalten wurde. Sie können nicht beurteilen, wie angenehm die Mutter im alltäglichen Umgang war, denn nur ich und später mein Bruder waren von morgens oder mittags bis abends mit ihr zusammen. Immer hatte sie gute Laune, sie war eine unerschütterliche Optimistin. Ihren Hausfrauenalltag gestaltete sie straff. Nie hing sie herum, nie jammerte sie. Meist tat sie etwas, das ihr Spaß machte, das mir als sinnvoll erschien. Sie war emsig, ohne hektisch zu sein. Es war wunderbar, ihrem Tun zuzuschauen, ihr Rascheln und Hantieren zu hören, sie in der Nähe zu wissen. Ich freute mich manchmal schon in der Schule darauf, am Nachmittag mit ihr zusammenzusein. Nichts Besonderes geschah, wir saßen zu zweit am Mittagstisch, und jeder beugte sich während des Essens über ein Buch. In meinem zweiten Lebensjahrzehnt war meine Mutter »goldig«, eine taktvolle Begleiterin meines Erwachsenwerdens. Sie schaute nie nach Flecken auf meinen Betttüchern, fragte mich nicht aus, wenn ich zu spät kam, ließ mich auch bei Nachbarn sein, beköstigte Freunde mit, half mir, die Schularbeiten zu machen. Sie entwickelte sogar ein zärtliches Verhältnis zu einer Kasperpuppe, die in dieser Zeit mein Liebling war, setzte sie jeden Tag woandershin, so daß ich mich immer wieder an ihr freuen konnte.

Meine Eltern verteilten sich für mich gut. Die Mutter war angenehm für den Tag, der Vater war spannend für den Abend. Ohne das Strukturvorbild der Mutter, ihr diszipliniertes Bei-sich-Sein, und ohne die Darstellungslust des Vaters, sein verschwenderisches

Aus-sich-Herausgehen, hätte ich nicht Schriftsteller werden können. Ich verdanke ihnen meine Substanz. Ihre Seelen hatten Humus, auf dem ich sprießen konnte. Sie brachten mich hervor aus ihrem heftigen Aufeinanderlosgehen, aus ihrem Sichhaben und Michwollen. Es sprüht manchmal durch meine Adern, als erinnerte ich mich meiner ersten Augenblicke. Hätten wir Eltern-Kind-Zeiten, ähnlich den Tieren – nach drei Jahren Hätscheln Aufbruch der Jungen ins eigene Leben –, wäre bei mir alles gutgegangen. Ich bedaure den Übertragungsunfall, der meinen Eltern nach meinem dritten Lebensjahr mit mir passiert ist und der die Trennung von ihnen notwendig gemacht hat.

Dritter Teil

1 Andreas schrieb einen Abschiedsbrief, den er in seinem nächsten Brief widerrief. Er unterzeichnete nach der Grußformel: »In großer Hoffnung, Dein Andreas«. Auf meine Antwort antwortete er mit seinem Wunsch nach einem »Wieder-möglich-Sein«. Und das Wort »Erwartung« floß ihm in einem weiteren Brief heraus.

Mein Drei-Monats-Mietvertrag in London war abgelaufen. Ich bekam Angst, in unsere Stadt zurückzufahren. Dreimal hatte ich erlebt, wie seine »große Hoffnung« in seine Kopfschmerzen gemündet war. Ich wollte nicht noch einmal sein Gesicht vor meinem sich erkalten sehen. Ich befürchtete, daß nach meiner Rückkehr in unsere Stadt mein Leben wieder um Andreas kreisen würde: Ihn sehen, ihn nicht sehen, ihn anrufen, ihn nicht anrufen, von ihm hören, ihm begegnen, seine Anrufe erwarten, seinen Leib erhoffen – so war es vor London gewesen. Marschrouten hatten meine Väter mir beigebracht. Ich konnte linear handeln und klar denken. Aber meine Gefühle mir geradezuziehen – das hatten sie vergessen. Ich handelte auf Schienen: Andreas nicht anrufen, nichts mit ihm verabreden, kühl klingen, wenn er anruft, eher »Nein« sagen als »Ja«, Treffen hinausschieben und Wiedersehen mit Funktionen verbinden, alles von ihm kommen lassen. Dieses Erkühlungstraining hielt ich ohne Schwächeanwandlungen durch. Jedoch, meine Gefühle ließen sich nicht einebnen. Sie strudelten, stockten, galoppierten, wirbelten und kugelten unter meinem Ernüchterungsgang. Jedes Telefonklingeln stieß Andreas in meine Gedanken. Er war es auch oft, mindestens zweimal in der Woche: Wiedersehen! Wiederhören! Wiederfühlen?! Jetzt gleich! Nachher! Immer! »Wollen wir uns denn mal treffen?« »Also dann, auf übermorgen!« Wenn wir uns verabredet hatten, kamen wir pünktlich zueinander, gewissenhaft zu früh. Und der Wohnungsfreund erzählte, Andreas bewege etwas, wenn er sich zu mir aufmache, und er komme mit gewärmten Augen zurück. Der Liebe stand auch einmal unerwartet, erwartet, vor meiner Tür und brachte mir ein Sträußchen mit wie früher, wenn er von der Arbeit kam. Er atmete sich in meine Schultern ein und ging zufrieden seufzend gleich wieder weg. Ich blieb im Hunger nach Wiederkehr zurück. »Ich muß die Stadt verlassen, wenn

Andreas mich verlassen will, was er tut, so überaus langsam, daß ich seine einzelnen Schritte nicht bemerke, erst im Schauen auf die Vergangenheit sein Abrücken von mir fühlen kann. Vielleicht wird alles anders, wenn wir werden, was die meisten Menschen füreinander sind: Besuch.« Ich schrieb Andreas meinen Entschluß, aus unserer Stadt fortzuziehen und unsere ehemals gemeinsame Wohnung aufzulösen. Konnte er da nicht widersprechen und sagen: »Nein, bleib! Laß uns gemeinsam eine neue Wohnung nehmen in unserer Stadt oder in einer anderen Stadt«?! Aber nach dem Brief mit meinen Umzugsplänen hörte ich von ihm nichts mehr. So nahm ich mir vor, von London aus direkt in die Stadt zu fahren, in die ich ziehen wollte.

Ich kam in meiner neuen Stadt an, mietete mich in einer Pension ein, wollte niemanden sehen, nur eine Wohnung suchen. Ich schlug am nächsten Tag die Zeitung von gestern auf und bekam keine von den dort angebotenen Wohnungen mehr. Bis zur nächsten Zeitung mußte ich drei Tage warten. Warten! Kein Termin. Keine Tat. Kein Freund. Kein Andreas. Ja, und keine Mutter, kein Vater, keine Tante. Alles ausgetrieben. Es gab nur noch die neue große Stadt und mich, mich und das Alleinsein. »Freu dich, Volker, du bist allein! So rundum gänzlich allein, wie noch nie!« Ein Trommelfeuer begann von meinem Magen her, riß die lauernden Gedärme hoch, drang über Adern, Gewebe, Knochen bis in die Haarspitzen und Nägel hinein, zu künden von dem gefährlichen Feind Verlassenwerden. Alleinsein vor einem Verschworensein zu zweit ist Morgentauwiese. Alleinsein, in das ich als Brechender einer Zweisamkeit gestrebt war, ist Mittagsruh'. Alleinsein, in das ich geworfen wurde durch den mich Verlassenden, ist Erdbeben. Was mein war, wurde mir bei der Trennung durcheinandergeworfen. Kein Gefühl, keine Stimmung, kein Gedanke, keine Tätigkeit gelang mehr aus sich selbst heraus. Alles war noch auf den anderen Menschen bezogen. Alles von mir hatte sich mit seinen Gefühlen, Stimmungen, Gedanken und Tätigkeiten gemischt und sich wie zu einer neuen Existenz ausgewachsen. Diese Vermischung war jedoch kein von außen zu beobachtendes Ereignis, Andreas hatte sie nicht mitgemacht, nur bei mir war sie passiert. Er konnte nach der Trennung mit seinen Gegebenheiten gut wieder allein umgehen. Ich hatte mich an Andreas angeschlossen mit allem, was ich war. Er hatte das bei mir nicht getan. Meine Freundinnen Margarete und Isolde hatten sich an mich angeschlossen, ich mich nicht an sie. Ich schaute ratlos in ihre weinenden Gesichter, als es darum ging, mich aus der Nähe des Geliebten in den Abstand eines Besuchs zu entfernen. Ich blieb ihnen doch, so dachte ich damals, wir waren weiter unterschwellig verbunden. Während ich die Trennung von den Frauen einrichtete, hatte ich ein böses Wort für sie parat: »Intervallisch« (zwischenräumlich) – so sollten wir von nun an miteinander verkehren, nicht mehr immerzu oder für immer, sondern immer wieder, nur mit Unterbrechungen. Jeder ist er selbst, und »wir treffen uns, wenn wir uns sehen wollen«. Isolde hatte nach meinem Fortgehen Kreislaufbeschwerden, jahrelang. Wetter? Berufsbelastung? Wurde sie so früh alt? Nein, ihr Körper sprach nur deutlich. Sie hatte einen Kreis mit mir geschlossen, der durch meine Trennung zerbrochen war.

Am dritten Tag in der neuen Stadt entzündete sich das Verlangen in mir, Andreas anzurufen. »Warum jetzt, nach meinem ersten mißlungenen Versuch, eine Wohnung zu finden? Drei Monate haben wir uns nicht gesehen und nicht miteinander telefoniert. Was will ich von ihm? Er bringt sich um, heute noch, wenn ich ihn nicht anrufe!« Diese Angst brannte über das Steppengras meiner ausgedörrten Sehnsüchte. »Andreas kann es nicht aushalten. Er braucht mich. Er kann nicht mehr leben ohne mich. Er hat keine Nachricht von mir und keine Adresse. Er weiß nicht, wie er mich erreichen soll.« Zwei Tage tobte das Feuer und versengte mein Trachten und Sinnen. Ich irrlichterte durch die Stadt. An jeder Ecke schoß ein Telefonhäuschen aus der Erde, bot Feuerlöschung an. Ich wies die Rettung ab, peinigte meine Nerven: »Wenn du ihn anrufst, ist es für immer aus!« Für immer sollte es nicht aus sein, wir hatten nur Pause, ein Jahr ungefähr, ein halbes war schon vorbei. Ich machte einen Kompromiß zwischen meiner Sucht und meinem Diktat. Ich beschloß, die Nachbarin unserer Wohnung in unserer Stadt anzurufen. »Das darfst du nur, wenn du sie nicht nach Andreas fragst! Vielleicht erzählt sie von allein über ihn.« So war es. Andreas hatte eine Reise gemacht, war vergnügt, war bei der Einsegnung seiner Nichte mit seiner Mutter zusammengetroffen und froh wieder in unsere Stadt zurückgekommen. »Reise! Vergnügt! Mutter! Froh! Und ich bildete mir seinen Selbstmord ein! *Ich* bin es, der sich umbringen möchte!«

Während meiner Zeit in London hatten mich fast täglich zwei Gefühle geplagt: Sorge und Lähmung. Morgens Sorge, abends Lähmung. Morgens und vormittags dachte ich: »Andreas schafft es nicht allein ohne mich. Er wird sich etwas antun, wenn wir getrennt bleiben.« Abends und nachts dachte ich: »Jetzt ist er mit einem Mann zusammen. Ich kann nichts dagegen tun. Ich verzweifle, wenn wir getrennt bleiben.«

Hinter dem Gefühl »Sorge« entdeckte ich plötzlich ein anderes Gefühl. Es hieß Sehnsucht; nicht: »Du kannst nicht ohne mich«, sondern: »Ich kann nicht ohne dich.«

Mit dem falschen Gefühl der Sorge konnte ich von Andreas nicht loskommen. Das wurde erst nach der Freilegung des darunterliegenden Gefühls der Sehnsucht möglich. Ich ließ sie endlich zu. Ich ertrug auch, daß sie unerfüllbar, mehr noch, ich erlebte, daß sie überflüssig war. Das Sehnsuchtsgefühl zu Andreas hin wiederbelebte das verdrängte Gefühl Sehnsucht nach meiner Mutter. Diese Sehnsucht war damals nicht überflüssig. Ich sehnte mich als kleines Kind nach meiner Mutter, die weg war. Weg als ganze Person und weg mit ihren Gefühlen, wenn sie da war. Die Sehnsucht nach Nähe zu meiner Mutter war so aussichtslos, daß sie sich in Sorge um sie verwandeln mußte, wenn überhaupt noch ein Gefühl zwischen mir und ihr bestehen sollte.

Ich begann, beide Gefühle außer Kraft zu setzen. Sorge verdiente Andreas nicht, da es ihm so ging wie immer, sogar besser, wie es schien, als in dem letzten Jahr unseres Zusammenseins. Sehnsucht verdiente ich nicht. Ich war erwachsen genug, mir einen Menschen zu suchen, der die Nähe zu mir wollte, der dieses hinter dem Wort »Sehnsucht« verborgene unerquickliche Ziehen, zu jemandem hinzuwollen und nicht hinzukönnen, erst gar nicht entstehen läßt. Sehnsucht konserviert »Es geht nicht«. Als Kind mußte ich mich in dieser Aussichtslosigkeit einrichten, weil ich meiner Mutter nicht den Abschied geben und mir eine andere suchen konnte. Der Schmerz des Verlassenwerdens, des Nicht-(mehr-)geliebt-Werdens, ist vergleichbar dem Schmerz des Kindes in seinem einsamen Bett in seinem einsamen Kinderzimmer in seiner einsamen Wohnung. Wenn die Mami weggeht, ist die Welt zu Ende. Es gibt keine andere Mami, die zur Tür hereinkommt und sagt: »Siehe, ich bin deine andere Mutter. Ich bin genauso gut, und ich bin jetzt bei dir!« In solch einer Situation wuchsen Kinder einst auf. Und in manch fernen Gefilden leben sie heute noch so. Als Erwachsene haben sie dann andere Beziehungen als unsere Papa-Mama-Nachspielverhältnisse. Bei uns Erwachsenen kommt im Moment des Verlassenwerdens kein anderer Mann, keine andere Frau und sagt: »Siehe, ich bin genauso schön wie dein Freund, deine Freundin.« Aber ich kann aus diesem Alleinsein, das meiner Einsamkeit im Kinderzimmer nachgestellt ist, jetzt herausgehen und mir einen neuen Freund suchen.

Das denkend fand ich innerhalb einer Woche eine Wohnung und weinte mich dort heftig aus. Die Zimmer waren heruntergekommen bis zur Flüchtlingslager-Erbärmlichkeit. Die Maklerin hatte mich unter den wohnungssuchend Besichtigenden herausgepickt: »Ich werde mich für Sie einsetzen.« Ich schreckte zurück, aber ich mußte so bald wie möglich einen festen Boden unter den Füßen haben, um nicht weiter Andreas' Hin und Her ausgesetzt zu sein. Die neue Wohnung war dafür das Wichtigste. Ihr Zustand entsprach dem meines Inneren. Verwahrlost, Hunderte Risse und Löcher in Wänden und Decken, abblätternde Tapeten und sich mir entgegenkräuselnde Lacke, klapprige Türen und undichte Fenster. Da hatte ich eine Chance, mich wieder frei zu renovieren. Ich stieg die Leiter auf und nieder und trauerte um unsere Stadt, sah mich in ihr gehen, hetzen, hoffen und ringen um Andreas. Mit einer geliehenen Höllenmaschine zog ich den alten Fußboden ab. Nachdem ich Lack auf das frische Holz gestrichen hatte, fühlte ich mich besser.

Ich fuhr in unsere Stadt, um meine Sachen zu holen. Als ich in unsere Wohnung trat, bedrängte mich schon an der Tür Andreas' Gestalt. Er hatte einmal geschrieben: »Unsere Wohnung schläft vor sich hin und harrt einer ungewissen Zukunft.« Nun wachten sie und er auf und flirrten die toten Liebesszenen um mich herum:

Von einer kleinen Reise zurückgekommen, klapperte ich mit dem Schlüssel und trat ein. Andreas lief mir entgegen. Er neigte sein geöffnetes Gesicht mir zu. Wir standen in der Zufriedenheit des Füreinander-offen-Seins an der Tür.

Nachdem wir minutenlang verweilt waren, löste sich Andreas, nahm mich bei der Hand und sagte: »Komm doch erst mal rein!« Wir gingen ins Zimmer und standen dort schnell wieder mundtauschend miteinander fest. Aus diesem Stehen wurde dann gar bald Liegen. Er seufzte, wenn nach zweimal Stehen endlich Liegen an die Reihe kam. Was wollte ich sein Seufzen hören! Alle Zuckergesänge des Abendlandes gab ich für dieses eine stimmunterlegte Ausatmen.

Ich sah ihn von der Seite in der Küche, sah seinen Strichmännchenleib behutsam und doch kräftig auf dem Boden stehen, sah seine filigranen Hände über die Dinge huschen.

Seine Schuhe! Die meisten waren überaltert. Er liebte sie, weiche, flache und halbhohe Gefäße, die fast noch aus seiner Kinderzeit stammten. Zweimal hatte ich gegen des Schuhmachers »Das geht nicht mehr, das lohnt nicht mehr« Reparaturen durchgesetzt. Glücklich war er, als er sie wieder besaß, um mit ihnen von neuem zu trippeln und zu stampfen seinen seltsamen fleißigen Gang.

Und unsere »Backröhre«! »Du hattest dich mit dem Wecker hochgerissen, Viertel vor oder Viertel nach, zu einer der grausigen Frühaufstehzeiten, warst in die Badestube gesprungen und sprangst danach anstatt in deine Kleider zu mir dampfendem Bratapfel zurück ins Bett. Dein kalter und mein heißer Leib, gemischt mit deinem Seufzen – diese Minuten Nachhitze, ertrotzt vor der Tageskälte, waren die Ewigkeit siegelnden Einanderversprechens.«

»Ich muß hier so schnell wie möglich raus. Die Brautschleier gewesener Hochzeiten faulen an allen Enden. Es modern die Blumen, die er mitbrachte, wenn er abends nach Hause kam. Ich bin Witwe. Wenn ich am Ort des Geschehenen bleibe, verwese ich mein Leben hin. Das will ich nicht.« Ich ging zu meinem Bett und schlug die Sofadecke zurück. Ein kleiner Tupfen auf der großen feinen Rühr-mich-nicht-an- und War-nie-gewesen-Decke, mittendrin, mittendrauf, hatte alle Säuberungsaktionen überstanden. Ein Fleck von meinem Andreas, der nie Flecken machte, nur ein einziges Mal, als kein doppeltes Laken und keine Frotteetücher aufgelegt waren. Ebendiesen Moment hatte der Fleck abgepaßt, sich eingenistet und sich mit einem deutlichen kleinen Rund breitgemacht. »Ich lasse dich, kleiner Fleck, du verwest nicht. Und deine Farbe verrate ich nie!«

Drei Tage gespensterte ich in der Grabkammer. Ich hätte Andreas anrufen können, Erweckung mit ihm feiern. Ich wollte es, ätzte aber das Gebot, daß alles von ihm kommen müsse, in meine Zellen. Am vierten Tag rief Andreas mich an. Er hatte nicht gewußt, daß ich da war. Aber unser Pilzgeflecht verband uns noch. Seine Stimme zitterte. Er war allein und wollte mich sofort sehen. Ich mußte eine Arbeit zu Ende schreiben und verschob uns auf nächste Woche. Nach seinem Kotz-Gesicht beim letzten Versöhnungsversuch wollte ich es mit dem Kühlsein ernst nehmen. »Also dann, bis Dienstag!«

»Dienstag, Dienstag!« rief ich aus, damit es alle hörten. Ich erzählte es den Stühlen und Büchern, den Töpfen und Tischen, Vorhängen und Seifen: »Dienstag sehe ich unseren Andreas wieder. Freut euch, Kinder, alle zusammen mit mir. Gleich, wenn er vom Büro kommt, zwischen vier und fünf, soll ich kommen, zu ihm in die neue Wohnung. Er ist wieder umgezogen. Das wird spannend. Da habe ich was zum Erzählen hinterher!«

Ich weiß nicht, was ich mache, wenn ich mich auf ein Treffen mit Andreas vorbereite. Ich mache nichts – das ist es. Aus Unruhe wird Ruhe, aus Wirrwarr wird Klarheit. Ich atme die Zeit bis zum Wiedersehen langsam ein, mein Tun wird ein Gehen auf ihn zu in der Minuten sich streckenden Allmählichkeit des Hin zu ihm. Es verbreitet sich Freude in meinem Gewebe, die ansteigt, stetig, und sich ergießt in dem Augenblick des Aug'-in-Auge-bei-ihm-Seins.

Die Straße ist hübsch. Aber gegenüber einem Grabsteingeschäft wohnst du, Andreas, du Dunkler! Zwei, drei Treppen hinauf. Ich klingelte. Komm noch nicht gleich! Wann habe ich dich das letzte Mal gesehen? Wie war das? Laß mir noch Zeit! Warte mit dem Türaufmachen! »Du siehst ganz jung aus, wie auf den Fotos von früher!« staunte Andreas, als er öffnete. Er ging mächtig an mich ran. Ich mußte Vorsicht üben. Vorsicht, Vorsicht, schlimme Zeiten, nur die Arme gutmütig herum um ihn und vom Lippenkuß schnell zur Wange gerutscht und die Begeisterung weggelächelt in Verlegenheit. Lieber bald wieder heraus aus seiner unverhofften Mächtigkeit. Auch gegen ihn etwas gefühlt: Jaja, da siehst du es, der Abstand von dir, der Kreuzesschmerzgang von dir weg, hat mich wieder jung gemacht. Dann war alles schon gerettet: »Trinkst du Tee mit uns? Das ist Peter.« Ach so! Wie nun? Im Brief wurde Peter als »junger Student, zu dem ich gezogen bin«, erwähnt. Freund oder Wohngenosse? Oder beides? Bei Andreas ist immer alles in allem möglich. Und ich? »Und das ist mein Arbeitszimmer. Hier ist mein Schlafzimmer, und dieses Zimmer benutzen wir zusammen.« Wir! Ihr! Also *sie* benutzen dieses Zimmer zusammen. Andreas hatte sich einen Schrank gekauft, sich zum ersten Mal in seinem Leben einen Gegenstand geleistet, einen großen schönen Schrank. Peter stand selbstbewußt vor mir, wich nicht zurück, wie ich es vor allen Menschen tue, besonders in anstrengenden Situationen. Für Peter war die Situation nicht anstrengend, nur für mich. Peter war hübsch und lieb, und er sah mir ähnlich, war kein blitzäugiger, rundköpfiger, schwarzhaariger, dickbäuchiger Mann. Also gut, Volker, »zwei« hat er jetzt. Ich setzte mich hin und schaute auf Andreas, der hinausging, um Tee zu machen. Ich sah kein Strichmännchen mehr. Seine Hose bauschte sich. So war er meiner Lust nach Üppigkeit entgegengewachsen, hatte sich in meinen Typen hineingedickt. Froh wollte ich losfühlen. Doch ehe die Brust sich mir spannte, saß ihr inmitten ein Stich: Ist ja nicht für mich, nicht mehr für mich. Auch seine Rutenschlankheit, der keine Schlagsahne abhelfen konnte, ist ein Zeichen seiner Zurückhaltung und Verweigerung gewesen. Er kam aus der Küche zurück und sagte: »Schau mal, ich bin ganz schön dick geworden!« »Na ja, dick! Ein Fremder merkt das doch gar nicht.« Wir plauderten nun mit dem Peter, der auch »in Trennung« lebte, über dieses und jenes Trennungsbetreffende. Sein Freund hatte die gemeinsame Wohnung verlassen, wie Andreas die unsere. Aber ich wollte von Peters Trennung nicht zu viel wissen, denn ich hatte es aufgegeben, mir aus fremden Trennungen etwas über meine mögliche Nichttrennung zusammenzureimen. Der Kelch geht an mir ja doch nicht vorüber!

Andreas und ich gingen am Abend in ein Theaterstück über Männerliebe. »Gehen wir noch zu uns?« fragte er hinterher. »Uns« – das waren nun Andreas und sein zweiter Wohnungsfreund. Kein Bettversuch, dachte ich. – »Lieber in ein Lokal, du hast doch so viele neue nette kennengelernt.«

Da saßen Andreas und ich und bestellten jeder, ohne es vom anderen zu wissen, eine Suppe, die nannte sich »Hochzeitssuppe«. Wir spannten aus von der Trennungsarbeit. Er bekam sein Knospengesicht, gab sich frei für das langsame Erblühen seiner Wunderschönheit, in die ich mich früher nach solchem Lokalbeieinander versenken durfte. Laß heute kein Bett zu, sonst bist du tot, es ist nur Trennungspause, keine Wiedervereinigung. Gegen meine Gedanken redete ich davon, ihn »wieder hereinzulassen in mein Herz«. Seine Augen funkelten schwarz. Nach dem Lokal bat ich ihn, mich mit unserem früher gemeinsamen Auto an einer Bushaltestelle abzusetzen. Das tat er.

Andreas half mir beim Transport der größeren Stücke von unserer Stadt in meine Stadt. Die Fahrt mit ihm im Lastauto brachte mir noch einmal Seligkeit ein. Ich schwieg. Doch mein Fühlen redete zu ihm. In meiner neuen Wohnung saßen wir nach dem Hochtragen der Möbel in meinem einzigen Sessel dicht nebeneinandergedrängt, die Beine geradeaus gestreckt, verschnauften vom Schleppen. Unsere Herzschläge rasten. Keine Grenze zwischen uns. Kükenflaumatmen im Nest. Die Augen zum Fenster hinaus. »Du wirst hier noch mit einziehen!« hatte ich vorhin gespottet. »Ja, ich wohne dann in einer Hängematte überm Klo«, hatte er gesagt und war rot geworden. Nach einer Weile kam es aus mir: »Ich muß doch bald mal zum Nervenarzt. Meine Zustände hören nicht auf.« – »Da können wir ja gemeinsam hingehen«, flüsterte er, »bei mir ist auch immerzu was daneben.« – »Heute hatte ich den ganzen Tag keine Zustände.« – »Ich auch nicht.«

Wir fuhren von meiner Stadt in unsere Stadt mit dem leeren Transportauto zurück und sagten uns am nächsten Tag am Telefon, wie schön es zusammen gewesen sei, ehe ich wieder allein in meine Stadt fuhr, um meine Wohnung vor dem endgültigen Umzug herzurichten.

»Verdammt! Jetzt hört das auf! Verbundenheit und doch Trennung. Nicht können und doch wollen. Nicht vor und nicht zurück. So geht es nicht weiter. Andreas und ich gehören zusammen. Wenn wir uns sehen, laufen wir ineinander über wie zwei in die Pfanne geschlagene Eier. Wir müssen das In-eins-Sein zulassen und das Zueinanderwollen uns eingestehen. Das angebliche Wegwollen stimmt nicht, ist fremdbestimmt. Stimmt. Bestimmt. Andreas! Ich steh' nicht nur auf dich, ich steh' auch zu dir! Hör auf, dich mir immer wieder zu verweigern. Dann höre ich auf, eifersüchtig zu sein. Ich lasse dir auch andere Erfahrungen, aber laß du mich endlich zu dir!«

Ich machte Andreas einen Heiratsantrag, einen Wiederverheiratungsantrag! Ich schrieb ihm einen langen Brief. Viel Theorie und einige Zukunftsvorstellungen: »Wir müssen beide einen befriedigenden Beruf ausüben und in einer eigenen Wohnung leben. Dann haben wir die nötige Abgrenzung und machen jedem von uns selbständige Erfahrungen möglich. Wir wollen uns frei aufeinander beziehen.«

Ich bangte am nächsten Tag um ein Telegramm, um einen Eilbrief von Andreas am übernächsten. Ich stürzte am überübernächsten Tag an den Briefkasten. Es waren allerlei Feiertage, die vielleicht die Post verzögerten. Andreas war eher langsam als schnell, war bedächtig, abwartend, grübelnd. Auch am über- und am überüberübernächsten Tag nichts.

Ich bekam ein Telefon angeschlossen, teilte Andreas meine neue Nummer nicht mit. Ich erstickte fast vor Wut, daß er auf meinen Brief nicht antwortete. »Warum schreibt er mir nicht?! Warum weist er mich nicht wenigstens zurück? Warum sagt er nicht: ›Du spinnst! Die Nähe ist nur ein Rückfall. Ich muß raus, muß weg von Dir!‹? Oder: ›Warte noch!‹ Oder . . . ich weiß nicht, was! Warum läßt er mich so hängen!«

Ich fuhr in unsere Stadt, um meinen Umzug abzuschließen. »Nun schön böse auf Andreas sein! Das ist keine Art! Wenn ich ihn sehe oder höre, werde ich ihm sagen: ›Es ist aus! Nicht mal einer Antwort hältst du mich für wert!‹« So viel Wut stand mir prächtig. Nun blühte *ich*! In unserer Wohnung angekommen, schleuderte ich meinen Koffer in die Gegend. »Blöde Wohnung, ein Segen, da endlich rauszukommen. Her mit der engen Hose, jetzt geh' *ich* an die Fremdstellen zum Nacktbaden und Reih-um-Treiben. Diese Abhängigkeit von Andreas hört mir auf!« Ich stand, von mir geblendet, vor dem Spiegel: »Brillant, die Muskeln! Und die schwellenden Schenkel hoch zur Wespentaille! Brustkorb, hm! Mensch, dieser Männerbusen!« Zwei Wochen die neue Wohnung hergerichtet, dazu gründlich getrauert – und mein Körper erstrahlte im Glanz eines Achtzehnjährigen! »Heute wird es klappen mit einem neuen Mann!«

Ich wollte aus der Wohnung gehen. Da klingelte es. »Es weiß doch niemand, daß ich da bin?!« Andreas! Mein Herz legte sich schief. »Du siehst ja toll aus«, rückte er mir sofort nahe, »aber was hast du denn da Komisches an?« Eine Unverschämtheit! Er nimmt mich nie ernst, wenn ich mich erregend aufmache! Ich wich in unser großes Zimmer zurück. Bitte nicht seufzen, jetzt hier nicht im Stehen! Klar, kannte ich meinen Andreas schlecht! Der kannte nichts, ging ran und . . . Hörte ich recht? Doch, ich hörte recht! . . . So etwas Ähnliches wie Seufzen hörte ich. »Wie geht es dir?« fragte er mich nach dem Seufzen. »Nicht so gut, ich war traurig, daß du auf meinen Brief nicht geantwortet hast.« Mehr gegen ihn kam nicht heraus aus mir. Wie sollte es auch, wenn er atmend vor mir stand und mich umschlang.

Kurz nach dem Beieinanderstehen sagte Andreas einen seiner Abhärtungssätze. Ich konnte nicht so schnell hinhören, wie er aus ihm herausgepfiffen kam. Und das Kapieren solcher Sätze gelang mir erst nach Tagen oder Wochen. Der Satz lautete: »Dein Brief war ja auch völlig unpassend« oder »unangebracht« oder »unzeitgemäß« – es war ein übleres, schärferes Wort, ich habe es vergessen. »Ich wollte lieber mit dir darüber sprechen«, beschwichtigte er mich, um die Wirkung seines Gifts wieder abzumildern. Doch er sprach nicht mit mir über meinen Brief, er gab mir seine Antwort auf seine besondere Weise: »Wollen wir baden gehen?« fragte er.

Ich sagte nicht: »Ich bin nicht auf dich eingestellt. Ich habe mich gerade bereitgemacht, um einen neuen Mann kennenzulernen!« Nein, ich flötete: »Gut! Gern!« Andreas war dafür, zu einem Platz zu fahren, den ich nicht kannte. An dem neuen Badeort traf er Freunde. Munteres Geschwatze. Er stellte mich vor: »Das ist Volker, er ist von auswärts!« – »Interessant! Du hast mal hier gewohnt!« staunten die Bekannten. Erschrocken dachte ich: Eigentlich wohne ich noch immer hier. Ist mein Dasein für Andreas denn schon Vergangenheit? »Ach, ihr hattet einmal eine Beziehung? Bist du der Volker?« stieß einer der Männer nach. Ist das möglich?! Andreas stellt mich als Vergangenheit vor. Direkt unter dem Mantel der Nähe läßt er mich ins Vergangene fallen!

Er wollte sich etwas zu trinken holen, ging los und blieb lange weg. Gibt es hier auch einen Wald für ihn? Er hatte noch eben etwas Flottes von sich und einem Mann erzählt. Das war hier in der Nähe geschehen. Fast eine Stunde dauerte es, ehe er zurück war. Als er wiederkam, brachte er seine Antwort auf meinen Heiratsantrag mit: »Da war eine Frau, die konnte Handlesen, und die hat zu mir gesagt: ›Ende einer Beziehung, neuer Partner im Herbst.‹« Ich reagierte verkehrt. Ich freute mich für Andreas, daß er einen neuen Partner bekam. Ich vergaß mich, vergaß zu fühlen, daß er dann im Herbst für mich endgültig verloren war. Andreas unterbrach meine Freude für ihn und fragte: »Willst du nicht auch mal zu der Frau gehen?!«

Ich hatte es bisher immer abgelehnt, mir etwas deuten oder wahrsagen zu lassen. Ich wollte nicht, daß andere Menschen über mich bestimmten mit einer angeblichen Bestimmtheit auf mich zukommender Ereignisse. Nun war ich so gequetscht, daß ich mich von Andreas wie zu einer Schlachtung abschleppen ließ. Was sagte die Handleserin zu mir? »Sie sind noch verheiratet, leben im Moment getrennt. Sie kommen wieder zusammen. Etwas ist dazwischen. Doch das ist ohne Bedeutung.«

Die Gute hatte sowohl Andreas als auch mich eben erst einen nach dem anderen kennengelernt und nicht gewußt, daß wir in einer Beziehung miteinander gelebt hatten. Andreas war zu ihr von einem ihrer jungen Freunde gebracht worden, der sich gestern in ihn verliebt hatte. Ich war für den Freund und für die Frau ein bezugloser Dritter. Meine Vorstellung über Wahrsagen wurde bekräftigt. Die Zukunft vorherzusagen heißt, die Gegenwart zu erfahren. Wahrsager sind auf eine besondere Weise für die Stimmungen und Wünsche, Hoffnungen und Befürchtungen anderer Menschen empfindlich und empfänglich und mixen aus ihren Wahrnehmungen eine Vorherbestimmung. Von Andreas nahm die Frau wahr, daß er aus einer Beziehung herauswollte und zu einem neuen Liebhaber strebte. Von mir empfing sie den Eindruck meiner Gebundenheit und ahnte meinen Wunsch, mit Andreas wieder zusammenzukommen. Möglich, daß unser Sein und Trachten sich in unsere Hände eingräbt. Wahrsagungen werden sich jedoch in den verschiedenen Altersstufen des Menschen unterscheiden. Ich habe noch nie gehört, daß jemand überprüft hat, ob Wahrsagungen in seinem zehnten, dreißigsten, fünfzigsten und siebzigsten Lebensjahr gleich sind. Für Andreas und für mich galten zwei sich widersprechende Botschaften. »Wieso widersprechende? Ich bin nicht totzukriegen! ›Herbst neuer Partner‹ heißt: ›Volker in neuer Gestalt, in neuer seelischer Verfassung mit neuen Verhaltensweisen‹. Und ›Ende einer Beziehung‹ heißt: ›Ende unserer Elternübertragungsbeziehung, unserer gegenseitigen Mutter-Kind-Spielereien‹.« Er sagte, als er von der Frau zu mir zurückkam: »Im Herbst werde ich eine Beziehung eingehen!« Er war also noch keine Beziehung mit mir eingegangen. Oft hatte ich gefühlt: Andreas läuft nur neben mir her, ist blind, bleibt zwanghaft bei mir. Er konnte sich an kaum etwas erinnern, das wir gemeinsam erlebt hatten. Sein Satz: »Ich möchte dich freiwillig lieben und nicht lieben müssen« hieß, er hatte mich noch nicht geliebt, hatte nur in meinem Bauch gesessen. Von diesem Platz aus konnte er keine Beziehung zu mir haben. Die Frau hatte deshalb nur mich als »verheiratet« wahrgenommen. Zugleich hatte sie Andreas' Verlangen gespürt, aus etwas heraus zu wollen, um in eine Beziehung hineinzugelangen. In meinem Heiratsantrag hatte ich geschrieben: »Du wirst wahrscheinlich erst im Herbst ›Ja‹ sagen, brauchst ein halbes Jahr Bedenkzeit.« Ähnlich hatte Andreas die Kündigung des Verhältnisses zu seiner Mutter kommentiert: »Im Herbst die Scheidung eingereicht, im

Frühjahr vollzogen.« Im Frühjahr hatte er seine Sachen aus ihrem Haus geholt und seit dieser Zeit Frau Andreas nicht wiedergesehen. »Ende einer Beziehung«! – damit war seine Beziehung zu ihr gemeint. Eine andere gab es für ihn nicht. Vor einem halben Jahr hatte er seine Mutter von sich abgerissen, im Herbst würde ein Jahr nach diesem Ereignis vergangen sein. Das Witwenjahr! Vor kurzem hatte ich eine Brosche gefunden, auf der ein Mädchen mit einer siebenzackigen Krone abgebildet war. Ich phantasierte beim Anblick: »Hochzeit im Herbst!« Ich hatte das gedacht, ehe die Wahrsagerin dergleichen wahrsagen konnte.

Ja, und dann war da noch »meine Mutter«. Kaum hatte ich die erste Tasse in der Hand, um sie für den Umzug einzupacken, ging das Telefon, und es kam mir eine bekannte Stimme mit einem noch nie von ihr gehörten Satz entgegen: »Hier ist deine Mutter!« Sie hatte sich früher am Telefon nie mit Namen gemeldet. Es war selbstverständlich, daß ich beim ersten Wort von ihr wußte, wer mich anrief. Mein Vater hatte dagegen oft gedroht und triumphiert: »Hier ist dein Vater!« Und ich war jedesmal platt gewesen, nahm auf und an, was er durchgefunkt hatte. Auch das »Hier ist deine Mutter« war mit Triumph gesagt worden. Sie wollte sich nicht für tot erklären lassen, mehr noch, sie kündigte ihren Besuch in ein paar Tagen an, wollte eine ganze Woche kommen, nur zu mir. Sie fragte nicht, ob und wann mir ihr Besuch paßte, sie setzte mir den Termin vor. Da wehte über die Mutter der Vater mich an: Dann und dann und das und das, und der Sohn sollte springen, und er sprang auch wieder, denn er war durch den Anruf so überrascht, daß er hauchte: »Ja, ich bin da. Wenn nicht, würde ich es einrichten, daß ich da bin, wenn du kommst.«

Angerufen hatte sie in unserer Wohnung nie. Fünf Jahre nicht. Schon vor meinem Ein-Satz-Brief hatte sie wohl etwas geahnt und sich unangenehme Erkenntnisse ersparen wollen, wenn sie am Telefon immer einen jungen Mann erwischte, den sie hätte nach Volker fragen müssen. Gekommen war sie auch nie. Und wir hatten uns nach dem Brief drei Jahre nicht gesehen. »Jetzt plötzlich eine Woche?! Was will sie so lang? Über was reden wir, die wir nie etwas miteinander geredet haben? Nicht den Vater angreifen, sondern sie.« Ich machte mir eine Liste von Vorwürfen, wollte jeden Tag in sie hineinschauen und am nächsten Tag vortragen, was ich vergessen hatte, und nachtragen, was mir noch Neues eingefallen war.

Die Mutter kam, ich zitterte, und Andreas hatte Kopfschmerzen. Er fühlte mit mir, fühlte sich, als ob seine Mutter kommen würde. Den ersten Abend wollte ich mit der meinen allein verbringen. Am nächsten Tag sollte Andreas dabeisein. Ich verbot mir, sie von der Bahn abzuholen, wollte kein Konzert arrangieren, keinen gemeinsamen Theaterabend. Ich hinterließ eine Nachricht im Hotel, in dem sie sich ein Zimmer bestellt hatte: »Volker erwartet Dich ab achtzehn Uhr.«

Volker saß im Flur seiner ehemaligen Liebesnestwohnung auf einem Stuhl vor der Tür. Sein Herz galoppierte viele Male zu Schritten los, die die Treppe hochkamen und eine Stunde lang nicht die seiner Mutter waren, denn sie hatte sich verspätet.

Die Stunde Wartens zerbrach in die fünf Jahre Zusammensein von Volker und Andreas in dieser Wohnung und in die fünfunddreißig Jahre Getrenntsein zwischen Mutter und Sohn. »Was sage ich, wenn sie kommt? Der erste Satz ist wichtig. Keine Floskel. ›Guten Tag . . . Mami?!‹ Das alte vertraute Mami? Nein. Das neue ›Mutter‹? Nein. Ich werde sie bei ihrem Mädchennamen anreden. ›Guten Tag . . . Rosemarie! Komm erst mal rein!‹«

Also ein schlichtes Abendessen mußte ich vorbereiten. Der Mutter nichts zu essen geben – das ging nicht. Ich hatte mich angestrengt, nicht zu viel einzukaufen, weniger als für einen üblichen Gast zu besorgen, weniger hinzudecken und weniger aufzubauen, mich nicht zu überschlagen, wie ich es sonst tue, wenn ich jemanden erwarte. Andreas hatte immer etwas dagegen, wenn ich zu viel für Gäste vorbereitete. Er war im Bereich des Tisches so eifersüchtig wie ich in dem des Bettes.

»Fünfunddreißig Jahre nicht mehr allein mit der Mutter zusammengewesen. Und nun eine Woche lang! Hinter dieser Tür kommt sie jetzt gleich, kommt die komische Person zum Vorschein, die sich ›deine Mutter‹ nennt, neuerdings, zum ersten Mal in ihrem Leben. Ist doch nur eine Frau, eine alte Frau . . . Wie war mein erster

Satz? ›Guten Tag . . . Rosemarie, komm erst mal rein . . .‹ Kein Kuß, diesmal nicht, auch keine Umarmung, nur die Hand geben. Meine Hand in ihrer Hand, in ihre rauhe, ungelenke, harte, rissige Gärtnersfrauhand, aus der sie fast alles Haushaltsgeschirr auf den Boden fallen ließ, anstatt es ihrem Mann an den Kopf zu werfen. Für ihre Hände empfinde ich Sympathie, sie haben Erkenntnis, verletzen sich auch oft. Das gesamte Hochzeitsservice haben sie untergehen lassen, bis zum letzten Kännchen und Deckelchen. Und nach zwanzig Jahren erblicke ich das Modell in einem Geschäft – eine Jubiläumsausgabe –, schenke es ihr, will ihr besserer Bräutigam sein. Und sie handelt wieder mit ihren klugen Händen und zerbricht es diesmal nicht, kein einziges Stück.«

Es klingelte. »Tag, Volker!« Eine Lohe brannte der Mutter ihre Falten weg. »Entschuldige, daß ich zu spät gekommen bin. Ich bin in den falschen Bus eingestiegen und habe dann auch noch ausgerechnet einen Umweg zu deiner Straße genommen. Ich hätte ja genau auf den Plan schauen können oder dich noch mal fragen, ich meine, vorher anrufen. Die Fahrt mit dem Zug war sehr schön hierher. Ich bin tatsächlich über Bielefeld gefahren! Das hat sich verändert! Ich habe es beinahe nicht wiedererkannt! Schönes Wetter ist heute gewesen! Hier eigentlich auch? Eine Kleinigkeit habe ich dir doch mitgebracht. Du willst es zwar nicht, aber das kannst du sicher gebrauchen . . .«

Ich hielt die Luft an. Ich sagte nicht: »Guten Tag, Rosemarie . . .«, sagte wie immer nur: »Tag! Taaaaag!«, mitteltonquäkend. Ich flutschte doch zum Kuß an ihre Wange heran. Na ja. Und zu »Komm erst mal rein« war es nicht mehr gekommen. Ich sagte nichts, schaute, hörte, dachte: »Ach, so läuft das, Mutter–Sohn! Weder hoch noch tief, weder kalt noch warm, weder stumm noch beredt, nein so dauer-immer-drüber-zwischen. Der Kontakt zu ihr funktioniert über das Reden. Sobald wir zusammen sind, öffnen sich unsere oberen Geräuschschleusen und geben Töne ab, um Beiläufigkeiten zu verlautbaren. In beträchtlich hoher Geschwindigkeit schieben wir Gemeinplätze hin und her.«

Vor Aufregung und Anstrengung angesichts des ungewöhnlichen Besuchs konnte ich diesmal nicht mithalten. Ich schob der

Mutter nichts Beiläufiges zurück, blieb stumm, ließ sie auflaufen und sagte, als sie endlich schwieg: »Die Wohnung ist halb ausgeräumt. Andreas und ich haben uns getrennt. Ich ziehe fort.« – »Ach, das habe ich mir schon fast gedacht.« Ja.

Nun ging es los. Ich saß dieser fremden nahen Frau gegenüber an einem gedeckten Abendbrottisch und hatte das Gefühl, zum ersten Mal in meinem Leben mit ihr zu reden. Morgen sollte sie Andreas anrufen und ihn zum Abendessen einladen, wenn sie ihn sehen wollte. Sie tat es.

Wir fuhren zu dritt in eine Gartengaststätte vor die Stadt. Im Auto hätte ich meiner Mutter von hinten den Hals umdrehen können, weil aus ihr nur Flachkopfiges herausgeplappert kam. Sie interessierte sich nicht dafür, wo Andreas arbeitete. Sie fragte es trotzdem. So etwas macht Kinder verrückt. Und »die niedliche Amsel«, und »die hübschen Häuser« und »die letzte Sommerreise mit Vater« und »Andreas' Berufsziele« und »die Gesundheit seiner Mutter«. Was?! Meine Mutter will etwas über die Gesundheit seiner Mutter wissen?! Das glaube ich nicht! Laß mir Frau Andreas aus dem Spiel! Die kennst du nicht und hast alle Gelegenheiten, sie kennenzulernen, verstreichen lassen. Eisern behielt ich meinen Mund zu und hielt meiner Mutter bei Tisch ein Formblatt unter die Nase, herausgebracht von einer Initiativgruppe, die sich mit den Problemen der anderen Männer beschäftigt und um Spenden bittet. Ein zweites Formblatt reichte ich ihr nach, auf dem sie und ihr Mann mit ihren Unterschriften dafür stimmen konnten, daß das Alter, in dem Männer geliebt werden dürfen, dem Alter, in dem Frauen geliebt werden dürfen, angeglichen wird. Noch immer müssen Männer, die unter achtzehnjährige Männer lieben, ins Gefängnis, während Männer, die Frauen lieben, erst verurteilt werden, wenn ihre Geliebten unter vierzehn sind. »Ach so«, sagte meine Mutter, »verstehe«, und steckte den Zettel in ihre Handtasche. »Müssen wir mal genau lesen.«

Andreas' Gesicht wurde schimmlig. Das passiert, wenn er sich daneben fühlt, weil eine Situation daneben ist. Die Situation war neben ihm und neben mir und neben meiner Mutter.

Aus dem Rückfenster des Autos schaute ich auf den Rücken meiner Mutter, als sie ausgestiegen war und über die Straße zu ihrem Hotel zurückging, mit Jacke, Rock und Tasche. Ich hatte ihr nicht die Hand gegeben, nicht die Tür aufgemacht. »Da geht sie hin, die alte Frau, ist sie schlecht, ist sie gut? Ich kenne sie nicht. Ich verstehe nichts von ihr. Und sie will nichts wissen von mir und von anderen Menschen, zum Beispiel von Andreas. Sie ist eine Festung. Sie ist ein Stein.«

Die Mutter rief jeden Morgen bei mir an, und wir sahen uns nachmittags oder abends. Was telefonierte sie täglich? Nur so Nähe, wie Frau Andreas es mit ihrem Sohn macht. Meine Mutter war in unserer Stadt ohne Mann. Zum ersten Mal in ihrer vierzigjährigen Ehe war sie ihrem Mann abhanden gekommen. Nicht bei ihren Eltern, nicht krank, sondern gesund bei ihrem Sohn war sie.

Wir tafelten jeden Tag fein teuer. Ich schimpfte die Liste herunter, auf die ich nicht zu schauen brauchte. Alle Vorwürfe kamen von selbst aus mir heraus. Es war lustvoll, zu essen und in die Mutter hineinzuschimpfen, die zärtlich zurückflüsterte: »Ach so! Na ja! Wie, nein! Weißt du! So was!«

Wir gingen spazieren. Es regnete. Ich schimpfte unter dem Dach einer Autoreparaturwerkstatt weiter. Die Mutter faßte dabei mit ihrer linken Hand hinter ihrem Rücken den Ellenbogen ihres rechten Armes an und schlenkerte mit ihrer Tasche herum.

Dann saßen wir in einem Café, weil es nicht aufhörte zu regnen. »Schlaft ihr noch miteinander? Hast du wirklich Orgasmen mit ihm?« Wir gerieten in einen Sog. Sitzen und Teures einnehmen und Dreistes reden und sich ins Gesicht schauen. Das wurde immer schöner.

»Morgen werden wir uns nicht sehen«, sagte ich. Ich war hart. Die Mutter sollte sich das Stück über Männerliebe ansehen, das in unserer Stadt gespielt wurde. Allein mußte sie dahinein. »Übermorgen komme ich noch mal in deine Wohnung«, bot sie sich an. Sie wollte mir beim Packen helfen, sie wollte mir Silber putzen, sie wollte mir meine kaputten Sachen nähen, sie wollte rascheln, knistern, räumen, wischen. Sie wußte, das mochte ich an ihr, ihr emsiges Hantieren, stundenlang.

»Nein, nein, nein! Wenn ich das alles zulasse, ist sie bloß wieder die liebe Mami! Ich will sprechen und schimpfen.« Sie kam, wir saßen, ich fragte ihr mein Leben in den Bauch, fragte, warum sie dieses gemacht hatte und jenes und warum Kinderheim und warum spanische Wand ...? Immer sagte sie das gleiche: »Das dachte ich nicht, das hatte ich nicht, das konnte ich nicht, das ahnte ich nicht, das wußte ich nicht, das wollte ich nicht.« Mir war, als ob eine Rote-Kreuz-Mutter vor mir saß, nach fünfunddreißig Jahren Suchdienst endlich wiedergefunden, der ich die Zeit zwischen unserer Trennung und unserem Wiedersehen mühsam schildern mußte.

Ich wartete nach dem Aufstehen auf ihren morgendlichen Telefonanruf. Ich rief sie schließlich selber an und schob noch einen Kaffee mit ihr vor den nächsten verabredeten Abend. Beim letzten Sitzen zu zweit hatte ich das Gefühl, daß ihre Schleier sich hoben, daß ihre tief verhangenen Augen sich lichteten zum Schauen.

Der Abschlußabend war bunt. Mein Bruder kam mit seiner Frau in unsere Stadt. Ich kam mit Andreas dazu. Es passierte absolut nichts. Nur Sitzen und Gehen und Sehen und Reden und viel Essen. Abendsonne, Park, Tisch, Lachen. Dann war es schon so weit, daß alle nach Hause aufbrechen wollten. Zu fünft saßen wir im Auto meines Bruders. Andreas und ich stiegen vorher aus. Ich nahm mir etwas Noch-nie-Geschehenes vor: Jetzt kommt gleich der Abschied. Ich werde mich über Rosemarie Mutter beugen und sie auf den Mund küssen. Das wird was! Sie gab mir die Hand, drehte vom vorderen zum hinteren Autositz ihren Kopf zu mir zurück, den ich ihr vorvorgestern noch hatte umdrehen wollen. Sie reichte mir eine Wange. Ich beugte mich über sie. Ich zielte mit meinem Mund auf ihren Mund zu, da drehte sie mir die andere Wange hin. Näher kam ich, drang auf ihren Mund los. Sie schob ihr Gesicht ausweichend hin und her. Genau zu treffen war nicht leicht. Doch, jetzt ist es soweit, jetzt habe ich sie, einmal und noch einmal und los und heftig und drauf, daß diesem Mund die »Sosos« und »Achneins« ein einziges Mal vergehen.

Andreas sagte auf der Straße noch etwas Unfreundliches zu mir, als er mich zum Bus brachte, so ungefähr: »Du siehst ganz schlecht aus!« Es kränkte mich nicht. Ich hatte für ihn nichts mehr übrig, so war ich von Mutter vollgesogen.

Kaum in unserer Wohnung angekommen und die unabgewaschenen Tassen vom nachmittäglichen Kaffee mit der Mutter gesehen, rollte mich ein Beben nieder. Ich warf mich in die Kissen. Sie hatte mir zu Geburtstagen manchmal ein Zierkissen aus Resten ihrer alten Kleider- und Blusenstoffe bezogen. Meine Wohnung war eine Puppenstube voller Mutterkissen. Darauf, darein schüttete ich, was meine Augen hergaben. »Ich liebe sie, ich liebe sie! Ich werde sie nie wiedersehen!«

Fünfunddreißig Jahre lang hatte ich Tanten über Tanten auf den Muttermangel geschichtet. Ich liebte ununterbrochen andere Menschen, auf meine Mutter hatte ich nur wie auf einen Stock geschaut. Ich konnte nichts mehr für oder gegen sie fühlen. Ich bemerkte ihre Gegenwart, das war alles, vermißte sie aber nicht während ihrer Abwesenheit. Bei keinem meiner Lebensprobleme war sie gegenwärtig. Freundinnen, Tanten, Großmütter und der Vater hatten mit mir gerungen, gesprochen, waren in mich eingedrungen und von mir bewegt worden. Nun hatte ich sie alle abgehoben oder weggehaßt, verloren oder verlassen, war an meine ursprünglichen Gefühle, an meine Ursprungsperson herangekommen. Ich war blank für Mutter. Als ihre Schleier sich gehoben hatten, als wir vom Café zum Hotel gingen, um Andreas und meinen Bruder zu erwarten, einen Weg auf einer autoknatternden Hauptstraße, auf der unsere hin und her geschobenen Floskeln kaum noch verständlich, nur noch die Reste »Jas« und »Achs« und »Sos« und »Nas« übriggeblieben waren, da passierte es, daß meine Liebe zu meiner Mutter aus mir hervorbrach. Keine weggerückte Mutter-Maria-Liebe. Ich bemächtigte mich ihrer leiblich. Ihr etwas altersgewölbter Rücken, ihre im vorsichtigen O auseinandergehenden Beine, die gutmütig watschelnd ihren mageren Körper trugen, ihr Handfuchteln, ihr Armanwinkeln, ihr Fingerkrümmen, das Vorbeugen ihres Rumpfes, ihr Kopfwiegen, das Drehen ihrer Taille ... Da waren wir schon am Hotel und spielten plötzlich Verstecken und Locken, Hin und Her und Mitrauf und Wiederrunter, Zusammen und Auseinander. »Ja, ich müßte noch mal aufs Klo.« – »Ich auch!« – »Na ja, es sind mehrere auf meinem Flur.« Also gingen wir auf den Fahrstuhl zu, ich ließ sie in letzter Sekunde allein hinauffahren und nahm die Treppe. Oben angekommen strebten wir wortlos ihrem Zimmer entgegen. Ich flatterte. Ihr blaues Nachthemd lag gefaltet neben dem Kopfkissen auf ihrem breiten Bett, das, ohne Buckel zu werfen, zugedeckt worden war. Ich flüchtete am Bett vorbei zum Fenster. »Ach, leider«, sagte sie, »öffnen kann ich es nachts nicht, der Straßenlärm ist zu laut.« Die erste Nacht hatte sie kaum geschlafen. Ihre Haut im Gesicht fahlt sich nach schlechtem Schlaf, wie meine es tut. Ich drehte mich vom Fenster weg dem Zimmer zu, schaute auf das Waschbecken, die Dusche. Ich roch den Mutterduft. Ich sah ein Blüschen, ein Kleid durch die angelehnte Schranktür, die Kostümjacke auf dem Stuhl, da gingen wir schon aufs Klo. Ich nahm das eine auf dem Flur. Ging sie mir nach ins andere daneben? Eine Tür schlug nebenan, als ich schon eingeschlossen war. Zurück in ihrem Zimmer, war sie noch nicht wieder da. Ich lief hinunter, wartete im Hotelempfang auf sie und Andreas.

Die Mutter reiste ab. Mein Gesicht stand zwei Tage lang unter Wasser. Ich weinte nicht ein paar Minuten oder viele und hörte danach wieder auf. Ich weinte immerzu, auf der Straße, im Bus, beim Einschlafen, im Theater. Ich weinte hinein in die fremden Gesichter, verbarg mich nicht, hielt meinen Kopf geradeaus. Die Menschen mochten denken, ich hätte eine Augenkrankheit. Nachts wachte ich auf und gab mich fortgesetzt dem Naturschauspiel Weinen hin.

»Die Mutteraustreibung geht nicht, bei mir nicht, weil ich meine Mutter liebe. Elternaustreibung ist auf Haß konstruiert, gilt für Andreas und seine Mutter, für mich und meinen Vater. Den Abschied von meiner Mutter will ich nicht. Ich will noch etwas von ihr. Ich will sie haben. In Wirklichkeit hasse ich sie nicht. Das Thema ist verfehlt. Für sie und mich müßte es ›Muttereintreibung‹ heißen! Ich kann diesen Ekel nicht verstehen, den viele Männer vor ihren Müttern haben. Ratte und Jauchegrube – das ist Frau Andreas für Andreas.« Ein Freund berichtete mir von seinem Horror, der ihn überfällt, wenn er auf die Salben seiner Mutter schaut. Er benutzt sie nicht, nur weil seine Mutter sie benutzt! Meine hat keine Salben, nie in meinem Leben hat sie sich geschminkt. Ich habe keinen üblen Geruch von ihr wahrgenommen, keine unflätigen Geräusche gehört. Undenkbar. Sie war Mutter Mädchenrose, Knospe allen Vorhers. »Ich will an sie heran, mitten in sie hinein. Ich will eine Mutterbindung haben! Soweit mußte es kommen! Das ganze Buch wirft sie mir um!« Ich stieß mich mit diesen unzüchtigen Gedanken an meiner Feststellung: »Auch die ferne Mutter sitzt in mir.« Ich war längst gebunden, aber auf eine Weise, die die Verbindung zwischen Andreas und seiner Mutter an Grausamkeit übertraf. Ich hatte nie die Genüsse einer Bindung gehabt. Ich war der Reservepartner meiner Mutter, stand fünfunddreißig Jahre vor ihrer Existenz und richtete mich auf das Alter ein, in dem ich endlich an sie herangelassen würde. Penetrant habe ich mir den Tod meines Vaters gewünscht. Er ist sieben Jahre älter als sie. Eines Tages würde es soweit sein. Meine Gefühle hatte ich beschönigt: »Die Arme soll endlich von dem Wüterich befreit sein!« Was mein Vater mir sachlich aufzuzwingen versuchte – Kunst erst nach der Pensionierung –, das fädelte meine Mutter mir erotisch ein – Liebe nach der Rente. Wenn andere Söhne allmählich frei werden, wenn ihre Beziehung zur Mutter mit dem Heranrücken des Todes lockerer wird, dann hätte meine erst begonnen, ich Muso in spe! Mutter*sohn*? Muttertochter zu werden – darauf bereitete ich mich vor. In jüngeren Jahren konzentrieren sich die Mütter auf ihre Söhne oder auf ihre Männer, soweit sie noch welche haben. Die Tochter ist Restposten, die Altersversorgung der Mutter.

Als ich mir meine Wohnung anschaute und meine Dinge genau betrachtete, so gab es nichts mehr zu zweifeln an meiner Bestimmung. Ein Umzug ist wie die Auseinanderfaltung einer Person. Dinge, die wir um uns haben, legen uns bloß. Meine Wohnung war voll mit Sachen, die ich von neun Müttern geerbt und zusammengetragen hatte. Möbel, Bilder, Gardinen, Bettwäsche, Bestecke und Porzellan von Urgroßmüttern, Großmüttern und Tanten. Ich war ein Mitgiftfräulein, besaß von Bestecken, Tellern, Tassen, Servietten und Bettbezügen zwölf bis vierundzwanzig Stück. Überall standen Gefäße, Töpfchen und Kästchen. Und meine Schränke füllten von verschiedenen Tanten mir hinterlassene Mäntel, Jacken, Blusen, Mützen, die ich tagsüber fleißig trug. Meine Wohnung hätte Material geliefert für einen Forschungsgegenstand unter dem

Titel: Zur Entstehung der alten Jungfernschaft bei Muttertöchtern auf der Warteliste.

Der Besuch meiner Mutter entlarvte nicht nur meine wahren Gefühle ihr gegenüber und den Charakter meiner Bindung an sie, er führte auch einen Tatbestand ans Licht, der mich bedrohte und diesem Buch gefährlich wurde. Es war so, als hätte ich bisher einen falschen Gegenstand behandelt, als hätte ich jahrelang auf der falschen Seite gekämpft. Die Beziehung zwischen Andreas und mir war von meinem Vater und von seiner Mutter angegriffen worden, auseinandergerissen aber wurde sie von meiner Mutter. Schon am ersten Abend in unserer Wohnung erzählte sie, daß eine Tante ihr Andreas' Satz hintertragen hätte: »Wenn Volker sich jetzt nicht von seinen Eltern trennt, trenne ich mich von ihm.« Meine Mutter war erbost gewesen und wollte Andreas zunächst nicht sehen. Er hatte solch einen Satz zu mir nie gesagt, denn er war von der Trennung zwischen Eltern und Kindern nicht überzeugt gewesen. Er konnte sich auch nicht erinnern, so etwas zu der Tante gesagt zu haben. Sie hatte es vielleicht falsch verstanden oder der Mutter etwas Falsches überbracht. »Falsche Nonnen« gibt es in allen Königskinder-Geschichten. Worauf es ankam, die Mutter hatte den Satz geglaubt und war nun gegen Andreas. Das gab sie auch zu. Seit diesem Augenblick muß sie mir eine Botschaft gegen ihn durchgegeben haben, die von keinem Drohbrief begleitet und deswegen gefährlicher als die Botschaften des Vaters war. Diese unsichtbare, unkontrollierbare, erst im nachhinein bewiesene Botschaft der Mutter hatte umgehend gewirkt. Es war die Zeit nach dem französischen Meer. Ich hatte mich gewundert, warum ich plötzlich scharf gegen Andreas vorgegangen war, warum ich ihm aus einer harmlosen Bekanntschaft während meiner Abwesenheit einen Strick drehte. Kühl ließ ich ihn zuerst allein nach Deutschland zurückfahren und lebte dann für meine Verhältnisse ungewöhnlich enthemmt das Pariser Männerbegegnungsprogramm nachts durch. Ich baute mir dazu noch einen Liebhaber auf, der mir Neuheiten beibrachte. Trotzdem – als Andreas mir von seinen Lokalgängen und anschließenden leichten Betterlebnissen erzählte, explodierte ich. Ich machte etwas für unsere Beziehung Ungewöhnliches. Ich stellte ein Ultimatum: Noch einmal ein Fremder, und es ist aus! Der Hinauswurf von Andreas war ein Federstrich. Ich mußte in einer anderen Stadt arbeiten. Er telefonierte mit mir, berichtete gerührt von seinem dritten Frauenerlebnis, stellte es in Gegensatz zu einem Männerkontakt, über den er abschätzig sprach. Wieder ein Männerkontakt! Ich sah rot und schrieb ihm barsch, er möge unsere Wohnung verlassen, noch bevor ich wieder zurückgekommen wäre. Diese letzten Ereignisse – von Andreas' Abfahrt nach Deutschland bis zu seinem Auszug aus unserer Wohnung – liefen in zwei, drei Monaten ab. Die Trennungsakte hat meine Mutter unterzeichnet. Damit schlug sie Frau Andreas, die große Kindereintreiberin, in den Schatten, deren Mühlen, Staatsmännern gleich, über Jahre hinweg arbeiten.

Als mein Großvater einmal erzählte, daß sein Vater zweien seiner Brüder mit Erfolg verbot, die Frau zu heiraten, die sie heiraten wollten, hatte ich gedacht: »Wie kann das möglich sein, daß erwachsene Männer sich dem Diktat ihres Vaters beugen!« Der Vater hatte die Frauen nicht gekannt. Sie paßten ihm nicht, und er hatte wie der meine einen Befehl an seine Söhne geschrieben. Das waren noch Zeiten! Gegen die sichtbaren Botschaften hatte ich zu kämpfen gelernt. Auf das Zeitalter der drahtlosen Mutterwellen war ich nicht vorbereitet. Ich hatte keine Ahnung, wie heiß die Verbindung war zwischen meiner Mutter und mir. Ich wußte nicht, daß sie so etwas wie Botschaften übermitteln kann. Fahrkarten lösen, ein Hotel bestellen, einen Zug besteigen – dazu war sie allein kaum imstande. Aber Botschaften senden – das konnte sie. Die Botschaften einer Mutter wirken desto besser, je weniger das Kind von ihr und von seinem Verhältnis zu ihr weiß.

Die Erkenntnis, daß ich der Mutter meinen Geliebten geopfert hatte, kurz bevor uns eine Befreiung von seiner Mutter gelungen war, erstickte meine Glut für sie. Da ich das alles selbst noch kaum glauben konnte, wollte ich mit etwas Realität das Gefühlsbrimborium steuern. Ich liebte meine Mutter, ich hatte dafür einen Preis gezahlt. Sie liebte mich – das war in der Woche herausgekommen –, wollte auch sie dafür einen Preis zahlen? »Sieht sie mich, oder ist sie eine Klaus-Mann-Mutter, die nur die Verwachsung aufrechterhalten will? Kann sie ein sogenanntes erwachsenes Verhältnis zu mir eingehen, will sie es erarbeiten? Können wir Schritt fünf der Elternaustreibung ohne die vorherige Trennung wagen?« Ich machte eine Probe, ich richtete an meine Mutter fünf Bitten. Sie sollte mir wenigstens einen der Wünsche erfüllen, was mir zeigen würde, daß sie mich erkennt.

Ich forderte sie auf, ihrem Beruf wieder nachzugehen, was halbtags oder einige Tage in der Woche möglich gewesen wäre. Ich konnte sie nicht mehr als selbstlos ertragen, wollte sie nicht mehr als mit dem Vater verbundene, einheitliche Denk- und Verhaltensmasse hinnehmen.

Ich bat sie, einen Analytiker aufzusuchen, nicht weil sie leidet, sondern weil sie *nicht* leidet, weil sie ihre Leiden nicht fühlt und ich sie dadurch übernehmen muß. Ich verlangte, daß sie ihren unterirdischen Wahnsinnsfluß stoppt, der sich von ihr zu mir gebahnt hatte. Sie sollte sich ein Bild davon machen, was für Probleme es gewesen sein konnten, die sie hätte angehen müssen, die bei ihr versickert und auf noch unbekannten Wegen bei mir wieder hervorgekommen sind.

Ich wollte, daß sie Bücher über die Konflikte zwischen Eltern und Kindern liest, um ihre Unkenntnis von psychischen Vorgängen zu beenden.

Ich flehte sie an, Bücher über das Dritte Reich, *ihr* Reich, zu lesen, mir ihre Erinnerungen an diese Zeit aufzuschreiben, mir über ihr Denken, Fühlen, Glauben, Handeln zu berichten und vielleicht alte Aufzeichnungen zugänglich zu machen, damit wir Kinder nicht von der Macht der nicht gefühlten Schuldgefühle unserer Eltern erdrückt werden.

Ich wünschte, daß sie etwas für die Belange ehemaliger Häftlinge in Sachen »rosa Winkel« tut oder für eine der sich mit den Problemen der anderen Männer beschäftigenden Organisationen, daß sie monatlich einen kleinen Betrag auf ein Konto zahlt und manchmal zu Veranstaltungen geht oder sich anderweitig über die Konflikte dieser Männer orientiert, zu denen ihr Sohn gehört. So etwas tun Mütter immer erst dann, wenn sich ihre Söhne umgebracht haben. Sie sollte nicht darauf warten, sondern mir mit einer Geste zeigen, daß sie die Schwierigkeiten wahrnimmt, die die Gesellschaft mir bereitet.

Ein halbes Jahr verging mit Hoffen und mit der Bereitschaft, das bisher Gedachte über den Haufen zu werfen. Die Mutter schrieb weiter ihre Schulaufsatzbriefe und deutete nur einmal mit einem Satz an, daß sie versucht hatte, mich ernst zu nehmen: »Vater hat beim Analytiker angerufen und bisher nur den Telefonbeantworter erreicht.« Mehr habe ich zu den fünf Wünschen nie von ihr gehört. Das war zu wenig. »Das ist eine Verhöhnung des Sohnes. Meine Gedanken sind richtig. Ich brauche nicht verrückt zu werden. Ich entziehe mich ihrer Mutterschaft endgültig.«

2 Ich packte meine Tassen zu Ende ein. Andreas pochte mit kleinen Liebesdingen an meine Tür. Er beschenkte mich mit einem Traum, zeigte mir seine Veränderung durch mich. Ein U-Boot kommt auf das Haus seiner Mutter zugeflitzt, rammt es und bringt es zum Einsturz. Es bleibt nur das Erdgeschoß stehen, in dem wir beide zusammen gewohnt haben. Ich entsteige mit Handwerkszeug dem Boot. Wir gehen daran, das Haus wiederaufzubauen.

Einige Zeit später rief er mich an und wollte Grundsätzliches mit mir über unsere Beziehung besprechen. Er verklärte unser Zusammensein und redete vom Schönsten, das er in seinem Leben erfahren hätte. Er plante, ein Haus mit mir zu mieten, mit mir und anderen. Er sah keinen Grund mehr, unser Verhältnis zu beenden, sah uns von neuem miteinander zusammenleben. Er wollte lernen, mich zu begehren, wollte nicht mehr nur von mir begehrt werden. »Begehrtwerden macht Begehren unmöglich«, behauptete er, »je weniger du mich begehrst, um so mehr werde ich dich begehren können.« Ich verzagte: »Ich kann nicht mehr im Hin und Her steckenbleiben.« Mitten im Blütenkranz seiner frischen Gedanken saß ein Dorn, der mich stach und widerhakenfest in mir blieb: »Ich wollte dich haben, um dich abzulehnen. Ich wollte Nähe zu dir und dann körperlichen Ekel spüren.« Ich hörte mir gutmütig diese beiden Wörter an: Nähe und Ablehnung. Andreas brach auf: »Also dann«, tapste er von dannen. Er hatte im Flur und vor dem großen Bett ein Sand-Lehm-Kot-Gemisch hinterlassen, das unter seinen Schuhen klebte. »Das lassen wir mal ein Weilchen liegen«, dachte ich.

Andreas kam nach einer Woche wieder und zeigte mir ein großes, dickes altes Fotoalbum von seiner Mutter, in das er alle während unserer Zeit fotografierten Bilder von mir hineingesteckt hatte. »Nähe und Ablehnung«! Sieh dich vor, Volkerbild in Mutterbuch! »Und es ist noch nicht zu Ende«, freute sich Andreas, »die letzten Seiten sind leer geblieben. Das habe ich so gelassen. Siehst du, *wir* sind noch nicht zu Ende, es kommt noch etwas.« – »Rede mich doch wenigstens mit meinem Namen an. Ich mag nicht mehr mit dir telefonieren, wenn du mich nicht begrüßt, nie mich anredest.«

Er trug nach einer weiteren Woche meine – ursprünglich meine, später unsere gemeinsamen und dann nie wieder richtig meine mir gehörenden – Sachen aus der Wohnung in ein Auto und zog sich das Hemd dabei aus. Auf seinem nackten Rücken sah ich einen großen rotbläulichen Fleck. »Wie oft muß ich den Fleck sehen, schweißgebadet – nicht vom Fleckenmachen, nein – vom Hinter-ihm-Hergehen, die Treppen rauf und runter, gebückt von meinen Kisten?« Ich konnte es nicht aushalten, auf die Beantwortung dieser Frage noch lange zu warten, und sprach Andreas auf den Fleck schließlich an: »Hast ja einen tollen Fleck!« – »Ach! So? Wüßte nicht, von wem der hätte kommen können.« Das ist es eben mit diesem Erinnern! Mein ganzer Körper ist geronnenes Blut Erinnerung an Andreas. Und Andreas erinnert sich an nichts, weder an lange Volker-Nächte noch an kurzes Fleckenmachen.

Alle Sachen waren im Auto verstaut. Die Wohnung war leer. Ich würde die letzte Nacht auf geliehenen Nachbarinnenmatratzen schlafen, morgen allein aufbrechen und gleich Andreas' »Also dann« hören. Ich sagte: »Ich danke dir, es war eine schöne Zeit mit dir hier.« Wir saßen auf den fremden Matratzen. Es war dunkel. Andreas lehnte seinen Kopf an meine Schulter. Wir faßten uns an den Händen und schwiegen. Nach ein paar Minuten war seine »Also-dann«-Zeit gekommen. Er stand auf und ging hinaus.

Drei Telefonate Andreas–Volker, zwischen meiner neuen Wohnung in meiner Stadt und seiner Wohnung in seiner Stadt. Andreas sagte brav »Volker«, beim dritten Mal nicht mehr eingeübt, sondern mit Herzton. Erwärmtes Wispern über die Drähte mit Gedankenaustausch und plötzlich eine in mich hineinstechende Nadel: »Ich bin seit Wochen wieder promisk, weißt schon!« Noch mehr als bisher?! Ach so, ich weiß schon, die Marokkaner- und Bädermännergruppen-Programme laufen bei ihm wieder auf vollen Touren. Was geht mich das denn noch an? möchte ich denken, kann es nicht. »Du mußt unbedingt bei mir wohnen, wenn du nächste Woche kommst«, sagte er schwelgend. Ich sagte: »Ja«. Ich handelte »Nein«. Noch näher als mit seinem Telefongeraune, »Weißt schon«, kann ich ihn nicht ertragen. Ich will nicht seinen Leib sehen müssen: Andreas sich anziehen und ausziehen, sich bücken und strecken und die strubbeligen Haare kämmen; ich will ihn nicht schnarchen, kauen, schlufen hören. Der Dorn Erinnerung schmerzt genug. Noch die Nadel einer »Weißt-schon«-Nacht in die Gegenwart meiner Gefühle für ihn gestochen – das wird mir zu viel.

Ich fuhr in seine Stadt und ging zu einem Freund von mir, rief gleich Andreas an. Auf morgen verabredeten wir uns. Überraschend kam er sofort vorbei, nur um mich zu sehen. Ich erstarrte vor ihm, dem Wildgesichtigen, der die Nacht bis morgens durchgemacht hatte, was er einfließen ließ, und deshalb bis zu meinem Anruf geschlafen hatte. Ob ich es gemerkt hätte an seiner verschlafenen Stimme? Nein.

Am nächsten Tag kauften wir gemeinsam einen Flügel für Andreas. Er hatte sich zu dieser Anschaffung seit einem halben Jahr entschlossen. Ein Flügel war sein Wunschtraum seit dreißig Jahren gewesen. Seine Mutter hatte den Kindern immer einen versprochen, ihr Versprechen nicht eingehalten, sie gequält mit Zukunft, die nie Gegenwart geworden war.

Ich sollte Andreas beim Kauf eines Flügels beraten. Mit Freunden hatte er schon mehrere Instrumente vorgeprobt. »Den«, sagte ich und tippte auf einen, den auch Andreas gleich gewollt hatte, der ihm aber von seinen Freunden ausgeredet worden war. Ich spielte ihn, Andreas spielte ihn. Es war laut in dem Laden. Ein Mann probierte noch andere Flügel aus. Die Autos krachten von draußen ihren gewohnten Lärm herein. Der Händler quatschte auf mich los, ob ich nicht auch einen Flügel haben wollte: »So ein schöner junger Mann ohne Flügel! Sie müssen doch auch einen haben, wenn Ihr Bekannter einen hat!« Umgekehrt, sein Flügel sollte auch mein Flügel sein, so war das ursprünglich gedacht. Ich lehnte an einem Türpfosten, schaute an dem Ladeninhaber vorbei auf Andreas, der am Flügel saß und vorsichtig ein Liedchen spielte, so vorsichtig, wie er außer in dem einen Punkt in allem war. Ich lernte etwas Neues. Ich weinte nach innen. Tränen in das Gesicht des Händlers hinein, das wagte ich nicht. Sie drehten ab, rutschten die Augäpfel zurück und glitten innen meinen Hals hinunter. Vor einem Jahr wollte mir Andreas einen Flügel schenken. Hätte ich ihn damals bloß angenommen. Ich fand unsere Wohnung zu klein. Wären wir doch umgezogen. Liegt es denn am Ende alles an einem verpaßten Umzug in eine neue gemeinsame Wohnung?! Den Flügel sollte *ich* beibringen, *er* das Himmelbett! Quatsch. Was träufele ich mir dieses neue Pech in meine alten Wunden?! Ich sehe es doch, der Flügel ist kein Zeichen unserer Vereinigung, sondern das Siegel unter unsere Trennung. Wenn es nichts mehr gibt, womit die Menschen einander quälen können, quält sie dann das Leben selbst?

Andreas machte den Kauf perfekt, strebte zurück in seine Wohnung, bot mir ein paar halb vertrocknete Reste als Abendessen an und lud mich zu einer Sommerreise ein. Er könne mit dem Wohnungsfreund »nach Griechenland«, mit einem neuen Freund »nach Ungarn« oder mit mir »nach New York beziehungsweise auf eine schöne Insel«. Er könne auch Griechenland, die Insel, Ungarn und New York »hintereinander arrangieren, dann natürlich jedes einzelne kürzer«.

Schweigend gingen wir während eines Sonnenuntergangs an einem See entlang. Über dieses Schweigen hinweg ließ Andreas ab und zu an mein Ohr etwas Nettes gleiten: »Du hast ja neue Hosen an, richtige Männerhosen. Da bin ich aufgeregt. Deine Augen hängen nicht mehr. Schau doch mal, wie blau sie sind! Wir müssen unseren Kreislauf wieder miteinander schließen. Wir werden noch gute Zeiten zusammen verleben. Wir dürfen nicht aufeinanderplatzen. Ich nehme dich heute neu wahr.«

Nach zwei Tagen bekräftigte er morgens am Telefon, wie schön es für ihn vorgestern gewesen sei, »ganz neu mit dir! Wann sehen wir uns wieder?« – »Am liebsten heute!« – »Wir können ja noch mal telefonieren, was wir dann machen!« Als ich abends mit ihm tanzen gehen wollte, hatte er Kopfschmerzen und sagte: »Das ist zu früh!« Er hatte seit unserem Sonnenuntergang Kopfschmerzen, wie er es mir nun eingestand.

Anstatt tanzen gingen wir am nächsten Abend mit Freunden essen. Wir saßen nebeneinander zwischen sechs vergnügten jungen Menschen. Andreas drückte fast die ganze Zeit sein Bein an mein Bein und schaute mich goldsprühend an. Hinterher brachte er ein

Paar und mich und den Freund, bei dem ich abgestiegen war, mit seinem Auto nach Hause. Er wollte ein neues Treffen mit mir verabreden. »Ich fahre morgen zurück.« – »Was schon?! Und ich hatte gehofft, dich noch einmal zu sehen!«

Ich reiste ab. Andreas rief mich an, kaum daß ich in meiner Wohnung eingetroffen war: »Soll ich dich am nächsten Wochenende besuchen kommen?«

Alles wird anders sein, Andreas wird anders sein. Ich werde anders sein. Ich habe mich zu verändern begonnen. Die neue Wohnung war schlicht. Von dreißig Bildern hingen nur noch drei und unter ihnen keine Frauenporträts mehr. Kein Döschen und kein Simschen, keine Statuetten, kein Gebimsel und Gebammel mehr, keine Decken und Tücher, alle alten Sachen weg, auch keine überfüllten Schubladen und keine unaufgeräumten Ecken und nicht mehr zu viel Packpapier und unübersehbare Plastiktüten im Küchenschrank, die Bücher aufs Wichtigste verringert, weiße, mit Sägespänen selbstgemachte Rauhanstrichwände, eine Lampe, Schluß. »Andreas begehrt Mann, und ›Mann‹ drückt sich auch im Wohnen aus, ein Tisch, ein Stuhl, ein Bett. So bin ich geworden.«

Andreas kam, sich meine neue Wohnung anzuschauen. »Jaja, ach«, er schien nicht sehr begeistert zu sein, »ist alles so weiß, wieder so engelhaft, gar nicht phallisch!« – »Was ist denn an einer Wohnung phallisch?« – »Irgend etwas Hervorstechendes, eine markante Farbe, auf jeden Fall alles schriller!« Mein Zorn stellte sich in Position und schoß auf Andreas los, als er nach einer Weile erneut zu mäkeln begann: »Wenn du dir deine Augenbrauen stehen ließest, würdest du viel männlicher aussehen!« – »Komm du mal mit deiner Männlichkeit voran, nimm dir selber eine Wohnung, und arbeite endlich etwas, das deinen Ehrgeiz befriedigt, dann wird es dich nicht mehr so nach der Männlichkeit anderer Leute verlangen!«

Ich war verblüfft, daß ich Andreas' Stiche sofort bemerkte und daß ich mich ihrer direkt erwehren konnte. Früher war mir nie ein überzeugender Gegenschlag eingefallen. Mein neues Gewand Männerwohnung hatte mich kampfbereit gemacht. Bisher hatten wir nicht streiten können. Ich zeterte, wozu er schwieg, oder er stach mich, daß ich die Sprache verlor.

Nach unserem ersten Schlagabtausch war es fast besinnlich zwischen uns geworden. Mittagessen im Restaurant, Bootsfahrt auf einem See, Träumen von der Reise auf die Insel. Abends ein Männerfest, wir lachten über eine gelungene Darbietung auf der Bühne, berührten uns verstohlen, lächelten uns unsere Freude zu, daß wir einander spürten. Andreas flüsterte mir einen Lockruf ins Ohr: »Du wirst sehen, deine Motte kommt schneller her, als du denkst!« Ich hatte ihm ein Bett im zweiten Zimmer meiner Wohnung zugedacht, er wollte mit in mein Bett.

In den Sagen von den Liebespaaren mit Schwierigkeiten kam es immer wieder vor, daß sich die beiden während ihrer Rettung körperlich nicht vereinigen sollten. Wenn sie es doch taten, gingen sie einander verloren. »Was heißt Rettung? Sind Andreas und ich in Rettung? Getrennt sind wir.« Das waren die sagenumwobenen Paare auch. Während der Trennung mußten beide oder mußte einer von ihnen Prüfungen bestehen. Da gab es das Problem des »Zu früh«. Die Liebenden hatten sich verloren, sahen sich wieder, mißtrauten sich gegenseitig und machten etwas falsch. Sie fielen übereinander her in dem gefährlichen Augenblick, in dem eine alte Beziehung zwischen Vergangenheit und Zukunft noch keine neue Gegenwart gefunden hat. Die Liebenden wollten darüber hinwegtäuschen, wollten die fehlende Aktualität erzwingen. Orpheus soll Eurydike nicht ansehen, während er sie aus der Unterwelt herausholt. Die Götter wissen, daß die Liebeslust in dem Moment der Rettung einem Wiederfinden der Getrennten im Wege steht.

Ich hatte mit Andreas keine glückliche körperliche Begegnung mehr erlebt seit seinem Auszug aus unserer Wohnung. Der eine Versuch in seiner ersten neuen Wohnung war schiefgegangen. Noch einmal warnte mich eine Stimme: »Meide das Bett mit ihm!« Die Versuchung kommt immer durch den Geliebten. Andreas verschmähte sein Bett, hob meine Decke hoch und flutschte an mich heran. Da lagen wir wie je zuvor! »Wann war es das letzte Mal?« fragte er. »Ungefähr vor einem Jahr«, dachte ich laut nach, »schön war es nur noch am französischen Meer.« Wir streichelten uns staunend. Das war mein Geliebter?! Auch eine Überraschung gab es.

Seine Haut war anders. Kein Leder wie in unserer Zeit. Pflaumenpelle über erntereifem Fleisch. Andreas badete täglich und aß viel. So plusterte er sich ins Weich. Nur seine Zunge war rauh. Wer da wohl alles dran gewesen ist! Neue Hundertschaften? Er flüsterte: »Mein Liebster!« Da vergaß ich die Trennungsarbeit und die Götter mit ihren Diktaten. »Realitätserfahrung«, so verführte mich auch die moderne Psychologie. »Hier und jetzt sind die schönen Leiber zusammen. Ich werde doch nicht nach alten Büchern leben, nicht mit Prinzipien!« Also dann, nach Beieinander kam Ineinander. Es wurde auch geseufzt. Etwas später begleitete Andreas mich. Beim zweiten Anlauf wollte auch er nicht mehr zurückstehen.

Ich fand in dieser Nacht keinen Schlaf. Andreas schlief fest neben mir. Am Vormittag nach dem Frühstück verzog er sich mit Kleidern und Schuhen noch einmal in mein Bett. Kopfschmerzen!

Als ich nachmittags mit ihm eine mir angebotene Wohnung besichtigen wollte, die ich heimlich für ihn gedacht hatte, kam er nur zögernd mit, nörgelte zwischen »Nein« und »Ja« herum und fragte mich, ob er lieber den früheren oder den späteren Zug nehmen solle. Ich zuckte die Achseln. »Hast du heute abend noch etwas vor?« fragte er mich. »Nein.« Hätte ich nur gesagt: »Fahr lieber jetzt!«, denn wir hatten alles ganz gut geschafft, es war unser erstes Besuchswochenende in meiner Stadt, die nächsten würden vielleicht besser werden. In den drei Stunden, die Andreas noch blieb bis zum späteren Zug, begann ein gegenseitiges Absägen, wie wir es noch nicht erlebt hatten. Ich war unduldsam geworden. Die neue Stadt und meine eigene Wohnung hatten mich von Andreas abgerückt. Ich beobachtete ihn lauernd. Wir gingen spazieren, aßen und tranken Kleinigkeiten in einem Parkcafé, und mitten in mein Schlürfen hinein sagte er: »Also, erotisch passen wir überhaupt nicht zusammen. Du bist immer so gehetzt, kannst gar nicht abwarten. Auch beim Essen schlingst du. Und immer willst du nur das eine. Sofort! Andere Männer wollen stundenlang nur liegen. Hautkontakt ist ihnen das Wichtigste. Der Peter ist so erotisch, er ist dankbar fürs Nur-Daliegen. Der ist nicht so fordernd und nicht so schnell wie du. Für mich ist erotisch, im Wald einen Schwanz im Mund zu haben oder wenn ich mit Peter im Lokal sitze und mich unterhalte. Du kannst nicht genüßlich in einem Restaurant sitzen. Hektisch bestellst du das Essen. Du bist so zwanghaft. Wie der Peter eine Mahlzeit zubereitet, mit einer Liebe geht er mit den Sachen um, und stundenlang . . .«

Was stundenlang?! Mir hatte er alle Lust am Herrichten von Speisen und Dingen ausgetrieben. Ich sollte nie etwas vorbereiten, durfte nichts auffahren, nichts kochen. Einsiedlerhaft karg mußte alles sein. Und als ich einen Warmwasserboiler kaufen wollte, lehnte Andreas das mit der Begründung ab: »Wir kochen ja nie, brauchen deshalb auch kein Geschirr heiß zu spülen.« Und im Bett wollte *ich* es stundenlang. *Er* war es, der zur Eile drängte. Gestern noch haben wir stundenlang zusammengelegen. Was hat er für ein Gedächtnis mir gegenüber! Er vergaß das eben Gewesene. Hymnen hatte ich auf seine neue Haut gesungen. Wer bemerkte sie außer mir?! Ich war der einzige – das hatte er selbst beteuert. Jedes Fettklümpchen hatte ich ertastet. Und es gehörte zum Schönsten für mich, mit ihm in Lokalen zu sitzen und Bände zu reden. Ich beachtete kaum die Kellner und das Restaurant, schaute auf ihn, nur auf ihn. Unser erstes Beieinandersitzen am See, an dem wir uns fast einen ganzen Tag lang etwas erzählt hatten – auch vergessen!

»Ich und unerotisch! Und was bist du?! Lustlos bist du und versuchst das hinter deinen Tausendkontakten von Nacht zu Nacht dir selber zu verheimlichen. Wie soll ich mich denn erotisch verhalten bei jemandem, der eine solche Qualle ist wie du. Du bist kein erwachsener Mann, der Verantwortung übernehmen, und du bist auch kein Junge, der sich entwickeln will. Keine Stärke, die ich achten könnte, keine Frische, die mir nacheifern wollte. Kälte strömst du aus. Ein Bündel Schwierigkeiten bist du. Und deine ewige Zurückhaltung nervt mich. Alle deine Probleme wälzt du auf mich ab und stichst zum Dank auch noch in mich hinein. Ich stehe dir nicht mehr zur Verfügung, damit du dich in meinem Beisein von mir ablösen kannst. Du willst mich doch nur zersetzen.«

Ein Freund, der sich in einer Trennungsgeschichte quälte wie ich, sagte einmal: »Der Aufbrechende kommt zum Verlassenen zurück, nur um sich die Richtigkeit seines Aufbruchs zu bestätigen.« Der Zurückbleibende läßt sich jeden Stich gefallen, um den Weggang des anderen verkraften zu können. Ist der eine ordentlich gemein, braucht der andere nicht so zu trauern.

Die alten Götter hatten recht mit ihrem Gebot: beim Trennen nicht lieben, keine Leiblichkeit während der Erlösung. »Erlösung« bedeutet, Abschied zu nehmen von einer veralteten Verfassung einer Beziehung, die sich in eine neue Gestalt retten will oder untergehen muß. Ich hatte gegen das Gebot verstoßen. Die Strafe ist der Untergang.

Andreas stand auf, gab mir nicht die Hand, ging grußlos weg, obwohl sein Zug noch längst nicht fuhr. »Ruft er noch einmal an, bevor er abfährt? Sagt er: ›Es tut mir leid, es war nicht so gemeint‹? Sage ich: ›Ich liebe dich doch in Wirklichkeit und fühle mich so verletzt, wenn du das sagst, das mit dem Unerotisch‹?« Nein. Wir hörten voneinander nichts.

Bei meiner nächsten Reise in seine Stadt besuchte ich ihn nicht. Ich hatte ohne ihn erfreuliche Erlebnisse für alle Plätze des Körpers, die etwas erleben wollen. Ich traf alte Freunde und diskutierte mit ihnen. Ich ging mit anderen Freunden in Konzerte und ließ mich von Musik überfluten. Ich vermischte mich unter Bäumen mit Fremden. Nur einmal tauchte Andreas unangenehm in meinen Gedanken auf: »Wenn ich ihm an einer Stelle öffentlicher Erregung begegnen würde! Wir vermuten einander hier nicht. Wenn ich ihn sehen würde, wie . . . ein Fremder an ihm zugange ist. Er fände es ja lustig, wenn er mich so sähe. Ich fänd's nicht.« Der alte Schmerz griff um sich. »Umbringen würde ich ihn!« In flagranti! Das wollte ich immer, ihn einmal mittendrin, mitten dabei ertappen, damit ich schreien konnte: »Du hast mich verraten, du liebst mich nicht. Jetzt weiß ich es.«

Als ich wieder zurück war, rief Andreas' erster Wohnungsfreund mich an. Ich hatte bei ihm übernachtet. Er war ein paar Tage vor mir weggefahren und hatte mir seine Wohnung überlassen. Von seinem Telefonbeantworter, mit dem ich nicht umgehen konnte, war die Stimme von Andreas festgehalten worden. Er hatte gehört, daß ich in seiner Stadt war, und hatte einmal versucht, mich zu erreichen: »Wollen wir uns denn sehen?« Seine Stimme hätte tief, tonlos, traurig geklungen, sagte der ehemalige Wohnungsfreund.

»Hast du sie aufgehoben?« fragte ich ihn. »Was hat er noch gesagt?« – »Ich habe sie gleich wieder gelöscht, sehr viel mehr war es auch nicht gewesen.«

Daß das Aus immer noch nicht wirklich aus ist! Immer gibt es noch etwas, das uns weiterschleppen läßt. Andreas hatte von einer Sommerreise mit mir gesprochen. New Nork oder die Insel. Ich hatte »Ja« gesagt. Was sollte ich nun machen? »Nein« sagen oder warten und hoffen? Ich wartete, setzte bei jedem Telefonklingeln zum Herzinfarkt an. Ich hatte mir eine Satzfolge zurechtgelegt, sie jeden Tag mehrere Male aufgesagt. Kaum schrillte das Telefon, stoben mir die Sätze auseinander. Ich atmete jedesmal auf, wenn es nicht Andreas war. Nach Wochen schrieb er einen Brief. Die Reise mit mir komme für ihn nicht mehr in Frage, aber die Waschmaschine wollte er, wie versprochen, als Einzugsgeschenk für meine neue Wohnung mir noch kaufen. »Waschmaschine! Es wird Zeit, daß er sich selber eine kauft für eine eigene Wohnung!« Ich knallte ihm meine auswendig gelernten Sätze schriftlich hin: »Ich will unsere Beziehung abbrechen. Ich will Dich nicht mehr sehen. Ich melde mich erst wieder, wenn ich einen neuen Freund gefunden habe. Ich kann Deine Art, mit mir und anderen umzugehen, nicht mehr ertragen.« Aus, aus, aus. Gut. Leben ist gut. Tod ist nicht so gut. Das Schlechteste ist das Dazwischen, das Schweben und Absterben.

Nach dem »Aus«-Brief fühlte ich mich kurz wohl. »Endlich bin ich nicht mehr ›Tante Warte auf dem Hoffnungsast‹.« Doch so, wie ich mich von Andreas saubermachen wollte, ging das nicht. Jede Woche rief mich ein Freund an und erwähnte ihn. Ich war zwei Tage danach schlecht gestimmt. Mitten im Gespräch hatte der Freund über Andreas einen Halbsatz fallenlassen, der mich wieder in das alte Dazwischen klemmte. Jemand hatte ihn zwei Abende hintereinander bei einer eindeutigen Parkstelle gesehen. Ein anderer Freund wußte, daß Andreas zur Zeit von drei Liebhabern umringt sei.

Ich nahm mir vor, die Reise auf die Insel, zu der er mich eingeladen und wieder ausgeladen hatte, allein zu machen. »Soll er nach Ungarn, Griechenland und New York reisen, mit wem er will! Ich brauch' ihn nicht! Ich geh' auf meine eigene Insel!« Plötzlich neuer Schrecken: Ich erfuhr von einem Freund, daß Andreas auf dieselbe Insel wollte, zu der ich wollte, zu der wir vorher gemeinsam gewollt hatten. »Zur selben Zeit an denselben Ort wie ich? Soll ich die Buchung zurücknehmen? Wieso?! Ich reise, wohin und wann *ich* will, und lasse mich von niemandem in meinen Plänen durcheinanderbringen!« Der Freund gab mir alsbald eine neue Kunde: Andreas ließe mir ausrichten, er reise nicht auf die Insel, wenn ich dorthin reise. Auch diese Nachricht stach: »Nun haßt er mich schon so, daß er mir nicht mehr begegnen will!«

»Wann ist das Aus aus? Wie mache ich aus einem Aus wirklich ein Aus? Das Aus ist nicht heute oder morgen, gilt nicht von einem festgesetzten Tag an. Wenn es doch in einer fernen, bestimmbaren Zukunft läge, am dritten achten übernächsten Jahres! Dann könnte ich mich vorbereiten, mich auf das Ende einrichten und es meiner Seele setzen. Das Ende einer Beziehung immer wieder aufzuheben ist viel schmerzhafter als das Ende selbst.«

Ich versuchte, das Aus endgültig zu machen. Der Riegel »Abschiedsbrief« vor die Tür zwischen Andreas und mir war noch nicht genug. Ich bat unsere Freunde, mir von ihm nichts mehr zu erzählen, seinen Namen in meiner Gegenwart nicht auszusprechen. Endlich war geschehen, wozu viele mir geraten hatten: »Du mußt ihn rausschmeißen, total!« Nicht nur die Eltern, auch die elternähnlichen Partner müssen vielleicht für tot erklärt werden.

Als Andreas von mir so weit entfernt war wie nie zuvor, tauchte er in meinem Innern auf und rückte mir näher, als er es je gewesen war. Mein Ruf: »Ich will eine Mutterbindung haben« war erhört worden. Ich hatte mich auf die Suche nach einem neuen Mann gemacht und bemerkt, daß ich unfähig war, mich auf einen anderen Menschen einzulassen. Ich war gebunden, nicht an die originale Mutter, sondern an ihre Kopie. Alle Anzeichen der Gebundenheit kamen bei mir zum Vorschein. Ich konnte nicht in Ruhe bei mir sein, nicht geraden Weges meinen Dingen nachgehen. Und ich konnte nicht mit einem Menschen zusammenleben, um mit ihm gemeinsam Erfahrungen zu machen. Es riß mich dranghaft Tag und Nacht auf die Straße, wahllos Kontakte zu Männern zu suchen.

Ohne diesem Drang nachzugeben, konnte ich nicht schlafen und nicht arbeiten. Zwei neue Männer kamen in meine Nähe, machten mir Beziehungsangebote. Beide hatten mich gereizt. Doch ich stoppte unseren Umgang vor leiblichen Übereinkünften, benahm mich wie eine uneinnehmbare Festung. Ich hielt mir die Männer in der Distanz einer sogenannten guten Freundschaft. Wenn auf der Straße oder in der Bahn zwischen einem Mann und mir sich Blicke festmachten, war mir das schon zu viel Persönliches. Ich konnte nur noch die Beliebigkeit der auswechselbaren Nachtgestalten ertragen. Mit meiner Andreas-Bindung fühlte ich mich in den Fremdgefilden nicht mehr fremd.

Meine Unfähigkeit zu einer neuen Beziehung war wohl eine Fessel. Mein körperlicher Umgang mit Männern befreite mich jedoch aus meiner Lähmung. Von meinen zwei Gefühlen, die sich in London abgewechselt hatten, war die Sorge verscheucht worden, die Lähmung war bis zu Andreas' Abschied geblieben. Die wieder aufgewärmte Leiblichkeit zwischen uns während seines Besuchs in meiner Wohnung hatte mich von neuem erstarren lassen. Ich lag abermals in den Nächten schlaflos mit aufgerissenen Augen und dachte: »Jetzt!! Drei Liebhaber und noch Fremde in den Parks und der Peter, mit dem es so erotisch war. Da hört das ›Jetzt‹ ja nie mehr auf!«

Wut kam in mir hoch. »Ich habe selber Beine! Im Kinderbettchen liege ich nicht mehr, sondern in einem großen, breiten Bett in einem eigenen Schlafzimmer in einer eigenen Wohnung. Von dort muß ich auf niemanden hinschauen, muß von niemandem etwas hören. Niemand stört mich. Also los! Steh auf! Du kannst gehen, du bist nicht gelähmt!« Ich tat es.

Der einfachste Erfolg meines Michherumreichens: Nach einem geglückten »Hoppehoppe« schlief ich wie ein geernteter Sack Kartoffeln. Kein Gedanke an Andreas raubte mir den Schlaf.

Ich erlebte noch mehr Befreiendes. Endlich lernte ich Andreas richtig kennen, seine Praxis zu schätzen. Ich begegnete fast nur verheirateten Männern, die sich eine Kurzweil mit einem Fremden leisteten, um ihre Langeweile mit ihrem Freund oder ihrer Frau für ein paar Stunden zu unterbrechen. Sie waren mit ihren Freunden oder Frauen glücklich. Die Zwischenspiele festigten den häuslichen Frieden. Einmal zerrte im Park ein Mann mich von einem Versteck in ein nächstes und zischte: »Paß auf, da kommt mein Freund! Beeil dich! Er soll mich nicht sehen!« Vor Männern Angst zu haben war überflüssig. Schnell mochte mich einer. Wenn einer mich nicht mochte, den ich mochte, entschuldigte er sich so freundlich, daß ich keinen Grund hatte, mich gelähmt zu fühlen. Die Männer waren achtbar leidenschaftlich, entzündeten sich an mir. Anfangs drehte ich mich noch öfter um, weil ich dachte, sie meinten jemand anderen als mich, der ich vor ihnen, an ihnen stand. Nein, ich war es, der sie zum Äußersten reizte, der ihnen das Höchste hervorlockte. Sie liebkosten mich, drückten mich an sich heran, schlossen meinen Körper in ihren Armen ein, spielten mit mir, hoben mich hoch, verschwendeten sich. Manch einer wollte mit mir hinterher ein Bier trinken oder mich am nächsten Tag wiedersehen. Ich war berauscht. Die Mannentfachung galt wirklich mir, meiner anfaßbaren, schönen, für sie fremden Form, der ich mein Leben lang mißtraut hatte. Das Männerleibtreffen war keine Unterwelt mehr, sondern war Welt, meine Welt, es wurde Heimat für mich. In den Mann-Frau-Breitengraden gibt es nichts Vergleichbares. Wenn ein Mann von seiner Frau verlassen wird, muß er in die Kneipe gehen. Ein Schlag auf die Schulter von einem dort trinkenden Mann – das ist alles, was er an tröstender Zärtlichkeit erhoffen darf. Lust muß er sich kaufen, oder er kann eine neue Frau an sich heranlassen. Das erste tröstet nicht echt. Das zweite ist nach einer Trennung nicht sofort möglich. Nur die anderen Männer haben ihre ganz andere Umgangsform, von der so leicht auch kein Mann ausgeschlossen ist. Die Sauna und der Park lassen Alter und Aussehen nicht deutlich werden. Daß ich, weil ich ein Mann bin, an bestimmten Orten zärtliche Zuwendung erhalte, wurde mir als ein Glück gewahr. Es gibt die Orte in allen Ländern der Erde. Ich muß sie nur finden. Sie zu suchen hat mir in keiner Stadt große Schwierigkeiten gemacht. Mir wurde bewußt, welche Chancen im Anderssein liegen. Ich war stolz auf den Reichtum an Berührungsmöglichkeiten, den wir einander vergönnen. In den Nächten der Entgrenzung wird ein Rest alter Gruppengemeinschaft bewahrt, der der Mann-

Frau-Welt verlorengegangen ist. Der Schlag auf die Schulter hätte meinen Kummer nicht abgefangen. Und wäre ich Frau, hätte ich nach dem Verlassenwerden nur meine Kinder gehabt und ... meine Mutter!

Der nächtliche Kranz tröstete mich nicht nur, er hob auch meine Rollenfestlegung auf. Ich entmachtete Andreas, indem ich mich verhielt wie er. Ich ließ meine Mitte kreisen. Ich wollte nicht so sehr eigene Lust haben, sondern Zeuge sein von fremder Lust, die sich an mir, zu mir, für mich ereignet. Gefäß sein für Aktion – dabei tippt der Mann an die Frau an, an das, was die Frau jahrhundertelang sein sollte: Bereitschaft für den Mann, Befriedigung seines Begehrens. Noch heute dürfen Frauen die Männer nicht selbst begehren, sondern nur das Begehren der Männer bewilligen. Begehren sie einen Mann direkt, kommt er in Schwierigkeiten. Sich schön machen, sinnlich erweisen, nicht als Mittel, um zu erobern, sondern als Selbstzweck – das ist für Männer eine Neuheit. Ein zugeworfener Blick und ein Angeschäkertwerden verwirrten mich nicht mehr, wenn ich auch in der Nähe eines unerbittlich gezückten Mannes noch manchmal mit meinem Totstellreflex reagierte. Die lockere Mitte half mir weiter. Ich war selbst nun die begehrte Mutter, in die die Vater-Überheblichkeiten drangen. Einmalige Situation des Mannes, mit seinem Körper die gesellschaftliche Mann-Frau-Verteilung aufzuheben! Und ich hatte Andreas heiraten müssen! Das bedeutete nur, ihn und mich festzulegen, wo alle Welt unter der Festlegung ächzte. Welche Möglichkeiten vertat ich mit Andreas: Dauer und Moment zu verbinden, den Umgang mit einem und die Berührung von vielen zu mischen, Begehren und Begehrtwerden abwechseln zu lassen, Stab und Schoß zu vertauschen!

Ich las in dem Buch »coming out« von Martin Siems: Jede körperliche Befriedigung nur in einer Beziehung erleben zu wollen, zeuge von der Verachtung gegenüber dem eigenen Anderssein. »Andreas, was habe ich dir angetan, dir die Liebe in der Ehe ausgepreßt, die Mann-Frau-Daumenschraube angelegt, und warst mir dabei eingegangen! Du wolltest dich immer für mich frisch machen. Wie oft sagtest du nach einem Fremdrundgang, du liebtest nur mich, und wie! Aber ich wollte Käfigliebe!«

Die Zweierbeziehung verklammert Menschen so, daß sie allmählich kraftlos werden. Sie haben sich aneinander festgesogen. Einer saugt dem anderen alles aus, was nutzlos ist, weil der andere es gleich wieder zurücksaugt. Liebende sind wie aufeinandergepreßte Münder ohne Nasen, beatmen sich mit ihrer ausgestoßenen Luft, die immer schlechter wird.

Die Zeit meiner Sommerreise rückte heran. Die Eine-Nacht-Liebhaber hatten mich wieder aufgeforstet. Andreas war an meinem Lebenshorizont fast untergegangen. Ich träumte von einem neuen, lieben, viel schöneren Andreas, von einem treuen und einem erwachsenen, mit dem alles ganz anders werden würde! Ich hoffte, ihn im ersten richtigen Urlaub meines Lebens kennenzulernen. Als Student hatte ich in den Ferien gearbeitet. Zur Erholung war ich bei Verwandten zu Besuch gewesen. Urlaub – drei bis vier Wochen in einen Ort zu fahren, in dem ich nichts tue – kannte ich bisher nicht. Ein Schreiber braucht das auch nicht, da er sich öfters kleine Pausen zwischen seine Arbeiten legen kann. Reisen hieß für mich Arbeit, bedeutete, an anderen Orten als meinem Wohnort Lesungen zu veranstalten und Vorträge zu halten. Nun wollte ich meiner abgehalfterten Seele etwas Gutes tun und hatte mich für drei Wochen auf einer Insel dicht am Strand in einem Pensionshäuschen eingemietet.

Ich schlief die erste Nacht gut, stapfte am zweiten Tag am rollenden, brausenden Meer entlang. Es gab auf der Insel auch einige Stellen für Männerfreuden. Deswegen hatte ich sie mir ausgesucht. An einen der Plätze ging ich gleich hin, sagte einem Mann oben und unten »Guten Tag« und saß danach vergnügt allein am Tisch in einem Café, dehnte meinen Brustkorb in den weitenden Gedanken, wo wohl Andreas jetzt sei, in einem fernen, mir unbekannten Land, wohin meine Phantasien sich nicht mehr nachziehen ließen. Ein fremder Finger streichelte meinen Nacken. Schrecklos drehte ich mich um. Ein Mann stand da und noch ein Mann, ein mit mir befreundetes Paar, das vorgestern auch auf der Insel eingetroffen war. Wir tauschten einige zeitfüllende Ausrufe. Mitten in unsere »Ach!«, »Ja!«, »Nein!« »Wie!«, »Was!« sagte einer der Männer: »Andreas ist auch hier!« Wenn er mich mit einem Messer verwundet hätte, wäre es leichter für mich gewesen, denn ich hätte aufschreien können. Bei dieser Nachricht wußte mein Gesicht nicht, wohin. Es wollte gleichzeitig in Überraschung, Schrecken, Schmerz und Empörung ausbrechen. Ich versuchte, ein »Also doch!« aus meinem Mund herauszubekommen, und drängte weg von den Freunden. Der Satz: »Andreas ist auch hier« hatte sich wie eine üble Flüssigkeit in mich ergossen und füllte von unten meinen Körper, stieg und stieg, bis mein letztes Teilchen sich damit vollgesogen hatte. Ich bemerkte das nicht sogleich, versuchte, frech zu denken: »Na und? Die Insel ist groß! Ich gehe morgen in eine andere Richtung.« Vor dem Einschlafen erinnerte ich mich noch an meine Frechheiten mit dem fremden Mann am Morgen, legte vorsorglich Hand an mich, um nicht an Andreas denken zu müssen, schlief ein und wachte bald auf, schlief nicht wieder ein, sondern lauerte, denn langsam kam das große, dicke Gedankenraubtier Andreas auf mich zu: »Wo wohnt er? Warum ist er hier? Mit wem ist er zusammen? Das kann ja doch nur wieder Belangloses sein, so eine Lokal-, Hotel-, Strandschnelligkeit. Was macht er jetzt? Was mache ich morgen? Werde ich ihn suchen? Erkundigt er sich, wo ich wohne? Wird es eine Versöhnung geben? Wie oft waren wir gemeinsam verreist. Es ist das siebente Meer, an dem wir zusammen sind, nun getrennt. Sieben ist die Zahl des Schöpferischen, der Sonntag des Gottes. Vielleicht wird noch alles gut.« Andreas hatte in seinen Briefen nach unserer Trennung immer und immer wieder geschrieben: »Ich weiß, es wird noch alles gut werden!« Dieses »Gutwerden« war das Eindrucksvollste für mich, um an ihm – Andreas – mit Hoffnungen festzuhalten.

Der nächste Tag lief halb gut an. Ich entwischte morgens den Grübeleien. Doch später dachte ich ununterbrochen dasselbe: »Was sage ich, wenn ich Andreas sehe, ihm begegne?« Ich lief wieder am Meer entlang, stierte auf den Sand und hob meinen Blick auf zu jedem mir Entgegenkommenden, ängstigte mich, in ihm Andreas zu erkennen. »Nein, doch nicht, diesmal noch nicht. Und wenn er nun mit einem neuen Freund am Meer entlanggeht, wie ich allein neben unserem siebenten Meer hergehe? Winke ich? Und wenn ja, wie mache ich das? Lächle ich? Rede ich? Bleibe ich stehen? Stehe ich länger oder kürzer? Werde ich rot, treibe ich Schweiß? Übe ich, die Backen auf- und zuzuplustern im Einerlei eines belanglosen ›Guten-Tag‹-Sagens? Schaue ich den Freund genau an, schaue ich freundlich? Erzähle ich von mir? Was soll ich erzählen? Es gibt nichts zu erzählen, außer von Andreas. Ich kann doch nicht Andreas von Andreas erzählen! Ich habe nichts Neues, Nettes, Fremdes, niemanden, mit dem ich hier entlanggehen könnte. Verflucht! Ich bin hergefahren, um mir jemanden zu holen! Und es fing auch alles gut an. Mir wurde nachgeschaut. Und gestern ging es gleich los. Da schiebt sich dieser Andreas mir wieder vor!«

Die zweite Nacht war nicht mehr zu ertragen. Zum lächelnden Handanlegen hatte ich keine Kraft. Die Möglichkeit zu schlafen konnte ich vergessen. Stück um Stück wurde ich von den Andreas-Gedanken verschlungen. Kein Raubtier ist so grausam und frißt seine Beute von unten herauf und tut es langsam und unterbricht das Fressen immerzu. Ich rutschte, mich selbst auflösend, zeitlupenstockend in den Schlund meiner eigenen Vorstellungen hinein.

Am Morgen erzürnte ich mich. »Was ist wieder los?! Ich weiche aus, ich hoffe, ich zage! Das will ich nicht mehr. Ich bin hier, und ich lasse mir mein Freiwerden von dieser Sexualhyäne – fabelhaftes Fremdwort, das ihn einschüchtern wird! – nicht mehr unterbrechen. Verschleißt Leiber noch und noch, weicht allem Sichverändern aus. Ich weiche jetzt nicht mehr vor ihm zurück. Heute gehe ich wieder an die Stelle, und wenn er mit fünf Neuen da ist und es schon fünfzigmal getrieben hat, das läßt mich kalt!«

Die Sonne hatte begonnen, mich braun zu rösten. Das nützte mir nichts. Unter dem Braun war ich vor Schwäche grün. An dem Ort der Frechheit standhaft zu sein – dafür war ich zu schwach. Also nur liegen und schauen und lesen. Die Liegenden, Schauenden, Lesenden waren niedlich und lächelten mich zwischen ihrem Lesen im Liegen beim Schauen an. »Morgen, ihr Lieben, morgen, wenn der Alptraum Andreas vorüber ist, dann können wir schnuppern und Spiele machen!«

Es war drei Uhr, als ich daran dachte, etwas Eßbares einzunehmen. Ich ging zu dem Café von vorgestern, gedämpft trottend im Nichtdenken.

Ich will von oben über ein Treppchen auf die Terrasse hinuntersteigen und schaue nach rechts. Dort sind noch Plätze frei. Ich denke: »Geh auf sie zu! Nicht doch . . .!« denke ich kräftiger. »Tu nicht, wozu es dich drängt! Nicht in die Mitte schauen, bitte! Nein, auf keinen Fall den Kopf nach links drehen . . .!« Stehe ich da eine Stunde in dem Entschluß, den Blick auch einmal nach links zu wenden? Ich wende ihn schließlich doch und sehe das befreundete Paar, das mir vorgestern begegnet war, an einem Tisch, erst den einen und dann den anderen Mann, sehe ihre nicht eindeutig frohen Mienen, ihre flackernden Augen verschreckt auf mich gerichtet, und sehe ihre Köpfe sich nach unten senken. »Was, nach unten? Warum kein mir entgegenrufendes ›Hallo‹?« Sie sitzen inmitten vieler Männer auf dazugestellten Stühlen an einem viel zu kleinen Tisch für die vielen. Und nun geht es nicht anders, ich drehe meinen Kopf noch weiter nach links: Andreas!

Ich möchte hier abbrechen, so wie ich dort, auf der Treppe stehend, mit stockendem Körper und nach links gewendetem Kopf, abbrechen, und nur noch stehen und stocken und starren und alles enden lassen wollte mit dem Namen »Andreas«, tausendmal wiederholt, bis ich gestorben war.

Das Leben hat Erfahrung im Weitermachen. Es ließ mich die kleine Treppe hinuntergehen, erlaubte mir nicht, zurückzulaufen und zu verschwinden nach dem Blick der Freunde und meinem Auge auf Andreas, der, als ich ihn sah, eine Hand vors Gesicht genommen hatte.

Schon mehrmals haben mir Menschen nach gebrochenen Beziehungen davon erzählt, wie sie einen ehemaligen Liebsten wiedersahen und doch nicht sahen. »Er hat weggesehen.« »Sie hat mich übersehen.« »Ich habe ihn nicht gesehen.« »Ich habe durch ihn hindurchgesehen.« »Ich habe an ihr vorbeigesehen.« Einander sehen ist das Schönste am Miteinander. Das alte Wort »erkennen« bedeutet in der Bibelsprache »lieben«, sich vereinigen, ineinander ruhen. Sich nicht mehr zu kennen – das ist der Verwesungsgestank totgemachter Liebe. Ich hatte es nie für möglich gehalten, daß ich von der Höhe der menschlichen Empfindung »Erkennen« in den Abgrund des Nichtkennens stürzen könnte.

Ich gehe langsam von der Treppe den Gang zur Terrasse. »Kenne ich ihn oder nicht?« Es ist der unangenehmste Augenblick meines Lebens. Mein letzter Brief an Andreas kommt mir hoch: »Ich will Dich nicht mehr sehen.« Das hat er mir nun heimgezahlt: Da schau mal, was du machst, wenn du mich siehst! Aber der Brief mußte sein. Ich wollte mich nicht mehr quälen, mich nicht mehr quälen lassen. Und nun bin ich in das Ärgste gerutscht, das sich denken läßt. ». . . nicht mehr sehen« – das war geschrieben. Doch Mensch vor Mensch ist etwas anderes als Worte auf Papier. Und soll ich denn auch die Freunde nicht kennen, die verstummt und gedrückt meines Kommens harren? Gute Tage und durchfeierte Nächte hatten Andreas und ich mit ihnen verbracht. Wir hatten sie gemeinsam kennengelernt, oft besucht, hatten uns an der Klippe von Andreas' und des einen der beiden Leichtigkeit, auf anderer Leute Glieder zu springen, vorbeigeschifft. Keiner war gesprungen, niemand gekränkt worden. Die zusammengebliebenen Freunde hatten es schwer genug, mit dem getrennten Paar Volker und Andreas umzugehen. »Die Freunde, die Freunde . . .!« Magnetisch zieht mich der eine an. Ich reiche ihm die Hand, nenne ihn beim Namen. So förmlich hatten wir uns vorgestern nicht begrüßt. Daneben sitzt der andere, ich gebe ihm die Hand und nenne auch ihn beim Namen, dränge mich weiter um den Tisch herum, und da ist schon Andreas an der Reihe. Wie gewichtsbehangen strecke ich meine Hand mühsam und langsam der Hand von Andreas entgegen. Ich murmele seinen Namen. Ich höre ein heiser langgezogenes, ins Flüstern sich verflüchtigendes »Tag«. Ich bin im letzten Akt eines langen Folterschauspiels. Anschauen kann ich Andreas nicht. Ich kenne ihn zwar noch, aber sehe ihm nicht in die Augen. Das wäre auch nicht möglich, denn er behält während der ganzen Zeit, in der ich ihn sehe, seine linke Hand vorm Gesicht. Ich schaue auf den neben ihm sitzenden Mann und denke: »Das Übliche! Wieder nicht die Erfüllung seiner Wünsche! Wieder ein mir ähnlicher Mann mit einem Gesicht wie Zunge zum Fenster und kaum Haare auf dem Kopf, na ja, wohl noch mehr Vater, als ich es mit meinem kurzgeschorenen Schädel signalisieren konnte.«

Ich komme nicht weiter. Denn Andreas' Galan und den dabeisitzenden Fremden die Hand zu geben geht nicht. Andreas stellt mich nicht vor, bleibt sitzen, schaut nach unten und schweigt, und keiner der Fremden schaut mich an oder gibt mir die Hand. Ein freier Platz am Tisch ist auch nicht da. Das ist hilfreich, denn für noch mehr Folterungen habe ich keine Kraft. Einen Moment stehe ich zögernd neben Andreas. Da erhebt sich einer der Freunde und sagt: »Ich wollte mir schon lange Kuchen vom Büfett holen.« Er geht in das Café. Ich gehe ihm nach, bleibe einen Augenblick in dem Raum stehen, gehe dann wieder hinaus und setze mich an einen der leeren Tische auf der rechten Hälfte der Terrasse. Ich sitze mit dem Rücken zu Andreas und seinem Männertisch und zittere, bestelle mir etwas zu essen und zu trinken, esse, trinke zitternd, kann nichts denken, schlage das mitgenommene Buch auf und zu, wieder auf, tu so, als ob ich lese. Die Zeilen kreuzen sich. Die Wörter geben ihren Sinn nicht her. Da geht Andreas an mir vorbei. Zwei seiner Fremden folgen ihm. Ich fühle sein Kommen, wende den Kopf um und sehe seinen Rücken schwungvoll die Treppe hinaufsteigen. Er ist weiß gekleidet, hat eine kurze Hose an, die ehemals meine war, dazu ein kurzärmliges altes Hemd von mir. Es hatte eine Tasche auf der Brust, die ich abgetrennt habe, weil ich Taschen auf der Brust nicht leiden kann. An einer Stelle hatte ich beim Trennen in den Stoff geschnitten. Andreas liebte das Hemd trotzdem. Mir waren die Sachen zu eng geworden. Er hatte sie als seine Sommertracht gewählt. Sie waren auch ihm eng, aber nicht zu eng. Er lockte mit ihnen. Es war mir unmöglich gewesen, ihn nicht zu berühren, verstohlen zu streicheln, wenn er sie anhatte. »Sommertracht zum Anfassen, nun wieder für die Allgemeinheit.«

Wie er an mir vorbeigeht, mit langen Locken – »Die Haare also läßt er sich wieder stehen!« –, als verschwindender Rücken, Haut in Weiß, da denke ich: »Das war Andreas! Der Rest ist Wurstpelle!«

An mir vorbei! Hätte er mich gekannt, wenn ich dagesessen und er gekommen wäre? An mir vorbei! Und früher war er nicht zu bremsen gewesen, an mich heranzukommen, mir nah zu sein, hatte mir beim Spazierengehen einen Finger in die Hand gesteckt, mal einen kleinen, mal einen großen, je nachdem, wieviel Lust er auf mich verspürte, zog ihn erst wieder heraus, wenn uns jemand entgegenkam, stieß unentwegt seine von ihm für mich erfundenen Namen aus, wie ein Entchen, das immerzu schnattern muß, um sich der Nähe der Mutter zu vergewissern. In jedem sich verdunkelnden Saal einer Abendveranstaltung schob er seine Hand unter meinen Schenkel, bis ich vom Schiefsitzen beinahe Gleichgewichtsstörungen bekam. Ich saß so gern schief, die unter mir pochende Andreas-Hand spürend. Und nun Andreas Wurstpelle!

Bald war es mit dem Spotten, Zürnen, Trauern zu Ende. In dieser Nacht trat ich mein Leben ab. Ein Mensch hatte einmal zu mir gesagt, wir könnten auch mitten im Leben sterben. Ich verstand nun, was er meinte. Gegen Morgen suchte ich meine auseinandergefallenen Teile zusammen und begab mich zu den Freunden. Ich wollte eine Versöhnung mit Andreas erreichen. Die Freunde sollten helfen. Wir mußten unsere verschleppten Konflikte aufrollen. Ich nahm mir vor, keine Bedingungen zu stellen, alles anzunehmen und auszuhalten, was durch ein neues Zusammenleben mit Andreas auf mich zukommen würde. »Was mache ich, wenn Andreas nicht mit mir reden will?«

Die Freunde sagten: »Andreas ist eben abgereist. Sein Zug ging um neun Uhr fünfzehn. Er hat sich gestern von uns verabschiedet. Er will nach Ungarn.« Die locker hingesprochenen Sätze wurden für mich zu einer Grenze, gegen die ich stieß. »Abgereist! Neun Uhr fünfzehn. Jetzt ist es neun Uhr dreißig. Nach Ungarn, Ungarn, Ungarn . . .!« Noch drei Nachrichten von Andreas hatten die Freunde für mich. Sie waren vor ein paar Wochen bei ihm zu Besuch gewesen. Da hatte er gesagt, er habe sich durch mich eingeengt gefühlt, jetzt fühle er sich frei, er mache nun Erfahrungen, die neu für ihn seien, und eine Wahrsagerin habe ihm prophezeit, daß er im Herbst einen »neuen Partner« haben werde.

Ich hatte gehofft, in den Nachrichten von Andreas ein wenig Trauer zu finden, ein ganz klein wenig Betroffenheit vom Ende der Geschichte zwischen ihm und mir und ein Fünkchen Zukunft. Nein, nein, das Fundament der Nachricht war: »durch mich eingeengt»; der Sockel: »befreit« nach der Trennung von mir; die Länge der Nachrichtensäule: »neue Erfahrungen«; und die Spitze: »neuer Partner im Herbst«.

An dieser steinernen Ablehnung konnte ich zerschellen, oder ich konnte etwas anderes machen, ich konnte weggehen, weit, und nie mehr zurückkommen. »Solche Säulen sind keine Magnete, und ich bin nicht aus Eisen. Sie sind keine Klippen, und ich bin kein Schiff. Sie sind deutlich sichtbar. An sie zu prallen ist überflüssig. Nur in der Dunkelheit meines Festgelegtseins auf Ablehnung laufe ich gegen sie, hole mir eine schwere Verletzung, aber muß ich daran zerschellen?«

Ich ging von den Freunden weg. Und ich ging von Andreas weg. Ich glaubte es selbst kaum. Andreas würde es nicht glauben, niemand, der die Geschichte kannte, würde es mir abnehmen, und doch tat ich es, langsam, Millimeter für Millimeter. Ich ging weg aus der Hölle Nähe und Ablehnung. »Ich prangere das Verbrechen an, Nähe mit Ablehnung zu verbinden. Andreas hat es wieder an mir begangen. Er ist auf die Insel gekommen, obwohl er wußte, daß auch ich dasein würde. Er hat mich vorher wissen lassen, er reise nicht dorthin. Dadurch lockte er mich an. Er wohnte in der Nähe von mir und hatte seine Lust, alle Tage und Nächte, während ich mich quälte. Er wußte das.«

Ablehnung, verbunden mit Entfernung, wäre kein Verbrechen. Andreas hatte mir angetan, was unsere Mütter uns antun. Sie mischen in die Wonne der Nähe das Gift der Ablehnung. Der Mensch entsteht aus Nähe, in der geschlechtlichen Vereinigung. Er wächst heran in der Mutterleibsgeborgenheit und gedeiht nach der Geburt durch Zuwendung. Unsere Mütter empfangen uns, doch ohne Lust. Sie lieben das Empfangen nicht. Unsere Mütter tragen uns aus, aber wollen uns oftmals abtreiben, sie lehnen die gewordene Frucht in ihrem Bauch ab. Unsere Mütter haben Wehen, sie geben uns jedoch nicht her in konzentrierten, zügigen Geburten. Unsere Mütter gebären uns, aber sie säugen uns nicht oder nicht gern und nur kurze Zeit. Unsere Mütter ziehen uns auf, herzen uns nicht oder zu wenig. Alles das tun sie, weil sie entmachtet und entselbstet wurden. Wir Kinder müssen es ausbaden. Wenn wir uns nicht von unseren Müttern und von den Geliebten trennen, die uns Nähe und

Ablehnung zugemutet haben, lehnen wir uns selbst und die Welt ab. Die Männer lehnen die Erde ab, der sie nahe sind. Die Frauen lehnen ihre Kinder und ihre Männer ab.

Während meiner Inselwochen ging ich am Meer auf und ab und schüttete Wasser zu Wasser. »Das Meer braucht eigentlich kein Salz mehr.« Ich trauerte nicht nur um den Verlust meines Geliebten, sondern der Abschied von der Lust-Schmerz-Verbindung Nähe und Ablehnung wurde mir auch schwer. Ich schaute mir die Urlaubsmenschen, die mir entgegenkamen, genau an. Alle erschienen mir vom Trennen noch verwundet oder schon vernarbt, waren Hälftenkrüppel. Andreas und ich konnten den Weg der unaufhaltbaren Entfernung voneinander gehen. Aber wie können sich Frauen und Männer richtig trennen, wenn sie über ihre Kinder weiter miteinander verbunden bleiben? Durch ihre Kinder müssen ehemalige Liebende immer wieder voneinander hören, müssen sich sehen. Und aus den Kinderaugen schauen ihnen die sie ablehnenden früheren Geliebten entgegen. Dafür werden nun die Kinder abgelehnt. Abermals verbindet sich Nähe mit Ablehnung. Über den Namen des Mannes behält eine geschiedene Frau die Ablehnung ihr Leben lang am Leibe.

Die Mutter macht die Liebe kaputt. Am meisten Salz beförderte ich ins Meer, wenn ich mir vorstellte, daß ich Andreas wirklich nie wiedersehen sollte. »Ich muß einen Menschen ablehnen, den ich nicht ablehnen will. Ich muß ihn ablehnen, nur weil er sich verhält, wie meine Mutter sich verhalten hat.« Ich zählte die Gründe auf, warum Andreas und ich nicht zusammenpaßten. Das half mir nicht weiter. In den Tagen der Gemeinsamkeit fanden wir genug Gründe dafür, warum wir übereinstimmten. Ich versuchte, mir auszumalen, wie ich später leben würde, nicht eingeschränkt durch einen mich ablehnenden Menschen. Das nützte nichts, denn meine Zukunftswünsche hatten sich auf das ununterbrochene Miteinander Andreas–Volker eingeschworen. Auch in meiner größten Verzweiflung über die Gegenwart ließ sich meine Hoffnung auf eine ferne Zukunft nicht auslöschen. Als ich mich noch einmal zu dem öffentlichen Kontaktplatz schleppte, kam ich an zwei weißhaarigen Männern vorbei, die aufeinanderlagen. Die Vorstellung, daß Andreas und ich eines Jahres so liegen könnten, hatte den Schmerz über seine Verletzungen ein paar Sekunden ausgeschaltet. Andreas und ich weißhaarig – dieser Gedanke hatte mir schon einige Male Erregung aufkommen lassen. »Wie gefährlich ist die Hoffnungslust! Andreas ist in Ungarn! Die Liebe findet jetzt statt und nicht später. Alles andere, das uns eingeredet wird, ist falsch. Ich schaffe es nur, wegzugehen, wenn ich mich weigere, die Nähe-Ablehnungs-Kombination fortzusetzen. In einer Nähe abgelehnt zu werden bedeutet, allmählich umgebracht zu werden.«

Andreas und meine Mutter sind Ablehnungstäter! Die Tatbestände haben viele Merkmale. Bei meiner Mutter: keine Gefühle ausdrücken können, sich nicht in mich hineinversetzen, das kleine Kind immer wieder verlassen, vom Vater besetzt sein, an die Eltern gebunden sein, nicht bemerken, was mit mir los ist, was in mir vorgeht, nicht für mich handeln. Bei Andreas: Gefühle hervorrufen und nicht erwidern, eine gemeinsame Zukunft planen und sich nicht danach verhalten, mich nicht beschenken, meine Begierde entfachen und mich nicht wiederbegehren, mit mir zusammenleben, aber Begierde auf andere richten, Lust auf andere bei mir abreagieren, Haß auf andere an mir auslassen, mit mir leben und doch von mir wegstreben, mich verlassen und wieder anlocken, mir Hoffnung machen und mich zurückstoßen.

Mit schwerer Not verabschiede ich mich von der Mangelliebe, von meiner Festlegung auf Verlust. Deutlich sehe ich meine Entbehrungsbeziehungen vor mir: Ich strömte Gefühle aus, ich handelte, ich war glücklich beim Zusammensein. Das Höchste, das mir die Mangelmutter gab, war Bei-ihr-sein-Dürfen. Ähnlich war es auch mit dem Mangelgeliebten: Die Wonne der Gegenwart war der Lohn für alles. Ich achtete nicht darauf, ob seine Gefühle zu mir strömten, noch weniger, ob er mit Taten meine Taten erwiderte.

Mangelliebe, Entbehrungsbeziehung – scheußliche Wörter dekken scheußliche Zustände auf, die ich begehre und erdulde, von denen zu trennen mich fast tötet, weil ich sie von klein auf erlebt habe und sich mein Verlangen nach Nähe an ihnen festgemacht hat. Wenn ich mich von ihnen nicht trenne, werde ich nie die Fülle kennenlernen. Nur die Ablehnung der Person, die mir den Mangel zugemutet hat, macht mich gegen neue Entbehrungsbeziehungen immun und bereit für Gegenseitigkeit.

3 Ich soll sterben. Die Geschichte läuft auf dieses Ende zu. Ich habe zwei Feinde, Andreas und mein Gefühl für ihn. Mein Überleben wird davon abhängen, ob ich den Zweifrontenkrieg gewinne.

Andreas hat sich mit dem Inselerlebnis als mein Gegner zu erkennen gegeben. Die Freunde erzählten mir, daß er eine Woche vor mir eingetroffen war. Angeblich habe er abreisen wollen, sobald ich angekommen sei. Er hatte mich schon an meinem ersten Tag gesehen, sich mir aber nicht gezeigt. Er war noch vier Tage geblieben, so lange, bis ich ihm begegnete. Warum tat er das? Warum ließ er nicht zu, daß ich mich von ihm entwöhnte, ihn allmählich vergaß? Ich war ihm nicht gleichgültig. Er hatte die für mich peinigende Konfrontation inszeniert. Sie war eine Strafe. Die Freunde bestätigten, daß der Mann, den ich neben ihm gesehen hatte, sein Inselliebhaber gewesen war. Verwirrend – Andreas setzt mir immer wieder Männer vor, die mir ähneln. Der erste Wohnungsfreund, der zweite Wohnungsfreund, der Inselliebhaber. Und zwei seiner Verehrer in seiner Stadt waren ebenfalls blond, wie mir hinterbracht wurde. Für die Dauer, auch eine kurze, wählte er also mutterähnliche Männer. Keiner blieb. Andreas ist eine Turandot. Alle Bewerber schafft er sich vom Leibe. Verstoßen wird, wer das Rätsel, das er aufgibt, nicht löst. Ich hatte bei meinen Anstrengungen um die Erkenntnis der Situationen, die mir Schwierigkeiten machten, gefühlt, daß ich den Kern seiner Wahrheit nicht traf. Andreas will erlöst, gerettet, erkannt werden. Das Komplizierte seiner Geschichte: Der Unerlöste selbst verwandelt sein Leben in ein Rätsel, das kein Prinz mehr durchschauen kann.

Ich versuchte, Andreas die Waffen gegen mich zu rauben, indem ich mich an die Lösung seines Rätsels heranwagte. Der Einstieg in ein Rätsel beginnt damit, nicht den Weg einzuschlagen, auf den das Rätsel weist, am besten den entgegengesetzten zu nehmen. Prousts Hinweis auf die Wirklichkeit, in der alles immer auch anders sei, ist mir unangenehm, weil ich gern etwas im Sosein festmachen möchte. Ich kann vielleicht dem Rätsel näherkommen, wenn ich zugebe, daß einiges im Leben, besonders im Liebesleben, auch anders ist, als es zu sein scheint.

Ein alter Freund von Andreas gab mir eines Tages einen Wink. Vor zehn Jahren hatte er sich in ihn verliebt. Die beiden waren Studenten und hatten es ein paarmal miteinander versucht, als Andreas den Freund vor den Kopf stieß, er begehre ursprünglich blonde Männer. Kurz darauf machte er mit einem Schweden den Bemühungen des Freundes den Garaus. Der Freund hatte so ausgesehen, wie Andreas mir seine Idealtypen immer beschrieben hatte, etwas schwellend, dunkelhaarig und glutäugig.

Zwei Erkenntnisse brachten mich der Lösung des Rätsels näher: Andreas peinigte seine Liebhaber, wie er wollte. Jedem gegenüber behauptete er eine Gesetzmäßigkeit seines Trieblebens, die ihn für den jeweiligen Freund alsbald unerreichbar werden ließ. Und sosehr er angeblich dunkle Männer begehrte, dauerhaft zusammensein konnte er bisher nur mit blonden.

Mein größtes Vergehen war, Andreas nicht von seiner Mutter abgetrennt zu haben. Diese Trennung ist der Punkt aller Erlösung. Das Mißlingen konnte nur daran gelegen haben, daß die Stelle, an der die siamesischen Zwillinge Mutter und Sohn verwachsen waren und an der ich herumoperiert hatte, nicht die richtige war. Andreas hatte mich auf eine falsche Fährte gelockt. Geschlechtlich verwachsen ist er mit seiner Mutter – das hat er in allem Hin und Her seines Lebens bewiesen –, aber er ist es anders, als er es selbst behauptet. Nicht sein Stab ist in seiner Mutter festgewachsen, sondern ihr Stab steckt in seinem Ring. Er ist nicht der Mann seiner Frau Mutter, sondern die Frau seines *Herrn* Mutter.

Die Verwicklung begann mit Herrn Andreas senior, der als mutteridentifizierter Sohn die Frau von Frau Andreas wurde. Er war die Mutter der Kinder, die ihm Frau Andreas gebar, ging mit ihnen um, während sie das Geschäft besorgte. Sie hatte in ihrem Mann eine Frau verloren und wollte sich in Andreas eine neue Frau heranziehen, verborgen im männlichen Körper des Sohnes und verschleiert hinter dem Namen ihres Gatten. Andreas hatte am Anfang unserer Beziehung etwas gesagt, das mir half, sein Rätsel zu erhellen: »Ich bin die frigide lesbische Schwester meiner Mutter.« Ich hatte an einen Witz gedacht, bis ich den Ernst erkannte, der sich dahinter verbarg. Der Satz enthielt drei Schlüssel: Ich bin an meine

Mutter über Lust gekettet, ich bin es nicht als Mann, sondern als Frau, und ich selbst bin dabei unbeteiligt.

Frau Andreas machte sich nichts aus Männern. Daß sie Frauen begehrte, wurde in ihrem Leben nur angedeutet. Sie ging süßlich mit ihren Lehrmädchen und Verkäuferinnen um. Die Stimmung im Geschäft unter den Frauen war locker, näher der Atmosphäre eines Freudenhauses als der Nüchternheit eines Ladens. Frau Andreas war einige Zeit emsig im Geschäftsfrauenverband tätig, reiste über Jahre hinweg mit den Frauen zu Tagungen, zu Besichtigungen und in die Ferien, bis sie den Kontakt zu dem Bund abbrach. Andreas behauptete, eine Frau wäre seiner Mutter nahe gekommen, das hätte sie nicht verkraftet. Einen zärtlichen Umgang hatte sie nur mit ihm und seiner Schwester. Mit den drei übrigen Söhnen verbanden sie Funktionen und Raufereien. Sie soll sich mit dem einen sogar geprügelt haben.

Es gibt Fotos zu einem Familienereignis, die mich schon am Anfang unserer Beziehung beeindruckt haben. Eines der älteren Geschwister heiratete. Andreas war sechzehn. Sein Reiz ist nicht zu ertragen. Aus einem – auf früheren Fotos – grienenden Jungen ist ein Zwitterwesen gesprossen, das lächelnd, die Augen niedergeschlagen, graziös dasitzt und den Betrachter mit seinem Blick aufprallen läßt. Ich kann mich beim Ansehen dieser Bilder nicht der Versuchung erwehren, an das blühende Geschöpf heranzukommen. Andreas ist Braut. Während dieser Feier ist ihm seine Mutter auf den Fersen. Auf den Fersen? Auf den Schenkeln! Auf? Ach, schlimmer, gleich kommt es heraus. Wer ist »seine Mutter«? Ein paffender Unternehmer! Ich will alles wagen! Sie ist ein Freier. Das, was Andreas immer wieder in die Irre treibt, Stricher eines Freiers sein zu wollen, wurde ihm von seiner Mutter eingerichtet. Als er in seiner Mädchenblüte lieben wollte – erste Liebe zu einem Mitschüler –, war er schon versiegelt, ist es bis zum heutigen Tag. Seine Mutter steckt in seinem kostbaren Liebesplatz. Dieses Stecken spielt Andreas mit seinen unübersehbaren Männern nach. Sein Verlangen ist nichts anderes als die wiederholte Aufstellung seines Rätsels. Wenn ihm nach einer Nacht am Morgen ein Neuer »auf die Nerven« ging, hieß das, daß der Freier wieder nicht den Nerv seiner Verwunschenheit getroffen hatte.

Wäre die seelische Verwachsung Mutter–Sohn nach dem Modell erfolgt, wie Andreas es behauptete, sein Stab in ihrer Mitte, hätte ich mit Frau Andreas nichts zu schaffen gehabt. Der Ort meines Begehrens wäre unbesetzt gewesen. Im störungsfreien Dreier hätte Andreas mit seiner Mutter und mit mir leben können. So etwas gibt es, Verhältnisse, in denen Eltern und Liebende einander nicht im Wege stehen. Doch von Anfang an rumorte ich gegen seine Mutter. Bei meinen Freundinnen hatte ich mich gegen die Väter gestellt. Als ich mit Andreas bei seiner Mutter leben wollte, ging ein Kampf zwischen ihr und mir los. Auch sie hätte, wenn Andreas' Bild stimmte, mich nicht wegbeißen müssen. Sie hatte bis zu unserem Aufenthalt bei ihr geglaubt, ich sei das Mädchen von Andreas. Sie war in den ersten drei Jahren unserer Beziehung nicht auffällig gegen mich gewesen. Sie tauschte Bücher mit mir, sprach über ihr Lieblingsthema, die Geschichte der Königshäuser, in meinem Beisein stundenlang, telefonierte gern mit mir, wenn ich ihren Wochenendanruf abfing und Andreas abwesend log. Sie war froh, daß ich ihren schwierigen Sohn ihr für täglich abnahm. Ich sollte ihn ihr nur für Reisen, Ferien, Besuche und Telefongespräche überlassen.

Da Andreas alles mit seiner Mutter teilte, gab er ihr auch unser Geheimnis preis. Die beiden tauschten sich beim Tee einmal über die Fähigkeiten ihrer Ehemänner aus. Frau Andreas erzählte, daß ihr Mann das männliche Hin und Her nicht gemocht, sondern einen vollen Strom versprüht hätte, sobald er mit ihr in Berührung gekommen sei. Ob sie deshalb so oft schwanger geworden sei, fragte sie sich und ihren Sohn. Beim Gespräch über das wenige Reiben und das viele Sprühen von Herrn Andreas waren sie zwanglos zu Volker hinübergeglitten. Und Andreas öffnete sich und gab und war ahnungslos, daß er mit einem Satz mich und unsere Beziehung ans Messer seiner Mutter geliefert hatte. Von da an muß sie ihm gesendet haben: »Schmeiß den Volker wieder raus, da aus deiner Mitte, die mir gehört!«

Den Zusammenhang erkenne ich erst in dem Augenblick, in dem

ich dies schreibe. Jetzt verstehe ich, warum Andreas kurz nach Beginn unseres Lebens in der Stadt seiner Mutter so energisch dafür war, daß ich abreiste, warum er seit dieser Zeit ohne Anregung von außen mit mir nicht mehr lustvoll zusammensein konnte, warum seine Mutter gegen mich zu intrigieren begann. Andreas war plötzlich für mich verschlossen. Nur wenn seine Mutter von unserem Aufenthalt in anderen Städten nichts wußte, sprang seine Mitte noch einmal für mich auf. Allmählich fürchte ich mich vor der Macht der elterlichen Botschaften. So stark, präzise, schnell, nein, so plump wirksam, wie sie sind, will ich sie mir nicht vorstellen. Doch der Kontakt über die Wissensverbindung zwingt mich dazu.

Andreas' Verwünschung liegt bei Männern. Als die äußeren Hemmungen gegenüber Frauen beseitigt waren, war er überraschend frei mit ihnen. Es lief alles von selbst. Wieder tauchte in seiner Beschreibung das Wort »lesbisch« auf. Er hatte das Gefühl, er läge als Frau bei den Frauen. Bei Männern waren Hoffnung und Enttäuschung, Brunst und Tod miteinander gemischt. Andreas erlebte die Sinnlichkeit mit ihnen wie Diebstahl und Einbruch. Schnell, schnell nachts die Lust sich mit jemandem gestohlen, daß die Mutter es nicht merkt, und dann hinterher so getan, als sei nichts gewesen, als sei er es nicht gewesen, der das Erlebnis eben gehabt hat.

Beim lustvollen Zusammensein mit ihm kam es mir oft so vor, als ob er zerschnitten wäre. Es gab zwischen seinem Ring und seinem Herzen selten eine Verbindung. In seinem Abschiedsbrief hatte er geschrieben, seine Liebe zu mir sei »anders gelagert« als meine zu ihm. Woanders gelagert! Ich wollte, daß seine Liebe zu mir in seinem ganzen Körper lagert. Das konnte sie nicht. Er bedauerte, daß meine Liebe nicht auf seine Erwiderung »gestoßen« sei. Nicht gestoßen! Ich habe ihn nicht angestoßen! Ich bin nicht durchgekommen. Ich wollte über seinen Ring an sein Herz anstoßen und kam dort nicht hin. Ich spürte, daß es allen Menschen mit ihm so erging. Sie kamen bei ihm nicht weiter. Er brachte seine Haut unter die Leute. Doch wenn jemand bei ihm anstoßen wollte, mußte Andreas ihn wegstoßen. Ich war zwar bei seinem Herzen angekommen, aber über einen anderen Weg dorthin gelangt. Das bedeutete für Andreas keine Erlösung. Was schenkte er seiner Mutter zu Weihnachten und an ihren Geburtstagen? Armbänder und Ringe.

Daß in seelischer Wirklichkeit Andreas das Mädchen seiner Mutter war, hat sie mit der Behauptung, er ähnele ihrem Vater, verdrehen wollen. Aber der Sohn als ihr besserer Vater und als ihr geliebtes Mädchen – das widerspricht sich nicht. Der Lebensanfangsschmerz von Frau Andreas war, daß sie ein Junge sein sollte. Sie mußte sich mit aller Anstrengung seelisch zum Jungen biegen, was den Vater nie befriedigt hatte. Er wollte Jungenfleisch, das sie nicht beibringen konnte. Dieses Unvermögen versetzte sie ihr Leben lang in Anspannung.

Wenn Andreas als Mädchen seine Mutter als Jungen liebte, wenn er so tat, als sei sie Junge, dann war sie beruhigt. Ihr Sohn war ein guter Vater. Er korrigierte den originalen, der sie nicht als Jungen erzeugt hatte. Er ließ durch seine unschuldige Mädchenliebe seine Mutter zum Jungen werden. Sie wollte sich mit dieser Verwachsung in ihren Sohn heilen. Er würde dadurch für immer verloren sein.

»Mädchenliebe«? Der Stab der Mutter im Ring des Sohnes – das wäre nicht so mühsam zu kurieren. Andreas ist geheimnisvoller verwunschen. Seine Mutter machte sich nichts aus Jungen, folglich auch nichts aus Ringen. Die, die ihr Andreas schenkte, ließ sie immer in ihren Gespensterzimmern verschwinden. Um für seine Mutter passend zu sein, mußte Andreas auch am Ort seiner Verschwiegenheit Mädchen werden. Auf seinen Ring konstruierte er seiner Mutter zuliebe ein weibliches Geschlecht. Das Scheinglied der Mutter steckt in der eingebildeten Scheide des Sohnes.

Wie ist es zu diesem Verschluß gekommen? Frau Andreas als gesollter, nicht gewordener Junge, als vateridentifizierte Tochter, mußte seelisch zu vielen Teilen ihrer Person männlich werden, entwickelte ihrem Vater zuliebe ein Scheinglied und begehrte Weiblichkeit. Andreas mußte für seine Mutter weiblich werden, sich ihr zuliebe frauenfähig öffnen können. Er entwickelte seinen Trieb an einem Ort, den er nicht hat. Sein panisches Verlangen, daß in ihn eingedrungen wird, stellt seine Not dar, sich die eingebildete

Scheide zu bestätigen. Es enthüllt zugleich seinen Wunsch, sie sich absprengen zu lassen. Das ist unmöglich, solange er mit seiner Mutter verbunden bleibt. Andreas bestand nur aus Reizen, Locken und Begehren. Sowie es praktisch wurde, sowie es an Erfüllung und Befriedigung kam, konnte er kaum etwas erleben. Es mußte deshalb in den Fremdräumen am besten zehnmal sein. Unter fünf Männern machte er es nicht. Es mußten die Glieder sich steigern zu Unterarmsgröße. Ein Schreckensgeraune geht durch das Lager der öffentlichen Männer, kein Glied käme bald keinem Mann mehr bei, es müßten immer größere Gegenstände, schließlich Fäuste und Füße sein, die die Uferlosigkeit der Scheinscheiden füllen sollen. Auch die füllen nicht, lassen bestehen den Irrwitz der für die Mutter eingerichteten Weiblichkeit des Mannes. Das unerbittliche Verlangen nach großen, größeren Gliedern entsteht aus dem Zwang, nicht an den Stab der Mutter erinnert werden zu wollen, wuchert aus dem Wunsch, von einem machtvollen Originalglied aus der Verwachsung mit dem winzigen Pseudostab der Mutter herausgerissen zu werden.

Andreas sagte einmal einen mir bis hierhin unbegreiflichen Satz: »Ich habe eigentlich nichts davon, es ist, als ob mir alles nur ins Knie geht!« Lieber Gott, mach einen Punkt, jetzt, nachdem ich den Punkt getroffen habe! Dreitausendundfünf Stäbe gingen Andreas nur ins Knie! Die prächtigsten Außerordentlichkeiten, die sich in den zwölf Jahren seiner Umschweife in ihm eingestellt hatten, blähten sich umsonst. Ins Knie! Andreas kannte keine Ringlust und keine Prostatawonnen, verwegenste Empfindungen der männlichen Innerlichkeit. Der männlichen! Andreas versuchte, aus der weiblichen Innerlichkeit Lust mobil zu machen, was ihm nur mühsam gelang. Deshalb hat ihn in unserer Beziehung die Praxis immer bedroht. Ich durfte es nur einmal tun, und nach jedem Mal mußten ein paar Tage Pause sein. Er konnte nur der Partner im Wollen, nicht beim Tun sein. Ich hatte kaum jemals das Gefühl, daß ihn ein lustvolles Erlebnis wirklich erquickte. Über unsere Räusche mit ihm zu sprechen war verboten. Er wollte daran nicht gerührt haben. Weil er sich nichts aus dem Tun machte, tat es für ihn jeder Mann falsch.

Lustvoll frei war Andreas mit seinem Mund, der dem Ring verwandt ist und auch eine bedeutende Rolle in der Männerliebe spielt. Auf seinem Mund lag kein Vereinigungsstopp, kein Pausenzwang. Unsere Beziehung war wie ein ununterbrochener Kuß. Andreas küßte mich jeden Tag und nie nur einmal. Mit seinen glühend roten Schwingen wisperte, schwirrte und schnippelte er um meine Lippen herum, sog sie ein, drückte sich zu gern an meinen Mund heran, stammelte, froh ihn lobend, wie hübsch er sich öffne, die niedlichen Zähne sehen ließe und immer lächle. Sein Mund lehrte mich die Freiheit im sinnlichen Umgang. Es gibt schönere Münder als meinen. Das war Andreas nicht wichtig. Er tauschte sich mit ihm aus, versank mit ihm zur erquickenden Grenzaufhebung im vereinten geöffneten Weich. Oben war Andreas für Entgrenzung, schürte mich auch täglich zur vereinigenden Rede an und veranstaltete fast aus jedem einfachen Abendbrot eine Eßorgie, schmatzte ungeniert, daß mir vor Vorlust das Wasser nicht nur im Munde zusammenlief. Unten jedoch war Andreas für Abgrenzung. Die Örtlichkeiten, die noch viel besser für die in eins fließende Mischung geeignet sind, bestimmte er für Verschlossenheit, aus der er nur ausbrach, um sie für seine aufgerissene Unerfülltheit zu mißbrauchen. Er benahm sich mit seinem Ring wie ein Quartalssäufer mit seinem Mund: Alle paar Wochen mußte er Ströme von Flüssigkeiten in sich einfüllen (lassen), bis er erschöpft zusammenfiel und erneut lange Zeit lustlos vor sich hin lebte.

Sein Mund war nicht von seinem Herzen getrennt oder von einem eingebildeten weiblichen Körperteil überlagert. Um seinen Mund hatte sich seine Mutter nie gekümmert. Er war frei geblieben, von ihren Bedürfnissen nicht belegt worden. Frau Andreas wurde an ihrem Sohn erst tätig, als sein Bewußtsein sich auf seine anderen Vermischungsorgane konzentrieren wollte.

Ich bin mir nicht sicher, ob Andreas je ein sinnliches Erblühen bis in die selbstentrückte Öffnung und Berauschung erlebt hat. Er hat keine geschlechtliche Liebe erfahren. Auch in seinen entfesselten Nächten hat sein Wunsch nach Liebesglück und Triebruhe nie aufgehört zu flimmern. Sehnt er sich nach Heiraten, der Süße!

Andreas hatte während unserer Beziehung viel Widersprüchliches gesagt, das erst im Zusammenhang betrachtet einen Sinn ergab. Nur eine seiner Bemerkungen wiederholte sich: »Mein größtes Unglück ist mein Dazwischensein.« Mit seinem Trieb aus einem eingebildeten weiblichen Geschlechtsteil heraus kann er weder mit Frauen noch mit Männern zufrieden werden. Nach Männern verlangt es ihn, mit Männern muß er, will er aber nicht, erlebt er etwas Falsches, mit Frauen will er, kann er aber nicht, weil er sein Bewußtsein nicht an dem Organ hat, das für den Umgang mit ihnen vorgesehen ist. Erst die Trennung von seiner Mutter wird dem geschlechtlichen Einbildungsspuk ein Ende machen: Heraussetzen des mütterlichen Scheingliedes, Abplatzen der eingebildeten Scheide, Entwicklung eines Bewußtseins an den Organen, die er wirklich hat. Dann wird Andreas Ring und Stab mit Männern tauschen oder seinen Stab bei Frauen zur Geltung bringen können. Endlich werden sein Herz und sein Geschlecht eine Verbindung miteinander eingehen. Und sein Geschlecht wird auch mit seinem Geist in Berührung kommen. Er muß sich nicht mehr mit »dummen« Männern quälen. Nun wird er auch geschlechtliche Eifersucht kennenlernen. Ich war nicht nur eifersüchtig, weil ich mit Andreas Mutter–Kind nachgespielt habe. Meine Eifersucht war auch ein Zeugnis der Verletzung meines Herzens.

Rätsellösen ist nichts Heldenhaftes, wie es erscheint. Es ist nur dem möglich, der selbst verwunschen war. Auch ich bin mit einem falschen Frauenbewußtsein ausgestattet gewesen. Kaum war meine Mutter abgereist, hatte ich einen Traum: Ich sage zu Andreas: »Soll ich dir mal eine Klitoris zeigen?« und deute auf eine Frau, die lustvoll mit sich selbst beschäftigt ist. Wir sehen vergrößert eine Klitoris, die rauschhaft hervorgepulst kommt und die Form der Spitze meines Gliedes hat, das geschrumpft ist auf die Kuppe meines kleinen Fingers. Der Traum gab etwas preis. So wie Andreas' Ring eine Scheinscheide vorgelagert war, saß mir ein klitorales Bewußtsein auf meinem Stab. Auch ich hatte mein Geschlechtsbewußtsein auf einen Ort gerichtet, den ich nicht besaß. Das brachte uns schließlich Unglück. Es liebten sich nicht zwei Männer mit dem, was ihnen zu Gebote stand, sondern zwei eingebildete Frauen. Auch zwischen Männern und Frauen wird es nur noch in den seltensten Fällen sicher sein, daß Glieder bei Scheiden liegen. Das wären die Ausnahmen von Glück und Zufriedenheit. Die universale Verbreitung von Unglück in den Beziehungen spricht für etwas anderes: Es liegen die gespensternden Scheinteile beieinander und mühen sich ab aus der Bodenlosigkeit ihres Nicht-vorhanden-Seins. Und bei den anderen Männern habe ich immer wieder beobachtet: Mit gezückten Riesenruten paaren sich dringend zwei große erwachsene Männer, die bald als kleine Schwestern Angelika auf der Strecke bleiben. »Schwestern« rufen sie sich einander hochnehmend zu. Kein Wort kommt von ungefähr. Auch ich schweifte als »Schwester« mit klitoralem Geschlechtsbewußtsein unter Männern herum, die das sofort bemerkt hatten. Es kam bei jedem Mann heraus, daß ich kein Mann war, sondern nur ein Vormann. Wie Andreas hatte auch ich mit den meisten Männern Schwierigkeiten beim Tun, nur mit ihm nicht. Das Wollen und Begehren ging gut. Ich lief stramm jedem hübschen Bottich nach. Davor, dabei, daran war ich manchmal wie der Ochs vorm Scheunentor. Beim geschlechtlichen Tun kommt es heraus, ob wir an den Organen, mit denen wir tätig werden, auch unser Bewußtsein ausgebildet haben. Je weniger es sich mit unserem Tun deckt, um so unbefriedigender ist das Tun, um so stärker schwillt das Wollen an, das nie löschbar ist in einer echten Befriedigung. Andreas hatte doch recht gehabt, als er behauptete, ich machte es falsch. Der schönste Stab und das kräftigste Wollen sind umsonst, wenn das Bewußtsein zum körperlichen Bau und zum geschlechtlichen Wollen nicht paßt. Ein Ring kann mit einer Klitoris nichts anfangen.

Andreas und ich hatten mit unseren verwunschenen, frauenverkleideten Teilen eine Zeitlang gut zusammengepaßt. Zwei Jahre hatte er sich gewundert, warum es mit mir und nur mit mir andauernd klappte. Im dritten Jahr kam er dahinter, daß bei mir etwas nicht stimmte. Und nun bin ich dahintergekommen, daß auch bei ihm etwas nicht stimmt.

Frauen waren zufrieden mit mir, weil viele heute Stäbe mit Stabbewußtsein nicht mehr mögen. Mein klitorales Bewußtsein hat sie in Bewegung versetzt. Doch ich fühlte mich seltsam. Mein Bewußtsein vereinigte sich mit den Frauen, mein Organ spielte eine untergeordnete Rolle. Ich kam mir wie Andreas bei Frauen »lesbisch« vor. Ich war kurz selig, fühlte mich bestätigt in meiner Verwunschenheit, was mich auf die Dauer jedoch unbefriedigt sein ließ.

Die letzte Unklarheit über meine extreme Eifersucht auf Männer wurde mir genommen. Ich hatte mich unbewußt geängstigt, daß Andreas bei allen fremden Männern einen echten Stab ohne Frauenaufsatzteile suchte und, wie ich befürchten mußte, auch fand.

Nun kann ich mich mit dem Schimpfwort »Schreckschraube« endlich anfreunden. Es meinte nichts anderes als den schon in den Charakter gegangenen winzigen Teil Fleisch, den ich nicht hatte, den ich mir an allen Ecken meines Seins anheftete und aufklebte, um mein Tun und mein Sein mit meinem Bewußtsein übereinstimmen zu lassen.

Es sieht allmählich so aus, als schriebe ich mich in die Verhöhnung des originalen Frauenteils hinein. Das tue ich nicht. Die Verhöhnung gilt dem Frauenfirlefanz am Mann. Der originalen Klitoris habe ich kraft meines klitoralen Bewußtseins Altäre gebaut, habe ihre Bedeutung für die Entwicklung der Menschheit im »Untergang des Mannes« besungen und mich noch einmal für ihr Wohlergehen im »Manifest für den freien Mann« persönlich eingebracht.

Was beabsichtige ich mit diesen Wagnissen? Ich will Andreas und mich zum Mann befreien. Ich will *den* Mann erlösen. Er hat Organe, die ihn in seinem Bewußtsein zum Mann machen. Es ist die Kombination Ring–Prostata–Stab. Wenn er von diesen Organen her kein Bewußtsein, kein Lustselbstbewußsein, entwickeln kann, wird er nicht Mann. Er wird dann aber auch nicht Frau, es sei denn, er läßt sich wie ein Transsexueller, zu seinem weiblichen Bewußtsein passend, ein Frauengeschlecht in seinen Körper hineinschneiden. In der Regel wird der Mann zu diesem unheimlichen Zwischenwesen, das er allgemein geworden ist, das sich nach Männlichkeit sehnt, das Frauen, Weiblichkeit und Leben haßt und die Welt in den Untergang hetzt. Ich vermute, daß der unter Männern verbreitete Frauenhaß nicht nur die originalen Frauen betrifft, sondern auch die an sich selbst seelisch ausgebauten weiblichen Geschlechtsteile, die sich gebildet haben im langen, den Müttern zur Verfügung gelebten Sohnesdasein. Frau Andreas brauchte am Sohn eine Scheide, Frau Volker brauchte am Sohn eine Klitoris.

Ich mißtraue diesen weiblichen Scheinteilen am Mann gründlich. Sie bringen ihm Unfrieden, anderen Unlust und der Menschheit Unglück. Eine der unangenehmsten Folgen der aufgesetzten Weiblichkeit des Mannes ist für Frauen der Frauenarzt. Er macht auf eindrückliche Weise vor, er macht fleischlich faßbar, was sich in der gesamten Mannheit abspielt. Er schneidet Frauen etwas ab (in deutschen Millionenstädten über hundert Brüste pro Tag), er räumt, schabt, kratzt aus und entmachtet Frauen bei der Geburt, dem letzten Zeugnis ihrer Autonomie. Was hat ein Mann bei den körperlichen Angelegenheiten der Frau zu suchen? Er vollzieht an Frauen, was er an sich selbst geschehen lassen möchte. Mit dem Abschneiden und Ausräumen symbolisiert er die Trennung von Teilen, die ihm seelisch bei sich selbst nicht gelingt und die er daher wie aus Rache an Frauen vornimmt.

Nach dem Eindringen in Andreas' letztes Geheimnis kam ich mir wie nach einer phallischen Meisterprüfung vor. Ich fühlte mich ihm gegenüber sicher. Ich schrieb an ihn, bat ihn um Entschuldigung für meinen letzten bösen Brief und den Hinauswurf aus unserer ehemaligen Wohnung. Ich erklärte mich zur Versöhnung bereit. Er schrieb mir nach drei Wochen einen Satz, der ein Wortspiel enthielt, das mich rührte. Er könne sich noch nicht mit mir versöhnen, weil er damit beschäftigt sei, sich von seiner Mutter und von mir zu »entsohnen«.

Ich litt nach dieser Nachricht nicht, vergaß Andreas. Es vergingen einige Monate, als plötzlich ein Brief von ihm in meinem Kasten lag. Seine Schrift erhöhte meinen Blutdruck. Nur zwei Sätze auf einem Zettel: Ihm ginge es gut, und er sei an einem Wiedersehen mit mir interessiert. Seine Unterkühlungspräzision wird ihm so schnell niemand nachmachen. Wir verabredeten uns zum ersten Weihnachtsfeiertag.

Die Luft war gereinigt. Ich begehrte ihn nicht mehr mit diesem Motten-ans-Licht-Prallen. Er lockte mich nicht mehr, stach auch nicht mehr in mich hinein. Er war für meine neuen Gedanken aufgeschlossen, denn nach seiner Inselgewalttat gegen mich hatte er büßen müssen. Ungarn war mißlungen. In einer jugoslawischen Kirche war in ihm eine Stimme laut geworden: »Du willst die vielen Männer eigentlich nicht.« Er hatte es nicht glauben können, war noch zweimal in dieselbe Kirche gegangen. Die Stimme erhob sich jedesmal von neuem. Kaum in seiner Stadt zurück, hatte er die Kirche in Versuchung bringen wollen und sich gleich wieder in die nächtlichen Unübersehbarkeitsbereiche hineingestürzt. Er tat es diesmal so ichzersetzend, bis er kurz vor einem Selbstmordversuch stand.

Wir gingen in »Iphigenie« und verstanden die Zusammenhänge des Rettens neu. Heilung des wahnsinnigen Muttersohns. Befreiung der stagnierenden Vatertochter.

Am zweiten Tag kamen Gäste in die Wohngemeinschaft, die übernachten wollten, so daß Andreas und ich in einem Bett schlafen mußten. Als er um zwei Uhr nachts aufwachte, wachte ich nach einer Weile auch auf. »Das ist meine Depressionsstunde«, sagte er. Wir erzählten uns unsere Zwischenzeit bis zu unserem Wiedersehen. Die Straßenlaterne warf Licht in das Zimmer. Wir schauten uns in die Augen und schliefen wieder ein.

Als Andreas sich am Morgen nach dem Waschen anzog und ich ihn länger betrachtete, als ich wollte, trauerte ich um seinen mir verlorengegangenen Körper. Ich fühlte einen Schmerz wie beim Besuch der Heimat, die ich hatte verlassen müssen und in die ich noch einmal kurz zurückgekehrt war.

Das nächste Mal sahen wir uns Ostern wieder. Weihnachten waren es zwei Tage, Ostern waren es vier. Es schien alles gut geworden zu sein: Andreas und ich als zwei Jugendfreunde, die viel gemeinsam erlebt und sich nun voneinander fortentwickelt hatten.

Ich vergaß meinen zweiten Gegner, mein Gefühl für Andreas. Es erhob sich und lieferte mir meine letzte Schlacht. Nach unserem Weihnachtstreffen wunderte ich mich, warum ich mit Andreas oft telefonieren wollte. Ich begehrte seinen Körper doch nicht mehr. Was begehrte ich nun? Eine Redeheftigkeit drang aus meinem Hals, stieß auf die Hörermuschel zu, hinein in die verhaltene Heiserkeit des kilometerweit Entfernten. Nach Ostern kräuselte sich mein Sinn zu neuer Erwartung zusammen. Ich hoffte auf einen Brief, auf nur einen Satz von Andreas, wie schön und einmalig Ostern gewesen sei. Ich hatte mehrere Sätze gleicher Färbung über unser Beieinander geschrieben. Andreas erfüllte meine Hoffnung nicht, wochenlang nicht. Auf eine Karte klemmte er nach einein-halb Monaten in Hallohallos einen unerwarteten Satz: »Ich fühle mich noch immer an Dich gebunden und Dir gegenüber gestört, was sich ändern muß.« Wohin ändern, in welche Richtung? »Gestört« ist schlecht, »gebunden« – daraus ließe sich etwas machen. Ich schrieb nach weiteren Wochen Andreas-Schweigen an ihn, ich sei befremdet, wie er in Halbwonne vier Ostertage mit mir verbringen könne und dann von ihm nichts nachkäme. Andreas antwortete, er hätte nicht vermutet, daß ich ihm gegenüber noch Erwartungen hegte. Noch einmal wollte er deutlich werden, ein erneutes Zusammenleben mit mir stehe für ihn nicht mehr an.

So deutlich war er zum ersten Mal geworden. Die Nachricht schlug mich nieder. Das mir ganz und gar undenkbare Umsonst hatte sich eingestellt. Andreas bekräftigte es in seiner Reaktion auf dieses Buch, das ich ihm in einer ersten Fassung geschickt hatte. »Wenn er alles weiß, wird er dann wieder mit mir leben können?« In seinem Brief nach der Lektüre drehte er emotional auf. Die Erlebnisse schienen für ihn jedoch schon so abgerückt zu sein, daß er nur noch ihren objektiven Gehalt erfassen konnte. Er lobte meinen Stil und riet mir zur Veröffentlichung. Ohne seine Einwilligung hätte ich es nicht getan. Er meinte, er habe seinen Körper so oft öffentlich gemacht, daß es für ihn keinen erheblichen Unterschied bedeute, wenn nun seine Seele öffentlich gemacht werde. Ich war bewegt von dieser nie widerrufenen Entscheidung. Während meines Schwankens ermunterte er mich manchmal, doch eine Veröffentlichung zu wagen. Aber ich wollte mit diesem Buch nicht Tausende fremder Menschen herumkriegen, sondern einen einzigen. Das war mir mißlungen.

Mein Feind Gefühl für Andreas drohte zu siegen. Ich hatte bisher gedacht, unser Auseinanderstreben sei so dirigiert von Programmen, daß wir uns wiederfinden würden, wenn die Fixierungen auf Mutterhaß und Verlustangst aufgehoben worden seien. Aber sie sind es ja nicht! Andreas hat sich nicht von seiner Mutter getrennt. Er denkt, er sei schon entbunden, dachte es immer, wenn er eine kleine Zurückweisung gewagt hatte.

Ich kann dieses Zuspät nicht fassen. Auch wenn er sich von der Mutter in Zukunft trennen sollte, wohin er sich tatsächlich entwikkelt, würde er danach nicht mich begehren. Ich weiß das, aber ich kann es nicht fühlen. Das »Ich habe doch alles getan, und du liebst mich trotzdem nicht (wieder)« will mich zerschmettern.

Ich beschäftigte mich noch einmal mit den Geschichten der antiken Männerpaare, die mir unheimlich waren, weil einer der Liebenden starb. Ich entzifferte ein Prinzip. Es blieb immer der Muttersohn leben. Der mutterferne Sohn gab alles her, um Nähe zu bekommen oder zu erhalten, auch sein Leben setzte er dafür ein. Er brauchte die Nähe offenbar für sein Überleben. Demgegenüber brauchte der Muttersohn für sein Überleben die Abwehr von Nähe. Das Verlangen nach Nähe und ihre Abwehr widerstreiten einander, bis das Verlangen erliegt. Die Muttersöhne Gilgamesch, Achilleus, Herakles und David bleiben leben, ihre Freunde Enkidu, Patroklos, Hylas und Jonathan lösen sich auf. Hätte ich den Zusammenhang früher erkannt, hätte ich das Buch nicht zu schreiben brauchen. Denn auch ich muß sterben. Mein Gefühl für Andreas will und will nicht nachgeben, es rennt immer wieder in die Ablehnung hinein. Ich sehe mein Leben in den letzten Jahren als ein Treiben auf den Tod zu. Alle Personen meiner Geschichte waren verschwunden, keine neuen Menschen mir zugewachsen. In meiner Stadt konnte ich nicht wurzeln. Ich zog noch einmal um, doch auch die zweite Wohnung beheimatete mich nicht. Ich trennte mich von meinem letzten Besitz. Ich war wie ein Baum auf einem Berg, um den herum der Wald kahlgeschlagen wurde und der hilflos auf den nächsten Sturm wartete, der ihn umhauen würde.

Ich erinnerte mich an das jüdische Sprichwort: Vorhersehen heißt verhindern. Ich sah dem Tod ins Auge: »Der Blitz auf mich freigeholzten Baum wird Andreas' ›neuer Partner‹ sein. Auch ist Andreas bald so alt, wie seine Mutter war, als ihr Mann starb.«

Ich wollte nicht sterben. Ich kam auf die Idee, für Andreas den Tod zu spielen. Auf unbestimmte Zeit müßte ich in einem fernen Land verschwinden. Ich bin froh, daß ich einen Beruf habe, den ich überall ausüben kann, und ich verbeuge mich vor dem 20. Jahrhundert, weil es einigen Menschen die Möglichkeit gibt, weite Entfernungen zurückzulegen und an das andere Ende der Welt zu gelangen.

Kaum hatte mich der Gedanke eingenommen, fühlte ich mich wie auferstanden, fühlte ich mich, wie ich glaubte, daß sich jemand fühlen müsse, der auferstanden war. Ich löste wieder meine Wohnung auf, diejenige, die ich soeben erst genommen hatte, bestellte mir einen Flugschein in ein fernes Land und packte abermals meine Papiere ein. Einen Monat vor dem Abflug berichtete ich Andreas von meinem Plan. Seine Reaktion kam für mich unerwartet und auch nicht erhofft. Er war über diese Nachricht bestürzt, er geriet außer sich. Er kam sich verlassen vor. In seinen Briefen und in seinen Träumen rief er nun nach mir. Er sah uns durch eine Mauer getrennt, die er niemals überwinden könne. Nicht nur ich, auch alle anderen Menschen und sein Glück waren dahinter. Er verzweifelte, weil er glaubte, mich nie wiederzusehen. Nach Monaten endlich wieder ein Anruf von ihm: »Ich will nur mal deine Stimme hören.«

Ich hatte den Feind Andreas, seine Wankelmütigkeit, sein Lokken und Verstoßen, schon besiegt. So war ich ungerührt von seinen Ausbrüchen. Selbst auf seine Frage, »ob wir uns denn noch einmal sehen sollten«, antwortete ich: »Nein!« Ich bleibe bei meinem Verschwinden, oder er steht morgen vor meiner Tür und macht mir einen Heiratsantrag. Auf seine Erschütterungen reagierte ich freundlich, aber nicht einläßlich. Er will nur mein Gefühl für sich erhalten, aber nicht erneut mit mir zusammenleben. Diesen Unterschied hatte ich nun endlich erkannt. So kam Andreas nicht zu mir gereist, und ich sprang in mein Untertauchen hinein. Ich tat es mit dem Vorsatz: »Ich komme nicht eher zurück, bis eine der drei Möglichkeiten eingetroffen ist: Andreas und ich sind für ein Zusammenleben wieder bereit. Er findet seinen ›neuen Partner‹, mit dem es ihm für Jahre ernst ist. Ich lerne einen Mann kennen, der Andreas entthront.«

Während meines Wegseins trocknete ich mein Gefühl für Andreas aus. Es war von einer Widerstandskraft, die ich als mörderisch zu fürchten lernte. Ich verdiente mir mit verschiedenen Arbeiten Geld, lebte von Erspartem, schrieb ein neues Buch fast zu Ende und harrte der Andreas-Dinge. Ich merkte, daß ich immer noch nicht für einen neuen Menschen bereit war. Ich lauerte auf Andreas' Briefe. Ungefähr über ein Jahr hinweg gab es von uns vierundzwanzig Schriftstücke. Das waren zwölf Beweise der Nichtübereinkunft. Jeder Brief von mir enthielt, ausgedrückt oder zwischen den Zeilen vernehmbar, ein neues Angebot oder eine kleine Sehnsuchtsheftigkeit. Andreas reagierte nicht darauf, nur einmal äußerte er sich eindeutig negativ. Er schrieb mir immer nach einigen Wochen formell eine Antwort. Doch seine Briefe gingen nicht auf meine ein. Auf meine Werbungen, Beschwörungen und neuesten Entdeckungen kam nie ein Widerhall. Erst als ich einige Wochen verstummt war, schrieb er einen Lockruf mit Hoffnungen und Träumen. Er sehnte sich nach meinem baldigen Wiederkommen – warum? Wollte er mit mir leben? Nein! –, um über »unsere Beziehung« mit mir zu *sprechen*. Meine Bedingung für ein Zurückkehren auf seinen Wunsch hin war ein Heiratsantrag. Den machte er nicht. Den machte ich, als hätte ich nicht schon genügend Erfahrungen im Abgewiesenwerden. Ich fand einen Ring im Meer und einen Geldschein dazu. Ich schickte Andreas den Schein und malte ihm den Ring auf eine Karte, die einen Hahn abbildete. Ich habe keine Lust mehr, diesen Fund und meinen letzten Antrag zu deuten, denn Andreas schickte mir den Schein zurück und schrieb, daß der Ring ein Zeichen für seine bevorstehende neue Verbindung gewesen wäre.

Mit dieser Mitteilung wende ich meinen Blick von Andreas ab. Das Drum und Dran um seine »neue Partnerschaft« wäre wert, festgehalten zu werden. Doch ich muß mein Gefühl besiegen, das Gefühl, einen Menschen zu haben, ihn zu wollen. Ich habe ihn nicht mehr. So kann ich nichts mehr über ihn schreiben. Und mit dem Verschweigen der Einzelheiten seiner weiteren Entwicklung drücke ich aus, daß ich ihn auch nicht mehr will.

Mein letztes Schauen gebührt mir, dem Verlierer. Ich verliere

Andreas an das Leben. Das klingt großartig, heißt jedoch, ich verliere ihn wirklich. Wenn Liebe als Adam-und-Eva-Ewigkeit begriffen wird, ist diese Geschichte eine der ersten Liebestragödien. Unser böses Abendland hat eine Anzahl von schmerzlichen Liebesgeschichten hinterlassen, die den Namen »Tragödie« bekommen haben, weil einer der Liebenden oder beide sterben. Wenn beim Lieben der Tod im Spiel ist, haben keine echten Trennungen stattgefunden oder ist nicht geliebt worden. Tod trennt nicht. Sterben beide, vereint der Tod sie endgültig. Stirbt einer, zwingt er sich dem anderen so ins Gedächtnis, daß er ihn lebenslänglich an sich bindet. Der Tote macht sich unverrückbar.

Herr Werther – sein Fall war angeblich die aufregendste Liebesgeschichte vor zweihundert Jahren – schwärmt nur. Er bringt sich vor einer Beziehung um. Wer die Kraft nicht hat, sie einzurichten, hat nicht geliebt. Goethe entfährt das Indiz dafür mehr, als daß er es formt: Werther stirbt mit den Lippen eines Knaben auf seinem Mund. Da der Tod etwas über das Leben eines Menschen enthüllt, sagt dieser Tod, Werther hat Lotte nicht wirklich gemeint, sonst wäre er mit einem Bild von ihr auf der Brust verblichen oder mit ihrem Schleifchen auf den Lippen oder, oder . . .

Liebestragödie! Am Anfang des Buches hätte ich mir nicht gedacht, daß am Schluß dieses Wort erscheint. Es ist mir zu aufgedonnert. Ich hatte in mein fernes Land meine Tagebücher und Briefe aus der Isolde-Zeit mitgenommen. Den Satz: »Ich fühle mich eingeengt« gab es schon einmal, damals jedoch von mir gesprochen. Vieles, das mich an Andreas verwirrt und gekränkt hatte – das Vor und Zurück, das so lang hingezogene Trennen, möglichst immer in Gegenwart des ehemals nahen Menschen . . . –, mußte ich nun über mich selbst lesen.

Ich hatte mich in die Andreas-Liebe wie in ein Märchen hineingesteigert, als hätte es mich vorher nie gegeben und als sollte kein Mensch nach Andreas je wieder in meine Nähe kommen. Märchen und Sagen spiegeln vergangene Zeiten. Die Märchen enden glücklich, die Sagen meist unglücklich. Die alte Paarkonstruktion der Sagen und Märchen betrifft unsere Zeit nicht mehr. Wir sind andere Menschen geworden oder können andere werden. Wir haben neue

Wege des Erkennens und Handelns gefunden und brauchen nicht den alten Unglückspfaden nachzugehen. Und wir sind in anderen Bedingungen, als es die Menschen in den Märchen und Sagen waren. König und Königin gibt es nicht mehr. Das Prinzip, ein Mensch sei die Erfüllung eines anderen für beider Leben lang, hat sich aufgelöst. Vielleicht war es schon immer eine Lüge, denn »Märchen« bedeutet, daß in einer Geschichte etwas nicht stimmt. Ja, so ist es, Adam und Eva – das war von Anfang an eine Lüge. Zwei sich liebende, auf der Insel »Paradies« zusammenlebende Menschen gibt es in Wirklichkeit nicht.

Trennung ist etwas Lebendiges. Unser Anfang – die Geburt – beginnt mit einer Trennung. Eines ist mir in der Schwammigkeit des Geschehens sicher: Hätte ich mich nicht getrennt, von Eltern und von Andreas, wäre ich schwer beschädigt worden oder kaputtgegangen.

Ich lernte einen Mann kennen, der mir erzählte, daß er nach einer aufgelösten Beziehung einen Selbstmordversuch unternommen hatte. Er lag zwei Tage bewußtlos in seiner Wohnung. Als er erwachte, fühlte er sich neu abgegrenzt. Er hatte nach dem Liebesende wegtauchen müssen, um sich wiederzufinden. Von meinem fernen Land zurückgekommen, fühlte auch ich mich wie aus einem Vorleben erwacht.

Eine indische Frau symbolisierte die Trennung von ihrem Sohn, indem sie eine Woche lang fastete, dann einen Apfel nahm, ihn nicht selbst aß, sondern dem Sohn überreichte.

Trennen heißt, etwas herzugeben. So trenne ich mich noch heute von diesem Buch, das ein Andreas-Ersatz gewesen ist und mir die Beschäftigung mit einem neuen Freund unmöglich gemacht hat. Ich gehe hinaus, nehme den anderen Weg, der den Sagen- und Märchenspuren entgegenliegt, und bin glücklich, daß es auf der Erde viele Menschen gibt.

Zwei Jahre nach der Trennung von meinen Eltern habe ich den Mut, dieses Buch herauszubringen. Es sind mir oft Zweifel gekommen, ob ich die Veröffentlichung wagen dürfte. Ich habe in das Leben hineingefragt, Freunde und Bekannte um ihr Urteil gebeten und in mich gelauscht. Wollte ich mit der Veröffentlichung bis nach dem Tod der Eltern warten, hätte sich nichts verändert. Ich brauchte noch immer ihren körperlichen Tod für meine Befreiung.

Als mein Vater einmal davon sprach, ich sollte ihn totschlagen, wenn er senil werden würde – er erzählte von den Eskimos, die in den Schnee gingen, wenn sie sich hinfällig fühlten –, protestierte ich aus tiefstem Innern. Das Gefühl ist noch heute da. Ich möchte meine Eltern körperlich behüten. Ich bange um ihr Wohlergehen. In den Jahren der Vorbereitung meines Abschieds ließ ich ihnen auf Umwegen Gesundheitsbücher zukommen.

Ich bin ihnen dankbar, daß sie immer noch am Leben sind, denn gegenüber toten Eltern hätte ich die Erkenntnisse für dieses Buch nicht entwickeln können. Ich freue mich, daß sie gesund sind. Bei siechenden Eltern wären die Austreibungskonflikte von der Problematik der Altenfürsorge überdeckt worden. Es geht um die Aufhebung des tiefgreifendsten Unterdrückungsverhältnisses, in das wir verwickelt bleiben, auch wenn unsere Eltern hilfsbedürftig werden.

Ich danke meinen Eltern schließlich für ihr »Bösesein«. Wäre mein Vater Friedensnobelpreisträger und meine Mutter Psychoanalytikerin, hätte mir das kaum etwas genützt. Die Seelenverwachsung geschieht auch zwischen Kindern und »guten«, gesellschaftlich dotierten Eltern. Bei solchen hätte ich nichts Ärgerliches fassen können, um mich von ihnen loszusagen. Die konservative Haltung der meinen hat mir den Absprung ermöglicht. Es ist mir nun auch gleichgültig, ob sie sich noch verändern, ob sie etwas von dem hier Verhandelten verstehen werden.

Mein letzter Gedanke: Ich lade mit der Trennung von Mutter und Vater, besonders mit der Veröffentlichung dieses Buches, eine Schuld auf mich. Ich bin am Endpunkt einer Jahrtausende währenden Schuldverstrickung. Die bisherigen Generationen wurden an ihren Kindern schuldig. Körpermißhandlung und Seelenverkettung haben den Nachgeborenen einen frühen Tod oder ein Leben in Qual gebracht. Und nun soll noch einmal Schmerz zugefügt werden, diesmal denjenigen, die uns das Leben gegeben haben. Das ist nicht gut. Ich hoffe, daß die Schmerzen der Trennung die Eltern nicht umbringen oder lebenslänglich quälen werden. Das Ende der Schuldverstrickung kann nicht schuldlos sein. Ich verharre in dem Wunsch, daß die Menschen der nächsten Generation nicht mehr schuldig zu werden brauchen, weder an ihren Geliebten und Kindern noch an ihren Eltern.

»Die Elternaustreibung« –

Ein Männerroman
Notizen über die Entwicklung in den Jahren nach der Erstausgabe

»Ist das ein Schwulenbuch? Was ist aus Andreas geworden? Wie reagierten deine Eltern? Was machst du mit deinen Schuldgefühlen? Muß die Trennung von den Eltern sein? Wie lebst du jetzt? Ist das alles wahr?«

Diese Fragen wurden mir immer wieder in Briefen und auf Veranstaltungen gestellt, die ich mit der »Elternaustreibung« vom Mai 1984 bis Februar 1986 gemacht habe.

Ist das ein Schwulenbuch?

Ja. Es geht um die Liebe zwischen zwei Männern.

Nein. Andreas könnte Andrea sein, Volker ohne Schwierigkeiten zu Helga gemacht werden. Mit kleinen Veränderungen ließe sich alles auf ein Frau-Mann-Paar oder eine Liebe zwischen zwei Frauen umschreiben. Das Buch handelt von einer »Beziehungskiste«. Ich wollte jedoch nicht nur die schon zahlreich vorhandenen Klagestoffe bereichern, sondern auch zeigen, warum Liebesverhältnisse gegenwärtig so schnell schief werden, warum das Gefühl meist nur bei einem der Gebundenen abstumpft, warum immer wieder getrennt oder mißlustig zusammengeblieben wird. Jede Frau und jeder Mann hat Eltern, und die Verwicklungen untereinander spielen sich bei allen Menschen in etwa gleich ab. Das haben mir auch Homo- und Heterofrauen und Heteromänner bestätigt, die sich in beiden Gestalten des Buches wiederfanden.

Nur ein Seitenbereich der Problematik betrifft ausschließlich die schwule Szene, der nicht ohne weiteres auf andere Liebesgebiete übertragbar ist: die Promiskuität. Andreas war eine sogenannte »Aids-Persönlichkeit«. Er trieb es mit jedem Mann zu jeder Gelegenheit. Das Buch beginnt mit der Darstellung dieser Betätigung, wodurch der Anschein erweckt wurde, es drehe sich ausschließlich um das Schwulenmilieu.

Auffällig viele Leser des Buches stellten die Lektüre um die Seite sechzig ein. Das habe ich immer wieder zu hören bekommen. Ab Seite sechzig wird es nämlich allgemein! Von dort an betrifft es jeden. Auf den ersten Seiten umkreise ich das Thema, finde meinen Einstieg über die Liebes- und Leidensform, in der ich zu ihm gekommen bin. Die Promiskuität war für mich als Alt-Hetero anfangs ein schwerer Schlag. Die erste und zweite Fassung des Buches schrieb ich ohne Aids-Druck. Ich habe mich in der »Elternaustreibung« und im »Manifest für den freien Mann« ausführlich zu den Freuden und Leiden der Vielmännerei geäußert, war in der glücklichen Lage, es vor der Aids-Geißel noch unbefangen gekonnt zu haben.

Da ich mich bei allen Erscheinungsformen der Männer und ihrer Taten für die seelischen Ursachen ihres Verhaltens interessiere, konnte ich nicht davon ablassen, auch Aids unter diesem Gesichtswinkel zu betrachten.

Die Promiskuität wird im Fremdwörterbuch »als häufig wechselnder Geschlechtsverkehr mit verschiedenen Partnern« erläutert. »Verschiedene Partner« ist, was das Verhalten einiger Schwuler betrifft, ziemlich schief. Otto und Luise Normalmüller können es nicht fassen: über tausend Partner im Jahr soll ein Schwuler haben? Wenn solche Zahlen zustande kommen, dann handelt es sich nicht um tausend Partner, sondern um tausend Geschlechtsteile. Und in dieser Häufung liegt die Ursache für die Verbreitung der Krankheit unter der speziellen Personengruppe.

Ich habe das Phänomen bei Andreas genau geschildert, habe einen Unterschied gemacht zwischen dem wahllosen Kontakt mit Geschlechtsteilen fremder männlicher Körper und dem sexuellen Umgang mit mehreren männlichen Personen. Auch die Eintagsfliege kann Partner sein. Die fünf bis zehn Kontaktgestalten pro Nacht sind es nicht. Bei ihnen wird die Grenze zur Krankheit überschritten.

Die Promiskuität ist weder ein Ausdruck sexueller noch

homosexueller Praxis. Andreas ging aus vielen Gründen in die Subkultur, nur nicht aus sexuellen. Er langweilte sich, er brauchte Bestätigung, er wollte Ärger wegspülen, er hatte Depressionen ... Das Verschleißen von männlichen Körperteilen, besonders von dem der Zeugungskraft, ist Männern nur möglich, weil sie den Mann eigentlich nicht lieben. Sonst wäre das Verwerfen nicht so leicht und schnell möglich, würde die Unbefriedigtheit nach jedem Kontakt nicht immer größer werden, wäre die Gier auf neue Insignien der Männlichkeit nicht zu einer Sucht geworden. Andreas sagte einmal frech: »Eigentlich lieben alle Schwule Frauen, und alle Heteros lieben Männer!«

Die Orgie bei den alten Völkern wurde einmal im Jahr gefeiert. Jede Woche Orgie ist falsch, ja jede Woche sexuelle Kommunikation ist vielleicht schon bedenklich. Den Anthroposophen zufolge soll das Geschlecht des Menschen die Blüte, sein Kopf die Wurzel sein. Das Bild gefällt mir. Immer zu blühen – ist wie Schnittblume.

Das gesamte menschliche Leben unterliegt Kurven. Und ausgerechnet die große spontane Kraft, die Sexualität, soll statisch sein, permanent und routiniert betätigt werden?

Wie a-sexuell die Promiskuität ist, kommt zum Vorschein, wenn das Verhalten der Schwulen mit dem der sogenannt normalen Männer verglichen wird. Geht der Schwule in den Park, geht der Hetero an die Theke. Was sich der eine in der Sauna reinzieht, holt sich der andere auf dem Fußballplatz. Es gibt für die Hetero-Männer und alle Frauen nur keine speziellen Territorien – vergleichbar mit der schwulen Subkultur –, an denen sie so kraß ihre Elternbindungen zur Schau stellen können, wie es den Homo-Männern möglich ist. Das Partnerausweichen, Konfliktvermeiden, Problemverkleistern, Krisenabschweifen, Sich-aufpumpen-Müssen geschieht bei den Schwulen über sexuelle, bei allen anderen über nichtsexuelle Kontaktriten. Die nichtsexuellen Kontaktriten beherbergen keine Gefahr einer Ansteckung mit einer Geschlechtskrankheit, aber sie zementieren den Krankheitszustand der Elternfixierung ebenso, der die Liebesverhältnisse zerstört und eine kaputte Gesellschaft aufrechterhält, weil jeder Fixierte irgendwo an einer Ecke etwas kaputtmacht und zum Kaputtgehen des Ganzen beiträgt.

»Was ist aus Andreas geworden?«

Andreas ist seit dreieinhalb Jahren verheiratet. Verblüffender konnte die Geschichte kaum enden. Keine Unterschlupfhochzeit, keine Versorgungsehe, nein, eine Liebesheirat, und, soweit ich es beurteilen kann, die Liebe hält trotz auftretender Reibungen und Krisen an. Nach der Eheschließung ist Andreas nicht mehr seinen »Gewohnheiten« nachgegangen, wie Pasolini seine Hetze auf Männerkörper selbstverachtend beschrieb.

Was soll das? Will ich berichten von einem, der auszog, das Schwule zu verlernen? War Andreas nicht schwul? Bin ich so gräßlich, daß er ein für allemal von Männern genug hatte? Habe ich ihn kuriert? Hat er sich nur entwickelt und verändert oder seine Überzeugung wahrgemacht, daß Schwule Frauen lieben und Heteros Männer? Genau weiß ich nicht, wie es bei ihm ablief, er müßte eines Tages seine Version der »Elternaustreibung« aufschreiben.

Ich habe ihn schließlich beim Wort genommen. Ich sah, daß zwischen seinen Wünschen und seiner Praxis eine Kluft bestand. Er wurde von jedem erstbesten Mann fortgerissen und sehnte sich groteskerweise nach einer ruhigen Beziehung zu einer Frau. Daß er immer von Frauen geredet hatte, wurde mir auch von Freunden aus seiner Vergangenheit bestätigt. Ich sagte zu ihm: »Wenn du mit Frauen wirklich etwas vorhast, mußt du dich von deiner Mutter trennen.« Andreas glaubte, seine Mutter fiele von ihm automatisch ab, sobald er heiratete. Leider fallen Eltern heute kaum noch von ihren Kindern ab und automatisch schon gar nicht. Andreas lernte eine Frau kennen – seine dritte –, verliebte sich in sie, führte sie seiner Mutter vor, verlobte sich mit ihr und heiratete sie nach einem Dreivierteljahr. Frau Andreas aktualisierte ihre lesbische Komponente und machte sich an Andreas' Freundin heran, kaum daß sie sie kennengelernt hatte. Es passierte das Gegenteil von Abfallen. Frau Andreas sprang auf und griff zu. Sie wußte eins zwei drei die neue Telefonnummer des Sohnes und war alle paar Sonntage am Apparat.

Andreas' Frau schimpfte mich eines Tages aus, weil ich so ein extremes Bild von ihrem Mann gezeichnet hätte. Es stimme nicht mit der Wirklichkeit überein. Er sei zu ihr ausnahmslos liebenswürdig. Das Jahr schritt voran. Frau Andreas' Geburtstag kam unaufhaltsam auf die Liebenden zu. Nachdem Andreas sich entschlossen hatte, seine Mutter an ihrem Ehrentage zu besuchen, wurde seine Frau erstmals mit dem Andreas der »Elternaustreibung« konfrontiert. Er schaltete seine Lust auf sie ab, wurde aggressiv und begann, seine Frau mit widersprüchlichen Verhaltensweisen verrückt zu machen. Meine Stunde war gekommen. Andreas hatte das Messer gegen den nächsten Partner gewetzt. Seine Frau war anders als ich und sah mir nicht ähnlich. Trotzdem manövrierte er sie nach einiger Zeit an die selbe Stelle, die ich verlassen hatte. Nun endlich sah er es ein: von allein würde sich seine Bindung an seine Mutter nie lösen. Er mußte handeln, wollte er nicht bis zu seinem Lebensende Ritter Blaubart spielen, eine »Frau« nach der anderen »killen«. Worum ich gekämpft hatte, das schenkte er nun seiner Frau. Er trennte sich von seiner Mutter mit einem richtigen Abschiedsbrief. Danach fühlte er sich ein Jahr lang wackelig, war kränklich und schoß dann mit seltsamer Kraft und Entschlußfreudigkeit in seine fortan mutterlos beschrittene Lebensbahn hinein. Wie jeder Mensch wird er manchmal gestoppt von Problemen, Krisen und Zweifeln, aber diese Bleischwere ist von ihm gewichen, die Sucht auf Männerkontakte ist verschwunden. Die drei Ausfallerscheinungen ungeil, aggressiv, wahnsinnigmachend, mit denen er gegen mich und später auch gegen seine Frau losgegangen war, hatten sich verflüchtigt und wiederholten sich in dieser Ballung nicht mehr. Er arbeitete zum erstenmal in seinem Leben mit Freude. Er stützte seine Frau bei ihren Befreiungsprozessen, die denen ähnelten, die zwischen uns in Gang gekommen waren. Er trennte sich in der letzten Zeit von seinem Erbe, das ihm nach dem Tod von Frau

Andreas zufallen würde, denn mit dem Erbe fängt alles wieder von vorn an. Die elterlichen Geldscheine schließen sich zur Kette, die nicht mehr zerreißbar ist.

»Wie reagierten deine Eltern?«

Die Frage verblüffte mich, denn sie zeigte mir, daß das Verfahren »Elternaustreibung« von vielen Menschen nicht verstanden wurde. »Ja, wieso, hast du gar keinen Kontakt mehr zu deiner Familie?« Nein. Ich weiß nicht, wie meine Eltern auf das Buch reagiert haben. Ich trennte mich auf Nimmerwiedersehen und Nimmerwiederhören von ihnen. Die Trennung vom Vater liegt sieben Jahre, die von der Mutter fünf Jahre zurück. Als ich aus dem Buch vorlas, hatte ich manchmal das Gefühl, ich sei bei meinen Eltern noch einmal zu Besuch. Indem ich sie nachspielte, beschwor ich sie öffentlich herauf. Das bereitete dem Publikum ein diebisches Ergötzen. Den abgeschlafftesten Haufen konnte ich binnen ein paar Minuten zu konzentrierter Aufmerksamkeit anstacheln.

Da meine Eltern noch leben, erfuhr ich über Schleichwege, wie sie reagiert haben. Es wurde mir zugesteckt! Mein Vater hat an eine Tante geschrieben, sinngemäß: Sollte er mich noch einmal sehen, würde er mir eine runterhauen. Diese Reaktion habe ich als eindeutige Stellungnahme begrüßt. Er bemühte sich offenbar auch um eine Begegnung mit mir. Er erschien auf der Buchmesse am Stand meines Verlages und sagte: »Ich bin der ausgetriebene Vater!« Den Mitarbeitern wich das Blut aus dem Gesicht, weil der Auftritt etwas von der Erscheinung eines Geistes an sich hatte. Ich war einen Tag zuvor abgereist. Mein Lektor stellte sich meinem Vater, der ihm gegenüber behauptete, es sei ja alles ganz anders gewesen.

Zum einen fand ich die Tat achtbar. Ich werfe einem bürgerlichen Mann das Ärgste vor, das es für ihn geben kann, er sei faschistisch und schwul. Und nun kommt er und zeigt sich: Hier ist das Vatermonster, schaut es euch alle an! Das war mutig.

Zum anderen war die Lehre seines Auftritts für mich auch: Der Vater bleibt mir auf den Fersen. Vielleicht wollte er mir die Show stehlen oder die Ohrfeige nachreichen. Seine Frau könne nicht kommen, sie leide an dem Ganzen zu sehr. Die Mutter, distanziert wie immer, streift mit einem zweifach übermittelten Hörensagen mein Ohr.

»Was machst du mit deinen Schuldgefühlen?«

Fast alle Menschen in der Kindposition quälen sich mit der Vorstellung, ihre Eltern würden sterben, wenn sie sich von ihnen trennten. Auch ich habe das gemacht. Meine Eltern haben die Trennung von mir sieben und fünf Jahre überlebt. Mein Vater ist in diesem Jahr achtzig geworden.

Ich hatte einen riesigen Zornausbruch meiner Eltern für möglich gehalten und denkbar gefunden, daß Tanten, Onkels, Freundinnen, Freunde und Bekannte meiner Eltern mich beschimpften. Ich hatte Schmähbriefe von Menschen in der Elternposition erwartet. Nicht eine einzige solcher Reaktionen fand statt. Außer dem Buchmessenauftritt meines für Dramatik begabten Vaters, der letztlich nicht mir, sondern ihm selber galt, kam keine Reaktion elternseits. Aber unzählige Reaktionen von Menschen in der Kindposition. Auch bei den Veranstaltungen, auf denen insgesamt einige tausend Menschen waren, wurden mir immer wieder Vorwürfe von »Kindern« gemacht.

Ein paar Freunde haben sich wie ich von ihren Eltern getrennt. Bei Lesungen erzählten mir hier und da Fremde von ihren Erfahrungen mit diesem Schritt. Es gab nicht einen Fall, in dem eine Mutter oder ein Vater den Weggang von Sohn oder Tochter nicht verkraftet hätten und infolgedessen schwer krank geworden oder gestorben wären. Derartige Vorkommnisse kenne ich nur, wenn »Kinder« zum Heiraten und Studieren aus der elterlichen Wohnung ausgezogen, doch mit Mutter und Vater über den Äther verbunden geblieben sind. Frau Andreas lebt im dritten Jahr ohne ihren Sohn wie eh und je.

Ich dämpfte meine Schuldgefühle damals mit der Realität. Auch rettete mich der Gedanke an meinen Bruder, den meine Eltern noch hätten. Er trennte sich von mir, nicht von ihnen. Er tat es wortlos. Ich hörte nach der Veröffentlichung des

Buches nichts mehr von ihm. Für Einzelkinder werden die Schuldgefühle vielleicht nicht besänftigbar sein.

Das, womit ich in der »Elternaustreibung« spekuliert habe, scheint sich zu bewahrheiten. Unsere Eltern sind zunächst nicht so arm und hilflos, wie sie uns vorkommen. Und wir sind nicht so wichtig für sie, wie wir es meinen. Sie haben eine lange Zeit ihres Lebens ohne uns verbracht und sind dazu auch wieder fähig. Ich glaube sogar, daß sie aus der Trennung von ihrem »Kind« einen psychischen Gewinn ziehen. Den Tod ihrer Eltern mußten sie hinnehmen, ohne mit seelischen Ablösungsarbeiten darauf vorbereitet gewesen zu sein und ohne sie hinterher richtig nachgeholt zu haben. Mit der Trennung ihrer »Kinder« von ihnen erleben sie teilweise eine Trennung von ihren eigenen Eltern. Sie sind zornig auf ihr sich absetzendes »Kind«. Sie können Gefühle gegen es herauslassen, die ihren Eltern gegenüber verboten waren. Sie haben auf ihr »Kind« Probleme mit ihren eigenen Eltern übertragen. Sonst gäbe es die hier dargestellten Konflikte nicht. Und nun bringt die Trennung von ihrem »Kind« ihnen nicht nur Schmerzen, sondern auch eine Befreiung, als hätten sie sich von ihren eigenen Eltern getrennt.

Zweimal bekam ich Briefe von fremden Frauen, die meine Eltern kennengelernt hatten. Die Frauen hatten sich mit meinen Eltern identifiziert, mir über deren Leiden an der Trennung von mir berichtet und mich zu einer Umkehr beschworen: Ich müßte doch ... Ich sollte doch ... So könnte es nicht bleiben ... Und wehe, wenn meine Eltern stürben und ich hätte mich vorher nicht mit ihnen versöhnt! Die Briefe fochten mich an. Eine Frau schrieb, wie wunderbar es für sie gewesen sei, ihren Vater vor seinem Tod noch einmal gesprochen zu haben. Meine Seele flatterte. Meine Eltern seien so hilflos, weil sie nicht wüßten, wie sie sich mir gegenüber verhalten sollten. Halt! Die Realität! Meine Eltern fliegen zu Freunden, erleben Festspiele in einer anderen Stadt, treffen dort die Tochter von einer Freundin, die Sprache kommt auf mich. Und sie sind hilflos? Sie sind nicht hilflos. Sie reisen, fliegen, besuchen, schauen, hören, sind gesund, sind zusammen. Ihre angebliche Hilflosigkeit ist Frechheit. Faulheit! Ja, das ist es. Doch sie haben das Faulsein mit ihren dreiundsiebzig und achtzig Jahren verdient. Meine Eltern sind erregt, befremdet, traurig. Sollten sie handeln wollen, steht das Rezept deutlich in dem Buch. Sie wollen aber nicht handeln, und das ist ihr gutes Recht. Und ich will sie nicht mehr verändern. Hilflos ist die Briefschreiberin, und hilflos sind die Menschen, die sich in einem Alter zwischen zwanzig und sechzig von den Eltern befreien wollen, es nicht schaffen und deshalb auf mich böse sind.

Sollte wirklich einmal eine Mutter oder ein Vater vor Kummer an der Trennung ihres »Kindes« sterben, hätte das »Kind« diesen Tod nicht zu verantworten. Das Verhältnis zwischen ihm und seinen Eltern war zu nah. Es hätte tödliche oder siechende Folgen auf das Kinderleben gehabt. Wer am Weggang seines »Kindes« zu sterben droht, hat die Grenzen der Liebe überschritten und befindet sich auf dem aller Entwicklung gefährlich werdenden Gebiet des seelischen Besitzes.

Ich bin aufgewachsen unter Menschen, die durch den Krieg vor allem ihre erwachsenen Söhne verloren hatten. Ich lebte auf dem Lande, wo es üblich war, daß Kinder und Jugendliche durch Unachtsamkeiten zu Tode kamen. Sie brachen im Winter auf dem zugefrorenen See ein. Sie spielten im Sommer mit im Walde liegengebliebenen Sprengkörpern. Es gab keinen Erwachsenen, der die Schmerzen des Verlustes nicht überstanden hätte. Trennung ist nicht so schwer wie Tod. Wenn Eltern den Tod ihres Kindes verkraften, werden sie seinen Weggang erst recht verwinden können. Es ist etwas Lebendiges, dient dem besseren Leben von »Kind« und Eltern.

Die Schuldgefühle verdecken zwei andere Gefühle. Hinter der Angst, die Eltern könnten am Gram über den Weggang des Sohnes oder der Tochter sterben, verbirgt sich der Wunsch, die Eltern mögen sterben. Sie sollen es, weil dem Menschen dann die anstrengende Ablösung erspart bleibt. Ich freue mich immer, wenn ich von meinen Eltern etwas höre. Weder fürchte ich ihren Tod, noch wünsche ich ihn herbei. Hinter der Angst um die Eltern steckt auch noch die

Angst um sich selber. Der Mensch könnte scheitern oder sich andauernd schädigen, wenn er sich nicht von seinen Eltern trennt. Dieses dumpfe oder deutliche Gefühl haben fast alle. Als es bei mir zum Vorschein kam, verging das Schuldgefühl. Fast vierzig Jahre war ich zusammen mit meinen Eltern. Mit niemandem werde ich noch einmal eine so lange Zeit so eng verbunden sein. Freuen wir uns über das, was wir gehabt haben und jammern wir nicht über die kurze Zeit, die wir getrennt sind. Da der Tod heute nichts mehr regelt, müssen die Menschen andere Formen der Verselbständigung entwickeln.

»Muß die Trennung von den Eltern sein?«

Geht es nicht auch anders? Hunderte Millionen Menschen, die Kinder kleinfamiliärer Elternpaare sind, machen es anders. Tausende Psychotherapeuten helfen ihren Patienten bei der konventionellen Ablösung von Mutter und Vater, hunderte psychologische Schriften untermauern die Meinung, der Eltern-Kind-Konflikt könne im Zusammenwirken von Eltern und Kindern gelöst werden. Ein ganzes Zeitalter trennt sich nicht.

Meiner politischen Überzeugung nach sähe es um die Welt besser aus, wenn das Gift, das sich in der Eltern-Kind-Beziehung angestaut hat, nicht auf Erde und Mitmenschen verschüttet werden würde.

Am umstrittensten ist die Frage der psychischen Heilung durch den von mir propagierten Schnitt: Die Elternaustreibung ist die Fritz-Zorn-Therapie. Hätte Fritz Zorn sich von seinen Eltern getrennt und kein Erbarmen mit ihnen gehabt, wäre er nicht gestorben.

Dafür, ob die Trennung von den Eltern notwendig ist, gibt es eine einfache Probe. Wenn Liebe und Arbeit gehen, ist die Trennung nicht nötig. »Gehen« heißt, wenn ich mit meiner Arbeit und meinen geliebten Menschen unter allen Einschränkungen, die die Männergesellschaft so zumutet, einigermaßen zurechtkomme. Wenn ich aber meinen Beruf hasse oder mir keine berufliche Verwirklichung möglich ist und wenn ich meine Partner immer wieder verletze und verlasse oder nie jemanden bekomme oder regelmäßig verlassen werde, hat das weniger mit den allgemeinen gesellschaftlichen Bedingungen zu tun – Arbeitslosigkeit, Frau über fünfzig, häßlicher, armer, alter Schwuler ... –, sondern mehr mit der konkreten Beziehung zu meinen Eltern.

Ich mußte mich für mein neues Buch »Muttersöhne« mit vielen politischen und künstlerischen Gestalten der Männergeschichte befassen. Aus diesen Biographien, aus meinen eigenen Erfahrungen und aus Beobachtungen an Menschen wie »du und ich« konnte ich eine Regel feststellen: die negativen Einflüsse des Vaters behindern vornehmlich die berufliche Entwicklung, die der Mutter die persönliche. Ist eine Seite der menschlichen Verwirklichung andauernd blockiert, sollte die Beziehung zu Vater oder Mutter überprüft und eine Trennungskonsequenz ins Auge gefaßt werden.

Nachdem ich vor kurzem gelesen habe, daß Buddha das Leben des Menschen aus drei Geburten herleitet, bin ich unter dem Eindruck meiner Erfahrungen davon überzeugt, daß die Trennung von den Eltern notwendig ist. Die physische Geburt sei nach Buddha die Befruchtung des Eis, die soziale Geburt sei der Austritt aus dem Mutterleib – der Vorgang, den wir »Geburt« nennen –, und die psychische Geburt sei der Weggang vom Elternhaus. Buddha verließ Haus und Heimat und kehrte nie wieder an den Ort seines seelischen Ursprungs zurück. Unser physisches Leben auf der Erde beginnt mit einer Trennung, mit der Geburt aus dem Mutterleib. Ist es denn so schwer, den Beginn unserer psychischen Selbständigkeit auch mit einer Trennung zu denken?

Mir kommen die Menschen psychisch oft so unreif vor, im Alter verrottet, aber nicht reif geworden. Nur die, die sogenannte Schicksalsschläge – Tod der Eltern in jungen Jahren – erleiden mußten, heben sich aus der Masse der Gebundenen ab.

Nach der Kenntnis von dem Buddha-Gedanken der drei Geburten bin ich heute vorsichtig mit der Proklamation von Schritt fünf des Prozesses der Elternaustreibung, dem großen Wiedersehensfest. Geboren ist geboren. Ein Zurück gibt es nicht mehr.

Eine Frau berichtete auf einer Veranstaltung darüber, daß sie ihre Mutter nach dreißig Jahren freiwilliger Trennung wiedergesehen hatte. Nichts hätte sich geändert. Ich habe aus Literatur, Mythologie, Geschichte und Bekanntenerfahrungen nur Schlechtes gelesen und gehört, das passiert, wenn Menschen zurückgehen. Sie denken, nun seien sie alt, und nach dreißig Jahren müßte alles anders sein. Keinen neuen Frieden fanden sie, nur den alten Krieg. In den Ausgangspunkt zu kriechen, heißt sterben. Wer das will, kann zurückgehen. Das Leben hat mit Sentimentalität nichts zu tun. Am Gefährlichsten ist es, sich von seinen Eltern zu trennen und sie nach einem Jahr wiederzusehen. Lieber nie weg, anstatt gleich wieder hin. Ein einjähriges Baby paßt auch nicht mehr in den Mutterleib.

»Wie lebst du jetzt?«

Nicht im Schlaraffenland. Immer wieder wurden von mir Sensationen verlangt. Wenn schon so einen anstrengenden Schritt gewagt, dann muß aber eine superlative Befreiung herauskommen, dann muß mein Leben von oben bis unten umgekrempelt sein.

Ich habe die zu enge Bindung an die Eltern mit mehreren Bildern zu charakterisieren versucht. Es geht um die Bindung eines Menschen über zwanzig, der bis in ein Alter von fünfzig/sechzig mit seinen Eltern verbunden ist und nicht zu einem eigenen Leben kommt. Die seelische Beschattung verglich ich mit einem Eimer, der auf einem Stück Wiese steht. Das Gras unter dem Eimer wird gelb. Ist der Eimer weg, grünt und füllt sich das Gras wieder wie das auf dem Flecken Erde nebenan. Nun gibt es alle möglichen Widrigkeiten gegen die Wiese, denen das sprießende Gras ausgesetzt ist. Es regnet in Strömen. Es scheint ununterbrochen die Sonne und versengt das Gras. Es trocknet der Wind den Boden aus. Es reißt der Frost alles weg. Es trampeln Menschen darüber. Tiere fressen immer wieder etwas ab. Es entzündet sich ein Brand ...

Ich fand das Leben anfangs ohne elterlichen Schutz anstrengender als das Leben über einem elterlichen Netz. Bindung erleichtert auch vieles. Wer zu Hause bleibt, der bekommt manche Gefahr der Welt nicht zu spüren. Was neu an meiner Situation war: Es entwickelten sich Kräfte und Widerstände in mir für alle sogenannten Lebenserfahrungen. Das Leben trat direkt auf mich zu und erwies sich als rauh. Aber ich merkte, ich hatte Vorrichtungen in mir, auf daß ich mit allem Zugemuteten umgehen konnte.

Ich hatte gehofft, nach der Trennung von meiner Mutter würde ich gleich aufsteigen in ein Paradies von Lust, Liebe, Leidenschaft, begehrliche Männer, nicht zu knapp, würden sich zwischen meinen Bettdecken rekeln. Ach! Steineklopfen. Erst einmal. Was neu war: Ich verhielt mich gegenüber Männerunverschämtheiten anders als zuvor. Die Verinnerlichung meiner Mutter wurde allmählich rückgängig gemacht. Wenn ich mich neuen Lieblosigkeiten ausgesetzt sah – ein Freund begehrte mich plötzlich nicht mehr, weil er, wie er behauptete, eigentlich auf Frauen abfahre –, haute ich um mich. Keine hinnehmende Mami, kein nachfassend verständiger kleiner Volker. Furie.

Ich entwickelte in mir neue Anteile von Männlichkeit und Weiblichkeit. Männer sind ein weisungsgebundenes Geschlecht. Sie werden auf Gehorchen und Befehlsempfangen hin erzogen. Wenn sie damit so gut in ihrer Gesellschaft funktionieren, sollten alle diejenigen, die Männer lieben, davon auch etwas für die Beziehungen mit ihnen nutzbar machen. Hinnehmen kommt Männern nicht bei. Die gesamte gesellschaftlich dotierte Passivitätsskala der Weiblichkeit ist für Männer nicht erotisch interessant. Sie reagieren nur auf Realitäten, Fakten, Forderungen, Bedingungen, Ultimaten. Ich schöpfe derzeit mit Hilfe eines zweiten Mannes nach Andreas meine Duldungskontingente aus. Und die Hoffnungsspinnweben zerreiße ich. Dabei wird mir bewußt: Die Frauen sind einer Lüge aufgesessen. Ich will es so machen: Kämpfen und Entwicklungen durchstehen ja, Zumutungen hinnehmen nein. Aus*formen* ist weiblich – neun Monate Schwangerschaft – aus*halten* nicht.

Zunächst rutsche ich nicht mehr wie früher andauernd in meine alten Verhaltensweisen hinein. Ich litt an Entbehrungsangst. Der Freund – die Mami – entzog sich, ich zerfiel in das Volkerchen, das von der Mami verlassen wurde. Da quälte ich mich noch einmal ordentlich, aber höchstens eine Nacht hindurch. Dann brach meine Wut aus mir hervor. Dadurch konnte der Freund mir die Realitäten zurechtrücken und mir klarmachen, warum er sich so und so verhielt. Ich sah ein, ab wann mein Verhalten Klammern war, ab wann berechtigte Wehr. Danach stiegen wir wieder zurück in Erwachsenheit und Gegenwart. Wir lösten von Mal zu Mal meiner Eifersuchtsanfälle die Übertragungen auf. Wochen- und monatelange Schluckphasen wie zu Andreas Zeiten gibt es bei mir nicht mehr.

Noch drei wesentliche Erfahrungen kamen für mich in der Zwischenzeit hinzu:

Ich weitete die Eltern-Kind-Trennung zur Milieutrennung aus. Buddha sprach über die Trennung von seinem Elternhaus, seiner Familie und seinem Ort. Nicht nur Vater und Mutter können bei zu langer und zu intensiver Bindung sich lebensbehindernd auswirken, der gesamte Bereich der Kindheit kann einen blockierenden Einfluß haben. Die Trennung von meinen Eltern ergab noch weitere Trennungen, von Tanten, Onkels, dem Bruder, von meinem Heimatdorf. Merkwürdigerweise traten ziemlich umgehend neue Personen auf, die die freigewordenen Stellen besetzten, Menschen, die die Bedeutung von Mutter, Vater, Tanten, Onkels und Bruder einnahmen. Die alten Bezugspersonen waren nur noch mitgeschleppt worden. Sie hatten eine Wirkung in meinem erwachsenen Leben wie Sand im Getriebe: Unangemessenes Sorgen, Besserwisserei, Dirigierenwollen, nörgeln, schimpfen, kontrollieren, Reaktionäres einfordern – so treten alt werdende Eltern meist auf. Die neuen Menschen nahmen echte elterliche Funktionen ein, wie sie meine natürlichen Eltern einmal gehabt hatten, als ich klein war.

Eine seltsame Schwächung geschieht, wenn den Eltern die Liebespartner gezeigt werden. Das ist ein so verbreitetes Verhalten wie das allwöchentliche Eltern-Kind-Telefonieren. Und doch behindert es die Liebesentfaltung der Menschen, wenn die Eltern von Anfang an dabei sind. Ich bemerkte den Unterschied bei Freunden, die einander die Eltern erst nach sieben Jahren ihres Zusammenlebens gezeigt hatten. Ich konnte keine ungünstigen Folgen nach der Begegnung feststellen. Das Verhältnis war schon so gesichert, daß die Eltern keinen Einfluß durch ungebührliches Bejahen oder Verneinen der Partner mehr hatten.

Die Eltern meines ersten Freundes nach Andreas besuchte ich noch wie zu Frau-Andreas-Zeiten. Der zerstörende Einfluß setzte sich sofort in Gang, nachdem ich in Augenschein genommen worden war. Beim zweiten Freund fing ich so erst gar nicht mehr an.

Nach der Trennung von meinen Eltern wurde ich transparent für das Leben, wie ich es vorher nicht war. Alles wurde übersichtlich und deutlich. Ich bekam ein vertieftes Gefühl für Menschen, für das Mitlebende, für Tiere, die ich nicht mehr aß, für übersinnliche Vorgänge. Diese Transparenz wiederum half mir, mit meinen Problemen und Krisen besser umzugehen.

»Ist das alles wahr?«

Das Buch wird »Roman« genannt. Romane sind erfunden. Und in diesem Buch ist nichts erfunden. Soll das nicht eine psychoanalytische Theorie sein? Das Buch wird von Psychotherapeuten als Geheimtip unter ihren Patienten verbreitet. Immer wieder hörte ich davon, daß es ein Analytiker seinen Patienten empfohlen hatte. Offiziell hat sich nicht eine Stimme aus psychoanalytischen Kreisen dazu geäußert, weder ablehnend noch bejahend. Es enthält eine psychoanalytische Theorie, verpackt in eine große Fallgeschichte, die konstruiert wurde wie ein Krimi – so äußerte sich einmal ein Literaturwissenschaftler über die Machart des Buches. Es führt Tilmann Mosers »Lehrjahre auf der Couch«, Alice Millers Bücher und Fritz Zorns »Mars« fort, hat auch etwas mit Svende Merians »Der Tod des Märchenprinzen« zu tun.

Das Buch gehört einer neuen Kunstgattung an, dem Männerroman, obwohl es den Begriff und die literarische Sparte bisher nicht gibt – sie ist noch keine germanistische Kategorie. Der herkömmliche Roman erstellt ein Handlungsgerüst aus erfahrenen, gehörten, gelesenen und erdachten Details. Die Gedanken, die der Autor dem Leser mitteilen möchte, flicht er in die Rede der Personen ein und schält sie aus ihren Verhaltensweisen heraus. Der Frauenroman hob die Distanz zwischen Autorin und Hauptperson auf. Der Männerroman folgt diesem Stil. Ein Mann reflektiert sein Leben unter einem bestimmten Gesichtspunkt. Er durchbricht die in der geläufigen Literatur der Männergesellschaft geforderte und praktizierte Distanz zwischen Autor und Sujet, tut es nicht aus einem Kunstgriff heraus, sondern – das ist das wesentliche Merkmal des Männerromans – um seine Rolle zu reflektieren, zu kritisieren und abzuschaffen. Ich bin der Ich-Erzähler, ich bin der Volker, der im Buch beschrieben wird. Aber ich bin es nur im Ausschnitt der Konstruktion dieser Handlung und unter dem Aspekt der zu übermittelnden Idee. Das Buch ist keine Autobiographie und kein Tagebuch. Ich habe bei seiner Erarbeitung nie in die Andreas-Tagebücher geschaut, weder für die erste noch für die zweite Fassung. Die schriftlichen Niederschläge der Realität, die jahrelang unternommenen Eintragungen, wollte ich nicht wiedersehen. Ich wunderte mich selbst darüber, aber sie hätten mich möglicherweise beim Raffen der Stimmungen und Geschehnisse, beim Aufbau des Buches gestört. Meine Gedanken werden nicht den Personen der Handlung untergeschoben, ich teile sie dem Leser direkt mit. Der eine Volker erlebt und fühlt, ist der rote Faden der Geschichte, der andere denkt später am Schreibtisch über das Passierte nach.

Roman also auch deshalb, weil der im Buch erschienene Teil Volker sich von dem Ausschnitt meiner Person gelöst hat, zu einer Gestalt geworden ist, die sich verselbständigte und nicht mehr identisch ist mit mir. Es gab fast immer Überraschungen, wenn ich öffentlich auftrat. Ein Leser drückte es einmal so aus: »Ich hatte Sie mir schmaler vorgestellt!« Andreas wird oft gräßlich gefunden und gehaßt. Und er ist in Wirklichkeit strahlend, souverän, großartig. Immer wieder wird sein »Ja« zu der Veröffentlichung bewundert. Niemand, der ihn nach der Lektüre des Buches sah, hat ihn wiedererkannt. Er ist dreimal mit zu Lesungen gekommen, und auch beim entspannenden Zusammensitzen nach der Veranstaltung wurde er von keinem Menschen als Vorlage für die Gestalt des Buches wahrgenommen. Und ich bin nicht nur die Schmacht- und Jammerfigur, als die ich hier auftrete. Jemand hat die »Elternaustreibung« einmal mit Gottfried Kellers »Der grüne Heinrich« verglichen, in dem ein kleiner häßlicher armer Schweizer eine große schöne Frau unglücklich liebt. Aus dieser Bemerkung machten Männer einen Witz und nannten das Buch »Rosa Heinrich«.

»Roman« heißt ein literarisches Gebilde, für das Aspekte von Personen wie Rippen von lebenden Menschen entnommen und aus ihnen ganze neue Gestalten gebaut werden, die mit den Charakterspendern nicht mehr identisch sind.

Das schönste Lob bekam ich von einer Frau auf meiner letzten Veranstaltung. Ein Mann fragte mich: »Haben Sie das Buch für Ihren Vater oder für sich selbst geschrieben?« – »Für mich!« fuhr ihm die Frau dazwischen, ehe ich antworten konnte.

Je länger die Zeit voranschritt, in der ich mit dem Buch zu Lesungen herumreiste, um so schmerzvoller wurde es mir, immer wieder in die alte Rippe Volker zu schlüpfen. Ich mußte das tun, wenn ich die Gestalt überzeugend vortragen wollte. Schon die Arbeit an der zweiten Fassung drückte mich fast in die Geisteskrankheit hinein. Deshalb verabschiede ich mich jetzt mit diesen Zeilen vom Vorlesen und Schreiben der »Elternaustreibung«. Der Roman-Volker und der hier einen Punkt setzende Volker sind so weit auseinandergeraten, daß ich sie nicht mehr für einen künstlerischen Effekt zusammenbringen kann.

Wenn schon der Rückgang in ein historisch überlebtes Stadium seiner selbst Schmerzen verursacht, welche Qualen muß es den Menschen erst bereiten, immer wieder mit ihren

Eltern, ihrem Ausgangspunkt, in Berührung zu kommen. Die Qualen werden nicht jedesmal deutlich bei den Begegnungen gespürt, aber desto stärker danach im eigenen Leben durchlitten, ohne daß ihr Ursprung im Zusammenhang mit den Begegnungen gesehen wird.

rororo MANN

Felicitas Bachmann
Vom Ja-Sagen und Nein-Meinen
Weibliche Sozialisation und Sexualität (8241)

Tahar Ben Jelloun
Die tiefste der Einsamkeiten
Was ist aus mir geworden? Ich bin kein Mann mehr. Es ist gefroren, das ist der Tod, der mich zwischen den Beinen packt. Man muß mich operieren. Kannst du keine Röntgenaufnahme machen? (8252)

Rudi van Dantzig
Der verlorene Soldat
Roman (8239)

Siegfried Rudolf Dunde
Väter im Himmel – seine Söhne auf Erden
Männer und Religion (8203)

Siegfried Rudolf Dunde (Herausgeber)
Wenn ich nicht lieben darf, dürfen's andere auch nicht
Vom Umgang der Männer mit sich und anderen (8227)

Günter Franzen
Kindskopf oder die Erfindung des tiefsten Blaus
Roman (8245)

Matthias Frings (Herausgeber)
Fleisch und Blut
Über Pornographie (8231)

MANN rororo

C 2120/8

rororo MANN

M. Frings/E. Kraushaar
Männer.Liebe.
Ein Handbuch für Schwule und alle, die es werden wollen (8223)
Liebesdinge
Bemerkungen zur Sexualität des Mannes (8213)

Herb Goldberg
Man(n) bleibt Mann
Möglichkeiten und Grenzen der Veränderung (8202)
Veränderungen
Das neue Verhältnis zwischen Mann und Frau (8211)
Der verunsicherte Mann
Wege zu einer neuen Identität aus psychotherapeutischer Sicht (8210)

Mathias T.J. Grimme (Herausgeber)
Käufliche Träume
Erfahrungen mit Pornographie (8210)

Horst Hermann
Vaterliebe
Ich will ja nur dein Bestes (8248)

Sven Holm
Mutter, Helene, Anja und ich
Roman (8238)

Rodrigo Jokisch (Herausgeber)
Mann-Sein
Identitätskrise und Rollenfindung des Mannes in der heutigen Zeit (8219)

C 2120/8 a

rororo MANN

Theodor Kallifatides
Sehnen nach Sehnsucht
Roman (8204)

Ralf König
Der bewegte Mann
Comic (Großformat) (8228)
«Lysistrata»
Comic (Großformat) (8229)
Pretty Baby
Comic (Großformat) (8237)
Beach Boys
Comic (Großformat) (8258)

Anke Kuckuck/Heide Wohlers (Herausgeber)
Vaters Tochter
Von der Notwendigkeit, den Frosch an die Wand zu werfen (8235)

Lust
Die Lust der Frauen. Die Lust der Männer. Unsere geheimen Lüste (8224)

Bernd Nitzschke
Sexualität und Männlichkeit
Zwischen Symbiosewunsch und Gewalt (8230)

Tor Nørretranders (Herausgeber)
Hingabe
Über den Orgasmus des Mannes (8216)

MANN rororo

C 2120/8 b

rororo MANN

Simone Odierna (Herausgeber)
Liebesgeschichten aus dem Alltag
(8244)
Was Männer von Frauen wollen
Reportagen aus dem Alltag (8256)

Volker Elis Pilgrim
Dressur zum Bösen
Warum wir uns selber und andere kaputt machen (8201)
Elternaustreibung
Roman (8205)
Manifest für den freien Mann
(8220)
Der selbstbefriedigte Mensch
Freud und Leid der Onanie (8217)
Der Untergang des Mannes
(8214)
Muttersöhne
(8240)

Volker Elis Pilgrim/Alexej Mend
Das Paradies der Väter (8207)

Lorenz Rollhäuser
Toros, Toreros (8254)

Dieter Schnack/Rainer Neutzling
Kleine Helden in Not
Jungen auf der Suche nach Männlichkeit (8257)

MANN rororo

C 2120/8 c

rororo MANN

Burkhard Schröder
Unter Männern
Brüder, Kumpel, Kameraden (8236)
Ab-Schnitte
Über Macht und Ohnmacht der Gefühle nach einer Trennung (8250)

Gerd Würzberg
Muskelmänner
In den Maschinenhallen der neuen Körperkultur (8208)

Koos van Zomeren
Ottos Krieg
Roman
(8260)

C 2120/8 d